迷妄의 저편

I. 젊은 날의 愛誦애송 詩시

《外國외국 詩篇시편》

첫 사랑

괴 테(Goethe : 1749~1831)

아 누가 그 아름다운 날을 가져다 줄 것이냐,
저 .첫사랑의 날을!
아 누가 그 아름다운 때의
다만 한 조각이라도 돌려보내 줄 것이냐!

쓸쓸히 나는 이 상처를 기르고 있다.
끊임없이 새로워지는 한탄과 함께
없어진 행복을 슬퍼하고 있다.

아 누가 그 아름다운 날을 가져다 줄 것이냐!
그 즐거운 때를.

미 니 욘

괴 테

동경을 아는 사람만이
나의 고뇌를 알아준다.
모든 기쁨에서
나 하나만 버림을 받고,
나는 하늘의 저 한구석을
응시하고 있다.

아 나를 사랑하고
그리고 나를 아는 사람은
아득한 저쪽에 있다.

나의 머리는 흔들리고,
나의 마음은 불타오른다.

동경을 아는 사람만이
나의 고뇌를 알아준다.

내 가슴은 뛰노나

윌리암 워즈워스(Willam Wordsworth : 1770~1850)

하늘의 무지개를 바라보면
내 가슴은 뛰노나.
어렸을 때 그러했더니
어른 된 지금도 그러하네.
장차 늙어서도 그러하리.
그렇지 않고 어이리!
어린이는 어른의 아버지,
원컨대 나의 오는 歲月세월은
낱낱이 自然자연에의 敬虔경건으로 얽매지과저.

밤

윌리암 버-딜론(William Bourdillion : 1853~1931)

밤은 눈이 千이나 있어도,
낮은 오직 하나 뿐.
그러나 온 세상의 빛은 사라지네,
太陽태양이 지자.

마음은 눈이 千이나 있어도,
진정은 오직 하나 뿐.
그러나 온 生涯생애의 빛은 사라지네.
사랑 곧 끝나면.

산 너머 저쪽

칼 · 붓쎄(Carl Buse:1872~1918)

산 너머 저쪽 하늘 멀리
'행복'이 있다고 말하기에
아 그를 찾아 남 따라 갔다가
눈물만 머금고 돌아 왔읍네.
산 너머 저쪽 좀 더 멀리
'행복'이 있다고 말하건만.

落 葉낙엽

구르몽(R.D.Gourmont ： 1858~1915)

시몬, 나뭇잎새 져버린 숲으로 가자.
낙엽은 이끼와 돌과 조롱 길을 덮고 있다.

시몬, 너는 좋으냐, 낙엽 밟는 발자국 소리가?

落葉 빛깔은 정답고 쓸쓸하다.
落葉은 덧없이 버림을 받아 땅 위에 있다.

시몬, 너는 좋으냐, 落葉 밟는 발자국 소리가?

夕陽석양의 落葉 모습은 쓸쓸하다.
바람에 불리울 적마다 落葉은 상냥스러이 외친다.

시몬, 너는 좋으냐, 落葉 밟는 발자국 소리가?

가까이 오라. 우리도 언젠가는 가련한 落葉이리라.
가까이 오라, 벌써 밤이 되었다.
바람이 몸에 스민다.

시몬, 너는 좋으냐, 落葉 밟는 발자국 소리가?

미라보 다리
아뽀리내애르(Guillaume Apollinare ： 1880～1918)

미라보 다리 아래 세느 江이 흐르고
우리들의 사랑도 흘러내린다.
괴로움에 이어서 맞을 보람을
나는 또 꿈꾸며 기다리고 있다.
해도 저무렴. 鍾종도 울리렴.
歲月세월은 흐르고 나도 醉취한다.

손과 손을 엮어 들고 얼굴 對대하면
우리들의 팔 밑으로
흐르는 永遠영원이여.
오-疲困피곤한 눈길이여.

흐르는 물결이 실어 가는 사랑.
실어 가는 사랑에
목숨만이 길었구나.
보람만이 뻗쳤구나.

해야 저무렴. 鍾도 울리렴.
歲月은 흐르고 나는 醉취한다.

해가 가고 달이 가고 젊음도 가면
사랑은 옛날로 갈 수도 없고
미라보 다리 아래 세느만 흐른다.

해아 저무렴. 鍾도 울리렴.
歲月은 흐르고 나도 醉했다.

님의 沈默침묵

韓 龍 雲한용운(1879~1944)

님은 갔습니다. 아아, 사랑하는 나의 님은 갔습니다.

푸른 산 빛을 깨치고 단풍나무 숲을 향하여 난 적은 길을 걸어서, 차마 떨치고 갔습니다.

黃金황금의 꽃같이 굳고 빛나던 옛 盟誓맹서는 차디찬 티끌이 되어서 한숨의 微風미풍에 날아갔습니다.

날카로운 첫 키쓰의 追憶추억은 나의 運命운명의 指針지침을 돌려놓고, 뒷걸음쳐서 사라졌습니다.

나는 향기로운 님의 말소리에 귀먹고, 꽃다운 님의 얼굴에 눈멀었습니다.

사랑도 사람의 일이라, 만날 때에 미리 떠날 것을 염려하고 경계하지 아니한 것은 아니지만, 이별은 뜻밖의 일이 되고, 놀란 가슴은 새로운 슬픔에 터집니다.

그러나 이별을 쓸데없는 눈물의 源泉원천을 만들고 마는 것은 스스로 사랑을 깨치는 것인 줄 아는 까닭에, 걷잡을 수 없는 슬픔의 힘을 옮겨서 새 希望희망의 정수박이에 들어부었습니다.

우리는 만날 때에 떠날 것을 염려하는 것과 같이, 떠날 때에 다시 만날 것을 믿습니다.

아아, 님은 갔지마는 나는 님을 보내지 아니하였습니다.

제 곡조를 못 이기는 사랑의 노래는 님의 沈默침묵을 휩싸고 돕니다.

論介논개의 愛人애인이 되어 그의 廟묘에

韓 龍 雲한용운

낮과 밤으로 흐르고 흐르는 南江남강은 가지 않습니다.

바람과 비에 우두커니 섰는 矗石樓촉석루는 살같은 光陰광음을 따라서 다름질칩니다.

論介여 나에게 울음과 웃음을 동시에 주는 사랑하는 論介여

그대는 朝鮮조선의 무덤 가운데 피었던 좋은 꽃의 하나이다. 그래서 그 향기는 썩지 않는다.

나는 詩人으로 그대의 愛人애인이 되었노라.

그대는 어디 있느뇨 죽지 아니한 그대가 이 세상에는 없구나.

나는 黃金황금의 칼에 베어진 꽃과 같이 향기롭고 애처로운 그대의 當年당년을 回想회상한다.

술 향기에 목마친 고요한 노래는 獄옥에 묻힌 썩은 칼을 울렸다.

춤추는 소매를 안고 도는 무서운 찬 바람은 鬼神귀신 나라의 꽃수풀을 거쳐서 떨어지는 해를 얼렸다.

가냘픈 그대의 마음은 비록 沈着침착하였지만 떨리는 것보다도 더욱 무서웠다.

아름답고 無毒무독한 그대의 눈은 비록 웃었지만 우는 것보다도 더욱 슬펐다.

붉은 듯하다가 푸르고 푸른 듯하다가 희어지며 가늘게 떨리는 그대의 입술은 웃음의 朝雲조운이냐 울음의 矛盾모순이냐 새벽달의 秘密비밀이냐 이슬 꽃의 象徵상징이냐.

빠비같은 그대의 손에 꺾기우지 못한 落花臺낙화대의 남은 꽃은 부끄러움에 취하여 얼굴이 붉었다.

玉같은 그대의 발꿈치에 밟히운 江강 언덕의 묵은 이끼는 驕矜교긍에 넘쳐서 푸른 紗籠사롱으로. 自己자기의 題名제명을 가리었다.

아아 나는 그대도 없는 빈 무덤 같은 집을 그대의 집이라고 부릅니다.

만일 이름뿐이나마 그대의 집도 없으면 그대의 이름을 불러볼 機會기회가 없는 까닭입니다.

나는 꽃을 사랑합니다마는 그대의 집에 피어 있는 꽃을 꺾을 수는 없습니다.

그대의 집에 피어있는 꽃을 꺾으려면 나의 창자가 먼저 꺾어지는 까닭입니다. 나는 꽃을 사랑합니다마는 그대의 집에 꽃을 심을 수는 없습니다.

그대의 집에 꽃을 심으려면 나의 가슴에 가시가 먼저 심어지는 까닭입니다.

容恕용서하여요 論介여 金石금석같은 굳은 언약을 저버린 것은 그대가 아니고 나입니다.

容恕하여요 論介여 쓸쓸하고 호젓한 잠자리에 외로이 누워서 끼친 恨에 울고 있는 것은 내가 아니오 그대입니다.

나의 가슴에 '사랑'의 글자를 黃金황금으로 새겨서 그대의 祠堂사당에 記念碑기념비를 세운들 그대에게 무슨 위로가 되오리까.

나의 노래에 '눈물'의 曲調곡조를 烙印낙인으로 찍어서 그대의 祠堂사당에 祭種제종을 울린대도 나에게 무슨 贖罪속죄가 되오리까.

나는 다만 그대의 遺言유언대로 그대에게 다 하지 못한 사랑을 永遠영원히 다른 女子에게 주지 아니할 뿐입니다. 그것은 그대의 얼굴과 같이 잊을 수가 없는 盟誓입니다.

容恕하여요 論介여 그대가 容恕하면 나의 罪는 神신에 懺悔참회를 아니한대도 사라지겠습니다.

千秋천추에 죽지 않는 論介여
하루도 살 수 없는 論介여
그대를 사랑하는 나의 마음이 얼마나 즐거우며, 얼마나 슬프겠는가
나는 웃음이 겨워서 눈물이 되고, 눈물이 겨워서 웃음이 됩니다.
容恕하여요 사랑하는 오오 論介여

모란이 피기까지는

金 永 郎김영랑 (1903~1950)

모란이 피기까지는
나는 아즉 나의 봄을 기둘리고 있을테요
모란이 뚝뚝 떨어져 버린 날
나는 비로소 봄을 여읜 설움에 잠길 테요
五月 어느 날 그 하루 무덥던 날
떨어져 누운 꽃잎마저 시들어 버리고는
천지에 모란은 자최도 없어지고
뻐쳐 오르던 내 보람 서운케 무너졌느니
모란이 지고 말면 그뿐 내 한 해는 다 가고 말아
三百 예순 날 한양 섭섭해 우웁내다

모란이 피기까지는
나는 아즉 기둘리고 있을 테요 찬란한 슬픔의 봄을

못 잊어

金 素 月 김소월(1903~1935)

못 잊어 생각이 나겠지요,
그런대로 한세상 지내시구려,
사노라면 잊힐 날 있으리다.
못 잊어 생각이 나겠지요,
그런대로 세월만 가라시구려,
못 잊어도 더러는 잊히오리라.

그러나 또 한긋 이렇지요,
"그리워 살뜰히 못 잊는데,
어쩌면 생각이 떠지나요?"

자나 깨나 앉으나 서나

金 素 月

자나 깨나 앉으나 서나
그림자 같은 벗 하나이 내게 있었습니다.

그러나, 우리는 얼마나 많은 세월을
쓸데없는 괴로움만으로 보내었겠습니까!

오늘은 또다시, 당신의 가슴 속 속모를 곳을
울면서 나는 휘저어 버리고 떠납니다그려.

허수한 밤, 둘 곳 없는 심사에 쓰라린 가슴은

그것이 사랑, 사랑이던 줄이 아니도 잊힙니다.

招 魂초혼
金 素 月

산산이 부서진 이름이어!
虛空허공 中중에 헤어진 이름이어!
불러도 主人 없는 이름이어!
부르다가 내가 죽을 이름이어!

心中심중에 남아 있는 말 한 마디는
끝끝내 마저 하지 못하였구나.
사랑하는 그 사람이어!
사랑하는 그 사람이어!

붉은 해는 西山서산 마루에 걸리었다.
사슴의 무리도 슬피 운다.
떨어져 나가 앉은 山 위에서
나는 그대의 이름을 부르노라.

설움에 겹도록 부르노라.
설움에 겹도록 부르노라.
부르는 소리는 비껴가지만
하늘과 땅 사이가 너무 넓구나.

선 채로 이 자리에 돌이 되어도
부르다가 내가 죽을 이름이여!
사랑하던 그 사람이어!
사랑하던 그 사람이어!

思 友사우

李 殷 相이은상(1903~1982)

봄의 교향악이 울려 퍼지는
청라 언덕 위에 백합 필 적에
나는 흰 나리꽃 향내 맡으며
너를 위해 노래 노래 부른다
청라 언덕과 같은 내 맘에
백합 같은 내 동무야
네가 내게서 피어날 적에
모든 슬픔이 사라진다

思 慕사모

柳 致 環유치환(1908~1967)

깊은 깊은 悔恨회한이 아니언만
내 오오랜 슬픔을 성스러이 지녔노니
이는 나의 생애의 것이로다

오늘에 이르러 다시금 생각노니
그때 지은 哀別애별은
진실로 옳았노라 옳았노라

뉘는 사랑을 위하여 나라도 버린다더니
나는 한 개 세상살이의 분별을 찾아
슬픔은 얻었으되 회한은 사지 않았노라
그날의 죽을 듯 안타깝던 별리를 생각하면
어느 하늘 아래 다시 한번
그대 안고 목 놓아 鳴泣명읍하료마는

그러므로 오오 나의 마음의 보배여 하늘이여

저 임종의 날에도 고이 간직하고 가리니
나의 생애는 그대의 애들픈 思慕이었음을

旗기 빨
柳 致 環

이것은 소리 없는 아우성
저 푸른 海原해원을 向향하여 흔드는
永遠영원한 노스텔지아의 손수건
純情순정은 물결같이 바람에 나부끼고
오로지 맑고 곧은 理念이념의 標표ㅅ대 끝에
哀愁애수는 白鷺백로처럼 날개를 펴다.
아아 누구던가
이렇게 슬프고도 애달픈 마음을
맨 처음 공중에 달 줄을 안 그는.

사 슴
盧 天 命노천명(1912~1957)

모가지가 길어서 슬픈 짐승이여
언제나 점잖은 편 말이 없구나
冠관이 향기로운 너는
무척 놓은 족속이었나 보다.

물 속의 제 그림자를 들여다보고
잃었던 전설을 생각해 내고는
어찌할 수 없는 향수에
슬픈 모가지를 하고 먼 데 산을 바라본다.

장곡 천정에 오는 눈

金 光 均김광균(1913~1993)

찻집 미모사의 지붕 우에
호텔의 風速計풍속계 우에
기울어진 포스트 우에
눈이 내린다.
물결치는 지붕 지붕의 한끝에 들리던
먼— 騷音소음의 湖水호수 잠들은 뒤
물기 낀 汽笛기적만 이따금 들려오고
그 우에
낡은 필림 같은 눈이 내린다.
이 길을 자꾸 가면 옛날로나 돌아갈 듯이
등불이 정다웁다.
내리는 눈발이 속삭어린다
옛날로 가자 옛날로 가자.

水帶洞수대동 詩시

徐 廷 柱서정주(1915~2000)

흰 무명옷 갈아입고 난 마음
싸늘한 돌담에 기대어 서면
사뭇 숫스러워지는 생각, 高句麗고구려에 사는 듯
아스럼 눈감았던 내 넋의 시골
별 생겨나듯 돌아오는 사투리.

등잔불 벌써 키어지는데……
오랫동안 나는 잘못 살았구나.
샤를르 보들레르처럼 섧고 괴로운 서울 女子여자를
아조아조 인제는 잊어버려.

仁王山인왕산 그늘 水帶洞 十四십사번지
長水江장수강 뻘밭에 소금 구워먹던
증조할아버짓적 흙으로 지은 집
오매는 남보다 조개를 잘 줍고
아버지는 등짐 서른 말 졌느니

여기는 바로 十年십년 전 옛날
초록저고리 입었던 금女녀, 꽃각시 비녀하여 웃던 三月삼월의
금女, 나와 둘이 있던 곳.

머잖아 봄은 다시 오리니
금女 동생을 나는 얻으리
눈썹이 검은 금女녀 동생,
얻어선 새로 水帶洞 살리.

국화 옆에서

徐 廷 柱

한 송이의 국화꽃을 피우기 위해
봄부터 소쩍새는
그렇게 울었나 보다

한 송이의 국화꽃을 피우기 위해
천둥은 먹구름 속에서
또 그렇게 울었나 보다
그립고 아쉬움에 가슴 조이던
머언 먼 젊음의 뒤안길에서
인제는 돌아와 거울 앞에 선
내 누님같이 생긴 꽃이여

노오란 네 꽃잎이 필라고

간밤엔 무서리가 저리 내리고
내게는 잠도 오지 않았나 보다

해

朴 斗 鎭박두진(1916~1998)

해야 솟아라. 해야 솟아라. 말갛게 씻은 얼굴 고운 해야 솟아라. 산 너머 산
너머서 어둠을 살라 먹고, 산 너머서 밤새도록 어둠을 살라 먹고, 이글 이글
애띤 얼굴 고운 해야 솟아라.

달밤이 싫여, 달밤이 싫여, 눈물 같은 골짜기에 달밤이 싫여, 아무도 없는
뜰에 달밤이 나는 싫여…….

해야, 고운 해야 늬가 오면 늬가사 오면, 나는 나는 청산이 좋아라. 훨훨훨
깃을 치는 청산이 좋아라. 청산이 있으면 홀로래도 좋아라.
사슴을 따라, 사슴을 따라, 양지로 양지로 사슴을 따라, 사슴을 만나면 사슴
과 놀고,

칡범을 따라, 칡범을 따라, 칡범을 만나면 칡범과 놀고…….

해야 고운 해야, 해야 솟아라. 꿈이 아니래도 너를 만나면, 꽃도 새도 짐승
도 한 자리 앉아, 워어이 워어이 모두 불러 한 자리 앉아, 애띠고 고운 날을
누려 보리라.

민들레 꽃

趙 芝 薰조지훈(1920~1968)

까닭 없이 마음 외로울 때는
노오란 민들레꽃 한 송이도
애처롭게 그리워지는데

아 얼마나한 위로이랴
소리쳐 부를 수도 없는 이 아득한 距離거리에
그대 조용히 나를 찾아오느니
사랑한다는 말, 이 한마디는
내 이 세상 온전히 떠난 뒤에 남을 것.

잊어버린다.
못 잊어 차라리 병이 되어도
아 얼마나한 위로이랴,
그대 맑은 눈을 들어 나를 보나니.

세월이 가면
朴 寅 煥박인환(1926~1956)

지금 그 사람의 이름은 잊었지만
그의 눈동자 입술은
내 가슴에 있어.

바람이 불고
비가 올 때도
나는 저 유리창 밖
가로등 그늘의 빛을 잊지 못하지.

사랑은 가고
 과거는 남는 것

여름날의 호숫가
가을의 공원
그 벤치 위에
나뭇잎은 떨어지고
나뭇잎이 흙이 되고

나뭇잎에 덮여서
우리들 사랑이 사라진다 해도

지금 그 사람 이름은 잊었지만
그의 눈동자 입술은
내 가슴에 있어
내 서늘한 가슴에 있건만

Ⅱ. 習作_{습작} 詩篇_{시편}

五月오월의 하늘

하늘——.
저- 먼 나포리 港항
노스텔지아의 손수건

蒼白창백한 追憶추억에 앞장 서 가면
五月은 저기
傳說전설인양 도사리고 앉았노니

草綠초록빛 하늘 아래
나와 내 그림자 둘이서 가면
젊음은 소록소록 부풀어 오른다.

聖母성모 마리아의 淸純청순처럼
거기-
少女의 그리움이 어리어,

하늘아,
먼- 秘密비밀을
여기 내 마음 속에다
담뿍 뿌려주렴!
- 1956 .5

무 궁 화

오-랜 사념에 지쳐
그만 두 눈을 활짝 떴다.

아련히 새겨둔
맹세가 있어

무궁화!
너는 파-란 하늘의
새로운 아들이다.

지줄대는 훈풍에
수련을 뿌려두고

너도 몰래
해맑은 한 송이,
소복한 여인처럼
살포시 드리웠다.

벗아!
어서 나와
무궁화 꽃 앞에 서자.

그리하여
우리의 무딘 손을
씻어 내자.
- 1958

孤 島고도

멀리 머얼리서
굴러오는 환호성.
그저 꿈결인양 아득하여라.

아쉬운 情정은 버려두고
찾아든 洞口동구 언저리에
뉘우치도록 기막힌 입김을 내뿜으면,

호되게 밀려오는
분홍색 종소리,
샛노란 鋪道포도 위에 바자웁다.

오늘은 성황당서
내가 우는데,
들릴 듯 들리는 듯
내가 가는데,

기약만 숨이 가빠
벌난벌에 그저 외롭다.
-1958

立　春입춘

도르르-
눈 설기 하나 녹아버린다.
못 견디게 부르는 저 손짓,
아지랑이 너머로 아른대는데,

추레한 처마 밑에
눈물 한 방울,
오늘을랑 천만리 가버리거라.

손들어 표할 것은 없어도
포스근히 젖은 풀 섶에 앉아,

열 손가락 번갈아 헤아려 가며,
가버린 날들을 생각하는가.
- 1960. 2. 5

哭곡 維石유석 先生선생

이 민족을 어찌 하라고
홀로 총총히 가셨소.

눈서리 모진 계곡,
일흔해 걸어온 가시밭길,
오는 봄 뉘 맞으라고
뿌리치고 가셨소.

"民主민주 祭壇제단에 피 뿌리겠다."던
안쓰러운 그 외침,
오늘은 통곡되어 한반도를 울리는구나!

그리도 훌훌히 떠날 바엔
만리 타국엔 왜 가셨소.
받들어 '國父'국부 모시자던 三千萬삼천만을
그만 잊고 가셨단 말!

아 가소서,
趙조 博士박사여 잘 가소서.
가시밭 꽃밭 되거든,
임께 삼가 아뢰리다.

- 1960. 2. 16

그 리 움

파-란 하늘 아래
파-란 서름이 있다.

구름 가는 서녘ㅅ가

누가 있기나 할까.

그리움처럼 맴도는
고운 손짓 하나.

파-란 하늘 아래
나래 접는다.
- 1960. 2. 18.

밤 중 에

고요한 밤중
그림자와 얘기했다.

캄캄한 밤중
'몸' 과 '마음' 이 다투었다.

흘러가는 시간 속에
두어 번 무릎 꿇고

고즈넉이 고개 들어
달뜨기를 바라는 마음—.
- 1960. 2. 19.

볼

살짝 건드리면
옥피리 소리라도 날 듯
너의 볼은 연분홍 꽃망울.

때때로 어리우는 나비 떼에

사르르-
노-란 한숨 짖는다.
- 1960. 2. 22.

삶을 찾아

네게로 가마, '淸'청
벙긋 웃으며 너 찾아 가마.

어서 갈 테다, '淸'
반겨 줄 이도 너뿐인 것을.

훈훈한 생명의 언덕배기로
솟구쳐 나래치는 파랑이처럼,

그래 갈 테다, '淸'
아쉬움 다 두고 몸만 가련다.
- 1960. 6. 1.

삶

진작 돌아서야 했을
공터에 서서
철없이 서성거리기만 했다.

귀여운 얼굴을 만날 듯한 동구에는
끝내 고동색 얘기 한마디도
들려줄 이 없었다.

해묵은 일기장을 젖혀가며
어제와 오늘의 바위틈에 매달려

그래도 심어보는 한그루의 '삶'
마냥 해설픈 노래가 맴돌아도
스무 해를, 또다시 스무 해를
가파른 오솔길로 올라야겠다.
- 1961. 5. 21.

마   음

아롱진 전설이라도
들려 올 듯한 마을에
어스름 연기만 답답한 산녘

"행여 너 있을까?"
사물거리는 고갯길
자욱 자욱 저 만큼 마중이나 오는가?

저긴 너 하나뿐
여긴 내 그림자

차라리 허허벌판으로
내닫고 싶은 마음
- 1961. 5. 23

숨   결

사롯이 사르듯이
조매로운 숨결인가,

어느 늬 수심인 듯
여린 목숨발·

초닷새 달 어스름에
언약이사 있으랴만,

사르르 사르르르
떠는 목숨발.

가시내 마음이사
嶺영 넘어도 시오리.
마음만 애스러이
아련한 모닥불.
- 1961. 5. 26.

辨　明변명

얼결에 자란
머리카락 만져 보고
귀여운 얼굴 찾는 시간,

방향 없는 아쉬움으로
발돋음을 해 가며
두 입술 나긋이 깨물어 본다.

해묵은 서름이사
서러울 것도 없는데,
어째서 마음이 허허롭구나!
- 1961. 6. 9.

미 니 욘

포스근히 잡아 줄
손결은 없어도,

미니욘!
에레나꽃 같은
감소롬한 눈짓을랑 그만 두자.

이리도 여린 목숨발 위해
나지막히 종이 우는 시간
우린 남도 사투리라도
마련해야 하겠거니—.

장난감처럼 지녀 온
꼭 너 같이 너 같이 소중한 얘기들은
성황당 촛불마냥 어른거리는데,

미니욘!
이제사 보랏빛 리본을 달고
눈물과 미소 사이를
산책하지 않으련?

- 1961. 6. 20.

고 향

애숭이 神신들이 사는 동리.
메밀꽃 하얗게 피고 지는 동지.

삶은 콩 내음 나는 사투리
'할매' · '할배' 의 마을.
우리 마을에는 '국제국장' 이 없다.
헤밍웨이조차도 영 모르는 아이들은
이따금씩 四溟堂사명당 얘기를
신나게 해댄다.

- 1961. 6. 26

나 팔 꽃

싸늘한 애태움이 있어도
가시내처럼 수다스런 모습.

빛을 향해 발을 구르는
그 고된 몸부림에
한번씩만 손을 흔들고,
살짝 흘겨보는 너의 生理생리.

나팔꽃아
난 너의 안쓰러운 미소를
지켜보면서 산다.
  - 1961. 8. 30.

사 랑

사랑은 장난꾸러기
잠자는 마음을 후닥닥 깨워 놓고
기지개도 켜기 전에
살짝 가 버린다.

몇 년이고 식혀온 내 정열에
모닥불을 붙이고,
너는 말없이 어디만큼 갔나?
  - 1961. 8. 30.

밤 기차

어디로 가는 것일까?

이 비 오는 깊은 밤에
기적 소리 들린다.

누구에게 하소라도 한다는 것이냐?
북적대는 수도 서울에도
너는 외로웠던 게지.

기적 소리 구슬프다
가을비보다 더 구성지다.
- 1961. 8. 30

우리는…….

따스한 양지밭에 누워
차라리 우리는
릴케나 괴테를 얘기해야 했었다.
그 곱사한 얼굴과
초롱초롱한 귀여움은 그만 두고
우리는 서로 덤벙대며
소근대야 했었다.

나는 지금 시무룩해 있지만
나는 지금 턱없이 주눅 들고 있지만

찬 서리 내리는 어느 새벽에
차라리 우리는 울먹어야 했었다.
릴케도 괴테도 뒤로 미루고
마냥 꺼이꺼이 울어야 했었다.
- 1961. 9. 1.

섣 달

섣달은
괜히 밤을 지새우는 달이다.
긴-긴 밤을 하얗게
그냥 보내는 달이다.

섣달은
공연히 울먹이는 달이다.
어느 서러운 사연도 없는 것을
자주 문풍지를 보고
눈물 훔치는 달이다.

섣달은
괜스레 고달픈 달이다.
헤어져 가고, 다시 한 해가 오고,
괜스레 서성대며
애태우는 달이다.

- 1961. 12. 17.

白 楊 路 백양로

해처럼 들끓는 정열은 없어도,
백양로,
입술 꼭 다문 아씨같이
너는 말이 없다.

항시 裸木나목으로 살아야 할
숙명 때문에
어쩔 수 없는 서름을 삼키고는
봄 가을도 잊어야 하는 너.

아득히 머언 종소리
들릴 때마다
망울진 가슴 어느 곳에
노란 향수의 색종이 한 장 깔고는,

삼백예순날 두고두고
나그네처럼 덧없이
살아야 했지, 넌.

한줌의 오욕도 허화도 없는,
오로지 진리·자유·낭만의 보금자리,
너 백양로, 영원하리라.

- 1961. 12. 19.

봄

지금쯤 봄은
바이칼 호 어느 낯 설은 움집에서
수런수런 자리를 털고 있을 게다.

긴-밤을 새우느라
잠꾸러기가 다 된 봄은
야윈 볼을 만지면서 기지개를 켜고
있을게다.

아무렇게나 ,흘러가는 대로
좁은 고샅을 오르내리며
해설피 울 수도 없는 처지 때문에
봄은 쓸쓸히 웃고 있는지도 모른다.

키가 나지막한 봄은

오바 자락에 손을 쑤셔 넣고는
‘카추샤’의 애잔한 만류도 잊은 듯
즐레즐레 ‘아리싸’를 찾으러 나서는 지도 모른다.

지금쯤 봄은
楊子江양자강 차표를 사려고
얌전히 색안경을 쓰고는
먼지 낀 머리카락을 매만지고 있을 테지.
설빔 하러 오는 먼 곳의 새댁처럼
봄은 인정꽤나 써 보려고
냉이 씀바귀를 가득 넣은 츄렁크를
꾸리고 있는 지도 모른다.

지금쯤 봄은
그래서 꽤는 바쁠 거야, 지금쯤은.
- 1961. 12. 20.

한 마디의 말

“사랑해!”
이 한마디를 차마 못해
내 마음 속 노을이 진다.

작심하고 불러 놓고는
어째 벙어리가 되어야 하느냐.

오슬오슬 밀려가는
여린 숨결에도
푸푸 힘이 겨워
허우대는 시간.

푸념을 하듯, 푸념을 하듯,
두 눈을 지긋이 감아둔 채,

'사랑해!'
이 한마디는
자장가처럼 아련해진다.
- 1961. 12. 21.

愛　慕애모

"사랑해요."
차마 그 말은 못해,
생긋 웃고만 돌아섰지 ,넌.

"잊어 주세요."
그 말마저 못해
일부러 새촘히 섰기도 했지, 넌.

발그레한 볼에 기어드는
수줍음 때문에
항시 윗 가슴 두근거리어,

저만치 가고도
살짝 돌아서야 하는,
참말 마음 약한 색시지, 넌.

이따금 입술 자근히 깨무는
구김살 때문에
"그이는 미워." 하고도,

그래도 제 마음 애스러운지

생긋 웃고는 낯붉히는,
참말 어리광도 모르는 애지, 넌.
바시시 타 오르는
어느 날의 내 정열 앞에
누나처럼 꼭 올 테지, 넌.

빙그레 웃는 그 의미를
난 잘 몰라도
그리움처럼 꼭 올 테지, 넌.

- 1961. 12. 24.

얼 굴

가뭇한 눈.
가뭇한 눈매,
고개 숙여 맞닿을 듯
그 귀여운 눈.

바시시 피어나는
연지 빛 보조개에
발그레 입 다물고
내미는 손.

가뭇한 눈동자,
여린 두 손결.
울듯이 웃을 듯이
갸름한 고개.

- 1962. 1. 9.

생명 앞에서

넌 항상 나만 알고
난 언제나 너만 안다.

무언가 한마디
꼬옥 하고픈 말도
별처럼 별처럼 잊어온 우리.
긴 기인 밤마다
웃지 못 할 일이
찬 서리 같이 밀려 와도,

늘 푸른 정열 안고
우린 더 먼 곳을 응시하자.

샐죽이 돌아서는
아슴한 날에도
조매로운 마음 삼켜 버리고,

넌 언제나 나만 알고
난 항상 너만 안다.

- 1962. 1. 28.

목 숨

풍화된 세월을 외면한 채로
시무룩이 돌아서 버린 젊음을
사운사운한 말로 달래 보는 시간,
지금 내 언저리에는
함초롬히 이슬비가 내리고 있다.

이정표도 없는 먼 곳으로
아스라이 흘러버린 얼굴들이
줄줄이 매달리듯 아른거리는데,

계산기에 놓은 윤리 앞에 서서
연신 헛기침을 해대는 것은
좀더 우람스레 살고픈 소망 때문이다.

선들매처럼 자꾸 가다가 보면
보랏빛 손수건을 팔락여대는
옆치기 사랑일망정 있는 것일까.

마음이 젖어—

이런 시간에는
짐짓 거드름을 피우고 서서
애잔한 노랫말이라도 흥얼대고 싶구나.
  - 1962. 2. 3.

노을에 서서
  — 다시 순에게

도서관 추녀 비낀 곳을
노을이 오순도순 속살거리는데
나는 이렇게 돌담에 기대어 선다.
아우성에 엉킨 싸늘한 기류 속으로
미처 못다 부른 사연이 흩어지는가.
시월의 하루도 물러 가나분데,

혼자만 있어도
휘파람 한마디 불지 못함은

당신을 일부러 잊어온 죄목인가.

기적이 하얗게 운다
소용돌이치는 서름 앞에
굳게 입을 다물고
여린 바람처럼 모두들 떠나가는구나.

행여 당신마저 떠나가면
나는 정녕 엉엉 울지도 못할 것을

담장이 넝쿨에 볼을 비비고
왠지 호올로 서있고 싶어
저 노을처럼 서있고 싶어
- 1962. 10. 24 <학관>에서

小孔洞소공동에서
- 다시 순에게 -

미도파 앞 뻐국한 대열에 끼어
내가 실없이 걸어 간다.

'입동'의 밤, 눈도 안 오고
소공동 싸느런 현광등 사이로
알뜰한 깃발이 펄럭이는가.

존재하기에도 힘겹게 하품을 하고
마아짱 같은 가시내가 옆채기를 하는
아아, 소공동은
차라리 신파극의 광장.

한국은행 앞을 풀벌레처럼 스쳐
투르게네프처럼 빈손을 꽂고 가면

소공동의 밤은 눈을 흘킨다.

- 1962. 11. 11.

銘_명

인생과 사랑의 길을 간다.
순이, 정이, 원이!

다시는 뉘우치지 말아야 할
당신들과 나의 사연을 기리면서
이렇게 호된 연륜을 걷고 있다.

"사랑의 길은 많으나 그 지혜는 드물다." 더니,
"눈물과 미소 사이를 산책하는 것이 인생" 이라 하더니―.

여기, 비좁은 골목길 위에서
당신과 나와 그대들의
계묘년의 조바심을 안고 간다.

- 1963. 7. 15.

난초 옆에서

너의 간지러운 훈향이 흠 없기로,
오래간만에 세월을 헤인다.

호젓하다거나 서러웁다거나
그런 얘기는 어린 날의 어리광.
뾰로통한 눈매가 새초롬한가부다.

산다는 것은 차라리 어림셈 하는 일.
높이 발돋움하여 팔을 벌리고

정작 호동그런 매서움에 목이 세는데,

파아란 마음 멍이 들고
나는 자꾸 부끄럽기만 하다.
- 1964 .4. 4.

당신에게

그리울수록 미워해야 한다는 부조리.
봄바람 같은 수다스러운 사연은
한 손 들어 막아 놓고,

마지막 언어인양
해설픈 침묵으로 살아야 합니다.

푸라타나스 그늘 드리우는 오후에는
혹시 내 세월도 시드나 싶어,
비뚜루 비뚜루 걷다간
짐짓 휘파람을 불어댑니다.

나의 청춘은 얼룩진 도화지.
어느 찬란한 여명을 위하여
수런수런 두어 장씩 넘겨봅니다.
- 1964. 5. 16.

徐 羅 伐서라벌
- 无涯무애 스승님을 생각하고-

閼川알천 물보라 속에
千年의 스스름이 흐르는가.

여기는 徐羅伐.
나직한 鐘종울림 있어
옛날로 가면,
法悅법열과 困惑곤혹의 노을이 진다.
懷抱회포는 恒時항시 故鄕고향 같은 것.
希願희망의 旋律선율을 머금고,
於此彼어차피 상채기에 묻힌 歲月세월이여!

따는
巨創거창하게 헛기침을 하고,
思念사념의 여울목을 내리면,
그만 꺼이꺼이 해설픈 생각.

"마음의 갓"을 좇던
耆郞기랑의 祖國조국에
하나, 둘……
望鄕망향의 燈등불이 켜인다.
- 1981. 10. 27.

雪　日설일
－ 无涯무애 스승님 五周忌오주기에

山寺산사의 쇠북이
隱隱은은한 時間시간

이끼 낀 돌담에
기대어 서면
歲月세월이 수런수런 스쳐가는 소리.

"떠나버린 列車열차는 참 아름답다." 던
그 追憶추억의 레일 위에
傳說전설처럼 눈이 내린다.

鐘_종이 우는데,
實_실은 久遠_{구원}의 海潮音_{해조음}이 들리는데,

눈이 쌓이는데,
實은 人生_{인생}의 旅券_{여권}이 젖어드는데,

뜨락 저만큼서 눈을 감으면,
싸리밭 언덕배기로
돌아오는 흰 얼굴.

- 1982. 2. 4.

立　春_{입춘}

그것은 따뜻한 邂逅_{해후}.

허늘어진 문설주에
기대어 서면
아스름한 전설 속에 고향이 하나.

"떠나버린 열차는 참 아름답다." 던
그 추억의 레일 위에,
두고 온 세월의 안자락에
별이 뜨는 밤.
宿命_{숙명}처럼 불어나는 體重_{체중}에
그냥 헛기침을 하며,
발이 시리도록 서성거린다.

- 1982. 2. 4.

迷 妄미망
— 金素月김소월에게 —

겨우겨우
男便남편 노릇 하다가
어느덧 戶主호주까지 되어
땅만 보고 한나절을 걷는다.

生活생활에 얹혀서
人生인생을 넘겨야 하는
메마른 저자 거리에서
오늘은 웬 일로 문득 素月이 생각난다.

"술과 계집과 利慾이욕에 헝클어져
十五年십오년을 허주했다."던 素月.
"아직도 때마다는 당신 생각에
축업는 베갯가의 꿈은 있……" 다던 그 金素月.

아아, 나는
二十有이십유 年年년을 허주하고도
아직도 "끝끝내 마저 하지 못한 말"이 있어…….

- 1987. 10. 15.

Ⅲ. 師弟_{사제}의 情誼_{정의}

答답 東喆동철

李이 君군

君의 글월을 받아 읽고서 많은 느낌을 얻었네그려! 그 滿紙만지의 珠玉주옥이 어느 것이 眞實진실 아님이 없음을 보아서 나는 君의 學問的학문적인 앞길이 洋洋양양할 것을 더욱 믿어 마지않네. 君과 같은 年富연부·力强역강한 學徒학도로서 무슨 障碍物장애물이 눈앞에 가리겠는가? 그리고 人間인간은 결코 讀書독서만 한다 해서 자기의 구실을 다했다고는 볼 수 없고, 때와 環境환경을 따라 잘 料理요리하여야 하는 것인 만큼 農村농촌에 돌아가서는 田家苦전가고를 같이 맛보아서 民生민생 問題문제에 관심을 잠시라도 떠나서는 아니 되리라 생각되네.

앞서부터 내가 君에게 느낀 것을 솔직히 말한다면 君은 純粹순수하고도 끈기 있는 嶺南人영남인의 氣質기질을 지녔음을 學問학문을 할 수 있는 素質소질임에 비하여 다만 조금 더 날카로웠으면 하는 念願염원을 지녔던 것인 바, 君은 이런 素質에다가 더 한층 勇往邁進용왕매진한다면 무엇이 不足부족하겠는가?

이곳은 暑苦서고를 물리칠 방법이 없이 지나는 중 뜻했던 모든 作業작업이 잘 進行진행되지 않을 뿐, 또 書齋서재 몇 칸 세우려는 것이 이런 物價高물가고와 함께 지친 心神심신을 거듭 괴롭히고 있네그려!

『熱河日記』열하일기 번역건도 진척 없고, 旅行여행도 못하다가 六日에 大邱대구를 거쳐 약 일주일 동안 다녀서 올 예정이나, 얼마만큼 收穫수확이 있을는지는 알 수 없겠고, 다만 高貴고귀한 放學방학을 이처럼 무의미하게 지나니, 그저 우스운 일일세!

旅行여행 途中도중에 붓 들기 어렵고 돌아온 뒤 답서 보내면 늦을까 염려하여 총총 두어 자 적으니, 모든 것을 諒解양해하여 주게! 아무쪼록 귀중한 몸 더욱 건강하여 멀지 않아 開學개학되는 대로 올라와 다시 前緣전연을 계속하길 바라며 閣筆각필하네!

一九六三年 八月 五日 朝조

李家源이가원

答 東喆

머리를 조아리며,

君에게 답하는 사연을 늘어놓기 전에 먼저 사과하려 하네. 나는 실로 지난 七月 五日에 아버님을 여의고 이제까지 悲遑비황 중에 들어 君과 같은 親知친지에게도 通訃통부도 못한 모양이니 그 창황망조했던 일 잘 추척하여 널리 용서해 다오.

君의 겸허한 태도나 진지한 심정이 글월 중에 나타남은 이제 겨우 느낀바 아니겠지마는, 이번은 특히 君에게는 최고학년 중의 放學 중에서 울어 나온 꾸밈 없는 盡衷진충인 만큼 더욱 나의 心琴심금을 울려 주곤하네그려!

學界학계 중에 老노 先輩선배인 陶南도남이나 洌巖열암은 모두 尊敬존경할 만한 어른들임은 君이 잘 보신 것인데, 대체 陶南의 高邁고매와 洌巖의 純粹순수는 幷世諸賢병세제현의 따를 자 실로 드물 것이니 앞으로도 기회 있는 대로 從遊종유·濡染유염해 주길 바라네.

學校학교에서는 八月 二十一日부터 前전 學期학기의 考査고사를 치를 예정이나 하나, 解嚴해엄이 진시 될는지, 물론 통지 있겠지요.

일기 고르지 못하니, 부디 몸조심하여 學業학업에 매진해 주시게.

이 몸 아직 오 척의 孤兒고아처럼 마음 아득, 그만 줄이네.

『燕巖小說研究』연암소설연구는 곧 紙型지형으로 들어가게 되었고, 臺灣대만에서 요청한 『玉溜山莊詩話』옥유산장시화도 제법 진척 중에 있는 셈일세.

1964.7.23 李家源

答 東喆

君군의 편지는 감명 깊게 읽었으나, 入試입시 등의 俗務속무에 얽혀서 여태까지 답서 못 보냈으니, 君의 유다른 向學향학의 心境심경에 얼마나 섭섭했겠는가?

그러나, 卒業式졸업식도 멀지 않았고 또 君은 필시 大學院대학원에 進學진학하고야 말 테니, 自由자유롭게 만나서 이야기를 할 기회가 없지 않을 듯, 다만 君은 갸륵한 初志초지를 一貫일관하여 앞길을 스스로 열어서 가까이로선 우리 一門일문의 文衡문형을 장래에 맡아 주어야 하겠고, 멀리로는 民族민족의 英名영명을 얻어 이 피폐한 學界학계를 위해서 참된 일꾼이 되어다오.

賤齒천치도 이미 五十오십이 가까우니, 後生후생의 弘道홍도를 殷望은망하는 心境심경이야 先哲선철에 양보하지 않을 뿐, 더욱이 往日왕일에 健全건전한 指路馬지로마가 못되었음을 이제 부끄러워할 뿐일세!

수히 만나길 기다리며 총총 이만 그치네.

1965.2.15 李家源

答 東喆

몇 달 전에 君군의 水墨수묵을 받아 읽고서 여태까지 답 못했으니, 君군은 그 얼마나 섭섭하였을까?

이제 거듭 만지의 情札정찰을 받았으니, 이젠 묵과하긴 송구할 정도일세그려!

첫째 民生민생 問題문제에 언급한 君군의 진지한 사연에 느끼지 않을 수 없겠네. 예로부터 稼穡가장의 가난을 모르는 學者학자나 政治家정치가는 못 쓰는 것이므로 『書經서경』중의 「無逸무일」의 한 편에서 先哲선철은 간곡하게 말씀하시지 않았던가?

君군은 經濟的경제적으로 조금 곤란함이 있다 하더라도 꼭 大學院대학원에 진학해 주길 바라네!

그리고 학문도 농사와 다름없으니, 때를 놓치면 손실이 오는 것이라 생각하네.

「買香問答매향문답」이란 읽을 것이 못 되는데 君군의 慧眼혜안에 비추어질 줄이야 알았으랴!

南原남원을 다녀온 뒤의 소위 "春香波動"춘향파동이란 이 학계의 썩은 宗派的종파적 理念이념을 해탈 못한 似而非的사이비적 學究輩학구배의 질투와 비방을 입었으나, 나는 종시 毅然의연히 불굴의 姿勢자세를 지니고 있었을 뿐이니, 이 세상에선 학문을 올바르게 하기도 참으로 힘드는가봐요.

『李朝名人列傳이조명인열전』과 『燕巖小說研究연암소설연구』는 그 사이 햇빛을 보게 되었으나, 이도 역시 온갖 방해를 물리치고 이룩되었으니, 후유! 하고 긴 한숨을 뽑지 않을 수 없네그려!

放暇방가에 이 곳 일차 오겠는지?

早期放學조기방학에 지나친 불평을 하지 말고 그저 爲己위기의 學학에 매진하여 앞 세대의 일꾼이 되기를 기대할 뿐일세! 이렇게 天災천재·澒洞홍동한 이날에 私家사가의 寒暄한훤은 그만 두기로 하네.

1965.7.5 李家源

答 東喆

　언제인가 浮石寺부석사에서 부쳐 온 편지는 君의 뜻을 따라서 답장도 못한 채,
그만 슬쩍 지났으니, 오랫동안 잊을 수는 없었네.
　君의 편지 사연은 몹시 感傷的감상적이어서 나로서도 共鳴공명하지 않을 수
없었으나, 다만 實學실학이란 불우한 環境환경에 처해 있을수록 더욱 奮發분발하
여 자기가 평소에 하고 싶던 것에 邁進매진하여야 한다고 생각하네.
　나도 이젠 硏究費연구비까지도 窮乏궁핍되어서 三・一文化賞삼일문화상이란 賞
을 타 먹으려고 무엇을 내었는데, 이제 君의 말에 나는 도리어 부끄러울 뿐일세.
　君의 大學院대학원의 進學진학 問題문제는 延大연대의 그네들이 점차 學問학문
을 버리고 文藝創作科문예창작과의 新傾向신경향을 띠었다 해서 조금도 주저할
것은 없으리라 생각되네. 요즈음 서울 각 大學院生대학원생의 指向지향은 점차 古
典고전을 探究탐구하는 듯하여 成均성균・東國동국・梨花이화 등 몇몇 新進신진이
있어서 함께 學問학문을 할 수도 없지 않으니, 君은 결코 落望낙망하지 말고 素
志소지 完成완성하기를 바라네.
　이야기 할 일이 많으나, 위선 이만 그치네.

1965.12.1 李家源

答 東喆

　내 일찍이 君에게 邪사・正정을 峻嚴준엄하게 나누어 할 것을 몇 번이고 되풀
이를 하였으나, 君은 아마 깊이 믿어지지 않았기에 오늘의 窮天궁천의 억울함을
당하는 것이나 아니었던가?
　그러나, 君으로 서는 그를 겨루지 않고 스스로 억울을 견디는 것이 잘된 일이
라 생각되네 그려.
　아무리 邪曲사곡하여도 스승이니까, 그렇다는 말이니, 섭섭히 생각하지 말아다오.
　그이도 방금 물의의 대상물이 되어 갈피를 잡지 못하는 모양이니, 가련하기
짝이 없더구먼.
　이 일을 모르는 이도 없지 않는가봐. 그저 근면히 공부에 전진하길 바랄 뿐일세.

1969.5.28 李家源

答 東喆

君의 정성어린 글 몇 번이고 받았으나, 게으름이 成習성습되어 진시 답장 못 보내 늘 혼자서 송구하게 생각하였을 뿐일세. 이제 高大고대 大學院대학원에 就學취학하였음은 가장 잘 생각한 것이라 축하해 마지않는 바일세.

이 악랄한 學界학계의 風潮풍조, 돛을 順風순풍에 달고 滄海창해의 廣闊광활을 헤어났음은 여간 용맹스럽고 슬기스러운 일이 아니리라.

백 길 물 깊이는 알 수가 있지만, 두어치 사람의 마음은 잘 측량키 어렵다는 상말이 우리에게 커다란 교훈일지도 모르는 것이나 아닐까?

모쪼록 學業학업에 매진하여 커다란 成就성취 있길 빌 뿐일세.

1970.3.9 李家源

이동철 군.

放學방학도 다 지났습니다. 그동안 여러 가지 수확이 많았으리라 생각됩니다. 나는 『李朝語辭典이조어사전』 편찬으로 그야말로 不撤晝夜불철주야의 고생을 계속하고 있습니다.

一學期일학기는 李 君의 성적이 우수하였는데 더욱 용기를 내서 좋은 成果성과를 얻도록 祈願기원합니다. 곧 만나겠기에 이만 적습니다.

1963.8.12 유창돈

이동철 앞.

편지를 받고도 곧 回信회신도 띄우지 못해 未安합니다. 긴 放學방학 동안이 있으니 많은 收穫수확이 있었으리라 믿습니다.

나는 오랫동안 끌어오던 『李朝語辭典이조어사전』과 『李朝語變遷史이조어변천사』의 校正교정 때문에 눈코 뜰 사이게 없는 처지입니다.

며칠 뒤 건강한 모습으로 相逢상봉하길 바라며……

1964.8.12 劉昌惇유창돈

이동철 앞.

편지 반갑게 받았습니다.

졸업을 앞두고 여러 가지 생각하는 바가 많으리라 추측됩니다.

그러나 동철 군에게 내린 至上命令지상명령은 그저 한 가지 뿐일 것입니다. 곧
이유 여하를 막론하고 "대학원에 진학하라". 는 그것일 것입니다.

이제 졸업식도 二十餘日이십여일.

내내 平安평안히 있다 上京상경하기를 빌며.

1965.1.11 劉昌惇

李東喆 君

반가운 편지 오늘 받았습니다. 浮石寺부석사에 가 있다는 소식, 많은 공부를
할 것이라 생각되어 반갑습니다.

나는 放學방학 동안 忠南北충남북의 일부를 돌아보고 있습니다. 여러 가지 얻
은 바가 많았습니다. 지금은 語彙論어휘론을 세워보고 있습니다. 史的사적 고찰인
데, 論文논문 한篇편 없는 이 方面방면 것을 制作제작하려니 完全 新境地신경지
라 좀 힘이 드나 봅니다.

梁柱東양주동 先生선생님은 東大동대로 물러나게 되어 자연히 延大연대도 그만
두게 되었습니다. 학생들을 위해서도 안 되었지만, 지금은 별수 없는가봅니다. 아
마 얼마 뒤에는 다시 풀리겠지요. 모든 것이 建國건국 初초의 일이니깐요-.

正男정남 A,B 모두 軍군에서 편지가 왔습니다. 아주 학교가 그리워 못 견디겠
다는 사연이었습니다. 정말 학교에 정이 들면 마치 女學生여학생 같아지는가 보죠.

지난 週주부터 강의를 시작했습니다. 차분히들 듣고 있었습니다. 이런 분위기
를 학기 末까지 持續지속시켜야겠는데— 하고 생각했습니다. 정말 조용히 공부
해야겠는데, 지금까지의 大學은 그야말로 浮石舍부석사였으니깐요. 한번 부석사
를 보았으면 하고 있지요.

부디 몸 조심 하기를—.

1965.9.28. 劉昌惇

이동철 군.

편지를 받은 지는 무척 오래 되었는데, 이일저일 하다 보니 이렇게 밀려오게 되어 未安미안합니다.

業 후 갈림길에 서서 여러 가지 느낀 바가 많으리라고 생각됩니다. 그리고 마음대로 안 되고 시들하게만 뵈는 '세상'이란 것을 다시 한번 뼈저리게 느껴 보았을 줄 압니다.

그러나 그런대로 무엇인가 營爲영위하려고 하는 意慾의욕, 그런 類유의 어떤 흐름에 몸을 맡기기만 한다면 과히 소침하지는 않을 겁니다. 아마 몇 해 걸려야 될 일이긴 하지만서두요.

요즘은 어떻게 지나고 있는지요. 군대에 가야 할 일도 앞으로 있고, 또 대학원을 마쳐야 할 의무도 있으니, 부디 길고 천천한 걸음을 걸어야 하리라 悠長한 마음을 먹도록 하시오. 그러면 일이 빨리 되리다.

이번 放學방학에는 어디 시골에나 가 묻혀 있을까 하는 생각을 하고 있습니다.

1966.6.26 劉昌惇

이동철 군.

편지 반가이 받았습니다. 이번 放學방학은 무엇 하나 제대로 만들어 놓지도 못하고 그냥 말았습니다. 그렇게 좋아하는 旅行여행도 三,四日 동안 嶺東地方영동지방을 돌아보았을 뿐, 다른 계획은 未遂미수에 그쳤습니다.

入試입시란 어려운 行事행사를 치루다 보니 모든 게 空白공백 뿐이었습니다. 그런데 實실은 '入試'란 사실 자체는 나와는 관계없는 일이고 보니 사람이란 그저 未來미래가 남의 일을 해주다가 가는 존재인지도 모르겠습니다.

一年일년 동안이란 세월을 통해 李 君은 君 自身자신을 무던히 괴롭히었으리라 생각됩니다. 그러나 다른 시기에서는 이루어지지 못할 굵직한 하나의 매듭이 분명히 굳어졌으리라 생각합니다.

大學院 入試를 보는 것은 잘 하는 일입니다. 그것은 學問的학문적인 생활을 걸어가려는 사람의 結緣결연 行使행사이기 때문입니다.

부디 뜻대로 일이 성취하기를 念願염원합니다.

건강한 몸으로 다시 만나길 期約기약하며.　　1966年 二月 十四日 劉昌惇

무애 스승님께.

어느덧 '大寒대한'을 거쳐 '立春입동'을 바라보게 되었다 하옵니다. 일기 분순한 요즈음, 댁내가 균온하시오며, 公私공사에 다망하실 선생님께서도 존체 안녕하시온지, 불민한 문생이 늦게야 문안드리게 되옴을 송구스럽게 생각하옵니다.

부모님 슬하로 찾아 온지 어언 월여를 넘어, 연륜으로는 하마 太歲태세를 달리하였다 하옵니다. 新曆신력 元旦원단에 선생님께서 "新年頌신년송" 하신 그대로, 정작 '뱀의 해'에 당도하였사옵니다.

평소에 늘 지엄하신 중에도 오히려 따사하셨던 선생님이시매, 거기에 깨우쳐 주신 말씀을 철없는 저로서는 곰곰 생각해 보았사옵니다.

모든 것 상실해도 신념과 희망을랑 굳이 把持파지하세나!
하신 것은, 선생님 遍歷편력하여 오신 지난 일의 성패를 회고하시면서 자랑스레 일컬으신 승리의 노래일지요?

가시 숲, 드높은 절벽, 거센 물도 구불구불 뚫고 나가고, 스스로 오르내리고, 넘실 또 넘실, 목표를 바라보며 머리 번쩍 쳐들고 헤엄쳐……
하신 것은, 저의 비좁은 소견으로는 해학이 서린 중에도 짐짓 따끔한 '警世訓경세훈'이라 그렇게 믿었사옵니다.

十年십년이면 江山강산이 변한다 하옵기에, 선생님 모신지 한갓 四年사년이오매 河河하하야 별달리 변화가 없는 듯해도, 그만 못한 人事는 별스럽게 변해 갔다 하옵니다. "春園춘원과 爲堂위당이 없으니 한 盃배 권할 인들 있으랴!" 하시던 선생님, "쉬운가 여겼더니 밥 먹기가 어렵더군!" 언제인가 『古歌硏究고가연구』를 강의하시다가 사뭇 慷慨강개로히 말씀 하시던 선생님.

사내 나이 스물이면 누구는 나라를 거느렸다는데, 얼결에 學府학부 생활의 마지막 章장을 젖히려고 생각하온즉은 다만 앞에는 자욱한 안개만 밀려 있는 것 같사옵니다.

무어라고 한껏 흥겨이, 분별없이 동분서주 하다가 막상 지금에야 선생님께 한없이 심려만 끼쳐드린 것을 뉘우치면서, 새삼 면구스러움을 어디에 둘 바 없다 하옵니다.

제 스스로가 무능한 중에 田家苦전가고 역시 평탄치를 못 하와, 계속해서 학업을 계속하려 하던 것이, 대학원 진학을 보류할 수밖에 없게 되었사옵니다.

　그러하오나, 不遠불원 將來장래 어느 날에는 기필코 선생님 슬하로 다시 돌아가야 하겠다는 다짐만을 되새겨 보는 중이옵니다.

　물결이 사납다는데 세상 일이 어찌 거칠지 않겠습니까마는, 그래도 선생님께서 늘 일러 주시던 말씀, 거듭 명심하여 한시 바삐 학원으로 돌아가야겠사옵니다.

　仁王山인왕산 거무틱틱한 庵子암자는 거듭 새롭다 하였사오니, 지구의 아람드리 老松노송처럼 선생님 더욱 老益壯노익장하시옵기를 못난 문생이 먼 고에서 삼가 빌어드리는 것이옵니다.

　선생님 내내 안녕하시옵소서.

乙巳年을유년 정월 스무사흘날　초 문생 사룀

IV. 純粹순수와 哀戀애련

생각에 잠겨 있을 동철 씨에게

더웁기만 하던 여름 날씨에 시원한 바람이 불어오니 마음까지 시원해지는 것 같군요.

其間기간도 安寧안녕히 계셨는지요?

家內가내가 모두 無故무고하시리라 믿습니다.

예기치도 않았던 휴가 덕분에(?) 자기대로의 plan을 세워 만족한 生活생활을 했는지는 오직 自身자신만이 알 일이고, 요즘은 學期학기 末말 試驗시험 발표와 同時동시에 圖書館도서관으로 발길을 옮긴 學生학생이 눈에 띌 만치 불어가고 있군요.

동철 씨는 조용하고 평화로운 고향에 가서서 내일을 위한 보람된 나날을 보내고 계시겠지요?

지난겨울이었던가요? 머리가 둔해서 잘 기억하질 못하니 용서하세요.

당신의 정성어린 長文장문의 편지를 받고도 답장을 못해드린 것을 아울러 사과드립니다.

제가 관심이 없는 탓이었는지 저는 아직도 동철 씨의 성함만을 듣고 알고 있을 뿐 實際실제의 모습을 못 보았기에 그렇게도 긴, 정성들인 편지를 받고 곧 답장을 드리지 못했는지도 모릅니다.

한마디도 건네 보지 못한 분에게 제가 무어라 말씀드릴 수가 없었어요. 더군다나 文學문학과는 거리가 멀다고 제 자신이 느끼는 터인지라 片紙편지가 잘못 온 게 아닌가 의심을 품어 보기도 했고, 또한 거기에 취미나 소질이 없는 것을 후회해 보기도 했읍니다만 어쩔 수 없는 일이 아니겠어요?

매일의 바쁜 生活생활(?) 에 쫓겨도 이번에는 곧 답장을 쓰려고 하였지만 또 이렇게 늦게야 pen을 들었군요.

시원한 바람이 불더니 굵은 비가 창을 두드리고 있군요.

쭉 곧은길을 가는 사람, 꾸불꾸불한 또는 비탈길을 따라 험한 길을 가는 사람 등 人生이란 것을 살아가는데, 아마 모든 것이 하늘에서 휘두르는 지휘봉대로 되는 것 같기도 하고, 또는 自身자신의 노력 여하에 따라서 결정지어 지는 것 같기도 하고, 이런 생각을 하고 있노라면 뒤따르는 공상, 망상이 꼬리를 잇는군요.

아마 동철 씨는 앞이 훤히 내다보이는 생활을 하시는 것 같군요. 참 부럽습니다.

大學生活대학생활에 종지부를 찍어야 할 날이 얼마 남지 않을 것을 생각할 땐 무척 안타깝고 불안해 지는 것은 웬 일일까요.

만족스럽고 보람진 날을 보내지 못한데 그 원인이 있을 것 같군요. 조금 남은

期間기간이나마 충실하게, 그리고 후회하지 않을 生活생활로 엮어 보아야 겠어요.

부질없는 소리들을 지꺼렸는데…….

앞으로도 대화를 나눌 수 있는 벗이 되었으면 좋겠군요.

길고도 긴 편지를 받을 수 있었다는 데에 무한한 영광으로 생각하오며 이만 졸필을 놓겠습니다.

동철 씨에게 幸運행운이 깃들기를 빌면서, 안녕히 계십시오.

1964. 8. 6.

서울에서 ○순 올림

〈其 一〉

김 선생님

편리할 대로 좋을 대로 살아가는 세상에 이제 와서 또 글을 써야 할 이유가 무엇이냐고 물으신대도 저는 씩- 한번 웃는 것만으로 아무 변명도 하지 않을 것입니다.

"나갈 때 나가고, 물러설 때 물러서겠노라." 고 말한 것은 바로 당신이 아니었더냐고 물으시겠지요?

"저 같은 사람은 『생리학개론』이나 읽고 『수신』책이나 배우면 그것으로 만족할 것이지, 인생을 논하고 사랑을 이야기할 지혜는 없노라." 고 분명히 말한 것은 정작 너의 술회가 아니었느냐고 반문하실 테지요?

그러나 저는 대답 대신 묵묵할 것입니다.

누구를 연모했다거나 어느 여성을 그리워했기로서니 그것이 구태여 흉허물이 될게 무어냐고 따져 볼만큼 저는 태연하지도 우왁스럽지도 못 합니다.

한번쯤 어느 이성을 사랑했다거나 꾸밈없는 정성을 부워넣었다기로니, 하필 머리를 숙이고 걸어야만 할 이치는 또 어디 있느냐고 여쭈어 볼만큼 저는 순박하지도 깡기스럽지도 못합니다.

그러나 "男兒一言重千金남아일언중천금" 이란 말이 한갓 속된 버릇이 아니냐고 핀잔을 주는 이가 있대도 저는 굳이 이 말을 믿고 지키면서 살아갈 것입니다. 많은 날 동안 그렇게 살아왔으니깐요.

거울 같은 세상인데, 정1품 종9품을 새삼스러이 찾는 그런 서투른 습성으로 어떻게 살아갈 수 있을 것인가고 불안한 마음을 가져본 적은 참말이지, 한번도 없습니다.

　그리고 저는 누가 무어라 한 대도, 모두가 말하기 좋은 대로 나무랄지라도, 그렇게 살아온 것같이 또 四書사서 三經삼경을 끼고 살아갈 텝니다. 마치 사투리를 한 평생 버릴 수 없듯이.

　싸늘한 양심 위에 가열한 세상의 웃음이 습기를 밀어 넣기에, 지금 와서 저는 이 글을 써야만 할 것 같습니다. 비웃는다거나 원망한다거나 모두 좋은 말입니다.

　우울해한다거나 성가시다 하거나 모두 마음 아픈 사연입니다.

　김 선생님.

　벌써 저는 그 따스하던 당신의 영토를 떠나 있으니 이제 와서 또 다시 미련이 있을 리 없습니다. 아무런 집념도 없노라고 끝내 믿어 볼 것입니다.

　"혹시 당신은 또 내 이름자 밑에 '氏'字씨자 하나를 더 붙이는 날은 없겠느냐?"고 물어 주신다면, 저는 머언 하늘 저 어느 구석을 가리켜 드릴 것입니다. "아마 그것은 백년 후에 한번 있을 일"이라고-.

　서러웁다거나 못 견디겠다거나를 생각할 만큼 저는 그렇게 어물하지도, 철이 들지도 못했습니다.

　다만 그런 마음은 그저 한때이겠노라고 믿을 줄 아는 미욱한 理性이성이 지금에야 마련되어 있을 따름입니다.

　김 선생님은 혹시 그 말을 기억하고 계시는지요? "인생은 5막이지만 더러는 3막으로 끝날 수도 있다."고 한 마아까리스·오렐리아쓰의 그 얘기를.

　어쩌면 선생님은 그 얘기를 아직 잊지 않으셨겠지요? "내일 비록 세계의 종말이 온다고 할지라도 나는 오늘 사과나무를 심으리라."고 한 스피노자의 정성어린 격려의 말을.

＊　　　　　　　　　＊

　혹시나 저도 괴테만큼 오래 살 수 있을지도 모르겠습니다.

　어느 먼 훗날, 백발이 성성한 몸으로 아늑한 서재에 기대어 「향가」나 「단군신화」를 뒤지는 그 노인.

　창 밖에는 눈발이 푸듯푸듯 내려도 좋겠지요. 光均의 싯귀처럼

　　　내리는 눈발이 속살어린다.
　　　옛날로 가자, 옛날로 가자

는 그 눈발이.

그때 그 노인은 이따금씩 선하품을 하다가 사위어간 기억 하나를 생각해내고는 어린애처럼 한번 빙그레- 웃어 보겠지요. 그리고는 알뜰이 차곡차곡 쌓아간 한 상자 가득 담긴 일기장을 더듬거리어, 자기가 그다지 아꼈던 대학 시절의 소중한 얘기들을 펼쳐들고는 감개무량해 하겠지요.

벌써 야위고 핼쑥해진 두 볼을 쓰다듬으면서 지긋이 눈을 감고 창에 기대어 섰다가는 비좁은 방안을 얼마 동안 서성거리기도 하겠지요.

이것은 쇼펜하우어의 철학 서적에 나오는 삽화가 아닌, 제 자신이 갖고 싶은 설계의 단면입니다.

아시겠지요, 이만큼만 말씀드리면?

짐작하시겠지요, 제가 무슨 말씀을 드리려는 것인지를?

*　　　　　　*

존재의 부분으로 살면서 그 존재를 논해야 하는 인간은 축복받은 존재는 아닌지도 모릅니다. 저는 그런 힘겨운 문제를 생각한다거나 간직해 낼 인격도 슬기도 갖지 못했습니다.

그런 문제는 접어두고 자신이나 보살피며 살아갈 텝니다.

우선은 불쾌하시겠지요, 혹은 우울하시겠지요, 제가 드려야 할 이런 고달픈 얘기 때문에?

그러나 곧 잊게 될 것입니다. 그 야무진 素月도 사노라면 잊힐 날 있으리라고 몇 번이나 말했으니깐요.

제가 드린 두통의 글, 그러니까 이번까지 세통의 글은 돌려주셔야 겠어요

진정입니다. 그렇지 않으면 실망할 거예요

저는 "먹고 사는 일만 허락된다면 연희의 숲을 떠나고 싶지는 않다."고 말씀드렸으나, 어차피 김 선생님은 떠나실 게 아니겠어요, 바로 6개월 후면.

머물러 있는다거나 흘러가버린다거나, 그것은 그때의 일일 테고, 남은 몇 달이나마 좀 더 웃으면서 지내야겠어요. 김 선생님이야 무심히 지내시고, 혹은 거리낌 없이 다니셨겠지만, 저는 차마 곁을 서로 지나기가 마음 아픈 일이었습니다.

그리고 이제 와서야 비뚤게 그려진 제 인생의 포물선을 조심스럽게 기우고 매만져 그어야겠다고 생각했습니다. 벌써 너무 늦었지만, 늦으면 늦는 대로 다시 다듬어야 할 제 인생의 자세라고 믿었습니다.

어느 한 시절에 한번쯤 연모의 노래를 바쳤다거나, 그로 더불어 어떤 한 여성

이 메시꺼운 사연을 참아내었다거나, 흐르고 흐르는 세월은 곧 이런 일들을 잊게 할 것입니다. 그리고 그 연륜은 총총히 걸어야 하는 우리 사람들의 발걸음을 재촉하면서도 무심한 듯이 지나갈 것입니다.

지금에 와서 저로서는 송구스럽다거나, 용서를 빌겠다거나, 그런 말씀을 드릴 필요가 없다고 믿어봅니다.

"울음은 究極구극의 언어" 이것은 시인 芝薰지훈의 말입니다만, 마음으로 우는 사람은 얼마나 아픈 마음으로 많고 기나긴 사연을 참아내고 있는가를 지훈은 또 무어라 말할 것인지—

"말이 많은 것은 거리가 멀다는 증거"라고 어느 철학자가 말했습니다.

우리는 거리가 멀어야 하겠기에, 저는 이렇게 많은 말들을 모아 여기에 옮겨 적었습니다.

김 선생님이 마음속으로 진정 용서해 주신다면 저는 이 한마디 양해를 구하고 싶을 뿐입니다. "그러나 더 멀리 보낼 수는 없는 추억이야. 꼭 이대로 나 혼자 마음에만 심고 가꾸고 싶은 아마릴리스인걸."

*　　　　　*

저는 신을 믿지 않으므로 신의 기호를 기도해 드릴 수는 없습니다. 다만 제게 있는 초라한 정성으로 김 선생님의 영광과 행운을 삼가 빌어 올립니다.

영원히, 그리고 안녕히-.

- 1964.5.2

(※草稿초고의 일부)

〈其 二〉

김 선생님.

인사 말씀을 드리지 않는 것이 예의라기에, 그 얄궂은 모순도 법이라니 그대로 따를 수밖에 없나 봅니다.

말이 많은 것은 거리가 멀다는 증거라고 했습니다. 이제는 되도록 많은 말을 써 내어도 좋으리라고 믿으면서 이런 사연을 적어 버리렵니다.

생을 구가한다기로니, 설사 그것으로 '俟河之淸' 사하지청의 허술한 사람이라고 핀잔할 이는 생명같이 지엄스레 아끼고도 끝내 이어져서는 안 될 연도 있다면 차라리 이승에 태어나지 말 걸 그랬지만, 한 번 쯤 어느 누구에게 기찬 정성을 기울렸다기로니 그것이 정작 업보라 한다면 이제는 저도 대답 대신 묵묵할 것입니다.

"울음은 究極구극의 言語언어". 그런데 그런 '언어' 마저 망각해야 할 때, 그때는 또 무엇이라고 표현해야 할 것인지…….

따가운 모닥불에 체념의 소슬 비가 뿌리거나 말거나, 목소리를 가다듬고 한 번 쯤 생을 구가한다기로니 ,설사 그것으로 '俟河之淸사하지청' 의 허술한 사람이라고 핀잔할 이는 없으리라 생각했습니다.

그러나 생각해 보면, 저 같은 사람은 여태 그렇게 자랐듯이 『수신책』이나 읽고 『언행록』이나 암송하면 좋았을 그런 존재인 것 같습니다.

계산기가 놓인 윤리 앞에 메카니즘의 호된 바람이 부는 날은, 그런 것은 모두 낡은 비올롱처럼 서러운 것이 되어 버릴 지라도.

*   *

김 선생님.

이렇게 밖에는 달리 불러 드릴 호격 명사가 없나 봅니다.

편리한 대로 좋을 대로 살면 그만일 세상이라기, 저도 편리한 대로 그렇게 불러보는 지도 모르겠습니다. 회억의 찢어진 깃발을 기우기 위해 추억의 그네 위에 몇 시간만 앉아 있게 허락하여 주셔야겠습니다.

이제는 다시 돌이킬 수 없을 세월과 함께 영영 흘러가 버린 부끄러운 기억을 헤어 봅니다.

인정이란 더러운 것이어서, 여관방에서 가방을 들고 훌쩍 나와 버리듯 할 수는 없었나 봅니다. 학처럼 목을 뽑고 발돋음하여 살아갈망정 , 젊음은 인생의 고향이라고 했습니다. 눈물겹도록 그리운 말입니다.

젊음은 절정에서 절정으로 딛고 가는 영광과 승리의 대명사라고 했습니다. 좋은 말입니다.

그런 때만 지나면 인생은 이미 이울기 시작한다니 감개무량한 계절이기도 합니다.

그러나 이제 저에게 요청되는 것을 차디찬 이성입니다. 냉철한 자기비판!

진작 『도덕』교과서 「서문」에 썼었더라면 좋았을 말입니다. 많은 주사위를 던지고도 체념도 기대도 없이 보내버린 세월 앞에 엎드려 문책을 받을 양이면, 제게 주어질 문제는 '차디찬 이성', 아마 이것 외에 또 다른 무엇이 아닐 것입니다.

"학문이란 다른 무엇이 아니라 잃어버린 양심을 찾는 데 있다."고 한 『맹자』의 어느 대목을 염불 외우듯 외워대는 사람. 둥글둥글 살아도 진정 살기가 어려운 세상에서 그래도 '尾生之信미생지신'이 옳다거니 하고 우겨대는 사람.

확실히 모진 돌은 정을 맞으며 지내온 것도 사실입니다.

> 몹시 차 보여서 좀체로 가까이 하기를 어려워한다.
> 조그마한 거리낌에도 밤 잘을 못자고 괴로워하는 성미는 살이 머물지 못하게 학대를 했다. 대처럼 꺾어는 질망정 구리모양 휘어지기가 어려운 성격은 가끔 자신을 괴롭힌다
>
> — 노천명 : 「자화상」

반·고흐의 그것처럼, 아마도 저의 자화상도 이것이나 다를 바 없을 것만 같습니다.

> 꽃가루 날리우듯 흥건히 뜨는 달밑에
> 기척 없이 서서 나도 대같이 살거나.
>
> — 신석정 : 「대숲에 서서」

＊   ＊

> 인생은 쓴 잔이다. 한 방울 한 방울 세이면서 마실 수밖에 없다.
> 나는 나의 미래가 어떠한 것인지를 알지 못한다. 어두운 골목길을 한 걸음 한 걸음 불안에 싸여 걷고 있을 뿐이다.

키에르케고르의 말처럼 인생이 정녕 '쓴잔'이기만 하다면, 학문이니 진리 탐구니 하는, 사치스러우나 고달픈 명제들을 저는 오래 전에 저버리고 살아왔을지도 모릅니다.

많은 고향 사람들처럼 보습이나 대고 김이나 매면서 한 떨기 청징한 들국화같이 그렇게 말입니다.

어차피 괴로울 바엔 마음보다 몸이 고달프면 차라리 더 수월한 일인지도 모르기 때문입니다.

키에르케고르은 '어두운 골목길'과 같은 인생을 '신 앞에 선 고독한 실존'으로 영위했다지만, 신을 믿기에도 미욱한 이성을 가진 저 같은 사람은 그런 '쓴잔'을

많이 마시기엔 체질이 너무 맞지 않는지도 모릅니다.

이것은 니체의 말입니다.

물론 저에게 절대긍정의 꺾을 수 없는 이런 투지와 결단이 있는 것은 아니지만, 그런대로 貊처럼 꿈이나 먹고 살다가 볼 것입니다.

말 많고 변덕스러운 세상이사 무어라 빈정대든지, 지금부터라도 자신을 아끼고 긍지를 가꾸면서 살아갈 것입니다.

걸어온 길이 초라했거나 나아갈 길이 험난하거나 이제 와서 '인생의 여권'을 다시 사겠다고 뉘우쳐보는 저는 아닙니다.

가장 뜨겁게 사랑해야 할 사람과도 등을 대인 채, 스스로 고독의 함정을 파고 넘어진다기로니, 지금 새삼 어느 호강스런 이정표를 찾으려는 저는 아닌지도 모릅니다.

땀과 피와 눈물로 메꾸어 온 이십 몇 년을 몽땅 걸어 놓고, 히죽히죽 웃으면서 다시 주사위를 던지겠노라고 나서는 사람이 있다면, 그는 투기로 살아가는 사람들이 벌려 놓은 요지경의 한 장면에 등장시키기에도 너무 처절한 존재일 것입니다.

세상은 한번 겨루어 볼 만한 결전장이라니 "목 매인 송아지처럼 세기의 기형아" (롱펠로우: 「에반젤린」)는 되지 말아야 하지 않겠습니까.

知彼知己지피지기 白戰不殆백전불태
不知彼而知己부지피이지기 一勝一敗일승일패
不知彼不知己부지피부지기 每戰必勝매전필패

- 『孫子손자』, 「謨功篇모공편」

그실 '나' 아닌 세상 모두가 '彼'일 수 있겠지요. 일테면 저 같은 사람은 "不知彼不知己"일 것이니, 여태껏"每戰必敗"로 지내온 셈입니다.

삼십대까지도 서사시를 써 가지만, 그러나 사십대에는 벌써 수필을
써야 하고, 오십대부터는 신문 광고란에나 메꾸어 질 잡문을 쓰면서 살
아 갈 수 밖에 없는 것이 인생의 역정이라고 하면 어떨까?

이것은 제가 쓴 글의 한 부분입니다.
정말 '인생으로서의 수필'을 쓰는 연대가 오면 그때에야 비로소 '一勝一敗'의
병사가 되어 있을지도 모를 일입니다. 하지만 '百戰不殆'의 건실한 전략가가 되
어 있을 즈음은 저의 인생은 이미 어스름을 맞이하고 있을 것입니다. 아니 어쩌
면 저승에서나 갖게 될 영광인지도 모르겠습니다.
백발이 성성한 노인.
그때까지도 '知彼知己'의 謀士모사가 되어있지 못하다면, 인생의 오후는 너무
을씨년스러운 풍경 속에 저물어 버릴 것입니다.
왜냐하면 잘못 그어진 한평생의 포물선을 다시 매만지기엔 그때는 이미 너무
많은 땅거미가 기어들었을 것이기 때문입니다.
"날이 지나면 은혜도 없고 밤이 지나면 원수도 없다."는 동양의 한 명언같이,
꼭 한사람에게만 들려주고 싶었던 영광스러운 얘기를 그만 팽개쳤거나 말거나,
'당신'에게만 불러 주고 싶었던 밀어였기로, 나리짜의 소설 제목처럼 『미처 못다
부른 노래』가 있거나 말거나, 달이 바뀌고 성좌가 자리를 달리 하면, 흐르고 흐
르는 세월은 고맙게도 이런 가슴앓이를 쓰다듬고 잊게 해 줄 것이라 믿습니다.

> 인생아 나는 용맹한 포수인체
> 숨차도록 너를 쫓아 댕겼다.
> 너는 오늘 간사한 메추리 모양
> 내 발 앞에서 포도독 날러가 버리는고나.
>
> — 김기림 : 「요양원」

'생명의 메추리'사 날아가 버리거나 어쩌거나, 그래도 저는 짐짓 용맹한 체 많
이 쫓고 찾으며, 허심탄회한 심정으로, 계곡과 들판을 내달려 갈 것입니다.
마음의 창을 열어 보렵니다.
먼지 낀 지성에 따가운 볕이라도 쬐였으면 좋겠습니다.
마네의 「피리 부는 소년」같이 가냘픈 곡조를, 아니 피카소의 어느 뎃상처럼 마
구 엄살을 부리는 오카리나의 그 우왁스런 토속민의 노래를 외쳐보고 싶습니다.
저는 바다를 좋아하는 것은 아닙니다만, 바다 건너 저 아스라이 자리하고 있

을 가파른 준령을 오르기 위하여 우선은 바다만이라도 응시해 두어야겠습니다.

　　　머언 바다가 보이는
　　　창을 열고
　　　구름에게든
　　　바람에게든
　　　짤막한 편지를 전하고 싶은
　　　간절한 그리움은
　　　나에게 눈물을 배우게 했다.

　　　그리움은 언제나
　　　내 곁에 있는 風景_{풍경}.

　　　모두를 잊어버릴 수 없는 것 속에
　　　색연필을 들고 있는

　　　나의 뜨거운 마음은
　　　어머니에게든
　　　친구에게든
　　　수속이 없는 사연을
　　　조용히 읽어 드리고 싶었다.

　　　머언 바다가 보이는
　　　창을 열고
　　　끝끝내 울어야 할 사연들을
　　　옛날의 나의 외로웠던 교실과
　　　흑판 위에 아슴거리는
　　　색지처럼 고왔던 얼굴들에게
　　　남몰래 전하여 드리고 싶었다.

　　　　　　　　　　　　　　　　- 박봉우 : 「창을 열고」

　그 옛날은 아니지만, 옛날로 가는 둘째 고개에서 저질렀던 한 두엇 부끄러운 짓들.
　이것들도 추억이라고, 머언 옛 생각에 목이 마를 제면 이따금 열어야 하는 마음의 창문 앞에는 그 야윈 모습들이랑 음성들이 옹기종기 모여올 때가 많습니다.
　젖은 손수건 같은 아쉬움을 데리고, 낙서처럼 환각이 아물거리는 시각. 그때마다 꼭 새겨보는 한마디 피어린 충고가 있었습니다.

아리스토텔레스는 "모든 유기체의 생성은 이미 종자 속에 내포된 목적 원리에로의 발견, 그 실현의 과정이다." 라고 말했습니다.

'목적 원리'.

생각해 보아 아직도 힘겨운 명제이지만, 어차피 한번은 넘어야 할 인생의 고개인 것도 같습니다.

*　　　　　　　　*

혹시나 저도 "좀더 빛을-."이란 마지막 말을 남겼다는 괴테만큼 팔십 평생을 살 수 있을지도 모릅니다.

어느 머언 훗날, 백발이 성성한 몸으로, 아늑한 서재에 기대어 『삼국유사』나 『청구영언』을 뒤지는 노 국문학자.

그맘때면 창 밖에 눈발이 푸듯푸듯 날려도 좋겠지요. 光均광균의 싯귀처럼

> 내리는 눈발이 속삭어린다.
> 옛날로 가자, 옛날로 가자.

는 그 눈발이.

그때 그는 책갈피를 연신 뒤지던 창백한 얼굴로 무언가 소중한 것을 생각해 낸 듯이 부스스 일어설 것입니다.

먼 멀은 어느 시절 살뜰하다 지금은 아득히 먼 그 나라에 와 있는 듯, 아슴플한 기억을 위해서는 그는 차곡차곡 쌓인 많은 일기장 속에서 마치 어느 이정표의 표적 같은 '1964'의 상형문자를 꺼내 놓고는 참으로 감개무량함을 금치 못해 할 것입니다.

먹고 사느라고 시달리고, 가고 싶던 길에 피로해진 탓으로, 이제는 야위고 핼쓱해져 버린 두 볼을 쓰다듬으며 남향받이 창 쪽으로 얼마든지 서성거릴 것입니다. 마치 그것이 "눈물과 미소 사이를 산책하는 것이 인생"이라 한 빠이런의 그 '산책'이나 해 내려는 듯이.

> 제비도 가고
> 장미도 스고
> 내 마음 안으로 喪章상장을 차다.

승리가 아닌 패배의, 영광이 아닌 회오의 하이얀 고달픈 휘상.

가엾은 찬란한 인생의 여권들과 세월의 고발장 딱지들이 구기고 앗기는 동안, 시나브로 마련된 백전노장의 표지인양 알뜰히도 간직해 온 그 白花백화를 쓰다듬는 착잡한 표정 위에는, 이윽고 자랑스러운 미소가 떠오를 것입니다.

외지고 깐깐하던 한 평생의 성격처럼, 그런 사람이 가슴 깊이 달기에 좋은 휘장이겠지요.

누구를 못 견디게 연모하였거나, 승리의 노래를 목청껏 구가해 온 자랑스러운 일이 있었더냐고 누가 묻는다 해도, 그때 저는 대답 대신 씩- 한번 웃는 것만으로도 묵묵할 것입니다.

사실 그런 사람은, 자기의 젊은 날에 대해 이루 헤아릴 수 없는 사과를 드리고 용서를 빌어야 할 것입니다.

배고픈 밤 그 배를 채우지 못하고, 늘 허전했던 인정을 담뿍 채워주지 못한 채로 이별해 버린, 늘 허전했던 인정을 담뿍 채워주지 못한 채로 이별해 버린, 사랑과 철학과 미소의 청춘에 대해 깊이 사과해야 할 것입니다.

『나폴레옹』은 읽었으나 조세핀을 잊어야 했었기에, '논리학'은 배웠으나 '미학'은 미처 익혀 두지 못 했습니다.그러면서도 퇴계와 원효와 황진이를 읽어야 한다고 믿는 젊은 날의 자신이었기에, 오래간만에 그 노인의 환상 속에 잠간 나들이 나온 그의 청춘에게 이 늙은 선비가 안겨줄 선물이란 어색한 인정, 잘못 그려진 색지 풍경 외에는 더 없을지도 모릅니다.

여기 마련해 보는 이 두툼한 일기장 외에는, 그의 청춘은 소위 멋있을 것입니다.

그러나 "승리보다 자랑스러운 패배도 있는 법"이란 말처럼, 누가 참 승리자이고 어느 사람이 상처뿐인 영광을 두고 구태여 그것을 승리로 과시할 것인지, 변하고 변해가는 세상에는 누구도 예측할 사람이 없을 것입니다.

> 그래도 乞人걸인은 기다리고 있었다.
> 내어 민 손은 가냘프게 떨고 있었다.
> 어찌할 줄도 몰랐던 나는 주저주저 하면서
> 이 더러운 떨리는 손을 잡았다.
> "용서해 주오, 여보게.
> 나는 아무 것도 가진 것이 없다, 여보게."
> 걸인은 찌그러진 눈으로 가만히 나를 쳐다봤다.
> 그 자줏빛을 한 입술은 선웃음을 띠었다.
> 그는 자기 쪽에서도 나의 차거운 손을 쥐었다.

"뭐 여보게"
그렇게 그는 입을 우물우물거렸다.
"그것만이라도 고맙네 그려.
이것도 역시 적선이니까, 여보게."
나는 깨달았다.
나도 그 거지에게서 적선을 받았던 것이다.

- 투르게네프 : 「걸인」

물론 이것은 쇼펜하우어의 어느 책자 속에 나올법한 우울한 삽화가 아니라, 인생의 황혼녘에 가질지도 모르는 제 자신의 '설계도'의 단면입니다.

"사람 평생이란 어떻게 피로해질 수 있느냐 하는 하나의 긴 과정"이라고 한 어느 분인가의 말을 되새겨 보노라면 "그리움에 목이 마르지만, 그러나 기다림을 잊어야겠습니다."하고 적어 드린 바로 일년 반전의 일이 어쩌면 옳았을지도 모른다고 생각됩니다.

소는 시금털털한 음식물일망정 영양의 섭취를 위해서 반추하는 것이지만, 그저 바로 그 가버린 어느 겨울을 회상해 보는 중입니다.

가슴 속을 시달리게 하는 것뿐인 '추억'을 반추하는 인간들은 기실 소만도 못한 존재인지도 모를 일입니다.

존재의 부분으로 살면서도 또 그 존재를 이야기하는 사람, 참말이지 그는 축복받을 존재는 아닐 것입니다.

추억을 풍성히 하겠다고, 회상을 찬란히 꾸미겠다고, 사랑을 하고 짐짓 물러서고, 생명과 같은 소중한 정성을 부어넣고도 스스로 그 Idea를 달가운 듯이 잊어버리려고 하는 그런 쓸개 빠진 사람은 모르기는 해도 아마 이 세상에는 없을 것입니다.

저는 구태여 이 예외자가 되어 보렵니다.

곰곰 뉘우쳐 보면, 파스칼의 말이 진정 옳았던 것을 뒤늦게 이제야 깨달았습니다. 그는 말했습니다. "현실의 세계를 버리고 彼岸피안의 세계만을 동경하는 것은 퇴폐의 징조이다."라고.

그저 6펜스 값어치도 못되는 국문학도의 여권을 가지고 수십, 수백 달러짜리 여권을 지닌 사람들이 누리는 그 호화스러운 청춘을 흉내 내려던 바로 어느 겨울, 눈 내리던 밤의 용기(저로서는 용기입니다.)는 지금 생각하면 그래도 퍽은 대견스러웠던가 봅니다. 남 보고 살아야 하는 개궂은 세상에서, 마음에도 없는 악수를 하고 혹은 짐승처럼 비열한 울음을 울고, 더러는 덜되먹게 너털웃음을 웃기도 하는, 무섭게 닳아져버린 지금의 성격으로는 정말이지 그 일은 용단이었습니다.

"떠나버린 열차는 참 아름답구나!". 그러나 저는 보들레르처럼 팔짱을 끼고 강변이나 오르내리면서 애수에 사로잡혀 보려는 것은 아닙니다.

이젠 아시겠지요, 김 선생님.

제가 왜 이렇게 지루하게, 수백 자 수천자의 세로글씨를 이처럼 장황하게 적어 보는지를. 아마 이제는 꼭 짐작하셨을 줄 압니다. 김 선생님이 제게 돌려 주셔야 할 것이 무엇이고, 김 선생님 몸소 지워버려야 할 낙서가 무엇인 것을.

*　　　　　　　　*

그동안 글로는 다 표현하기 어려운 엄청난 심려를 끼쳐드린 점, 진심으로 송구스럽게 생각하고 있습니다.

이번에도 또 적어보아 좋은지 모르지만, 하여튼 노천명의 어느 시 구절이 저간의 사정을 잘 말해 주는 것이 될지도 모르겠습니다.

> 한 송이 장미를 우지직끈 꺾어 보내놓고
> 그날부터 내 마음에 번뇌가 자라다.
> 뉘 수정 같은 맘에
> 나 한점 티 되어 무겁게 자리하면 어찌하랴.

혹은 '티'가 아닌 '더러운 상흔'을 끼쳐드렸을 지도 모르겠고, 혹은 곡조 모를 엘레지를 합창하면서도 그것이 정작 우리의 「아리랑」이려니 믿은 것은 제가 아니고 김 선생님이었는지 모릅니다.

하지만 지금에 와서 누가 모질었거나 누가 미웠했거나 그런 것을 대중해 볼 권리도 의무도 없을 것입니다.

어느 한 시절에 한번쯤 정성을 모아 크낙한 사연을 보내드렸다거나, 메시꺼운 목소리로 어느 하늘을 향해 목청이 가도록 워어이 워어이 불러댔거나 어쨌거나, 사람을 기다리지 않는 세월은 오래지 않아 이런 사소한 우리네의 일들은 잊게해 줄 것입니다. 그리고 그 세월은 총총히 걸어야 할 사람들의 갈길을 재촉하면서도 짐짓 무심히 곁을 지나갈 것입니다.

지금에 와서는 죄송스럽다는 한마디 말 외에 용서를 빈다거나, 소 닭 보듯 지나쳐 달라거나 그런 청탁은 드리지 않아도 좋으리라 믿습니다.

이것도 물론 김 선생님의 웃음 위에 한 다발의 아마릴리스라도 묶어 보내드리고 싶으나, 그리함으로써 먼저 저의 마음에는 꽃 없는, 줄기와 잎만의 꽃 그루가 남게 되기 때문에 그런 것이 아니고, 술 잘 마시고 장구 잘 쳤다는 중국의 호탕했던 시인 李白이 벌써 제 대신 읊어 놓은 싯귀가 있음을 알고 있는 때문입니다. "雨落不上天우락불상천 覆水難再盆복수난재분"이 그것입니다.

딴은 한껏 조심스럽게 사느라고 먼 길을 돌아도 다녔고, 가까운 길을 바라니기도 했었지만, 얄궂은 것이 세상이고 더러운 것은 인정이라서, '理性이성'이니 '知性지성'이니 하는 나약한 방풍제로 막아내기에는 너무 세찬 회오리바람을 제가 가졌던 것이 사실이라면, 그로 더불어 김 선생님께 성화가 되었을 것도 시인합니다.

"어제 하인 역을 하던 사람이 오늘은 주인 역을 하게 된다. 인생은 하나의 무대이다." 라고 셰익스피어는 말했지만, 무골호인 미아까스. 오렐리아쓰의 "인생은 5막이나 가끔 3막으로 끝날 수도 있다."는 말이 사람의 한평생일 지도 모를 일입니다.

그러나 이 '무대'에 관한 한 한 사람이 감독과 연출을 겸할 수는 없다고 믿는 저의 사고방식이 소극적이고 안이한 것이기만 할까요?

혹은 그렇다고 수긍하는 이가 있다 해도 저는 애써 부정하거나 논박을 서두르지는 않을 것입니다.

오래간만에 며칠째 피를 뽑은 가슴, 포르르- 파랑새처럼 마음의 촛불을 켜 봅니다.

자정이나 된 듯, 창밖은 어둠만이 진을 치는데 너 댓 평 남짓한 화단에 무궁화란 놈이 산나리 꽃과 함께 무슨 우스개라도 건네는 듯이, 혹은 연이은 부슬비와 승강이라도 하는 모양이라고 미닫이를 열어 두고 한참이나 씩- 웃어 보았습니다.

둔감한 영남 사람들은 대개 잠이 들어 있을 시간이지만, 아침 출근을 걱정하는 서울의 거리 주변에는 아직도 더러는 스산한 유희라도 벌려놓고 있는지 모르겠습니다.

찬진 봄비가 아니지만, 그래도 이런 밤에는 '인생의 여권'이 함초롬히 젖어드는 지도 모릅니다.

아무러나 저도 이 밤만은 글을 쓰면서 지새울 셈입니다.

*   *

"얼마나 잘 사는가 하는 것보다는 어떻게 살 것인가 하는 방법을 생각해야 한다.”고 한 윈스턴·처칠의 말을 되새기면서 “그러면 이런 경우에는 이렇게”라는 식의 저의 결론이 이 지루한 사연을 적어드리게 된 동기였음을 솔직히 말씀드리려 합니다.

해맑고 얄무진 지성과 인정으로 베풀어 주신 김 선생님의 미소를 지금에 와서는 기억한다 해도 좋을 줄 압니다.

살벌했던 마음자리 위에 구름이 낄 때, 혹은 먼지 랄이 볼을 스칠 때도 늘 선생님의 ‘옳은 판단’의 자세를 연상해서 마음을 가다듬기 어언 2년여인가 합니다.

속된 말로 ‘사랑의 길’이란 주정뱅이들이 즉흥적으로 시험해 보는 그런 심심소일 꺼리는 아니었습니다.

> 사랑의 길은 많으나 그 지혜는 드뭅니다.
> 사랑의 지혜는 간혹 있을 수도 있으나 그 참다운 구원을 나는 아직
> 한번도 본 일이 없습니다.

고 한 어느 여류시인의 말이 책상머리에 앉아 신세타령삼아 적어낸 사치스러운 말이 아니라는 것을 지금에나마 굳게 명심하게 된 것도 전혀 선생님의 은혜에 힘입은 것입니다.

이제는 이 글을 그만 줄인다고 해도 좋을 줄 믿습니다만, 먼 훗날 어느 때인가는 또 다시 길고 힘겨운 사연을 적어 드리게 될 것이라고 믿는 것도 역시 좋으리라 생각합니다.

그러나 그때, 그 먼 훗날이 언제쯤일 것인지는 그 글을 써드려야 할 저로서도 잘 알 수가 없습니다. 다만 확실한 것은 인생의 태양이 가파른 서녘 산봉우리에 뉘엿뉘엿 걸릴 때나, 아니면 북극성 너머 저 어느 곳 三途川(Lethe)삼도천을 건넌 후에 조용히 붓을 잡게 될 것이라는 사실입니다.

하지만 그 먼 날이 설령 아무리 아득한 영겁의 뒤일지라도, 또는 건망증 많은 세월일지라도 소월의 시 한 편만은 꼭 다시 적어드릴 수 있으리라고 곧게 믿어 봅니다.

> 먼 훗날 당신이 찾으시면
> 그때에 나 말이 “잊었노라.”
>
> 당신이 속으로 나무라면
> “무척 그리다가 잊었노라.”

그래도 당신이 나무라면
믿기지 않아서 잊었노라."

어제도 오늘도 아니 잊고
먼 훗날 그때에 "잊었노라."

- 김소월 : 「먼 훗날」

"말이 많은 것은 서로의 거리가 멀다는 증거"라기에 일부러 되지도 못한 사연을 길게 적었습니다.

또 진심으로 송구스러운 마음을 금할 수 없지만, 지금에 와서 굳이 용서를 빌고 싶지는 않다는 말씀도 새삼 드리고 싶습니다.

"내일 비록 세계의 종말이 온다고 할지라도 나는 오늘 사과나무를 심으리라." "당신의 책을 화란 왕에게 바치면 지위와 명예를 주겠다."고 한 관리의 말에 "내 책을 다만 진리 앞에 바랄 뿐"이라고 분연히 말했다는 그 스피노자의 말입니다만, 바쳐질 책도 받아줄 진리도 없는 저의 '인생의 사과나무'에도 생명의 열매가 주렁주렁 열리는 날, 그날이 오면 저도 한번 단오 날처럼 미쁘고 흥겨운 심정으로 흐드러지게 웃어가며 다시 용서를 빌고, 깊은 감회에 잠겨도 좋으리라 생각합니다.

그런 결실의 계절이 속히 닥아 오기를 기원하는 마음으로 이 글의 마지막 행을 다하는 시간, 참으로 경건한 심정만으로 선생님께 기도를 올릴 생각입니다.

마음 깊은 곳에 신을 미처 모시지 못한 제가 감히 선생님께 신의 가호를 희구한다고 하면 그것은 너무 외람스러운 일임에 틀림없을 것입니다.

다만 한없이 초라하고 구겨진 정성과 이성이지만, 저에게 있는 모든 언어와 진정으로 삼가 행운을 빌어드려야겠다고 생각하고 있습니다.

"영원히, 그리고 안녕히……."

이 한마디 외에 또 어떤 다른 기원이 더 필요하리라도 믿을 수가 없습니다. 김 선생님께서는 더 요청하실지 모르겠습니다만

1964.7.18

고향에서 (※ 草稿)

〈其 三〉①

○순 씨.

그간 안녕하셨습니까?

宅內^{댁내}도 모두 평안하시겠지요.

수다스럽게 또 筆^필을 들었습니다.

"혹시 작문 연습을 하고 있는 것 아니냐?"구요?

그러나 이런 비 오는 날은 저는 작문 연습을 한 일이 없습니다.

며칠째 입술을 깨물고 무엇인가를 좀 더 사내답게 歲月^{세월}에 도전하고 싶었으나, 아직도 저의 理性^{이성}은 너무 나약한 것인 모양입니다. 책장 뒷켠에 밀어 넣었던『나폴레옹전』을 다시 펴 들었습니다.

저는 역사도 철학도 잘은 모르지만, 그래도 왠지 그 '코르시카의 사나이'를 무척이나 좋아 했지요

영웅이기에? 아닙니다. 영웅이라면 차라리 우리의 李忠文公^{이충무공}이 계시지 않습니까?

그가 불굴의 투지를 가진 사나이였기에 그랬는지도 모릅니다. 하지만 저는 나폴레옹이 괴테를 만났을 때 외쳤다는 말 "나는 여기서 眞情^{진정}한 人間^{인간}을 보았노라."고 한 그 한마디 때문인 것 같습니다.

더할 수 없는 날카로운 힘의 소유자였던 이 젊은 영웅은 혜성처럼 빛나는 예지의 소유자였던 괴테를 그대로 대접할 줄 알았던 모양입니다.

소리 나는 꽹과리와 울리는 북이 난무하는 요새와 같은 세상에서는 두고두고 되새겨 보고 싶은 얘기인 줄 압니다.

지금은 거의 잊을 수도 있게 되었지만, 어느 한때 그렇게도 희구하고 염원했던 당신의 우정(편지)을 얻게 된 지금에 자꾸만 懷疑^{회의}를 가지는 것은 웬 일일까요?

혹시라도 그저 허식적으로 한갓 미봉책으로 제게 이런 사연을 주셨다면 "아직도 이름만 알고 실제의 얼굴을 모른다."는 ○순 씨에게 "바로 저입니다."하고 겸연쩍게 설 필요는 없을지도 모릅니다.

버리고 온 많은 발자욱을 생각하며. 그래도 제딴엔 모질게 살아보노라고 했었는데, 지금 와서 또 무턱대고 가슴을 깎아야 하는 일이라면 저로서는 차마 두 번은 그런 일을 해낼 수가 없을 것입니다.

아무튼 이런 우울한 이야기가 모처럼 베풀어 주신 당신의 友情^{우정}에 값하는 길

이 못된다는 것을 잘 알지만, 그러나 적어도 지금으로는 제가 무어라 더 말씀드릴 수가 없지 않을까요?

1964.8.22 夜半야반

(※草稿의 일부)

〈其 三〉②

○순 씨.

댁내가 두루 평안하시겠어요?

○순 씨도 그간 안녕?

"수다스럽게 뭘 또 작문 연습을 하는 건 아니겠지요?"하고 물어주실지 모르지만, 사실은 변변치 못한 변명(?)이나 술회해 보려는 것이지요.

꿀 먹은 벙어리모양 제가 너무 ○순 씨에게 마음의 짐만 무겁게 해 드린 것을 사과드립니다.

요 며칠간 당신을 뵙고 싶었어요. 그렇게 바쁘시다는 분을 제가 어떻게 뵈올 수가 없었지요. 그건 어쩌면 제 자신을 괴롭히는 일만 같았지요.

무슨 사무적인 자기소개도 아닌, 그렇다고 설날 세배 드리는 그런 예절도 아닌 일이 무척 힘겨웁고 어렵게만 느껴지는 것은 웬일일까요?

일테면 '찬란한 태양'을 제가 바라보지 못했던 때문인지도 모르지요. 혹은 근거 없는 주변의 도전을 받아가면서도 어차피 돌아서야 옳았을 숱한 장벽들을 헐어버리지 못한 지지부진한 결단성에서일까요.

그것이 아무리 우울한 일들일지라도, 이제부터라도 웃으면서 지내가야겠어요. 좀더 바쁘게 생활하는 체해야겠습니다.

○순 씨와 같이 바쁘신 분과 저같이 의식적으로라도 바빠야 하는 사람이 우리 주변에는 많은 줄로 압니다. 전자는 자의식의 효용이나 후자는 타율의 요청적인 충족 행위인지도 모르지요.

언젠가는 저에게도 타율이 자율로 변질되는, 일테면 생활의 변혁이 시도되기를 안타깝게 희구할 뿐입니다.

어제 오후쯤 당신이 도서관 앞길을 지나가실 때 저는 제 자신의 비뚤어진 자화상을 그려 보았습니다.

세상이라는 전쟁터에서
인생이라는 야영에서
목 매인 짐승처럼 쫓기우지 말고
투쟁하는 영웅이 되라.

-롱·펠로우 :「인생송가」

롱·펠로우의 이 시가 문득 저를 호되게 압박했습니다.

책장 밑쪽에 챙겨두었던 『나폴레옹전』을 간밤에 꺼내어 읽어 보았습니다.

말 많은 세상이야 무어라 빈정대든, '영웅'이라면 그래도 보나파르트 그 사람을 들어야 하지 않겠습니까.

마침내는 세느강에 대한 향수마저 묻어버리고 말았지만.

"아아, 나는 여기서 진정한 인간을 보았노라!" 이것은 괴테와의 회견을 끝낸 후 나폴레옹이 외친 말입니다. 위대한 문호를 '위대한 인간'으로 평가한 나폴레옹을 부정적으로 평가하는 견해에 대하여 저는 동의할 수 없습니다.

*　　　　　*

참으로 무겁고 소중한 문제를 혼자서 결정해야 하는 사람만큼 고독한 사람도 별로 없을 것입니다.

물론 제게 있어서는, 당분간을 처세와 목적의 문제가 아니라 방법론과 노력의 문제일 것입니다.

"무지개도 5분간만 떠 있으면 싫증이 난다."는 변덕 많은 사람의 마음이 어째서 보이지 않는 내일을 위해서는 이토록이나 지치도록 내달아야 하는 것일까요?

이러한 물음을 갖는 저를 과히 책망하시지는 않으실 줄 믿습니다.

*　　　　　*

사투리를 쓰는 제가 표준어를 사용하시는 ○순 씨와 어떻게 말벗이 될 수 있을지, 솔직히 말씀드리자면 퍽 걱정스럽고 불안한 심정입니다.

"야! 머라카노?"식의 우왁스러운 발음은 아니니 설마 외국어처럼 번역해서 들으시지는 않으시겠지요?

제 주제에 무슨 세상을 이야기하고, 인생을 운위할 재간이 어찌 있겠습니까만, 몇 마디 궁상맞은 사과의 말씀이나마 그래도 마음 터놓고 얘기해보고 싶습니다.

무척 분망하시리라 믿습니다. 또 그래야 하는 것이고.

잠간이라도 뵈올 수 있었으면 좋겠습니다.

다만 며칠간이라도 표준어 교본을 꺼내 놓고 좀 익혀 보겠습니다. ○순씨는 따로 사투리 공부를 안 하셔도 됩니다.

그럼 안녕! 삼가 행운을 빕니다.

※ 9월12일, 토 오후 5시
다방<바바라>(이화여대 입구)
1964.9.9

〈其 四〉①

○순 씨.

安寧안녕하십니까?

여기는 다방 <바-바라>입니다.

언제인가 저는 "늘 序論서론만을 쓰면서 살겠노라."고 말했습니다만, 때로는 결론을 써야 하는 모양입니다.

무언가 변명 비슷한 몇 마디를 얘기하고 싶었지만, 저의 理性이성은 얄무지게 그런 일을 만류하는 모양입니다.

오늘 못 日記의 뒷켠에는 이런 대목을 적을 생각입니다.

滿만 二年이년의 세월과 열두 근의 체중을 이울게 하고, 그 값에 약 일주일의 友情우정을 얻었구나. 돌이켜 보면, 多情다정이란 병치고는 고약한 병이다. 어서 이 병을 떨치고 건강을 회복해야 되겠구나.

이런 얘기를 꺼낼 필요는 없지만, 사실은 두주일 선의 ○순 씨의 표정에서 오늘의 저의 결론이 예고되고 있었던 것입니다.

하지만, 못나고 앞길이 평탄치 못할 사람에게 보내 주신 당신의 우정을 감사하게 생각합니다.

한편, 다음과 같은 한마디를 쓸 수밖에 없는 것을 안타깝게 생각합니다.

(누락부분)

당신은 저의 편지를 이미 휴지로 버렸으므로, 그것을 굳이 돌려 달라는 부탁을 받고는 생각다 못해 "대화를 나누고 싶은데……." 말했지요.

하기사 '人情'인정이란 팔고 살 수야 없는 것을……

1964.9.12
(※草稿의 일부)

〈其 四〉②

김 선생님.
安寧안녕하십니까?
다방 <바-바라>입니다.
밤이 무척 깊었는데, 제가 숙소까지 돌아갈 수 있을는지 모르겠습니다.
하여튼 닿는 대로 이 글을 부칠 생각입니다.
제게 무슨 底意저의(일테면 告白 같은 것)라도 있을가 싶어서 안 나오신 모양인데, 피차간의 내일을 위해 현명한 처사였겠지요.
김 선생님은 표준말을 쓰시고 지혜로운 분이니, 사투리를 쓰는 미욱한 또레에 관여 하실 바 아니지요.
말 많은 세상이야 무어라고 코웃음을 치든, 그래도 저는 이 봉건적·전근대적인 方言을 한 平生 간직할 것입니다.
우리는 그 점에서 벌써 어떤 한계선 같은 것을 느끼는 모양입니다.
되지 못하게, 또 쓰는 겁니다.
이제부터는 안 쓰겠어요, 정말로—.
저의 辭典사전에서는 '順'순·'金'김·'○' 이런 字자는 지워야 할 성질의 것들입니다.
김 선생님도 혹시 玉篇옥편을 가지셨거든 '喆'철·'李'이·'東'동 이런 글자는 새까맣게 지워 버리세요.
토요일 오후, 이렇게 궂은비가 뿌리는데 '찬란한 태양', '맑은 空氣'공기가 다 뭡니까? '다사한 友情'우정은 太古태고쩍말 같아서 실틋한 언어지요.
인정이란 알고 보니 결국 그렇고 그런 것. 풀벌레 같은 하루만의 휴게실.
이 '하루'가 없는 카렌다를 지닌 사람은 하찮은 존재.
결국 미지근한 37℃에 살아온 우리기에, 곧 그 歲月세월로 회귀해야 마땅하지요.

오는 十五日(火) 午後오후 다섯 시쯤 淵民연민 선생님 研究室연구실까지 좀 오셨으면 합니다.(五分만)

제가 무언가 돌려 드릴 것이 있지요. '理性이성이란 "못되게 구는 습성"인 지도 모르지요. 그렇다면 저도 자신이 있습니다.

저의 일기장에 황토 물을 끼얹는 분이 김 선생님이라면, '당신'(단지 you의 뜻)의 순결한 지성 위에 먼지바람을 일으킨 것은 제 자신이라고 생각합니다.

그러나 歲月세월은 '忘却'망각 이라는 고마운 선물을 우리에게 보내줄 것입니다.

아무튼 저 때문에 어떤 애로와 난관이 있었다면 저를 미워해 주십시오. '미움'은 '인정'이 아니지요.

'Play again'이 없다는 세상에서, 마침내는 키에르케고르의 그 '人生의 쓴 잔'을 마셔야 할 저를 보고 김 선생님은 통쾌해서 손벽을 치시겠지요.

이런 의미에서는 김 선생님의 기대를 저버리는 셈이지만, 제 딴에는 모질게 살아 왔기에 앞으로도 그렇게 살아 갈 수 있으리라고 생각해 봅니다.

어느 때인가는 갖고 싶은 '人生인생의 凱旋'개선을 위해 삼엄한 경계망을 드리울 때입니다.

"사내가 속 좁게 비꼬기만 하느냐?"고 나무라실지 모르겠습니다만, 저로서는 재미가 있어서 하는 얘기지요. 이런 재미마저 금하신다면 김 선생님은 너무 인색한 여성일 것입니다.

저에게는 꼭꼭 씹어가면서 살기엔 人生이란 결국 너무 生硬생경한 탱자열매지요. 자신을 지나치게 낮추는 것은 '卑怯'비겁에 가까울지 모르겠군요. 그러나 알렉산더도 한번은 다이오지니스를 부러워했다지 않습니까?

내일은 꼭 뵈올 수 있겠지요?

제가 되지못한 말을 쓴 것이라면 그때 만나서 핀잔을 주십시오.

산다는 것, 너무 무거운 문제구려. 또한 살지 않는다는 것, 그것은 더 힘겨운 이야기이겠군요.

이들이 한결같이 벅차거나 말거나, 어느 것인가는 하나를, 그것도 열심히 해 보아야 하겠군요.

'안녕'도 '행운'도 저 같은 사람이 운위할 바 못되지요. 이 구실 때문에 오늘은 제가 김 선생님께 끝 인사를 삼가기로 하겠습니다.

'다방'이란 건설의 자랑스러운 話題화제로 꽃을 피우는 서구 문화의 移植이식이지, 저같이 비틀걸음을 걷는 사람이 출입할 곳은 아닌지도 모릅니다.

그래서 이젠 곧 자리를 뜨겠어요.

또 永遠영원히 <바-바라>의 주변을 서성대지는 않을 것으로 믿어 봅니다.

1964.9.12

(※草稿의 일부)

〈其 五〉

○순 씨.

위의 글은 七月 十二月 午後오후 늦게 써 두었던 것으로, 귀가하여 곧 우송해 버릴까 생각했었으나, 조금 생각하며, 내용이 자못 지나친 것 같고, 또 겸연쩍은 내막이 보이는 것 같기도 하여, 오늘 직접 전해 드리기로 했습니다. 제가 종작없이 생판 낯 서른 분에게 자주 글을 보내는 일이 무례인 줄 알았지만, 어쩌다가 그만 실수를 범하여 여러 가지로 민망스럽군요.

그러나 돌이켜 보면, 남을 속이는 일도 저주스러운 일인데, 저의 속마음으로 쓴 이 글을 전해드리지 않는다면, 자신을 속이는 불충에 머물 수밖에 없을 지도 모릅니다.

제가 이 글을 드리는 명분입니다.

속된 말에 "칼을 뽑았거든 호박이라도 찍고 꽂아라."는 것이 있는데, 이것은 어느 짓궂은 이가 만들어 낸 것이겠지만, 그런대로 一理일리가 있겠군요.

제가 꼭 그래서 이 글을 드리는 것은 아니니, 그 점은 좀…….

저도 多血質다혈질은 아닌 편인데, 요새는 그만 성격이 변질되는 것 같아요. 아무튼, 갈 것은 가고 변할 것은 변해야 하는 것이 元亨利貞원형이정이겠지요.

죄송하다는 말씀을 여쭙니다.

1964.9.13

(草稿의 일부)

〈其 六〉①

○순 씨.

除煩제번하옵고.

내일 午後오후 네시쯤 연민 선생님 연구실에서 좀 뵈올 수 없는 것일까요?

무언가 몇 말씀 여쭈고, 또 제가 돌려드려야만 할 것이 있는 때문이고, 다른 用件용건은 없습니다.

불안스러운 <바·바라>도, 두 번 다시 있어서는 몹쓸 '토요일'도 아닐 텐데, 이것마저 거절하신다면 "거 참, 너무하신걸!"하고 저는 큰 소리로 말하겠어요.

물론 이 일이 ○순 氏 몸소 결정하실 문제일지라도…….

혹시 이런 얘기는 성립될 수 없는 것일까요? 말하자면, "제가 ○순 氏에게 마음의 짐을 가중시키는 것만으로 능사를 삼아왔다면, 윤리 교과서를 읽고 있는 구실이 너무 박약한 것이 아니겠습니까?" 하는――.

한점 먹구름도 보여서는 안 될 당신의 '내일이라는 영광스러운 하늘'을 위하여, 지금부터 제가 해야 할 일, 어차피 가야 할 길이 무엇이고, 어느 것인가를 알고 있어요.

그리고 이 일은 우리 피차의 '웃음의 세월'을 위함인 것을 ○순 氏도 동감하실 것으로 믿고 싶습니다.

모질게 살아 온 많은 어젯날이 알려준 훈계, 후진국이라기에 더 아껴야 할 오늘의 한국 사회가 일러 주는 교훈일지도 모르지요.

저는 이 '훈계'와 '교훈'에 복종해야 할 때가 온 것으로 봅니다. 세상 사람들은 이런 것들을 가리켜 "세상살이의 분별을 찾는 일"이라고 말하더군요.

우선은 저도 그렇게 표현하고 싶은 심정입니다.

또 너무 긴 말씀을 사뢴 것 같군요. 많은 사연을 적어야 할 아무런 이유가 없을 것만 같은데――.

끝으로 한 가지, 사과의 말씀을 여쭈기로 하겠습니다.

신중을 기하지 못한 저의 잦달은 편지 때문에 어떤 애로에 봉착하시기라도 했다면, 지금이라도 사과를 드리지요.

한편, ○순 氏의 저에 대한 오해(? 이렇게 말할 필요가 없지만)가 저 등산객들의 심정을 이해하시지 못한 데서 온 것이라면, 그것은 참 서러운 사연이 될 것입니다. "上上峰상상봉을 눈앞에 둔 등산가는 十分십분쯤 쉬어서 오르고 싶은 법"이라는 야릇한 긴장감 말입니다.

안 오실 것 같은데도 저는 오실 것을 믿어요.

이 이상 긴 말씀 사뢰는 것을 삼가겠습니다.

1964.9.17
(? 草稿의 일부)

〈其 六〉②

○순 씨에게

安寧안녕하셨겠지요?

내일(七月 十八日, 金) 午後오후 시간에 淵民연민 선생님 연구실에서 좀 뵈올 기회가 허용될 수 있겠습니까?

理想이상의 문제가 아닌, 집약된 현실의 문제, 제 자신의 문제에 어떤 결론을 확인하기 위한 일 때문입니다.

불안스러운 <바-바라>도, 두 번 다시 갖고 싶지 않은 "토요일 午後 다섯시"도 아닐 텐데, 이것마저 거절하신다면, "거 참, 너무하실 걸!" 저는 혼자서 큰 소리로 이렇게 말할 것입니다. 저는 ○순 씨의 '知性'지성을 믿습니다. '지성'은 '감성'이 아닌 '이성'의 영역으로, 불란서보다는 독일 국민의 사고방식을 일컫는 말로 알고 있습니다.

혹시 이런 논법은 성립될 수 없는 것일까요? 말하자면, "제가 ○순 씨에게 마음의 짐만을 가중시키기에 골몰해 왔다면, 『수신독본』을 너무 못 읽은 것이 아니겠습니까?" 하는.

○순 씨에게 유감스러운 사연 하나를 쓸 수밖에 없는 것을 진심으로 안타깝게 생각합니다.

조금만 더 시간이 지났다면 잔잔한 호수처럼 안정될 수 있었을 저의 마음에 지우기 어려운 파문을 일으킨 것은 바로 당신입니다. 그래서 ○순 씨에게는 로만. 로랑의 『베토벤』과 같은 또 하나의 위인전을 소개해 주어야 하는 의무(?)가 있는 지도 모르지요.

그러나 이런 얘기들은 도무지 부질없는 일에 속하는 지도 모르겠군요.

한점 먹구름도 끼어서는 안 될 ○순 씨의 '내일'이라는 쾌청한 하늘을 위하여 지금부터 제가 해야만 할 일, 당장 선택해야 할 일이 무엇인지 잘 알고 있습니다.

사실 이런 결정은 진작 두어 주일 전 어느 날 오후 ○순 씨가 제 곁을 지나실 때의 표정에서 읽을 수 있었던 것입니다. 우리들 피차의 구김살 없는 내일을 위해서 말입니다.

모질게(?) 살아온 지난날들이 일깨워 주는 교훈, 후진국이라기에 더 아껴야 할 오늘의 우리 조국이 알려 주는 교훈을 생각해 보았습니다. 그리고 지금은 이러한 조국의 품안에서 조용히 제가 지향해야 할 길을 모색해 보는 것이 ○순 씨의 행운을 비는 일이 될 수 있다고 생각합니다.

'play again'이 우리네 인생행로에서도 가능할까요?

다만 저로서는 'yes'라는 단어를 발음할 수 있게 배려해 주신다면 더없이 감사하겠습니다.

이런 일들이 "세상살이의 분별을 찾는 일"이라고 우선은 저도 그렇게 표현하고 싶은 심정입니다.

항시 그랬듯이 또 너무 긴 얘기를 적은 것 같습니다. 기나긴 말이 어쩌면 부질없는 일일 수 있는데도 말입니다.

'인생'이니 '사랑'이니 하는 힘겨운 명제들을 안고 허둥대는 동안 저는 그만 세월과 현실에 대한 많은 과태료를 부과 받은 셈입니다.

돌이켜 보면 이러한 막중한 Thema는 지금 제가 감내하기에는 힘겨운 일이었는데.

"참으로 멀고 험한 길을 내가 왔구나!" 혼자 이렇게 말해 봅니다. 눈물겨운 이야기입니다. 이제는 그런 길과 마주 하지 말아야 할 텐데—.

그동안 저의 신중치 못한 잦달은 편지가 본의 아니게 ○순 씨의 순결한 심성 위에 누를 끼치게 되었다면 진심으로 용서를 빌겠습니다.

上上峰상상봉을 지척에 둔 등산가는 잠시 동안 쉬어 가는 여유가 있어야 한다고 들었습니다.

○순 씨! 이제 저는 당신에 대한 결론을 내려야 할 시간이 얼마 남지 않았음을 알고 있습니다.

짧은 시간이나마, 안 오실 것 같지만, 저는 와 주실 것을 믿습니다. 더 이상의 이야기는 삼가는 것이 좋겠다고 생각합니다.

항상 행운이 함께 하시기를 진정으로 빌겠습니다.

그럼 안녕히 계십시오.

1964.9.17

(草稿)

〈其 七〉

○순 씨에게

이 글을 쓰는 곳은 淵民연민 선생님 연구실입니다.

그러나 이 편지를 언제, 어떻게 전해 드릴지는 아직 결정하지 못하고 있습니다.

되도록 속히 기회를 마련해 볼까 합니다.

사실은 七月 十五日쯤 한번 뵈오려 했었습니다.

그러나 다만 한 시간이라도 더 격하기 쉬운 마음을 진정시키고 싶었기에 이제껏 뵈옵지 않았는지도 모릅니다. 걷잡을 수 없는 마음의 동요가 일어 혹시라도 ○순 씨에게 실수를 범하지 않을까 두려워했던 것입니다.

이렇게 어스름에 내리는 비는 적지 않게 제 마음을 어루만져 주는 것 같습니다.

"꼭 만나야 할 이유가 없지 않느냐?"고 물어 보신다면 저는 고개를 좌우로 저을 수밖에 없습니다. 지금의 저의 심정은 '邂逅'해후의 당위성보다는 '相逢'상봉의 의무감에 가깝다고 하는 것이 차라리 더 적절한 표현이 될 것 같습니다.

혹시 이런 표현이 가능한 것인지 모르겠습니다만, ○순 씨께서 "만나주지 않겠다."고 하신다면 그것은 권리(?)의 문제라고 할 수 있지만, 저의 경우에 "꼭 뵈어야 하겠다."는 심정은 의무감이 아니겠습니까?

그러나 이런 우울한 얘기들은 삼가는 것이 열 번 옳다고 생각합니다.

우리는 서로를 위해서 ○순 씨의 '知性'지성과 미약하나마 저의 '理性'이성을 믿어도 좋다고 봅니다.

인위적이었든 우발적인 것이든, 그것이 설사 애통한 일이라고 하더라도 "現實현실이란 항상 甘受감수하는 사람의 몫"으로 남는다고 생각합니다.

시간이나 언사에 있어서 신중을 기하지 못했던 저의 편지가 혹시나 ○순 씨에게 '마음의 짐'을 드린 것이나 아니었을까, 하고 생각하면 기분이 몹시 우울해 집니다.

요 며칠 동안 ○순 씨가 다소 긴장된 모습을 보여주신 그 심정을 제가 왜 이해하지 못하겠습니까?

그것은 제가 男性남성이어서가 아니라, 당신이 女性여성이기 때문에 그럴 수밖에 없었을 것입니다.

하지만, 뛰어 넘을 수 없는 성벽이 있다면 그곳을 의식적으로 돌아가는 것보다 힘겨운 일이더라도 떳떳이 헐어 버리고 나아가는 것이 순서가 아닐까요?

도서관학과와 국문학과가 한 class가 되어 无涯무애 선생님 밑에서 '문학개론' 강의를 들은 때부터 二年이년 餘여의 세월, 그동안 제가 ○순 씨를 사랑하는 마음에는 변함이 없습니다. 그리고 앞으로도, 아마 어쩌면 영원히 그 마음에는 변함이 없을지 모르겠습니다.

요즈음의 제 심정은 그 격렬한 사랑의 파도에 어떤 방파제를 쌓아야겠다는 결론에 이르게 되었습니다.

생소하게 느껴졌던 '保健'보건시간의 추억은 아마 잊을 수 없는 共有의 추억
으로 남아 있을 것입니다.

국민 소득 76위의 가난한 나라, 우리의 조국, 이에 더하여 不如意불여의한 여
건 속에서 제 딴엔 모질게 살아 온 지난날들을 돌이켜 보며 ○순 씨에게서 위로
를 구하려는 나약함이 참으로 저를 슬프게 합니다.

"사랑은 Fever"라는 말이 있습니다. 때가 지나고 세월이 흐르고 보면 언제인가
는 눈 녹듯이 치료될 수 있다는 마음의 병. 일찍이 素月소월이 노래했던

> 못잊어 생각이 나겠지요.
> 그런대로 한세상 지내시구려!
> 못잊어도 잊힐 날 있으오리다.
>
> 바로 그 사랑이라는 이름의 人生의 한 큰 宿題숙제!
> 그러나 우리는 역시 素月이 노래했던
>
> 첫날의 길동무 만나기 쉬운가
> 가다가 만나서 길동무 되지요.

바로 그렇게 만난 '길동무'가 아닙니까?

마침내 두 갈래의 길로 접어들게 될 때, 마치 총총히 떠나야 할 긴급한 일이
라도 있듯이 그렇게 가야 할 때가 온다고 해도 "안녕!" 그 한마디로 마감할 수
있을까요?

그러나 우리는 '오늘'의 시점에서 서둘러 '내일'을 생각할 필요는 없다고 생각
합니다.

요사이 며칠째 자주 코피를 흘렸습니다. 오늘 아침에도.

제대로 먹지도 못하면서 너무 공부에만 열중한 탓이라고 동무들은 걱정해 주
었습니다.

책은 읽지도 않으면서 도시락 대신 빈 우유병만 댕그렁히 들어 있는 제 책가
방을 알아차린 어느 coed는 "한 한기쯤 쉬는 것이 좋겠다."고 권면해 주기도 했습
니다.

제가 가장 존경하는 스승님 한분은

이봐, 李 君! 몸을 아껴서 공부를 하란 말야. 그까짓 공부란 한평생 할 것 아

닌가?

이렇게 꾸짖음 半_반 격려 半의 말씀을 해 주셨습니다.

○순 氏.

산책도 위인전은, 그 많은 名句_{명구}들도 제게는 다 부질없는 일이 되고 말았군요.

제가 등록금을 제때에 못 내어 허덕이던 어느 해(그때 우리 고향에는 심하게 흉년이 들었었지요.), 제 모르게 그 금액의 반이나 대신 내어 준 P양이 있습니다.

그 P양에게도 저와 ○순 씨와의 관계는 차마 말할 수 없었습니다.

누군가 말했습니다. "失望_{실망}이란 놈은 希望_{희망}이란 놈보다 항상 배반하기를 잘하더라."하고.

제가 겉보기에 수척해 보이는 것은 '生活苦'_{생활고} 때문도 아니고 더군다나 學究熱_{학구열} 탓도 아닙니다. 그것은 ○순 씨에게만 말할 수 있는 바로 그 일 때문입니다. 어느 누구에게 그런 內密_{내밀}한 사정을 얘기 할 수 있겠습니까?

어느 소설가는 "진정으로 사랑하는 사람에게는 '사랑 한다'는 그 한마디를 말할 수 없다."고 했습니다. 그렇게 보면 저는 ○순 씨를 진정으로 사랑한다고 말할 수 없을지도 모릅니다.

아무래도 좋습니다.

많은 말을 해 왔으니까 또 긴 말씀을 드리는 것이지요. 다만 끝으로 핑계 비슷한 얘기 하나를 적겠습니다.

제가 무슨 긴 사연, 푸념 비슷한 長文_{장문}의 글을 드렸기로니, ○순 씨의 "앞으로도 대화를 나눌 수 있는 벗이 되었으면 좋겠군요." 그 한마디 말씀만 아니었다면, 지금쯤 저는 제 갈 길로 묵묵히 가고 있었을지도 모릅니다.

당신이 던진 그 한마디, 잔잔한 호수에 던진 그 한 손결이 이렇게 큰 波高_{파고}를 불러 왔다고 생각합니다.

서러운 일이 아니기에 호소할 생각도 없습니다. "서름도 하소도 아니라면 사랑과 기꺼움이 무엇이냐?"고 물어 보신다고 해도 저는 대답할 말이 없습니다. 왜냐하면 그 해답의 한 부분은 당신의 몫이기 때문입니다.

이 광활한 하늘 아래서 의식적으로 외면을 하면서까지 그렇게 지내야 할 '당위성'이 있을까요? 제가 ○순 씨에게 '그대'라고 했든, '당신'이라고 했든, 그것은 저 자신의 선택의 문제가 아니겠습니까?

마음의 중간 지대에서 우리는 언제인가 한번쯤은 마음 터놓고 그동안 접어 두었던 얘기들을 다 떨쳐 버려야 될 것 같습니다. 거절하시지 않으리라 믿습니다.

(中略_{중략})

즐거운 한가위를 맞으시기를 진심으로 바랍니다.

고향에 갈 수 없는 저는 날씨가 좋으면 松島_{송도} 바닷가의 落照_{낙조}나 좀 보다가 돌아올 작정입니다.

아직도 마음을 진정시키지 못한 나머지 ○순 씨에게 감당하기 힘든 내용을 여쭈었는지도 모르겠습니다. 이점 깊이 사과드리오니 양해해 주셨으면 감사하겠습니다.

安寧_{안녕}!

1964.9.18.金.

연민선생님 연구실에서(草稿의 일부)

〈其 八〉

○順_순 氏_씨에게

앞으로도 대화를 나눌 수 있는 벗이 되었으면 좋겠군요.

부도수표 같이, 낡은 비올롱의 가락 같이, 지금은 한갓 形骸_{형해}만 남은 이 말을 돌려드려야겠습니다.

힘겹고 외진 일일 것을 어렴풋이 알았으면서도 어느새 산마루턱까지 내달아 와버린 저는 'play again' 다시 그 마음으로 되돌아가는 길입니다. 제가 고등학교 육상 선수 시절의 어느 경기에서처럼.

이 글은 원망의 사연은 아닙니다.

미움도 시새움도 아니라면 사랑과 기도는 무엇이겠느냐고 물어 보실 테지요? 그러나 이것은 당신 스스로의 문답이 될 것입니다. 상실의 고독을 긍정의 상황으로 바꾸기에 여념이 없는 저에게 그런 사치스러운 문제를 묻지 말아 주십시오.

우리는 이제 낮은 목소리로 전해들을 만큼 가까운 거리에 서 있는 것은 이미 아닌 지도 모릅니다.

때가 가고 歲月_{세월}이 이울면 만나도 질 웃음의 연륜으로 발돋음하여 지금 수런수런 출발의 츄렁크를 꾸려 보는 참입니다.

요 며칠 ○순 氏는 저에게 너무 삼엄한 경계망을 드리우시더군요.

제가 '○순 氏'라고 했든, '당신'이라고 써 보았든, 언젠가는 '김 선생님'으로

결론지어지리라고 생각했었는데…….

제가 男性남성이기 때문이 아니라 ○순 氏가 女性여성이기 때문에 택해야 했던 부득이한 자세였다고 그저 믿으렵니다. 세상을 생각하는 것이 어렵지만, 세상살이의 분별을 찾는 일은 더 어렵다니 말입니다.

인연은 숙명이라는데, 인위적으로만 그 인연의 울바자를 엮어 보려한 제가 너무 분별을 모른 셈이지요. 정성이 분별은 못 될 텐데 말입니다.

“이 광활한 하늘 아래서 굳이 외면을 하면서 오가야 할 구실을 만든 이가 당신이 아니겠느냐고 물어 보려는 제가 아닙니다. 인정의 이력서에다 다시 몇 줄을 訂正정정해 보아야겠다고 서두르는 호된 성격의 소유자도 못됩니다.

허물없고 대견스러운 두 벗이라고 할 수 있는 ‘성실’과 ‘의지’와 좀 더 가까이 서서 살겠습니다. 그 두 친구들이 아직은 떠나지 않을 텐데 제가 왜 벌써부터 육자베기타령을 부르겠습니까?

인정이란 참 이상한 것이어서 자주 만나게 되면 그 여운이 오래 남게 되겠지만, 서로 떨어져 있게 되면 곧 잊히게 된다고 합니다.

때가 가고 세월이 이울어진 어느 아침, 아득히 먼 산마루를 넘어가면 그때 우리는 서로 만날 수 없게 되겠지요.

몇 달 동안만이라도 웃으면서 구김살 없이 지냈으면 좋겠습니다.

잘은 모르지만, 人生인생이란 남 보고 사는 것만으로는 감당하기 어려운 무대인 것을 생각해야 할 시간이 ○순 氏에게만은 없기를 바라겠습니다.

짧은 그동안이나마 따습게 보내 주신 우정을 감사드립니다.

“오뉴월 화롯불도 쬐다 말면 섭섭한 법인데…….” 이것은 俗談속담에나 있을 법한 말이지, 대학 졸업반이 된 제가 기억할 말은 못되는 것 같습니다.

아쉽고 그리운 정의 候鳥후조가 마음 한 자리에 깃들인다 해도 ‘워어이 워어이’ 이렇게 날려 버리겠습니다. 계절도 모르고 날아드는 철새란 차라리 미운 존재일 테니깐요.

카라일은 “참된 生活은 오로지 자기 부정에서 출발하지 않으면 안 된다.”고 했지만, 그렇다 해도 저는 자기 긍정을 위해 살아 보겠습니다.

긴 사연을 적어야 할 필요가 없는데도 어쩌다가 또 긴 글이 되었습니다.

내일은 호랑이들이 살았다는 仁王山인왕산 그 가파른 봉우리에 올라 허탈하게 한 번 웃다가 와야겠다는 생각을 하면서 더 쓰는 것을 삼가겠습니다.

몇 끼를 굶고도 눈칫밥은 먹지 않겠다고 버티던 그 얼굴, 주위의 한결같은 만류도 아랑곳없이 文學徒문학도가 되겠다고 바보처럼 웃어대던 지난 날의 自畵像

자화상이 자꾸만 눈에 밟힙니다.

그럼 부디 안녕히……

1964.9.19. 夜야
도서관에서(草稿)

〈其 九〉①

○順순 氏씨에게

어느결에 '입춘'을 바라게 되었습니다. 헤어보니 뵈옵지 못한 지도 이러구러 두어달입니다.

그간 댁내가 균온하시며, 공사에 다망하실 ○순 씨도 안녕하신지요?

먼저 양해도 구하지 않고 또 구차스러운 사연을 적는 것은 무례인 줄 알면서도, 지금 무엇인가 써 보아야겠다는 심정으로 펜을 들었습니다. 물론 여기에는 새삼스레 무슨 희원의 내용을 적지는 않겠습니다.

먼지바람 이는 어느 길 모롱이에서 흩어진 포스터 쪽지를 주워 보듯, 다만 호기심만으로 읽어 주시기를 바랍니다.

그 언제인가 제가 외람된 청탁을 써 보던 그 山寺산사에 조금 전에 어스름이 찾아들었습니다. 얼마 후에는 스님들의 저녁 공양 시간이 오는데, 되도록 그 전으로 속히 써 버리려고 생각합니다.

제가 이 글을 드린다고 하여 ○순 씨가 종래 결정지운 그 '단안'에 어떤 변화를 기대하는 것은 아니겠고, 이제 와서 또 그런 변화를 바라는 바도 전혀 없습니다.

우리는 한편의 논문을 쓸 때에 어떤 명제에 대한 결론이 확실한가를 확인해 보곤 합니다만, 아마 이 글도 그런 성격의 것이라 해도 좋겠습니다. 말하자면 전해 드리고 싶은 저의 뜻을 밝혀 두려는 것, 그것뿐입니다.

"우물쭈물하는 것은 바보나 간사한 사람"이라고 누군가 말했습니다.

젊을 때에 쓰여 진 감회 깊은 원고 뭉치를 불살라 버린 괴테는 "기다려라 잠간, 이윽고 그대도 쉬게 되려니……"하는 終焉의 시를 쓴 바 있는 그 산장의 기둥을 쓸어안고 며칠 밤을 울어대었다 합니다. 저는 두어 시간 전에 ○순 씨의 주변에서 쓰여 진 몇 통의 편지 初稿초고와 얼마간의 글들을 태웠습니다. '바보'나 '간사한 사람'의 범주에서 벗어나기 위함이 아니었고, 또한 그 멋쟁이 시인처럼 번뇌와 회고에 젖어 보려는 사치심에서는 더욱 아니었습니다.

전쟁터에서 보여주는 용기를 찬양하는 사람들이 많다고 하여 그런 허세를 부리겠노라고 이 글을 쓰는 것도 물론 아닙니다.

"쌀쌀한 것도 맛이거든, 아이스크림처럼 말야." 이 말은 투르게네프의 『父子』에 나오는 대화의 한 토막입니다만, 침묵만으로 일관한 ○순 씨의 태도가 "쌀쌀했다."고 해서 그 "아이스크림 맛"이나마 음미해 두겠다는 분별없는 생각에서 비롯된 것은 더더욱 아니라는 것을 말씀드려 두겠습니다.

"因緣인연은 宿命숙명"이라고 했습니다.

어느 생물학자의 계산에 따른다면, 16온스의 蜜밀을 구하기 위하여 꿀벌은 二萬이만 송이의 꽃 사이를 날아다녀야만 된다고 했습니다. 저는 '因緣'에 대해 대견스러운 定義정의를 내릴 만한 지혜는 없습니다만, 어쩌면 인연이었을지도 모를 1온스의 '友情의 蜜'(저는 ○순 氏의 편지를 이렇게 표현하고 싶습니다.)을 위하여 흘려보낸 세월도 헤어보니 二萬 餘여 시간! 그 '1온스'의 마지막 결론을 내리기 위해 푸념 비슷한 사연을 적어가는 것입니다. 누구는 來世의 영광을 위해 도를 닦는다는 이 法堂법당에서 말입니다.

"사람의 최초의 지혜는 스스로 빵을 구하는 점"이라고 러스킨이 얘기했지만, 생활의 예지가 없는 저로서도 이제는 그 '빵'을 위하여 동분서주해야 할 시간이 가까워 온 것 같습니다.

"나는 쉬운 줄 알았더니만, 그 밥 먹기 어렵더군!" 이것은 제가 가장 가까운 거리에서 모시던 无涯무애 스승님께서 '사은회' 자리에서 저에게 하신 말씀입니다. 사업도 경영도 아닌, 어쩌면 가장 소극적인 생활 태도인 지도 모를 '학문'을 하겠다는 사람의 일생이 그저 평탄하리라고 생각하지는 않습니다. 저도 그런 분별없는 낙관주의자는 아닙니다.

"소리 나는 꽹과리와 울리는 북"이 난무하는 세상이라고 해도 허튼 흥분에 젖어 있을 시간은 없는 것 같습니다. 북해의 빙산처럼 그 안자락 어느 곳에는 따스한 정과 때로는 눈물조차 가득히 고일 수 있으면서도 싸늘한 침묵을 지키고 유유히 살아가겠다는 사람에게는 그런 세속적 열정은 별로 필요하지 않을 것이기 때문입니다.

"운명적인 것은 체념하고 항상 현실 속에서 자신을 극복해 나가는, 가능한 존재로 최선을 다하다가 웃으면서 운명에 순응하여 적멸해 가는 사람"을 니체는 '超人초인'이라고 불러 주었습니다. 저는 니체처럼 '有限유한 속에서 無限무한까지를 긍정하면서……' 살 지혜도 용단도 없습니다. 현실을 냉정하고 조심스럽게 돌아보고, 거기데 대처해 가면 그만 아니겠습니까?

제가 이렇게 장황한 이야기를 적는 것은, 머언 異國이국으로 떠나는 친구에 게 작별의 말이 길 듯, 정말 마지막 인사를 드리자는 심정 그것이라 해도 좋겠습니다.

낮은 목소리로 전해 듣기에는 우리는 이미 아득히 먼 지점에 서 있습니다. 오다가다 만나는 것은 나그네이고, 한두 번 대화를 나누면 길동무라고 했습니다. 우리는 '길동무'인지 '나그네'였는지 저로서는 알 수가 없습니다만, 지금이사 아무래도 좋지 않겠습니까?

○순 氏는 저에 대하여 약간의 오해를 가지셨던 것 같습니다. 제가 그냥 무턱 대고 '당신'이라고 불렀기에 말입니다. 혹은 그것은 ○순 氏로서는 심각한 문제를 제기하려는 기미로 판단할 수도 있겠고, 따라서 그토록 신중과 침묵만으로 일관한 것인 지도 모르겠습니다만, 그러나 그것은 지나친 속단이었습니다. 우리는 가장 가까운 이를 부를 때 '그대'라로 일컫기 때문입니다.

저의 기억으로는 그런 세련된, 기성화한 호칭을 사용한 적이 없다고 생각합니다.

엄격한 가정교육을 받으면서 자라난 제가, 속상하게 남의 눈치까지 살피면서 고학을 해야 했던 제가 그토록 일방적인 욕구만을 내세웠다고 생각하셨다면 그 것은 괴로운 일이 아닐 수 없습니다.

또 언제인가 <연세춘추>에 게재한 수필 「사투리」에서 "서울말을 배우겠노라고 발성 연습에 몰두한 적이 있었다." 云云한 것도, 적어도 ○순 氏와는 아무런 관련이 없는 입장에서 쓰여 진 것임을 말씀드립니다. 이런 점들을 이해해 주셨으면, 하고 진심으로 바라는 것입니다.

이글을 읽으시면서 ○순 氏는 우울한 表情표정에 잠길지도 모릅니다. 그러나 지금으로는 어떻게 변명이나 어색한 사과의 내용은 적지 않겠습니다.

캠퍼스 생활의 막이 내리듯이, 많고 벅찬 문제의 어느 부문이나마 결론을 내 려 보고, 그리고는 또 다른 구상을 위하여 나아가야겠다는 상념만이 계절의 후조 처럼 제 마음 언저리를 깃들고 있을 뿐입니다.

너무 장황한 내용이 된 것을 송구스럽게 생각하면서, 이제는 다시 쓸 기회가 없을 저의 사연을 끝 맺어보려고 합니다.

영원한 안녕 속에 부디 행운이 깃들기를 바랍니다.

그럼 안녕히 계십시오.

1965.1. (草稿)

<大 九>②

김 선생님께

벌써 '입춘'을 바라보게 되었으니 뵈옵지 못한 지도 이러구러 四旬사순 餘여인 가요.

그간 댁내가 균온하시며, 공·사에 다망하실 김 선생님께서도 안녕하신지요? 지금에 와서 제게 무슨 할 얘기가 있어 이 글을 올리는지 스스로도 분간하기 어려울뿐더러, 더군다나 양해도 구하지 않고 무례한 사연을 적는 것이 용납될 수 있는 것인 지도 아울러 헤아릴 수가 없습니다.

새삼스럽게 어떤 희원의 내용을 적어 보려는 마음에서가 아니기에, 먼지바람 이는 어느 길 모롱이에 흩어진 포스터 쪽지를 주워 보는 그런 호기심으로 읽어 주셨으면— 하는 염원을 지녀 보는 것입니다.

그 언제던가, 제가 외람된 청원을 적어 보던 바로 그 절간에, 지금은 어스름이 꽤 짙게 찾아들었습니다. 조금만 더 있으면 '공양'드리는 시간이 되므로 그 시간 전에 되도록 속히 이 편지를 다 써 버리려고 생각합니다. 이렇게 얼룩진 얘기들 을 말입니다.

제가 이 글을 써 올린다고 하여 우리들 간에 진작 결론을 내린 일들에 다시 어떤 변모를 기대하는 것이 아닐뿐더러, 또한 김 선생님께서 저에게 무슨 말씀을 하신다 해서 제가 내린 결정에 어떤 수정이 가해진다고 기대할 수도 없는 일입 니다.

우리는 학창 시절에 많은 '리포트'를 써 보았었지요?

그때마다 우리는 어떤 '명제'이 대한 '결론'이 적합한가 하는 문제를 확인하곤 했었지요.

지금 제가 쓰는 글도 그런 성격의 것이라고 해도 좋겠습니다.

때로는 어떤 편견이나 옹졸한 언사가 적혀 있더라도 양해해 주실 것으로 믿어 두고 싶습니다.

"우물쭈물 하는 것은 바보이거나 간사한 사람, 둘 중의 하나"라고 한 러시아 어느 문호의 말이 생각납니다.

청년 시절에 혼신의 정열을 기울려 피땀으로 썼던 원고 뭉치를 불살라버린 Goethe는 "기다려라 잠간, 이윽고 그대도 쉬게 되려니……." 하는 그 유명한 시 를 쓴 바로 그 山莊의 기둥을 쓸어안고 이틀 동안을 울어댄 적이 있다고 합니 다.

저는 두어 시간 전에 '김 선생님'이 아닌 'ㅇ 순씨'·'당신'등의 호칭으로 써왔던 대부분의 草稿초고들을 불태워 버렸습니다.

그것은 '바보'나 '간사한 사람'이 아니라는 것을 증명해 보이려는 것도 아니고, 더군다나 그 멋쟁이 천재 시인처럼 회한과 감격에 젖어보려는 사치스러운 낭만에 젖고 싶어서 그랬던 것은 더욱 아니었습니다.

물론 이글을 쓰는 것도 "전쟁터에서 보여주는 그런 격한 용기"로 모처럼 허세를 놓아보겠다는 그런 發想발상에서 비롯된 것도 아닙니다.

"쌀쌀한 것도 맛이거든, 아이스크림처럼 말야!" 이것은 어느 소설의 대화 한 대목입니다만, 혹시 김 선생님이 약간은 "쌀쌀했다."고 해서, 제가 그 '아이스크림 맛'을 떠올린 것은 더욱 아닙니다.

佛家불가에서는 "因緣인연은 宿命숙명"이라고 했습니다. 그렇다손 치더라도, 佛者불자아닌 우리 사이에 한두 번 옷깃을 스쳤기로서니 그게 진정 '宿命'숙명이야 되겠습니까?

어느 생물학자의 말을 빌린다면, 십육 온스의 蜜밀을 마련하기 위해 꿀벌은 이만 송이의 꽃을 찾아다녀야만 된다고 합니다. 저는 '인연'에 대해 구체적인 定義정의를 내릴 수 없습니다만, 우리의 '友情'우정(김 선생님께서 '벗'이라는 표현을 하셨으므로)은 몇 온스의 '꿀'에 해당되는 것인지, 또는 '인연'의 범주에 속할 수 나 있는 것인지 다시 한번 생각해 보는 중입니다.

"사람의 최초의 지혜는 스스로 빵을 구하는 점"이라고 어느 사회학자는 말했습니다. 한껏 포부에 부풀어 '학문'을 위해 일생을 바치겠다고 작정하고 있는 저의 일생이 얼마나 그 '빵'과 연결될 수 있는 지는 헤아릴 수가 없습니다. 우리 无涯무애 선생님께서는 가끔 "밥 먹기가 정말 어렵더군!"하는 말씀을 들려 주신 곤 하셨습니다. "人生인생은 苦海고해"라고 했는데, 저 같은 한갓 철부지가 세상 살이의 분별을 무엇 알겠습니까만, 그래도 "그것이 그러려니—"하는 생각은 해 보았습니다.

험준하고 가파른 산마루를 바라보면서, 저도 이젠 '빵'을 얻기 위해 東奔西走동분서주 해야 할 시간이 도래했다고 막연하게나마 느끼고 있습니다.

제가 다시 學園학원으로 돌아간다고 해도 그곳이 꼭 우리의 모교일 것이라는 기약은 없습니다. 그렇기 때문에 제가 또 다시 어느 날 문득 김 선생님 앞에 불쑥 나타나는 일은 이제는 두 번 다시없을 것 같습니다.

"소리 나는 꽹과리와 울리는 북이 난무하는 세상"이라고 설익은 흥분을 가져 볼 겨를은 없는 것 같습니다.

북해의 빙산처럼 그 밑에 따스한 정과 때로는 눈물조차 담뿍 고일 수 있으면서도 싸느런 침묵을 지키면서 살겠다는 사람에게는 그런 열정이 긴요치 않을 것 같습니다.

"운명적인 것은 감수하고 항상 현실 속에서 자신을 극복해 나가는 사람, 가능한 존재로 최선을 다하다가 웃으면서 운명에 순응하며 적멸해 가는 사람"을 일러 니체는 '超人'초인이라고 일컬었습니다. 저는 니체처럼 "유한 속에서 무한까지를 긍정하면서…" 살아갈 지혜도 용단도 없습니다만, 世論세론이야 무엇이건 다만 저의 길을 가고 싶은 심정입니다

머언 異國이국으로 떠나는 친우에게 작별의 말이 많듯, 저의 이 장황한 言辭언사도 김 선생님께 드리는 마지막 인사라고 생각해 주시면 감사하겠습니다.

낮은 목소리도 전해 듣기에는 이제 우리는 아득히 머언 거리에 서 있는 셈입니다. 구름이 흘러가듯 그렇게 말입니다.

오다가다 만나는 것은 나그네입니다. 어쩌다가 한두 번 대화를 나눈다면 길동무가 될 것입니다. 지금에 와서 우리가 '나그네'인지 '길동무'인지를 생각해 보는 것은 별다른 의미가 없는 지도 모르겠습니다.

어느 해 九月의 한 토요일을 회상하면서 냉정하게 제 자신을 뒤돌아보고 있습니다.

지금이사 아무래도 좋습니다만, 김 선생님께서는 저에게 약간의 오해(?)를 가지셨던 게 아닌가 합니다. 아마 'ㅇ순 씨'니 '당신'이니 하는 호칭에 얼마간 부담감을 느끼신 게 아닌가 생각해 봅니다.

혹시 제가 김 선생님께 "일생을 같이 하여 주시지 않겠느냐?"고 물어 볼가 봐서 그처럼 신중함과 침묵만으로 일관하신 것이라면, 그것은 저의 본의가 아니었다고 감히 말씀드릴 수 있습니다. 더없이 친밀한 사이라면 '당신'도 '…씨'도 아닌 '그대'가 아닐까요? 제가 선생님께 '그대'라는 호칭을 쓴 적은 없지 않습니까?

완고한 儒家유가의 가정에서 자라난 제가, 남의 눈치를 의식하면서 고단한 학창 생활을 보내어야 했던 제가 그토록 사리 판단이 어둡고, 제 주견대로만 처신할 수는 없지 않았겠습니까?

이점을 이해해 주셨으면 하고 마지막으로 부탁드리고 싶습니다.

두서없는 이런 글을 읽으시고 혹시 우울한 기분에 잠기시면 어떻게 하나, 하는 생각을 했습니다.

우리의 캠퍼스 생활의 막이 내리듯이, 세월이 가면 우리도 저마다의 길을 총총히 재촉하게 될 것입니다.

이제는 무거운 문제들을 내려놓고, 서로 훌훌히 떠날 시간이 되었나 봅니다.

영원히, 진정으로 영원히 축복과 영광 속에 행운을 누리시기를 삼가 빌어 봅니다.

그럼 안녕히 계십시오.

1965.1

(草稿)

V. 떠난 사람 보낸 歲月세월

《1961년》

1961년 1월 1일 일요일, 맑다

묵은 것은 물러가고 새로운 것으로 충만해야 할 辛丑年신축년 첫 날이다. 그러나 성취하지 못한 채 휴지 조각처럼 버려둔 시들은 꿈이 너무 많이 쌓여 있다. 메말라가는 듯한 생의 노력, 녹슬고 버림 받은 연약한 젊음의 넋두리도 따스한 햇볕을 쬐여 파릇파릇한 움이 돋아나려는지…….

생각해 보면 서러운 일이다. 고통 속에서 새해를 맞이해야 한다는 그것부터가 비극적이 아니냐.

흘러 간 그 몇몇 해를 뉘우치면서 곰곰 생각해본다.

생활에 무감각해서는 안 된다. 해가 바뀐 이 시간, 그 한계마저 느끼지 못할 정도로 둔감해서야 되겠는가?

금년은 '소의 해'이다.

가혹한 시련도 꿋꿋이 이겨내는 소의 생리! 참으로 본받을 만하지 않는가?

'미련'만을 부등켜 안고 살아 온 것이 얼마나 부끄러운 일이냐.

새날에 살자. 쉘리의 말 "겨울이 오면 봄도 멀지는 않으리." 그 말을 믿으면서 말이다.

1961년 1월 2일 월요일, 맑다

간밤에 늦게 잠자리에 들었으나 조바심이 되어서인지, 네 시 반에 일어났다.

머리 한구석이 띵-하다. "이제는 집으로 가는구나!" 생각하니 시원섭섭한 감회가 든다.

어린 것에게 시달리어 피로하겠건만 고모는 일찍 깨어 아침밥을 지어 주었다. 역시 혈육의 정이란 소중한 것인 모양이다.

이른 아침, 찬 바람이 몰아치는 노량진 고개를 넘으면서 몇 번이고 눈물을 훔쳤다.

참으로 싸늘한 세상이다.

※ 우리 고향에는 마땅한 입시 학원이 없어서 그때 나는 겨울철을 이용하여 흑동에 사는 고모 댁에 기숙하면서 종로에 있는 'EMI학원'을 두어 달 남짓 다녔었다.

1961년 1월 3일 화요일, 눈

아홉시쯤 눈이 내리더니 저녁에 멎었다.

눈 오는 날은 어디론지 지향 없이 가고픈 충동을 받곤 하였다. 그러나 오늘은 눈마저 실룻할 정도로 정서가 메말라 버렸다.

좀더 푸근한 마음으로 공부해 보려고 집으로 왔으나, 계획이 벌써 되꼬이고 말았다.

팥죽이며 떡, 꿈이 퍽 여러 날 되었다면서도 남겨 두었다가 주시는 엄마. 자식이란 그토록 소중한 존재이던가?

보답하는 길은 좀더 복되게 사는 그길 하나뿐일 것이다.

延世大연세대의 꿈, 문학에 대한 情念정념!

내리는 눈처럼, 차곡차곡 쌓인 눈같이 '진리의 길' 위에 발자취를 남겨야지.

1961년 1월 5일 목요일, 맑다

혹독한 추위이다.

전차 속에서 오들오들 떨면서 밤이 깊은 뒤에서야 EMI에서 돌아오던 일이 눈에 선하다.

그날의 뼈저린 맹세마저 저버리고 그저 세월만 허송하다시피 하는 지금의 심리 상태를 알 수가 없다.

"네 자신을 알라. 자기를 이기는 사람이 가장 강한 사람이다."라고 한 쏘크라테스의 말이 생각난다. 정말 그런 것 같다.

그렇다. 서푼짜리 僞善위선에 공연히 매달릴 필요는 없다.

벌써부터 입학금 걱정이 앞선다. 가난한 탓도 있지만, 그보다도 집안 어른들의 교육열은 너무 희박한 것 같다.

이제는 본궤도로 가야만 한다.

1961년 1월 6일 금요일, 맑다

어제로 '小寒소한'이 지났는데 날씨가 안온한 편이다.

늦잠을 자고 일어났다.

세월에 대한 감각이 이토록 무딜 수가 없다.

공백이 계속된다.

수학적으로 볼 때 공백의 연속이란 아무런 의미가 없다. 그러나 '삶'이란 수학 그 너머에 존재하는지도 모른다.

"복사꽃 피는 철이 오면……." 云云운운의 시 한편을 읽었다. "복사꽃 피는 철"은 봄을 의미한다.

멀지 않아서 봄이 올 것이다.

합격을 하고, 또는 落榜낙방을 하고, 누구는 궁핍을 못이겨 울기도 하고……. 이런 나른한 계절이 오고 있다.

'인생의 봄'에 꽃 한그루 피우지 못하고 그냥 싸늘하게 보낼 수야 없지 않는가.

1961년 1월 8일 일요일, 흐리다

종일을 두고 음산한 날씨여서 기분조차 상쾌하지 못하다.

얼마동안 閉封폐봉해 두었던 방을 다시 정리했다.

너무 추워서 화롯불에 쬐여 가며 책을 정리했다.

"대학 정상화를 위하여 등록금을 현재의 반액으로 추진 중"이란 보도가 있다. 이것이야말로 '福音복음'이다 등록금이 4,5만환만 된다면 그럭저럭 마련할 수 있을 것 같다. 공염불이 되지 않기를 바랄 뿐이다.

1961년 1월 10일 화요일, 맑다

오전 한때 눈.

왼 종일 소록소록 내려 주었으면 좋겠다. 눈으로나마 거칠어진 젊음을 순화해 보겠다는 심사에서다.

이 세상에서 눈보다 더 순결하고 값진 존재는 없을 것 같다. 다만 있다면 그것은 '사랑'일지 모른다.

마음 한구석이 자꾸 허전해진다.

어쩌면 만나 질 듯도 한 정다운 사람의 그림자가 아른거린다.

밖에는 찬바람이 감돌고 있다.

1961년 1월 12일 목요일, 맑다

몹시 추운 날씨이다.

연세대학교에 원서를 우송하려고 읍내로 향했다.

도중에 모교에 들려서 추천서를 받았다. 여러 선생님들께서 따뜻하게 맞아 주시고, 격려도 해 주셨다.

세상은 모질다고들 하지만 아직 학원만은 그렇지 않은 것 같다.

우연히 몇몇 친구들을 만났다. "읍내 나오거든 꼭 놀러 오너라." 다 그렇게 부탁들이다.

섭섭한 마음으로 작별을 해야 했다.

1961년 1월 18일 수요일, 맑다

진전 없는 생활은 자살을 의미한다는 말이 있다. 따분한 생활이 반복된다는 것이 얼마나 무의미한 일인가 말이다.

下鄕하향한 지가 보름이 다 되도록 책 한권도 제대로 읽지 못하고 지냈다.

연세대에다 승부를 걸기로 했다. 그래서 다른 대학에는 원서를 쓰지 않기로 작정했다.

몇몇 대학은 졸업 성적이 100분의 5 이상이고, 평균 성적이 85점 이상이면 입학금과 1학년 등록금 일체를 면제시켜 준다고 한다. 가난한 살림이라 그럴 생각도 해 보았으나,그만 두었다.

지금쯤 연세대에서는 입학시험 과정이 진행되고 있을 것이다.

모든 것을 극복해 보겠다는 생각에서 표어 하나를 써 붙였다. "소처럼 말없이 배울 터"라고.

1961년 1월 20일 금요일, 맑다

따스한 날씨이다.

落水낙수ㅅ물소리가 흡사 봄을 재촉하는 것만 같다.

오늘이 '大寒대한'이라고 한다. 추위의 마지막 고비이다. 나른한 계절이 곧 온다는 신호이다.

지금쯤 어디에서 파릇파릇 움이 틀지도 모르는 '生생의 旋律선율'을 생각해 본다.

그것은 참 아름다운 일이다. 강파르고 메마른 마음 위에 다만 얼마만이라도 위로 받을 수 있는 한 '이데아'가 있어 준다면 그 얼마나 다행한 일이겠는가.

콧구멍에 종기가 나더니 그만 동티가 되고 말았다. 몸이 찌뿌듯하고, 통증이 심하게 온다.

시간이 촉박한데 또 이게 무슨 연고인지 모르겠다.

1961년 1월 21일 토요일, 맑다

음달 진 곳에서도 눈이 녹는다.

몸이 완쾌해졌다. 어디론지 자꾸 가고만 싶다.

시험 당일까지 읽고 풀어야 할 수험서의 양을 대략 계산해 보았다. 하루 200~300페이지를 해결해야 한다.

그런데 요즈음은 고작 100페이지 정도에 그치고 있다. 영어나 수학은 너무 광범위하니 남은 기간 동안 국어나 역사에 주력해야 할 것 같다.

어떻게든지 연세대에 합격해야 한다.

그곳에 가면 EMI에서 정답게 대해 주었던 몇몇 여학생들과 어쩌면 再會재회할 수 있을지도 모른다.

그 중에서도 지금껏 가장 인상에 남는 여학생은 수도여고 학생이다. 해맑은 표정에 얇은 테 안경을 쓴 그녀는 항상 웃음으로 대해 주었다.

이름이나 주소는 서로 물어보지 않았다.

1961년 1월 22일 일요일, 맑다

좀 쌀쌀한 듯했으니 햇볕은 그래도 따스하다.

오늘은 그래도 마음을 가라앉히고 얼마간의 책을 읽을 수 있었다. 조금이나마 진전이 있는 것 같아서 다행한 일이다.

쌀값이 며칠 전보다 한 가마에 이천 환씩이나 하락했다고 보도되었다. 쌀값이 조금 오른다고 데모하는 자들이 있더니, 이번에는 농민들이 데모를 하야 할 판인가. 그 흔해빠진 싸구려 데모가 넘쳐나는 세상에 농민들만 아직껏 묵묵한 뿐이다.

43세의 J.F.Kenedy 씨가 미국의 제35대 대통령에 당선되어 지난 20일에 백악관에 들어갔다고 크게 보도되었다.

죤.에프.케네디! 이름부터가 좋다.

더욱이 젝키라는 애칭의 부인이 미소 짓는 사진도 곁들였다. 현숙한 부인이 될 것으로 생각된다.

남자의 富부는 명예, 자식, 內助者내조자라고 한다. 그 중에서도 첫 번째는 아마도 현숙한 아내일 것이다.

1961년 1월 26일 목요일, 맑다

퍽 따스해서 좋다.

신문에서는 벌써 '움트는 새싹'을 이야기하고 있다. 약동하는 봄! 세상으로 비유한다면 봄은 '淸純청순한 소녀'와 같다.

정규 4년제 대학생들 중 희망자에 한해서 24주간 동안 군사 훈련을 시켜서 졸업 후에 소위 계급으로 단기 복무 시킨다는 보도가 나와 있다. 한달 봉급이 얼마인지는 모르겠으나 몇 해 복무하고 나면 대학원 진학 자금은 해결될 것이다.

아직 대학 진학도 하지 않았는데, 조급하게 대학원 생각부터 하게 된다.

학생들에게 이러한 제도를 도입해 보려고 하는 문교부나 국방부 당국자들이 고마운 생각이 든다.

보초를 서고, 마룻바닥에 자면서 주먹밥을 먹어야 하는 사병 훈련에 비하면, 토요일 오후 시간에만 실시한다는 이 훈련은 너무 고급인 것 같다.

1961년 1월 31일 화요일, 맑다

날씨가 몹시 춥다.

그저 계획만 세워놓고 제대로 책 한 갈피도 읽지 못하고 보내 버렸다. "급히 먹는 밥이 체한다."는 말은 있지만, 그래도 서둘러야 할 것 아닌가.

저녁 늦게까지 주변의 아이들에게 일종의 생활 계몽 운동을 했다. "간소하고 절제된 생활"이 그 중심점이었다.

이것은 오히려 내 자신에게 주는 충고인지 모르겠다.

"김소월 같은 시인이 되어다오. 이 나라 문단의 巨星거성이 되어야 한다." 태원이가 다정한 어투로 일러주던 말이 생각난다. 김소월, 아니 가능만 하다면 괴테와 같은 위대한 시인이 될 수만 있다면 그 얼마나 행복하겠는가?

1961년 2월 1일 수요일, 맑다

겨울의 마지막 몸부림인가, 날씨가 몹시도 차다.

"어서 봄이 왔으면……."하던 마음은 반대로 "봄이 좀 늦게 와 주었으면 ……."하는 엉뚱한 생각으로 바뀌었다. 봄에 접어들면 운명의 갈림길, 그 '입학시험'을 치루어야 하는 것이다.

의헌 군으로부터 금년의 대학 등록금은 국공립이 육만오천 환정도, 사립은 구만 오천 환정도 되리라는 얘기를 들었다.

연세대는 사립대학이므로 후자에 해당된다. 얼마인지는 몰라도 신입생은 또 여기에 입학금이 가산될 것이니, 작히 십만 원은 될 것이다.

슬픈 일이다.

그렇게도 동경했던 연세대의 꿈은 사라지는가? 십만 환이면 벼 1300~1400근 값에 해당되는데, 이러한 거금이 마련될 가능성은 100의 1 정도나 될까?

이 실낫 같은 희망을 부등켜 안아야 하나?

곤궁한 살림이 참으로 원망스럽다.

합격만 된다면 어디 혈서라도 써서 호소해 보는 길밖에 다른 방법이 보이지 않는다.

1961년 2월 3일 금요일, 맑다

추위가 다소 고개를 숙인 것 같다. 그래서 '三寒四溫삼한사온'이란 말이 생간 것인가? 양지발에 서면 야릇한 생동감을 느끼게 된다.

"연세대에서 일차 합격 통지가 올까?" 자꾸 조바심이 생긴다.

안동 아주머니가 애기에게 줄 젖이 부족해서 무당을 불러 굿을 한다고 한다.

"아니, 이 문명 시대에, 더구나 알만한 사람들이 그게 무어람!" 무심코 내뱉은 말이다.

그러나 한편 생각해 보면 "물에 빠진 사람은 지푸라기라도 잡으려고 한다."는 말도 있지 않은가? 오죽 답답했으면 그런 생각을 했으랴 싶어서 안쓰러운 생각도 든다.

1961년 2월 5일 일요일, 비

아침나절은 흐리더니 부슬비가 내리기 시작해서 밤이 깊도록 계속된다. 하마 '解冬해동'비인가?

겨울이 가고 봄이 온다는 신호탄이다.

메마른 산천에도 파릇파릇 새움이 돋아날 것이다. 그러면 나의 '생명의 싹'도 피어날 것인가? 현실이라는 추위에 움츠렸던 '보람의 싹'도 돋아날 것인가?

'대여 장학금' 관계에 관심이 간다. 또 기회만 된다면 '국비장학생' 관계도 연결되었으면 좋겠다.

이런저런 생각을 해 보지만 도무지 갈피가 잡히지 않는다.

1961년 2월 8일 수요일, 맑다

날씨는 꽤 쌀쌀하지만, 어딘지 봄의 훈향이 스며드는 것 같다.

신문을 읽지 못하니 갑갑하기 짝이 없다. 이래서 "무식이 상팔자"라는 말이 생겼던가?

산다는 것이 어려운 일이라고들 하는데, 좀 더 알고 산다는 것은 얼마나 더 어려운 일인가?

尹英出윤영출 선생님께 편지를 썼다. 중 .고등 6년 동안 가장 자상하신 선생님이셨다.

돈이 영 없어서 다소라도 값이 나가는 책이라도 팔까 하다가 그만 두었다.

이런 생각까지 해야 하는 지금의 형편이 그저 서글퍼진다.

1961년 2월 13일 월요일, 맑다

저녁 무렵에 빗발을 뿌리더니 연해 멎었다.

'舊正구정'이 내일 모레.

모두들 불경기라고 야단이지만, 그래도 명절은 좋은 것이다. 설 떡을 마련하려고 떡메로 떡을 쳤다.

어려운 중에도 일년 중 가장 큰 명절이라 모두들 분주한 모양이다.

길로 오가는 사람들은 다들 고향으로 가는 발길들일까?

고향이란 누구에게나 아름답고 소중한 존재이다.

엊그제 신문에 某모 대학교 약학과에 재학 중인 安聖子안성자라는 여대생이 졸업을 앞두고 밀린 실험 실습 비 22,000환이 없어 옷감 몇 벌을 훔치다가 들켜서 절도죄로 쇠고랑을 찼다는 기사가 올라와 있었다.

세상에 돈이란 무엇인가?

그녀는 현실을 얼마나 저주했을까?

돈 없이 배우는 각박한 심정을 알 것만 같다.

1961년 2월 15일 수요일, 맑다

설날이다.

여섯시가 채 못 되어 일어나 떡국을 먹었다. 생활이 넉넉하지는 못해도 명절을 맞는 마음은 기쁘고 여유가 있다.

평소에 그냥그냥 지내다가도 해가 바뀔 때면 또 다른 다짐을 해 본다. 정말이지, 지난 한해는 너무 무사태평의 심정으로 보낸 것 같다.

모두들 모여서 차례를 지낼 때 이상한 얘기들이 나왔다. "농사를 짓는 것이 상팔자지, 지금 세상에 대학생이 뭐 필요한가?"였다.

나는 목청을 높혀 이렇게 응수했다. "못 배워서 늘 남들에게 눌려 살 수야 없지 않습니까? 그러다가는 洞長동장 한번 못해 보고 지내야지 별 수 있습니까?"

참으로 서운한 생각이 들었다. 도와주지는 못할망정, 되레 훼방을 놓다니…….

1961년 2월 18일 토요일, 맑다

아침 일찍 읍내로 향했다.

연세대에서 일차 합격 통지서를 보내 왔으므로 호적초본, X-ray 촬영비 등을 우편으로 보내기 위해서이다.

버스 간에서 일부러 누가 보도록 延世大연세대라고 날인된 부분을 앞으로 내고 들고 갔다.

전화로 모교에 알릴 때는 사뭇 신바람이 났다.

그러나 생각해 보면 아직도 이차 시험이 남아 있지 않은가?

서울 고모부님께 편지를 썼다. 누구에게나 도움을 청해야 할 처지가 아닌가.

1961년 2월 21일 화요일, 맑다

삶의 본질이 무엇일까?

아마도 그 무엇을 지표로 삼고 행동하는 것일 것이다. 무엇인가를 지향한다는 것은 소중한 일임에는 틀림이 없다.

"인생은 영원한 이방인"이란 말도 있다.

"인생은 너무 짧으니 비루하게 살 수 없다."고 한 디스테리의 말은 깊은 감명을 준다.

시인이 되겠다는 꿈, 그 꿈이 어느 정도 성숙해 가는지 알 수 없다.

1961년 2월 22일 수요일, 맑다

날씨가 무척 따스하다.

세상도 이처럼 따뜻해졌으면 좋겠다.

신문이 며칠씩 밀렸다가 와서 읽느라고 한나절이나 걸렸다.

白惠子백혜자라는 불구 소녀가 시집을 내어 화재를 일으키고 있는 모양이다. 하루 열통 넘게 Fan-letter가 온다고 한다.

며칠전 절도 혐의로 구속되었다는 어느 여대생의 딱한 사정에 대하여 위로의 편지라도 낼까 생각했었는데, 이번에도 그런 마음을 가져 본다.

세상에 평판을 불러 온다는 것이 결코 쉬운 일은 아닐 것이다.

문학의 길로 정진하고 싶다.

1961년 2월 25일 토요일, 맑다

나들이 간 삶의 언저리에서 향긋한 냄새 한번 맡아 볼 수가 없구나.

불현 듯 동무들이 보고 싶다. 다정한 동무들이었는데, 그동안 서로 무심했던 것 같다.

시집 한권을 내였으면 한다. 책 이름은 『별의 이름처럼』. 사실 별처럼 티 없이 살 수 있다면 얼마나 축복받은 삶일까, 생각해 본다. 별은 사랑과 청춘, 언약과 밀어, 그리고 보람을 상징한다.

샘 집(작은 집)에서는 빚이 많아서 또 논을 판다고 한다. 가뜩이나 어려운 농촌 살림에 참 답답하다.

1961년 3월 2일 목요일, 맑다

일곱 시 밤쯤 해서 무거운 걸음으로 등교를 재촉했다. 운명의 입시일이다.

처음 겪는 대학 입시이고, 공부도 충분치 못해서 두려움이 앞선다.

시간이 부족할까 염려해서 택시 합승을 했다. 모두 찻간에서도 부지런히 공부를 하면서 간다.

벌써 몇 천 명이 운집하고 있었다.

노천강당에서 지시를 듣고 <본관>(307) 강의실로 향했다.

첫 시간은 영어 시험인데 별로 좋은 성적을 기대하기 어려울 것 같다. 국어는 그래도 80점 이상은 될 것 같고,사회생활은 60점 정도나 될까?

문제는 수학이다. 수학 성적이 퍽 저조할 것 같다. 대부분 수학이 어려웠다고 야단이었다.

모두들 격려하러 온 인파로 가득 차 있는데, 아는 사람 하나 없이 나만 외톨이다. 기분이 꺾이는 것 같다.

그런대로 국어 시험을 잘 치루었으니 합격이 가능할지도 모른다. 그렇게라도 위안을 해야겠다.

1961년 3월 3일 금요일, 비

아침부터 비가 내리기 시작했다.

적성 검사를 한다기에 막상 대하고 보니 아주 고된 시험이었다. 26page에 달하는 문제들을 70분 동안에 다 완성하라고 해서 진땀을 뺐다. 다는 못했지만 그래도 꽤 많이 작성한 것 같아서 마음이 한결 편하다.

신체검사는 뒤로 미루어지고 대신 면접을 치우었다. 첫 순서로 조의설 교수께서 현 시국에 대해 묻는 것을 "정국이 불안정합니다." 하고 대답했다. 두 번째로 양주동 박사께서 "왜 이 학교에 지원을 했는가?", "시에 소질이 있는가? 또 어디에다 발표한 적이 있는가?"하고 물어서 "훌륭한 선생님들이 많이 계셔서 지원했습니다.", "한두 번 발표한 적이 있습니다."하고 얼버무렸다.

1961년 3월 4일 토요일, 비

서글프게도 줄곧 비가 내린다. 바라지 않은 비이지만 무슨 소망이라도 이루게
해 줄지…….

어쩐지 마음이 되설렌다.

비 오는 신촌 길은 퍽도 멀었다.

오후 늦게야 신체검사를 완료할 수 있었다. 머리에서 발끝까지 너무 상세하게
하는 것에 오히려 호감이 갔다.

그러나 여성 의대생 앞에서 윗통을 벗고 팬티만 입은 채로 항문 생식기까지
검사하는 것에는 못마땅한 생각도 들었다.

1961년 3월 7일 화요일, 맑다

날씨가 제법 쌀쌀하다.

아침을 먹고 조금 지나니 벌써 열시가 되었다.

걸어서 용산 우체국까지 갔다. 등록금 십만 환을 보내 달라는 내용의 편지를
부치기 위해서이다.

밀이 십만 환이지 참으로 어려울 것 같다.

합격을 하고도 등록금이 없어 진학을 못한다면 어떻게 해야 할지, 참으로 마
음이 착잡하다.

신체검사 결과를 보려고 오후 두 시경에 연세대 교정을 찾았다. 다행히도 낙
오자 명단에는 없었다.

오고가는 학생들이 모두 멋쟁이, 부잣집 자식들 같이 보였다. 특히 여학생들의
표정은 단정하고 세련된 것 같았다.

고등학교 시절의 성적까지 포함시켜 평가를 한다니 만분다행이었다.

이제는 최종 합격 여부보다는 등록금 마련이 문제가 되는 것 같다.

1961년 3월 8일 수요일, 맑다

날씨가 계속 쌀쌀하다.

어제부터 식사 당번이 되어서 오늘도 점심을 지었는데, 물 조정을 못해서 진밥이 되고 말았다.

책이 손에 잡히지 않고, 그냥 허송만 하는 것 같아서 마음이 불편하다.

석양 무렵에 고모와 승강이를 했다. 재석이가 얼굴을 타넘고 얼굴을 부비대기에 “너 그따위로 커서는 남의 앞에 못 선다.”면서 다소 화를 냈더니, “그 애 버릇 고치는 것은 걱정 말고 너나 잘 해라.” 하면서 쏘아 붙였다. 그래서 “이십년 넘게 지닌 버릇을 어떻게 고쳐?”라며 또 말대꾸를 해 보았다.

눈물이 핑-돌더니 사정없이 흘러서 목이 메었다.

내가 얻어먹으러 온 것도 아닌데, 또 무슨 악의가 있어서 그런 말을 한 것도 아닌데, 어린 자식만 너무 두둔하는 것이 몹시 언짢았다.

“너는 사회의 눈치를 너무 모른다.”는 말도 들었다.

젊은 기분이 그저 꺾이는 것 같았다.

1961년 3월 10일 금요일, 맑다

아침 일곱 시쯤, 신문을 보시던 숙부님께서 “연세대 합격자 명단이 나왔다.”고 하셨다.

국문과 합격자 명단에 내 이름이 맨 앞에 나와 있었다.

한없이 기뻤다. 너무나 즐거웠다.

그러나 한편 생각하면 등록금이 없는 것이 그저 불안스럽고 서글프다.

서둘러 학교에 가 보니 역시 합격자 명단이 학교 게시판에 게시되어 있고, 등록금은 129,800환이라고 했다. 벼 값으로 치면 1800근 이상이 될 것 같다. 180근도 내다 팔기 어려운 우리 사정이다.

이 소식을 듣고 근심하실 어머니를 생각하니 기가 막힌다. “대학을 가느니 미장개를 가라.”고 하시던 숙부님의 화난 목소리가 다시 들리는 것만 같다.

1961년 3월 15일 수요일, 맑다

전날 이곳저곳을 다니면서 빌리고 얻은 돈 110,000환을 지니고 한학 아저씨와 연세대를 갔다. 등록금을 내기 위해서이다.

누군가 "작업복을 입고 왔네."하면서 비웃는 투로 말을 했다.

기분이 영 언짢았으나 그냥 참아야 했다.

교복대금은 없어서 "다음에 추가로 내겠다."고 말했다. 목멘 소리를 하면서도 마음이 몹시 아팠다.

생각해 보면 110,000환이란 참으로 큰 돈이다. 대부분이 빌린 돈인데, 어느 세월에 그걸 갚는단 말인가?

돈을 너무 쓰는 것 같다.

1961년 3월 18일 토요일, 흐리고 비

흐릿한 공기를 마시면서 일곱 시 반쯤 노량진에서 전차를 타고 신용산으로 향했다. 신용산에서 연세대까지 가는 시내버스가 있기 때문이다.

소망을 간직한 채 산다는 것은 한없이 즐거운 일이면서도 또 괴로움이 있게 마련이다.

수많은 이화여대생들이 버스 간에서 기름을 짜다시피 할 때 다소 짜증이 났지만, 한편 생각해 보면 그렇게도 갈망하던 연대요 이대가 아니던가!

'노천강당'에서 열시 반쯤 orientation program이 끝났다.

그래도 연세대는 참 좋은 곳이라고 생각해 본다.

시계도 하나 없어서 몹시 불편하다.

고모부는 시골 가셨을 때 나 없는 데서 아이들 듣는 데까지 "가정교육이 부족하다."느니, "아무리 나이가 적어도 '고모'라고 해야지, 어떻게 이름을 부르느냐?"는 등의 흉을 보았다고 한다. 막내 고모가 나보다 나이가 적어서 가끔 이름을 부른 것을 두고 한 말인 모양이다.

말이야 바른 말이지, 나처럼 성실한 사람도 별로 없을 텐데 말이다.

참으로 어려운 것이 세상 사는 일인가부다.

1961년 3월 20일 월요일, 맑다

입학식이 있었다.

각 학과 최고 득점자 명단이 발표되고, 수상식이 있었다. 여학생들도 여러 명

있었다.

그러나 나는 그 계열에 끼지 못했다. 합격된 것만도 다행한 일이라고 생각해야지…….

윤영출 선생님이 안부 편지를 보내 주셨다. 참으로 고마운 분이라고 생각했다.

저녁 시간에 「돌아온 사나이」라는 영화 한편을 관람했다. 최은희 김진규 주연이다. 거기에 등장하는 엄앵란 양의 연기가 돋보였다. 전현적인 모던. 걸이라고나 할까.

영화를 볼 때는 순수해진다.

1961년 3월 26일 일요일, 맑다

듀마 원작, 김래성 번안인 「眞珠塔진주탑」이란 영화를 관람했다.

일요일이면 마음을 가라앉히고 공부에 전념할 생각이었으나, 왠지 그대로 잘 되어주지 않는다.

"그 사람의 양심에 괴로움을 끼쳐 줄 수 있다면, 달리 복수란 게 필요치 않다."고 한 주인공의 말은 퍽도 철학적인 의미를 지닌 것 같다.

사람이란 항상 좀더 침착하게 살 필요가 있는지도 모른다.

1961년 3월 27일 월요일, 눈 후에 흐리다

간밤에는 부슬비가 내리더니, 6시쯤 일어나 보니 눈이 퍽 많이 쌓여 있다. 한동안 눈이 계속해서 내렸다.

눈 내리는 길은 손을 호호 불도록 퍽 추웠다. 반시간쯤 한강교를 지나 걸어서 신용산에 가서 버스를 탔다.

모두들 어지간히 바쁜 모양이다.

이런 날이면 자꾸 어딘가로 가고 싶은 충동을 받는다.

영어 시간에 녹음과 발성 연습을 되풀이 했다. 외국어 교육을 철저히 해 주는 학교 당국이 무척 고맙다. 이것은 연세대의 한 자랑거리가 될 수 있을 것이다.

1961년 4월 7일 금요일, 맑다

오늘 아침에 느닷없이 코피가 터져 나왔다.

생활이 고달픈 탓일까?

산다는 것, 사랑한다는 것, 이런 것들은 모두다 직업이 아니다. 따라서 이런 일에 숙련공이란 있을 수 없다.

"눈물과 미소 사이를 산책하는 것이 인생"이라고 한 빠이런처럼 그렇게 나른하게 살 수야 없지 않을까?

막심 고리끼의 말이 귓전을 때린다.

이 세상일은 어떻든지 좋다. 조금도 울든, 탄식하든, 불평을 하든, 그럴 필요가 없다. 그런 일은 아무 소용이 없기 때문이다.

그저 살아라. 그리고 쓰러질 때까지 버티어라.

이렇게 하고서 죽음을 기다려라.

이것만이 이 세상을 모두 아는 길이다.

1961년 4월 11일 화요일, 비

학교에 도착하기 전부터 내리던 비는 밤이 늦도록 멎지를 않는다.

낮에 '연세문학회'의 모임이 있다고 해서 참가해 보았다. 너무 초라한 것 같았다.

조금 글을 쓴다는 식으로 몇몇이서 떠들어댔다.

옷을 흠뻑 적시면서 집으로 돌아올 때는 서글픈 생각이 들었다.

1961년 4월 12일 수요일, 맑다

봄이다. 완연한 봄이다.

봄을 느낀 것은 오늘이 처음이 아니지만, 유난히도 봄 같은 기분이 난다.

캠퍼스의 개나리 때문만은 아니다. 그렇다고 무슨 歡喜雀躍환희작약할 일이 있는 것도 아니다.

그저 봄이 감촉되었을 뿐이다. 다른 한편으로 보면 '興흥'이 밑바탕에 깔린 것으로 볼 수도 있다.

영○ 양 때문일 수도 있다. 꼭 그렇지는 않아도 상당부분 그 앳되고 아름다운 여성이 주는 감동은 마음 깊은 곳에 있는 것 같다.

어떤 동기에서, 어떤 생각에서 나에게 호의를 보여주는지는 알 수가 없다.

그저 호의를 주고받으면서 지냈으면 좋겠다.

1961년 5월 1일 월요일, 맑다

영○, 귀여운 이름이다.

그녀가 가까이 있어 준다는 사실 자체가 얼마나 다행스러운 일이냐!

지난 토요일에 모두들 태릉으로 소풍을 갔을 때도 나만 도시락을 싸들고 도서관에 와서 하루를 보냈었다. 영○에겐 미안한 일이지만, 그 사정을 알아 줄 것으로 믿는다. 아무 미련도 없이 황량한 벌판에 선 것 같은 나의 현실을.

그녀는 별로 웃음이 없지만, 가까이 있어 준다는 사실이 참으로 기쁜 일이다. 그래서 가슴 꺼지는 한숨 같은 것도 줄일 수 있기에.

1961년 5월 4일 목요일, 비

간밤부터 내리던 비는 종일을 두고 줄기차게 내린다.

변변한 우비 하나 없이 옷을 질쿠면서 다닐 수밖에 없었다.

몸은 고달프나 마음은 좀 가벼워진다. 아련히 떠오르는 여린 숨결에 이 비는 오히려 마음을 눅눅하게 해 주는 것 같다.

영○에게 무엇을 간청할 것도 없고, 내 자신 서두를 것도 없다. 모든 것은 때가 흐른 먼 훗날 스스로 갈림길이 있을 것이다.

종로통을 한참 다니다가 왔다.

흑석동으로 오는 버스 간에는 다들 깔끔하고 가다듬은 복장들인데, 허름한 샤쓰가 자꾸 튀어나와서 좀 창피한 생각이 들었다.

틴에이저 또래 어느 소녀의 정다움이 고마웠다.

1961년 5월 7일 일요일, 비

부질없이 비가 내린다. 부질없는 비인 것 같다.

시간에 쫓기게 된다. 시간을 뺏기는 것처럼 애석한 일은 다시없다.

무언가 욕심을 부려 계획을 했던 일은 그 10분의 1도 이루지 못했다. 그리고 또 일요일을 맞게 되었다.

종로에 다녀왔다. 부탁한 시계를 찾아오기 위해서였다.

값은 자그마치 8,000환이다.

이 돈은 일상적으로 보면 거액이 아니겠지만, 내게는 4개월간의 차비에 상당한다.

무척도 마음이 후련했다. 이젠 규칙적인 생활이 가능할 것 같다.

비가 내리는 날은 왠지 울적해지고, 마음 한구석이 괜스레 철석거리는 것 같다.

1961년 5월 8일 월요일, 맑다

시계가 있으니 계획을 세울 수 있어 좋다.

신용산까지는 반시간 정도 걸린다. 흑석동까지 오고가는 데는 4~5Km 정도를 걷는 셈이다.

당국에서 '생활 혁명 운동'이란 슬로우건 아래 리본을 달기를 권하고 있다. 좋은 말이다.

'신앙 강화 주간'이라고 해서 5일 간 캠퍼스가 부산할 것 같다. 그러나 신앙은 타의적이거나 강요된 것이어서는 안 된다고 생각한다.

몹시 피로한 것 같다. 과도한 노력, 영양 부족, 지루한 통학시간……, 이런 것들이 더욱 심신을 피로하게 만드는 것 같다.

그래도 마음을 추스려야 될 것 같다.

1961년 5월 11일 목요일, 흐리고 비

흐리고 비가 오락가락.

어제의 폭우로 인해 보리농사에 상당한 폐해가 생겼다고 신문에 보도되었다.

보리만 한 계절 믿고 사는 우리 집, 우리 농촌. 초조하고 걱정이 된다.

어머니는 그래도 나만 믿고 사시는 셈인데, 그동안 너무 잘못 살아 온 것 같다. 지나간 날을 뼈저리게 후회해 본다.

그러나 지나간 날을 후회한들 무슨 소용이 있겠는가?

영양실조가 되어 있을 가족들을 생각하면, 이 화려한 서울에서 쌀밥만 먹으면서 지내는 심정이 그저 괴로울 뿐이다.

이 혼돈 속에서 어떻게 헤어날 수 있을까?

1961년 5월 13일 토요일, 맑다

그저 타성에 젖어 학교에 나갔다.

개교기념일이다.

비록 우리 학교이지만, 기념행사의 규모와 다채로움은 참으로 감탄할 정도이다. 백낙준 참의원의장(전 연세대 총장)을 비롯하여 미국 선교사, 신부인단의 지도자들,1935~1936 동문들의 참가리에 거행되었다. 무용과 박수 속에 진행된 '여왕 대관식'은 재미있고 흥미로웠다. 내가 투표한 학생이 메이퀸이 된 것이 더욱 기뻤다.

영○는 오늘따라 웬일로 초조한 표정이었다. 그녀는 아무래도 '연세 여왕' 정도는 좀 부족한지 모른다.

인생이란 언제나 한번 기대를 걸고, 다시 기대가 무너지는 아픔을 겪고, 다시 보람을 얻게 되는 과정이 아닐까?

1961년 5월 16일 화요일, 맑다

張都暎장도영이란 사람의 이름으로 느닷없이 戒嚴令계엄령이 선포되었다.

국무총리인 張勉장면 박사는 미대사관에 피신해 있는지도 모른다고 했다.

대체 이자들은 언제까지 다툼을 벌일 셈인가?

장 총리는 야당 시절에 왼쪽 손가락에 총상을 입으면서까지 민권 수호에 앞장섰던 인물이다. 설사 그가 성격상 좀 우유부단하다고 하더라도 그냥 물러나 있으라고 하면 그뿐이지, 자기들이 뭐 그렇게 잘났다고 총부리를 휘두르는가 말이다.

死傷者사상자도 생기고, 각료들은 연행되었다고 한다.

지금 우리 나리에서 수완이나 외교에 있어서 장 박사를 능가할 사람은 없다. 또 누가 그이만큼 양심적인 인물이 있는가?

참으로 못난 인간들!

권력이 그렇게 좋다면 한자리 달라고 그럴 것이지, 쿠데타란 도대체 무엇인가?

어수선한 시국이 참으로 걱정스럽다.

1961년 5월 18일 목요일, 맑다

빗발이 간간이 뿌리다가 멎었다.

뒤숭숭한 거리에는 어쩐지 삼엄한 기운이 감돌고 있었다.

'혁명'이라고?

나는 혁명의 定義정의를 뭐라고 내려야 할지 알 수 없다.

아무나 만나는 대로 붙잡고 장면 총리를 두둔하고, 변호했다. 소위 '군사혁명위원회' 사람들에게는 경계의 대상이 될지 모른다.

장면 국무총리는 국무위원 전원과 총사퇴 성명서를 발표하고, "시민으로 돌아간다."고 말했다. 이승만 정권 밑에서 총탄 위협까지 받아야 했고, 지금은 가난한 나라 살림에 쪼들리고 고생만 하다가, 그놈들의 폭리에 할 수 없이 물러나야 했다.

> 당신은 너무나 정직하고 온순했습니다. 정치란 온정만으로 이루어질 수 없을 텐데, 당신은 왜 그런 진리를 몰랐던가요? 총리 각하! 시민으로 돌아가시지 말고, 국민들을 위해 다시 피와 땀을 흘려주십시오.

이런 공개장이라도 내고 싶은 심정이다.

1961년 5월 19일 금요일, 맑다

아침 일찍 동무들과 광나루로 향했다.

南原남원이 고향이라는 3대 독자 李鉉이현 군이 지난 17일에 익사해서, 오늘

장례식이 열리게 되었다.

그는 잠수부들의 갈퀴에 걸려 나와 덧없는 모습으로 가마니에 덮혀 있었다.

우리 반 동무들 대부분이 참석한 고별식에는 문과대학장, 학생처장, 교목도 함께 참석했다.

홍제동 화장터로 옮겨 가 한줌 연기로 사라져 버릴 때까지 우리는 노래를 불렀다.

사람은 누구나 한번은 이승을 떠나야 한다. 한줄기 연기나 한줌 흙으로 돌아가게 되는 것이다. "사람이란 자연에서 와서 다시 자연으로 돌아간다."고 한 스토아 철학자들의 말 그대로이다.

어찌 그렇지 않겠는가?

소설가 羅稻香나도향도 이곳에서 한줄기 연기로 사라졌다고 한다.

오후 일곱 시 반이나 되어서야 귀가했다.

귀중한 체험인지, 겪어서는 안 될 체험인지조차 분간할 수 없다.

1961년 5월 24일 수요일, 맑다

스스로 불안에 휩싸여 있을 때처럼 서글픈 때는 다시없으리라.

이것은 마음 속 어느 곳에 보헤미안 같은 기질이 있어서도 아니고, 어쩌면 이루지 못할 向念향념 때문만도 아닐 것이다.

영문과의 O양은 늘 정다웠다.「한 여름 내내」에서 주연으로 깔끔한 연기를 보여 주었던 그대로, 참으로 영리하면서도 다소곳한 여성이다.

독일어 시험을 별로 좋지 않게 치루었다. 학점이 나쁘게 나오면 어떻게 하나? 걱정스럽다.

1961년 5월 27일 토요일, 맑다

아무 방향 감각 없이 그냥 지내간다.

요새는 시 한편도 제대로 보지 못하고 허송하는 셈이다.

한국의 현실은 매우 불안하고 황폐한 것 같다.

우리 과의 김윤경, 권오돈 두 분 교수님과 철학과의 김형석 교수님이 군부 세력에 의해 연행되어 갔다고 한다. 무슨 뚜렷한 죄목이 있어서라기보다는 박정희 소장(쿠데타 주동자), 장도영 중장(군정 내각 수반) 그자들에게 협조하지 않았다는 이유로 연행해 갔다고 한다.

李翰林이한림 중장 이하 무수한 장성들이 감금되었다고 한다.

고약한 자식들! 제놈들은 일제 때 군 장교로 있으면서 우리 민족을 얼마나 괴롭혔던가?

1961년 6월 1일 목요일, 맑다

농구를 하다가 눈두덩이 크게 부딪혀 멍이 들어서 아주 거북하다. 남볼상도 그러려니와, 누구와 싸우다가 그렇게 된 것으로 오해를 받을 수도 있어 난감하기 짝이 없다.

앙드레 말르로의 『인간조건』을 읽었다. 별로 큰 느낌은 받지 못하였다. 그래서 Hermann Hesse의 『Unterm Rad』를 읽기로 했다.

내 취향에는 Hesse나 Rilke가 더 가까운 것 같다.

글을 쓴다는 일이 갈수록 어려워지는 것 같다.

아무튼 독서는 계속해야 한다.

"산다는 것은 자신의 신조를 투기하는 것"이라고 한 어느 명구를 생각해 본다. '투기'란 항상 위험성을 내포하고 있다.

그렇다면 이 '인생의 투기'에 있어서는 신중하고 성실하게 최선을 다한 뒤에 그 결과를 기다리는 것이 옳은 일일 것이다.

1961년 6월 5일 월요일, 맑다

학교의 보건소에 가서 눈두덩에 찜질을 받았다. 너무 친절하게 해 주어서 고마운 생각이 든다.

카드 작성을 해서 제출했는데, '걱정되는 문제'란에 실제로는 학비 문제이면서도 그냥 '학문상의 문제'라고 적었다. 차마 돈 문제를 쓰기가 달갑지 않았기 때문이다.

스스로를 속이는 일은 참 곤란하다. 일종의 죄를 짓는 일인지 모른다.

앞으로는 절대로 거짓말을 하지 않겠다고 다짐해 본다.

1961년 6월 8일 목요일, 흐리다

날씨가 공연히 찌푸리기만 했다. 차라리 흠뻑 비라도 내려 주었으면 좋겠다.
마침 늦게 집에 돌아올 무렵에 비가 부슬부슬 내리기 시작했다.
시험 점수를 알아보니 영어 84점, ‘인간과 사상’은 70점 만점에 53점이라고 한
다. 영어와 철학 둘 다 생각보다는 좋은 점수이다. 조금만 더 노력하면 A학점이
될 수 있을 것이다.
학기 말 시험에는 정말 최선을 다해야겠다.
어떻게든지 국문과 내에서 Top이 되어야 한다. 그래야 등록금 문제도 자연스
럽게 해결 될 수 있다.

1961년 6월 12일 월요일, 맑다

밤 열시쯤 해서 중앙선 열차에 몸을 실었다.
종일 어수선한 마음은 밤이 되어도 가라앉지 않는다.
열차비가 너무 비싼 것 같다. 그것보다도 더 아까운 것은 하룻 동안 강의를
들을 수 없는 일이다.
열차 안 풍경은 참으로 다채로웠다. 어떤 이는 초라한 행색에는 어울리지 않
게 장황하게 정치 얘기를 늘어놓기도 했다.
고등학교 시절의 동무를 우연히 만났다. 그는 공과대학에 다닌다고 했다.
얘기를 해보니, 문과에 다니는 나와는 딴판이다.

1961년 6월 13일 화요일, 흐리다

아침 다섯 시 경에 영주 역에 도착.
시나브로 비가 내린다.

그래도 고향은 정겨운 곳이다.

오후에 집에 도착.

신체검사에 甲種갑종을 받았다. 대학생이라고 그런지 '정훈감'이란 병과를 받았다.

집에 가보니 우선 돼지가 없어진 것을 알게 되었다. '틀림없이 나 때문이구나!' 하고 생각하니 마음이 몹시 서글펐다.

오후 네 시에 다시 영주 행 버스를 탔다.

지루한 시간을 기다리다가 자정 무렵에야 서울 행 열차에 오를 수 있었다.

몸도 몹시 피로하고, 차비가 아까웠다.

돈 4000환이면 『사상계』 일년 구독료에 해당된다. 또 커다란 사전 한권을 살 수 있는 돈인데 말이다.

1961년 6월 14일 수요일, 맑다

몹시 피로한 몸으로 아침 여섯시에 청량리역 도착. 넘어질 것 같은 몸을 추스르고 학교로 갔다.

즈봉 가랑이가 너무 넓어 시골뜨기 탈을 벗지 못한 것이 마음에 켕겼다. 얄궂은 것은 사람의 마음이다. 남 보고 살 게 무엇인가 말이다.

어제 강의 시간에 김일우 군이 대리 대답을 해 주어서 결석은 없었고, '인간과 우주' 시간은 휴강이었다는 말에 저으기 안심이 되었다.

영○를 만났을 때 좀 미안한 생각이 들었다. "남에게 대리 대답이나 부탁하는 못난 인간"이라고 취급하면 어떻게 하나, 그 마음 때문이다. 그래서 짐짓 만나는 것을 피해 버렸다.

1961년 6월 16일 금요일, 비

간밤부터 내리던 비는 종일을 두고 간헐적으로 뿌렸다.

비가 오는 날은 어떤 때는 마음이 가라앉아서 한두 편의 시라도 쓸 수 있을 것 같아서 좋다. '사랑', '우정', '아름다운 사연' 등등만 적을 수 있었으면 좋겠다.

서울대학교 교수인 曹街京조가경 박사의 강연을 들었다. 「實存哲學실존철학과

彼岸피안의 展望전망」이라는 제목의 강연이었다.

참으로 유익한 강연이었다. 삼십대의 학자로서 그토록 박학다식함에 놀라지 않을 수 없었다.

좀 더 넓고 깊은 교양을 쌓고 싶다.

1961년 6월 20일 화요일, 비

종일을 두고 비가 내린다.

우산이 없어 무척 신경이 쓰였다.

시간을 넉넉히 잡아 흑석동 버스 정류장에 나갔으나, 한 시간씩이나 연착해서 오는 바람에 억울하게 첫 시간 수업에 참가할 수 없었다. 그럴 줄 알았으면 신용산에서 가서 버스를 탈 걸 그랬다. 용산까지는 30분이면 걸어서 닿을 수 있는 거리다.

매일 걸어서 가다가 오늘따라 버스를 타려고 한 것이 공교롭게도 일을 그르치게 된 것이다. 할 수없이 강의 도중에 뒷문으로 들어가야 했다. 영문과의 Y양의 따뜻한 눈짓이 없었더라면 참으로 무안할 뻔하였다.

1961년 6월 23일 금요일, 흐리다

종일을 두고 어제의 일이 머리에서 떠나지 않았다. 나는 왜 영O에 대하여, 저 로렐라이에게 흘렸던 뱃사공처럼 설레임에서 벗어나지 못하는 것일까?

어제 6교시 언어 실습 시간이었다.

공교롭게도 영○의 좌석은 바로 내 옆자리였다. 왠지 마음이 달떠서 발음도 제대로 못하는 형국이었다.

시간이 조금 지났을 무렵, 귀여운 손 하나가 내 앞으로 왔다. 얼결에 나는 그 손을 덥석 잡아주지 못했다. 그 손결이 정확히 무엇을 의미하는지는 모르지만, 어떤 암시를 준 것은 틀림없는 사실이다.

영○가 내게 그 무엇인지를 기다리고 있다는 사실을 잘 알면서도 감격스런 이 손결을 잡아주지 못한 것은 정말 스스로 이해하지 못할 일이다.

머나먼 곳의 일처럼, 이 따스한 손결을 언제까지 "강 건너 등불 보듯" 지내야 하는가.

1961년 6월 26일 월요일, 흐리다

아침부터 마음의 평정을 찾지 못하고 종일을 허송하다시피 했다.

시험이 가까워 올수록 책을 펴는 시간이 도리어 줄어드는 것은 참 난감한 일이다.

영○가 너무 가까이 있는 것처럼 느끼게 된다. 공자의 말씀대로 "지나침은 미치지 못함과 같다."는 그 철리를 터득해야 할 일이다.

채플 시간에 '새싹회'의 노래를 들었다. 그 어린 싹들의 순진하고 귀여운 모습들이 참으로 좋았다.

그동안 가파르게 살아오느라고 거칠어진 마음 때문인지, 어린이들의 노래를 듣고서도 어린 시절의 추억이 별로 떠오르지 않았다.

1961년 6월 29일 목요일, 흐리다

'용기'란 어떤 의미에서는 '躊躇주저'와 동일 선상에 있는지 모른다.

그래서 인간의 마음이란 야릇한 것이기도 하다. 조금 떨어져서 보면 '잘 났느니', '못났느니'하고 구분할 수 있어도, 일단 가까운 거리에 있게 되면 모두 다 궁증적인 판단으로 바뀌어 버리는 것이다.

국어 시간이었다.

걸핏하면 화를 내고 고성을 질러대는 장 ○○ 교수가 오늘은 느닷없이 휴강을 해서 말들이 많았다.

나는 이런 말을 했다.

"시간 중에 소란스러운 것은 그 책임이 우리 학생들에게만 있는 것이 아니다. 어디 양주동 선생님 시간에 떠드는 것을 보았느냐?"

교수이든 누구든, 승강이를 좋아한다는 것은 좋은 일이 못된다.

1961년 7월 6일 목요일, 비

모든 교과가 일단 종강을 했다. 그래서 학기말 시험으로 접어든다.

몇 달 동안 무거운 책가방을 들고 진땀을 빼가며 버스 간에서 시달리던 일을 얼마간은 쉴 수 있어서 좋다.

제대로 말 한마디로 건너지 못했던 사람들은 다시 개학이 되면 몇 마디나 정담을 나누게 될지 기대가 된다.

1961년 7월 7일 금요일, 흐리다

이번 학기 마지막 채플을 마쳤다.

한문 시험을 치루었는데, 좋은 성적을 기대해도 좋을 것 같다.

무엇인가 끝이 난다는 것은 허전한 심정을 불러 오기도 한다.

영○, O양, Y양, 그리고 또 누구누구……. 이런 다정한 이웃들과 잠시나마 떠나 있어야 된다고 생각하니 섭섭하다. 좀 힘 드는 일이 있더라도 서로 부벼대고 왁자지껄 지내는 일이 그래도 좋은 것 같다.

월요일부터 본격적인 시험을 치루어야 한다. 독일어만 잘 보면 다른 과목은 별 무리가 없을 것 같다.

다음 학기 등록금 걱정이 앞선다.

이번 방학에는 시집이나 한권 만들었으면 한다.

1961년 7월 12일 수요일, 흐리다

이따금씩 빗발이 풍긴다.

별로 활기 없는 걸음으로 도서관을 찾았다.

서로 이름도 성도 모르면서, 어깨를 부비면서 도서관으로 향하는 발길은 소중한 것이다.

이화여대나 숙명여대 모두 내게는 별 상관이 없는 학교이다. 그래도 이웃사촌이라서 그런지 이화여대가 더 호감이 간다. 등교나 하교 길에 버스 간에서 비벼대는 것도 이대생들이다.

우리 고향 부근에는 330mm의 폭우가 내려서 8700명의 수재민이 생겼다고 보도되었다.

정말 비가 너무 과도하게 내린 것 같다.

집에서는 모두 애를 태울 것이 뻔한 일이다. 감자 같은 것이라도 덜 수확했으면 얼마나 피해가 클지, 그저 걱정이 된다.

우리나라는 아직도 도시와 농촌 간의 생활 격차가 너무 큰 것 같다. 도시에서는 시멘트가 넘쳐나는데, 농촌에서는 흙마저 제대로 처리를 못해서 방축이 터지고, 농경지가 폐허가 되기도 한다.

해마다 이런 일이 되풀이 되니, 가슴 아픈 일이다.

1961년 7월 15일 토요일, 맑다

마지막 시험, 곧 이번 학기 마지막 수업도 끝나고 체력 검사를 받았다.

2000m를 7분 25초에 달렸는데, 칭찬이 야단들이었다.

문득 지난날이 생각난다.

어느 해 가을, 관내 학교 대항 때 선수로 뽑혀 1500m 경주에 출전했던 일이 뇌리를 스친다. 그동안 한번도 달려 보지 않아서 기록은 별로 좋지 않지만, 그래도 기분이 좋았다.

교문을 나오기가 아쉬웠다.

그저 아쉬움이 앞선다.

한 학기 동안 너무 불성실하게 지낸 것 같다. 최선을 다 하겠다던 결심은 어디로 가고, 그저 허전한 발길로 교문을 나설 수밖에 없었다.

당분간은 고픈 배를 움켜잡고 노량진 고개를, 우산마저 없어서 비를 맞으면서 넘어야 했던 그 높은 고개를 당분간은 넘지 않아도 된다.

한강이 정겹고, 새로워진다.

두어 달 후에는 꼭 다시 이곳으로 돌아오리라고 결심해 본다.

만약에 돈이 없어 다시 올 수 없게 된다면, 평생토록 책을 내버리자.

1961년 7월 18일 화요일, 맑다

하향 길에 오르다.
영주, 풍기 등지의 수해도 심했으나, 우리 집의 수해는 너무 심했다.
기가 막힌다.

1961년 8월 8일 화요일, 비

지나칠 정도로 권태의 생활이다.
흐느척거리는 현실에서 책 한 갈피 제대로 읽지 못하고 지내는 것은 대학 생활의 첫 단계를 잘못 오른 것이나 다름없다.
Hesse의 『Peter Camenzind』와『Knurp』를 읽었다. 별로 감동을 받지 못한 것 같아서 아쉽다. 현실이 너무 궁핍한 것 같다.
가뜩이나 어려운 살림에 수재까지 당하고 보니 아득하기만 하다.
그저 등록금 문제가 벌써부터 걱정이 된다.

1961년 8월 11일 금요일, 비

영○! 머나먼 곳, 서울 쪽을 바라보고 있습니다. 정확하게는 알 수 없지만, "저기쯤이 서울이려니……." 하고 생각해 봅니다.
오늘도 유유히 흐르고 있을 한강을 생각해 봅니다. 정다운 이름 종로, 신촌…….
그 어느 지점에서 귀여운 눈매로 삶의 저편을 응시하고 있을 영○!
나는 지금 헬만. 헤세의『鄕愁향수』를 읽고 있습니다. 자연을 그토록 사랑하는 헷세, 그 자연에 포근히 안기기를 열망했던 헤세를 부러워하는 중입니다.
약삭빠른 눈치로 세상을 살아가는 군상들에 비하면 헤세야말로 위대한 정신의 소유자가 아닙니까?
영○, 문득 보고 싶은 생각이 머리를 듭니다.

1961년 8월 18일 금요일, 맑다

생활의 의미, 인생의 지혜를 터득하기 위하여 책과 좀더 가까워지려고 애써본다. 또한 흐느적거리는 생활에서 탈출하기 위해서도 책과 친해져야 하겠다고 생각해 본다.

그런데 그것이 쉬운 일이 아니다.

방학도 벌써 한달이 훌쩍 지나갔다.

취약한 과목인 독일어 실력을 더 쌓아야겠다. 오랜만에 읍내를 가 보았다. 모던.걸들의 왕래가 부쩍 늘어난 느낌이다.

가는 곳마다 군사 혁명을 과대 선전하는 광고가 나붙어 있다. 참으로 눈에 거슬렸다.

진정한 지도자는 과연 누구일까?

1961년 8월 21일 월요일, 맑다

귀또리가 유난히도 울어댄다.

계절에 대한 감각이 너무 둔했던 탓일까? 유난히 밝은 달을 보고서야 가을이 다가왔음을 느끼게 되었다.

농사일을 돕느라고 육체적으로 너무 지쳐 있다. 책 한 갈피 읽을 엄두도 못내고 있다.

가을, 독서, 사랑……. 그 어느 것 하나라도 온전히 이루어 낼 수 있을지 모르겠다.

낙엽 지는 가을이 오면, 부슬비 뿌리는 가을이 오면, 그때는 나의 연약한 심성에서 헤어날 수 있을까?

독서는 진정 인생의 자양분이고 마음의 위안이다. 여한 없이 독서 三昧境삼매경에 빠졌으면 얼마나 좋으랴!

사랑 또한 인생의 영원한 안식처이다.

그런데, 누구와 더불어 사랑을 하나? 영○, O양, 그 또 누구누구…….

그러나 이들은 아직은 머나먼 곳에 있는지도 모른다. 육신은 가까이서 오고가지만, 얼마나한 마음의 문이 열려 있는지 안타깝기만 하다.

1961년 8월 25일 금요일, 맑다

개학이 닥아 왔으므로 上京상경의 길에 오르기로 했다.

5시 45분에 버스를 타고 안동에 도착. 두어 시간이나 기다려 9시에 안동 발 서울 행 열차에 올랐다.

어디를 가나 북적대는 것은 학생들의 군상이다. 차간에서 이화여대생들도 눈에 띄었다. 이웃사촌이라고, 무척 반가웠다.

날씨가 너무 더워서 러닝셔츠 바람으로 있어도 훅훅 숨이 막힌다.

철로 연변을 쭉 ― 보아도 다들 풍년인 것 같은데 우리 집안 凶作흉작인 모양이다 생각하니, 몹시 가슴이 아프다.

정말 학업을 계속할 수 있을지 자꾸 걱정이 앞선다. 사실은 9월 5일에 상경해도 될 것을, 이것저것 새 학기 준비도 할 겸 또 등록금을 보내 달라는 편지를 내기 위해서 상경하는 것이다. 집에서 돈을 달라고 하기가 차마 내키지 않아서 이다.

책 한 갈피 제대로 읽지 못하고 50여일이란 아까운 시간만 보낸 것이 후회스럽다.

1961년 8월 26일 토요일, 맑다

변한 것이 없는 것 같은데도 왠지 무척도 달라진 서울인 것 같다. 여름에 접어든 때와 가을에 이른 시간적 차이보다도, 모두들 나이가 반살씩 더 먹어간다는 변화 때문인지 모른다.

활기에 찬 modern girl 군상들! 간신히 one piece하나로 modern을 생색내기에 바쁜 시골 여성들에 비하면 그야말로 하늘과 땅의 차이이다.

시골에 비해 모기가 없어서 좋다.

방학을 앞두었던 어느 날인가 한강교를 걸으면서 "이 다리를 다시 걸어야 한다."고 다짐했었지. 지금 돌아와서 다시 걷기는 하지만, 그러나 정식 개학이 되어 등록을 하고 다시 책가방을 들고 이 다리를 건널 수 있을지, 전망이 서지 않는다.

학교에 가 보았다.

방학이 아직 끝나지 않아서 학생들이 그렇게 법석대지는 않았지만, 무척 활기에 차 있었다. 연세는 역시 아늑하고 아름다운 교정, 맑고 꾸밈없는 배움 집이다.

엽서를 썼다. 혹시 누가 옆에서 볼까 해서 조심해서 썼다.

1961년 9월 1일 금요일, 비

기적(汽笛) 소리가 구성지게 들린다.

모두들 어디로 간다는 게냐? 그래도 갈 곳이라도 있는 그들은 행복한 사람들이다.

수수밭에 서늘바람이 불 듯 서글픈 마음으로 지내 간다. 나에게는 아예 하이든이니 모찰트니 하는 고상한 이름들은 분에 넘치는 것일까.

비가 몹시도 내린다. 집 걱정이 태산 같다.

어떻게 살아야 하는 게냐? 언제쯤 정답게 손을 잡고 행복을 말할 수 있나?

1961년 9월 3일 일요일, 맑다

종로를 찾았다.

두어 달 전에 거닐던 곳인데도 낯이 선 느낌이 든다. 무슨무슨 '과업 완수'니, 무슨 '혁명 공약'이니 해서 어슬프고 볼썽사나운 표어들이 이곳저곳에 닥지닥지 붙어 있다.

서점에 들러서 릴케의 『말테의 수기』를 샀다. 원채 쪼들리다 보니 책을 산지도 몇 달이 지난 듯하다. 사고 싶은 책이었기에 적잖이 위안이 되었다.

거리를 활보하고 있는 젊은이들, 특히나 멋쟁이 여대생들!

그들의 해맑은 표정이 좋다.

1961년 9월 4일 월요일, 맑다

납입금이 오기를 고대했지만, 바람 부는 현실은 나를 슬프게 할 뿐이다.

집에는 보리밥 고갱이로 겨우 끼니를 잇고 있을 엄마와 남루한 입성으로 지내는 동생들이 있다. 나 때문에 그 애들까지 갖은 고생을 다한다고 생각하니 가슴이 메어지는 것 같다.

이를 악물로 살겠다고 해 놓고 각단 없이 지내온 것이 그저 후회스럽다.

다들 가벼운 걸음으로 오고가는데, 음악관 의자에 기대어 앉아 가슴만 깎는다.

지금 어디로 가야 하나?

1961년 9월 5일 화요일, 맑다

내일이 등록 마감일인데, 아무런 대책이 없다. 그렇다고 학업을 포기할 수 없다. 미련이란 몹쓸 것인가?

몇 번이고 울었다.

점심은 두어 숟갈, 저녁은 국화빵 열 개로 때웠다. 고모는 유난히 노이로제에서 못 벗어나는 듯, 말끝마다 시비조였다. "신세지려면 왜 왔느냐?"고도 했다.

더 이상 대답할 말이 없었다.

지금에 와서 누구를 원망하고 탓할 처지가 아니다.

당장 그만 두고 싶지만, 엄마의 고생이 죄스러울 뿐이다.

그렇게 품었던 원대한 꿈을 포기할 수는 없다. 또 정다운 얼굴들에게도 도리고 못되는게 아니겠는가?

1961년 9월 6일 수요일, 맑다

그렇게 기다리던 돈은 오지 않았다. 그저 울고 싶은 심정뿐이다.

高秉幹고병간 총장께 하소연 비슷한 글을 내었다. 감면을 기대할 수는 없으나, 그래도 약간의 기대는 가져 본다.

어쨌든 이러한 일이 무모한 것이 되지 않기를 바랄 뿐이다.

종일을 굶다시피 했다. 국화빵 몇 개를 먹고 한 끼를 견디어야 하는 괴로움, 참으로 괴로운 일이다.

1961년 9월 7일 목요일, 맑다

등록금 납부 기일이 연기된 것도 모르고 아침까지 굶어 가면서 작은 고모에게 가 보았으나, 역시 돈의 변통은 어려웠다.

그래도 연기되었다니 살 것만 같다.

박노철 군이 4만원 정도는 융통해 줄 수 있다고 했다. 저으기 안심이 된다.

집에서 편지가 왔다. 돈은 한 푼도 구하지 못했다고 했다.

애쓰시는 어머니의 모습이 떠오른다.

돈이란 것이 참으로 무서운 존재라는 것을 깨달았다.

1961년 9월 9일 토요일, 맑다

총장께서 답신을 주시지 않았다. 야속한 일이라도 생각했다.

인간이 사는 세상인데, 온정이라는 것도 좀 있었으면 좋겠다.

식당에서 있었던 일이다. 누군가 먼발치에서 생긋 웃는가했더니, 자세히 보니 영○였다. 나는 실수를 않겠다고 천천히 식사를 했다.

그런데 웬일로 얼굴이 핼쑥한 것 같았다. 혹시 아프기라도 했었는지, 걱정스럽다.

철학 서적을 읽을 때는 참으로 마음이 편하다.

늦게 집에 와 보니 작은아버지께서 5만 원 권 보증수표를 부쳐 오셨다.

참으로 고마운 생각뿐이다.

1961년 9월 10일 일요일, 맑다

햇살이 따사롭다.

참으로 살기 좋은 계절이 왔다. 시를 쓰고, 낭만을 말하고, 사랑을 나누어 보는 그런 계절이다.

앙드레 지이드의 『좁은 문』을 읽으면서 몇 번이나 '아리사' 같은 여성을 생각해 보았다. 누가 그런 역할을 해 줄 수 있을까?

사랑은 머나먼 하늘의 별과 같은 것인지도 모른다. 그리워하면 멀어지고, 그냥 바라보면 다정하게 속삭여 주는 그런 별 말이다.

영○는 어느 별일까?

쉽게 생각하고 또 쉽게 잊을 수 있는 그런 별로 머물고 있는 것일까?

그런 일은 신만이 알고 있을 것이다.

1961년 9월 11일 월요일, 맑다

모든 것이 뜻대로 되지 않아서 자꾸 실룩해지는 것 같다.

'自助獎學會자조장학회'에서 오후 늦게까지 일을 했다.

그나마 숨통이 트이는 것 같아서 한결 마음이 가벼워졌지만, 왠지 마음이 편한 것만은 아니다. '晝耕夜讀주경야독'이란 말이 있지만, 나의 경우는 '주독야경', 아니 '주독주야경'이 되는 셈이다.

교정부에 소속하게 되었다.

간호학과에 다니는 C양이 타이피스트로 일하고 있었다. 그녀가 찍을 대본에서 오자를 가려서 고치는 일이다. 조심스럽지만 그래도 좋은 일이다.

1961년 9월 12일 화요일, 맑다

등교 때 찻간에서 너무 애를 먹었다. 그야말로 짐짝신세이다. 특히 여학생들이 큰 곤욕을 치우었다. 한국 사회는 자꾸 불균형이 심해져 가는 것 같다.

종일 기분이 좋지 않게 지냈다.

영○는 내 풀죽은 모습을 보고는 대번 풀이 죽어 있었다. 참으로 미안한 일이다.

무엇엔가 애절해 하는 그녀의 마음 언저리에서 무심한 듯 할 수밖에 없는 내 처지가 싫어진다. 고마운 손결을 덥석 잡아주지 못하는 연약한 심성이 문제이다.

1961년 9월 13일 수요일, 비

아침부터 기분이 영 좋지 않았다.

등록금과 교모, 기타 교양과목 책값 등을 합해 67,850환의 고지서가 나왔다. 또 등록금 기한을 어겼기 때문에 과태료 1200환도 추가되어 있었다.

돈이 없어 기일을 지키지 못하는 것도 서러운데 '과태료'란 또 무엇인가?

1200환이면 한 달 치 교통비에 해당한다. 한 푼 벌이도 못하는 처지인데, 도대체 어떻게 되는 것인지 알다가도 모를 일이다.

총장 비서실에서 답신이 왔다. "선처해 주겠다."는 말이 들어 있었다. 선처의 내용이 구체적으로 무엇인지, 답답한 노릇이다.

정말 하소연하듯이 쓴 편지인데, 그 답장은 너무나 사무적이어서 섭섭한 생각이 든다.

1961년 9월 15일 금요일, 맑다

오늘도 등교 길에 곤욕을 치루었다.

무거운 가방을 들고 간신히 버티고 서서 가는데, 앞자리에 앉은 나잇살이나 먹은 사람은 눈만 멀뚱멀뚱하면서 끝내 가방 하나 받아주지 않았다. 참으로 몰인정한 인간이구나 싶었다.

음습한 '상경대학' 지하실에 위치한 '자조장학회'에서 혼자 교정을 보고, 밤 아홉시나 되어서야 학교를 나왔다. 영문 타이프에서 교정을 보기가 참 힘들었다.

목젖이 아프고 몸이 몹시 지쳐 버렸다. 돈을 번다는 것이 이렇게 힘든 일이다. '苦盡甘來고진감래'란 말이 있지만, 그게 꼭 보장된다는 법이 없지 않는가?

누구라도 진정으로 위로해 줄 수 있는 사람이 있다면 얼마나 좋을까?

인간은 어차피 외로운 존재인 모양이다.

외롭기 때문에 더 외로워야 하는 숙명 속에서 살아야 하는지 모르겠다.

1961년 9월 16일 토요일, 맑다

일을 하면서 배운다는 것은 떳떳하고 보람 있는 행위일 것이다. 그러나 너무나 많은 고통이 따르게 마련이다 '고통'이 '쾌락'으로 승화될 수는 없는 일이다.

그래도 쇠잔해지는 몸을 보듬고 견디어 가야 한다.

영○의 얼굴이 좀 수척해진 것 같다. 혹시 나 때문인지도 모른다는 엉뚱한(?) 생각을 해 본다.

빼어난 미모는 아니지만, 그래도 수수하고 어여쁘다. 한창 피어나는 한 떨기 리라꽃, 오랜 세월이 지나도록 절대로 시들어서는 안 되는 청순한 그런 꽃 말이다.

'자조장학회'에서 혼자 먼지 쌓인 구석구석을 청소했다. 정말 지친다.

숙소에 돌아오니 밤 열한시가 되었다.

내가 쓰고 있는 조그마한 뒷방을 월세를 놓았다고 한다.
내일부터는 마루에다 침대를 놓고 자야 할 판이다.

1961년 9월 22일 금요일, 맑다

어제 오후부터 꼬박 밤을 새워가며 일을 했다. 교무처 등에서 맡긴 일이 너무 많아서 부득이 철야 작업을 한 것이다.
우리 회원들 십여 명은 아침을 먹는 둥 마는 둥 하고는 강의를 들으러 뿔뿔이 헤어져 갔다.
수업에 참가했으나 너무 지쳐서 제대로 강의를 들을 수 없었다.
오후에 다시 모여서 다과회를 가졌다.
또 철야 작업을 해야 할 판이다. 내일 강의 시간에 꾸벅꾸벅 졸 일을 생각하니 차라리 웃음이 나온다.
도대체 세상이 어떻게 되어 가는지 모르겠다. "젊은 때의 고생은 사서라도 한다."는 옛 어른들의 말씀으로 위로를 삼기로 하자.

1961년 9월 30일 토요일, 맑다

서울 지리에 익숙하지 못해서 '新新百貨店신신백화점'을 곁에 두고서 몇 바퀴나 찾아 다녔다.
바람이 차다.
겨울 교복이 없어서 남대문 시장에 가서 군복을 구입, 검정 물을 들여서 고모부께서 교복 비슷하게 지어 주셨다. 이런 일까지 신세를 지는 것이 여간 면구스러운 일이 아니다.
종로 거리를 얼마간 다니다가 귀가.
집에서 우편으로 수표가 왔다고 한다.
액면 26,000환이다.
없는 형편에 그 돈을 어떻게 마련했는지 모르지만, 그래도 마음이 푸근해진다.
빌린 돈의 일부라도 갚아야겠다. 그저 죄송스러울 따름이다.

1961년 10월 1일 일요일, 맑다

'국군의 날'이다.

예술인들이 軍裝군장 행렬에 참가했다고 해서 모두들 구경을 간다고 야단들이다.

그들은 아마 군사 정권에 의해 동원되었을 것이다. 또는 아부 잘하는 몇몇 지휘부 인사들이 스스로 참여하겠다고 먼저 서둘렀는지도 모른다. 어느 시대에나 교활한 아첨하는 무리들은 있게 마련이니까.

일요일인데도 쉬지도 못하고 한강의 모래를 메어 날랐다. 피곤하기 이를 데가 없다.

1961년 10월 4일 수요일, 비

高秉幹고병간 총장님을 비롯하여 金允經김윤경, 朴泰俊박태준, 鄭錫海정석해, 李容卨이용설, 沈仁坤심인곤, 羅基昊나기호 교수님, 金鳴善김명선 부총장님 등 여러 교수님들이 정년퇴임을 하셨다.

회고사를 하실 때는 다들 목이 메이시는 모양이었다.

일제의 암흑기, 6.25의 비극, 4.19, 5.16을 거치면서 그분들의 역정이 얼마나 험난하셨을까.

도대체 정년이란 것이 왜 생겼을까?

이런 훌륭한 분들은 예외 규정이라도 있어야 하지 않을까?

막연하지만, 세월의 의미를 생각하게 된다.

1961년 10월 5일 목요일, 비

미니욘!

초라하다거나 가엾다거나, 그런 서글픈 일들은 생각하지 맙시다. '생명'이니 '인생'이니 하는 벅찬 명제들도 당분간 접어 두기로 합시다.

당신과 나, 혹은 여성과 남성, 그런 二分法이분법이 무슨 도움이 되겠습니까?

우리는 서로 무엇인가 소중한 '이데아'를 추구하면서 살아야 하지 않을까요?

‘웃음’만이 삶의 전부는 아니지만, 그래도 우리는 그 ‘웃음’의 주변에서 서성거리면서 열심히 무엇인가를 추구하면서 살아야 되지 않겠습니까?

1961년 10월 7일 토요일, 맑다

너는 왜 말이 없느냐, 白楊路백양로?
설레이는 ‘세기의 종’이 저리도 요란스럽게 울리고 있는데,
아프레겔과 아방겔의 혼탁한 외침들이 귓전을 때리는 이 공간에서 너를 바라본다.
오늘도 나는 너의 품속을 가로질러 걸으면서 싸르트르를 말하고 까뮈를 생각한다.
누가 있어 이 거치른 공간에서 따뜻한 손짓을 보내줄 것인가?
백양로!
너의 품에서 나의 미니욘을 찾을 수만 있다면 정말 千幸천행일 것을…….

1961년 10월 8일 일요일, 맑다

오랜간만에 편안한 마음으로 종로 거리를 거닐 수 있었다.
좀더 싼 책을 구입하기 위해서 한시가 넘도록 이곳저곳을 찾아 다녔다.

- 『괴테 시집』,『괴테 전기』
- 『소월 시집』

이런 등속의 책을 몇 권 구입하였다.
사고 싶은 책은 한량이 없는데, 돈이 없으니 별도리가 없다.
그래도 틈이 나는 대로 서점 가에 나와서 소중한 책들을 구입할 수 있었으면 좋겠다.

1961년 10월 11일 수요일, 맑다

思慕사모한다는 것은 고뇌로 가는 길인지도 모른다. 또는 방향도 모르고 내달은 방황인지도 모르겠다.

가령 영○의 편에 선다고 하자.

우리는 시멋없이 오랜 세월을 두고 한 지점을 바라보고 걸을 수 있을까?

"연인은 누구나 偶像우상" 이라고 한 앙드레 지드의 말이 생각난다. 그래서 우리는 서로 '우상'일 수 있을까?

그래도 사모한다는 것은 얼마나 소중한 일이냐.

1961년 10월 17일 화요일, 맑다

정답게 불러줄 수 있는 이름이 있다면 그것은 얼마나 아름다운 일인가? 정다운 사람의 이름을 나즉히 불러볼 수 있다면 그 얼마나 보람된 일이겠는가?

뚜렷이 불러볼 이름이 없는 '오늘'은 그래서 내일을 기다리게 된다.

가을, 사랑, 독서……

캠퍼스에 낙엽이 진다.

아름다운 연세 숲에 잔잔한 샹송이 들려온다면 나는 당장 콧마루가 시큰해 올 것이다.

모처럼만에 연희의 숲길을 한번 거닐고 싶다.

1961년 10월 18일 수요일, 비

밤 열시가 되어서야 돌아왔다. 외부로 발송되는 <연세춘추>의 주소를 일일이 붙이고 작업을 하느라고 시간이 많이 걸렸다.

비가 내리면 무엇엔가 생각에 골똘하곤 했던 습관도 이 쪼들리는 생활 속에서는 쉬운 일이 아니다.

그래도 적막한 생활은 곤란하다.

오늘은 이렇게 비가 오는데,

추억처럼 솔솔 잘도 내리는데,
내 마음 속 은은히 울어나는 말
"너는 왜 노래 한마디도 들려주지 않니?"

영○, 하고 목청껏 부를 수 없는 것은 얼마나 안타까운 일이냐. 내가 남보다
별나게 살려는 것도 아닌데 말이다.

1961년 10월 19일 목요일, 흐리다

새벽녘에 비가 심하게 내렸다.
가을비 치고는 스스럽지 않은 것도 아닌데, 웬 일로 마음이 캥긴다.
오랜만에 캠퍼스를 휘돌아 보았다.
연세 숲은 그야말로 '시인의 고향'이라 불러도 손색이 없다. 맑은 물, 짙은 빛
깔의 단풍, 지저기는 새 소리, 그리고 교정의 고색창연한 담장이 넝쿨과 '논지당'
을 거쳐 가는 coed의 군상 등 어느 것 하나 정겹지 않은 것이 없다. 밤에 늦도록
'자조장학회'에서 혼자 전등을 켜놓고 교정을 보았다.
시험기가 박두했는데도 그 준비는 엄두도 못 내고 있다. 학비를 벌어야 하는
중압감이 늘 나를 윽박지르고 있다.

1961년 10월 22일 일요일, 맑다

연세의 뜨락에는 아무도 없었다. '학관' 언저리에 한두 잎 떨어지는 담장이
잎이 그동안 메말랐던 마음에 조금씩 '사색의 물'을 추켜 주는 듯했다.
코스모스의 다정한 모습에 어느 슈孃영양이라도 한사람쯤 있어 준다면 얼마나
기쁠까, 하고 생각했다.
언더우드 동상을 괜스레 비비대고 몇 구절의 시를 써 보았다.
'자조장학회' 사무실에 들어가서 날이 저물 때까지 필기를 했다. 시험이 내일
모레인데 이제야 밀린 노트 정리를 하게 된다.
어디선가 들리지 않는 종이 울었다.
그것은 차라리 내 마음을 흔드는 누군가의 손짓인지 모른다.

1961년 10월 30일 월요일, 맑다

> 며칠째 피를 뽑는 가슴
> 찢어진 우산처럼 내가 섰으면

그 누군지 이런 시를 썼었다.

피를 뽑다니! "어떻게 해서 그토록 격정과 흥분 속에서 살아야 하는가?" 하고 그냥 실없이 보아 넘겼던 그 싯귀가 오늘은 갑자기 나의 일처럼 여겨진다.

그런지도 모른다.

확실히 나는 어떤 의미에서는 "피를 뽑는" 생활을 하고 있는지도 모른다.

피를 뽑는 것은 내 육체가 아니라 게으른 심성은 나무라고 달래주는 내 영혼의 갈망인지도 모른다.

대학생이라면서 하루 동안 공부해서 시험을 치루는 사람은 아마 이 세상에 나 말고 또 있을지 아무래도 의심스럽다.

소설과 시집도 좋지만, 다음부터라도 좀 성실하게 임하고 싶다.

1961년 11월 1일 수요일, 맑다

중간고사를 마쳤다.

무슨 올가미에서 풀려 난 듯한 기분이다. 이렇게 쫓기듯이 사는 것은 아무래도 정상적이 아니다.

신문 발송 작업을 마무리하느라고 밤 열시 반이나 되어서야 귀가했다.

Idea 하나 얻지 못하고 살아간다는 것은 너무나 단조롭고 삭막하다.

그러나 좌절할 필요는 없으리라.

영○의 경우도 훗날 Idea로만 남아서는 안 된다. 무엇에라도 의지하고 산다는 것은 그만큼 견고함을 뜻한다.

귀엽고 아름다운 미니욘이 아니어도 좋다.

다정하고 소박한, 그러면서도 수줍어 생긋 웃고 돌아서는 그런 Idea면 그만이다.

1961년 11월 3일 금요일, 맑다

아침 일찍 학교에 나갔다가 내키지 않은 걸음으로 광화문으로 갔다. 학생의 날 기념 행사로 시청 앞 광장에서 집회가 있었기 때문이다.

연세대 옆에 이화여대생들이 길게 늘어서 있었다. '이웃사촌'이라더니, 어느덧 친밀한 이웃이 되어가고 있다.

연사들은 한결같이 애국자연 하면서 이 민족을 걱정하고 있었다. 그게 어쨌다는 말인가?

학생들이 지나치게 정치성을 띤 선언문을 낭독하는 것이 몹시 싫었다.

그래도 수많은 학생들이 몇 시간 동안 시가행진을 펼쳤을 때는 가슴이 뭉클해 왔다.

진정한 애국자는 자신을 '애국자'라고 내세우지 않는다.

1961년 11월 4일 토요일, 맑다

오늘따라 영○가 무척이나 미뻐 보였다. 그 생긋이 웃는 두 볼에는 청순한 '미니욘'의 마음이 깃들고 있었다.

"아름다운 것은 영원한 기쁨". 이것은 죤. 키츠의 말이다.

영○는 내 인생 역정의 파노라마 속에 언제고 남아 있어 주었으면 좋겠다.

가정교사 문제로 창덕여고에 갔다.

여학생을 가르친다고 생각하니 좀 쭈뼛쭈뼛한 생각이 들었다.

경위를 들어 보니 대상 학생은 중3에 다니는 두 학생이라 한다. 성적은 둘 다 중간 정도라고 하였다.

경험이 없어서 고교 입시에 대비해서 얼마나 지도할 수 있을지 걱정이 된다.

1961년 11월 12일 일요일, 맑다

우여곡절 끝에 원래 소개 받은 학생이 아닌, 다른 학생을 맡게 되었다. 집이 동대문을 지나서도 한참이나 더 가야 하기 때문에 일찍 서둘렀으나 차편이 여의치 않아서 허둥대어야 했다. 원래 열시쯤에 가겠다고 해 놓고는 늦은 김에 오후

한시쯤에 도착했다.

점심을 먹었다고 둘러대고 몇 시간 가르치고 나니 어느덧 땅거미가 기어드는 시간이 되었다. 싸가지고 갔던 도시락을 들고 와서 중대 도서관 앞 의자에 앉아 걸인처럼 허기지게 점심 겸 저녁을 먹었다.

지치고 나른하다.

그 애들이 끝나고 나올 때 인사 한마디도 없는 것이 더욱 마음을 피로하게 한다. 가정교육에 문제가 있는 아이들인 것 같다.

1961년 11월 17일 금요일, 비

종일을 두고 비가 내린다.

그야말로 바라지도 않는 객쩍은 비이다.

너무 얽매인 것이 많다 보니 마음의 여유를 찾을 길이 없다.

소련서 100메가톤급 원폭 실험을 했다고 야단들이다. 핵 실험은 소위 '죽음의 재'를 멀리까지 날려 보낸다고 한다.

그래서 그런지 오고가는 사람들은 모두 우산을 단단히 쓰고 다닌다. 우산이 없는 사람은 수건으로나마 잔뜩 동이고 다닌다.

개중에는 무모한 사람들도 있어서 가장 용감한체하고 그냥 비를 맞으며 가기도 한다.

그들이 기본 상식도 없어서 그렇다면 소위 "무식이 상팔자"란 그 말에 다름 아니다.

1961년 11월 23일 목요일, 맑다

제법 추운 날씨이다.

변변한 장갑 한 켤레도 없는 나에게는 이것처럼 싫은 것도 없다.

열시가 넘어서야 춥고 바람 거센 노량진 고개를 허우적거리면서 넘어 왔다.

피를 팔아서 고학을 하는 사람도 있다고 한다. '배움'이란 무엇이기에 그처럼 강력한 흡인력이 있는 것인지……

누가 나에게 "문학이 무엇이냐?"고 묻기에 그냥 "문학은 사는 것"이라는 생뚱

맞은 대답을 해 주었다.

사실 '문학'도 그 무엇도 삶의 한 방식이 아닐까?

그러나 말을 삼가면서 살아야 할 것 같다.

1961년 11월 25일 토요일, 맑다

오늘은 기분 나쁜 일이 연이어 일어났다.

가르치는 아이들에게 수학 문제를 풀지 못해서 가정교사로서의 체면을 구겨 버렸다.

오전에는 군사혁명최고회의 의장 자격으로 訪美방미하고 돌아오는 박정희 장군을 출영한다는 명목으로 열시부터 강제로 동원되어 오후 한시까지 기다리게 했다.

한국, 나의 조국!

이 나라의 장래가 암담하다는 생각이 들었다.

작고한 필립빈의 대통령 막사이사이 씨는 국민들의 지나친 환영을 피하기 위해서 일부러 걸어 다니기도 하고, 외국에 나갔다가도 몰래 귀국한 일도 있다고 한다. 영국의 처칠경도 그랬다고 한다.

한껏 아부해 보려는 무리들이 그 천진난만한 국민 학교 학생들까지 동원시켜 놓고, 차량마다 무슨 무슨 '각하 만세'라고 쓴 휘장을 잔뜩 달고 다니기도 했다.

이것이 후진국 한국의 현주소이다.

1961년 12월 1일 금요일, 맑다

금년도 저물어 가는 막바지에 올라섰다. 한 해를 보낸다는 것이 이리도 속절없는 것인가. 돌이켜 보면 참으로 어려운 과정이었다. 입학금, 등록금, 또 무엇 무엇······.

좌절도 여러 번, 울기도 몇 차례······.

어찌할 수 없는 벅찬 현실을 저주도 해보고 발버둥질도 치며 지내온 것이다.

이 마지막 달이나마 학생으로서의 온전한 생활을 해보고 싶다.

책을 쌓아놓고, 책과 더불어 그렇게 살고 싶다. 아무 이룬 것도 없이 한해의 등성마루에 오른 지금, 어두운 이야기들은 그만 두기로 하자.

좀더 빛을 향하여 살고 싶다. 길다하면 길고 짧다면 짧은 대학의 첫해, 일년!

이 기나긴 동짓달의 밤에 책 한 갈피 읽지 않고 지낸다면 너무 미안한 일이 아니겠는가?

현실은 너무 다급하다.

1961년 12월 2일 토요일, 맑다

주말인데도 밤 열 한 시가 되어서야 귀가할 수 있었다.

버스 간에서 있었던 일이다.

차장이 얼마나 고달프고 과로했던지 "흑석동 가요." 하는 목소리가 마치 신음 소리 같았다. 겨울의 한밤중, 남들은 따스한 잠자리에서 편안히 잠을 잘 시간에 그들은 왜 이렇듯 고된 노동에 시달려야 하는 것일까? 더구나 연약한 여성의 몸 으로 말이다.

내 옆자리에 앉아 있던 화사한 여대생 차림의 여성과 비교해 보았다. 정말 어 떻게 비교해야 실감이 날지, 도저히 비교조차도 하기 어려웠다. 다만 "산다는 것 이 이렇구나!" 하고 느낄 뿐이다.

나 역시 한밤중에야 저녁밥을 먹는 처지이다.

1961년 12월 3일 일요일, 비

세상의 쓴 맛, 단 맛을 겪지 않고 살아도 될 나이에 너무 앞질러서 세상일을 체험하는 것 같다. 물론 이것은 축하할 성격의 일이 못된다.

옆방에 세 들어 사는 여고생이 등록금 때문에 울먹이는 소리를 엿들었다.

그 앳된 나이에 그런 일을 당하다니…….

내 지나온 발자국을 생각해 보았다.

월사금을 제때에 납부하지 못해서 교문 밖에서 서성거리던 생각, 그리고 등록 금 걱정에 끼니를 건너고 울먹이던 바로 몇 달 전의 일, 그런 일들이 한없이 나 를 슬프게 한다.

나도 이젠 각오를 새롭게 해야 할 차례이다.

1961년 12월 12일 화요일, 맑다

　막연한 불안 속에서 산다는 것은 참으로 서글픈 일이지만, 그 울타리를 벗어날 수 없는 것이라면 그냥 '숙명'으로 감수할 수밖에.
　영○! 우리는 왜 서로 아무 인연도 없는 사람들처럼 그렇게 생의 변두리를 서성거려야 합니까?
　사랑과 그리움, 정다운 손결, 이 모든 것이 당신의 이름 석자와 클로즈업 되어 나타납니다. 오늘처럼 거센 바람이 불고 잃어진 얼굴들이 못 견디게 그리울 때, 나는 당신의 이름을 불러가며 조용히 촛불을 밝히겠습니다.
　사랑하는 이여, 그러면 안녕!

1961년 12월 14일 목요일, 맑다

　영하 12.℃를 가리키고 있다는 호된 추위 속을 거닐면서 왠지 울고 싶은 충동을 받았소.
　웬 늙은 우체부의 우편물을 학교 가는 길에 들어다 주었소. 살을 에는 듯한 추위에 손을 호호 불면서 "이런 것이 겨레를 사랑하는 길"이라고 거창하게 생각해 보았소.
　그래서 오늘은 오랜만에 당신 곁에서 명랑한 기분으로 시험을 치를 수 있었소. 그래서인지 '사람과 사상' 과목은 성공한 셈이요.
　그러나 오후 시간에 치룬 '영어' 시험은 너무 부진했소.
　그래서 하는 수 없이 담당 이○○ 교수님께 내 심정의 일단을 기나긴 사연으로 말씀 드렸소. 진정으로 눈물어린 심정으로 썼소.
　장학생이 되는 것이 지금의 나의 소망이니깐.

1961년 12월 15일 금요일, 맑다

　영○, 지금 나는 당신의 곁을 떠나 있소. 또 당분간 그럴 것이오.
　새봄이 오면 꼭 다시 만나게 될 것으로 믿소. 오늘은 마지막 시험을 치루고, 새장에서 풀려난 한 마리 새처럼 홀가분한 심정으로 시간을 보내고 있소.
　나는 오늘 평생 겪어서는 안 될 두 가지 치욕적인 일을 겪어야 했소.

　‘인간과 우주’ 시험이 너무 어려워서 엉겁결에 그만 cunning을 해 버렸소. 몸이 어찌나 와들와들 떨 리는지, 감독하는 분이 가까이만 왔었더라도 대번에 수상한 행동을 눈치 채었을 것이오. 아마 그때의 내 얼굴은 중병을 앓고 난 사람처럼 해쓱했을 것이오.

　또 한 가지는 가정교사로 가서 수학 문제를 명쾌하게 풀지 못해서 쩔쩔맨 일이오. 중학교 3학년 문제를 전번과 이번, 두 번씩이나 제대로 풀지 못하다니……

　다정한 고향 친구 김태원 군의 편지가 와 있었소. 참으로 나에게는 위안이 되었소.

　영, 그 귀여운 웃음이 자꾸 보고 싶구려.

1961년 12월 16일 토요일, 비

　보고 싶은 소녀여!

　만난지가 얼마 되지도 않았는데 벌써 당신이 보고 싶구려.

　오늘 학교에 나가서 왕복 기차 할인권을 받으면서 당신을 찾기에 바빴소.

　아무 것도 이루지 못하고 허송해 버린 지난 일년, 대학 생활의 일년이 그렇게 훌쩍 가버린 것이오.

　우리는 처음 만날 때 서로 가슴이 두근거렸으나 지금은 잊을 수 없는 벗이 되었구려.

　오후에는 얼마간의 눈이 내렸지요. 밤이 되어서는 비가 잘도 내리고 있습니다.

　‘자조장학회’에서 노동의 댓가로 27000환을 받았소. 석 달 동안 부지런히 일 했는데, 너무 박봉(?)인 것 같소.

　우리는 한 해를 보내면서 서대문 어느 큰 음식점에서 오찬을 같이 했소.

1961년 12월 17일 일요일, 비

　내 영원한 소녀여.

　오늘은 종일을 두고 철 그른 찬비가 내립니다. 무어 서러운 일도 없는데, 그저 꺼이꺼이 울고 싶구 려.

한 해가 간다는 서글픔, 가슴을 깎으며 지낸 일들이 자꾸 눈시울을
뜨겁게 합니다그려.
아침 열시에 나가 종일 굶고 밤 여덟시가 넘어서 돌아 왔소.
가정 교사하는 집에서 점심을 주는 것을 먹었다고 둘러대고 먹지 않
았소.
『素月소월의 密語밀어』라는 책을 읽었소.
참으로 그 소월이 가여운 생각이 들었소.

1961년 12월 19일 화요일, 맑다

날씨가 쌀쌀해졌습니다. 아마 본격적인 추위를 몰고 올려나 봅니다.
영○여! 당신이 곁에 있어 주었더라면 나는 좀 더 멋진 시를 쓸 수
있었을 텐데…….
도서관에서 몇 편의 시를 썼으나 신통한 작품이 없어 괜스레 언짢기
만 하였소.
가정 교사하는 집에서 짜증을 내었소.
애가 어떻게 말을 안 듣는지 참을 수가 없었습니다. 사촌 누나라는
이화여대생이 들어와 보고는 비 웃듯이 나가더군요.
같은 대학생이면서, 그것도 고학을 하는 사람에게 그게 무슨 태도인
지, 몹시 불쾌했습니다.
아마 이 일도 곧 그만 두어야 할까 봅니다.
영! 당신은 나를 깔보고 그러지는 않겠지요.

1961년 12월 20일 수요일, 흐리고 눈

영○ 씨, 당신의 그 다정스런 음성을 들으려고 눈 내리는 길을 혼자
걸어 보았습니다. 오후 네 시쯤 해서 내리기 시작한 눈은 나로 하여금
도서관 의자를 지키지 못하게 했습니다.
눈은 곧장 멎고 말았지만, 나는 사뭇 '그리움'과 '사랑'의 의미를 생
각했습니다. 괴테의 「첫사랑」을 외우면서 백양로를 한참이나 거닐었습니
다.
여보! 그러나 당신은 아직 너무 멀리 있습니다. 나는 당신이 내게
"여보!"하고 불러줄 그런 시간을 기다리고 있을 것입니다.
어쩌면 기다리지 못할지도 모릅니다. 왜냐하면 사랑이란 저 하늘의

별과 같이, 멀리서만 그리운 마음으로 바라보아야 하는 비극적인 존재
인지도 모르니까요.

'사랑'도 '미움'도 궁극적으로는 운명의 뜻이 아닐까요?

1961년 12월 21일 목요일, 맑다

영○ 씨!

사랑한다는 것이 이토록 괴로운 일인 것을 당신은 생각이나 해 보셨
는지?

퍽도 추운 날씨입니다만, 장갑도 없이 손을 호호 불면서 오늘도 나는
도서관을 찾았습니다. 당신 또레의 많은 여대생들이 내 앞을 오고갔습
니다.

도서관에 있노라면 그래도 마음이 가라앉는 것 같습니다.

『국문학개설』을 읽으면서, 얼마나 더 있어야 당신 앞에 떳떳이 설
수 있을까 하고 남모르는 한숨도 쉬어 봅니다.

영○ 씨!

그러나 한번 들여 놓은 발길인 것을 지금 와서 다른 곳으로 돌릴 수
야 없지 않을까요?

그렇게 되면 당신 곁을 떠나야 하지만, 그런 일은 있을 수 없습니다.

당신 없이는 그 무엇의 목적도 아무런 의미가 없는 것이니까요.

영○ 씨, 그럼 오늘은 안녕!

1961년 12월 23일 토요일, 흐리다

영○, 내 영원한 소녀여!

오늘로써 연세 캠퍼스와 오랜 동안 작별해야 되는가 보오.

참으로 쓸쓸한 심정이요.

싸락눈과 비가 섞여 내리는 백양로를 걸으면서, 멀지 않아 찾아 올
어느 따스한 봄날에는 당신과 함께 거닐 수 있으리라고 생각해 봅니다.

맡고 있는 아이가 너무 몰라서 영 성적이 오르지도 않고, 그냥 마음
만 괴롭습니다.

바로 엊그제까지도 최고회의 의장 겸 육군참모총장이었던 장도영 중
장이 사형 구형을 받았습니다. 39세라는 젊고 명석한 그가 정말 죽게

되는지-. 권력이란 대체 무엇입니까? 더구나 군인이라는 사람들이 말입니다.

1961년 12월 24일 일요일, 맑다

영○ 씨, 조그마한 빵 여나믄 개를 먹고 오후 일곱 시까지 견디어 냈습니다.

별 고통을 느끼지 못했습니다. 어떤 일을 당하면 사람은 여기 거기에 적응하면서 살아가게 마련인 모양입니다.

X-mas Eve라고 하지만 왠지 길거리가 퍽 쓸쓸한 것 같습니다. 야박한 세상이니 무슨 위안이나 웃음이 쉽겠습니까?

두들 힘이 드는 세상입니다. 이러다가는 우리 인류에게 악(惡)밖에 더 남을 것이 없을지도 모릅니다.

가정교사로 나가는 집에서 한달 반가량의 수고료로 15,000환을 받았습니다. 찬비를 맞으며, 때로는 주린 배를 움켜쥐면서 받은 보수이기에 값진 것이라고 할 수 있겠지요.

생각보다는 많은 액수가 좀 많다는 생각이 들었습니다.

괴테에 관한 책값으로 5,000환이나 지불했지만, 마음은 편안했습니다.

1961년 12월 28일 목요일, 맑다

아침 여섯시.
청량리 역에 도착하여 보니 저마다 바쁜 발길들이었다.
곧 이어 중앙선 열차로 하향 길에 올랐다.
가고 싶은 고향집을 가는데도 왠지 마음이 가볍지 않았다.
등록금 걱정 때문이다.

I will call with you, miss young.
Would you love me? I love you sincerely. The reason why you are a good, kindness and beautiful girl.

봄이 오면 진정으로 "Would you love me?" 라고 물어 볼 생각입니다.

1961년 12월 29일 금요일, 맑다

영○ 씨, 당신을 만나지 못한지도 어언 두주일이 된가 싶소.
보고 싶어. 하지만 어쩔 수 없는 일이구려.
나는 종일 동안 消日소일해 버렸소.
우리 집 형편은 너무 쪼들리고 있어요.
어머니는 나에게 비통한 어조로 "아무래도 해 내지 못할 것 같구나!"
하셨다오.
그래서 나는 울음을 삼키느라고 하늘을 보고 괜히 헛기침을 했소.
그러나 나는 포기하지 않을 것입니다.
새봄이 오면 방싯 웃는 낯으로 만나게 될 것을 굳게 믿소.
세상은 사납고 물결은 거칠다고 하지만, 이 세상의 그 무엇도 나의
앞길을 가로막지 못할 것이오. 그런 일은 있을 수가 없습니다.
당신도 꼭 믿어 줄 것으로 생각하오.

1961년 12월 30일 토요일, 맑다

영○ 씨, 학교에서 신문을 보내 왔더군요.
잠시 동안 감회에 젖어 슬픈 과거를 생각해 봅니다.
<연세춘추> 수백 부, 혹은 수천 부를 외부로 발송하기 위해 규격에
맞게 접어서 주소 쪽지를 붙이느라고 밤중이 되도록 지하실에서 주린
배를 참으며 일하던 생각…….
그 시간에 당신은 아마도 토마스 하디나 까뮈의 작품을 읽으면서, 아
늑한 소파에서 차를 마시면서 귀여운 웃음으로 시간을 보냈을 테지.
그래도 이 신문을 받고는 "나도 떳떳한 연대생이구나!" 하는 자부심
을 가질 수 있었소. 조 타작을 해 보았습니다. 농사일이란 역시 힘 드는
일입니다.
오랫만에 밥을 많이 먹었더니 소화 불량이 되었소.
이렇게 생활의 변화란 적응하기가 쉽지 않은 일인가 봅니다.

1961년 12월 31일 일요일, 맑다

자꾸 불안감이 격증되어 옴을 느낀다.

막연한 두려움 속에서 살아야 하는 것은 아무래도 비극이다.

지나간 한 해! 참으로 다사다난했던 한 해였다. 입학을 하고, 학비를 벌고, 울먹이기도 하고, 다정한 얼굴들을 만나기도 하고…….

집에 오면 늘 일을 해야 한다. 일손이 없기 때문이다.

하루라도 빨리 상경하고 싶은 심정이다.

생각해 보면 연세대에 합격을 한 것은 기적에 가까운 일인지 모른다.

연세대는 몇 해를 두고 동경하던 곳이다.

양주동 박사의 강의를 꼭 듣고 싶었고, 이웃에 이화여대가 있어서, 미처 피워 보지 못한 젊음을 피워 보겠다는 소망 때문이었다.

등록금 때문에 끼니를 건너고, 그만 정처 없이 떠나려 마음먹었던 일, 입학금을 구하려고 이집 저집 내키지 않은 발걸음을 옮기던 그 모든 일들……. 눈 감으면 선하게 하나 둘씩 떠오른다.

새해에는 정말 좋은 일만 있었으면 좋겠다.

《1962년》

1962년 1월 1일 월요일, 맑다

영! 이리도 하얀 눈이 쌓였소.

어디론지 끝없이 내닫고 싶던 지난날의 충동은 이제는 차가운 현실에 부딪혀 식어버린 것 같소.

사람은 이렇게 해서 언제까지고 버리지 말이야 하겠다고 했던 맹세도 그저 식어가는 모양이오.

아마 이 시간, 당신은 보랏빛 오버에 손을 꽂고는 롯테나 싸강처럼 산책하고 있을지도 모를 일이오.

여유롭게 사는 사람들이 한없이 부럽습니다.

이 시들한 소용돌이에서 벗어날 수 있는 힘이 되어줄 Idea가 있다면, 바로 영, 당신 같은 귀여운 여성이 있어 준다면 마구 엉엉 울기도 하련마는······.

1962년 1월 2일 화요일, 맑다

쌀쌀한 날씨이지만, 그래도 마음만은 따스하게 지니고 싶습니다.

아무것도 한 일 없이 하루를 보내고 말았습니다.

당신의 이름을 무수히 써 보았습니다. 이것은 당신을 향한 불변의 심정, 변함없는 사랑을 뜻한다고 할 수 있습니다.

또 다른 여성의 이름자를 써 보는 것은 당신과 멀어져 있다는 뜻이 아니고, 고독한 사람이 갖는 심정의 일단이라고 생각합니다.

우리는 이렇게 믿고 살겠지만, 구름처럼 덧없는 인간의 마음이 그 구름처럼 흘러가 버린다면 어떻게 해야 할지······.

1962년 1월 3일 수요일, 맑다

영, 대학 교수가 되겠다는 포부를 가져 봅니다. 가능한 일이라고 생각합니다.

지금 내 마음은 캠퍼스의 그 아늑한 곳으로 달리고 있습니다. 그래서 당신과 마주 앉아 정답게 얘기를 나누는 환상에 잠겨 봅니다.

우리는 오랫동안 어른이 되지 맙시다. 누구 앞에서나 떳떳이 나설 수 있는, 성숙한 그런 시간만이 스스럼없이 만날 수 있는 때가 아닐까요.

李丙燾이병도 박사가 지은 『국사대관』을 읽어 보았습니다.

그동안 나는 우리 민족의 역사도 제대로 모르고 지내 온 것 같습니다. 부끄러운 일입니다. 까뮈나 하이덱거를 잘 몰라서 '지식인' 취급을 받지 못할망정, 우리의 역사, 우리의 문학에 대한 애정을 잃어서야 되겠습니까?

조용히, 말없이 내 나라의 것을 알기 위해 부지런히 책장을 넘기겠습니다.

1962년 1월 4일 목요일, 맑다

할 일은 태산 같은데 하루 종일 책 한 갈피 제대로 읽어내지 못하고, 그저 의욕을 잃고 있습니다.

날씨가 제법 쌀쌀해 졌습니다.

속초 앞바다에서는 명태 잡이 나간 어부들이 배가 풍랑을 만나 전복되는 바람에 29명이 사망하였고, 행방불명자도 많다고 신문에 보도되었습니다. 새해 초부터 입에 풀칠을 하려고 차마 내키지 않는 발을 옮겼을 그들을 생각하면 마음이 몹시 아픕니다. 하기사 세상 사람들이 다같이 잘 살 수야 없겠지만, 혁명을 백번 해도 이런 사람들의 생활은 언제나 가난을 면할 것인지……

이화여대 농촌 계몽 반 학생들이 어느 두메산골에서 가난한 촌민들과 함께 생활해 나간다고 신문에 Close-up 되었습니다.

좋은 현상입니다. 그 멋쟁이 도시 아가씨들이 농민 속으로 파고들어 가난한 농민들의 생활을 직접 체험해 보는 것은 산교육의 하나라고 생각합니다.

영, 우리도 기회 있는 대로 참으로 민족에게 공헌 할 수 있는 길을 찾아보아야 하겠지요.

1962년 1월 6일 토요일, 맑다

종일토록 고된 일을 하느라고 신문 읽을 시간도 없었습니다.

말이야 바른말이지, 신문이란 대개가 집권자에게 아부하는 것뿐이니, 뭐 달리 읽을거리도 없겠지만, 그래도 행여나 무슨 기쁜 소식이 없나 해서 속고 사는 것이지요.

영, 나는 오늘 김영랑의 시를 읽고 느낀 바가 많았습니다.

불현 듯 기타를 뜯고 싶은 충동을 받았습니다.

고려대 현상 모집에 응모해 볼 요량으로 원고를 좀 써 보았습니다.

써 놓고 보니 다 시원치 못한 것 같습니다. 그래도 당선되었으면 좋겠습니다. 상금이 문제가 아니라 내 자신에 대한 평가 척도가 될 수 있을 것 같기 때문입니다.

나는 또 장학생이 되었으면 참 좋겠다고 생각합니다. 그때 당신이 참으로 기쁜 모습으로 손뼉을 치는 모습을 상상해 봅니다.

1962년 1월 7일 일요일, 맑다

날씨가 유난히 따스해서, 한동안 지향 없이 서성거려 보았소.

계절이란 때로는 우리 인간의 감정마저 지배할 수 있나 봅니다.

올 겨울은 한강에 얼음이 얼지 않고 봄이 닥아 올 것 같다는 일기예보가 나와 있습니다. 벌써 '봄' 이란 말이 성급하게 튀어 나오는 것을 보면, 사람이란 잠재적으로는 늘 따사롭고 정겨운 것을 희구하면서 살아가는 모양입니다.

고려대에서 내세운 현상금은 3만환이라고 합니다. 그 상금이 내게 올 행운은 바라지 않지만, 만약 그런 행운이 찾아온다면, 우선 등록금 걱정에서 벗어날 수 있어서 얼마나 기쁘겠습니까.

1962년 1월 10일 수요일, 맑다

신문에 고등학교 국가시험 문제가 실려 있었습니다. 내가 보기에는 표준이 없는, 너무 안이한 문제인 것 같았습니다.

조금 전의 뉴스를 생각하고 그만 마음이 무거워 습니다. 초대 '국가 재건 최고회의' 의장이었던 장도영 장군이 반국가 행위로 사형 언도를 받았기 때문입니다.

　　그는 38세의 젊은 인재이고, 그 부인은 이화여대 교수라고 합니다.

　　사람이 인위적으로 사람을 죽이는 잔혹한 일은 없었으면 좋겠다고 믿습니다.

1962년 1월 12일 금요일, 맑다

　　하루 두어 편이나마 시를 쓸 수 있어서 즐거운 심정입니다. 고요한 마음으로 시간을 보내는 것은 참으로 값진 일이라고 생각합니다.

　　오래지 않아 새 학기가 되면 '백양로'를 나란히 걸을 기화가 올 것입니다.

　　영, 그때 우리는 구김살 없이, 서로 가까운 마음으로 대화를 나눌 수 있게 되기를 기대해 봅니다.

　　헤어진 지 수년이 지난 옛 동무에게서 편지가 왔습니다. 육사 졸업반이 된 그 친구는, 몇 해 동안 나란히 엎드려서 같은 책을 읽을 정도로 다정한 사이였지만, 서로 멀리 떨어져 있으니 벌써 정이 떠가는 것 같습니다.

　　세상 일이 다 이런 것 같습니다.

1962년 1월 14일 일요일, 맑다

　　고교 시절의 다정한 벗 태원이가 왔다. 아무 연락도 없이 찾아온 것이 정말 의외의 일이다. 친하면서도 정작 만나서는 별로 이야기를 나누지 못했던 벗이었는데, 고맙게 찾아와 주었다.

　　그는 곧 군에 입대한다고 했다.

　　우리는 부담 없이 여자 친구 얘기로 한동안 꽃을 피웠다. "구두 닦는 연대생"이란 말을 들었을 때는 기분이 좀 언짢았다.

　　꼭 새색시 같더니만, 서울 생활 몇 년에 어느새 '당당한 청년'이 되어 있었다.

　　오랜만에 술을 많이 마셨다.

　　문득 영에 대한 생각이 떠올랐다.

1962년 1월 18일 목요일, 흐리다

공연한 일에 신경을 쓰는 것은 정말 무의미한 정력의 낭비인 것 같다.

<연세춘추>가 왔다. 가뜩이나 계획성 없는 생활로 학교마저 잠간 잊고 지냈으니 참으로 어이없는 노릇이다.

오후 한때 눈발이 푸듯푸듯 날리기에 차라리 펑펑 쏟아져 주었으면 했는데 곧장 멎고 말았다.

페루의 안데스산맥 지대에 심한 폭설이 내려서 3800여명이 매몰되었다는 보도가 있었다.

자연은 참으로 두려운 존재지만, 그래도 눈은 다정한 친우와 같다.

등록금 때문에 벌써부터 걱정이 된다.

1962년 1월 23일 화요일, 맑다

기대가 크면 클수록 그 기대가 무너졌을 때 참으로 걷잡기 어려운 허전함이 있는 모양이다.

서울 고모 댁에 세 들어 살던 C양을 우연히 읍내에서 만났다. 고3 정도 되었을 텐데, 또 참으로 얌전한 학생이라고 생각했었는데, 길거리를 무단히 나다니는 것 같아서 참으로 실망스러웠다. 얼굴도 예쁘장한 여학생인데…….

학사고시 결과가 신문에 보도되었다. 우리 연세대는 97.04%의 합격률을 보였고, 서울대는 99.4%라고 한다.

우리 학교가 좀 더 분발했으면 좋겠다.

전국의 합격률은 84.6%라고 한다.

이제는 나부터 좀 정신을 가다듬어야 하겠다.

아까운 시간이 마냥 흘러간다.

1962년 1월 26일 금요일, 맑다

쌀쌀한 날씨가 며칠째 계속되고 있습니다.

계획은 욕심껏 해놓고, 그 10%도 달성하지 못하고 있습니다. 좀더 능률 있는 생활을 하고 싶습니다.

　실연을 당해서 보살이 되어버린 어느 소녀의 애절한 사연을 들었습니다. 대체 '사랑'이란 것이 무엇입니까? 꼭 그렇게까지 해야 하는 것입니까?

　인간은 태어날 때 누구를 위해 태어난 것이 아닐 텐데, 왜 그렇게 희생을 당해야 하는 것인지 알 수 없습니다.

　이렇게 '사랑'이라는 것이 심각하고 짐스러운 것이라면, 영! 내가 당신에게 차마 그런 고백을 할 수 있을지 알 수 없는 일입니다.

1962년 1월 28일 일요일, 맑다

　보다 높은 차원의 생활을 향해서 얼마나 노력하고 있는지, 답답하기만 하다.

　"끊임없이 나아가는 자를 우리는 구할 수 있노라."고 노래한 괴테의 싯귀가 생각난다.

　내가 "대학 교수, 문학박사, 시인"이라는 3관왕이 될 수 있을까?

　미국 태생의 심리학 박사인 '웨버'라는 여성이 한국인의 아내가 되기 위해서 왔다는 신문기사를 읽었다. 참 희한한 일이다.

　아내로서 훌륭한 자격을 갖춘 각국 여성들의 순위는 ①불란서 ②영국 ③미국 ④ 독일 ⑤스웨덴의 순서라고 한다. 또 "불란서의 포도주를 마시면서, 중국식 요리를 즐기면서, 일본 여성과 사는 것이 세계인의 소망" 이라는 이야기도 있다.

　이래저래 한국의 순위는 밀리는 모양인가.

　그러나 나에게는 영, 바로 그 여성이면 더 바랄 것이 무엇인가?

1962년 2월 1일 목요일, 맑다

　볕이 유난히 따사롭다.

　이런 날에는 어디인가로 그저 끝없이 가보고 싶은 충동을 받게 된다.

　심한 감기에 걸린 것 같다. 두통이 심해서 걸어 다니기에도 고통스럽다.

　샛터 고모가 사내아이를 낳은 지 보름 만에 시댁으로 갔다. 설이 불과 나흘밖에 안 남았지만, 금년에는 심한 수해를 만나 어쩔 수 없이 그렇게 했다.

　눈시울이 자꾸 뜨거워 왔다. 가난의 슬픔이란 이런 것이다.

우리 사회는 전통적으로 오랫동안 반상(班常)의 구별을 확연히 해 왔다. 특히 영남지방은 그러한 경향이 있다고 한다.

들리는 바로는 샛터(왕신) 김씨 가문은 그 근본이 변변치 못하다고 한다. 어쨌거나 쪼들리지 않는 생활을 할 수 있으면 그만일 것 같다.

누구를 두고 글 한 장 쓸 데가 없다.

지금까지 나는 잘못 살아 온 것일까?

이제부터는 좀 잘 살아 보아야겠다.

1962년 2월 3일 토요일, 맑다

오후 한때는 견디기 어려울 만큼 심한 열에 시달리었다. 마후라를 이마에 싸매고 간신히 견딜 정도이니 한 갈피의 책도 읽을 수 없었다.

이렇듯 몸과 마음이 피로할 때는 문득 따스한 손길이 그리워진다. 러브 씬에 나오는 그런 격정은 아니더라도, 정답게 손을 잡고 연세의 숲을 거닐 수 있었으면 얼마나 아름답고 소중한 일이겠는가.

남쪽 지방 어느 곳에서는 지금쯤 수런수런 봄기운이 돌고 있을지도 모른다.

마음의 찬 서리가 내릴 때, 서름의 함박눈이 쌓일 때, 그때 그리워지는 것은 3월의 '따스한 바람'이다.

3월이 오면 다시 영을 만나게 된다.

1961년 2월 4일 일요일, 맑다

음력으로 섣달그믐이다. 미처 마음을 살필 겨를도 없이 자정이 넘어서고 있다.

제야(除夜)에는 밤을 지샌다고 하는데, 오늘은 그렇게 될 것 같다.

지난 한해를 돌이켜 보면 참으로 많은 일들을 겪어 왔다.

몇 해 전만 해도 엄두도 내가 못했던 연세대에 발을 들어 놓게 되었다. 서라벌예술대학이나 동국대학교를 생각한 적도 있었다.

부푼 마음으로 연세대의 교문을 들어선 것이 어제의 일 같은데, 훌쩍 한해가 다 가 버렸다. 새해, 새 학년부터는 정말 각오를 새롭게 하고, 알맞은 계획을 세워서 실천에 옮겨야 하겠다.

동급생이기는 하지만 P양을 만난 것은 정말 행복스러운 일이었다.
좀더 성실한 자세로 두 사람의 거리가 접근되기를 기대해 본다.

1962년 2월 8일 목요일, 비

정오를 조금 지나 싸락눈이 내리더니, 곧장 비로 변해서 밤까지 계속되었다.
별 볼일도 없이, 그저 따분해서 낮에 읍내를 좀 다녀올까 하고 다릿목으로 갔으나 ,두어 시간이나 기다려서야 버스를 탈 수 있었다.
교통편이 하도 좋지 않아서 차비도 아낄 겸 귀가할 때는 터벅터벅 걸어서 왔다.
비 내리는 길을 호젓이 걷는 것은 낭만이기도 하고 고역이기도 했다.
극장의 선전 음악이 귓전을 때려 무슨 러브 .씬 한 장면이라도 보고 올까 하다가 그냥 두었다.
저녁에는 혼자서 술을 5홉 정도나 마셨다.
마음이 자꾸 산만해 지는 것 같다.

1962년 2월 10일 토요일, 흐리다

흐리고 비가 내렸다. 바람마저 세차게 불어 서글픈 생각이 들었다.
영에게 글을 써볼까 하다가 그만 두었다. 시간을 좀 더 두고 생각해 보기로 한다.
"사학으로서 일류의 전통을 가진 연세대와 이화여대가 재정난에 봉착해서 각각 80여명과 10%에 해당되는 강사 해임이 있었다." 고 신문에 보도되었다.
이것은 문교부에서 강압적으로 학생 감원 조치를 했기 때문이라고 했다.
어지러운 세상이다.
학교가 걱정이 된다.

1962년 2월 11일 일요일, 맑다

어스름 들고 구름이 잔뜩 끼어서 마음이 우울하다.

저녁에 너무 과도하게 술을 마셨다. 아마 5홉은 되는 모양이다.

시를 읽다가 문득 영에 대한 그리움이 치밀었다. 그래도 시간을 기다려야 할 일이다.

'용화교'라는 사이비 불교의 교주 徐白日서백일 (72세)이란 악한이 이십여 세의 소녀들 수십 명을 농간하다가 고소당했는데, 정신이 나간 '首座수좌'란 소녀들이 되려 석방 운동에 나서고, 또 단식 투쟁에 돌입했다는 신문 보도가 있었다.

이 비행에 대해서 비판할 생각으로 신문에 투고할 '공개장'을 써 보았다.

참으로 거칠고 무서운 세상이다.

1962년 2월 12일 월요일, 맑다

겨울도 막바지를 향해 가는 듯, 바람이 세차고 찬 공기가 몰려 왔다.

신문장이나 뒤적거리다가 또 하루가 갔다.

'대학 정비 완료'란 기사가 실려 있었다.

그 내용을 보면 연세대의 경우, 5.16 전에는 학생 정원이 4,135명이었으나 문교부에 의해 655명이 감축되어 3450명이던 것이 이번에 560명이 증원이 되어 4040명으로 확정되었다고 한다.

고려대의 경우는 5.16 전에는 3920명이던 것이 이번에 확정된 인원은 3960명이라고 한다.

5.16 이전의 정원에 비추어 볼 때 연세대는 95명이 감축된 것이 비해서 고려대는 되려 40명이 증원된 것이다. 문교부장관이 고려대 출신이여서 그런 결정이 났다고 한다.

장관들이 공정한 태도를 취하지 않고, 학연이니 혈연이니 해서 이런 처사를 한다면, 그야말로 다시 혁명이 나야 한다.

아뭏든 80명의 강사가 다시 학교로 돌아오게 되는지 궁금하다.

학교의 일이 잘 되어 갔으면, 하는 바람뿐이다.

1962년 2월 13일 화요일, 맑다

내일이면 상경해야 한다고 생각하니 종일토록 일이 손에 잡히지 않고, 마음이 자꾸 서글퍼지는 듯하다.

동생 졸업식에 참가했다.

일등상인 '군수 상'을 받았다.

아버지 없이 자란 우리는 어떻게든지 남들과 겨루어야 한다.

등록금의 3분의 1정도를 근근이 마련하였다. 참으로 걱정이 태산 같다.

날씨가 갑자기 추워져서 가뜩이나 눈치 생활을 해야 하는 나에게는 참으로 부담이 된다.

P를 만날 생각을 하면 이런 근심, 걱정은 잠시나마 사라진다.

새봄과 함께 접어 두었던 우리들의 꿈도 피어날 수 있을 것인지…….

시간은 정확히 자정이다.

또 다른 운명의 시각 위에 서 있는 느낌이다.

1962년 2월 14일 수요일, 눈

교통이 불편해서 다섯 시 반, 새벽같이 다릿목에 나가 작히 두어 시간이나 기다려서 안동행 버스를 탔다. 안동 역에 도착해서도 역시 너 댓 시간이나 기다려서 서울 행 완행열차에 오를 수 있었다.

짐이 많아서 죽을힘을 다해 보았으나, 한동안 꼼짝도 못하다가 겨우 자리에 끼어 앉을 수 있었다.

집을 나설 때부터 눈발이 날리더니, 퍽도 많이 쌓이고 있었다.

밤 아홉시 반쯤 서울에 내리니, 그래도 기분이 가볍고 상쾌했다.

한꺼번에 짐을 나르지 못하고 역에 왔다 갔다 하느라고 통금 사이렌이 길게 울리기 직전에야 숙소로 올 수 있었다. 돈 몇 백 환만 있으면 이 고생을 안 해도 좋을 것을, 넘어지며 자빠지며 흡사 오뉴월처럼 땀을 흘리며 끙끙대었다.

이런 것이 바로 '고생' 이구나 싶었다.

1962년 2월 15일 목요일, 맑다

서울은 그래도 활기에 차 있어서 좋다.

무척 오랜만에 돌아온 campus이다.

정다운 백양로를 지나 도서관에 가보니, 꽤 많은 학생들이 책과 씨름을 하고 있었다.

무엇부터 먼저 손을 대야 할지 알 수 없을 정도로 지내온 생활이지만, 그래도 본격적으로 시작해야 할 것 같다.

『문화사』책을 꺼내 읽어 보았다. 「전쟁사」 부분도 흥미롭다. 교양 과목을 공부할 시간이 많지 않을 것 같아서 부지런히 해 두어야 될 것 같다.

1962년 2월 16일 금요일, 맑다

퍽 쌀쌀한 날씨이다.

일찍 도서관에 나와서 오후 일곱 시쯤 교문을 나설 때는 무언가 가슴이 뭉클했다.

입학 원서 접수 관계로 많은 남녀 고등학생들이 캠퍼스를 오가고 있었다.

꼭 일년 전, 암담한 심정으로 원서를 접수 시켰던 일이 생각났다. 나와 같은 어려운 처지의 학생들은 없으리라고 생각했다.

그래도 선배라고 그들 사이를 활보할 수 있었다.

등록금이 8만환쯤 되리라 한다. 전 학기보다 15,000환쯤 인상된 셈이다.

성적 이수표를 받아 보니 성적이 별로 신통치 많았다.

분발에 분발을 거듭해야 될 것 같다.

1962년 2월 18일 일요일, 눈

눈이 내렸다.

이제는 P와 가까운 거리에서 호흡하고 있다고 생각하니 마음이 적이 편안해졌다. 전차를 타고 종로통을 지나면서 꼭 P를 만날 것 같은 느낌이 들었다.

창덕궁(돈화문)에서 명륜동으로, 거기서 다시 돈암동을 거쳐 동대문으로…….
이렇게 두어 시간이나 걸어 보았다. 들릴 데 없는 발일은 둥숭동 대학로를 지났
다. 서울대학에 대한 갖가지 생각이 떠올랐다.

금년도 입시에서는 국가고사에 합격한 학생들만 대학 지원이 가능하기 때문에
전국적으로도 지원율은 상당히 낮을 수밖에 없다.

국문과의 지원율은 2:1로 전국 최고의 경쟁률이며, 연세대 전체의 지원율 역
시 2:1로서 전국 최고의 경쟁률이라고 한다. 정말 다행스러운 일이다.

가정교사로 나가는 집에서 홀대를 하는 것 같아서 언짢았지만, 그냥 참기로
했다. 그저 묵묵히 학업에 열중하면 그만이다.

1962년 2월 19일 월요일, 맑다

따스한 기운이 무딘 발걸음 주변을 감도는 것 같다. 오래지 않아 찾아 올 애
뙨 얼굴들을 생각해 본다.

도서관에서 책을 펴 들었으나 마음이 안정되지 못했다. 그간의 공백 때문만은
아닌 것 같다.

도서관학의 3학년(혹은 2학년)인 듯한 미모의 여성이 퍽 인상적이었다. 언젠가
한번 만난 적이 있던 그 여학생이었다.

하이얀 얼굴에 다소곳이 웃는 모습, 알맞게 큰 키에 매력적인 모습은 오랫동
안 인상에 남을 모양이다.

1962년 2월 23일 금요일, 맑다

면접 관계로 많은 예비 신입생들이 캠퍼스를 가득 메우고 있었다. 그래서 공
연히 마음이 흔들리고, 아무 이룬 것 없이 지나온 지난 1년이 부끄러운 생각이
든다.

등록금이 80,300환이라고 한다.

참으로 걱정이 된다.

「장희빈」이란 사극 영화를 관람했다.

민중전 역의 조미령 씨가 퍽 인상적이었다. 깜찍하고 화려한 미모가 아니라

약간 애수를 머금은 가냘픈 여성, 그런 여성상이라고나 할까.

사극이기는 하지만, 이곳저곳 옮겨 다니면서 음행을 하는 숙종이 몹시 미웠다. 지금도 그런 통치자들이 있는지 모를 일이다.

1962년 2월 24일 토요일, 맑다

종일 도서관에서 조는 둥 깨는 둥 해서 오후 늦게야 철학 서적 얼마를 읽었다.

합격자 발표가 있었다.

명암이 엇갈리는 얼굴들이었다.

극심한 경쟁률은 아니지만, 그래도 나름대로는 자신이 있어서 원서를 제출했을 텐데, 안타까운 일이다.

"어째 혼자만 붙으세요? 저는 D대학이라도 가야지요, 뭐" 애띈 남녀 학생이 그런 대화를 주고받고 있었다. 여학생 쪽이 불합격한 모양이었다. 생각하면 나의 지난날은 기적에 가까웠는지 모른다. 수학 시험을 거의 망쳐버리고도 합격을 했으니 말이다.

1962년 2월 25일 일요일, 맑다

일요일이지만 돈을 벌기 위해서 학교에 나갔다. 신입생들의 등록 용지에다 성명을 기재하는 일을 꼬박 일곱 시간 동안이나 계속했다. 교무처의 일을 돕는 작업이었다.

보수로 1500환을 받았다. 많은 액수인지, 적은 액수인지 모르겠지만, 그래도 마음만은 편안했다. 내일부터 등록이 시작되는데, 어떻게 해야 좋을지 걱정이다.

거리에는 젊은이들이 팔을 끼고 정답게 오가고 있었다.

"나도 P가 있는데, 뭘!"하고 혼자 위로해 보았다.

1962년 2월 28일 수요일, 맑다

느닷없이, 쓸쓸히 서로 지나쳐 버린 어제의 P의 모습을 생각하면서 무거운 마음으로 학교에 나갔다.

경제 사정들이 모두 좋지 않는지, 연세대 같은 학교도 등록 마감일에 미납자가 몇 할이나 된다고 한다.

총장 장학금 3만환을 지급받아 겨우 등록을 마칠 수 있었다.

내년에는 어떻든 Top을 해야 한다. 지금부터 비상한 각오를 하는 수밖에 없다.

몇몇 급우들을 만났으나 그저 의례적인 인사를 주고받았을 뿐, 아직은 모두 깊은 정이 들지 않았다.

유독 P에 대한 생각만이 골똘하게, 몇 번이고 떠올랐다.

1962년 3월 1일 목요일, 흐리다.

세월이 가면 모든 것이 시들해 지듯이, 3.1절 행사도 그냥 하나의 행사로만 되어버린 느낌이다. 너무 많이 펄럭이는 태극기가 오히려 경건함을 훼손하는 것 같아서 안타깝다.

재무처에서 등록금 납부 상황을 기재하느라고 종일을 보냈다.

식사비조로 주는 돈으로 오랜만에 막걸리 두어 잔을 마셨다가 큰 실수를 저지르고 말았다. 가정교사로 나가려고 서둘러서 오후 여섯시에 중량교행 버스를 타고 동대문 다음에 내렸는데, 도무지 지리를 분간할 수 없었다.

그래서 두어 시간 동안이나 눈이 푸듯푸듯 내리는 길을 걸어 다녔다. 신발을 몽땅 질쿠고서야 겨우 길을 찾을 수 있었다.

참으로 난감했다.

1962년 3월 2일 금요일, 맑다

간밤에 내린 눈 때문인지 날씨가 한결 싸늘해졌다.

일찍부터 서둘렀으나 첫날부터 지각을 해 버렸다. 또 한 가지 재미없는 일은, 금요일인 줄도 모르고 월요일 시간표에 맞춰 강의실에 들어가 한 시간 동안이나 기다린 일이다. 뒤늦게 알고 보니 휴강이 아니고 착각이었다.

재무처에 가서 몇 시간 동안 일을 도왔다.

자조장학회에서 뜻하지 않은 일로 다투어 버렸다.

간호학과 C양이 이간질을 한 모양이었다. "여자가 어떻게 그럴 수 있을까?" 하고 생각하니, 괜히 그녀의 고향 탓을 하게 되었다. 한때는 은근하게 정을 주는가 싶더니, 느닷없이 그런 행동을 하다니……

1962년 3월 4일 일요일, 흐리다.

일요일임에도 일찍 작업실에 나갔다. 돈을 벌자는 것이 아니고 학비 조달이 어렵기 때문이다. 밤 열시가 되도록 일을 했다.

어제 C양의 편을 들어 나에게 핀잔을 주던 몇몇 녀석들이 양심의 가책을 받았는지 어색하게 대해 주었다. C양도 슬슬 피하는 눈치였다.

그저 묵묵히 참고 살아가기로 하자. 다 가난한 탓이다.

고달픈 하루의 일과이다.

집에 늦게 돌아와 자정이 되도록 앉아 있어도 신문 한줄 읽을 수가 없었다.

언제쯤 가서 이런 생활에서 벗어날 수 있을까?

1962년 3월 6일 화요일, 흐리다

밤이 들고 비가 내리기 시작했다.

며칠째 한시가 넘어서야 취침할 수 있었는데, 오늘도 마찬가지였다.

그만 속상하고 울고 싶은 충동을 받았으나 가까스로 참았다. 그렇게 울어본들 무슨 뾰족한 수가 있기나 한가?

사람이 살면 얼마나 산다고, 이런 천근같은 시간에 눈코 뜰 사이 없이 동분서주해야 하나?

그러나 먼 훗날을 위해서 참아야 한다.

조병화 선생의 강의를 들었다.

젊고 낭만적이고 패기에 차신 분으로 생각했었는데, 실망이 컸다. 우선 머리를 잔뜩 기른 모습이 눈에 설었다.

문인들은 대개 이렇게 나태한 모습을 하고 다니는데, 그 이유를 알 수가 없다.

거기에 비하면 학자들은 얼마나 깔끔한가.

1962년 3월 10일 토요일, 맑다

다행이 몸이 좀 가뿐해진 느낌이다.
가방과 신발이 모두 헐어서 너덜너덜한데도 여유가 없으니 어쩔 도리가 없다.
무애 선생님의 싯귀가 생각난다.

> 오늘은 잃어진 그대를 찾으러
> 이름 모를 이 마을을 헤매이노라

확실히 인간은 그 '이름 모를' 무엇을 찾아서 한평생을 방황해야 하는지 모른다. 그것이 '사랑'이든 '동경'이든, 또 다른 무엇이든 찾는다는 것은 좋은 일이다.

1962년 3월 12일 월요일, 맑다

기대가 무너진다는 것은 슬픈 일이다.
요즘 와서 P양의 곁을 지날 때마다 왜 절절했던 마음이 자꾸 떠나가는지를 알 수가 없다. 그렇게 은근하고 정답게 대해 주는데도 왜 마음이 변해 가는 것일까?
그래도 좀더 편안한 마음으로 그녀의 옆에 남기로 하자.
연일 밤이 늦어서야 귀가할 수 있는 고달픈 생활, 이 생활에서 언제쯤 벗어날 수 있을까?
생각하면 아득한 일이다.

1962년 3월 14일 수요일, 흐리다

바람이 몹시 불더니 어스름 녘에 한 시간쯤 빗발이 오락가락 했다.
너무 눈코 뜰 사이 없이 늘쌍 돌아다니느라고 사색의 시간을 단 한번도 가져 보지 못했는데, 오늘은 정오쯤 해서 '전망대'(캠퍼스의 서쪽 산 위쪽)에 올라가 보았다. 오랜만에 가져 보는 사색의 시간이었다.
그렇게 못한 것이 늘 서러움으로 남았었다.
'연세'와 '이화'가 한눈에 들어 왔다.

사람은 이렇게 호젓한 시간에 고독을 느껴 보고, 자신을 돌아보게 되는 모양
이다.

어디론지 자꾸 떠나고 싶은 심정이다.

1962년 3월 16일 금요일, 맑다

날씨가 몹시 차다.

아무리 배우기 위해서라지만, 아침 일찍 찬밥을 먹고 고개를 넘다 보면 마냥
서러운 생각이 든다.

두 볼이 많이 야윈 듯, 얼굴이 몹시 안 된 성싶다. 상경할 때의 건강했던 얼굴
이 불과 한 달 동안에 이렇게 초췌한 모습으로 변해 버렸다.

시간에 쫓기고 돈에 쪼들리다 보니 참으로 견디기 어려운 상황에 이르렀다.

무애 선생님의 말씀이 생각난다.

'문학개론' 시간에 당신의 연애 시절을 얘기하시던 끝에 이런 말씀을 하셨다.

> 사랑은 고급 요정에서 노니는 그런 것이 아닙니다. 진정 사랑한다면
> 서도 손한번 잡기에도 아까워하는 것입니다.

그 말씀은 나에게 큰 감명을 주었다.

정말 사랑이란 그처럼 고귀한 것일 때에만 진정한 가치가 있을 것이다.

1962년 3월 17일 토요일, 맑다

영하를 가리키는 듯 날씨가 몹시 쌀쌀하다. 아침 한때 눈이 내려서 더욱 그렇
게 된 모양이다.

모처럼만에 몇 시간 동안 도서관에 가 있었다. 역시 도서관은 좋은 곳이다. 책
을 읽는 데에 정신을 쏟다가 보면 온갖 근심이 사라진다. 고뇌도 서름도 잠시 접
게 된다.

운동화가 너무 헐어서 민망스럽다.

요며칠 사이에 얼굴이 바싹 야윈 것 같다. 버스 간에서 손을 내놓기가 부끄러
울 정도로 앙상한 뼈마디가 들어 난다.

참으로 처량한 생각이 든다.

"얼굴은 생활을 나타내고, 목소리는 교양을 나타내고, 눈동자는 정열을 나타낸다." 는 말이 있다.

생활! 생활이란 대체 무엇인가?

생활 때문에 그 생활이 한없이 고달프다면 그것은 참으로 슬픈 일이 아닐까?

1962년 3월 18일 일요일, 맑다

일요일의 서울 거리는 쓸쓸하면서도 번잡하다. 외로운 사람들은 외로운 대로, 여유로운 사람들은 가득한 웃음으로 그렇게 불협화음을 내면서 흘러가는 거리, 서울.

한강은 어느 때 와 보아도 정다웁다. 옛 이야기에라도 나오는 그런 나긋나긋한 정이 있다.

일요일이 없는 사람, 낭만은커녕 하루 겨우 대여섯 시간밖에 더 잘 수 없는 사람도 꼭 불행하다고는 할 수 없을 것이다.

> 네 것이 아니거든 보지를 말라. 너의 마음을 흔드는 것이라면 보지를 말라.
> 그래도 강하게 덤비거든 그 마음을 불러 일으켜라. 사랑은 사랑하는 자에게 찾아 갈 것이다.

괴테의 말이다.

정말 이 말을 믿어도 될까?

1962년 3월 20일 화요일, 맑다

열등감이나 패배 의식은 그 자체가 서글픈 일이다. 정말 그런 것 같다.

학교 일에 바빠서 가정교사로 가는 집에 지각도 하고 몇 번 빠졌더니 영 못마땅해했다. "성의도 부족한 것 같고, 또 애들 성적도 오르지 않으니, 이번 달로 그만 두었으면 좋겠다."는 말투였다.

물론 그쪽 말도 일리가 있다.

그러나 성적이란 것이, 더구나 외국어 실력이 별로 신통치 못한 아이가 어떻게 두어 달도 채 못 되어 급작히 성적이 향상될 수 있단 말인가?

돌아오는 찻간에서 생각하니 참으로 서글펐다.

모처럼 구한 일자리, 등록금에 많은 도움을 주리라고 생각했던 일이 다 허사로 되고 말았다. 그런 생각을 말자고 했지만, 자꾸 패배의식에 젖어드는 것 같다.

1962년 3월 23일 금요일, 맑다

눈에 큰 티끌이 들어간 모양인지, 간밤에는 몹시 고통스러웠다. 충혈이 심한 것 같았다.

학교에 나가는 길로 보건소에 가서 치료를 받았다. 직원들은 참으로 친절하게 돌봐 주었다. 하얀 안대로 눈을 가리게 되어 P를 만나기가 어쩐지 쑥스러웠다.

8교시가 되어 강의실에서 P를 만날 수 있었다.

그런데 강의실에는 남학생 둘, 여학생 둘만 남아 있었다. 다른 학생들은 휴강으로 알고 다 가버렸다는 것이다.

P는 스스럼없이 노래를 불렀다. 티 없이 유족하게 자란 그녀이니 수줍음 같은 것은 오히려 거추장스러울지 모른다.

짙은 초록색 코트를 입고 가득히 미소를 짓는 P의 모습이 참으로 천진난만한 것 같았다. 그야말로 앳띈 '문학소녀' 그대로였다.

1962년 3월 26일 월요일, 맑다

영하 3,4도의 추위이지만 와이셔츠만 댕그렁히 껴입은 몸에는 그래도 고통스러웠다.

밖에는 몹시 바람이 불고, 실내 온도도 낮은데 여덟시가 넘도록 도서관 3층에서 버티어 보았다. 어쨌든 학문이란 고귀한 것이다.

낮에 재무처에서 7,200환을 받았다.

등록 사무에 3일 동안 거들어 주었었는데, 이런 거액을 받았다. 고맙기도 하고, 양심에 거리끼는 일이기도 했다.

다 헐어진 신을 젖혀 두고 먼저 『베를렌느 시집』을 샀다. 또 이 책 저책 사고 싶은 생각을 누를 길이 없었다.

학자는 꼭 여유 있는 사람만 가능한 것인가?

그렇지는 않을 것 같다.

문득 P의 모습이 어른거렸다.

만날 때마다 다소 수줍어하는 그녀의 모습이 오늘따라 정답게 느껴진다.

1962년 4월 1일 일요일, 맑다

공부를 좀 하려고 학교에 나갔으나 마음이 잡히지 않았다. 괜히 무악산 등성이를 오르내리다가 시 두어 편을 얻었다.

"아무 근심, 걱정 없이 이렇게 살 수는 없을까?" '萬愚節만우절'이라서 이런 헛댄 생각도 해 보았다.

초록색 상의에 안경을 낀 귀여운 여성이 있었다. 어쩌면 오랫동안 찾고 기다리던 '미니욘'의 모습을 본 듯이 다정스러운 느낌을 받았다.

버스 노선이 바뀐 것도 모르고 한 시간 넘게 헛탕을 친 끝에 겨우 찾아낼 수 있었다. 생활비도 빠듯한데 국문학에 관한 책, 릴케의 시집 등을 구입해 버렸다.

당장 쪼들리더라도 배움에 대한 생각이 앞서기 때문이다.

1962년 4월 2일 월요일, 비

이른 아침부터 부슬비가 내렸다.

여섯시 반쯤 등교를 했는데, 많은 사람들이 오고가곤 하였다. 서울 사람들은 부지런하기도 하다.

비 내리는 날은 왠지 마음이 편치 못하다. 허전한 마음은 그래도 P 때문에 어느 정도 위안 받을 수 있었다.

'문법' 시간이 휴강이어서 교실에서 나오는 P와 마주쳤다. 평화스럽고 은근한 그 눈동자를 잊을 수 없었다.

청순한 여성은 항상 아름답기 마련이다.

1962년 4월 3일 화요일, 흐리다.

스스로 정한 생활의 빚을 짊어지고 산다는 것은 서글픈 일이다. 그동안 앎에 대한 해결 못한 빚이 너무나 많이 쌓여 있는 셈이다.

눈발이 이따금 날리는 영하 3℃의 추위에 벌벌 떨면서 도서관 3층에서 여덟시까지 버티었다. 내게 주어진 숙명적인 좌석도 아닌데, 싸늘한 시멘트 바닥에서, 차거운 형광등 아래서 그냥 버티어 보았다.

따뜻한 안락의자에 앉아 알맞게 밝은 등불 아래서 『잠 못 이루는 밤을 위하여』(칼·힐티 지음) 등속을 읽을 수 있다면 얼마나 행복할까?

차디찬 성에가 흐르는 도서관에서 손등이 시린 이런 밤, 이런 장소일망정, 그래도 위로 받을 여성이 있다는 생각을 하면 모든 시름이 사라진다.

1962년 4월 8일 일요일, 비

연이어 내리는 비는 우울한 마음을 더해 준다.

일요일은 공휴일이라기보다는 차라리 곤경에 빠지는 날이라고 할 수도 있다.

시험을 대비하기 위해서 왁자지껄하는 도서관을 피해 학관 지하 교실에서 팩을 펼쳐 놓았으나 괜한 공상만 떠올랐다.

영에 대한 생각이 자꾸 머리를 들었다. 그렇다고 먼저 사랑을 고백할 수야 없지 않는가?

그저 세월이 지나면 해결될 것으로 믿어본다.

1962년 4월 14일 토요일, 맑다

며칠 만에 P의 옆에서 비교적 긴 시간을 보냈다. 이제 갓 피어나는 함박꽃 같은 탐스러운 체취는 너무 벅찬 느낌이었다.

P의 복장은 너무 화사하고 어른스러워서, 학생의 그것으로는 좀 어울리지 않는 것 같았다. 영문과의 O양과 대조적이었다.

가냘픈 체구의 O양은 언제 보아도 깔끔하고 야무진, 그러면서도 어딘가는 다소 애수적인 그런 모습이었다.

　나는 P양이 O양처럼 좀더 다소곳했으면 하는 소망을 가져 본다.

　우리는 '돌채'나 '디쉐네' 같은 멋스러운 다방보다는 도서관 책상에서 서로 마
주 앉아 오랫동안 같이 책을 읽는 것이 참으로 정다운 모습이 될 수 있을 것이
다.

　P의 가정은 대단히 여유 있고 격이 높을 것으로 생각된다. 그러나 classmate 간
에 그게 무슨 조건이 될 수 있을까?

1962년 4월 15일 일요일, 맑다

　무악의 하루는 대중할 수 없는 설레임 속에서 그냥 흘러가기 일쑤이다.

　모두들 실컷 웃어대며, 큰 목소리로 대화를 나누곤 하지만, 캠퍼스 한 귀퉁이
에서 혼자 책장을 뒤지는 심정은 졸음밖에 더 부를 것이 없다.

　오랜만에 시 한편을 짓고 흥겨운 마음에 지나가는 미국 아이들과 이야기라도
나누어 볼까 하다가 그만 두었다.

　어스름 녘에 만년필을 살까 하고 두루 다녔으나, 『삼국유사』한권을 사들고 돌
아왔다.

　책값이 비싸서 장서는 고사하고 아쉬운 필독 도서로 살 수가 없으니 안타까울
뿐이다.

　웬 낯선 여학생이 자꾸 시선을 주고 있었다. "우리 인사나 하고 지냅시다." 하
고 말을 건넬 만큼의 용기는 없어서 그냥 지나쳐 버렸다.

1962년 4월 19일 목요일, 맑다

　온종일 무악산 산자락의 가랑잎에 딩굴면서 가벼운 마음으로 지낼 수 있었다.

　P양에 대한 생각을 정리하고 나니 홀가분하기도 하고, 한편으로는 아쉬운
생각도 든다. 그래도 쉽게 잊을 수 있을 것으로는 생각되지 않는다. 정다운
사람들이 두셋씩 산등성이를 오르내리는 소음(?) 속에 한몫 끼어서 그래도 가
라앉은 마음으로 책을 읽을 수 있었다는 것이 신기한 일이다.

　오랜만에 봄의 향내를 맡을 수 있었다.

　그러나 봄은 벌써 수런수런 짐을 꾸리고 있는지도 모른다.

고향의 봄이 그립다.

하얀 모래톱, 아늑하고 그윽한 절간, 순박한 시골 사람들의 체취가 문득 그리워진다. 오전 열시 정각에는 나도 모르게 묵념을 했다. 오늘이 '4.19 의거일'이다.

벌써 두 돌이 되었다. 못다 핀 꽃다운 청춘들이 숨져간 그 비극의 4.19!

순간순간 둘려오는 비보에, 격동의 물결에 라디오 앞에서 눈물짓던 일이 바로 엊그저게 같은데, 정말 세월은 빠르기만 하구나!

1962년 4월 23일 월요일, 맑다

벚꽃이 참으로 곱게 피었다.

어느 겨를엔지 벌써 만발해 버린 그 꽃들을 눈여겨 볼 겨를도 없이 분주하게 지낸 생활이었다.

벌써 봄이 깊은 탓인지 개나리들마저 그 鮮妍선연하던 색깔이 퇴색해 지는 것 같다.

어스름 녘에 홀로 걸으면서 "진정한 마음의 고향은 Campus" 라고 생각해 보았다.

이제 해야 할 일은 끊임없이 전진하는 것이다.

남들이 춘흥에 겨워 마냥 희희낙락할 때『삼국사기』나 국학에 관한 소중한 저서들을 두루 읽어 두어야 한다.

뒷날 큰 학자라도 되면 그때 도서관을 떠나지 않은 것을 자랑삼아 회고해 볼 일이다.

지금은 마음이 가벼워 가고 있다. 못 견디게 그리운 이데아는 없다.

어쩌면 다행한 일인지 모르겠다.

1962년 4월 24일 화요일, 맑다

시험 기간이 바로 눈앞에 닥아 와서 초조한 느낌이 든다. 이번에야말로 기필코 장학생이 되어야 하는 것이다.

P 때문에 흔들렸던 마음이 가까스로 다스려 진 것이 다행이라면 다행이다. '문법' 시험을 치르기 전날 도서관에 몇 시간을 버티고 있었으나, 아무런 성과도 없었던 쓸쓸한 일이 기억난다.

인간은 대개 의지할 곳을 찾아 방황하는 나약한 존재인지 모른다.

O양이 결석이어서 마음 한구석이 허전했다. 서로 정답게 인사 한마디 건넨 적은 없지만, 어쩐지 심경적으로는 웃음의 숨결이 오가는 듯한 O양, 그녀는 너무나 정숙하고 영리하다.

1962년 4월 25일 수요일, 비

아침부터 내리기 시작한 비는 밤이 깊어도 멎을 줄을 모른다.

비 오는 날은 자꾸 마음이 서글퍼진다.

도서관은 그야말로 초만원이었다. 평소에는 보이지도 않던 얼굴들이 잔뜩 진을 치고 있었다. 영어 시험이 자꾸 부담스러워진다.

오늘도 강의 시간에 O양이 결석을 했다. 혹시 무슨 일이나 있는 것인지, 마음으로는 안됐다는 생각이 든다.

연약하지만 야무지고, 쌀쌀한 것 같지만 얕은 정이 많은 O양은 그저 지성인의 모습 그대로이다.

몸이 영 좋지 않다.

하필이면 시험 기간에 이렇게 되어 곤란하다.

1962년 4월 27일 금요일, 비

아침부터 비가 내려 사람이 마음을 우울하게 만들었다.

무애 선생님의 과목인 '문학개론' 시험은 그런대로 무난히 모범 답안을 작성할 수 있었다. 그러나 '영어 강독' 시험은 이번에도 신통치 않을 것 같다. 당자인 오 교수는 너무나 빳빳하고 까다롭게 생긴 분이니 할수 없는 일이다.

도서관에 자리를 잡고 공부를 하려고 생각했으나 너무나 소란스러웠다. 심지어 콧노래를 부르는 학생도 있었다.

그런 학생들은 학교 뺏지가 부끄럽지 않은지 모르겠다.

1962년 4월 28일 토요일, 맑다

우리 학교 교정은 유난히 아름다운 꽃들이 많이 피고 나무들도 제 빛을 자랑하여, 자꾸 마음을 산란하게 한다. 벚꽃이며 진달래, 벽을 타고 드높이 기어오른 담장이넝쿨……

주말인 탓인지, 아름다운 경관 때문인지, 도서관에는 좌석이 많이 비어 있었다. 너무나 듬성드뭇하여 겨우 수십 명만이 자리를 지키고 있었다.

무악산 중턱까지 한바퀴 휘돌았으나 며칠 동안 너무 지친 탓인지 별 흥이 나지 않았다.

연세는 역시 아름다운 동산이다.

가와찌마라는 정외과로 유학을 온 학생이 일년도 채 못 되었는데도 퍽도 한국말을 잘 했다. 오래간만에 그와 카메라 앞에 서 보았다.

역시 외국 유학은 좋은 일이다.

산등성이 하나를 격한 곳에 '외국인학교'가 있다는 것을 여태 모르고 지냈으니, 참 답답한 일이다.

1962년 5월 1일 화요일, 맑다

아늑한 풀밭에 누워 세 시간 가량 철학 서적을 읽었다. 깊이 있는 생각을 가지고 산다는 것은 소중한 일이다.

다양한 독서가 필요한 것 같다. 괴테, 셰익스피어, 베토벤, 칸트, 니체, 앙드레. 지이드……

어디서부터 손을 대어야 할지 모를 정도로 너무나 한량이 없지만, 그래도 차근차근히 읽어 나가야 한다.

낮에 도서관에서 있었던 일이다.

외솔 선생님의 저서 『우리말본』그 두툼한 책(총 907page)을 여기저기 읽고 있는데, 바로 앞쪽에 미모의 한 여성이 『훈민정음』영인본인 듯한 책을 읽고 있었다.

아마 국문과의 선배인 모양이지만, 자꾸 마음이 흔들려서 허둥대었다.

역시 남녀의 사이란 야릇한 것이다.

1962년 5월 2일 수요일, 맑다

황급한 시간을 당해서 침착한 마음을 가질 수 있으려면 도대체 얼마만한 수양을 쌓아야 할까? 가슴이 뛰는 그런 일을 참아내기란 쉬운 일이 아닌 것 같다.

'국어 문법' 시험 시간이었다.

문제는 "동사의 마침법"이었는데 덤벙대느라고 잘못 읽고 "동사의 이음법"을 잔뜩 써 내려갔다. 확인도 하지 않고 빼곡히 쓰다보니 5분 정도밖에 시간이 남지 않았다.

급우 한사람이 잘못되었다고 가만히 일러 주었다. 그래서 짧은 시간에 다시 정신없이 써서 제출하였다.

참으로 어이없는 실수를 범할 뻔하였다.

아무리 바쁘다한들 바늘허리에 실을 꿸 수 있겠는가?

1962년 5월 3일 목요일, 비

청승맞게 종일을 두고 비가 내렸다.

숲 속 의자에라도 나가 앉고 싶은 충동이 있었으나 그냥 참고 선하품을 하고 있었다.

누군가 자꾸 눈여겨보는 것이 쑥스러웠다. "젊은 시절에는 나이 먹은 여자와 화합하는 것이 방황하는 혼의 고향을 찾는 셈이 된다. 괴테도 처음에는 슈타인 부인에게 정을 바쳤던 것이다." 조병화 선생님의 말씀이 떠올랐다.

내 생각은 반대쪽에 있다.

차라리 동년배나 후배와 정답게 지내는 것이 더 좋을 것 같다. 어떤 경우에는 청순한 여고생과 대화를 나누는 것도 유익할 것 같다.

멋진 스커트 차림에 하얀 장갑을 낀 멋쟁이 여대생보다 곤색 교복에 하얀 칼라를 두른, 즈봉 입은 소녀들이 얼마나 더 매력적인가.

그들은 아직도 부끄러움과 청순함만을 지니고 있을 것 같다. 또 젊디젊다는 것이 얼마나 소중한 일이냐!

1962년 5월 4일 금요일, 맑다

내일이 시험인데도 웬일인지 마음이 좀 느긋한 것 같다.

유진, 오니일 원작, O교수 번역의 「지편선 넘어」란 연극을 관람했다. 여 주인공 역은 O양이 맡았다. 부녀 합작이라고나 할까.

관객들의 반응이 참 좋은 것 같았다. O양의 연기가 좋았기 때문이다.

O양이 주축이 된 '연희극예술연구회' 회원들의 노력이 돋보이는 것 같았다.

O양은 사뭇 인상적인 여성이다.

야무지면서도 깔끔한, 그러면서도 가녀린 그의 표정은 세련되고 지성적이다.

연극의 내용이, 제수를 아주버님이 결연하는 장면 등 동양의 전통적인 윤리와는 다르다고 하더라도, 마지막에 죽어가는 로버트(평소에 여주인공 로쓰는 그의 남편 로버트와 불화 상태)에게 보내는 인간의 동정은 역시 "인간의 최후란 거짓도 참도 아닌, 기막힌 일" 임을 보여 주었다.

1962년 5월 7일 월요일, 맑다

날씨가 너무 따스해서 나른함을 참기 어렵다. 캠퍼스는 그저 차분하고, 어느덧 여름에 닥아 선 분위기이다.

"몇 년 전부터 연세는 비정상적으로 운영되고 있다."는 여론을 들으면서 재단 이사장이 자꾸 원망스러워진다. 훌륭한 교수님들이 한 분씩 두 분씩 자꾸 다른 대학으로 옮겨 가는 것은 재단과의 마찰 때문이라는 소문도 있다.

그렇다면 이사장이나 재단 측근들만 남게 된단 말인가?

오늘 채플 시간에는 무애 선생님께서 강사로 나오셨다. 어쩐지 초조하고 이상한 느낌이 들었는데, 다양한 설교에도 불구하고 왠지 잘 어울리지 않는 것 같았다.

너무 여러 학교를 출강하신다고 평들이 별로 좋지 않다.

무애 선생님마저 연세를 떠나신다면, 4.19 직후에 있었던 것처럼 학교는 또다시 분규에 휩쌓이고, 마침내는 이사장 댁을 파손시키는 불미스러운 일까지 생길지 모른다.

제발 그런 사태는 막아야 한다.

경쟁 관계에 있는 대학들은 자꾸 발전하고 있는데, 우리만 뒷걸음질친다면 어떻게 되겠는가?

1962년 5월 9일 수요일, 맑다

책 한줄 제대로 읽지 못하고 그저 느슨하게 하루를 보냈다.

문득 O양 생각이 난다. 그녀만 옆에 있어 준다면 참으로 많은 독서도 하고 깊은 사색에 잠겨 볼 수도 있을 것 같다.

밤 열한시에 버스에 올라서 졸음을 참기 어려웠다. 막차에 가까운 시간이다.

허기를 느끼며 이렇게 지치면서 배워서 무슨 영화를 보겠는가고 생각하니, 씁쓸한 마음뿐이다. 고달프고 지치는 것이 좋은 일은 아니지만, 그래도 학업을 중단할 수는 없다.

"한 주일에 두툼한 책 두 권정 도쯤 읽지 못하는 사람은 참다운 길을 걷지 못하고 있는 사람"이라고 한 영어 담당 C 선생의 말이 자꾸 마음에 켕긴다.

1962년 5월 10일 목요일, 맑다

'국어학개론' 시험에 최고 득점을 했다고 급우들이 알려 주었다. 그러나 왠지 별로 기쁜 생각이 들지 않는다.

요즘 와서 시와 멀어져 가는 것 같아서 마음이 편하지 않다. 어쨌든 시와 일생 동안 이런저런 일로 같이 갈 수밖에 없을 텐데도 말이다.

세칭 '현대시'라는 것이 참으로 요사스럽다. 도대체 무슨 주제인지, 내밀한 사상이 무엇인지를 가늠하기 어려운 작품들이 한둘이 아니다.

1962년 5월 12일 토요일, 맑다

아침나절에는 세찬 바람과 함께 폭우가 내리더니, 곧장 멎었다. 그래서 교정은 한결 산뜻하고 정겨운 풍경을 보여 주었다.

개교 기념식에도 참석하지 못하고 음습한 작업실에서 책 제본을 해야 했다. '재상봉 행사'에 훌륭한 선배들의 회고담을 듣는 것이 유익한 줄 알면서도 그렇게 하지 못하는 것이 안타깝다.

25년 후 이날에, 그 'Home comming day'에 나는 어떤 모습으로 모교를 방문하게 될까?

누군가 "연세 숲에는 가회주의자, 아첨 배, 위선자들이 활보하고 있다."고 신랄한 비판을 했다.

어느 사회나 다 지탄받을 인간들이 있기 마련이지만, 우리는 보다 전진하는 자세로 학교와 학풍을 개조해야 할 것이다.

1962년 5월 15일 화요일, 맑다

생활의 주변에 다정한 얼굴들이 많다면 참으로 복된 생활일 것이다.

O양을 만났다.

해맑은 웃음이 몹시 정다웠다.

긴요한 말은 한마디도 건네 본 일이 없지만, 그래도 마냥 따뜻한 정을 보내주는 여성이다.

도서관학과의 K양이 너무 감당키 어려운 눈짓을 보내 와서 참으로 당황스러웠다.

그저 당분간은 바보처럼 살아야 하나?

밤들고 왠 청승맞은 비가 내렸다.

시골은 못자리에 한창 바쁠 시기이다. 때맞추어 비가 많이 내려 주었으면 좋겠다.

장학생의 꿈은 항상 버리지 않고 산다.

1962년 5월 16일 수요일, 맑다

소위 '군사 혁명'을 기념하기 위하여 수많은 傳單전단이 뿌려졌다. 애국자가 너무나 많은 듯한 한국은 실은 제자리걸음을 걷고 있는 것은 아닐까?

축하란 남들이 해 주는 것이지 스스로 축하한다는 것은 쑥스러운 일이다.

'자조장학회'에서 관악산으로 등산을 갔다. 구슬땀을 흘리면서 정상에 도달했을 때의 쾌감은 참으로 대단한 것이었다.

정상 부근에 있는 초라한 암자의 벽에는 하찮은 인간들의 무질서한 낙서가 빼곡이 적혀 있었다. 참으로 상식 없는 사람들의 행위라 아니 할 수 없다.

여기저기서 젊은 쌍쌍들이 기세를 올리고 있었다.

우리 일행 중의 두어 사람이 지나치게 과음을 해서 업고, 이끌고 산을 내려오느라 진땀을 뺐다. 별로 재미있는 등산은 아니었지만, 그래도 가끔 이런 행사를 가져 본다면 기분 전환에 참 좋은 일이 될 것 같다.

돌아와서 시 한편을 적어 보았다.

1962년 5월 23일 수요일, 맑다

박창해 교수께서 3개월 동안 연구차 渡美도미하신다고 해서 '국문법' 시험을 앞당겨 실시했다.

어쩌다가 P양 옆에 앉게 되었는데, 의식적으로 다른 자리로 옮겨 버렸다. 그간에 웬 일로 서로 뜨악하게 되어 버렸다.

이제는 누구에게 정을 주고, 시를 쓰고, 수필을 써야 하나?

너무 사려 깊지 못하게 정을 주고 또 거두어 버린 지난날이 후회스럽다.

1962년 5월 26일 토요일, 맑다

근래에 없었던 심한 가뭄 때문에 전국적으로 물소동이 크게 일어나고 있다고 한다. 신문 보도에 따르면 시골 곳곳에 보리가 말라들고 있다고 한다.

집에는 어린 동생들이 봇물을 따대고 봇둑을 막느라고 피땀을 흘리고 있는지 모른다. 할머니, 어머니, 숙부님 댁이 모두 이 가뭄에 고생하시는 모습이 눈에 선하다.

잡다한 일에 쫓기다 보니 편지 한 장 못내는 심정이 참으로 죄스럽고 답답하다. 불효이다.

공부를 한답시고 포시답게 지내는 것 같아서 마음이 영 편치 못하다.

교정에서 만난 O양은 웬일로 꽃다발은 안고 있었다. 오늘따라 유난히 정담이라도 나누고 싶은 마음을 가까스로 참았다.

1962년 5월 30일 수요일, 맑다

"나는 국회로 가려 한다."

이 말은 링컨이 국회의원에 입후보했을 때 그가 신자 아님을 빙자하여 청중들 앞에서 모욕을 주려던 그의 정적이 "당신은 천당도 지옥도 안 간다면 어디로 가려는가?" 라고 물었을 때 대답한 말이라고 한다.

신을 찾는 일은 멀고, 현실의 일은 가깝다. 링컨의 경우도 마찬가지였을 것이다.

나는 어디로 가야 하나?

종교음악과 학생들의 합창이 있었다. 합창단의 일원인 그 미모의 여학생이 있어서 더욱 인상적이었다.

"문학이고 무엇이고 먼저 애인을 위해서 한다."고 하신 무애 선생님의 말씀이 생각난다.

1962년 6월 1일 금요일, 비

오랜만에 내리는 비이다.

밤이 내리는 주변에는 외로움이 마음을 졸라댄다.

이토록 정겨운 캠퍼스에서 다정스레 말 한마디 건네지 못하는 것은 정말 '괴로움'이다. 학비를 보태기 위해 밤이 깊도록 허전한 마음으로 내키지 않는 문서 정리를 해야 했다. 직업은 아니지만, 그래도 돈을 벌기 위한 일이니 일종의 '직업'이라 해도 좋겠지.

조금 전에 만난 O양의 해맑은 웃음이 자꾸 눈이 떠오른다. 그 '웃음'의 의미가 무엇일까? 그 웃음에 담긴 '밀어'를 찾아내면서 살아가겠다고 생각해 본다.

형이상학적인 문제들은 아직은 나에게 힘겨운 명제들이다.

몸도 마음도 씁쓸한 시간에, 고독은 차라리 울음보다도 더 매정스럽다.

너무 가뭄이 심하다는 고향에도 비가 내리고 있는지……

1962년 6월 2일 토요일, 비

종일을 두고 비가 내린다.

이 비에 가난한 시골 사람들의 얼굴도 조금은 펴질까? 보리 고개에서 울부짖는 빈민들은 또 몇이나 될까?

궂은 비 같은 생각이 자꾸만 떠오른다.

요즈음 며칠은 너무 몸을 혹사한 것 같다. 심한 현기증을 참아 가면서 싸늘한 지하실 작업장에서 열시까지 버티면서 문서 정리를 해야 했다.

하루에 일당 천환을 벌게 되는 이 괴로움이 정말 나에게 얼마나 플러스가 될까? "젊을 때 고생은 사서도 한다."는 말이 있기는 하지만, 그것은 가난한 사람들의 자기 합리화가 아닐까?

이제는 잃어버린 용기를 추슬러야 한다. '이데아'를 향한 그 용기 말이다.

1962년 6월 4일 월요일, 맑다

간밤에 공복(空腹)으로 잤으므로 휘청거릴 줄 알았는데 용케 견디어 낼 수 있었다.

하기사 그동안 여러 번 이를 악물어 왔었다. 평생 겪을 고생의 상당 부분에 해당되는지 모르겠다

로만 로랑의 말이 생각난다.

> 당신이 괴로울 때, 당신보다 더 괴로운 이가 살아 있음을 생각하라.
> 그 이름이 베토벤이다.

그 위대한 천재 음악가의 수난이 어느 정도였는지 몰라도, 고생한다는 것은 정말 속상하는 일이다.

지하실에서 서류 정리 작업을 하느라고 열시를 넘겼다. 형광등 아래서 독서에 열중하고 있을 도서관에 있는 학생들과는 너무나 대조적이다.

에머슨의 말대로 고독한 자는 어디를 가나 고독한 것인가?

O양의 따뜻한 마음씨라도 있었으면 좋겠다.

1962년 6월 11일 월요일, 맑다

‘통화 개혁’ 정책에 의하여 오늘 하루 동안 학생들에게는 무료 승차를 허용했다고 한다. 뒤늦게 그 보도를 알았기 때문에 차비를 내고 다닌 것을 생각하면 화나 치민다.

한편 생각하면, 차장의 잘못이다. 응당 차비를 받지 말아야 옳았을 것 아닌가.

어차피 산다는 것은 속여서 사는 일이 아닐까? '인생‘이라는 주어진 기회에 틀려진 해답으로 살게 되는 경우가 너무나 많을 것이기 때문이다. 돈의 액수가 문제가 아니라 ‘2원 50전’에 농간 당한 것이 서글프다.

음악과에서 주최하는 ‘음악 발표회’를 관람했다. 그런데 웬 일인지 이름 모를 그 미모의 여성은 출연하지 않았다.

1962년 6월 13일 수요일, 맑다

실틋한 마음의 자세로는 음악과의 그 여성의 이름을 알아낼 방도가 없을지도 모른다. 왜 자꾸 망설여지는지 모르겠다.

철학과 박영식 교수님의 “실존주의란 무엇인가?”라는 강연을 들었다. 싸르트르는 “던져진 실존은 숱한 자유가 있지만, 인류에게 책임질 수 있는 자유의 행사가 문제”라고 했다고 한다.

어떤 일에 있어서도 역시 그 ‘방법’이 문제인 것이다.

1962년 6월 17일 일요일, 맑다

포근한 연세 품에 누워서 작히 두어 시간이나 낮잠을 잤다.

이 아늑하고 한가한 숲 속처럼 세상 사람들도 서로 눈을 부릅뜨지 않고, 아귀다툼 하지 말고, 좀 평온할 수는 없을까?

순결한 한 떨기의 백합은 아무데나 있는 것이 아니다. 그래도 그런 손결을 찾아 나서야 할 것 같다.

참을 수 없는 고독, 인생, 청춘…… . 다 그런 것이 아닐까.

1962년 6월 18일 월요일, 맑다

30℃를 훨씬 상회할 것 같은 후텁지근한 기온이 도서관에까지 잠입한다. 답답한 생활과 같다.

용기의 소재는 어디일까?

음악과의 그 여대생의 이름을 알아내지 못하는 소극적인 용기가 짜증스럽다.

머리가 휑하니 어지러운데도 책과 씨름을 해야 하는 것이 시험이 주는 고통이다.

외지고 비탈진 길로만 다닌 탓인지 아름다움을 아름다움으로, 기쁨을 기쁨으로 느끼지 못한다. 그저 부질없는 것 같고, 실툿하다.

누군가 『내가 설 땅은 어디냐』라는 제목으로 수기를 썼다.

"신 앞에 선 단독자로서의 실존"! 키에르케고르에서는 그래도 바라보고 설 '신'이라도 있었지만, 나는 누구 앞에 선 '단독자'인가? "출구 없는 방"을 나서기 위해 싸르트르를 탐독하기엔 너무 급한 '현실'의 문제가 있다.

그래도 주춤거리면서 살아야 할 '삶'이 있다. 피로와 영양실조에 현기증이 더하더라도, 그것들을 딛고 일어서야 한다.

1962년 6월 19일 화요일, 맑다

"한번 가면 다시 올 수 없으니 잊은 것 없이 다 찾아 가지고 가라!" 누군가 인생을 비유해서 한 말이다.

"실연을 해도 열렬히 하고, 사랑을 해도 멋있게, 인내의 계절을 두고 해라. 아슬아슬하게 살 것 이 아니라, 충실하게, 자신 있게 살아야 한다."고 조병화 선생님은 말씀하셨다.

음악과의 그 여성은 이름은 모르지만, 모습은 뚜렷이 떠오른다.

순결하고 따사로운 그녀의 마음결 위에, 사랑을 실감하기에는 아직도 너무 어린지도 모를 그녀에게 기나긴 글을 쓸 기회가 있을까?

싸르트르가 한 말 "출구 없는 불안한 방"이라고 한 말은 참으로 인간 세상을 적절하게 표현한 말이라고 생각한다.

1962년 6월 20일 수요일, 맑다

시험 때마다 느끼는 마음은 "다음에는 좀 더"라는 헛된 약속이다.

지금 또 그런 생각을 되풀이하고 있다.

밤들고 비가 내린다.

기다리던 비이니 기왕이면 후줄근히 내렸으면 좋겠다.

누군가가 남긴 말 "한번 가면 다시 올 수 없는 인생이니 잊은 것 없이 다 찾아 가지고 가라."는 말이 다시 생각난다.

찾을 것은 너무나 많다. 학문, 사랑, 웃음, 노래, 청춘……. 다시 찾을 수 없는 청춘은 얼마나 하릴없이 흘러가고 말았는가.

"고생을 해 보아야 인생을 안다."고 하신 무애 선생님의 말씀, "몇 날 밤을 주린 채로 찬방에서 새우고 눈물에 젖은 빵을 먹어 본 사람이 아니거든 인생을 논하지 말아라." 고 한 괴테의 말은 결론적으로는 같은 취지이다. 고생인지 불안인지 분간 못할 안개 낀 계절은 어서 가 버려야 한다.

1962년 6월 21일 목요일, 비

이슬비 내리는 숲 속 길을 한 시간씩이나 그저 거닐어 보았다. 캠퍼스의 뒷켠 서북쪽 밤나무 골에 앉아서 지난 세월들을 되돌아보았다.

P양에서 보냈던 사랑의 불길은 다시 A에게로 넘어가 내 스스로 꺼 버렸다. 그리고는 다시 K와 O, 그리고 또 누구인가?

아무리 주위를 돌아보아도 나 혼자이다.

고독해서 그저 눈물이 솟았다.

두어 주일이 지나면 또 오랜 시간 동안 이곳을 떠나 있어야 한다. 몇 달 전 이길을 거닐면서 꼭 무슨 소중한 인연이 있으리라고 믿었더니, 또다시 외톨이로 되돌아 왔다.

두어 달 후에는 또 똑같은 생각으로 이곳을 거닐어야 할까?

그러는 동안 세월은 흐르고, 꿈도 가고, 드디어는 다시 돌아올 수 없는 세월 속에 묻혀 버리는 것은 아닐까?

다시는 그런 일이 되풀이되어서는 안 된다.

고향에는 비가 흠뻑 내려 주었으면 좋겠다.

1962년 6월 25일 월요일, 맑다

1학기 마지막 '기도회' 시간을 가졌다. 크리스챤은 아니지만 한번도 자리를 비워 본 적은 없다. 좌석 번호 D-70번.
물론 다음 학기의 좌석은 이동될 것이다. 모든 것이 변천하는 것이 자연과 인간의 이치이기 때문이다.
바로 눈앞에 시험이 닥아 와 있는데도 마음이 평정되지 않고 있다. 그저 메말라 가는 느낌이다.
'6.25사변' 열두 돌이다.
밀리고 쫓기는 그 북새통에 아버지마저 잃고, 우리는 이렇게 힘겹게 살아왔다.
상처뿐인 그런 날은 잊어버리고 싶다.

1962년 6월 26일 화요일, 맑다

'종교' 마지막 강의를 들었다. 김찬국 교수 담당 '종교와 기독교'는 별것 아닌 것 같더니, 막상 종강한다고 하니 아쉬운 생각이 든다.

> 언젠가는 여러분이 궁극적 관심에 마음을 두어 이를 해결할 날이 오기를 바라며, 각자가 자유와 사랑 안에서 충성되고도 축복된 일생을 갖도록 하느님의 성원과 은총을 진심으로 기대한다.

는 말씀을 주셨다.
누구나 언젠가는 종교를 가져야 하는 것일까?
김 교수는 "무엇보다도 중요한 것은 대인관계이니, 학점 하나는 더 받기보다 사람 하나는 더 다룰 줄 알아야 합니다."라는 얘기도 했다.
정말 그럴지도 모른다.
"여자는 너무 재색(才色)이 뛰어나도 못쓴다." 고 누군가 말했지만, 꼭 그런 것도 아닌 것 같다. 총명하고 아리따우면 더욱 좋지 않겠는가?

1962년 6월 29일 금요일, 맑다

'종교와 기독교' 시험을 치뤘다.

"Count reformation"이란 용어를 몰라서 끙끙대다가 놓치고 말았다. "반종교개혁 운동"이라고 한다.

옆자리에 O양이 있었다.

그녀는 그야말로 재원(才媛) 중의 재원이고, 더구나 독실한 가톨릭 신자이니 모를 리 없겠지만, 차마 곁눈질할 수가 없었다.

뒤쪽에서는 컨닝들을 하는 모양인데, 하필이면 맨 앞자리에 앉게 되어 진땀을 빼었다.

언제인가 생긋이 웃어주던 O, 바로 그 O양이 옆 자리에 있다는 사실이 얼마나 행복스러운가!

그녀의 체온을 잊을 수가 없다.

도서관은 역시 좋은 곳이다. 그야말로 '진리의 전당'이다. 책을 읽을 때만은 사랑이고 서름이고 도시 생각해 내기조차 하지 못하는 곳이다.

1962년 7월 2일 월요일, 맑다

'문학개론' 시험에 "인생, 문학에 대한 촌감(寸感)"이라는 제목이 주어졌다.

지금까지 별로 정진해 보지 못한 시에 대해서 쓰기가 난처해서 로셋티의 시「내가 죽거든 사랑하는 이여」를 몇 번 읽고 감상을 썼다. 시 감상은 그 분야의 책도 비교적 많이 읽었고, 가끔 써보기도 해서 좀 자신이 생겼다.

"문학을 하기에 더 고독하다."는 말도 곁들였다.

이번 학기로는 마지막으로 도서관에 갔다가 떠날 때의 심정은 사뭇 서운하고 서글펐다.

얻은 것이라곤 몇 페이지의 지식밖에 더 될 것이 없을지 몰라도, 그래도 몹시 정든 것이다.

또 한 페이지의 역사를 쌓고 간다는 생각을 하니 어쩐지 서글픈 생각이 들었다.

1962년 7월 3일 화요일, 맑다

마지막 시험인 '영어' 시험을 치루었다.

모두들 컨닝을 하느라고 야단이었으나, 마음이 약한 나는 그러지도 못했다. 꽤
어려운 문제들이 출제되었지만, "설마 학점이사 안 나오랴"싶어 그냥 써서 제출
했다. 대학원 시험 관계도 있고 해서 부득불 영어 실력은 조속히 올려야겠다. 평
소에 별로 친근하지 않던 동무들도 막상 헤어지려니 섭섭한 마음이다.

K양을 만났다.

언제부터인지 마음 속 한 곳에 자리한 그녀를 어떻게 대해야 할지 알 수가
없다.

그냥 말없이 인사를 나누고 헤어졌다.

돌아오는 길에 공교롭게도 버스 바로 옆자리에 앉게 되었다.

그녀는 애뙤고 들어나게 총명해 보이지는 않아도, 순박하고 상냥한, 함박꽃 같
은 웃음이 있다.

세상과 세태 속에서 살아야지, 성글게 되어서는 곤란하다. 누구에게라도 닥아
가야 하겠다.

1962년 7월 4일 수요일, 맑다

K양을 만났다. 그저 서로 웃었다.

우연히 A양도 만났다.

오늘은 행운이 많은 날인가부다.

K와 O, 누구에겐가 닥아가야 되겠건만, 영 용단을 내릴 수가 없다.

'농촌계몽대'를 조직한다기에 참관해 보았다. 진정으로 농민들과 어울려 보겠
다는 학생은 많지 않은 것 같았다. 대부분이 무슨 기회 포착이나 호기심에서 참
가한 것 같다.

방학은 없었으면 좋겠지만, 그럴 수는 없다.

1962년 7월 6일 금요일, 맑다

후텁지근한 날씨가 며칠이고 계속되고 있다. 간밤에 겨우 몇 분 동안 비가 내리더니 덥기가 한결 심하다.

'자조장학회'가 본관(학관)에서 '상경관'으로 옮겨 갔다.

책상 등속을 옮기느라고 비지땀을 흘렸다. 공교롭게도 O양이 있어서 돌아서 다니곤 했다. '논지당' 바로 옆 지하실이니 결국은 곧 알려지겠지만, 그래도 숨기고 싶었다. 가난하다는 것은 왠지 창피스러운 일인 것만 같았다.

사회에 익숙하지 못한 탓이리라. 가난이 무슨 죄란 말인가?

O양은 너무나 순결한 여성이다. 또 지나칠 정도로 영민한 여성이기도 하다.

그래서 O양에게 조금이라도 누가 되고 싶지 않다.

같이 일하던 C양이 그만 두겠다고 했다. 별것 아닌 일로 한때 나와 갈등을 빚기도 했었지만, 약간은 서운한 느낌이었다.

뒷날 서로 어떤 모습으로 만나게 될지 모른다.

1962년 7월 7일 토요일, 맑다

바싹 마른 지축은 밟기에도 피로하다. 비가 좀 후줄근히 내려 주었으면 좋겠다.

작업실에서 종일 제본을 하였다.

방학이 되거든 좀더 적극적으로 해보겠다던 생각도 그저 실틋해져 나는 것 같다.

무엇인가 매듭을 짓고 이 학기를 끝냈으면 좋겠다.

종로통을 거닐어 보았다.

우리 서울은 왠지 명랑한 거리가 못되는 것 같다.

웃음을 보고 싶다. 보다 밝고 명랑한 한국을 보고 싶다.

1962년 7월 9일 월요일, 비

아침 일찍부터 비가 내린다. 정말 오래간만에 내리는 비는 달포를 두고 흘리던 땀을 가까스로 씻어 주었다.

총장공관으로 가는 울창한 숲 속 길을 거닐어 보았다.

이슬비가 그저 내렸으나 시도 낭만도 내키지 않았다.

O양의 웃는 얼굴은 보이지 않았다.

같이 작업을 하던 한 회원은 “열 번 찍어 안 넘어가는 나무는 없다.”면서 자기는 이화여대를 다니는 애인이 있다고 자랑을 늘어놓았다. O양이라도 있었으면 같이 거닐면서 몇 줄의 시상이라도 떠오를 것 같은데, 그저 마음뿐이다.

자조장학회의 총무를 맡아달라고 했다.

오래간만에 써 보는 감투(?)인가. 그래도 싫지 않은 일이다.

비 오는 종로 거리를 한참이나 거닐어 보았다. 종로는 그래도 풍성해서 좋다.

1962년 7월 10일 화요일, 비

간간히 비가 내리는 신촌의 하루는 마냥 짧기만 한 것 같았다.

이제는 귀향해야 할 시간이 닥아 와 있다고 생각하니 답답한 생각이 든다. 라디오마저 없는, 모기가 기승을 부리는 시골이다.

그래도 고향이니 가야만 한다.

O와 K를 만났다.

날씬한 모습의 O는 그저 수수한 모습의 K와 너무나 대조적이었다.

오늘따라 그들 누구와도 한번 마음 놓고 웃고 싶은 생각은 왠지 줄어드는 것 같다.

타이프를 배우느라고 책 한 갈피 제대로 읽지 못했다.

없는 돈에 버스비만 날려 버린 것 같아서 마음이 언짢았다.

그래도 연세 숲은 좋은 곳이다.

방인숙 양에게 편지를 썼다.

얼마 전에 가정교사로 나갔던 창덕여고에 다니는 예쁜 제자이다. 웬일로 문득 보고 싶어진다.

1962년 7월 12일 목요일, 맑다

가을 날씨처럼 선선해서 좋다.

수십 page의 책을 읽을 수 있었다. 오랜만에 마음이 편안하다.

'알로하' 부근을 거닐면서 O양의 집은 어느 것일까 생각해 보았다. 그 부근에는 교수들의 사택이 밀집되어 있고, O양의 아버지는 교수이기 때문이다.

K양이 지나치게 명랑한 표정을 짓고 있었다. 좀 언짢은 생각이 들었다.

고교생들이나 읽는 『삼위일체』를 펴 들고 생 씨름을 했다. 왜 제때 좀더 착실히 공부해 두지 않았던가 생각하니 그저 후회스럽다.

지금부터라도 분발하면 된다. 어차피 인간에게는 절대 만족이란 있을 수 없다.

1962년 7월 13일 금요일, 맑다

경리과에서 우연히 K양과 만났다.

교수 봉급 관계 서류를 정리하면서 학교 일을 돕고 있는데, 웬 예쁜 여성이 웃는가 했더니 K양이었다. 무슨 확인서를 가지고 온 모양이었다.

조금 전에 '논지당'을 돌아가던, 어딘지 초조한 모습의 O양과는 대조적으로 K양은 자주 웃음을 띠고 있었다.

"왜 사람 보고 웃지요?"하고 농담이라도 건네면 웃으면서 받아넘길 K이다. O양처럼 유복하지는 못한 것 같지만, 분홍빛 무늬의 부라우스를 입은 모습이 한결 부드럽고 인상적이었다.

와세다대학 축구팀이 총장 공관의 초대연에 참석한다고 해서 캠퍼스가 새로운 기운이 도는 것 같다. 상당한 비용이 들 것 같은데, 그 돈으로 차라리 우수한 고교생 하나라도 더 유치했으면 좋겠다는 생각이 들었다.

1962년 7월 15일 일요일, 맑다

이번 학기의 마지막 날을 기억 속에 간직하기 위해서 『정조』라는 영화를 관람했다.

통속적이어서 별로 감명을 받지는 못해서 아쉬운 생각이 들었다.

학교로 가는 길에 토사곽란을 만나서 버스 간에서 토하고 말았다. 창백한 얼굴을 보고 옆자리에 앉은 여학생이 퍽 동정적으로 대해 주었다.

내일 고향에 가겠다고 열차 시간까지 확인해 두었는데, 어렵게 되었다.

밤늦게까지 진통을 겪으면서 혼미 상태로까지 갔다.

건강보다 더 소중한 것은 없다. 건강이면 그뿐, 그 이상 무엇이 있겠는가?

'논지당'에 메모처럼 써둔 글이 생각났다. "잘 있어요, 내 사랑, 8월이면 다시 오리니……." O양을 두고 쓴 글이었다.

이런 날 O양을 보지 못하고 떠나려니 그냥 아쉬움뿐이다.

1962년 7월 17일 화요일, 흐리다

열차시간이 05:55여서 아침도 먹지 못하고 텍시 합승을 했다.

'중앙선' 열차는 한산했다.

매스컴에서 듣던 가뭄의 상태는 그처럼 심각하지는 않은 것 같았다. 그러나 쪼들리는 농민들의 얼굴이 시야에 들어 올 때마다 마음 한구석에 금이 가는 것 같았다.

피로한 여행이었다.

오후 세시가 되도록 곡기라고는 먹지 못하고 '활명수'에만 의지했다. 넘어져서는 안 되겠기에 겨우겨우 참았다.

옆 자리 한 칸 건너 서울대 뺏지를 단 여학생이 자꾸만 시선을 주기에 거북스러웠다. 간간이 왁자지껄 하는 여학생들은 이화여대생들이었다.

추풍령을 넘는 마음은 착잡했다.

집이 가까워 올수록 불안한 생각이 들었다.

집은 너무 적적했다.

기고가 든다고 식구들이 바빴다. 마침 잘 왔다고 생각했다.

너무 기진맥진했다.

1962년 7월 19일 목요일, 흐리다

늦잠을 잤다.

맥이 풀리고 한걸음도 나가기 어려웠다.

애벌논을 맨다고 해서 모두들 애를 쓰는데, 나만 포시랍게 지내는 것 같아서 마음이 편치 못했다.

방학이 오히려 부담스럽다.

놀면서도 책 한 갈피 제대로 못 읽는다면 오히려 무기력에 빠지기 쉽다.

우연히 O양이 쓴 「祭物제물」이라는 소품을 읽어 보았다. 독실한 가톨릭 신자인 O양은 작품 내의 인명도 '씰비아'라는 敎名교명을 쓰고 있었다.

종교적인 색채가 짙은 감은 있으나, 그런 테마를 잡은 것은 좋은 일이라고 생각했다.

1962년 7월 25일 수요일, 맑다

정말 오래간만에 '파랑새' 한 개피를 피워 물고 무슨 소설이라도 써 보겠다고 생각해 보았다. "어디라도 한곳쯤은 갈 곳이 있어야 한다."고 한 『죄와 벌』의 한 구절이 생각난다.

언제인가 구상해 두었던 소설의 한 대목. "「가고파」의 배경이 된 마산 출신의 가정교사를 하면서 대학을 다니다가 주인집 딸과의 미묘한 관계로 그만 정처 없이 떠난다."는 그런 내용이다. 가정교사의 경험이 있기에 이런 작품을 구상해 본 것이다.

어쨌든 원고료도 받을 겸 작품을 한번 써 보고 싶다.

뜨거운 뙤약볕 아래서 김을 맨 관계로 병이 날 것만 같다.

방안에서도 더위를 참기 어렵다. 정말 고역이다.

1962년 7월 27일 금요일, 맑다

'제기랄!' 이 말은 대개 상대방이 있을 때 짜증스럽게 쓰이는 말이지만, 불특정한 부정칭에도 쓰기에 좋은 말이다.

사실 '제기랄!' 이 어휘밖에 더 없는 것이 현실이다. 도무지 웃을 일이란 찾을 수가 없다.

『죄와 벌』 끝 부분을 아직 다 읽지 모하고 미루고만 있다. 그만큼 독서하기가 힘이 든다.

40℃를 육박하는 찌는 듯한 더위에 땅을 파고 김을 매는 일은 정말 고역이다. 땅에서는 훅훅 열기가 솟는다.

이론으로 배운 '인내'는 현실의 벅찬 소용돌이 속에서는 그저 공허할 뿐이다.

그래도 희망이 있기에 산다. 'K, O' 이렇게 다정한 이름들이 있기에 그냥 참고 산다.

더위는 가도 좋지만, 인생의 뜨거운 열기는 가서는 안 될 일이다.

1962년 7월 30일 월요일, 맑다

『죄와 벌』의 여주인공 '나스타아자'는 깊은 인상을 준다. 호사스럽거나 인텔리는 못되어도 그녀가 풍기는 따사로운 정의 세계가 좋다.

실은 한 인간의 인격을 상승시키는 절대적인 요인은 바로 그 '정'인지 모른다.

소설 속에 등장하는 여성들과 K를 비교해 본다. 아직 '쏘니아'에 대해서는 잘 모르지만, 지긋지긋하고 음산한 사건의 연속인 느슨한 인간들 사이에서 이런 아름다운 마음들이 간간이 나타나 준다는 것은 정겨워서 좋다.

'죄의식'이란 인간의 '원죄'의 하나일까? 죄를 범한다는 것은 그만큼 고통스럽고 저주스러운 일임에는 틀림이 없다.

이런 불상사를 자제하면서 살아야 하는 곳에 인간들의 고뇌와 번민이 있는지도 모른다.

1962년 7월 31일 화요일, 맑다

'중복'값을 하느라고 날씨가 정말 찌는 듯이 후텁지근하다.

도로 부역이 있어서 마을 앞산 그 높은 고개를 넘어 갔다.

백성들이야 어떻든 행정자들은 그저 "시키면 될 것"이란 안이한 생각으로 공무를 집행하고 있는 것 같다. 그들이 이 무더위에 손수 삽을 들고 괭이로 파고 하는 고역을 체험해 본다면 생각이 많이 바뀌게 될 것이다.

거의 삼십 리 길음 걸으면서 강줄기를 타고 가다가 물고기도 잡아 보았다. 점심도 못 먹고 몇 잔의 컬컬한 막걸리로 떼운 까닭에 물에 첨벙 주저앉고 싶도록 노곤하고 고달팠다.

이런 노역에 시달리다 보니 '웃음'이니 '동경'이니 하는 상념이 떠오를 사이가 없다.

시시하게 사는 방법이 바로 이런 것인지 모른다고 생각하면서 쓸쓸히 웃어 보았다.

1962년 8월 1일 수요일, 비

새로운 길을 택할 수는 없고, 진척 없는 이 길이 안타깝기만 하다.

어쩌면 거기 아무도 없을지도 모를 미지의 마을을 찾아, 그래도 묵묵히 나아가야 한다.

새달이 시작되었다.

8월만은 후회 없이 살았으면 좋겠다. 마침내는 소담스런 과실을 마련해야 하기 때문이다.

학교에서 신문을 보내 주었다.

그동안 잠시 잊었던 캠퍼스가 다시 보고 싶다.

K양, O양, 또 누구누구는 지금은 무슨 사념에 골똘히 잠겨 있을까?

학교의 분규로 이사 측 인사라고 하여 학교를 떠났던 홍이섭 교수가 학장이 되었다고 한다. 문과대학의 분위기가 경직될지도 모른다.

국문과의 몇몇 교수님들은 그만 떠나시고 말았다. 백낙준 박사와 맞선 때문이었다.

1962년 8월 2일 목요일, 비

빠이런의 서정시를 읽었다.

熱火열화와 같은 애욕을 지니고, 못난이같이 살았다는 이 격정의 시인은 너무 '사랑'만을 내세우는 것 같아서 다소 거부감이 있다. 그러나 '사랑'만큼 소중하고 아름다운 것은 없다.

K와 O. 강렬한 포옹은 아니더라도 따스한 입김으로 단비가 되어 우리의 '청춘의 광장'에 흩뿌려 주었으면 얼마나 좋으랴만……

빠이런의 말대로 "사랑은 아부하는 것은 아니……."겠지만, 비 내리는 이 촐촐한 밤에는 누구라도 마주앉아 사랑과 영광, 세월과 고뇌에 대해서 끝없는 정담을 나누고 싶다.

서늘바람이 부는 계절이 온다.

두꺼운 책을 읽고 밤을 지새우는 계절이 온다.

'삶이라는 층계'에서 미끄러지지 않기 위해 누군가는 동반자가 되어 주었으면 좋겠다.

1962년 8월 3일 금요일, 흐리다

"여성은 천사이지만 결혼은 악마" 이것은 빠이런의 싯귀이다. '연애'가 대개 '결혼'을 전제로 하는 것이라면, 이 경우에도 옳은 비유라고 할 수 있을까?

비록 등록금 걱정이 앞서더라도 부르고 싶은 이름은 불러야 한다.

들판에는 황토물이 마구 내리고 있었다.

이제 일주일 남짓 있으면 서울 행 열차에 몸을 실어야 한다. 그때는 저 거센 물결도 잠잠해 주었으면 좋겠다고 생각해 보았다.

젊음도 한줄기 거센 물결인지 모른다.

그 물결은 몇 해를 두고 격랑이 되어 흘러야 한다. 격랑 속에서 한줄기 온화한 빛이 쬐여 주었으면 좋겠다. 그것은 O양도 K양도 다 좋은 일이다.

그들은 지금쯤 휘황한 형광등 아래서 무엇엔가 골똘하고 있을까? O양은 유진·오니일을 읽고, K양은 시네마 홀에 가 있을까?

1962년 8월 6일 월요일, 맑다

> 운명은 바뀌어 지고 사랑은 멀리 사라지고
> 증오의 화살만이 쉬임없이 빨리 돌아올 제
> 그대만은 저 하늘에 떠 있어
> 영원히 사라지지 않는 단 하나의 별이었어라!

빠이런이 그의 이복누이 어거스타에게 보낸 연시의 일부이다.

오늘이 '칠석날'이라고 한다.

이상하게도 '칠석'에는 구름이 끼거나 비가 내리곤 했다. 정이 없을 무생물인 이 천체가 오히려 인간들을 감동 시키는 바가 있으니, 세상만사가 다 한 가닥 믿음과 사랑에 매여 있다는 증좌일까.

"운명은 바뀌어 지고" 그렇다! 인간의 운명은 항시 급박히 닥아 오곤 한다. 어느 저녁때쯤 "영원히 사라지지 않는 별" 이 비춰 줄 것인가?

1962년 8월 10일 금요일, 맑다

비록 시골이지만 그래도 읍내에는 흥미꺼리도 있고 생기도 넘쳐흐른다. 앳된 여학생들이 무어라고 영어로 떠들어대고 있었다.

없는 돈이지만 그래도 60원이나 되는 『사상계』(8월호)를 구입하였다. 쌀로 계산하면 한 되 반에 해당되는 액수이다. 어쨌든 지식인으로 행사해야 되기 때문이다.

이렇게 보면 지식인이란 축복 받을 존재도 슬픈 존재도 아닌, 그저 고충 많은 존재인지 모른다. 그래도 인간들은 이 지식의 흐름을 영원히 이어 갈 것이다.

> 네 사랑 없이는 이 세상의 희망도, 하늘의 惠光혜광도 없다.(중략)
> 과거의 모든 증명은 또한 미래에 대한 나의 사랑이 계속될 것을 증명하는 것이기도 하니까.

빠이런의 시집 『海賊해적』중 「내 노래는 슬프다」, 곧 메도라에게 준 시의 일절이다. 사랑은 그만큼 크낙한 존재인 모양이다.

1962년 8월 11일 토요일, 맑다

일찍 잠이 깨었다. 상경의 길에 오르기 위해서이다.

괜스레 마음이 설레었다.

기차 창으로 바라보이는 내 나라 한국은 아직도 너무 가난하고 헐벗었다.

물기 없이 타 들어가는 벼 포기, 메마른 시골 풍경과는 달리 서울 거리는 언제나 활기찬 호화스러움에 휩싸이고 있었다.

더 다정해 보이는 시민들의 행렬, 발랄한 하이힐의 군상……. 그래서 좋다.

연세대를 다닌다는 것 자체가 긍지를 느끼게 한다. 일테면 '자만심'에 젖어 있는지도 모른다.

나도 큰 학자가 된다면 무애 선생님처럼 의연할 수 있을까? 선의의 倨傲거오 말이다.

헬만. 헤세의 訃音부음이 전해지고 있다. 작가이면서 시인인 문학의 큰 별, 세계적인 지성의 서거가 몹시 아쉽다.

문학계의 큰 별이 금년 들어 벌써 둘이나 떨어졌다.

1962년 8월 15일 수요일, 맑다

해방 열일곱 돌이다.

해마다 반복되는 거창한 구호는 그냥 구호로 그치고, 소위 고위층들의 기념사로 덫 칠을 한다.

태풍 '오팔호'의 영향으로 인천 앞바다에서 80여척의 어선들이 행방불명이 되었다고 보도하고 있다. 불가항력적으로 밀려가고 밀려오는 영세한 어선들처럼 설익은 우리의 역사도 방황하는 것이 아닐까?

미국의 우주선이 우주를 겨우 3회 순회한 데 비해서 소련은 벌써 61회나 들고도 16일께 지구로 돌아오리라 한다.

미국이 훨씬 뒤지고 있다는 것은 불안한 일이다. 갖은 힘을 다 해도 아직은 힘이 부치는 모양이다.

우리의 광복절도 인공위성 정도를 만들 수 있어야 참된 경축일이 아닐까?

1962년 8월 20일 월요일, 맑다

등록이 시작되었다. 액수는 8,060원이니 곡가로 계산한다면 쌀 20말 이상을 팔아야 한다.

우선 등록 기간이 연장된다니 다행이다.

교무처에서 수강 신청 업무를 도와주었다. 별로 고된 것도 없고, 그냥 종일을 보냈다.

K양을 만났다.

못 알아보게 야윈 듯한 그녀의 모습이 몹시 안쓰러웠다. 내게 무슨 애타는 마음이라도 있는지, 자꾸 눈길을 주고 있었다.

O양도 만날 수 있었다. 잠시나마 행복한 마음을 가질 수 있었다.

등록금 염출이 걱정이 된다.

K의 웃음 섞인 시선이 자꾸 떠오른다.

내일부터 자주 만나게 될 여성들에게 웃음의 기약을 걸어 본다.

1962년 8월 24일 금요일, 비

'處暑처서'에 비가 오면 독에 곡식이 준다."고 했는데, 마냥 비가 내리니 집 일이 걱정이 된다.

장학금 사정이 여의치 못해서 계획했던 책들을 사지 못해 섭섭하다. 가난해도 책만은 어떻게든지 사려고 했었는데 말이다.

무애 선생님의 강의가 시작되었다.

주 교재는 『인생잡기』라는 수필집이다. 너무 당신의 저서에만 의존하시는 것 같아서 언짢은 생각이 들었다.

'국민훈장 대통령 장'을 받으셨다고 자긍심이 대단하셨다. "동심에 살고 싶다."는 말씀에는 적잖이 공감이 갔다.

도서관에서 책을 펴 놓았으나 영 마음이 잡히지 않았다.

이런 날에는 자꾸 어디든지 떠나고 싶은 마음이 드니 스스로 생각해도 이상하기만 하다.

1962년 8월 26일 일요일, 흐리고 한때 비

이따금씩 굿은비가 내렸다.

라디오에서 "릴케의 시를 읽어야 하는 그 가을이 왔다."고 어느 아나운서가 말했다.

소슬한 바람이 분다. 가을은 정녕 비애의 계절일까?

생활에 시달리느라고 계절의 변화도 모르고 무감각하게 지내온 것 같다.

종일을 지하실 작업장에서 잉크 냄새와 타자기 소리에 만성이 된 채 지냈다.

니-체의 사상이나 괴테의 문학에 접할 겨를조차 없이 그냥 지나가게 된다.

인간은 원래가 고독한 존재일까? 고독하기 때문에 더 아름다울 것도 없는데 말이다.

"가을과 하이킹과 사랑과 독서와 멋과……." 다 좋은 말이지만, 어느 것 하나 잡을 수가 없다.

1962년 8월 27일 월요일, 비

등록금을 납부했다.

전체 등록 율은 52.8%라고 한다.

사실 8,060원이란 액수는 적은 돈이 아니다. 보리쌀 한 되에 고작 18원이니, 곡식으로 환산하면 얼마나 큰 액수인가.

이런 거액을 4년 동안 내고 과연 얼마나, 무엇을 배우고 얻을 수 있을까. 그저 답답한 일이다.

이렇게 비가 주룩주룩 내리는 날은 해설픈 울음이라도 터뜨리고 싶어진다. 발자국 마다 고인 물처럼 지나온 역정이 얼마나 고되고 서러운 의미들이 서렸던가 말이다.

넘어질 듯한 허기도 참고 얼마씩 모은 돈이다. 그래도 생활에 보탬이 된다고 생각하니 마음이나마 편한 것 같다.

1962년 8월 28일 화요일, 흐린 후 맑다

O양! 불러도 더 부르고 싶은 다정한 이름이다.

폐가 약해서 오랫동안 병석에 누웠었다던 그 창백한 얼굴에는 그래도 가시지 않는 총명과 미모가 반갑게 그대로 남아 있었다. '문학소녀', 아니 문학소녀라고 하기에는 너무나 야무지고 예지에 찬 그녀이기에, 그만큼 고뇌도 큰 것이겠지.

우리는 서로 먼 거리에서 살아가도 좋다. 서로 영혼의 위안을 얻을 수 있다면 그것으로 족할 수도 있다.

사랑이 얼마나 어려운 일인가를 나이 들면서 깨닫게 되는 것이 서글픈 일이다.

A양은 등록을 못했다고 한다.

성적이 아주 우수한 그 미모의 여성이 시야에서 사라졌다는 것은 서러운 일이다.

서로 친밀하지는 않지만, 그래도 O나 A가 있어 울적한 마음도 달래 왔었는데…….

1962년 8월 29일 수요일, 맑다

> 학문은 젊을 때 뼈 빠지게 해야 한다. 30대만 되어도 겨를이 없다. 그리고 명예란 소중한 것이다. 내가 과연 몇 백 년이나 이름은 이어갈 것인지 불안스럽기만 하다. 육당, 춘원, 위당이 모두 쓰러져 가고 말았는데, 나도 언젠가는 쓰러질 텐데…….

강의 시간에 무애 선생님이 하신 말씀이다.

"문학은 餘技여기로 하는 것이 아니다. 뼈가 빠지도록 해야 한다."는 말씀 끝에 "사랑만큼 소중한 것은 없다. 해 볼 것은 다 해보아야 한다." 이런 말씀도 하셨다.

사실 사랑에 목말라 서글플 때만큼 더 서글픈 때는 없을 것이다.

H양을 몇 번씩이나 만날 수 있었다. 정말 오래 만나고, 그리고 영원히 만날 수 있으면 더 좋은 일이다. 학문과 사랑, 지금의 나에게 꼭 있어야 할 두 가지 명제이고, 생활의 모토이다.

1962년 8월 31일 금요일, 맑다

"허탈의 가을"이라 했다. 억없이 흐르는 세월이니 정녕 허탈한 가을인지도 모른다. 아무 한 일도 없이 8월은 흘러가고 말았다.

사랑도 학문도 그 실마리마저 잡지 못 한 채 나의 세월만 에누리 없이 떠나버린 것일까.

A. 시몬즈의 시엔가 "사랑은 청춘이라는 병상에 누워, 두려움과 경멸과 흥분이라는 간호부에 둘려 있다."는 구절이 생각난다. 사실 사랑만큼 두려운 존재도 없을 것 같다.

『구름은 흘러도』라는 10세 소녀의 수기를 읽었다. 그 어린 나이에 정말 잘 쓴 일기라는 생각이 든다.

1962년 9월 1일 토요일, 비

청승맞게도 비가 내린다.

왠지 불안한 마음속에서 무언가를 찾아내고 싶어진다.

웃음의 의미를 터득하기란 이처럼 어려운 일인가?

주위의 뭇 시선에서 권태를 느낀다. 사람에게까지 이런 厭症_{염증}을 발산하게 된다면 곤란한 시기가 올지도 모른다.

하여튼 이 모든 것의 원인은 "따스한 미소"를 만나지 못하고 있는 현실 때문이다.

간호학과의 그 미모의 C양에게 내가 왜 냉담했었던지 알 수가 없다. "기회는 날으는 새"라고 했는데, 내가 왜 그 지근거리에 있던 '새'를 그냥 지나쳤을까?

참으로 원망스럽다.

安本末子_{안본말자}의 일기를 다 읽었다. 도서관에서 눈물이 자꾸만 고여 남보기가 민망스러웠다. '진정'은 인간을 감동시키는 모양이다.

비 오는 날은 어디 통속 영화라도 관람해야 마음이 좀 진정될 것 같다. 모두가 그리워진다.

1962년 9월 2일 일요일, 흐리고 때때로 비

일요일의 교정에는 정적만이 감돌고 있었다.

무언가에 욕심이 생겨 책을 잔뜩 가져갔으나 그 역시 잘되지 않았다.

어느 결에 가을이 온 모양이다.

산마루를 거닐면서 우뚝하게 솟은 아화여대 강당 쪽으로 눈이 갔다. 멀고도 가까운 곳이지만, 졸업하기 전에 한번쯤은 꼭 가 보아야겠다고 생각했다.

이번 학기가 지나면 또 큰 전환점이 온다. 그처럼 고대했던 대학 생활도 절반을 넘겨버리는 셈이 된다.

산마루의 갈림길을 걸으면서, 학문과 사랑의 오솔길을 거닐면서, "길은 왜 항상 갈라져야 하는가?"를 생각해 본다.

그리운 이름들을 차례차례 불러본다.

가깝고도 먼 이름들, 역시 사랑은 스스로 주어야 하는 모양이다.

누군가 뒷켠에서 소곤거리고 있었다. 연인들인 모양이었다.

아무나 붙들고 넋두리라도 해 볼 수 없는 것이라면 흐르는 세월이 안타깝다.

1962년 9월 3일 월요일, 맑다

요 며칠 간, 그동안 뜨악했던 K양이 다시 마음을 占점하기 시작했다. 그저 아쉬운 것이 인정이기에 말이다.

한때, 그렇게도 가까이 서고 싶었던 미모의 음대생은 그저 "오다가다 길에서 만난이"로 치부해야 할 모양이다. 그만 잊어야겠다는 생각이다.

내 주변부터 조심스럽게 응시해야 할 모양이다. 내가 살아온 산과 강, 바다와 벌판을 간직해야 한다는 의미일까?

영원한 순간 사이에 서서, 눈물과 미소의 사잇길에 서서 이제는 어느 한 곳으로 학처럼 고개를 내밀어야 한다.

"九九 元來원래 八十一"의 셈법이 아닌, 기적과 같은 셈법으로, 좌절하지 말고 그렇게 살자. 모질게 살아온 지난날을 한번 씩- 웃어보자.

1962년 9월 4일 화요일, 맑다

오랜만에 수필 한편을 써 보려고 했으나 잘 되지 않았다. 벌써 글재주에 녹이 슨 것은 아닐 텐데, 워낙 쫓기듯이 고달프게 살다가 보니 그럴 여유마저 없는 것 같아서 서글프기만 하다.

O나 그 누구라도 한사람쯤 곁에 있어 준다면 수십 매의 원고라도 내리 써내려 갈 것만 같다.

O는 너무 몸이 체약해서 도저히 자신이 없을 것 같다.

적어도 몇 해 동안 진땀을 빼어야 겨우 생활의 기반을 마련할 수 있을 그런 형편에 무슨 수로 그녀를 따뜻이 간호하고 넉넉히 치료할 여력이 있겠는가?

좀 깍쟁이일 듯하지만, 그래도 K는 健婦型건부형이니 차라리 그편이 더 순편

할 것 같다.

바로 그 K를 만났다.

"○순 씨, 한 십분 만이라도 좀 만나주시겠습니까?" 차마 이 말을 꺼낼 수가 없었다.

1962년 9월 9일 일요일, 맑다

수필을 쓰려고 해도 그것마저 잘되지 않았다. 마음이 그만큼 거칠어진 모양이다.

모처럼만에 캠퍼스를 휘돌아서 이화여대가 바라보이는 곳에서 한동안 생각에 잠겨 보았다.

누구인지 두셋씩 오고갔다. 나 혼자만 책을 끼고 앉아 있기가 쑥스러웠다.

P와의 '혼자만의 속삭임'을 가졌던 바로 그 자리, 나 혼자만 괜스레 공상으로 결혼도 하고 사랑도 하던 그 '연희고지' 밤나무 골에서 오늘은 O를 두고 또 그런 환상에 젖어 보았다.

모든 것이 한바탕 꿈으로만 흘러 버릴지, 안타까운 생각이 든다.

집에서 수하물 쪽지가 왔다. 쪼들리는 살림에 무어 보내줄 것이 있으랴만, 그래도 자식이라고 어머니께서 굶는 한이 있어도 보내주신 것이겠지.

대학원을 가야 한다.

1962년 9월 10일 월요일, 맑다

서늘바람이 스칠 때마다 해설픈 이야기라도 번져 올듯하다.

다정한 웃음 하나 마련해 놓지 못하고 그냥 허송세월했던 그 우스꽝스러운 지난날을 돌이켜 본다.

전남 순천의 수재민들을 위해서 성금 5원을 내었다. 나에게는 이것도 큰 액수이다.

모금하는 학생들의 봉투를 그냥 외면하는 학생들이 대부분이었다.

그들의 태도가 불쾌하다. 위선과 기회주의 , 얄팍한 처세가 연세대의 기질이라고 한다면 참으로 서글픈 일이다.

단결력이 부족한 것은 사실인 것 같다. 흔히들 연세의 기질을 'gentlemanship'이라고들 하지만, 너무 개인적인 것은 사실인 것 같다.

1962년 9월 11일 화요일, 흐리다

객쩍은 비가 이따금씩 옷을 적셨다.

밤 열시가 넘도록 일을 하다가 막차 시간에 대어 가느라고 백양로를 2분 정도에 내달았다.

산다는 것이 이토록 조급하고 쪼들리는 것이라면 참으로 힘겨운 일이다.

'종교'시간에 아브라함이 처를 얻기 위해 7년, 또 7년을 참으면서 고달픈 삶을 살았다는 『성경』구절을 찾아냈다. '사랑'이란 이토록 보수도 에누리도 없는 것일까.

사랑의 歷程역정이 아쉽다. 누구에게라도 기대어 서야 할 것만 같다.

요즈음 만나는 K는 왠지 초췌한 인상이다. 그녀에게도 알지 못할 고뇌가 있는 것일까? 사실일 것이다. 젊은 이에게 숨결이 잔잔할 수만은 없는 일이니까.

1962년 9월 12일 수요일, 흐리다

무애 선생님의 수필집 『인생잡기』를 구입해서 題字제자를 청했다. 이 언짢고 귀찮은 일을 이 시대 최고의 석학이신 선생님께서는 단번에 한시글귀를 써 주셨다.

학문의 길이 무엇인지를 다시 생각하게 된다. '석학'의 경지가 어떤 것인지는 모르겠지만, 어떻게 해야 그 길로 갈 수 있는 것인지 안타깝기만 하다.

내일이 '추석'이라고 서울 역은 인파로 넘쳐나고 있었다. 모두들 고향에 갈 여유나마 있어서 좋다.

김활란 이화여대 前전총장의 설교가 있었다.

채플을 싫어하는 축들은 몰려 와서 떠들어대기만 하였다.

1962년 9월 13일 목요일, 흐리다

"간단없는 생활은 자살을 의미한다."고 했다. 어떻게든지 걸어야 하는 인생의 길 위에서 결국은 나 하나만 남게 된 것을 알았다.
인간은 마침내 고독한 모양인가.

> 날이 가고 달이 가고 젊음이 가면
> 사랑은 옛날로 갈 수도 없고

아뽀리에르의 싯귀이다.
구르몽의 「낙엽」을 읽으면서, 낙엽 지는 소리는 듣지 않았으면 좋겠다고 생각했다.
수많은 군상들이 오고갔다. 웃음도 서름도 아닌 채 그저 지나가는 그런 사람들이다.
'한가위'라지만 달조차 구름에 가린 날에 서울의 명절은 너무 을씨년스럽고 한가한 것 같다.

1962년 9월 19일 수요일, 비

오후로 접어들고 내리기 시작한 비는 자정이 넘도록 그칠 줄을 모른다.
더없이 분주히 오가야 했는데, 차제에 조금이나마 쉴 수 있어서 좋다.
낮에 학생처의 요청으로 학생 카드 정리 작업을 도와주었다.
A양의 언니가 우리 학교에 재학하고 있다는 사실에 놀랐다. A가 휴학한 것은 언니를 위해서일 것이다. A양의 아버지가 사업에 실패했다는 얘기를 들은 것 같다.
언니를 위해서 동생이 휴학까지도 감수하는 그런 갸륵한 동생이 있다는 사실에 감명을 받았다.
산뜻한 차림으로 멋쟁이였던 A양, 다소곳하고 깔끔했지만, 어디엔가 야무진 면이 있었던 그 A양이 문득 보고 싶었다.
이렇게 비가 하염없이 내리는 촐촐한 밤에는 사랑이라도 속삭이고 싶다. 팔을 끼고 멋을 부리지 않아도 좋다. 그저 낮은 목소리로 정을 나눌 수 있으면 그것으로 족하다. 그러나 O양도 A양도 멀리만 있다.

1962년 9월 20일 목요일, 맑다

제본 관계로 여섯시에 자조장학회에 나갔다.

일찍 등교한 관계로 버스 차창에서 간혹 일찍 일어나 세수하는 시민들이 눈에 띄었다.

매사에 이렇게 남들보다 앞서 나갔으면 좋겠다고 생각했다.

며칠째 찬밥으로 아침을 떼우고, 오늘도 보리밥 한 홉으로 점심을 먹은 채 통금 사이렌이 울릴 무렵에야 귀가할 수 있었다.

견디기 어려울 만큼 힘들고 현기증이 더해 간다. 마음은 메마르고 몸은 여위어 가는 듯하다.

살기 위해서 배우는 것인데, 이토록 건강을 해치면서까지 배워야 하는가?

구름에 가린 반달이 불그스레하듯이 희미한 미래를 안고 이렇게 숨 가쁘게 고개를 넘어야 하는 것일까?

O양의 모습이 K양과 어울려 눈에 아물거린다.

누군가 한사람 내 곁에 있어 준다면 밤새워 가며 도서관에 들어가 학업에 승부를 걸 수 있을 터인데, 안타까운 일이다.

1962년 9월 22일 토요일, 맑다

위안을 받지 못하는 사람의 쓸쓸한 심정은 『성서』를 읽으면서 달래보는 것과는 사뭇 다르다. 못 견딜 만큼 외로울 때도 시 한편 제대로 쓸 수 없는 것은 무슨 까닭일까?

K에게 "영원한 노스텔지아의 손수건"이라는 수식어를 붙여 본다.

정말 누구에게라도 닥아 서야 한다. 학문과 사랑의 사잇길에 서서 어느 하나도 만족한 표정을 짓지 못한다면 인생은 너무 쓸쓸한 단막극이 되지 않을까.

'영원한 향수', 그리고 '영원한 웃음의 원천'.

그래서 사랑도 학문도 다 소중한 것이다.

노산 이은상의 수필집을 읽었다.

육당의 역사, 노산의 수필, 위당의 논문, 춘원의 소설은 어느 것 하나 버릴 수 없는 귀중한 존재들이다.

1962년 9월 23일 일요일, 맑다

K, 내 귀여운 소녀여!

낙엽이 한두 잎 지는 교정에는 소슬한 바람이 스쳐갈 뿐이오. 따가운 햇살에 몸을 내세우지 못함은 지나온 밀어들이 너무 황량했던 탓일 거요.

기적을 바라는 마음으로 언제까지고 기다리며 살아야 하는지 알 수가 없소.

낙엽 지는 오솔길을 걸으면서 구르몽은 '시몬'이라도 불렀지만, 아무도 대답 없을 세상에는 내 젊음의 영원한 손짓, 바로 당신밖에 없소

오래도록 귀 기울여 아련한 추억을 더듬듯, 나는 그렇게 당신의 음성을 엿들으려 이 성곽을 서성거리는 것이오.

K, 내 귀여운 아가씨여!

여기 호젓이 떨고 있는 한 젊음 위에 당신의 그 보드랍고 따스한 손결을 조심스레 내밀어 주오.

1962년 9월 24일 월요일, 맑다

몸이 오무려들듯이 기류가 싸늘하다. 어제로 '추분'이 지났으니 그럴 때도 되었다.

티 없이 맑은 하늘을 우러르며 낙엽을 밟는 것은 스무 살 때나 육십을 넘어서나 매 한가지일지 모른다.

어째 벌써 겨울옷 생각이 난다.

O양이 학교 신문에 「홍시」라는 제목의 글을 발표했다. "할머니의 존영을 대하는 듯하다."는 등 제법 존칭어를 알고 있다는 것이 흐뭇하고 대견스러웠다.

몇 달 동안 미국에서의 강의를 끝내시고 박창해 교수님이 귀국하셨다. 아주 유쾌한 기분이신 듯 "꾸준히 하면 안되는 게 없어. 하려거든 아주 세게 하는 거

야. 아내도 돈도 생겨……."

농담조로 하신 말씀이지만, 거기에 진담이 섞여 있었다.

석양녘에 K를 만났다.

서로가 별로 사랑에 타는 얼굴은 아니지만, 그러나 언젠가는 그녀에게 헤설픈 넋두리라도 해야겠다.

1962년 9월 26일 수요일, 맑다

날씨가 너무 맑아 눈이 부시다.

시험기인데도 단어하나 제대로 외우지 못하고 허송해 버렸다.

몇 시간 동안 연애편지를 쓰느라고 끙끙거렸다. 퍽도 많이 썼다. 200×50 이상을 단숨에 갈겨쓰고 나니 스스로 생각해도 글에 대한 자부심이 생겼다.

어떤 때는 시 한편을 쓰는데도 사뭇 붓방아를 찧었는데, 역시 '사랑'이란 소중한 것인 모양이다.

시험공부보다 이런 기나긴 사연을 적는 것이 더 소중한 것인지 모르겠다.

1962년 9월 27일 목요일, 맑다

왠지 자꾸 마음이 불안해서 책을 읽어도 별로 진척이 없다.

사뭇 K 생각에 골똘하였다.

어느 때는 따뜻한 미소로 대해 주더니, 또 언제는 매정스럽게 앞만 보고 가더니 …….

이제 "소 닭 보듯이" 살아갈 수 없는 우리들의 가슴 속에는 애태움과 초조함이 감돌고 있을 것이다.

사람이란 어떤 일에 대해서 다부지게 한번 '확정'하는 것이 중요할 것이다.

일단 방학을 기다려 보기로 하자.

1962년 9월 28일 금요일, 맑다

아침 한때 궂은비가 내리더니 한결 쌀쌀한 바람이 밀려 왔다. 베잠방이로는 견디기 어려운 날씨가 되었다.

감당하기 어려운 정을 못내 그리는 것은 아직도 극복하지 못할 과제이다. 보다 많은 종교 서적이나 철학 서적을 읽어야 할 모양이다.

　　　　아리랑이 같이 아른대는 너의 그림자
　　　　그리움에 호올로 사위어 간다.

박용철의 시 한 구절이다.

이 불행했던 시인에게 "사위어 가는 그림자"는 자신의 젊음이었을 것이다. 혹은 그것은 '사랑'이어도 좋고 '웃음'이나 '보람'일 수도 있다.

인간은 어차피 사위어 갈 줄 알면서도 사랑을 찾고 젊음을 구가하는 것이다.

낙엽은 져도 우리들의 노래는 피어나야 한다. K, O, H…….　그런 노래를.

1962년 10월 1일 월요일, 맑다

교복이 없어 가뜩이나 심란한 중에 교통편이 차단되어 열시가 되어서야 버스를 탔다.

고생 끝에 학교에 도착해 보니 강의는 한 시간도 없고, '연고전' 야구게임에 단체 응원을 가라고 하였다.

'국군의 날'이어서 아현동서부터 교통이 통제되고 있었다. 광화문까지 걸어 왔으나 역시 교통이 차단되어 다시 필운동→경복궁→종로 4가 코스로 겨우 빠져 나왔다.

장엄한 행진 사이로 건너가기가 미안스러웠다.

정말 의기충천한 한국군의 기상인 것 같았다.

수십만의 군대를 호령하는 위정자, 그 엄청난 권력이 부러운 생각도 들었다.

'연고전' 야구는 15:2의 5회 콜드게임으로 우습게 끝이 났다. 참패한 고대팀은 그래도 기가 죽지 않은 듯했다.

1962년 10월 2일 화요일, 맑다

어딘지 초조한 듯한 K의 표정이 실은 더 귀엽고 호감이 갔다. 아름다운 목소리의 주인공, 야무진 눈짓이 마음을 다가듬게 한다.

닥아 서면 쉽게 닥아 설 수 있을지, 그것이 불안스럽다.

벌써 몇 번씩이나 갈아들었던 가슴 속의 주인공들, 그러면서도 아직 얼마나 더 오랜 세월 동안 그런 얼굴들이 오고갈지 알 수가 없다.

K로써 일단 청춘의 한 가닥을 정리할 수 있었으면 한다.

물론 그녀에겐 O가 가진 예민한 지성이 부족한지 모른다. 또 H가 가진 그 뛰어난 미모에 있어서 뒤질 수도 있다. 그렇더라도 그녀대로의 미모와 낭랑한 목소리, 아무진 결단력이 있어서 좋다.

세월이 어떤 때는 빨리 흘렀으면 좋을 것 같고, 또 요즈음과 같아서는 좀 느리게 갔으면 좋겠다는 생각이 든다.

1962년 10월 3일 수요일, 맑다

공휴일이어서 캠퍼스는 정적만이 감돌고 있었다. 애써 찾아내려던 삶의 의미를 수필로나마 적어낼 수밖에 없었다. 제목은 「미소의 주변에서」로 정했다.

우선 그 제목이 마음에 들어서 싱긋이 웃어 보았다. "나도 웬만큼은 글재주가 있구나."하고 스스로 만족해 보기도 하였다.

> 가슴 조이며 고개 숙이는 순간순간마다
> 그리움처럼 찾아오는 고운 손짓이여!

어딘지 챨스. 램이나 헬만. 헤세의 입김이 풍기는 듯, 시의 한 구절과 같다.

미소를 갈망하면서도 노상 그 변두리밖에 더 닥아 설 수 없는 이유는 무엇일까?

K에게 주려고 쓴 편지에는 "생명을 향하여 애타게 파랑새의 飛翔비상을 간직하기 위하여 시간 앞에 나서려 합니다."는 대목이 있다.

1962년 10월 5일 금요일, 맑다

시험 시간표가 발표되었는데도 별다른 자극을 받지 못하는 것은 아무래도 너무 둔감해진 탓인 것 같다. 의욕이나 정열이 식어가고 있다는 증좌는 아닐텐데, 하여간 계절의 탓이라고 해 주자.

정말 학업에, 독서에 담뿍 빠져보고 싶은 심정이다. 뮤직홀과 다방으로 전전하는 대신 숲길과 도서관을 찾는 동안 , 벌써 가을도 중턱에 와 있음을 느끼게 된다.

언제인가 무애 선생님께서 열심히 강의를 하시다 말고 "위선보다 더 싫은 것은 없다."고 하신 말씀이 생각난다. 그러나 가끔 너무 Sex에 가까운 농담을 하실 때는 좀 못마땅하기도 했다.

K라도 가까이 와 준다면 정말 『삼국사기』나 『삼국유사』등속을 벗 삼아 학업에 매진할 수 있을 것 같은 생각이 든다.

1962년 10월 11일 목요일, 맑다

첫 번째 시험은 '한문'이었다.

『구운몽』중의 일부분으로 거의 한 페이지의 분량을 번역해 보라는 내용이었다. 시간이 모자랄 것 같아서 진땀을 뺐다. 해설은 그런대로 잘 된 것 같았다.

저만큼서 K양이 무척 애쓰고 있는 모습이 보였다. 대신 써주고 싶은 심정이었지만, 그럴 수가 없었다. 그저 안타까웠다.

왜 내가 K에게 유달리 동정을 보내야 하는 것일까? 도대체 사람의 '인연'이란 무엇일까?

'현대문학연습'은 글쓰기 문제였다. 「가을의 한구석에서」라는 제목으로 수필을 쓰라는 문제였다. 평소의 조병화 교수 성품대로의 제목이었다. 이것저것 문자를 총동원해서 쓰노라고 썼으나, 문맥이 잘 통하지 않는 것 같아서 짜증이 났다.

1962년 10월 13일 토요일, 맑다

시험은 예상외로 잘 마친 셈이다. 다만 영어가 좀 꺼림직 하나, 어쩔 수 없는 일이다. 어쩐지 허전한 생각이 든다.

"가장 아는체하는 사람은 실은 아무것도 안 하는 사람이다." 이것은 칸트인가의 말이다. 칼 힐티는 "침묵으로 죄를 지은 예는 없다."고 침묵의 미덕을 강조하였다.

그래도 무언가를 말하고, 그렇게 살고 싶다.

문과생들 스스로 "문과를 나오면 어디 갈 곳이 있나?"하는 식으로 자탄하는 말을 가끔 듣는다. "학과를 잘못 택했다고 모두들 그러더라."고 하신 어머니의 말씀이 떠오른다.

그러나 나는 "잘못 택했다."고 생각해 본 적도 없고, "갈 곳이 없다."는 의견에도 동의하고 싶은 생각이 없다.

그래도 세상 일이 겁이 난다.

사랑도 학문도 이제는 무언가 좀 진지하게 해야겠다는 생각이 든다.

1962년 10월 14일 일요일, 맑다

갑자기 날씨가 싸늘해 졌다. '학관'의 담장이 넝쿨이 유난스럽게도 붉은 빛을 발한다.

서리가 곧 내릴 것이라는 일기 예보가 있었다. 하기야 24일이 '霜降상강'이니 그럴 때도 되었다. 이 겨울을 마음만이라도 춥지 않게 보낼 수 있었으면 좋겠다.

그러나 마음속에는 이미 서리가 내리고 있는 것 같다. 아마도 용기, 용단이 없어서 그런 것 같다.

거울 앞에 서서 본 내 모습이 유달리도 초라해 보였다.

기적 소리가 무겁게 외쳐대는 신촌. 늘쌍 보는 교외선 열차이지만, 인생 열차의 연습은 아직도 멀어만 보인다.

문득 효자동 어느 거리를 거닐고 싶은 충동을 받는다.

그래도 외롭다 말고 걸어야 하는 인생의 길, 외롭기에 더 외로울 리도 없는 그런 길인가.

마음이 그저 스산하기만 하다.

1962년 10월 15일 월요일, 맑다

가야 할 길은 쉬임없이 가야만 한다고 했다. 카라일도 "젊을 때 갈 곳을 정한 사람만큼 행복한 자는 없다."고 했다던가.

불안스럽기는 해도 역시 갈 곳은 하나의 방향, 즉 학문과 사랑의 길 뿐이다.

윤인구 총장님의 설교가 무척 감명 깊었다. "학문으로 화살을 닦아, 젊은 정열과 명상이라는 활 틀에 끼워 한점을 향하여 힘 있게 쏘라."고 하셨다.

그렇다. 바로 '한점'을 향해 쏘아야 한다.

세상에는 어쭙잖은 무리들이 얼마나 날뛰고 있는가. 이 부유하는 세기에서 혼자만이라도 차근차근히 인생의 길을 걸어야 한다.

학문은 소중하다.

학문의 진리보다 더 정직한 것은 없을 것이다.

1962년 10월 16일 화요일, 맑다

"당신들이 무엇을 알아요, 사랑도 해보지 않고?" 불란서 영화 「진실」에 나오는 여주인공의 대사이다. "눈물에 젖은 빵을 먹어본 사람이 아니면 인생의 참맛을 모른다." 이것은 괴테의 말이다.

'사랑'도 '눈물에 젖은 빵'도 제대로 체험해 보지 못한 내게는 인생을 논할 자격이 없는 것일까.

사실 그럴 것 같다.

파스칼의 『팡세』마저 독파하지 못한 처지인데, 어떻게 인생을 말하고 우주를 논할 수 있겠는가?

숱하게 명멸하는 눈동자들, 그 손결들, 보고 싶은 얼굴들……

이들은 꿈이어서는 안 될 내 사념의 주인공들이다.

저무는 효자동 입구에서 같이 거닐고 싶은 얼굴들은 그 누구인가?

1962년 10월 19일 금요일, 맑다

이끼가 낀 삶과 세월의 오솔길을 딛고 낯 설은 안개 속을 더듬어서 가야하나
봅니다.

사랑이 소중하기에, 인정이 강파르기에 결국 물러설 수 없는 것이 세상의 일
인 모양입니다.

그대라고 불러보는 순, 영원한 생명의 손짓이여!

변변치 못한 나의 '인생의 등성마루'나마 홀로 넘기가 너무 호젓하여 지금 당
신의 이름을 부르고 있습니다.

"인연이란 무한한 공간에서 겨자씨 두 알이 만나는 것과 같다."고 불가에서는
말하고 있습니다만, 인연을 맺는 일은 사실은 이보다 훨씬 더 어렵고 소중한 일
인지도 모르겠습니다.

일찍이 시인 岸曙안서가 노래한 대로

> 오다가다 길에서 만난이라고
> 그냥 보고 그래도 예고 말건가

그것입니다.

서로 냉랭히 지나쳐 버리기에는 좀 서러운 생각이 드는 것도 인간의 상정(常
情)이겠지요.

1962년 10월 22일 월요일, 맑다

순이, 내 생명의 손짓이여.

저 머나먼 나라의 전설처럼 따스한 입김이여.

분별하고 살기에는 힘겨운 이 시간에, 그저 암담한 이 공간에, 그래도 온전하
고 밝은 길을 더듬어 가기 위해 당신의 이름을 부르는 것이오.

사랑하는 순.

내게는 당신을 사랑할 권리도 이유도 없는지 모르겠지만, 다만 때 묻지 않은
정열만을 믿고 당신 앞에 부끄러이 나서려 합니다.

'음악 경연대회'가 열리던 날 예지의 눈빛으로 경청하는 당신의 그 소중한 모

습을 지켜보았습니다.

그때 나는 가녀린 한줄기 생명의 속삭임도 찾아내지 못했습니다. 그렇다고 해도 인생의 참된 교향악은 사랑을 위한 향기라도 믿어 봅니다.

1962년 10월 24일 수요일, 맑다

종일토록 피로에 젖을 정도로 일을 했다. 고학(苦學)은 학업을 위한 수단일 텐데, 그만 그것이 작업 비슷하게 느껴진다.

소슬한 바람이 불적마다 이따금씩 담장이 잎이 떨어지는 교정에는 풍경화를 그리려는 학생들의 떠들썩한 대화들이 여기저기서 들려오곤 했다. 미국의 케네디 대통령이 "큐바에 들어오는 소련의 어떤 무기도 엄금하며, 일전을 불사하겠다."고 하여 시국이 뒤숭숭하다. 후르시쵸프 서기장의 반응에 촉각을 곤두세우게 된다.

'학사고사'를 거부하겠다고 앞장서서 열성이던 학생들이 할 수 없이 "정부 시책에 따르겠다."는 성명서를 발표했다고 한다. 자꾸 세상일이 되 꼬이고 어려워지는 것 같다.

언제쯤이나 평화로운 세상이 도래할지, 그저 암담한 생각이 든다.

1962년 10월 25일 목요일, 맑다

불안한 세대, 불안한 시국이다.

큐바에 유도탄 기지를 건설하기 위해 많은 군수품을 싣고 오는 쏘련 선박을 "검문, 검사에 응하지 않으면 카리브 해에서 격침시키겠다."고 나선 케네디 대통령의 선언으로 심상치 않은 분위기에 휩싸이고 있다. 케네디, 후르시쵸프 두 정치가에 의해 전 세계는 전쟁 일보전의 공포 속에서 초조한 시간을 보내게 되었다.

15분이면 전 세계를 망칠 수 있다는 핵전쟁이 일어나지는 않겠지만, 그래도 불안한 마음을 떨칠 수가 없다.

이 불안한 공기 속에서 몇 푼의 돈을 벌기 위해서 살이 야위도록 일을 해야 하는 처지가 참 야릇하다.

1962년 10월 26일 금요일, 맑다

순이 내 영원한 생명의 손짓이여.

이렇게 초조한 시간마다 언제고 당신만을 믿으며 한자국씩 닥아서고 싶습니다. 웃음과 눈물, 정성어린 삶의 의미를 찾기 위한 모든 고뇌를 당신과 더불어 땀을 흘리면서 살아가겠습니다.

사랑의 푯대인 순, 그 하이얀 웃음, 여울에 햇발이 돌 듯 그 포근한 웃음으로 같은 길을 걸을 수는 없을지…….

캠퍼스의 언덕길을 거닐면서, 저쪽으로 바라보이는 이화의 뜰을 보면서 더욱 당신의 존재를 생각해 봅니다.

1962년 10월 30일 화요일, 맑다

참 오랜만에 고려대에 가 보았다.

'시내 5개 대학 국문학과 친선 체육대회'의 금년도 당번 학교가 고려대였기 때문이다.

건물과 잔디가 너무나 깨끗했다.

이 학교에 가 본지도 벌써 2년이나 되었다. 세월이 참으로 빠르구나, 하는 생각이 들었다.

그때는 고려대 경제학과에 지원해 볼 생각이었으나, 어떠한 일이 계기가 된 것은 아니지만, 그 뒤 곧 연세대로 전환해 버렸다. 지금으로서는 오히려 잘 된 선택이었다고 생각한다.

점심까지 굶어 가면서 응원을 했다. 특히 여학생들의 배구 최종 결승전에서 연세대와 이화여대가 맞붙은 것은 참으로 멋지고 뜻 깊은 일이라고 생각했다.

몇몇 고약한 학생들이 은근히 Sex 애기를 꺼내는 것이 몹시 한심한 생각이 들었다.

1962년 10월 31일 수요일, 맑다

제법 세찬 바람이 낙엽을 스쳐 간다.

시 감상 책자를 끼고 무악산 밤나무 골에서 한동안을 보내 보았다.

거기는 이루지 못한 꿈과 다하지 못한 밀어들이 남겨진 곳이다.

일찍이 P에게 가졌던 다정다감한 감정, O에게 걸었던 따뜻한 꿈, 그리고 K에게 가지고 있는 상냥한 밀어들이 맴돌고 있는 밤나무 골에 고작 서정시집이나 끼고 세월만 보내다니…….

괴테를, 소월을, 그리고 챨스 램을 생각하면서 그저 앞을 보고 살아가기로 하자.

오레곤 대학 연극반이 와서 공연을 갖고 있으나, 밤늦도록 고학을 하느라ㄴ 관람조차 못하는 것이 그저 안쓰러운 일이다.

1962년 11월 1일 목요일, 맑다

순이의 뽀얀 얼굴이 애처로운 듯했다. 바로 내 주변에서 무엇인가 새로운 일이 일어나야 할 것 같다.

지금부터라도 내 본연의 자세로 돌아갈 수 있을지 걱정이 된다.

대학원을 꼭 가야겠다고 여러 차례 다짐해 왔지만 그 많은 학비를 어떻게 감당할 수 있을지 참으로 난감하다.

채플 시간에 이화여대 음악과 학생 들이서 피아노 연주와 독창을 맡아 주었다. 이화는 그래서 가깝고도 먼 이웃이다. 7,000여명이 넘는다는 엄청난 아가씨들 중에 내가 아는 여성은 단 한사람도 없다는 사실이 나를 쓸쓸하게 한다.

3년간의 군 복무를 마치고, 대학원을 계속해야 할 일을 생각하면 갈길이 태산과 같다.

이 험난한 길을 순이가 같이 걸어줄 수 있을까?

아무래도 자신이 서지 않는다.

1962년 11월 2일 금요일, 맑다

수업 후에 남아서 특별히 한문 공부를 따로 하겠다고 남아 있었으나 국문과 급우들은 모두 뺑소니를 쳐 버렸다. 도서관학과와의 합반이었는데, 결국 도서관학과의 몇 학생만 남아 있었다. 거기에 K가 있어서 좀 쑥스러웠다.

"다른 학생들은 다 도망(?)갔는데 혼자만 남아 있다니 착실한 학생이구먼!" 이렇게 생각해 주면 고맙겠지만, "자기들 반 학생들은 다 가버렸는데 꽁생원 모양으로 혼자만 남아 있다니……." 하고 생각한다면 낭패가 아닌가!

공교롭게도 담당 교수의 사정으로 휴강이 되어서 차라리 다행이었다.

담장이 잎이 한두 잎 떨어지는 '학관' 돌층계에 기대어 서서 몇 편의 시를 읽어 보았다. 나를 세칭 '심각 파'로 보았는지 모두 곁눈질을 하면서 지나가곤 하였다.

어쨌든 이렇게 사색에 잠기면서 여유 있게 학문을 할 수 있었으면 얼마나 좋겠는가.

1962년 11월 3일 토요일, 흐리고 비

야유회를 간답시고 우이동으로 ,북한산으로 이동하였다. 서울이란 명색이 좋지, 그야말로 무풍지대이다.

여태 도봉산, 백운대도 오르지 못하고서 서울에 산다고 얘기하기는 부끄러운 일이다. 아득히 보이는 산등성이가 마음을 흔들 뿐이었다.

'자조장학회'의 일로 제대로 놀지도 못하고 나 혼자 학교로 돌아오면서 참으로 서글픈 생각이 들었다.

버스 간에서 영어사전 한권을 주웠다. 거금 50월의 회비를 벌충한 셈이라고 혼자서 웃었다.

캠퍼스는 어느 때나 생기가 넘치고 많은 학생들이 뛰놀고, 오가고 있었다.

그래서 대학은 '마음의 고향'이라고 했다던가? 밤으로 접어들면서 비가 내렸다.

1962년 11월 4일 일요일, 흐리다

겨울 샤쓰를 입어도 한기를 느낄 정도로 날씨가 갑자기 추워졌다. 바람이 거세다.

모처럼만에 한가롭게 아홉시가 되도록 방에서 서성거렸다.

K에게 줄 장문의 편지를 쓰려고 책상 앞에 앉았으나 채 열 줄도 쓰지 못하고 말았다. 아직도 사랑이 무르녹지 못한 탓이라면 더 가까이 서기 위해 온갖 노력을 아끼지 말아야겠다.

한편 생각해 보면 자꾸 망설여진다.

졸업을 하고, 병역을 마치고, 그리고 대학원 진학을 하게 되면 생활은 어떻게 꾸려 가고, 결혼은 어느 세월에 할 수 있을까?

또 K는 스물일곱, 스물여덟……. 그때까지 기약도 없이 기다려 줄 수 있을까?

아무러나 사랑도 소중하고, 학문도 중요하다.

1962년 11월 8일 목요일, 비

찌푸리던 날씨는 비로 변하였다.

벌써 '입동'이라고 한다. 아무 것도 한 것 없이 가을은 송두리째 가버렸다. 사랑도, 독서도, 하이킹도, 또 그 무엇도 없이 그냥 휑하니 가 버렸다. 낮에 강의실에서 만난 K의 얼굴이 자꾸 떠오른다. 무슨 연유인지 K는 울상이 되어 책상에 엎드려 있었다.

이루지 못한 정에 대한 안타까움 때문이었을까? 아니면 무슨 헤설픈 일이라도 생긴 것일까? 그저 불안스럽기만 하다.

어머니께 생활비 좀 보내 달라는 편지를 내었다.

집에는 돈 한 푼 제대로 날 데가 없는 줄 뻔히 알지만, 그래도 어쩔 도리가 없다.

다 서글프고 마음 아픈 일이지만, 그냥 참고 살아야지, 하고 생각했다.

1962년 11월 9일 금요일, 맑다

수수께끼 같은 세월이 자꾸만 흘러간다.

세월은 너무 가파르고 비좁은 존재인 것 같다.

아무리 사랑은 주는 것이라고들 하지만, 그래도 일방적인 사랑은 불안스러운 것이 아닐까?

요즈음 와서 부쩍 연약해진 듯한, 또는 차가워진 듯한 K의 미소에 너그러운 생명의 의미가 함축되어 있을까? 그 하얀 얼굴처럼 세상살이도 한점 티 없이 이루어 낼 수 있을까?

무애 선생님의 말씀대로 "세상은 守勢的수세적으로 살아야 하는 곳"일까? 이 아름다운 연세의 교정이 또한 그런 아름다운 인연을 맺어 줄 수 있을까?

1962년 11월 10일 토요일, 맑다가 비

기다리며 산다는 것은 그래도 복된 일인지 모른다. 그러나 안타까운 일이기도 한다.

> 잊어버린다, 못 잊어 차라리 병이 되어도
> 아 얼마나 위로이야,
> 그대 맑은 눈을 들어 나를 보나니.

芝薰지훈이 남긴 시의 한 구절이다.

"못 잊어 차라리 병이 된 것"은 K와의 만남이었다. 지금까지도 나는 그 '만남의 성곽'에서 마냥 방황만 하고 있는 셈이다.

국회의사당에서 '제3회 시조동인 시조의 밤'을 개최하였다.

"시조는 지금은 어붓자식처럼 되어 버렸다."면서 일생 동안 학문에 몸 바치신, 낮은 몸짓으로 담담히 얘기하신 一石일석 선생, 반신불수의 몸으로 참석하신 가람 선생, 시조에 대한 남다른 애착을 보여주신 鷺山노산 선생, 모두 다 훌륭한 보배라는 생각이 들었다.

1962년 11월 13일 화요일, 맑다

"미소의 주변에서"라는 제목만 정해 놓고 수필은 영 진척이 없다. 그래도 자신이 있다고 믿어 왔는데, 참 답답한 일이다.

조병화 교수의 시험 제목 「가을의 한 구석에서」란 수필 문제에 대한 답안지 평가가 있었다.

공교롭게도 내 작품을 거론하면서 문장 중 "志士지사는 悲秋비추"와 같은 진부한 인용문을 쓰는 것은 좋지 않다고 했다. "참으로 한 것도 없이 가을의 여신 앞에 나설 면목이 없다."고 한 표현은 내 생각은 퍽 좋은 것 같은데, 인용한 시 "사람은 나뭇잎과도 흡사한 것"운운의 호머의 시에 대해서만 평가해 주었다.

1962년 11월 14일 수요일, 흐리다

오후에 학교에 나갔다.

되도록 자극을 받으면서 살기 위해서이다.

'논지당'에서 낙엽 전시회가 열리고 있었다. 역시 멋과 낭만을 아는 여학생들이라고나 할까.

순이의 웃음이 정다웠다. "저 샌님이 어떻게 이 금남의 지역에 들어왔을까?"하고 야릇하게 웃는 것 같았다.

사실 K는 썩 빼어난 미인이거나 영민한 才媛재원, 혹은 갑부의 딸은 아닐지 모른다. 평범한 대로, 수수한대로, 알뜰하게 생활하는 여성인지 모른다.

그런데도 K가 내 마음 한가운데 깊이 자리하고 있는 것은 무슨 까닭일까?

참으로 오랫동안 '따뜻한 손결'의 이미지로 점(占)하고 있는 이유는 那邊나변에 있는가?

'학사고시' 문제 120문항 중 나는 겨우 68개항의 정답을 맞혔다. 특히 영어에 많은 취약점이 있었다. 그래도 60점이라는 국가가 정한 합격선을 넘긴 것이 다행이었다.

아직 시간이 많이 남았으므로 조금만 더 노력하면 80~90점은 무난히 득점할 수 있을 것 같다.

1962년 11월 21일 수요일, 맑다

차가운 바람이 체온을 빼앗아 갔다.

향로봉에는 1m 50cm의 눈이 쌓였다고 뉴스는 전하고 있었다.

도서관은 진리 탐구의 마음은 따스해도 기류는 냉랭했다.

몸이 덜덜 떨리는데도, 밤늦은 시간까지 버티어 보았다. "젊을 때 열심히 구한 사람은 늙어서 풍성하다."는 괴테의 말을 믿기 때문이다.

남들이 포근한 잠자리에서 단잠을 잘 때 한 걸음씩 한 걸음씩 등성마루를 올랐다는 위인들을 생각해 본다. 그래서 참아내야 한다.

조금 전에 우연히 K를 지하실 그 음습한 작업실에서 만난 것이 자꾸 마음에 걸린다.

그곳에 왜 다녀갔을까?

가난이 무슨 죄가 되랴만, 그래도 내가 고학생이라는 것을 숨기고 싶었는데……

빨간 코트를 입은 K의 모습은 오늘따라 더욱 인상적이었다.

돈이란 게 대체 무엇일까?

1962년 11월 24일 토요일, 맑다

오래간만에 농구 경기 관람을 했다. 공군 팀과의 대전에서 연세대 팀이 석패할 때는 눈물이 핑— 도는 듯했다.

모교란 그런 것인 모양이다.

일에 밀리어 도서관에도 가보지 못한 것이 못내 아쉬웠다.

돈을 좀 부쳐 달라고 편지를 오늘 부쳤는데 귀가해 보니 공교롭게도 돈이 왔다. 가난한 농촌 살림에 무슨 여유가 있으랴만, 그래도 먼 곳에 가 있는 아들이라고 어머니께서 애써 보내셨을 것이다.

사랑, 명예, 동무……. 어느 것 하나 제대로 얻지 못하고 또 한학기가 하반기에 이르렀다.

가난은 정말 죄일까?

가난 때문에 진정으로 사랑하고 있는 연인에게 고백도 못하고 지내야만 하다니……. 그러나 한편 생각해 보면 그것이 또한 진정한 사랑일 것도 같다.

1962년 11월 26일 월요일, 흐리다

연세대가 '학사고시'에서 전국 최고의 성적을 내었다고 신문에 보도되었다. 평균 점수도 최고이고, 또 최고 득점자도 연대생이라고 했다.

정말 오랜만에 들어보는 후련한 소식이다.

시험을 치르던 날 아침 선배들의 그 초조한 모습을 떠올려 본다. 혹시나 낙방할까봐 안간힘을 썼을 그들이 측은해지기도 한다.

"제 길로 다 큰 사람들에게 「용비어천가」는 물어서 무엇 하느냐?"고 학사고시를 두고 빈정대던 어느 학생의 말이 생각난다.

연세대의 경우, 1000여명이 응시했는데, 고작 2명이 불합격했다고 한다.

이런 시험을 치르기 위해서 막대한 재정적 손실을 내야 하는 것이 군사정권의 통치술인가? 낭비도 이만저만한 낭비가 아닌 것이다.

연세대의 무궁한 발전을 빈다.

이 좋은 학문의 전당을 떠나지 말아야 되겠다는 생각을 해 본다. 어떻게라도 말이다.

1962년 11월 29일 목요일, 맑다

5원짜리 빵으로 한 끼를 때웠다.

아침 늦게 일어나 지각이 염려되어서 서둘러 등교했는데, 공교롭게도 첫 시간은 늦게야 시작되었다.

급히 서두른 것에 대해 스스로 좀 화가 났다. 빵 한 개를 아침 겸 저녁으로 먹고 밤 열시까지 버티었다. 돈이 없으니 어쩔 도리가 없다. 몸을 너무 학대하는 것 같다.

돈은 벌어서 무얼 하나? 다 살자고 하는 일 아니던가?

요 얼마 동안 수필 한편 제대로 써보지 못하고 지내고 있다. 다정한 벗들에게 엽서 한 장 보내지 못하고 쫓기듯이 산다는 것은 확실히 비극이다. 이 싸늘한 인생의 소롯길을 가만히 걸어야 한다.

이제는 순이 만이 있을 뿐이다.

그 예쁘고 명랑한 생명의 손짓 한 사람뿐이다.

1962년 12월 4일 화요일, 눈

첫눈이 소담스럽게 내렸다.

눈이 내리면 효자동 거리를 거닐겠다던 다짐도 포기할 수밖에 없었다. 정답게 가이 걸어갈 아름다운 얼굴을 만나지 못했기 때문이다.

문학이란 대체 무엇인가?

시를 써 보겠다는 병통 비슷한 일념으로 한 시간이 넘도록 눈 오는 거리를 거닐어 보았다. 그저 큰소리라도 외쳐대고 싶은 심정이었다.

서울의 서북쪽 한적한 곳에 눈은 쉬임없이 내리고 있었다. 춥고 배고픈 세월 속에서 오늘 하루라도 마음이 편해서 좋다.

눈 위에 넘어지는 것은 차라리 일어서는 것이 아닐까?

1962년 12월 6일 목요일, 맑다

눈 위의 바람이라도 살을 에는 것은 아니었다.

'한문' 시험이 있는데도 늦게 일어나 좀 불안스러웠다. 『孔方傳공방전』에 대해서 논문을 쓰는 문제가 출제되었다.

K와의 한 교실 수업은 끝이 난 셈이다. '한문'은 문과대생들의 필수교양이기 때문에 국문과, 영문과, 도서관학과 모두 합반으로 구성되었었다.

시간이 다 되도록 K는 무슨 생각을 골똘히 하고 있었다. 그 귀엽던 얼굴이 오늘은 웬일로 우울한 기색이 완연했다. 어떤 고충을 안고 있는 것이 확실한 것 같았다.

시간이 다 끝나고 연민 선생님께서 "자네 전공 분야가 무어지?" 하고 물으시기에 "'국문학사' 입니다."하고 여쭈었더니 "국문학사가 어째 전공이 돼?"하셨다.

밤이 몹시 차다.

내가 걸어야 할 인생의 길은 더 차가울지 모른다. 장갑을 끼고라도 부지런히 걸어야겠다.

1962년 12월 7일 금요일, 맑다

오페라 「아말과 밤에 찾아온 사람들」 공연도 관람하지 못하고 밤늦도록 도서관에 있었다. 시험은 고달프고 고통스러운 일이지만, 한편 생각하면 즐거운 일일 수도 있다.

동상에 걸린 것인지 발이 몹시 가렵다. "파리한 말귀에는 짐도 많다."는 속담 그대로인가?

李泰極이태극 선생님의 '국문학개론' 마지막 시간이었다. "靑出於藍청출어람이란 말이 있지만 연구에는 돈이 들어." 하셨다.

사실 갑부나 사장의 따님이 아닌 K양과 결혼을 하게 된다면 참으로 고생이 많을 것이다. 내가 너무 가난하기 때문이다.

그러나 '사랑'은 계산이 아니라고 생각한다.

1962년 12월 8일 토요일, 흐리다

싸느런 기운이 발끝으로 스며드는 걸 보니 밤도 어지간히 깊었는가 싶소.

몸에 엄이 가도 참아가며 이렇게 책장을 넘기는데, 순, 당신이라고 불러보는 소녀여! 초조한 마음으로 응시하는 창 밖에는 칠흑과 같은 어둠이 있을 뿐이오.

서울의 한 모퉁이, 신촌의 계곡. 지금 나는 이 지점에 서서 지금쯤 살포시 잠이 깊었을지도 모를 당신의 그 보드라운 숨결과 일직선을 그어 봅니다.

멀고 험난한 인생의 길에 몇자 더 알고 모르고가 무슨 의미가 있겠습니까만, 그래도 '이상'이라는 근거 없는 상념을 그려보는 것입니다.

'영원'을 알지 못하면서도 그래도 추구해야 하고, '삶'의 본질을 알지 못하지만 그래도 열심히 살아야 되지 않겠습니까? 보람의 의미를 되새기면서 말입니다.

1962년 12월 11일 화요일, 맑다

K에 대한 사모의 정이 있는 한 아직은 글을 쓰는 일이 단조롭지 않다.

무애 선생님의 수필 「노변의 향사」에 대한 감상문을 썼다. 바로 '논지당'을 정면으로 바라보며 글을 쓰는 것은 어쩌면 청춘을 쓰는 것일 게다.
질화로, 서당 아이, 담뱃대 터시는 아버지, 머슴들, 된장국…… 어쩌
면 약삭빠르게 피로해 버린 '모더니즘'에 조용히 반기를 들기 위해 마
련 된 소재들 같다.

누구에겐들 유년 시절과 고향이 없으랴마는, 그 시절 그 마음에 새겨진 사연
을 기억하고 반추할 때만이 이들로써 한 생명의 지평에 한 치의 사랑과 눈물을
보탤 수 있을 것이다. 아슴프레한, 노을의 해조음처럼 밀려드는…….

아주 멀리 돌아서 살아갈 수밖에 없는 이름들은 차라리 잊고 말자.

1962년 12월 17일 월요일, 맑다

국민투표를 한다고 해서 이틀째 집에 머물고 있는 중입니다.
한 생명의 완성을 위해서 나아가는 길이 이토록 조매롭고 초조한 일인 줄
몰랐었습니다.
순, 그래서 당신의 이름을 불러 봅니다.
그리하여 무엇인가 잡힐 듯한 기다림 속에 당신의 영상을 그려보는 것입니
다. 마치 고향으로 돌아나 갈 듯이…….
오래지 않아서 당신과 헤어질 시간이 도래할지도 모르겠소. 아니 어쩌면 그
것은 영원일지도 모릅니다.
다만 그렇게 되지 않기를 빌어 볼 따름이오. 조용히 마음을 가다듬고 철없
이 보낸 지난날들을 돌이켜 봅니다.
그리고 이렇게 무언가 note를, memo를 해 두는 것입니다.

1962년 12월 19일 수요일, 맑다

일어나 보니 눈이 많이 내렸다. 그래도 너무 적게 내린 것 같아서 아쉬웠다.
캠퍼스는 벌써 적요한 느낌을 주었다. 모두들 바쁜 걸음으로 오가고 있었다.
무애 스승님의 '문학개론' 시험은 집에서 각자 抄錄초록한 내용을 정리해서

제출하는 형식이었다. '강의 인상기'를 첨가했더니 선생님께서 따로 유심히 보시는 것 같아서 내심 기뻤다. 사실 '문학개론'만은 늘 쌍 자신 있게 답안을 작성했었다. 그래서 줄곧 A학점이었다.

중요한 것은 내 인생이다. 인생의 A학점이 되기 위해서는 얼마만한 땀과 피와 눈물의 정진이 요청될지, 그저 아득한 일이다.

1962년 12월 21일 금요일, 눈

아우성 같은 세원은 차라리 탐스러운 것
마침내 서울의 한 모롱이 눈이 내린다.
킬리만자로의 어느 외진 고원에는
피리 부는 소년이라도 있는 것일까.

아아 얼마나한 위로이랴
기린처럼 목을 길게 틀이고
두서없이 눈길 위를 헤메이는데

연하장을 몇 장 샀으나 막상 보낼 곳은 없다.

방학이 시작되는데 공교롭게도 눈이 내렸다. 연희동으로 통하는 산곡 길을 '크늘프'처럼 경건하게 거닐어 보려고 했으나, 자꾸만 순이의 모습이 떠올라 안정할 수가 없었다.

"하필이면 빨간 옷을 입었을까, 못난 색시처럼 말이지……." 실없이 혼자 말하고 피식 웃어 보았다.

"여자는 정신 연령이 남자보다 3년씩은 위라고 해." 어느 녀석의 말이 생각난다.

1962년 12월 25일 화요일, 맑다

이른 아침 5시 56분 열차에 대어 가느라고 아침도 못 먹은 채 합승을 잡아 탔다.

서글픈 기분이다. 아무 이룬 것 없이 또 고향을 찾아가게 된다.

열차 간에 오를 때에는 그래도 '자기만족' 비슷한 것을 느껴 보았다.

榮州영주에 내렸으나 무엇 하나 눈에 띄는 것은 없었다. 메마론 고장, 그래도 나를 믿는 식구들의 얼굴의 눈을 스쳐 간다.

일년에 벼로 말하면 30가마니씩 몽땅 학비로 소비해 버린 셈이다. 商科상과로 전과해 버릴까 하는 생각도 가져 보았으나, 보이지 않는 '국문과'라는 것이 짓궂 게도 나를 놓아주지 않는다.

결혼 같은 것은 학문 때문에 아무래도 뒤로 밀려서 당분간 희생되고 말 것만 같다.

1962년 12월 28일 금요일, 흐리다

제대로 마음을 잡고 많은 진척이 있을 것으로 기대했으나 집에 오면 왠지 해 이해지는 것 같다.

사람은 사람 서리에서 살아가게 마련인가 부다. 특히 경쟁자들 사이에 끼인다 는 것은 확실히 소중한 체험이고 뜻 깊은 일이라고 생각된다.

김소월에 대한 수상 「3월이 오면 그리운 이」』을 써 보았다.

써 놓고 보니 이상스럽게도 종전의 문체 Style과 많은 변화를 느끼게 된다. 그 야들야들하고 가냘픈 문체에서 점차 한학자에 가까운 학자풍의 문장으로 변해 가는 것 같은 느낌을 받는다. 아마 무애 선생님, 연민 선생님, 또 도남 조윤제 선 생님의 강의도 듣고 책도 읽은 때문인지 모른다.

어쨌든 날카롭고 참신하다기보다는 구수하고 원만한 필치로 바꾸어가고 있는 것 같아서 좀 불안스럽기까지 하다.

어차피 학자가 되고마려는가 부다.

1962년 12월 31일 월요일, 맑다

찬바람이 엄습하면서 壬寅年임인년도 막바지에 올라있나 부다. 거센 바람이 연 신 문풍지를 스친다.

생각하면 애타던 일, 서럽던 일, 또는 흐뭇한 일도 많았으리라마는, 갑자기 그 회억을 돌이켜 볼 수는 없다.

그러나 올해마저 성공적이었다고 할 수는 없다. 다정한 벗들은 이리저리 가버리고, 따뜻한 손결들도 와서는 다시 가고…….

허둥지둥 걸어 왔지만, 지금은 심호흡을 가다듬고 학문의 길을 생각해야 할 때이다.

가장 기억에 남을 일은 무애 스승님의 '문학개론' 강의이다.

청춘도 사랑도 멋도 꽤는 배우고 익혔다.

더 많은 각오와 반성이 있어야겠다.

《 1963년 》

1963년 1월 1일 화요일, 맑다

"마음대로 뛰놀고 웃을 수 있는 旅券여권이 들어 있다."는 대학의 문을 들어선 지도 이러구러 두해가 지난 모양이다.

생각해 보면 웃은 일보다 서글펐던 일이 한결 더 많았으니 꼭 낭만의 계절인 것만은 아닌 모양이다.

참으로 무엇부터 어떻게 해야 될지, 할 일이 너무나 많은 것 같다.

애써 '사랑'이라도 마련하고 싶지만, 그것 때문에 '학문'을 희생할 수는 없는지도 모른다.

내 자신을 내가 이기지 못한다는 사실을 너무나 잘 안다. 가령 한때늬 향락이 오랜 세월 동안 부담으로 작용한다고 하더라도, 그것을 감연히 버릴 수 있을지 의심스럽다. 그러나 삭막한 생활의 연속 또한 참기 어려운 일일 것이다.

좀더 참고 부지런히 책을 펴기로 하자.

지금은 열아홉 살이나 스무 살이 아닌 것이다.

1963년 1월 6일 일요일, 맑다

날씨가 몹시 차다. 눈 위에 부는 바람이어서 더욱 매섭게 느껴진다. '소한(小寒)' 추위를 하려나부다.

며칠 만에 신문을 보니 여러 대학에서 '신입생 모집 요항'을 숱하게 쏟아내고 있다.

'대학 정원 조정'이란 기사가 실려 있다.

이웃 학교여서인지 이화여대의 것이 눈이 띄었다.

'무용학과'가 새로 생겼다니, 그러지 않아도 "왈가닥"이니 "놀아나는 멋쟁이 아가씨들"이니 하는 말이 도는 판에 참 볼만하게 되었다.

이상한 것은 19개 학과였던 고려대가 갑자기 27개 학과로 불어난 반면, 우리 연세대는 25개 학과가 그대로 있다는 사실이다. 이화여대가 5개학과가 증설된 것은 별로 관계할 일이 아니지만, 학사고시에서 전국 수위를 차지한 연세대에 혜택이 없다니 무슨 惹鬧야료가 있는지 모르겠다.

고려대가 무슨 뒷거래를 한 것은 아닐까?

문교부의 처사가 못마땅해서 "총장님께 드림"이란 명목으로 길다란 편지를 썼다.

> 질을 따지지 양을 따지는 것은 아니지만, 그래도 고려대에 뒤지는 것
> 같은 마음을 억제하지 못해 말씀드리는 것입니다.

이런 내용이 들어 있다.

역시 모교란 소중한 것인가 보다.

1963년 1월 9일 수요일, 맑다

정치외교학과 학생이 '학사고시' 교양 과목에서 전국 수석을 했다고 보도되었다. 연세대의 위상을 과시한 것 같아서 참으로 흐뭇했다.

좀더 굵직한 활자로 보도되지 않은 것이 아쉽다.

우리 학교에서 학사고시를 반대한 명분이 더 뚜렷해진 셈이다.

> 세상살이의 분별을 찾아
> 우리는 서로 마음을 접은 것일까
> 사랑이 소중한 줄을
> 뉘 모르랴만, 뉘 모르랴만

○순을 생각하고 쓴 「愛慕애모」라는 제목의 시의 한 부분이다.

○순 역시 문학도라서, 이 각박한 세상에서 가정을 이루어 살기가 어려움이 많을지 모른다는 그런 이기심에서일까?

그러나 이런 것은 너무 약한 심성을 드러낸 것이 아닐까?

1963년 1월 11일 금요일, 맑다

괴테의 명언이 유달리 고맙게 느껴진다.

요 며칠 방황 아닌 방황을 거듭했는데, 그 명언들로 부질없는 청춘의 분망을 많이 절제 시킬 수 있게 되었다.

"구름 속을 아무리 보아도 거기에는 인생이 없다. (중략) 어떠한 경우에도 인생에 만족이란 없는 것이다.", "모든 것은 젊었을 때 구해야 한다. 젊음은 그 자체가 하나의 빛깔이다. 빛깔이 야위기 전에 열심히 구해야 한다. 젊은 시절에 열심히 찾고 구한 사람은 늙어서 풍성하다." 이 얼마나 힘을 실어 주는 말들인가?

무거운 짐, 현실의 무게를 어떻게 극복할 수 있을까?

괴테의 말대로 "빛깔이 야위기 전에 열심히 구하는 ……""것밖에 다른 길이 없는 것 같다.

1963년 1월 21일 월요일, 맑다

'大寒대한' 값은 하는 것인지, 방안의 물그릇이 얼어붙곤 한다.

이 추운 날에 세상인심인들 유연할리 없겠지.

태원이에게 글을 쓰려다가 접어 두었다. 전공도 다를뿐더러 과년한 그의 누나에 대해 오해를 받을 수 있기 때문이다.

오래간만에 ○순 양 생각이 났다.

평소에 생각이야 왜 없었으랴만, 꿈에조차 영 보이지 않더니, 오늘 이 추운 어스름에 웬일일까?

언제인가 love letter라도 썼으면 한다.

1963년 1월 22일 화요일, 맑다

○순에게 글을 쓰려 했으나 자꾸 망설여져서 일부분만 적어 보았다.

다소곳 수줍어 돌아서는 여성의 찬란하고 복된 신비를 찬미하고, 거기 생명이 화(淨化)된 미소의 성곽에 한번쯤 연모의 노래를 바치기로서니 무어 흉허물이야 되겠습니까?

　사랑의 길은 많으나 그 지혜는 드물다고 합니다. 사랑의 지혜는 있을
수 있으나 그 온전한 구원은 참으로 드믈 것입니다. 그래서 "인생은 사
랑을 찾아 가는 영원한 방랑 "이라고 헬만. 헤세는 말했습니다.

이것저것 여러 권의 책을 꺼내 놓았으나 한권도 제대로 읽어내지 못했다.
마음이 자꾸 동요되는 것 같다.

어스름에 또 눈이 내렸다.

잠바 주머니에 손을 꽂고 몇 분 동안 눈길을 걸어 보았으나 한 구절의 시도
얻지 못했다.

○순에게 보내고 싶은 기나긴 사연을 아직도 더 오랜 밤을 두고 생각해 보기
로 하자.

1963년 1월 24일 목요일, 맑다

음력으로는 섣달 그믐날이다.

회한도 많고 감개도 깊겠건만, 왠지 무덤덤하다.

세상일에 너무 시달린 탓일까?

설계만 거창하게 했던 '生생의 塔탑'에 몇 치의 벽돌이나 쌓았는지 모르겠다.
돌이켜 보면, 壬寅年임인년 삼백예순날 중 10분의 9는 방황과 무계획으로 흘러
보낸 것만 같다. "젊어서 열심히 찾고 구한 사람은 늙어서 풍성하다."고 한 괴테
의 말이 다시금 뇌리를 스친다.

사실 이 모든 방황은 대부분 '미니욘'을 찾기 위한 애타는 노력이었는지 모른
다. 퍽도 속 태우고, 땀을 흘리고, 잠 못 이루는 밤도 지내 왔으나, 따스한 손결
은 만나지 못하고 이해가 간다.

대학에만 들어가면 모든 일들이 잘 이루어지리라고 기대했었다. 사랑도 학문
도 벗도…….

그러나 이제 다시 시작해야 한다. 그래서 한 '이데아'를 향해 나직한 음성을
마련해 두어야 한다.

"생명의 영원한 손짓!" 이 얼마나 가슴 설레이는 말인가! 이제는 영○도 H도
아닌, ○순으로 그 소중한 출발을 시도해야 할 것 같다.

H는 뛰어난 미모의 才媛재원으로 조금은 사치스러운(?)것이 마음에 걸린다. 아

버지는 '사장'이라고 했다. ○순 양은 누구보다도 낭랑한 목소리의 주인공, 수수한 미인, 그리고 다소 새침데기…….

○순이든 ○자든 내가 필수적으로 갖추어야 할 조건은 내년에는 반드시 학과를 통틀어서 Top을 해야 하는 일이다. 영어 공부도 더욱 진력해야 하고, 독서량도 늘려야 한다.

새해에는 정말 새로운 각오로 임해야 한다. 그래서 이런 공식을 짜 본다

※ 학과 수석→○순(혹은 ○자)→대학원 진학 준비

1963년 1월 25일 금요일, 맑다

'舊正구정'이다.
우리 민족 최대의 명절이다.
생활의 부진이 안타까울 뿐이다.
저녁에는 20원을 내고 술을 실컷 마셨다.
인생은 이렇게 구성지고 메마른 것이어서는 안 되겠는데, 불안과 초조에서 벗어날 수가 없다.
이런 것을 일러 '不條理부조리'라고 해도 좋을 것이다.

1963년 1월 27일 일요일, 맑다

○순 양에게 보낼 기나긴 편지를 대충 끝냈다.
며칠을 두고 쓴 편지이다. 해를 바꾸기까지 하였으니 무던히도 정력을 기울인 셈이다.
이 묵직한 '청춘의 백서'에 얼마만큼의 기대를 걸어야 할지는 나도 모른다.
사실 ○순이는 근 반년 동안 못 잊고 연모해 온 세련되고 총명한 여성이다.
부딪히는 대로 살아가겠지만, 반가운 소식이 왔으면 좋겠다. '인생의 탑'에 한 치의 대리석을 쌓아 보려는 첫 시도이기 때문이다.
연세대의 입학 경쟁률은 3.5:1로서 서울대의 4.1:1보다는 약간 뒤지지만, 고려

대의 2.3:1보다 더 치열한 것으로 보도되었다. 고대를 압도했다니 반가운 일이다. 모교의 무한한 발전을 빈다.

1963년 1월 28일 월요일, 맑다

분홍빛 편지지 위에다 ○순에게 보낼 글을 깨끗이 정서했다. 하루 종일이 걸린 셈이다.

> 사랑이란 줄 수 있었다는 사실만으로도 이미 그 축복은 충분하고, 나머지 일은 오로지 하늘이 여기에 관여할 뿐이라고 누구는 말했다지만, 저의 모든 정성과 진실을 모아 마련한 이 '인생의 고향'에서 흡사 매정한 여인처럼 당신이 총총히 돌아서 버리시는 날, 저는 정말 그 슬픈 시련을 이겨낼 수 있을 것인지를 곰곰이, 그러나 성실하게 생각해 보렵니다.
> 초승달이 지는 시간, 기다림에 지친 사람이, 그리움에 목마른 사람이…….

편지 말미 부분의 글이다.

정성은 기울였으나 글자 형이 고르지 못하고, 인용문이 너무 많아서 진정으로 하고 싶은 말을 다 못한 것 같아서 아쉽기 짝이 없다.

그 예쁘고 다정한 소녀의 마음 위에 축복이 내리기를 빈다.

이 모든 것은 사실 "나머지 일은 하늘이 여기에 관여할 뿐"인지 모른다.

1963년 1월 29일 화요일, 맑다

> 모든 것은 젊었을 때 구해야 한다. 젊음은 그 자체가 하나의 빛깔이다. 빛깔이 야위기 전에 열심히 구해야 한다.

괴테의 말을 다시 음미해 본다.

순이에게 사랑의 편지를 보냈다.

읍내까지 걸어가면서도 몇 번이나 망설이기까지 하였다. 우표를 붙이는 순간은 그저 의식도 없이 순간적인 본능으로 한 것 같다.

이제부터가 불안과 초조의 연속이다.

이십 몇 년을 기다려 겨눈 인생의 첫 화살이 빗나간다면, 기대가 컸던 그만큼 실망 또한 클 것은 뻔한 일이다.

"사랑도 안 해 본 당신들이 무엇을 알아요?" 「몬도가네」라는 영화 대사의 한 대목이 생각난다.

1963년 2월 1일 금요일, 맑다

<연세춘추>(313호)가 왔다. 그러지 않아도 학교 소식이 궁금하던 참이었다. 신입생 경쟁률이 4.1:1을 훨씬 넘었다니 무엇보다도 반가운 일이다. 상경대학의 한 졸업반 학생의 회고담이 실려 있다.

> 한국 최대의 남녀 공학 대학에서, 더구나 옆에다 세계 최대의 여자 대학교를 두고도 마음에 그리는 아리땁고 현숙한 아가씨 하나 사귀지 못한 자신의 못남을 비웃고 싶다.

그가 쓴 글의 한 부분이다.

○순 양이 이 글을 읽어 보기를 바란다.

洪以燮홍이섭 문과대학장의 훈화 중 "여러분은 정오 이전에 많이 걸어 놓아야 합니다. 석양에 총총 걸음을 걷지 않도록 해 둡시다."라는 말씀이 가슴을 찌르는 것 같다. 대학 생활로 말한다면 2학년까지, 인생의 경우는 30세 이전에 많이 걸어두어야 된다는 뜻이다.

이런 얘기를 듣다가 보면 '연애'니 '사랑'이니 하는 것은 다음다음 문제로 생각되기도 한다. 그러나 역시 인생의 반려자는 중요한 것이니 많이 걷기 위해서라도 필요한 것 같다.

1963년 2월 4일 월요일, 맑다

'입춘'이라고 한다.

그 음울했던 몸과 마음의 찌꺼기를 수런수런 벗어 버려야 될 절후가 온 것이다.

봄이 되면 씨를 뿌리고 가을이 오면 추수를 하는 것은 자연의 순리이다.

인간의 경우도 마찬가지일 것이다.

생동하는 마음과 세월 속에 살고 싶다. 구김살 없는 웃음을 한번 호쾌하게 웃어보고 싶다.

흘러가는 것보다 더 소중한 것은 닥아 오는 일이다.

순이의 회답이 없다면 지금껏 지녀 왔던 나의 학문과 사상, 처세는 근본적인 수정을 가해야 할지 모른다.

한 여성은 한 남성을 위해 있는 것이지만, 동시에 공동의 인생을 위해 존재하는 것이기도 하다.

1963년 2월 8일 금요일, 흐린 후 개다

'子正자정' 쯤 되었을까? 보름달이 유난히도 밝다.

뒷산에서는 부엉이가 저렇게 피를 토하고 있다.

"한여름 화롯불도 쬐다 말면 섭섭한 법"이란 격언이 있다. 사랑의 불길에 내가 지나치게 가깝게 간 것일까?

현실 감각과 자기 성찰을 통하여 다시 일어서기로 하자.

1963년 2월 12일 화요일, 맑다

고단한 몸으로 자정이 넘도록 ○순 양에게 편지를 썼다.

> 무엇인가를 목마르게 기다리는 것이 부질없는 일인 줄 알면서도 그
> 것을 단념하지 못하는 습성을 수학의 경우라면 붉은 줄을 긋고 오답
> 으로 처리하면 그만이겠지만, 인생이라는 방정식에서는 어떻게해야 될

까요?

그리움을 몰라주는 순에게 야무지게 얘기했다.

> 저의 두 번의 편지를 마음 거리끼는 일이 있으시거든 어느 때이고
> 되돌려 주십시오. 일은 또 그래야 옳을 것입니다.

좀 너무 지나친 항의(?)의 표현인지 모르겠다.
마음이 편치 못했다.

1963년 2월 16일 토요일, 맑다

따스한 양지 밭에 누워 헬만. 헤세의 『데미안』을 읽었다.
다정다감한 그의 글도 지금은 별로 마음에 들지 않는다. 여러 가지로 뜻 같지
않은 세상사들 때문에 마음이 거세어진 때문일 것이다.
그 중심에 K양이 있다.
신문에 '5.16 장학생 발표'와 '교직제도 부활'이라는 기사가 있다.
사학과의 안○원 양이 '5.16 장학생'으로 선정되었다.
등록금 관계로 휴학을 한다는 얘기가 들리던 차에 참 잘 되었다. 20.000원이면
두 학기 등록을 하고도 좀 남는 액수이다.
'교직제도' 때문에 갈등을 빚게 된다.
당장 3학년 때부터 2년 동안 이수를 해야 되는데, 그러려면 대학원 진학 준비
에 걸림돌이 될 수 있기 때문이다.
되도록 그쪽은 신경 쓰지 않기로 한다.

1963년 2월 19일 화요일, 맑다

"종작없는 생활은 자살을 의미한다."고 한 李孝石이효석의 수필 한 대목이 생
각난다. 사실 요사이 생활은 욕망도 의욕도 없는 그런 생활에 지나지 않는다.
○순이에 대한 열정도 조금씩 식어가는 것 같다. 그래서 마음이 조금은 가라

앉았다.

왕신 고모 내외가 두 달 반쯤 있다가 갔다. 아이들을 보니 자꾸 눈물이 났다.

고모부는 대학까지 나온 고등실업자이다. 부부도 그런데, 아이들까지 함께 처 갓살이를 하는 그 심정이 어떠했을까?

"나도 애 아버지가 되어 저렇게 되면 어떻게 하나?" 하고 생각하니 아득하기만 하다.

어느 여고 졸업생에게 혼담이 들어 왔다. "초급대학이라도 시켜서 내조자로 삼아 볼까."하는 생각도 들었지만, 지금의 내 형편에 도저히 그럴 수가 없다.

어른들의 심정을 모르는 바는 아니지만, 지금 나의 급선무는 학업의 계속이다.

1963년 2월 24일 일요일, 맑다

이른 아침, 상경의 길에 올랐다.

오래간만에 돌아온 서울은 왠지 을씨년스럽고 스산한 것 같다.

열차는 비록 3등 차표로 왔지만, 인생마저 '3등 인생'이 되어서는 안 된다.

무의미하게 지내버린 방학이 아깝고, 후회스럽다. ○순 양을 만나지 말았으면- 하는 생각을 해 보았다. '괜히 긁어 부스럼 낸 일'인지 모르겠다.

장학생이라도 되었으면 참 좋겠다.

1963년 2월 25일 월요일, 맑다

밤 11시, 서울 거리에 눈이 내린다.

영화 「왕자 好童호동」을 관람하고, 오랜만에 혼자 길을 걸으면서 깊은 생각에 잠겨 보았다.

낮에 성적표를 받아 보았더니 영어가 F로 되어 있었다.

영어 시험 시간에 김익중 군이 내 답안을 보고 베낀 것이 화근이 되었다. 컨닝의 경우, 쌍방이 다 불이익을 받기로 되어 있으므로, 진작 그럴 줄 알았으나, 막상 당하고 보니 서운한 생각뿐이다.

그러나 F면 어떠냐? 인생에는 F가 없지 않느냐?

익중 군과의 우정이 더욱 돈독해진다면 그것으로 족하다.

1963년 2월 26일 화요일, 맑다

아침 한때 눈이 내렸다.

그 눈 오는 길을 걸으면서 미련했던 '꿈'을 뒤돌아보았다.

오래간만에 도서관에 자리를 잡고 책장을 넘겼으나 고작 10page 정도 읽었다.

○순 양을 만났다.

나를 보았는지 저만큼 가고 있었다.

이루어 지도 못할 사랑을, '공연한 일'을 저질렀구나, 하는 생각이 들었다.

저물어 가는 壬寅임인년에 책가방을 들고 백양로를 나갔더니, 다시 癸卯계묘년 첫 학기에 다시 눈을 맞으면서 도서관으로 가 보았다.

다시 눈이 내렸으면 좋겠다.

1963년 3월 7일 목요일, 맑다

수척해진 듯한 순이의 모습과 H의 예쁘게 약간 야윈 모습은 대조적이다.

인생에 있어서도 수척해서는 안 된다.

등록금 독촉장을 받게 될 것 같다.

다소곳 수줍어 돌아서는 귀여운 눈결이 한없이 그리워진다.

소월이나 릴케의 정서에서 좀더 승화되었으면 한다.

1963년 3월 15일 금요일, 맑다

어차피 당면한 일이라면 주저 없이 부딪혀 보는 것이 좋을까?

그러나 아직 그런 용기가 생기지 않음이 차라리 다행인지 모른다.

도서관 1층에서의 일이다.

처음엔 한동안 몰랐더니 내가 앉은 좌석 바로 한 칸 건너 순이와 마주 앉아 공부를 한 것이다.

공연한 용단(?)을 내려 피차의 운신의 폭을 좁히고, 마음의 상처까지 받게 될지 모르는 일을 한 것이 후회스럽다.

세월이 가면 정도 흐르거니, 어찌 그녀라고 잊혀지지 않을 리 있으랴만.

그래도 들고나며 보는 (또 그럴 수밖에 없는) 사람들끼리 한결 마음이 괴롭기도 하다.

아버지께서 사용하시던 가죽 가방을 고모부가 재석이의 가방을 만들어 준다면서 뜯어 버렸다. 소장수, 채소장수, 또 무엇무엇 안 가리시고 한창 젊음의 한때를 불태우시던 그 수적(手跡)을 없애 버리는 것이 참 서운한데, 남의 비위를 거스리기 싫어서 그냥 묵묵히 있었다.

내가 자식 된 도리를 다 못한 것 같다. 마땅히 소중하게 간직해야 될 유품 아닌가.

1963년 3월 16일 토요일, 맑다

일련의 쿠데타(군인 중심)에 연관되어 21명이 검거되고, 군정 연장 4년을 국민 투표에 부쳐 결정한다고 신문에 톱 뉴스로 보도되었다.

모두들 우울한 표정, 웃음 없는 시민 사회가 된 것 같다. 정말 이 나라가 어디로 가는 것인지, 그저 암담하기만 하다.

도서관에서 K양이 지나갔다. 나는 일부러 뒤로 돌아앉아 버렸다. 어느 때까지 이렇게 아쉬운 상처를 간직한 채 서로가 외면해야 하는지 모르겠다.

인간은 고독하기 때문에 진취성이 있다고 한다. 그러나 그 애끓는 가슴마다의 정을 버리고서 진취가 있은들 무엇에 쓰랴.

1963년 3월 18일 월요일, 맑다

"결혼도 利害打算이해타산 가지고 따지지요." 이 말은 전규태 교수가 당신의 사랑 실패담과 함께 피력한 소신이었다.

K양도 다분히 그런 사정이 있었는지 모른다.

"그저 죽자 살자 파고들어야지!" 마음은 이렇게 먹으면서도 그 '학문'의 길은 어렴풋이나마 보이지 않는다. 불안한 생의 전망이지만, 그래도 가는 데까지는 가 보아야 할 것 같다.

　　횡보 염상섭 선생님 장례식에 갔더니 문인은 100명도 못되고, 돈
50,000원이 없어 '문단 장'이 엉망이더군요. 문인들까지 대선배님을 이
렇게 대할 수 있는 것인지……

박영준 교수께서 개탄하신 말씀이다.
그만큼 야박한 세상이 되어 버렸나 부다.

1963년 3월 19일 화요일, 맑다

　　새벽 두 시경, 아직 첫닭이 울기 전인가부다.
　　가슴이 답답하여 얼결에 일어나 한 자국 옮겨 놓는 순간, 내가 잠자고 있던
골방 뒤쪽 언덕이 무너져 열 트럭은 됨직한 흙더미가 벽을 밀어젖히고 내리 눌
렸던 것이다.
　　참으로 아슬아슬하고 무서운 순간이었다. 만약에 뒤쪽 벽 쪽으로 누워 있었더
라면 백발백중 매몰되고 말았을 것이다. "우리 조상님들을 명당에 모신 덕택인가
부다." 혼자서 나는 이렇게 생각했다.
　　아침도 쓰린 속으로 현기증을 참아가며 도서관으로 갔다.
　　몇 번이나 더 울고, 얼마를 더 몸부림치면서 살아야 하나?
　　책을 사고 싶어도 돈이 없으니 어쩔 수 없다.
　　죽지 않고 살아남은 것을 다행으로 생각하고 살아야지. "우리가 똑똑해서, 죽
이기 아까워서 봐준 게지." 같은 방에 자던 고향 친구 박노철 군이 한 말이다.

　　　핸드백과 츄렁크와
　　　꼭 제만큼 씩의 땀 섞인 피를 담고
　　　모두들 어디론지 가고 있었다.

　　　나도 덩달아
　　　그 건널목 길로
　　　두어 뼘의 욕망을 숨겨 두고
　　　전차길 모서리로 밀려가는데,

　　　아, 오늘은 웬 일로

색소폰이라도 불고 싶어라.

—자작 시 「서울 역 부근」의 일부

정말 색소폰이라도 불어대고 싶다.
휘청거리는 생의 선율을 잡고 그저 괴로워한다.

1963년 3월 26일 화요일, 맑다

밤늦게 도서관 계단을 내려오면서 오랜만에 法悅법열 비슷한 것을 느꼈다. 먹고 사는 일만 허락된다면 학문을 한다는 것은 참 좋은 일이구나, 하고 생각했다.

허기증을 참기 어려워서 쌉쌀한 속으로 귀가할 수밖에 없었다.

도서관에서 K양과 바로 맞닥뜨렸었다.

누군가 K양에 대해서 험담 비슷한 것을 하는 것을 듣고 참 불쾌한 마음이 들었다.

그래도 끝까지 그녀를 옹호하고 싶다.

어느 날엔가는 떳떳한 표정을 짓기 위하여 달뜬 생각은 접어두고 조용히 기다려야 하겠다.

1963년 3월 31일 일요일, 맑다

가까스로 마음이 안정되어 가는 듯하다.

김형석 교수의 『영원과 사랑의 대화』를 읽으면서 조금이나마 위안을 받았으면-하고 생각했다.

중앙대 도서관에 나갔다.

한 여대생이 도서관 옆 긴 의자에서 열심히 책을 읽고 있었다. 바로 그 옆에서 점심 도시락을 먹으면서 '배움'과 '먹음'의 묘리를 생각해 보았다.

건강이 좋지 않은 것 같아서 서글픈 생각이 든다. 학문이란 평생을 두고 해야 할 과업인데, 건강을 잃어서는 곤란할 것이기 때문이다.

당장 돈이 없으니 병원에 가서 진찰이라도 받아 볼 엄두도 못 낸다.

내일은 거짓말을 해도 좋다는 'April fool day'(萬愚節 만우절)이지만, 만나야 할 사람도 없다.

1963년 4월 1일 월요일, 맑다

K양의 안타까워하는 모습을 보고 참 미안한 생각이 들었다. 차라리 우리 둘 중 누군가 이 교정을 떠나는 것이 좋을지 모른다.

시험공부에 몰두하고자 했으나 그녀로 인한 충격이 너무 컸던 것 같다. 얼마간 미워지기도 하더니, 어느덧 연민의 정으로 돌변하고 있다.

역시 순이는 아름답고 총명한 여성이다.

당장 버스표 살 돈도 부족하지만, 그래도 '기약 없는 내일'에 산다.

1963년 4월 4일 목요일, 맑다

마음만 안정된다면 정말이지, 학구에 큰 진척이 있을 것만 같다.

피로하고 우울한 심정으로 지내야 한다면 내일에 대한 전망도 불안한 것이 아닌가.

내 주위에는 나 때문에 고달프고, 속이 타고, 고생을 해야 하는 사람들이 너무나 많이 있다.

그런데도 나는 사랑하는 '이데아'를 찾고 수필집 등속이나 읽으면서 그저 안이하게 생활하고 있지 않은가? 너무나 일방적인 서정의 생활만을 꿈꾸고 있지 않은가?

돈을 벌 수 없으니 그 대신 지식이나 애써 저축해야 하는데, 그저 체중만 줄어든다.

1963년 4월 8일 월요일, 비

일주일을 두고 흐린 날씨에 비가 오락가락하여 마음도 한결 우울하다.

우리 학교 정외과 2학년 남학생이 同級동급 여학생이 그의 구애에 응하지 않자 구두닦이를 시켜서 돌을 던져 집의 창문을 부수고, 전치 2주의 상해를 입혔다는 보도가 일간지, 교내 신문 등에 자상히 보도되었다.

'사랑'이란 도시 무엇이란 말인가?

이유야 무엇이든, 이것은 순수한 애정에 대한 모욕인 동시에 일종의 偏執症편집증이라고 할 수 있다.

또 K양을 도서관에서 잠간 만났으나, 어디론지 총총히 가 버렸다.

당분간 서로 멀리서 오고가는 것이 좋은 일인지 모른다.

날씨야 어떻든 마음속에는 비나 구름이 머뭇거려서는 안 되겠다.

1963년 4월 10일 수요일, 맑다

보건소장 吳亨錫오형석 교수는 시원시원하고 솔직한 분인 것 같다. '보건' 시간에 몇 가지 재미있는 말씀을 하셨다.

　·학문을 하려거든 그것에나 정진하여 어느 정도 기초가 닦여진 뒤에 연애를 해야 한다. 智力지력의 산발을 막는 것이 중요하거든.

　·돈을 너무 알아도 미치광이가 되고, 너무 몰라도 바보가 되기 마련이네. 그러나 되도록 모르는 쪽에 더 많이 기울어지는 것이 좋아.

　·애써 연모하다가 듣지 않거든 힘껏 차 주어. 그러면 이상하게도 되려 끌리는 것이 여성의 마음인가 봐. 어디까지나 정정당당하게 나가란 말이야. 건전하게…….

그러나 마지막 말씀은 적어도 나의 경우에는 잘 맞지 않는 것 같다. K는 되려 멀리 가려고 하고 있지 않은가?

먼 훗날 내 인생을 되돌아 볼 때, K에 대한 회억이 서럽지 않아야 할 텐데…….

1963년 4월 15일 월요일, 흐리고 비

미국 디포 대학의 '뮤직. 쇼 단'의 공연이 있었다. 너무 야릇한 차림을 해서 거부 반응이 생겼다.

K와 정면으로 마주서는 일이 생겼다. 그녀는 송구스럽고 수줍은 듯한 표정으로 얼굴을 붉히면서 지나갔다.

"○순이를 진정으로 사랑하는가?" 하고 누가 묻는다면 역시 "그렇다!" 하고 대답할 것이다.

"사랑은 줄 수 있었다는 사실에서만도 이미 그 축복은 충분하다."는 말에 동의하고 싶다. 순에게 더 이상 심적 부담을 주어서는 안 될 것만 같다.

우리는 얼마간 서로 마음의 간격을 두고 살아가는 것이나, 그것은 사회 구조가 제공한 도덕 율 때문이지, 순수한 정성에는 국경이 있을 수 없다. 피로한 심신으로 책과 씨름을 한다. 현기증이 날 정도로 건강을 돌볼 수 없는 것과 학문과의 비중이 어떤 것인지도 잘 모르면서 우선은 이렇게 버티어 가는 것이다.

1963년 4월 16일 화요일, 비

벌써 며칠째 계속되는 궂은 날씨로 마음도 우울하다.

겨우 하루치의 버스표를 소지하고 아슬아슬하게 지내야 하는 마음을 더욱 울적하다. 맥이 빠질 듯한 궤도롤 그렇게 오르내려야 한다.

놓칠 수 없는 이상, 드높은 이념 때문에 또 무언가를 잡고 일어서야 하나 부다.

진리란 탐구한다는 사실만으로도 그 목적의 반은 달성된 것인지 모른다. 허심탄회하게 이상을 모색해 가는 일은 분명히 하나의 축복일 수 있다고 생각한다.

K와의 멀고도 가까운 생명의 원심 점을 두고 선회하면서 오랫동안 소박한 연가를 작곡하면서 그렇게 지내야 되나 부다.

짜증나는 생활과의 함수 관계를 어떻게 풀어가야 할지 잘 모르겠다.

1963년 4월 19일 금요일, 맑다

불안과 초조 속에서 애태우며 라디오에 귀를 기울이던 때가 엊그제 같은데, 벌써 3년.

미지근하고 야박스러움이 가시지 않은 채 오늘도 '4.19'를 맞는구나!

지향 없이 어디론가 방황하는 것도 삶의 한 방식이 될 수 있을까?

이 청명한 날에도 그저 따분하게 책갈피만 넘겨야 하는 아쉬움이 있다. 어느 먼 훗날 후회를 할지 몰라도, 이대로 성곽을 쌓으면서 살아갈 수밖에 없다.

悲憤慷慨비분강개만으로 살아 갈 수 있을까?

1963년 4월 20일 토요일, 맑다

구름이 걷히고 햇살이 비취는 것은 좋지만, 허둥지둥하면서까지 양지를 찾아 헤매지는 않을 생각이다.

벚꽃이 한창 탐스러운 캠퍼스의 의자에 기대어 이 생각 저 생각에 잠겨 보았다.

구두 뒤축이 닳듯이 아까운 세월도 야위어가는구나!

金東旭김동욱 선생님께 연구 생활의 지침을 여쭈어 보았다. "깊고 넓은 학식이 있어야 한다." 고 말씀하셨다.

1963년 4월 24일 수요일, 맑다

도서관에는 발 들어놓을 틈이 없을 정도였다. 우리 젊은이들이 모두 이렇게 열심히 했으면 좋겠다고 생각했다.

그러나 가끔씩 임시변통으로 살아가는 것이 문제이다. 바로 닥친 일에 대하여 그때 용케 헤어날 생각을 해서는 곤란하다.

"연세는 내 마음의 고향이구나!" 오래간만에 산책을 하면서 혼자 그렇게 생각했다.

의과대학 부근에는 직업상 애상적이기도 해야 하는 간호원과, 채 열 살이 못 되는 지체부자유자가 나무다리로 걷는 연습을 하고 있었다. 재활 교육이었다. "그래도 악착같이 살아야 하겠거니 저리도 고달픈 게로구나!" 싶었다.

돌아오는 찻간에서 보니 어떤 흑인 병사가 사과 하나를 들고 몹시 아끼고 있었다. 그들은 혹 지적 수준이 낮을지 모르나, 먹고 싶은 마음, 배고픈 생각에 문명. 비문명이 있을 리 없다.

옆 자리에서는 모두 웃거나 신기하게 보고 있었다.

그에게도 고향은 있으렷다. 머나먼 나라에 와서 저렇게 살아야 하는 모양이다.

한 생명은 정치적 이념보다 약한 듯이 보였다.

1963년 4월 25일 목요일, 맑다

매사에 부딪히면서 살아간다는 것은 서글픈 일이다.

그런데도 나는 매양 쫓기고 밀리는 중에 몸을 일으켜 세우면서 살아가는구나.

4월 하순의 하루를 국립도서관에 기대고 지식의 갈증을 씻어 본다.

사는 법은 그 누구도 가르쳐 줄 수가 없다.

> 4월은 잔인한 달
> 죽은 땅에서 라일락을 키우고,
> 추억과 열망을 뒤섞고,
> 봄비로 잠든 뿌리를 깨우나니--.

T. S. Eliot이 그냥 수사로 쓴 '잔인한 달'이 정말 나에게는 잔인하게 굴다가 흘러가 버린다. 사랑에, 돈에, 시험에, 학문에, 그리고 또 건강에마저 이렇게 모두 쪼들리다가 말이다.

1963년 4월 26일 금요일, 맑다

피로가 겹쳐서 몸이 몹시 지쳐 버렸다.

푸념도 속삭임도 다 그만 두고 혼자서만 외롭게 걸어간다. 생활의 언저리에 스스로 장막을 드리우고 그렇게 지낸다.

잊지 못하는 마음은 차라리 멍울이 되었나보다. 그래도 K를 위하여 살아야 하나?

오늘쯤 어머니는 내 편지를 받으시고 돈 1,000원을 마련하시느라 무진 속을 태우실 게다. '어머니날'은 곧 오는데, 참, 어머니는 더운 고깃국 한 그릇 제대로 못 드셨다.

살기 위해서 배우는 것이라기에 건강을 잃어가며 책을 읽는다.

1963년 5월 10일 금요일, 맑다

오랫동안 잊고 지내온 그리운 이름 하나를 생각해 내었다. O양의 이름이다.

언제인가 따스한 마음을 보내었던 O양. 그녀는 저명한 영문학자의 令愛영애이기도 하다.

순이와 O양이 있어 참으로 행복한 느낌이다. 상냥하고 아름다운 순이, 그리고 예쁘고 총명한 눈동자의 O양이!

그래서 때로는 좌절감에서 벗어날 수 있다.

1963년 5월 15일 수요일, 맑다

쓰러져서는 안 되겠기에 안간힘을 쓰면서 일어난다. 하필이면 왜 고생만 하게 되는가?

나 자신을 구원하는 일이 얼마나 어려운가를 새삼 깨닫게 된다.

『삼국지연의』를 읽었다.

40도가 넘을 듯한 신열이 난다. 그저 흐느척거리는 기분이다.

이렇게 못 견디게 고통스럽고 외로울 때는 자꾸 ○ 순이 생각이 난다. "여보!" 하고 한마디 불러 볼 수 있다면 얼마나 행복하랴!

먼 훗날, 우리는 서로 다른 길을 가더라도 순이는 내게 있어서는 '영원한 여성'이다. 골이 메어지는 듯이 아프고 관자놀이가 그저 펄떡거린다. 그래도 약물 대신 찬물을 마신다.

4월만 잔인한 달이 아니다. 차라리 5월은 내게 있어서는 더 잔인한 달인가부다.

이 5월의 산마루에서 거친 호흡으로 병에 시달리고 있다.

1963년 5월 17일 금요일, 맑다

교목실장 金正俊김정준 박사의 "남녀 교제에 관하여"라는 제목의 강연이 있었다.

참으로 유익한 설교라고 생각되었다.

· 오랜 우정을 통하여 많은 실험과 성과를 올린 뒤에 '사랑'이라는 로켓을 쏘아야 합니다.

· 연애 하는 데는 "혹시 누가 나를 찾아 줄까?"하는 안절부절 파가 있습니다.

· 사랑은 일방적이거나 이용 가치 문제로 되어서는 안 됩니다. 그리고 '사랑'이라는 말은 견디지 못 할 만큼 열렬한 경지에 가서야만 사용해야 합니다.

그러고 보면 나야말로 참으로 무모하고 무례했던 셈이다.

1963년 5월 19일 일요일, 맑다

집에서 보내 온 쌀 서 말과 보리쌀 한말을 제 값도 못 받고 팔아야 했다. 실은 일주일 전에 부쳐 온 것인데(하숙비로 내는 쌀과 함께) 그래도 고모부 눈치를 보느라고 미루어 오다가 할 수 없이 팔아야 했다. 시골서는 곡식 값이 헐값이므로 그래도 서울에서는 제값을 받으라고 어머니께서 보내 주신 것이다.

그러고도 또 돈이 아쉬워서 책마저 팔아야 했다.

『새국어사전』(동아출판사) : 4000환에 구입한 것 (정가 : 4,900환)을 120원에, 『필승고교영어』: 900환에 산 것을 20원에, 홍우 저 『경제원론』: 2000환에 산 것을 60원에 각각 팔았다. 구입가의 30%도 못 받고 팔아 버렸다.

한 가방 가득 무겁게 넣어간 책들을 팔고 빈 가방으로 돌아 올 때의 마음은 몹시 쓰라렸다.

하늘을 보고 부푼 가슴으로 산책들을 그 한 페이지도 제대로 읽지 못하고 팔 수밖에 없는 심정은 땅을 보고 가슴을 뜯는 것과 같구나!

너무나 처연한 생각이 들었다.

어디를 급히 가느라고 텍시를 탔는데, 평소대로라면 80원만 주면 될 것을 악
질 운전수에게 걸려 121원이나 뜯겼다.
또 1800원쯤은 받아야 할 곡식을 1500원밖에 받지 못했다.
이 모든 것이 다 약자의 처지이다.
愛之重之애지중지해 오던 책마저 팔아야 하다니, 참 두렵고 가슴 아픈 일이다.

1963년 5월 21일 화요일, 흐리다

오래간만에 국립도서관에 나갔다.
스스로 경쟁의식을 만들어 보려는 의도에서이다. 그렇게라도 해서 전진해야
한다.
돈이 없는데도 좋은 책을 보면 행여 놓칠까 마음이 졸인다.
이가원 선생님께서 내 이름을 기억해 주셔서 참으로 기뻤다.
학점 따기 어렵기로 소문이 난 박영준 선생님의 과목 '창작론'과 '현대문학사'
의 학점이 나 혼자만 A학점이라고 동무들이 알려 주었다. 참으로 반가운 일이다.

1963년 5월 23일 목요일, 흐리다

건강이 또 나빠지는 것 같다. 자꾸 걱정이 된다.
이가원 선생님 강의 시간에 어떤 질문을 드렸더니 "참 좋은 질문이야!" 하셔서
용기를 얻었다.
외롭고 쓸쓸하다.
학문적인 토론을 함께 할 벗은 고사하고, 반갑게 웃어줄 '이데아'도 없는 것
을….
아무래도 혼자서 찾아가야 하는 것이 인생의 길인가부다.

1963년 5월 26일 일요일, 비

종일을 두고 청승맞게 비가 내린다.

이렇게 억수로 비가 내리는데, 또 책을 꾸려서 동대문 시장 헌책방으로 가야 했다.

"아무리 하면 책이야 팔게 될까?" 하고 생각했었는데, 벌써 두 번째이다.

푸른 하늘을 보고 책을 샀더니, 오늘은 땅을 보고 그걸 헐값이 파는구나!

형편이 궁하면 인정도 의리도 저버리게 되는가?

기념이나 추억을 남기기 위해 책을 그냥 보관하기에는 내 형편이 너무나 절박하다.

그냥 살기도 어렵다는데, 배우면서 살기가 좀 어렵겠는가.

한동안 다독거리면서 정성스럽게 끼고 다니던 책들이었다. 열심히 sign도 해두고, 도장도 정성껏 찍었었다.

박학다식한 학자를 꿈꾸면서 무던히도 아끼고 즐겨 읽었던 책들인데, 오늘은 물표 딱지를 떼어버리듯, 잉크 지우개로 sign과 도장 찍은 것을 지워야 했다.

손때 묻은 책들이 천덕꾸러기 대접을 받을 것을 생각하니 눈시울이 뜨거워진다. 말이 '배움'이 좋지, 속은 숯검정이 되고 만다.

길은 보이지 않고, 그래서 보장도 없는 '내일'이지만, 그래도 나대로의 '포부'를 품고 살아야 한다.

주룩주룩 종일을 두고 비가 내린다.

1963년 5월 30일 목요일, 비

다섯 시가 채 못 되어 일어났다. 억수로 비가 내리는 바람에 방바닥에 물이 고여왔기 때문이다.

일찍 학교로 갔다.

유창돈 선생님의 '국어사' 시험에 요행으로 나 혼자만 만점을 받았다.

"ㅓ與一同而口張"에서 '同'은 무엇을 말하는가? 하는 문제가 가장 어려웠는데, '혀의 높이'라고 쓴 것이 정답이었다.

요행으로 사는 것 같은데, 또 요행으로 일이 잘 되어 가는구나!

1963년 6월 1일 토요일, 맑다

지쳐 쓰러질듯한데, 그래도 버티어야 한다.

1,050원짜리 책을 들고 동대문을 헤매었으나 고작 150원을 준다고 하기에 할 수 없이 그냥 가지고 왔다.

밤 열시가 넘도록 허탕만 치고, 식은땀을 흘리면서 돌아왔다.

버스표 걱정을 해야 한다.

『번역 고려사』 책 광고가 나와 있다. 그러나 그림의 떡이다. 그저 마음만 아프다.

1963년 6월 3일 월요일, 비

갈 길이 바쁘다.

참 너무 홋지고 무기력하게 살아왔구나, 싶었다.

무엇엔가 열중하고 싶다.

차라리 만나지 말았어야 옳았을 K.

어쩌면 벌써 머언 이름이 되어 간 그 귀엽고 총명한 소녀에 대한 집념을 훌쩍 버리지 못함은 내가 너무 우유부단한 탓일까?

그러나 "사랑은 줄 수 있었다는 사실만으로도 그 축복은 이미 충분하고, 나머지는 하늘이 여기에 관여할 뿐"이라고 한 어느 시인의 말을 믿고 싶다.

휘청거리지 말고, 두리번거리지도 말고, 이제부터는 다부지게 살아야겠구나.

나아갈 테면 모질게 내닫는 것이 옳은 일이니라.

1963년 6월 4일 화요일, 맑다

"간단없는 생활은 자살을 의미한다."는 警戒경계의 말을 기억한다.

건강보다 소중한 것은 없다.

참, 앞길이 보이지 않는 현실이다. 일종의 도박을 하면서 그렇게 살아가는 것은 아닐까?

지쳐서 결국 쓰러지고 말았다.

저녁밥도 못 먹고 밤이 이슥하도록 앓으며 육체의 고통을 느꼈다.

사는 일이 어렵거늘, 배우면서 사는 일이야 말해 무엇하랴만…….

1963년 6월 8일 토요일, 맑다

말로만 듣던 ‘延高戰연고전’의 축구 게임이 오후 4:30부터 서울운동장에서 열렸다.

일찌감치 시민회관 앞에 집합해서 8열로 서서 교통을 차단시키고 종로통을 지나 갔다. 기마대와 경찰 사이드카, R.O.T.C, 밴드부 등 다채로운 구성이었다.

전문가들은 7:3으로 연세대의 우위를 예상했었는데, 연고전의 성격 탓인지, 월등한 실력으로도 비기고 만 것이 참 아쉬웠다.

끝나서도 스크람을 짜고 8열로 함성을 외쳐대면서 ‘을지로→시청→중앙청’ 코스를 뛰어서 중앙청에 교기를 꽂았다.

몇 시간씩이나 교통을 차단시켜 가면서 행군을 하다니, ‘연고전’의 전통이란 것이 대체 무엇일까?

우리들만의, 진실로 우리들만이 갖는 영광인 것 같아서 목이 세도록, 말이 안 나올 지경으로 외쳐 보았다.

1963년 6월 9일 일요일, 맑다

白熱戰백열전으로 진행되었던 ‘연고전’에 대해서 신문들은 자세하고 크게 다루고 있었다.

어제 응원에 지나치게 열중했던 탓으로 종일 힘을 쓸 수가 없었다.

요새는 웬 일로 A양이 자주 눈에 띄는 것 같다. A는 이화여고를 나온 才媛재원이다.

순이와 A양을 비교한다는 것은 좀 우열을 가리기 힘든 일인지 모른다.

미모와 감칠맛은 순이가 앞서겠지만, 멋과 才氣재기는 A가 앞서는지 모르겠다. 순이 강인하고 새촘뜨기라면, A는 가냘프고 온순한 편이다.

그러나 세상을 살아가는 데에 재기와 미모, 강인함과 순박함, 애교와 유순

함……. 어느 것을 버리고 그 어느 것을 따로 취해야 된다는 법은 없다.
'사랑'도 결국은 하나의 '모험'인지 모른다.

1963년 6월 12일 수요일, 맑다

오래간만에 황혼의 노을이 눈부신 백양로를 거닐면서 인생의 의미와 유한성을 생각해 보았다.
꼭 언제인가 한번은 펴내고 싶은 욕망을 간직하고 있지만, 역시 뜻대로 되어지지 않는 것이 세상의 일인 모양이다.

> 존재의 부분으로 살면서 존재를 논해야 하는 인간은 축복받은 존재
> 는 못된다. 영원! 그것은 인간이 영원히 도달할 수 없는 것이기에 영원
> 인지 모른다.

김형석 교수의 수필 한 대목이 생각난다.
가야할 길은 너무 멀고 아득한 것 같다.
그러면서도 느닷없이 퍽 많이 닥아 선 것 같은 착각을 느끼는 것은 무슨 이유일까?

1963년 6월 14일 금요일, 맑다

K양이 나이브하게 모자를 쓰고 양장을 했다.
생긋 웃으면서 지나가는 모습이 '영원' 바로 그런 모습이었다.
얼마나 정과 웃음이 그리운 나인가 말이다.

1963년 6월 22일 토요일, 맑다

수십 명의 인명 피해가 났고, 보리농사는 4분의 1이 감소될 것이라는 신문 보

도가 있었다. 또 장마가 계속되고 태풍도 온다고 했다.

집 일이 참으로 걱정스럽고, 가족들에게 송구스러운 마음뿐이다.

나는 오늘도 김빠진 사이다처럼 살고 있는가?

그것은 집착도 체념도 아니다.

오늘따라 순이가 몹시도 아름답게 보였다. "참 귀여운 아가씨지!" 하고 익중이와 둘이서 씩-웃었다.

1963년 6월 24일 월요일, 맑다

쌀이 없어 죽을 쑤어 먹는다고 했다.

쌀 한 대에 80원씩이나 간다고 하며, 싸전에는 도무지 쌀이 없다고 한다. 정치를 한답시고 극도로 통제하고 있기 때문이란다.

누군가 또 4.19 비슷한 것이 일어나리라 했다.

숨 막히는 상황 속에서 6.25를 맞는다. '6.25'는 내게 있어서는 너무나 서러운 계절이다.

1963년 6월 29일 토요일, 비

뿌여니 이렇게 비가 내리는 날은 못 견딜 사연도 있을 법하건만, 이제는 무딘 마음 뿐이다.

K양이 웬 일인지 웃고 머뭇거리더니, 어디론지 가고 있었다.

내가 장학생이 될 거라고 모두들 떠들썩하다. 소문만 요란하고 Top이 못될까 봐서 걱정이 된다.

인생도 어렵고, 학문의 길도 어렵다. 현실은 벅차고, 청춘도 벅차고, 사랑은 더 벅차다.

1963년 7월 4일 목요일, 비

다음 주부터 방학이 시작되니, 내일이 이번 학기 마지막 등교일이다.
밤늦게 버스를 타고 돌아오면서 착잡한 마음을 누를 길이 없었다.
무엇을 얻고 무엇을 잃은 것일까?
청춘의 한 자락이 사위고, 사랑은 보류된 채 세월만 흘러 버렸다.
몇몇 스승님들로부터 신망을 얻어 과에서 수석의 자리에 오를 수 있다는 꿈에
부풀게도 되었다.
명랑하고 미모인 K를 오늘도 백양로에서 만났다. "수석 상을 받는 날까지 K가
기다려 줄까?" 스스로에게 물어 보았다.

1963년 7월 8일 월요일, 맑다

새벽녘부터 서둘러서 아침 6시 45분 용산 역 발 중앙선 열차에 몸을 실었다.
찻간에서 우연히 족숙 벌이 된다는 청구대학 李壽洛이수락 교수를 만났다.
참 좋은 만남인 것 같아서 마음이 흔쾌했다.
차창으로 보이는 가난한 농민, 헐벗은 농토가 애처로웠다.
그리고도 이곳이 그리운 듯이 생각되었다.

1963년 7월 10일 수요일, 비

비가 성가시게 종일을 두고 내린다.
달갑지 않은 비는 반갑지 않은 사람과는 좀 다른지 모르겠다.
부슬비가 곱게 내리면 마음이 정화되기도 한다.
두고 온 머언 기억의 성터로 돌아가 본다.
오늘은 진종일 K양 생각에서 벗어날 수 없었다. 무던히도 찾으려 했던 바로
그 정다운 손결!
가을로, 서울 거리로, 새 학기로 어서 나아가고 싶다.

1963년 7월 14일 일요일, 맑다

감자 20관 남짓이 지게에 지고도 다리가 떨렸다. 두 번째는 허기가 져서 기진맥진했다.

반년 동안 놀다가 일을 하려니 고되기 짝이 없다.

농민들은 땀과 주름살을 맞바꾸는 셈이다. 여름 내내 안간힘으로 농사일에 매달리다 보면 서늘바람이 불어오고, 그렇게 되면 주름살 하나가 더 늘게 마련이다.

가을이 되거든 죽자고 공부를 하겠다고 다짐해 본다. 그러나 실천에 옮겨질지는 미지수이다.

1963년 7월 29일 월요일, 맑다

<연세춘추>(332호)가 왔다.

4면에는 「길. 목숨. 나」라는 제목의 내 수필이 실려 있었다. 분량은 200×8 정도이다.

K, H 또 누구누구도 읽게 될 것이다.

모두들 방학 중이라서 한가하기도 한 터이고, 또 학교 소식이 궁금했을 것이다. 또 이번 학기 마지막 호이기 때문이다.

날이 무덥다.

대학원 시험 과목 중 제2외국어인 독일어를 생각하면 찐땀이 난다. 고등학교 시절에 이 과목을 부실하게 공부했고, 대학에 와서도 고전을 면치 못했기 때문이다.

> 심프손을 위해 모든 것을 던진 원저공의 결단과 지혜가 없는 나는, 새하얀 캡을 쓰고 스틱을 두르는 파리장의 향수 같은 것은 생각하지 말아야 하나 부다.

수필의 이 대목이 자꾸 마음을 머물게 한다.

1963년 8월 3일 토요일, 맑다

학교에서 성적표가 왔다.

열 과목 전부 A학점(4.00)으로 과 수석, 6200원 면제라고 적혀 있었다.

참 세상 일이 잘 되어가는구나 싶었다.

그 되 꼬이던 Freshman 시절, 그래도 난관이 많았던 Sophomore 시절이 바로 엊그저께 같았는데, 등록금 걱정에서 벗어나게 되었으니 마음이 한결 가볍다.

<연세춘추>에 수필이 게재되고, 또 수석의 영광을 차지하고……. 연이은 희소식이다.

감격과 흥분이 한껏 피어날 듯하건만, 그래도 마음 한구석이 허전한 것은 K와 H 때문일까? 나의 수필에서 "생활과 집념의 소용돌이 속에 장막 하나는 드리우고 살아가는 셈"이라고 쓴 그런 심정에서이다.

1963년 8월 5일 월요일, 맑다

오랜만에 읍내를 갔다.

그래도 읍이라서 멋이 있고 낭만도 있어 보인다.

태원이를 찾아볼까 했으나 그만 두기로 했다. 지금쯤 군 복무는 필했을지 모른다.

돌아오는 버스 간에서 어느 소녀가 부채를 주었다. 또 어느 젊은 여성(아마 샐러리맨인 듯)은 정답게 이야기를 꺼내기도 했다.

그들과 다시 만날 기약도 없는데, 내게 호의를 베푼 까닭은 무엇일까?

나이가 들고 철이 나면 자연스럽게 인정도 오가는 법인 모양이다.

1963년 8월 7일 수요일, 맑다

내일이 '입추'절.

유난히 달이 밝아 감회도 한결 서러웁다. 섬돌 밑을 내려서고 싶도록 귀또리가 밤새워 우는 그런 계절이 오는 가부다.

이가원 선생님이 서신을 보내 주셨다. 고맙고 외람된 일이다.
"좀더 날카로움을 지녔으면 하는 염원을 늘 품었다."고 하셨다.
그렇다! 학문에 필요한 것은 무엇보다도 그 '예리함'일 것이다.

1963년 8월 9일 금요일, 맑다

바람이 몹시 거센데 자전거를 타고 읍에까지 갔다.
일년 반 만에 만나는 태원이는 군대 생활을 했어도 색시같은 마음씨는 그대로
였다.
어쩐지 우정이 좀 멀어진 것 같다.
오늘은 웬 일로 K가 몹시 그리워진다. 그리고 H, A……. 모두 다 보고 싶은
생각이 간절하다. 귀여운 청춘의 행렬들이다.
좀 더 자극에 살고 싶다.
자극을 받으면서 전진하고 싶다.

1963년 8월 13일 화요일, 흐리고 비

아침 일찍 안동에 도착.
기차 할인권(30%)이 무효라고 하여 옥신각신하다가 열차에 올랐다.
그래도 낯설지 않는 서울이 정다웠다.
시골서는 기다려도 오지 않던 비가 서울 거리를 거세게 휩쓴다.
가로등, 멋쟁이 시민들이 다 정겹다.
효자동 거리를 혼자 거닐고 싶다.
순이가 옆에 있어 준다면 더욱 좋겠지.

1963년 8월 15일 목요일, 맑다

18번째 맞는 '광복절'이자 '말복'이다.

기념식을 한답시고 허울 좋은 애국자들이 제각기 애국을 팔고 있었다.

저들 중에서 진정한 일꾼들이 과연 몇 사람이나 될까?

종일 교정을 서성거리다시피 하면서 보냈다.

점심, 저녁 거푸 죽을 먹어서 벌써 힘에 겹다. 하루라도 더 집에 머물다가 올 걸 그랬다.

어린애처럼 먹을 것 생각이 자꾸 난다. "금강산도 食後景_{식후경}'이라고, 먹고 배가 불러야 학문도 하고, 인생도 논할 수 있나 부다.

1963년 8월 18일 일요일, 맑다

마음먹고 '통의동→효자동→자하문→세검정' 코스를 거닐어 보았다. 경복궁이나 충무공 동상을 제대로 못보고 서울에 살았다면 미안한 일이다.

오늘 따라 서울 거리는 번거롭지 않아서 좋았다.

내일이면 반가운 얼굴들을 만나게 된다. 등록이 시작되기 때문이다.

K, A, H……, 참 가깝고도 먼 이름들인가.

반겨야 할 사람들이 짐짓 외면을 해야 하는 야릇한 현실이다.

1963년 8월 19일 월요일, 맑다

캠퍼스가 오래간만에 왁자지껄 한다.

"축하합니다.", "축하하네."

사실 그렇다. 흔히들 말하기로 "하늘의 별따기 같은 All A "가 아닌가!

또 하나 고민거리가 생겼다. 교직과목을 선택해야하나, 아니면 포기해 버릴까 하는 문제이다.

교사로서 만족한다면 선택을 해야 하겠지만, 거기에 시간을 빼앗기다 보면 대학원 진학이나 학문의 길에 큰 장애가 될 것이기 때문이다.

남자로, 장남으로, 또 가난한 농민의 아들로 태어난 비극 아닌 비극이다.

어떻든 꿋꿋이 나아가야 한다.

1963년 8월 21일 수요일, 맑다

격려의 한편에 자극이 있어 좋다.

학문을 위해 모든 것을 바쳐야겠다.

"1학기는 이군의 성적이 매우 좋았습니다. 더욱 용기를 내서 좋은 성과를 내도록 기원합니다." 방학 중에 유창돈 교수께서 보내 주신 편지의 일부분이다.

정말 최선을 다해야 하겠다.

등록금을 내었다.

다들 8060원을 내는데, 6200원을 공제한 1860원만 내게 되니 감회가 컸다.

생각하면 모질게 살아온 지난날이다.

1963년 8월 27일 화요일, 맑다

어느 정도 평정을 되찾은 것 같다.

"물 좋고 정자 좋은 곳은 없다."는 옛말대로, 꼭히 마음에 흡족한 이데아는 없는지 모른다.

K는 좀 멀어진 것 같고, A, H는 가까이 가본 일도 거의 없다. 또 새로 S가 있다.

대학원 진학이 급선무이다. 마냥 평온한 생활 속에 있어서는 안 되겠다.

헬만. 헤세의 『싯달라』를 읽었다.

참 오랫동안 기억될 양서라고 생각된다.

오늘 따라 H의 감소롬한 미소가 자꾸 떠오른다.

1963년 8월 28일 수요일, 흐리고 비

도서관에서 K와 정면으로 맞닥들였다. 그녀는 다소 난처한 입장을 모면해 보려는 듯, 무언가를 열심히 읽고 있었다.

"다른 쪽으로 가 버릴까?" 생각하다가, 너무 소극적인 것 같아서 그녀의 곁을 지나갔다.

말없이 사랑하고, 서로 말없이 지내는 그런 청춘이 있다.

1963년 8월 29일 목요일, 맑다

김동욱 교수님을 연구실로 찾아뵈었다.

"적어도 몇 개의 외국어를 해야 하고, 정치. 경제. 사회. 문화. 역사. 철학 등등 이렇게 알아야 학자인데, 나부터 우리나라의 학자는 학자가 아니야." 이런 말씀을 하시면서 "4서 3경, 삼국지, 전등신화 등을 읽어내야 한다."고 하시면서 "우리는 큰 영문학자도 될 수 없으니 이걸로라도 명성을 얻어야 한다."고 하셨다.

학문의 길이 참으로 어렵겠구나, 하는 생각이 들었다.

당장 두 개의 외국어와 한문 실력 배양이 급선무이다. 가는 데까지 가 보아야 하겠다.

1963년 9월 4일 수요일, 맑다

H양이 요새는 단정한 교복 차림이다.

영리하고 어여쁜 이 소녀는 그래도 수줍어하는 표정이 좋다. 연희의 숲길에서 만났으면 생긋 인사라도 던질 항도 부산의 才媛재원이다.

K가 어디로 가는 중인지 생긋 웃으면서 획-지나갔다.

우리 모두는 서로 무언가를 묻어둔 채 그냥 살아가는 형국이다.

1963년 9월 12일 목요일, 맑다

건강이 참 좋지 않다. 지쳐서 쓰러질 정도이다.

"혈압이 높고 당뇨병이 심해서……." 강의를 하시다 말고 무애 스승님께서 이런 말씀을 하셨다. "年富力强연부역강하던 시절에 너무 몸을 혹사했다."고도 하셨다. 그 말씀 하시는 모습이 몹시도 처연해 보였다.

건강이란 참으로 소중한 것이다.

H양의 애띤 무관심(?)이 귀엽다. 서로의 가슴속을 헤아리면서도 우리는 이렇게 침묵 속에서 살아간다.

"사랑의 길은 많으나 그 지혜는 드물다."고 한 어느 시인의 말을 되새겨 본다.

1963년 9월 14일 토요일, 맑다

연세는 은혜의 품이지만 혹은 야속한 손길이기도 하다.

학문에 눈을 뜨고, 젊음을 구가하고, 인생의 초입을 열었으나, 시를 잃고 연륜을 빼앗기고, 귀중한 건강의 일부분을 빼앗기고 있다.

그러나 이 모든 것에 대한 대차대조표는 먼 훗날 가서야 가능할 것이다.

다만 시에 대한 열정이 자꾸 식어가는 것 같아서 가슴이 뭉클해진다. 차라리 어엉- 울고 싶은 심정이다.

깃동 학문과 교수와 점잖음이 무어란 말인가? 그것도 기약 없는 일들 아니냐!

저 괴테의 명시 "첫사랑"은 남기지 못할망정, 소월의 "못 잊어", 하다못해 영랑의 "모란이 피기까지는" 정도의 작품이라도 남기는 것이 얼마나 귀하고 영원한 일인가.

1963년 9월 15일 일요일, 흐리고 때때로 비

> '길'은 아쉬운 정의(定義)에 속하지만 때로는 고달픈 명제(命題)이기
> 도 하다. (중략) 소슬한 바람이 부는 이 서울에 얄미운 사연이라도 있었
> 으면 좋겠다.

태원이에게 준 글의 일부이다.

벗을 그리워하는 것은 하나의 갈망이다.

K양이 『女像여상』(10월호)에 "농촌 계몽 보고 좌담회"의 한 패널로 참가했다는 신문 기사를 보았다.

내가 수필을 게재한 것과 학과 Top이 된 내용들이 <연세춘추>에 연이어 Close-up됨과 때를 같이 하여 K도 <연세춘추> 3면 하단에 「농촌을 보고 와서」란 글을 싣더니, 연이어 월간지로까지 진출하였다.

이런 것들이 우연의 일치가 아니고, 영원한 '緣연'이었으면 좋겠다.

1963년 9월 18일 수요일, 맑다

"종일 가다가 보면 소도 보고 중도 본다."는 속담이 있다. 정말 奇想天外기상천외한 일도 다 있다.

어떤 녀석이 내 이름을 팔고 (아마 <연세춘추>에서 본 듯) 情夫정부 노릇을 하다가 일이 잘못된 모양이다. 그 녀석은 천연덕스럽게 장학생으로 위장했다는 것이다.

그것이 경찰에 문제가 되어 규명하려고 다니자니 참으로 난감하기도 하고, 짜증스럽기만 하다.

운수가 사나우려니 별별 일을 다 겪게 된다.

이화여대로 통하는 굴다리 길을 가다가 우연히 H를 만났다.

무언지를 들고 Aloha쪽으로 가면서 의식적으로 피해 가는 것 같았다.

참으로 깜찍하고 총명한 여성인데 말이다.

1963년 9월 19일 목요일, 맑다

사회생활이란 참으로 복잡하고 별스러운 모양이다.

문제의 그 scandal을 일으킨 녀석이 찾아 와서 백배사죄를 했다. 그는 자신의 가정 불화로 일이 그렇게 되었다고 경위를 설명해 주었다.

주위에 큰 오해를 살 번했는데, 진상이 밝혀져서 마음이 몹시 편안하다.

이야기를 마치고 나는 괜스레 다방에 한참씩이나 혼자 앉아 있었다.

1963년 9월 23일 월요일, 맑다

감각이 다소 무디어진 것이 차라리 다행일까?

괴테의 시는 언제 읽어도 '고향'과 같은 마음의 평안을 느끼게 한다.

느닷없이 미래에 꾸미게 될 가정을 연상해 본다. 그 대상이 K였으면 참으로 좋겠지.

*　　　　　　*

보글보글 끓는 된장찌개 옆에서 아내는 갓 나온 『女苑여원』이나 영미소설을 읽고 있고, 나는 좀 늦게 퇴근하여 밥상을 마주하여 얼른 약주 한 잔을 마시면서 아내에게 말한다.
"여보! 가난한 남편을 만나 당신이 고생이 많수."
"아니예요, 당신두! 우리가 언제 호화롭기를 바랐우?"

*　　　　　　*

이런 정겨운 풍경이 내게 찾아 와 줄 것인가? 그래도 그런 날을 기다리면서 살아야지.

1963년 9월 24일 화요일, 흐리고 비

청승맞게 비가 내린다.
변변한 우산 하나 없는 처지이지만, 그래도 도서관에서 책 읽기에 여념이 없었다.
밖으로 잠간 나가려던 참이었는데, 마침 K가 거기 있었다. 오늘따라 유난히 아름답고 명랑해 보였지만, 우리는 그대로 '길손'처럼 지나쳤다.

> 오다가다 길에서 만난이라고
> 그냥 보고 기대로 예고 할 건가.

岸曙안서의 시가 생각난다.
우리는, 적어도 내게 있어서는 그처럼 정성 들여서 쌓았던 '첫사랑'인데, 어떻게 '길손'처럼 그렇게 범연스럽게 살 수 있겠는가?
어느 먼 훗날 우리는 흘러간 날들을 추억하며 '회고록'이라도 남길 수 있을까?
미모와 총명의 소유자 H, 다소곳하면서 영리한 A, 수더분하고 복스러운 P, 또 누구누구……. 그 누구에게도 빼앗기지 않았던 마음이 왜 자꾸 순이에게로만 향하는 것일까?

‘관능’에서라면 H도 A도 어쩌면 K를 앞지르는지 모른다. 또 소위 ‘행복’(경제적인 면에서)이라면 항도 부산의 사장의 따님인 H쪽이 더 우세할 수도 있다.

육체적인 것도 경제적인 것도 아니라면, 자꾸 순이 쪽으로만 흐르는 애정의 여울은 무엇인가?

물론 그것은 사랑, 엄격한 의미에서의 ‘첫사랑’이기 때문일 것이다.

순! 그래서 당신과의 ‘영원’을 빌어 본다.

1963년 9월 28일 토요일, 맑다

Cholera 예방 接種접종이 있었다. 세상에 참 별의별 병이 다 있다.

우연히 등교 길 찻간에서 A를 만났다.

청순하고 해맑은, 그러면서도 따스한 여성이다. 그녀는 장학생이기도 하다.

노변에서 연민 선생님을 만나게 되었다.

“자네 고향이 예천이라, 어디던가?”

“사실은 선생님과 동성동본입니다. 제가 너무 불민해서 그 사실을 말씀드리면 선생님께서 번거로와 하실가 봐서 여태 말씀드리지 못했습니다.”

“알았네!”

사실 연민 선생님은 族叔족숙어른이시다.

내가 좀더 학문적으로 성장한 뒤에 조용히 말씀드리려 했었는데, 일이 그렇게 되었다.

1963년 9월 29일 일요일, 맑다

18년 만에 가져보는 그 기쁨이 어찌 통쾌하지 않겠습니까? 학생들이 참 너무 좋아하는군요. 바로 우리 앞에서 일본을 이기고 있으니까 말이지요.

아세아 야구 선수권대회 최종일 경기, 1.2위 쟁탈전에서 3:0으로 한국이 승리하고 있을 때 서울구장에서 들려 준 라디오 방송의 한 토막.

통쾌하기 한량없지만, 어딘지 씁쓸한 기분이다. 우리는 어쩌다가 이웃 나라인 일본과 그렇게 快宿양숙관계가 되었을까?

기왕이면 후진국이 아닌, 일본과 동등한 선진국의 입장에서 경기에 이기고 있으면 더 좋았을 것을·

1963년 9월 30일 월요일, 맑다

A가 'S.C.A(총여학생회)' 부회장이 되었다고 한다. 너무나 다소곳한 성미인데, 어울리지 않는 직함인 것 같다.

아마 내년에는 회장이라도 될지 모르겠다.

金春碩김춘석 형이 『현대문학』(10월호)에 1차 시 추천을 받았다. 박두진 선생님의 추천이다.

"나도 한번 도전해 볼까?" 하다가도, 왠지 의욕이 나지 않는다.

박영준 선생님께서 부르시더니 "황순원 씨 소설을 좀 연구해 와!" 하시는 것이었다. 믿어 주시는 선생님이 감사하기도 하고, 또 한편 걱정이 되기도 한다.

1963년 10월 6일 일요일, 흐리고 비

이따금씩 비가 내렸다.

『여상』(10월호)을 둘춰 보았다.

"농촌계몽 참관 좌담회"의 좌담이 특편으로 꾸며져 있었다. 참가자들의 사진이 곁들여 있었는데, 순이의 용모가 가장 예쁜 것 같았다.

"시골엔 도서가 엉망이더군요. (중략) 행주치마인지 걸레인지, 참 위생 관념이 너무 없는 것 같았어요." 순이의 발언 내용의 일부분이다.

대체로 뒤쪽의 발언은 수긍이 가는 대목이나, "도서가 엉망"이라는 말은 좀 거리가 먼 것 같았다. 지금 농촌은 독서는커녕 생활의 의욕 자체를 상실한 상태라고 할 수 있다.

어쨌든 농촌의 현실은 너무 황량한 것 같다.

1963년 10월 7일, 월요일, 맑다

'창작론' 시간에 『현대문학』(10월호)에 실려 있는 황순원 씨의 소설 「비늘」을 분석, 비판하여 박영준 선생님이 칭찬을 해 주셨고, 학우들의 열광적인 박수를 받았다.

"저렇게 세밀하게 따지다니, 공부한 표적이 나는구먼!" 이렇게들 얘기했다.

딴은 며칠 동안 정성을 기울려서 나름대로는 '새로운 방법론'으로 분석, 비판해 보았다.

마음이 오랜만에 후련하다.

제20회 극 공연으로 윌리암. 인지 원작의 「어두운 제단 끝」을 관람했다.

　　　・사람이란 커 가면 누군가가 아쉬워지고, 그리워지는 법니다.

　　　・사람들은 별별 형이 있지만, 우리는 그들과 잘 살아야 하는 거야.

여주인공 코라 후르드의 대사가 인상적이었다. 사실 내게는 '모난 성격' 때문에 잘 어울리지 못하는 일면이 있다.

1963년 10월 8일 화요일, 맑다

오랫동안 석양을 바라보며 캠퍼스를 거닐어 보았다. 좋아하는 시를 암송하면서 마치 옛날로나 돌아 갈 듯이 고갯길을 거닐기도 했다.

청춘도 사랑도 시도 다 좋다.

문득 情정이 그리워진다.

'사랑'이란 존재를 잘 熟成숙성된 名酒명주에 비유하면 어떨까? 말하자면 '기다림'과 '안타까움'이란 거품이 다 잦아지고 드디어 醱酵발효가 끝나는 그런 상태 말이다.

그동안 나는 거품도 채 가시기 전에 불나방처럼 방향 감각도 없이 뛰어든 것은 아니었을까?

K는 요즈음 따라 왜 다소곳한 표정으로 일관하는지 모르겠다.

빨간 쉐터를 걸쳐 입은 모습이 유난히 미모인 순이.

둘이 만날 수 있는 인생의 길이 있었으면 좋겠다.

1963년 10월 14일 월요일, 맑다

대통령을 뽑는 선거전도 막바지에 올라 내일이 투표일이다.

투표증이 발부되었으나 그것을 행사할 의욕이 생기지 않는다. 지도자의 결핍 때문이다.

정말 이 나라는 어디로 가는 것일까?

종일 Report를 작성하느라고 진땀을 뺐다. 오늘도 200x60 정도를 썼다.

1963년 10월 15일 화요일, 맑다

투표권을 행사했다.

군사 정권 박정희 후보와 구 민주당 윤보선 후보의 대결이다.

별로 내키지는 않았으나 그래도 민간 출신을 밀어야겠다는 생각에서 윤 후보 에게 표를 찍었다.

중앙대 도서관에 가서 종일을 보냈다.

1963년 10월 16일 수요일, 흐리다

라디오에서 개표에 대한 실황 중계를 하고 있었다. 총 유권자가 900만 정도라 고 했다. 개표가 거의 끝나 가는데, 윤 후보가 약 20만표 뒤지고 있다고 했다.

아마 박정희 후보가 당선이 유력한 모양이다.

'與村野都여촌야도'라는 말이 있다. 사실 그대로 도시에서는 7:3 으로 야당이 우세하다지만, 농촌 인구가 훨씬 많은 실정이니, 결과는 뻔한 일이다.

박 후보도 고향 사람이니 그래도 일말의 정은 간다.

세칭 '연희고지'를 혼자 산책해 보았다. 6.25 때 격전지 중의 하나라고 한다.

K양의 모습이 자꾸 떠오르곤 했다.

1963년 10월 19일 토요일, 맑다

교외선을 타고 서울에서 육십여 리 떨어진 '송추'로 야유회를 갔다. 문효근. 김석득 두 분 젊은 선생님과 학생 십여 명이 참가했다. 불참자가 너무 많아서 아쉬웠다.

나에게는 단돈 10원의 여유밖에 없어서 담배 한 갑도 대접해 드리지 못해 마음이 무척 아팠다.

세상에 돈이란 것이 무엇인지 모르겠다.

이화여대 불문과 3학년 학생들과 한 시간쯤 리크레이션을 벌였다.

좋아하는 시를 외우는 차례가 되어 나는 짐짓 「청산별곡」을 암송했다. 그런데, 생각해 보니 너무 구식인 것 같아서 마음이 깨름직했다.

일정이 일찍 끝나서 캠퍼스로 다시 돌아왔다.

역시 연세 캠퍼스만큼 아름답고 정겨운 곳은 없는 모양이다.

1963년 11월 3일 일요일, 맑다

'전국 국어국문학 총회'가 서울 문리대 강당에서 열렸다.

한국 최고, 최대의 대학이 가지는 風度_{풍도}가 과연 그 위상에 걸맞는 듯했다. 은행나무가 욱어진 그 캠퍼스에 이 나라의 俊才_{준재}들이 활기차게 걷고 있었다.

불현 듯 서울대학교 대학원에 진학하고 싶은 충동을 받았다.

아담하게 가꾸어진 동숭동 대학가가 먼 나라처럼 생각되었다.

지난 날 너무 안이하고 허랑하게 살아온 것이 사뭇 후회스럽다.

연세대에서의 수석이 서울대에서도 그대로 통했으면 좋겠다.

피나는 노력이 있을 뿐이다.

1963년 11월 4일 월요일, 맑다

H양이 어느 선배와 미묘한 관계에 있다는 풍문이 돌았다. 건강이 좀 좋지 않다는 얘기도 들린다.

이제 나는 사랑타령은 당분간 접어 두기로 하자.

월남 대통령 고. 딘. 디임 형제가 반란군에 의해 총살된 듯하다는 보도가 있었다.

季嫂계수에게 휘둘리기만 했다는 노총각 대통령은 첫 사랑의 애인이 수녀가 된 데 상심하여 한평생을 고독 속에서 살았다고 한다.

후진국의 비애다.

비록 독재적인 면이 있었다고 하더라도 어떻게 무지막지하게 사살까지 한단 말인가? 추방하면 그뿐 아닌가?

1963년 11월 5일 화요일, 맑다

박종홍. 이상은. 김형석 세분 철학자들의 강연회가 있었다.

박 교수는 그 쟁쟁한 명성에 비해서 기대에 못 미치는 내용이었다. "한국에서는 그래도 나이지." 하는 듯한 태도가 좀 거슬렸다.

K양이 의식적으로 좀 간격을 두는 것 같아서 섭섭한 생각이 들었다. 내가 박사가 될 때까지 좀 도와주었으면 얼마나 고맙겠는가.

1963년 11월 6일 수요일, 비

소슬비가 내렸다.

이 찬비가 내리고 나면 겨울 샤쓰를 입게 되는구나.

노력하는 것만이 귀중한 자산인 것 같다.

무애 스승님의 곤고했던 학문적 역정에 대해서 다시 한번 찬탄을 금할 수 없었다.

제자인 나로서 선생님께서 미완성의 분야로 남겨 놓으신 분야에 대해서 의미와 가치를 부각시키고 싶다.

오늘따라 K가 좀 서운한 생각이 든다.

1963년 11월 11일 월요일, 맑다

함석헌 선생의 강연이 있었다. 내용은 정치인들에 대한 비판이었다.

사상적, 종교적 지도자라는 분들이 너무 헐뜯는 데만 혈안이 되어 있는 것 같아서 한심스러운 생각이 든다.

국민들을 선도하고, 민심을 융화시키는 그런 지도자가 없는 것 같아서 씁쓸하다.

일기도 싸늘하지만, 내 마음도 싸늘하다.

『四書사서』도 읽어내지 못하면서 그래도 공부를 합네 하고 허세를 부리운 것은 아닐까.

1963년 11월 13일 수요일, 맑다

K양에게 다시 붓을 들어 본다.

"현실의 생을 긍정하지 않고 피안의 세계를 동경한다는 것은 퇴폐의 징조이다." 니이체의 말이다.

사실 옳은 말이기도 하다.

나로선 K와의 현실을 어떻게 인식해야 할지 판단이 잘 서지 않는다.

그러나 사랑에 무슨 부끄러움이 있겠는가?

더구나 내 스스로 작심하고 선택한 '이데아'인데 무엇을 얼버무리거나 비아냥 놓는 것은 "누워서 침 뱉기"와 무엇이 다르겠는가?

인정은 인정으로 주고받아야 할 일이다.

1963년 11월 15일 금요일, 맑다

그리워하는 것이 그저 정력의 낭비일까?

그래도 충혈 되지 않은 눈으로, 되도록 웃으면서 살고 싶다.

K양을 도서관에서 영 볼 수 없다. 무슨 부득이한 사연이라도 생긴 것일까?

아직도 나는 순이가 내 아내가 되어 줄지 모른다는 생각을 하고 있다.

나의 완고한 철학으로는 그녀의 세련된 현대 감각을 감당하지 못할지도 모른다.

어차피 나의 갈 길은 훌륭한 스승님의 지도를 받으면서 학문의 길을 걷는 것이다. 그래서 더욱 그 상냥하고 영리한 K가 by-helper가 되어 주었으면- 하고 간절히 바란다.

1963년 11월 16일 토요일, 맑다

등교 길에 백양로에서 우연히 S양을 만났다.

"서리가 많이 왔어요."
"다음 주부턴 추워질까 봐요."

우리는 그저 이런 얘기를 주고받았다.
S양은 또 느닷없이

"이가원 교수님 시간 휴강 시키지 마세요."

라는 말도 했다.
나는 혼자 속으로 "연민 선생님은 은근한 정도 있고, 私談사담도 곁들여서 S양이 좋아하나 부다."하고 생각했다.
정오쯤 되어서 언더우드 동상 앞에서 또 S를 만났다.
무언가 강렬한 시선을 느껴 나는 짐짓 다른 곳으로 가 버렸다. 그러면서도 그 '눈동자'가 자꾸 아물거렸다.
서울에서 나서 줄곧 서울에서 자라온 S는 몹시 상냥한 여성이다. 다만 몸이 좀 가냘픈 편이어서 다소 아쉬움이 있다.
우리는 classmate이긴 하지만 그래도 "I love you."하면 "I do too."라도 할 그런 분위기일 것 같다. "고백해 버릴까?" 하다가도 자꾸 망설여지는 것은 아마도 K양 때문일 것이다.

1963년 11월 17일 일요일, 맑다

무애 선생님의 저서『조선고가연구』와 육당의『故事通고사통』을 구입하였다.

없는 처지이지만 책은 꼭 사야 하는 것이 학문하는 사람의 고충이 아닌가 한다. 언젠가 돈이 궁해서 동대문 서점 가에 책을 내다 팔려다가 정가의 10%밖에 안준다고 하기에 그냥 발길을 돌리던 일이 생각났다.

그래서 왠지 좋은 책을 샀으면서도 별로 기분이 좋지 않은 것 같다.

동대문 발 노량진 행 전차에 앉아서 이런저런 생각을 해 보았다.

학문을 하겠다는 꿈은 있지만, 앞날이 막막하고 두렵기만 하다. 사고 싶은 책이 참 많은데도 그렇게 못하니 안타깝기만 하다.

문득 S양이 생각난다.

Coed여서 마음도 편안하게 가질 수 있으니, 눈이라도 펑펑 내리거든 같이 효자동 거리나 거닐었으면 좋겠다. 오바 자락의 눈을 털고 다방에 들려 따끈한 차 한 잔이라도 나눈다면 한결 정이 더 깊어가련만—.

바로 말해서 그 찻값도 없는 형편이다.

1963년 11월 18일 월요일, 맑다

자주 만나게 되니 S양이 더욱 친근해지는 것 같다. 그녀에게 스스럼없이 무슨 넋두리라도 하고 싶은 심정이다.

유창돈 선생님의 '국어학강독' 시간에 어휘 설명을 맡았다. 과 수석이라고 해서 지명하신 모양인데, 미처 예습을 못해서 많이 틀리기도 하고, 진땀을 뺐다.

S양이 저만치서 안타까운 표정으로 웃고 있었다. 좀 창피한 생각이 들었다.

1963년 11월 19일 화요일, 흐리다

멀리 K양의 얼굴이 보였다.

핑크색 코트에 모처럼만에 양장을 한 그녀는 연세 숲에서는 누구보다도 더 상냥한 미모의 여성이라는 느낌이 들었다.

"내가 사람은 잘 보았는데……." 하고 혼자서 씩- 웃어 보았다. 사실 K정도이면 더 아쉬울 게 없을 것 같았다.

이제 방학이 오면 기나긴 글을 쓰리라. 혹시 그때도 '돌아오지 않는 글'이 될지라도, 살아가는 법을 배우는 단련은 될 터이니 후회는 없을 것이다.

S도 항상 상냥하고 따스한 미소로 대해 주는 빼어난 미모의 여성이지만, 왠지 연인으로보다는 친구로 남게 될 것 같은 생각이 든다.

1963년 11월 20일 수요일, 맑다

K에게 주려고 쓴 편지의 한 부분.

> 어느 먼 훗날, 백발이 성성한 몸으로 아늑한 서재에 기대어 낡은 책 갈피를 뒤적거리다가 혹시 무지개가 그리울 제면, 저는 당신에게 보낸 그 글들을 꺼내 읽으면서 씩- 한번 웃어 보렵니다.

스스로 생각해도 감회 깊은 글이다.
K든 S든 다 놓쳐서는 안 될 '생명'과 '인생'의 의미이다.

1963년 11월 21일 목요일, 맑다

"금년에는 겨울이 없으려나 봐. 눈 내리는 효자동 거리를 한번 거닐어 보고 귀향해야 할 텐데……." 동무들과 이런 얘기를 나누었다.

설마인들 겨울이 없는 해도 있을까? 인생도 그럴 수 있었으면 참 좋겠는데.

연민 선생님께서 육당의 '비굴한 인간성'에 대해서 신랄하게 비판하셨다. 평소에 존경해 왔던 육당이었는데, 몹시 실망스러웠다.

학자고 사상가고 역시 절의가 문제가 되는 모양이다.

1963년 11월 22일 금요일, 맑다

내가 스스로 택한 학문의 길에 후회는 없다. 그러나 실리만을 찾는 듯한 현실과 세상이 원망스럽다.

"국문과는 굶는 과"라는 우스갯말이 있다고 한다. 참으로 나의 존재도 초라하다면 한없이 초라한 존재인지 모른다.

"상과나 의과를 갔다면 K가 저렇게 거리를 두지는 않았을 텐데." 이런 생각도 해 보았다.

사실 과년한 여성으로서는 불안정한 미래를 생각하지 않을 수 없을 것이다. 그야말로 "죽자 살자."하는 사이가 아니라면.

K를 원망할 게 아니라 내 스스로를 다그쳐야 할 일이다.

1963년 11월 23일 토요일, 맑다

갑자기 날씨가 추워졌다.

※ 미국의 John F. Kenedy 대통령(35대, 46세) 急逝급서의 悲報비보!

세계를 뒤흔들 이 저격 사건은 내게도 큰 충격을 주었다. 참으로 그를 좋아했었는데…….

도서관 쪽으로 가다가 우연히 <동아방송> 기자와 짧막한 인터뷰를 하게 되었다.

> 오늘은 공부도 잘 되지 않았습니다. 냉전이 계속되고 있는 지금에 젊고 기대 많던 지도자의 급서를 슬퍼합니다.
> 더욱이 우리 학교는 선교사들이 창설했으므로 미국과 깊은 관계가 있습니다.

좀 서투른 인터뷰였지만 그래도 내 생각을 어느 정도 얘기한 것 같아서 좋다.

제크린느 여사(34세)의 행운을 빈다.

"미국의 미소", "자유 우방의 대표적 지성", "뉴 프런티어의 기수"라는 칭송을 듣던 Kenedy ! 어찌된 일인고? 송구하고 애석한 일이다.

그는 너무나 서민적이어서 無蓋車무개차에 타고 군중 속으로 들어간 것이 화근이었다고 한다.

현장에서 붙잡힌 범인 오스왈드(24세)란 놈은 소련 여자와 사는 변절 백색인이라 한다.

날씨가 정말 냉랭해 졌다.

아침 일찍 우연히 S와 단둘이 있게 되었다.

미모의 여성! 그러나 Classmate여서 그런지 마음은 편안했다.

1963년 11월 24일 일요일, 맑다

"눈물로 씻어지지 않는 슬픔이 없고, 땀으로써 낫지 않는 번민도 없다."는 카라일의 말이 생각난다. 좀 원망스러운 말이다.

"행복을 자기 자신 속에서 발견하는 기술을 터득해야 한다."고 한 칼·힐티의 말 또한 참으로 실현하기 어려운 일인 것 같다.

J.F.Kenedy 미국 대통령의 비보에 관한 세 차례의 호외 신문이 왔다. 참으로 세계적인 사건인 모양이다. 언제인가 維石유석 조병옥 박사가 별세했을 때도 호외가 있었지만, 한번으로 그쳤던 것 같다.

1963년 11월 25일 월요일, 맑다

날씨가 많이 변했는데 왠지 열이 났다.

오늘이 Kenedy 대통령의 장례일인데, 오스왈드라는 저격범이 피살되었다는 '호외'신문이 왔다. 못다 핀 꽃처럼 살다가 간 그분의 명복을 빈다.

Report 작성을 위해 국립도서관에 갔다. 그런데 어떻게 된 셈인지 열람카드에 책 이름은 있는데, 실제로는 책이 없었다. 누가 훔쳐간 것인지, 하여간 국립도서관의 관리 상태가 좋지 않은 것 같다.

"책 많이 가지고 계세요?"하고 S가 상냥스럽게 물었다. "아뇨- 별로 없습니다." 그저 그렇게 대답했다.

나는 왜 꼭 갖고 싶은 책도 영 갖지를 못 했는가 하고 생각하니 그저 씁쓸하다.

1963년 11월 26일 화요일, 맑다

종일토록 Report 작성에 전념하였다.
"땀으로 씻어지지 않는 번뇌도 없다."는 말 그대로이다.
　기나긴 겨울 밤, 창 밖에 눈이라도 펑펑 내리는 날은 차마 그 '고독'을 이겨내기 힘들 것 같다. 생각해 보면 K도 H도 A도, 그리고 S도 서로들 지금은 남남처럼 살아가고 있다. 지금의 나는 고장 난 시계를 수리할 돈조차 없는 실정이다.

1963년 11월 27일 수요일, 눈

첫눈이 내렸다.

　　내리는 눈발이 속삭어린다.
　　옛날로 가자, 옛날로 가자.

　　　　　　　　　　　　　　　　　— 김광균 : 「장곡 천정에 오는 눈」

그 눈을 맞으면서 지나간 날들을 되새겨 보았다.
"이런 날은 효자동 거리가 좋지." 내 말에 P군도 맞장구를 쳤다.
돈이 없으니 몇 잔의 술도 마실 여유가 없다.

　　배가 고픈데 아기자기한 사랑이고 뭐고 있겠소? 제군들이 교문을 나
　서면 차디찬 현실이 기다리고 있을 뿐이오.
　　그저 애정보다 각자의 사업에 몰려 사는 게 인간이지요.

만우(晩牛) 선생님의 말씀이다.
　숱한 쓴맛 단맛과 온갖 풍상을 다 겪으셨다는 박영준 선생님의 말씀이라 공감이 갔다.

　　참, 죽기 전에 결혼이라도 한번 할 수 있을지조차 몰랐지요.

왕년의 곤고를 이렇게도 말씀하셨다.

그렇다! K가 망설이는 것도 바로 그 '현실'때문이 아닐까? 누가 그 "배고픈 일"을 감수하겠는가? 쓸쓸하고 가슴 아픈 일이지만, 현실은 그대로 받아 들여야 한다. K도 S도 다 그렇다.

1963년 11월 28일 목요일, 맑다

날씨가 몹시 쌀쌀해졌다.

세상살이도 이런 것인지 모른다.

도서관에서 K를 만났으나, 그냥 서로 무관심한 듯이 지나 버렸다.

K와 S에 대한 갈등 속에, 배고프고 차디찬 현실의 갈등 속에 그냥 서러운 세월이 간다.

1963년 11월 29일 금요일, 맑다

Report 작성 때문에 약수동에 사는 H군에게 갔다가 오후 두 시경에 도서관으로 들어 가다가 밖으로 나오는 S를 만났다.

왜 들어가시지 그래요?

저는 시간이 있어서요.

영화배우 趙美領조미령을 빼어 닮은 S.체구도 꼭 고만하게 생겼다.

"멋있게 살아야 한다."는 박창해 교수님의 말씀을 떠올리면서 "Kenedy 대통령이야말로 멋있게 살다가 간 사람이구나!" 하고 생각했다.

정현기군이 신춘문예 평론 부분에 응모한다면서, 심사 위원 L씨를 잘 알기 때문에 가망이 있다는 말을 했다.

"나도 한번 시도하면 가능하겠지."하는 생각을 해 보았다.

오늘따라 无涯무애 스승님이 '까맣게 하늘같은 존재'로 새삼 우러러 보인다.

그분은 정말 훌륭하신 분이다.

1963년 11월 30일 토요일, 맑다

오 그리운 배움 집 연세
그 품안에 안아다오 연세

YBS(교내 방송)에서 애처롭게 흘려보내던 「재상봉가」의 여운이 사라지기도 전에 참으로 충격적인 사건이 벌어졌다.

그렇게 애지중지했던 『여요전주』와 『허웅 주석, 용비어천가』, 『국어변천사』(유창돈 지음) 세 권을 몽땅 도난당하였다. 더구나 『국어변천사』는 H군에게서 빌린 책이다.

오늘따라 자꾸 웬일인지 마음이 불안한 것 같더니만, 몇 사람밖에 남지 않은 도서관 3층에서 늦도록 밀린 숙제를 하다가 변소에 잠긴 다녀오는 사이에 벌어진 일이었다.

불과 3～5분 정도이다.

책값을 줄잡아도 550원.

단돈 10원도 수중에 없는 나에게는 참으로 어이없는 일이기도 하다.

『수택본 월인천강지곡』을 대출 받으려 했으나, 마침 누가 빌려가서 대출 받지 못한 것이 정말 다행이었다.

참으로 몹쓸 놈이다.

붉은 연필로 언더라인도 하고, 110539란 학번과 이름까지 써 놓은 책을 몇 푼이나 받겠다고 그따위 짓을 한단 말인가? 또 누가 책을 산다면 “이 사람이 책까지 팔아먹었구나!” 하고 못마땅하게 여길 것을 생각하면 더욱 서글퍼진다. 또 거기에는 S와 의논하고 싶던 사연의 쪽지도 들어 있어서 참으로 속상하는 일이다.

돌아오는 버스 속에서 추위도 잊어버리고, 마치 정신 나간 사람처럼 멍하니 창밖을 보고 있었다.

세상의 한 단면을 깨우친 것 같은 생각이 들었다.

1963년 12월 1일 일요일, 맑다

잃어버린 책을 변상해 주겠다고 몇 시간 동안 서점 가를 돌다가 오후 네 시쯤 ‘통문관’에 가서 겨우 책을 샀다.

점심도 멋 먹고 지칠 대로 지쳤다. 차마 헌책은 못 사고 새 책으로 변상하려고 '동대문-신촌-흑석동-종로……' 이렇게 여러 곳으로 허둥지둥 헤매었다.

세상을 살다 보면 억울한 일도 많고 어려운 일도 겪게 된다는 사실을 알게 되었다.

'통문관'에는 國故국고 관계의 책이 가득 진열되어 있었다. 그야말로 기가 꺾일 지경이었다.

"고급 차를 마셔도 스무 번은 마실 돈" 이라고 생각하니, 새삼 아깝고 분한 생각이 들었다.

1963년 12월 4일 수요일, 맑다

요즈음에 와서 유난히 '情정'이 아쉬운 것은 무엇 때문일까?

나이를 한 살 더 먹어야 한다는 어떤 절박감 때문만은 아닐 것이다.

대체 누구를 아끼고, 또 누구를 믿어야 하나?

S양이 오늘따라 웬 일로 해쓱해 보였다. 좀 멋이라도 더 낼 것이지, 그런 생각이 들었다.

K를 만난지 한 일주일쯤 되는 것 같다.

자중하는 것일까? 아니면 내게 부담을 주지 않으려는 갸륵한 배려 때문일까?

어쨌든 선의로 해석하고 싶다.

박영준 교수님의 '창작론' 종강을 했다.

"말로는 쉬워도 써 보면 어려운 것이 소설" 이라고 말씀하셨다.

'소설'도 '학문'도 어차피 어려운 일인데 하물며 '인생'에 있어서이랴!

1963년 12월 5일 목요일, 눈 후에 때때로 맑다

열시쯤 눈이 내렸다.

이런 날은 연희고지에 가서 누군가와 조용히 산책이라도 하고 싶다.

문득 시를 쓰고 싶다.

인생이 시들지 않았으니 시가 시들 수야 없지 않은가?

S양이 무척 수척해진 것 같아서 보기에 안타깝다.

방학이 가까워지니 무언가 초조해진 때문일까?

어떤 방법으로든지 위로해 주었으면 좋겠다는 생각이 든다. 그러나 마음뿐이다.

K양과 도서관 앞길에서 만났다.

그래도 우리는 그저 범연한 듯 지나쳐 버렸다. 김소월의 싯귀 "사노라면 잊힐 날 있으오리다." 바로 그런 심정일까?

국립도서관에 가 보았다.

모두들 정말 열심히 자기의 일에 충실하고 있었다.

1963년 12월 6일 금요일, 맑다

날씨가 따스해서 다행이다

사람 사는 일도 이렇게 시련 없이 편안했으면 참 좋겠다.

S양의 야윈 얼굴이 자꾸 마음에 걸린다. 혹시 나 때문에 그런 일이 생겼다면 참 미안한 일이다.

무애 선생님을 연구실로 가서 뵈려고 하였으나 나오시지 않으셨다.

'원서강독' 성적이 누구하고인가는 뒤바뀐 것 같아서 확인하려 했는데 그렇게 하지 못했다. 장학생이 되는 데에 혹시라도 지장이 있지 않을까 걱정이 된다.

집이 곤궁하다 보니 대학원에 진학해도 참으로 힘든 일이 많을 터인데, 누군가 '內助내조'를 해 주었으면 얼마나 좋을까.

K도 S도 그리고 H도 다 좋지만, 또 그런 것을 기대한다는 것 자체가 그저 공상인지도 모른다.

종일 원고지와 씨름을 하다보니 몸이 흐느척거린다. 건강이 영 좋지 않은 것 같다.

버스에서 내리다가 힘에 겨워서 그만 어떤 여대생의 손을 잡았다.

참으로 미안한 생각이 들었다.

생활이 이렇듯 고달픈 일인가.

1963년 12월 7일 토요일, 흐리고 한때 비

부슬비 내리는 날은 대개 마음이 편안했다.

그런데도 오늘은 까닭 없이 '백양로'를 왜 오갔는지 모르겠다.

종강이 가까워오니 캠퍼스가 고적한 느낌을 준다.

'성적표' 우송용 봉투를 기재하면서 착잡한 감정을 누를 길이 없었다.

S양이 적어낸 봉투를 열심히 만져 보았다. 흡사 그녀의 곱고 다정스런 손결을 만지기라도 하듯이.

"방학은 되어도 나이를 먹지 않았으면 좋겠어." 이런 엉뚱한 생각을 해 보았다.

대학 교수의 꿈은 이루어질까?

1963년 12월 8일 일요일, 맑다

'인정'이란 더없이 소중한 존재이다.

서릿발 같은 세상에, 그저 오순도순 나눌 이야기라도 있다면 그것은 정말 축복받은 일임에 틀림없을 것이다.

> 생명의 촛불 위에 스스로 맑은 별……
> 이런 표정의 극치는 사람 평생에 두 번은 어렵다.
> 동시에 그것은 생명의 절정이요, 사랑의 절정이요, 정서의 절정이다.
> 그 순간이 가면, 이미 인간은 이울기 시작는다.
>
> — 박목월 : 「눈매」에서

S양의 눈매를 연상해 본다.

언젠가, 왼손가락 두 개로 눈썹을 자근히 쥐고 수줍은 표정을 지었을 때, 그때만큼 그녀가 귀엽고 예뻐 보인 적은 없었다.

그 '눈매'가 간 뒤로 우리의 애정도 이운 것일까?

상대방에게 어떤 조건을 내건다면 이미 사랑은 이울기 시작한 것이 아닐까?

인생의 '정오'가 되기 전에 누군가 환한 눈매로, 그 열정의 불을 받쳐 들고 와 주어야 한다.

1963년 12월 9일 월요일, 맑다

캠퍼스는 적막감에 쌓이는 것 같고, 도서관은 더없이 붐비고 있었다. 방학이 가까워지면 언제나 느끼는 감정이다.

이제 일주일만 지나면 방학이 온다.

오후 늦게 귀가하는 찻간에서 A양을 만났다.

오래간만인데도 정식으로 인사를 나눈 적이 없으니 그저 무덤덤하게 지나쳤다.

어느 한 때 A양은 무척 애써 내 주변으로 가까이 왔었는데, 나는 짐짓 무심하게 살아 왔다.

이화여고를 우등으로 졸업하고, 지금도 학과의 top을 하고 있는 사학도인 A. 가정 형편이 여의치 않아서 어렵게 대학 생활을 하고 있다는 A. 그래도 그 A양이 참다운 대학생이다.

1963년 12월 10일 화요일, 맑다

이상하게도 상쾌한 기분으로 잠에서 깨었더니, 간밤에 눈이 내렸다.

"사랑은 다 만족해도 배가 고픈 것." 베를랜느의 이 싯귀처럼 '배고픈 사랑'의 의미를 생각해 본다.

오래간만에 K와 S 두 사람을 다 만났다.

K는 교직 과목 시험이 다소 불안하듯, 좀 서글피 가고 있었다.

S는 '국어학강독' 리포트를 대신 좀 제출해 달라면서 맡기고 갔다. 『월인천강지곡』1권을 주석하는 것이 과제 내용인데, 야무지고 정결한 글씨였다. 그 모습 그대로이다.

대학원 시험은 외국어 시험에 중점을 둔다고 한다.

그동안 너무 방만하게 살았던 것 같아서 좀 걱정이 된다.

1963년 12월 11일 수요일, 맑다

날씨가 전에 없이 따스해서 다행이다.

노트 속에서 실시한 시험지가 나와서 "왜 이런 것 갖고 다니시죠?" 하고 윽박지르듯 말했을 때 S가 말없이 웃기만 하던 모습이 떠오른다.

"노트 좀 빌려 주시겠어요?" 하고 졸라대듯이 말하던 S에게 그 '빌려 달라'고 한 부분을 정리하느라고 추운 방에서 밤늦도록 열중하던 일도 아름다운 추억으로 남는다.

K와 S의 그 다정스럽고 아름다운 모습에서 오랫동안 멀어져 간다고 생각하니, 방학이 오히려 달갑지 않은 것 같다.

1963년 12월 13일 금요일, 맑다

> 내일은 추석. 집 생각이 나겠지? 한없이 높은 하늘에, 무언가 그리운
> 계절에, 하나의 결실을 기대하여 생활을 영위함이……
> 누나가 푸른 하늘을 멀리 바라보면서.

S가 군 복무 중인 그녀의 동생에게 보내는 글의 일부이다.

"누나로는 어엿이 행세하는구나, 고 깍쟁이……" 하고 나는 실없이 웃어 보았다. S가 미더운 탓에 그런 말을 했던 것 같다.

누구에게나 아껴주는 사람이 있다는 것은 참으로 축복받을 일이다.

1963년 12월 14일 토요일, 맑다

그 상냥하고 어여쁜 K가 도서관 앞길로 오르고 있었다.

오늘은 웬 일로 마음이 쓸쓸한 것일까.

다시 돌이킬 수 없는 사연들은 잊기로 하자.

그래도 갈 곳이 있어서 좋다. 고향 집이라도 내쳐 가야 할 것만 같다.

어둠과 서러운 일, 고독한 상념 같은 것은 멀어져 가야 한다.

이제는 인생의 층계를 부지런히 걸어 올라야 할 시간이 되었다.

K! 다시 돌아올 수 있을까, K.

세월이 가고, 버리고 싶은 먼 거리가 다시 좁혀질 수 있을까.

1963년 12월 15일 일요일, 맑다

집에서 고단한 하루를 보냈다.

첫 사랑은 이루지 못하는 것이 통례라고들 하지만, 그래도 K는 돌아와 줄지 모른다고 몇 번이나 생각해 보았다. 나만은 그 '통례'에서 예외가 되기를 간곡히 바라는 것이다.

그러나 지금 와서 무슨 쑥스러운 자세를 취하고 싶은 생각은 없다.

시간이 흐르고, 고요한 낮과 밤이 오면 그때 나는 기어코 기나긴 사연을 적어, 묵직한 수필집이라도 마련하게 될 것이다.

책명은 무엇이라 해도 좋겠다.

무애 스승님이나 박영준 선생님의 서문에다 K나 S의 서문을 덧붙이고, 나는 기나긴 사연의 발문을 첨가해 보았으면 한다.

다만 첫 장을 젖히면 나의 시 「미니욘」이 수록되어 있어야 할 것 같다.

S양의 노트를 뒤척여 보면서 "여자로서 참 신통히도 글씨를 잘 쓰는군!"하고 감탄했다. 솔직히 말해서 그녀의 필재(筆才)는 나를 능가하는 것 같다.

1963년 12월 17일 화요일, 비후에 흐리다

> 푸른 희망을 가슴에 움켜 안고 떠나온 정든 고향을,
> 내 다시 돌아설 제 열 구비 도는 골마다 꽃잎을 날려 주리라.

몇 해 전 K군과 무척도 즐겨 불렀던 노래이다.

재주 있고 미남이던 K, 지금쯤은 중위 계급장(육사 출신이니까)을 달고 있을까? 문득 만나고 싶은 생각이 든다.

살아가노라면 이렇게 다정했던 사람들도 잊어버리고 살게 되나 부다.

오늘처럼 비가 내리는 날은 마음 한구석이 편안해 질 법도 하거니…….

내일 시험이 시작되어 모레면 끝이 난다. 그러면 곧장 하향의 길에 오르게 된다.

무엇을 얻고 무엇을 잃었던가?

청춘의 소중한 한 부분과 연륜과 건강을 앗아간 한해이다.

깃동 장학생은 무엇이고, name value가 또 어쨌다는 것인가.

피를 토하는 절절함은 아니더라도, 잠 못 이루는 밤을 더해 준 것은 아닐까?

장학생이 되었기 때문에 S의 정과 웃음을 얻을 수 있었다. 수석이 되었기에 스승님들로부터 신뢰와 아낌을 받을 수 있었다.

한편으로는 라이벌들에게 냉소를 받기도 했고, 나 스스로 급우들을 얕보는 습성을 배우고 말았다.

남의 앞에 서 있는 내가 뒤따르는 사람들을 얕잡아 본다는 것은 이상한 일이다.

발버둥을 치고 흑흑 운다고 가버린 세월을 돌려놓을 수는 없다.

1963년 12월 18일 수요일, 맑다

바람이 몹시 차다.

첫 시험 두 과목을 다 자신 있게 치루웠다. 무애 선생님의 '국문학강독'과 박창해 교수의 '국어구조론' 두 과목이었다.

시험 없이 살 수 있는 세상이 왔으면 좋겠다.

어떻든 이번에도 기필코 수석을 지켜내야 한다.

S에게서 노트를 돌려받았다.

"잘 썼어요." 고마울 게 뭐 있으랴만, 상냥한 인사말이 싫지 않았다.

재치 있고 미모의 소유자인 S, 그러면서도 어딘가 Sentimental한 S.

우리는 서로 Classmate의 선을 넘지 않아야 할지 모른다. 다만 그녀로 말미암아 웃음을 잃었더니, 그녀로 인해 다시 웃음을 되찾게 되었으니, 고맙고 다행한 일이다.

아니다. K로 인하여 청춘이 병들었더니, S로 더불어 다시 건강을 되찾았다고 말하는 것이 옳을 것이다.

사람의 감정이란 야릇한 것이어서, 도무지 무어가 무언지 알 수가 없다.

무애 선생님께서 '강의 인상기'를 써 보라고 하셨다.

> 기독교 정신으로 설립된 학교에서 불교에 대해서 너무 많이 언급하
> 시고, 좌경 인사들의 사연을 너무 언급하시고…….

불초하게도 나는 이런 글을 썼다.

쓰지 말아야 할 내용을 쓴 것이 후회스럽다.

1963년 12월 19일 목요일, 맑다

처음 상경했을 때에는 한 학기도 멀더니, 한해를 지내놓고 보니 세월이 빠르기만 하다.

생각하면 무척 감회도 깊고, 무겁고 긴장된 한 학기였다.

장학생으로서 상장을 받고, name value도 얻었다. 그리고 어느 정도 주관과 학문관을 세울 수 있었다.

대인 관계(특히 대여성 관계)를 어색함이 없이 화합시킬 수 있었고, 철학 서적도 읽고 생각에 잠기기도 한 학기였다.

그러나 K에게 향한 정념은 미해결로 남아 있고, S에게서 얻은 따뜻한 정에 대해서도 역시 보류 상태로 남아 있다.

"나갈 때 나가고 물러설 때 물러설 수 있는 힘만이 자신의 빛"이라고 한 파스칼의 말을 생각해 본다.

S와 K의 경우, 어떻게 해야 하는 것인지 도무지 알 수가 없다. K에게서 물러나고 S에게로 나아가야 할 것인가? 아니면 다시 K에게 닥아서야 옳은 일인가?

이 두 여성의 '미소' 중 그 누구도 버릴 수 없고, 또 버려서는 안될 것 같이만 느껴진다.

도서관에서 너무도 매혹적으로 웃던 K의 그 '웃음'의 의미는 대체 나에게 어떤 태도를 요구하는 것일까?

"아직은 비록 먼 거리에 있지만, 저이가 나를 사랑하고 있는 것은 자랑스러운 일"이라고 생각하고 웃었을까? 혹은 "이제는 닥아 오면 응낙하겠다."는 신호의 웃음이었을까?

또 S만 해도, 마지막 시험 시간에 늦게야 나온 나를 기다렸다가 일부러 도서관까지 왔다가 간 모양이다.

이 두 여성의 이름 끝 자가 왜 'ㄴ'으로만 끝나고 있는지, 내게 이 'ㄴ'자는 무슨 운명의 기호이기나 한지? 이 두 유성자음이 1963년의 막바지에 선 나를 자못 난처한 입장으로 만들고 있다.

그리운 정과 보드라운 손결이면 그만이다. 그것이 바로 '고향'이 아닐까?

육신의 교향으로 돌아갈 시간에 이 '마음의 고향'이 나를 번뇌스럽게 만든다.

나손 선생님을 연구실로 찾아뵈었다.

> 선생님, 도무지 앞이 보이지 않습니다. 그렇지만 제 재주껏은 해 보
겠습니다. 다시 뵈올 때까지 안녕히 계십시오.

> 잘 다녀오시오.

선생님께서는 자정 많으시게 인사를 받으셨다.
문효근 선생님도 만나 뵈었다.

> 저는 내일 고향에 갈까 합니다. 선생님 그럼 방학 동안 안녕히 계십
시오.
> 이군! 몸조심하시오. 군의 답안 작성은 참 잘 되었소. 다른 학생들의
답안은 Pint가 틀려 버렸어.

문 선생님은 다정스레도 손을 잡아 주셨다.

> 선생님, 내일 댁으로 찾아뵙겠습니다.

> 그래, 내일 꼭 오너라. 기다리겠다.

연민 선생님의 은근스러운 말씀이셨다.
이렇게 선생님들로부터 아낌과 신뢰를 받는 내가 쓸쓸한 마음을 버릴 수 없음
은, 나이를 한 살 더 먹는다는 서글픔도, 대학 생활이 다 끝나간다는 그런 이유
만도 아닐 것 같다.
근본적으로는 K와 S 때문일 것이다.
S를 생각하며 잠자리에서 이리뒤척 저리뒤척 잠 못 이루기도 했었다. 정이 그
리운 때문이리라.
언제나 그 정과 미소의 주변을 돌면서, 닥아 서지 못하고 바자니기만 하는 안
타까움에서이리라.
야속스레도 몇 날 밤을 잠 못 이루게 하던 K.
"물러섰으니 이젠 나아갈 수 없구나 ! " K와의 사이를 두고 몇 번이나 이런
말을 했었다. "물러 선 사람은 나아갈 수 없다."는 이 맹랑한 규율을 따르는 것이

대장부의 의리인지는 모르지만, 꼭 그렇게 해야 하는 사람은 축복 받을 존재는
못되는지도 모른다.
    그러나 이제 나는 사랑을 줄지언정 받지는 않을 것이다. 또는 받으면서 살망
정 먼저 주지는 않을 것이다. 전자는 K의 경우이고, 후자는 S의 경우이다.
    그러나 이러한 나대로의 생각은 어쩌면 다 공상인지 모른다.
    잊고 산다고 해서 다 버리고 사는 것은 아닐 것이다. 그것은 세월이 흐른다고
꼭 늙어간다는 의미가 아닌 것과 같은 이치이다.

1963년 12월 20일 금요일, 흐리다

    날씨가 찌푸려서 마음이 언짢았다.
    열시쯤 해서 연민 선생님 댁(명륜동 3가 59)을 찾았다.
    학자들이 대개 그러하듯이, 별로 호화롭지 못한 가옥에서 선생님은 한방 가득
히 들어찬 책에 의지하시어 성적을 내고 계셨다. 참 귀하고도 보배스러운 책들이
큰 재산이었다.

        음 어서 오너라.

    얼마간 얘기를 나누다가 인사 말씀을 드렸다.

        잘 다녀 와.

    한복을 입으신 선생님은 문간까지 나오시며 배웅해 주셨다.
    오후 세시가 되도록 점심도 잊은 채로 학교에 나가 보았다. 무애 선생님의 출
강 건으로 유창돈 학과장님을 뵙기로 약속된 때문이었다.

        무애 선생님 다음 학기에도 나오시게 됩니까?

    선생님께서는 改宗개종과 함께 동국대 대학원장으로 가셨기 때문에 학교와는
미묘한 관계에 있는 모양이다.

누구 오지 말으랬나? 괜히 자기가 바람을 일으켜서…….

쌀쌀한 표정으로 말씀하셨다.

"어학자들은 역시 차갑구나! 학계와 교육계의 대 선배에 대해서 그렇게까지 말할 수 있는 것일까?"하고 참 언짢은 생각을 금할 수가 없었다.

나는 유 교수님을 존경한 적은 없지만, 그래도 다정스런 분이라고 믿어 왔는데, 사무적인 일이어서 그런지는 몰라도, 어떤 면에서는 참 쌀쌀한 분인 것을 알았다. 대학원 주임교수도 맡고 계시므로 대학원 관계에 대해 문의하고 싶었으나 더 엄두가 나지 않아서 인사만 드리고 나와 버렸다.

도서관에 갔다가 '학관'쪽으로 오고 있는 K양을 만났다. 새삼스레 '참 예쁘구나!'하고 생각해 보았다.

'학관' 2층 문과대학 회의실로 오르고 있을 때 K양과 정면으로 만나게 되어 서로 웃으면서 지나쳤다.

>   샤를르 보들레르처럼 섧고 괴로운 서울 여자를
>   아조아조 인제는 잊어버려
>
>   ― 서정주 : 「水帶洞詩수대동시」

여기 아리싸나 안나 카레니아, 쏘니아의 이름을 듣지 않아도 좋다.

K! 핑크색 코트에 깃든 그 청춘이 부럽구나. 그 미모, 그 웃음, 그 명랑함이 귀엽고 아쉽구나.

1963년 12월 21일 토요일, 맑다

도서관에서 방학 전 마지막 시간을 보냈다.

외부장학금 관계로 마음이 언짢았다.

내용을 공개하지도 않고, 정부 위탁 장학금을 교수와 직원 몇 명이 모여서 수혜자를 결정해 버렸다고 한다.

Top이 되면 6,200원이 면제되나, '3.1 장학금'이나 '5.16 장학금'의 경우 매학기 10,000～15,000원이 지급된다고 한다.

학과장이신 유창돈 선생님께서 흥분된 어조로 "학장이 너무 불공평하다."고 맞
대놓고 비판하셨다.
어쨌든 Top을 해야겠다.

1963년 12월 22일 일요일, 눈 후에 흐리다.

아침 6시 25분 용산 역 출발.
어두운 서울 거리를 뚫고 을씨년스럽게 싸락눈이 내리고 있었다.
이런 날은 S라도 프렛 홈에 나와 주었으면 얼마나 마음이 편할까. 검은 장갑을
끼고 생긋 웃어주는 그런 S가 말이다.

　　　나이를 먹이면서 열차가 가나 부다. 팥죽을 안 먹으면 나이를 먹지
　않겠지.

우연히, 오랜만에 중. 고등학교 동창 몇 사람을 만나서 서로 농 삼아 나눈 대
화이다.
농사가 흉작에 가깝다고 하는데, 집에 가도 마음이 편하지 않을 것 같다.
그래도 집이니 마음 놓고 잠이나 실컷 잤으면 한다.

1963년 12월 23일 월요일, 흐리다

차라리 눈이라도 한바탕 내렸으면 좋겠다.
서울 거리는 지금쯤 Christmas trees로 휘황한 풍경을 연출하겠거니 생각하니,
울컥 그곳으로 가고 싶은 충동을 받는다.
K와 S의 모습이 double exposure가 되어 어른거린다.
살아간다는 것이 참으로 어려운 모양이다.
K에게 보냈던 편지들을 꺼내 읽으면서, 또는 그것이 인용된 일기장을 뒤적거
리면서 한번 빙그레 웃어 보았다.
"그때는 참으로 사랑했던가나 부다."바로 그런 감정이다.

1963년 12월 25일 수요일, 맑다

문득 S의 음성이 그리워진다.

바람이 몹시 찬데, 서울의 거리도 계절풍으로 싸느랗게 식어 있을 텐데, 더욱 S의 모습이 아른거린다.

글을 써 보려고 시도해 보았으나 쓰지 못했다.

크리스마스 카드 한 장 오지 않는 이 외진 시골에서 신숙녀의 거리 서울이 그립구나!

'대학 정원 책정 재정비안'이 신문에 보도되었다. 우리 연세대의 정원이 가장 큰 폭으로 늘어난 것으로 되어 있다.

기쁜 일이다.

모교는 언제나 그리운 곳이 아니겠는가.

1963년 12월 26일 목요일, 맑다

바람이 몹시 차다.

외국어 공부에 열을 올려 본다. 고등학교 시절에 부실하게 한 결과로 이런 곤욕을 치르게 된다.

김형석 교수의 『영원과 사랑의 대화』중 「고독과 사랑의 장」을 다시 꺼내 읽어 보았다. 그리고 그 글에 등장하는 K가 바로 나의 K였으면 좋겠다고 생각해 본다. 미모와 영민한 그런 여성 말이다.

길지 않은 세월이었지만, 지난날을 돌이켜 보면 눈물겹다.

배가 고파서 빵 한 개로 저녁을 때우던 일, 궂은비를 맞으면서 동대문 밖 어느 집에서 가정교사를 하던 일, 날이 미처 새기도 전에 '자조장학회' 작업장에 나가던 일, 등이 들어나는 짧은 모조품 교복을 입고 늘 운동화만 신고 다니던 일……. 그 모두가 눈물겹구나!

참 엔간히도 고생을 했었지.

1963년 12월 27일 금요일, 맑다

영하 몇 도나 될까?

강변을 타고 부는 바람이 쏴 하고 혁명처럼 사나웁다.

그 냉기 돌던 서울 거리를 생각하고, 아랫목이 따뜻한 고향이 좋다고 생각해 본다.

K와 S에 대한 상념.

"시로 인하여 청춘이 병들었더니 시로서 다시 뜻을 세우게 되었구나." 이것은 芝薰지훈의 싯귀이다.

나는 이 말을 나름대로 고쳐 본다. "사랑으로 인하여 청춘이 여위었더니, 사랑으로서 다시 뜻을 세우게 되었구나!"

사람이 사람을 그리워한다는 것이 이토록 고역인가?

1963년 12월 28일 토요일, 맑다

날씨가 조금 풀린 것 같다.

자전거를 타고 읍내를 두어 시간이나 이곳저곳으로, 그저 무턱대고 다녔다.

고교 시절의 다정했던 급우 태원 군을 만나볼까 하다가 그만 두기로 했다.

세월이 가면 이렇게 하나 둘씩 정이 멀어져 가기도 하고 또 맺어지기도 하는 모양이다.

우연히 K군을 먼발치에서 보았으나 외면해 버렸다. 학창 시절 사람 잘 때리고 몹시 사나웠던 그는 지금 잠바 차림의 초라한 행색이 되어 있었다.

두터운 『단어·숙어집』한 권을 샀다.

책이 아담하게 생겨서 의욕이 생기는 것 같다. 기념으로 첫장에 큼직하게 '순(順)'이라고 적어 놓았다. K와 S의 성명이 모두 '순'으로 끝나는 것은 참으로 야릇한 일이다.

이 글자를 앞으로 얼마나 더 쓰게 될지 알 수 없지만, 아마도 내 한평생 지워져서는 안 될 그런 글자이기도 하다.

무애 스승님의 존영이 떠오른다.

방학이 시작될 무렵 찾아뵙고 "선생님을 다음 학기에도 꼭 모시고 싶습니다." 하고 말씀드렸을 때 "암, 내야 하구말구요." 하시던 말씀이 생각난다. "당뇨병이

심해서……." 하시면서 쓸쓸한 표정을 지으시더니, 환갑을 지내신 선생님의 長
壽장수를 빌어 본다.

1963년 12월 30일 월요일, 맑다

날씨가 한결 따사롭다.

벌써 봄의 훈향이 깃드는 것 같이 느껴진다.

혹시 K나 S에게서 무슨 편지라도 오지 않을까 하고 괜스런 생각을 해 본다.
이렇게 사람은 기다림 속에서 사나 부다.

일방적이고 근거 없는 기다림이지만, 그래도 무엇인가를 기대하고 산다는 것
은 좋은 일이다. 그것은 꼭 '희망'이라고 부르지 않아도 좋다.

기다리며 산다는 것은 피로하고 초조하지만, 또 억울하고 서럽기도 하지만, 그
래도 버릴 수 없는 생활의 한 방편이다.

이것마저 없다면 이 단조로운 생활을 어떻게 지탱해 갈 수 있단 말인가.

"대학원을 나오면 교수의 길이 트일까?" 이 문제를 안고 나는 아마도 30대 중
반까지 씨름을 해야 할지 모른다. 그러나 나에게 출구는 이길밖에 없다.

누군가 골똘히 생객해 볼 수 있는 사람이 있다는 것은 한 큰 재산이다.

이것마저 없어진다면 인생은 이미 이울기 시작한다.

1963년 12월 31일 화요일, 맑다

"물러섰으니 이제는 나아갈 수 없구나!" 언제인가 K에게 설정했던 이 규율(?)
을 그대로 준수하면서 살아야 하나?

영리하고 애교에 넘치는 미모의 여성, S. 몹시 세련되었지만, 몸이 다소 연약한
것이 못내 아쉽다.

그래도 S가 K보다 훨씬 편안하게 대할 수 있는 것도 사실이다. 물론 S는
Classmate이니 그럴 수밖에 없다.

열 엿세 달이 유난히 휘영청 밝다.

황진이가 "동짓달 기나길 밤을……." 하고 읊었던 바로 그 기나길 동짓달 밤

이다.

지금까지 나는 무엇을 얻고, 무얼 또 얼마나 간직한 것일까.

1963년이 간다.

고달팠다면 고달팠다고 할 수 있는 '癸卯年계묘년'이 흐른다.

다시는 돌이킬 수 없는 세월의 한 모롱이를 돌아, 또 다른 오솔길을 걸어야 하는 것이 인생의 역정이 아닌가.

지나 온 '이정표'는 덮어 두기로 하자. 그것은 어차피 '備忘錄비망록'으로 남을 수밖에 없지 않을까.

이제는 능동적인 연극을 무대에 올리지 말기로 하자. 그저 앞을 보고 걷기로 하자.

잠 못 들어 뒤척이던, 그 지루하던(?) 밤의 얘기는 그저 기록으로 남기기로 하자.

그래도 잊을 수 없는 안타까운 사연은 또 무엇일까?

참으로 넘기 어려운 고개를 넘기 위해서, 이제는 당당히 준비를 하자. 그렇다! 끈질기고 조심스럽게 넘어야 할 고개가 기다리고 있다.

머뭇거리거나 돌아서 버릴 수는 없는 '인생의 고개' 앞에 나는 왜 머뭇거려야 하는가?

K여, S여, 그리고 A와 H! 또 이 한해 '계묘년'이여, 그럼 안녕!

《 1964년 》

1964년 1월 1일 수요일, 맑다

'癸卯年계묘년은 너무 많이 계획했기에 너무 적게 이루고 보낸 해.
아직도 계획 짜기에 너무 서투르나 부다.
좀더 강렬하게 살아야 할 것 만 같다.

*   *

"혹시나……."
근거 없는 기다림이었을까? 그렇게도 까치가 우짖는데 아무 소식이 없다.
모두 내 중심으로, 내 편리대로 해석한 것일까?
따사로운 웃음이나 상냥한 음성은, 그것은 닳아진 사회의 닳아진 습성 외에
더 될 게 없는 것인가.
영어 단어집을 어루만지면서 그래도 벅찬 계획을 세워본다. 차라리 10분의 1
을 채 못 이룰망정, 가정으로라도 자위해 보려는 어색한 자기변명인지 모른다.
동계 방학도 7분의 1쯤이 흘렀다. 그것이 비록 다소 지루한 것이라 해도 해가
바뀐 것은 아쉽다.
정도 들고 철도 먹은 대학 생활의 終止종지의 해이다. 이제는 남부럽지 않은
웃음과 긍지와 축복으로 지내갈 수 있을 것만 같은 university-life이기도 하다.
이 몇 해가 가면 인생의 정오를 맞는다.
'인생의 황혼'에 허덕이지 않기 위하여 '정오' 이전에 되도록 많이 걸어두어야
한다고 했는데, 이 몇해 동안 얼마만큼이나 걸음을 재촉해 나갈 수 있을지 잘 모
르겠다.
한 걸음이라도 더 걸어 두어야 할 것 같다. 가깝고 얕은 꿈을 지니고 살아야
겠다.
멀고 깊은 욕망이 물론 더 복된 것이지만, 그 꿈을 살아먹고 살 수밖에 없는
경우라면 그것은 축복 받을 일은 못된다.
기왕 발음해 보지 못했던 젊음의 절규, 청춘의 음성이거니, 안타까운 대로 그
모닥불에 消火소화의 땀을 쏟기로 하자.

이제부터는 되도록 학문과 내일을 바라는 일에 전심하자.
좀더 신 끈을 졸라매어야겠다.

1964년 1월 2일 목요일, 맑다

격정의 계절, 발산해야 할 인생의 '격정'.
생활과 이상의 틈바구니에서, 당신과 나의 간격에서 사위어지는 격정은 서러운 정이다.
설계대로 잘 되어지지 못하는 것이 안타깝다. 옮기고 깎아도 마침내 더 에어내지 못할 사연이 있다. 멍들어서는 안 될 생명의 안자락이다. 부딪히고 헤쳐 가는 길이기에 또 그 길을 걸어야 한다. "학문-사랑-인생" 이 line에 따라 내 인생은 영위되어야 한다.

*　　　　　*

그렇게도 기다렸다만, S.
그래도 기다림을 버릴 수 없었던 K.
결국 당신들은 기다림으로 끝나야 할 여성이었을까. 그 이상도 그 이하도 간직하지 않는 게 좋단 말인가.
이젠 바로 앞을 보고 걸어 나가야 한다.
아쉬운 것, 그리운 것, 지니고 가꾸며 살고 싶은 그 모든 정과 웃음과 노래……. 모두 많기도 하지만 내 인생의 좌표에 몇 줄의 연두 빛 곡선을 그을 수 있을 것인지…….
그 좌표를 응시하지 말아야 한다면?

1964년 1월 3일 금요일, 맑다

당초의 계획에 너무나 못 미치고 있다. 그처럼 벼르던 계획이었는데 실천에 옮기기가 몹시 힘에 겨웁다.

*　　　　　*

‘대학입시요강’이 숱하게 광고로 나와 있다.

나에게는 이맘때가 되면, 실로 내게는 감개무량함을 금치 못한다.

궁여지책으로 국학대학에 장학생으로 입학해서 공부를 할까 하고 망설이던 일, 또는 동국대 정도라도 장학생이 되면 진학해 버릴까 하던 지난날의 일들이 마음 아프게 회상된다.

결국 참은 보람이 있어 한국 제일의 私學사학인 연세대에 입학을 하고, 장학생이 되어 학업을 계속할 수 있게 되었다.

“이놈 자식, 대학을 가느니 미장개를 가지, 집다 떨어 쳐 먹으려면 무슨 것은 못해, 그래도 방구석에만 들어앉아서……” 두들겨 패며 생 매질을 하던 삼촌, 그 삼촌은 지금은 수중에 돈 한 푼 없으면서도 당신 아들은 대학을 시키겠다고 우리 것을 몇 천 원씩 깡그리 속여 간다고 했다.

삼촌 부모도 부모인데, 인정으로 말하면 어떤 때는 백삼십촌이나 되나 부다. 형님 없는 조카를 두호는 못할망정, 그다지도 앞길을 막더니……. 그 무거운 책 짐을 지고, 죽을 먹고, 鳴鳳寺명봉사를 갔다가 방학에 맞춰 집에 와서 서라벌예대를 다닌다고 둘러대면서 수험 공부를 했던 나였다.

생각하면 그 모두가 눈물겹고 감개무량한 일이다.

차라리 몇 끼 굶고 죽을 먹을망정 내사 이제는 교육을 알뜰히도 斗護두호하고 싶다.

생각하면 바로 엊그제의 일인 듯한데 어언 三有餘 年삼유여년.

진학의 길이 묘연해지자 그때는 졸업식에도 불참하고, 별로 친근하지 않던 급우들에게 ‘sign’을 해 주기도 했었다. 의외에도 우등상장과 상품이 우편으로 배달되었었다.

이 모든 일이 그립다면 그립고, 서럽다면 더없이 눈물겨운 사연들이 내 가슴을 누르는구나.

봄이 오거든 이것저것 다 접어두고 등산을 해야겠다. 운동모를 쓰고, 가벼운 신발 차림에 스틱을 짚으면서, 혹은 룩샥을 메어도 좋겠다. 이때 S나 K, 또는 누구누구 따스한 웃음이 있어야 한다.

이런 분위기라면 약주 잔이나 기우리면서 ‘커-’하고 오랜만에 심호흡이나 할 수 있으리라.

외진 음달에 접어 두었던 멋과 인생과 청춘의 정열을 발산시켜, 한번 흐드러지게 웃어 보았으면 싶다. 웃음이 아쉽다. 도봉산이나 남한산성이 찌렁찌렁 울리도록 한번 호쾌하게 웃어보고 싶다.

그런 날이 오기를 기다려 본다.

기다린다는 것은 죄도 벌도 아니다. 권리나 의무 어느 것에 조금씩 속해 있을 뿐이다.

1964년 1월 4일 토요일, 맑다

누가 좀 도와주어야겠는데, 그럴 사람이 없다.

찹쌀떡을 팔아 남편 공부를 마치게 한 어느 갸륵한 여인도 있다는데 말이다.

K라면 그렇게 할 수 있을 것만 같다. K라면 그 따사롭고 낭랑한 음성으로 그런 말을 해 줄 수 있을 것 같다.

그러나 K가 다시 닥아 올 수 있을까?

*　　　　　*

인간은 늘 외롭고 허전하다.

부모도 형제도 마음의 시장기를 메꾸어 줄 수는 없다. 우리 집안에서 처음으로 대학에 들어간 나로서는 더욱 더 그러하다.

동생들의 진학 문제로 몇 시간씩 신경을 써 보았으나 무슨 신통한 생각이 떠오르지 않는다.

인생이 따스해야 한다는데, 내 나이에 벌써 이런 고민을 해야 한다. 마음껏 뛰놀고 웃어야 할 20대, "철학과 사랑과 맥주와 웃음의 계절"이라는 대학 시절을 불란서 청춘들은 참 야단스럽게도 향유하는 모양이다.

> 사랑을 구가하고 예찬하는 일은 축복받을 일이지만, 차 한 잔 값도
> 제대로 지니지 못한 나로서 '국제극장'을 드나들어야 한다는 현대적 로
> 맨스를 내가 어찌 감당 하겠소?

누가 묻는다면 나는 꼭 이렇게 답변할 수밖에 없다.

하냥 그리운 정에 대중가요 한 곡이라도 불러 보고 싶구나. 그 "나 혼자만이 그 대를 알고 싶소. 나 혼자만이 그대를 갖고 싶소……." 식의 노래라도 말이다.

1964년 1월 5일 일요일, 맑다

첫날에 길동무 만나기 쉬운가
가다가 만나서 길동무 되지요.

오래간만에 생각나는 소월의 시 한 구절이다. 어느 소설가의 소설 제목처럼 「다정도 병이런가」, 또는 소월의 「못잊어」,「예전엔 미처 몰랐어요」등 일련의 시들이 오늘은 왜 새로운 감회를 던져주고 있는 것일까?

세월은 흘러가고 또 흘러오지만, 옛 시절에 품었던 문학에의 향념, 시에 대한 정에는 아무런 변화가 없는 것 같다.

"청춘은 인생의 조국". 실로 감개무량한 말이다. "떠나버린 열차는 참 아름답구나!" 보들레르의 싯귀이다.

가버린 웃음과 생명의 손짓은 지금은 한갓 아쉬움을 더해 줄 뿐이다.

"낙화암 낙화암 왜 말이 없느냐?"는 춘원의 시 「泗沘水사비수」를 읽던 그 詩心시심과 『좁은문』,『파우스트』를 읽어가던 그 열정들이 이제는 왠지 식어가는 것만 같구나.

돌아서 간 세월과 인생의 모롱이를 응시하며, 다시 시련의 길을 생각해 본다.

*　　　　　*

서울대학교 대학원의 입시 요항이 발표되었다.

독일어 실력이 진척이 없어 안타깝기만 하다. 금년 1년간의 땀에 비례하는 일이겠지만, 그래도 꼭 한국 제일의 대학 문을 드나들고 싶다.

연세대학교 신입생 요강이 발표된 것을 보면 8개 단과대학 총 31개학과 1,310명이다. 고려대의 29개학과 1,270명을 다소 앞서는 것이 마음에 흡족하다.

*　　　　　*

"기다림에 지친다."는 자못 통속적인 말이 있다. 김남조. 박목월 공저인 隨想수상, 詩選集시선집『久遠구원의 戀歌연가』의 통속적인 신문 광고에 "기다림에 지친 이를 위하여, 그리움에 목마른 이를 위하여"라는 문구가 들어 있다.

한갓 상업 광고에 지나지 않지만, 내게는 소중한 말임에 틀림없다.

K에게 보낸 편지의 끝머리에는 "기다림을 잊어야 하는 사람이, 그러나 그리움에 목마른 사람이……."라고 썼다. 단념하겠다는 전제와 다른 한편으로는 아직은

여운을 두겠다는 뜻이었다.

그 여운의 반향을 기다리며 아직도 못내 안타까운 심정으로 기다리며 사는 셈이다.

앞으로 얼마나 더 그리운 음성에 귀 기울이고 잠 안 오는 밤 해설피 창가를 서성거려야 할지 알지 못한다. 세월이 흐르면 마음의 여유야 생기겠지만, 그래도 아쉬운 사연이었다.

1964년 1월 7일 화요일, 맑다

귀향한 후로 단 이십 리 밖을 못나가 보았다. 그러면서도 마음은 자꾸 표랑(漂浪)하였다. 멀리는 영국의 어느 거리, 파리의 어느 카페, 가까이는 K와 S가 있는 서울 서리, 더 가까이는 내 마음의 거리를 분주히 헤매었다.

이 마음의 여행마저 없다면 인생은 너무 을씨년스러울 것이다.

*   *

炯眼형안을 부릅뜨고 살아가기로 하자.

생명과 인생의 길은 비좁고 거칠다.

이 길을 버리지 못하겠기에 애써 나아가야 한다. 무엇인가 소중한 것은 어느 때이고 소중한 것이 된다.

방향이 없는 표박처럼 무의미한 것도 없다. 그러나 틀에 박힌 듯한 삶은 어떤 때는 고독하기까지 하다.

1964년 1월 8일 수요일, 눈

종일을 두고 눈이 내린다. 아마 십여 cm는 내려 쌓인 듯싶다.

오래간만에, 그것도 한가한 상황에서 맞은 雪日설일이기에 시라도 몇 편 쓸 수 있을 것 같은데, 도시 아무런 흥취가 나지 않는다.

"내리는 눈발이 속삭인다. 옛날로 가자, 옛날로 가자." 이렇게 시심을 자극하기에는 좀 너무 지친 것일까? 그렇다고 노천명처럼 "쥐는 이 밤에 천정을 깎고,

나는 가슴을 깎는다.”는 한 맺힌 체념이 있는 것도 아닌데…….

*　　　　　*

　사랑을 향한 마음의 창을 일단 닫아 두기로 한다.
　먼지가 끼고 찬 서리가 서려들지도 모른다. 그러나 어두운 창밖에 어느 날엔
가는 벌 떼 닝닝 부딪는 ‘그날’이 올지 모른다.
　종달이가 목청껏 노래하는 훈훈한 미소의 계절, 그런 계절이 없는 인생은 너
무 쓸쓸하다.
　아무러나 세월이 가면 인생도 사위게 마련이다.

1964년 1월 9일 목요일, 맑다

　“여자는 얼굴로 늙고, 남자는 마음으로 늙는다.”는 말이 있어 왔다. 그런 말도
있을 수 있겠구나 하고 수긍해 보았다.
　“땀으로 낫지 않는 번민이 없고, 눈물로 가시지 않는 슬픔도 없다.” 차라리
“세월로 닦이지 않는 고뇌도 없다.”는 말은 어떨까?
　“땀으로 잊어야 할 번민”을 가진 사람보다 나는 다행한 사람일까? 그러나 이
것 역시 축복 받을 일은 못되는 것 같다.

1964년 1월 10일 금요일, 흐리다

　찬 서리가 한나절이나 나무 끝을 에워쌌다.
　불쾌한 예감이 들더니 오래간만에 失言실언을 하고 말았다.
　군청 산림계장이 盜伐도벌을 조사한다면서 뒤안으로 갈 때 무심결에 “개새끼,
저희놈들은 약점이 없나? 신분이 서기밖에 더 돼?”하고 혼잣말처럼 했는데 동행
했던 면서기 녀석이 조금 전에 모욕당한 것을 화풀이나 하듯 “면전에서 말하지
못하고 혼자서 비굴한 것 아니오? 비행이 있다면 고발하면 되지 않소?”하고 나
섰다.
　그래서 저따위 송사리가 무슨 참견이냐 싶어서 “당신이 왜 참견이요? 나에게

충고하는 거요? 이게……." 하고 서로 언성을 높였다가 화해를 했다.

사실 그 군청에서 나왔다는 작자는 술값이나 긁어 먹자는 속셈으로 온 것이겠지만, 그래도 '公務공무'라는 구실은 서는 것이다. 그러나 내 입장은 그 면서기 말마따나 고발할 근거를 잡지 못한 것이다.

아직도 감정을 자제하지 못하고 울컥하는 마음을 진정하지 못하고 있다. 차분하게, 차근차근히 조리 있게 따지는 수양을 쌓아야겠다.

보잘 것 없는 말단들에게 좀 모욕을 당한 듯싶었으나, 알고 보면 이는 다 나의 무절제한 언사 때문이었다.

법 이론을 좀 알았으면 좋겠는데, 별도로 법학 공부를 할 수도 없고, 난감한 일이다.

"여보! 당신이라도 법 공부를 좀 하구려." K나 A를 아내로 맞이한다면 이렇게 내조의 힘이라도 받고 싶으나, 딴은 허황된 공상일 뿐이다.

1964년 1월 13일 월요일, 흐리다

평행봉을 세우느라고 몸이 지치도록 일을 했다. 너무 오랫동안 운동을 못했으니, 차제에 건강이나 증진시켜 보자는, 일종의 동심에서 오는 분발이라고나 할까.

육체의 분발은 꾀하면서 정신의 단련은 못하고 있다. 좀더 전진해야겠다.

*   *

동생들 진학 관계를 생각하면 그저 고민뿐이다. 난관을 헤쳐 나갈 자신이 없다.

입학금 등 당장 2만 원 이상이 들어갈 텐데, 지금 실정은 식량마저 빠듯한 형편이다. 더구나 삼촌의 빚 막음을 하느라고 우리가 희생을 당했다. 그것도 이 어려운 시기에 말이다.

대학원을 가겠다는 내가 동생들 대학 진학도 시키지 못할 형편이니, 다 아버지를 일찍 잃은 서름이다.

무슨 방법을 찾아야 하겠는데, 도시 묘안이 서지 않는다.

*   *

고독이 가슴을 깎던 시절은 가버렸다. 그러나 느슨하게 사무쳐 오는 고독을 잊을 길이 없다.

억지로라도 망각해야 하는 고독처럼 외로운 것은 없다.

K나 S, 누구나 한사람 곁에 있어 주어야 할 것 같다. 혼자 걷기에는 너무 벅차고 두려운 듯한 인생의 길이다.

1964년 1월 14일 화요일 맑다

포근한 날씨이다.

벌써 3월의 향훈이 풍기는 듯한 착각을 갖게 된다. 세상인심은 거칠 대로 사나워 가는 판이니, 차라리 자연이라도 아늑한 기류를 풍겨 보겠다는 신의 은총일까?

그러나 내 마음은 마냥 차가운 바람이 일고 있다.

고려대 상과에 원서까지 작성해 두었는데, 초급 교육대학을 가라는 말에 동화가 몹시도 울었다. 철없는 마음에다 벌써부터 비관을 갖게 해서는 안 되겠는데, 환경이 이런 때는 사람을 이겨 넘기고 가는 모양이다.

이런 일은 단지 삼촌의 잘못된 처사 때문에 초래된 결과라고 한다.

지금 생각해도 서러운 일들이 되살아나는 내 마음 속은 그 어린 것의 심정을 잘 이해할 수 있다. 모두가 다 아버지가 안 계신 탓이다.

너댓 번이나 이 대학 저 대학 연거푸 원서를 바꾸어 쓰던 일이 엊그제 같은데, 지내놓고 보니 서럽던 그 일들도 지금은 소중한 추억이구나!

두 번 다시 돌아갈 수 없는 세월의 모롱이에 서서 무겁고 벅찬 짐을 걸친 나는 지금도 끙끙거리면서 진땀을 빼고 있다. 가정과 동생들을 이끌고 돌보아야 하는 내가 아직도 내 자신이 설 땅마저 마련하지 못하고 있는 것은 안타까운 일이다.

생명, 인생, 길, 웃음, 빵, 사랑, 명예, 그리고 保命보명……. 참으로 벅차고 많은 문제들이 쌓여 있다.

1964년 1월 16일 목요일, 흐리다

생명의 모닥불을 매만지면서, 사위어가는 불씨에다 애써 입김을 불어넣어 가며 살아야겠다. 현실에 좀더 항거하고, 고자세도 취해보고, 가파른 인생의 준령과 마주서서 짐짓 씩- 한번 웃어보는 여유를 갖고 싶다.

주저한다거나 회의에 빠지는 일은 없어야겠다.

어디까지나 '向日性향일성'의 그 끈덕진 몸짓을 지속해야겠다.

*　　　　　*

여럿이 모여서 지난 일들로 이야기의 꽃을 피웠다.

스물 몇 해에 이토록 얘깃거리가 많은데 인생의 오후가 되면 참 어지간히도 얘기가 많을 것이다.

중. 고등학교 시절 知友지우의 한사람이었던 K군이 문득 생각난다.

우리 집 사랑방 자리 톱에 나란히 누워 문학 작품을 읽던 일, 내가 그를 '雲岩운암이라는 호로 불렀더니 그는 나에게 '竹天죽천'이라는 호를 지어주던 일, 모래 사장을 휘돌면서 천진난만하게 장난을 치던 일, 또 서로 장래를 격려해 주던 추억……. 가장 허물없고 다정했던 그때의 우정을 생각해 본다.

꽤 미남이었고 총명했던 그 K군! 지금쯤은 육군 중위로(그는 육사 출신이다.) 어느 전선에서 지휘관으로 고달픈 밤을 지새우면서, 젊음의 격정도, 청춘의 낭만도 억누르고 있겠지.

오래간만에 보고 싶구나.

사람의 정이란 김소월의 싯귀대로 "사노라면 잊힐 날 있으오리다." 그대로인가?

1964년 1월 17일 금요일, 비

몹시 피로한 몸에 비가 내리니 그 도가 더해 가는 것 같다.

불안과 어둠과 낭비의 장막을 말끔히 걷어버리고 싶다.

인정과 사랑에 너무 먼 거리를 두는 것은 그저 기형일 뿐이다.

*　　　　　*

제클린느 여사의 신변담을 재미있게 읽었다.

미모와 지성과 총명을 겸비한 가장 이상적이고 상징적인 아내를 가졌던 케네디 대통령은 퍽은 행복했겠다.

"내조의 힘을 너무 믿어서도 안 되고, 믿을 필요도 없고, 또 믿을 수도 없다." 고 박영준 교수께서는 말씀하셨지만, 그 말씀에 일리는 있다고 하더라도, 나는 전적으로 찬성하고 싶은 생각은 없다. '남자의 3대 富부'는 '현숙한 아내', '명예', '자식'이라고 한 어느 명사의 말이 생각난다. 옳은 말이다.

"미국식 가옥에 일본 여성과 더불어 중국 요리를 먹어가며 불란서 포도주를 즐길 수 있다면, 남아의 절정"이라고 한 신문 gossip 란의 말이 제법 그럴듯하게 들린다. 내 주변에는 제크린느의 지성도 일본 여성의 애교도 없다. 어쩔 수 없이 '匹婦필부'로 만족해야 하나 부다.

그러나 구태여 내 주변에서 '제키'를 찾는다면 K와 A? 혹은 H와 S? 모를 일이다.

1964년 1월 18일 토요일, 맑다

'대한' 추위를 시작해 보려는지, 오랜만에 기온이 몹시 차갑다.
벌써 기나긴 밤의 계절은 가고 햇살이 제법 늦게까지 비취어 온다.
근 한 달 만에 이발을 하고 나니 무슨 새로운 각오라도 한 것 같다.

*　　　　　　*

사람에게는 '환상'이라는 것이 있어 다행이다. 이것마저 없는 사람은 얼마나 을씨년스러울까?
봄이 오면 등산모를 쓰고 몇이서 신이 나도록 하이킹을 가고, 인기의 절정에서 '연세문학의 밤'에 출연하여 작품 낭독도 해보고, 채플은 H나 A, S의 옆자리에서 하고……. 어쩌면 모두 가능할듯한, 또 안될 이유도 없는 '환상'들이다.
이런 공상이라도 없다면 기나긴 겨울을 어떻게 견디겠는가.

*　　　　　　*

오랜만에 무애 스승님의 모습을 신문지상에서 뵈었다. <서울신문>'문화란'에

『街頭二題가두이제:두루마기, 지게』라는 수필을 게재하시고, 거기에 선생님의 존영이 실려 있었다.

언제인가, 평생을 두고 '고려가요'를 연구해 보겠다는 계획을 세웠었다. 그 계획이 앞으로 어떻게 진행될지 모를 일이나, 나로서는 무애 스승님의 薰陶훈도를 가장 많이 입은 셈이다. 내 학문과 문학에 대한 정열의 많은 부분을 만들어 주신 분이다.

1964년 1월 20일 월요일, 맑다

이른 아침 6시 반에 승차해서 무려 다섯 시간이나 시달린 끝에 대구에 도착할 수 있었다.

대구는 서울에 비하면 작은 도시여서 지리에 자신이 있었다. 아직도 정리되지 못해서 질퍽거리는 거리, 낮고 초라한 가옥들, 어쩐지 활기가 없어 보이는 시민들의 표정……. 대충 그런 인상을 풍기는 곳이 대구이다.

동생들 원서를 접수시키기 위해 대구교대를 갔다.

고등학교에 비해 시설 면에서 조금도 더 나은 것이 없는 이런 곳으로 보내기가 정말 마음이 아팠다. 잠바를 입은 아이, 꼬마태가 나는 여학생들, 초라한 사무실이 더욱 나를 안쓰럽게 했다.

*   *

노독이 몸을 휩싸왔다.

마냥 재롱스럽고 영리한 듯, H 또레의 일군의 소녀들이 길을 멈추게 했다.

여비가 넉넉하지 못해서 차 한 잔도 마시지 못했다. 사실 다방에 들어가 본 지도 퍽 오래된 일인 것 같다.

1964년 1월 21일 화요일, 맑다

소시(少時)에 뜻을 두어 삼십에 뜻 세운이 백 명이오나, 불혹의 때를 넘는 이 그중 열명이 못되고, 오십을 바른 몸가짐으로 넘는 이 하나 아니면 둘이 된다 하였습니다. 선생님께서는 백이나 천명 중 의 한 사람

이 겨우 얻을 수 있는, 뜻을 지니신 소중한 승리의 선비이시기도 하십
니다.

淵民연민 선생님께 드리려고 적어 놓은 글월의 한 대목이다.
정말 그분의 분야에서는 그러한 찬사가 조금도 과장된 것이 아니다.
나 역시 이런 길을 걸을 수 있을지, 그저 막막한 일이다.

*　　　　　　　*

K의 주변을 마음으로 조심스럽게 다가 가 본다.

　　연두 빛 마후라를 두른 핑크빛 코트의 그 앳된 미모의 여성, 총명과
　　재치를 발산하는 정겨운 미소, 오로지 양지와 청춘과 축복의 상징처럼,
　　구김살 없이 살아갈 수 있을 듯한 어느 Idea처럼 무언가 야무지게 응시
　　하는 여성…….

나는 첫사랑의 이 귀여운 소녀의 주변을 참으로 떠날 수가 없었던가 부다. 길
은 멀리 있지만, 세상과 육신의 거리는 혹은 아득히 갈라져서 살아가지만, 마음
의 창을 열고 내닫는 그 노력과 정성의 거리는 너무나 가까이 있다.
　　얄미운 것은 너무도 알뜰히 사랑하기 때문이다. K, 당신은 마음 내키는 대로
가버려도 좋다. 그러나 내 마음에는 늘 새겨져 있을 것이다.

1964년 1월 23일 목요일, 맑다

신문에는 벌써 배꽃이 피었다는 등 야단이다. 봄이 서서히 닥아 오려나 부다.
학교에서 성적표가 왔다.
　　좀 불안했으나 그래도 믿었더니, 신통히도 All A였다. 등록금 면제 액수가 제
시되지 않아서 좀 불안스럽지만, '우등생'이니까 별도로 통지해 주려니 생각했다.
　　무애 선생님을 비롯한 학과의 교수님들께 문안 편지를 내기로 했다.
　　오늘따라 마음이 한결 가볍고 유쾌하다.
　　항상 이런 영광과 양지에서 살아가고 싶다.

1964년 1월 24일 금요일, 맑다

잊어버린다.
못 잊어 차라리 병이 되어도,
아- 얼마나 위로이랴,
그대 맑은 눈을 들어 나를 보나니.

— 조지훈 : 「민들레」에서.

가끔 생각나는 사랑의 시 한 대목. K에게 보낸 편지에 적었던 참으로 감개무량한 시이다.

"맑은 눈", 진정 그럴 것이다.

여성의 매력은 반 이상이 바로 그 맑은 눈에 있는 것이리라.

K도 H도 다 맑은 눈의 소유자였다. 그 눈매가 야저시 애교를 피울 때 인생은 늙지 않는다. 그 눈동자를 보는 순간만은 영광과 환희의 왕자가 된다.

내게는 어느 '맑은 눈'이, 또 어떤 '맑은 웃음'으로 닥아 올지, 그것은 살아보아야 알 일이다. 초조한 일이지만 어쩔 도리가 없다.

*　　　　　*

마음이 자꾸 바빠진다.

이제 다시는 맞을 수 없는, 학부 생활의 마지막 겨울방학이 아닌가.

1964년 1월 25일 토요일, 맑다

날씨가 포근해서 낮에는 등산을 했다. "소풍 코-스 안내"니 "꽃 소식"이니 해서 신문에는 벌써 봄의 향훈을 던져주고 있다.

무엇인가 사무치게 그리운 계절이 온다.

*　　　　　*

신문에 연세대학교 신입생 경쟁률이 보도되었다.

1310명 모집에 12,491명이 지원했으니, 자그마치 9.5:1이나 된다. 공교롭게도 고려대의 경우도 비슷한 경쟁률을 보이고 있다. 서울대는 5.9:1이라고 한다.

모교의 번영과 영광을 빌어 본다.

*　　　　　　*

계획만 세워 놓고 절반도 실천하지 못하고 있다. 도무지 뜻대로 되는 것이 없다.

신중하게 결단을 내려야겠다.

1964년 1월 26일 일요일, 맑다

요즈음의 여대생들은 대부분이 너무 실리적으로 계산된 사고를 하는 것 같다. 불안정한 후진국 사회의 한 비극적인 단면이라고 생각된다.

어떻게 애정 문제까지 그런 태도를 보일 수 있을까?

사실은 나 자신도 S가 얼핏 보기에는 나이가 좀 든 것 같아서 주저하는 것이 니, 이것도 계산을 앞세운 것이라고 할 수 있을 것이다.

그러나 순수한 의미의 정은 이런 것이 아니다. 세속적인 정은 그저 피상적이고 파토스적인 것에 더 지날 것이 없는 것이다.

*　　　　　　*

산허리를 기어오르는 따스한 바람이 봄을 간지럼 시키는 것 같다. "워어이-워어이-" 하고 무슨 구성진 타령이라도 하고 싶은 심정이다.

오늘은 웬일로 자꾸 S생각이 난다. 그래서 이런저런 공상도 해 보지만, S와는 자꾸만 멀어져 가는 느낌이다.

1964년 1월 28일 화요일, 비

종일을 두고 궂은비가 내렸다. 아마도 解冬해동비인가 싶다.

벌써 어디에선지 새움이 파릇파릇 내미는 것만 같다. 약동과 환호의 발음을 내뱉을 계기이다. 빛과 새로운 힘을 향해 약진하겠다는 의지의 소식이다.

해동은 차라리 을씨년스러운 사념을 갖게 한다. 짐짓 한번 거세게 춥기라도 해 보았으면 하고 바라는 것은 모순된 심리의 갈등만은 아니리라.

새로운 자극과 새로운 세계를 갈망하는 소치일 게다.

아무튼 요즈막의 궂은비는 달갑지가 않다.

*　　　　　　　*

구력으로 22세는 말띠라고 한다.

혹시 K나 S 중 한사람은 壬午生임오생인지 모르겠다.

"말띠는 평생에 풍파가 심하다."는 말도 있고, "말띠인 여자는 운수가 사납고 남편에게도 덜 좋다."는 속설도 있다 한다.

물론 이것은 어떤 근거에 입각한 것은 아닐 것이다.

그러나 이상스럽게도 그 '말띠 여성'들은 곧잘 풍파와 풍랑의 주인공으로 되어 있다는 사실이 참 기모한 현상이다.

"물 좋고 정자 좋은 곳은 없다."더니 정말 아내 구하기도 힘든 일이 되고 있다.

1964년 1월 29일 수요일, 흐리다

진해에서는 벌써 벚꽃이 피었다고 한다.

불란서 정부가 중공의 모택동 정권을 승인하였다고 하여 자유세계에서는 힘의 균형 문제로 여론이 비등하고 있는 모양이다.

드골이라는 한 정치가의 힘이 이토록 크다.

허울 좋게 '재건'을 내걸고 '검소'를 부르짖고 있는 녀석들이 국회의원 봉급은 월 8만 얼마, 서울시장 봉급은 30 몇 만 원으로 책정했다니, 참 어안이 벙벙하다. 그 꼴들을 보고 있자니 오기가 나서 침이 나온다.

어느 때나 되어야 우리에게도 어엿한 지도자가 나타날 것인지, 큰 별들이 하나 둘 다 떨어져간 지금에는 이승만 정권이 새롭게 저주스럽다.

白凡백범, 古下고하, 또 누구 누구가 다 이승만 정권의 희생양이 된 게 아니던가.

불란서에는 인공위성도 없고 핵미사일도 없다지만, '드골'이라는 위대한 지도자가 존재하는 한 아무 걱정도 없을 모양이다.

쌀 한 되에 50 몇 원이 가는 한국, 국민소득이 일본에 겨우 6분의 1에 이른다는 가난한 내 조국 한국이 원망스럽기까지 하다.

*　　　　　*

　연세대 농구팀이 일본의 강호 명치대학 팀을 2회에 걸쳐 큰 스코어 차이로 제압했다고 한다. "한국 농구계의 오늘과 내일의 상징인 연세대는 아세아의 제패가 가능하다."고 신문에 보도되었다.

　연세대가 크면 나도 커가야 한다. 내 인생도 세상으로 뻗어가야 한다. 延世연세, 그 이름처럼 말이다.

1964년 1월 30일 목요일, 눈 후에 흐리다

　눈이 내리다가 멎었으나 종일을 두고 음산한 기류가 흘렀다.

　이달의 마지막 눈이 하필이면 진눈깨비여서 아쉬운 마음이 든다.

　눈 내리는 창밖을 한참씩이나 응시해 본다.

　눈은 허물이 없어 좋다. 깡기가 없어 다정하다.

　이런 날은 효자동 어귀라도 거닐면서, 청춘과 사랑과 눈물을 이야기하고 싶다.

　지루한 생활감에서 벗어나지 못하는 것이 안타까웁다.

　스스로 음지와 실의에서 벗어나는 수밖에 다른 방법이 없다. 누가 있어 이끌고 달래줄 수 있다는 것이냐.

　정도 사랑도 마침내는 유한한 것인지 모른다.

　K에 대한 향념도 결국은 그녀가 미모의 여성이라는 것, 여기에 더하여 재치 있고 상냥하고 영리한 지성의 소유자라는 선입견을 버린다면 어떻게 될까? 그 애정이 지속적일 수 있을까?

　그러나 '음악'이 아닌 '사랑'은 여운이 있는 것이 오히려 애처롭다. 그 '여운'을 송두리째 거두어버리고 싶다.

　그저 '내일'에 기대어 살자.

1964년 1월 31일 금요일, 흐리다

　바람이 몹시도 불었다.

아마도 '입춘' 추위를 당겨서 하는 모양이다. 정작 '삼동'의 기운도 이제 마지막 도전을 하는 것일까.

*　　　　　*

요 며칠 만에 처음으로 S의 환상이 뚜렷이 떠올랐다.

핑크색 코트에 노랑 마후라를 두른 그 미모의 아가씨, 퍽도 다정스레 대해 주더니, 가까이도 오더니만, 오늘은 무엇을 할꼬? 모두 그것이 따스했거니…….

"~하시겠어요?" 혹은 "~좀 해 주시겠어요?"하던 상냥스런 그 서울 아가씨는 어떤 때는 퍽도 매정한 듯, 짐짓 새침할 때가 오히려 다정스러웠었다.

이제 나는 S의 곁으로 닥아 갈 수 있을 것인지, 혹은 S 스스로가 닥아 와 줄 것인지, 그것은 세월이 가늠해 줄 일에 속한다.

그 어렴풋한 가능성을 믿으면서 살아갈 뿐이다. K와 S, 둘다 어렴풋하면서도 너무나 鮮然선연하다.

*　　　　　*

『위당시조집』을 통독했다.
국학과 한학의 태두였던 위당은 정말 석학이었던 것 같다.
무애 선생님의 득의의 강의 모습이 떠오른다.
존경할 분은 존경하고, 겸손해야 할 때 또 그렇게 해야겠다.

1964년 2월 1일 토요일, 맑다

바람이 몹시 불어대는데, 동생들이 교대에 응시하기 위해 대구로 떠났다.
아직은 세상 물정을 모르는 어린 것들이어서, 야박스런 세상인심을 겪어 본 나로서는 측은한 생각이 든다.
합격 여부는 고사하고, 이왕이면 4년제 대학을 보냈으면 참 좋으련만, 현실은 그렇지 못하다.

*　　　　　*

학교에서 <연세춘추>351호를 보내 왔다. 궁금하던 차에 학교 소식을 알게 되어 무척 기쁘다.

1,310명 신입생 모집에 12,563명이 지원해서 9.6:1의 비율을 보였다고 한다. 일주일 전의 신문 보도보다 다소 상향되었다고 할 수 있다. 학교의 발전하는 모습이 보이는 것 같아서 흐뭇하다.

다만 '신학대학원'이 신설되었다는 소식은 그리 달갑지 않다. 얼마나 경쟁력이 있을지 걱정스럽다.

＊　　　　　　＊

도서관학과 H양의 수필 「연희동 日誌_{일지}」가 실려 있다. "벗에게 보내는 캠퍼스 표정"이란 副題_{부제}가 붙은 서간문체로 되어 있다.

언제인가 퍽 호의를 보여주던 H, 다정하게 웃어주던 그 H이다.

> 얼마나 잘 사는가 하는 데 애쓰지 않고, 어떻게 사는가 하는 방법을 찾기에 애써야 한다는 생각을 되새기면서…….

H는 그렇게 사노라고 했다. 또 "분주하고 열띤 걸음들이 줄이어 있고, 그 틈에 나도 끼어 분주한 채 발을 옮기며 학교로 나온다."는 H. 그 H양은 "몸보다 마음이 더 피곤해지곤 한다."고 했다.

주변에 H라도 있어 웃음과 위안이 될 수 있었으면 한다.

1964년 2월 3일 월요일, 맑다

경기여고 출신이라는 선입견도 작용했겠지만, 그보다 H양은 아직 스무살 남짓의 영리하고 청순한 이미지가 더 큰 매력의 포인트라고 생각된다. "여자는 그저 다정한 얼굴로 바라보아 주기만 하면 된다."는 체흡의 말은 인상적이다. 그런 방법도 있을 수 있다.

그러나 보다 적극적인 자세로 '성실한 호의'를 택하는 것이 더 좋을 것 같다.

K의 애교어린 미모와 건강, S의 미모와 애교, H의 지성과 재치의 세 유형 중 어느 쪽으로 기울 것인가는 세월의 몫이다.

하지만 누구를 더 다정스럽게 바라보아야 할 것인지는 시간과 인내와 결단에 좌우될 것이다.

젊은 시절을 "Salad days"라고 말한 사람은 셰익스피어이다. 아직껏 Salad를 먹어본 경험은 없지만, 싱싱하고 향긋한, 그러면서도 해맑은 청춘을 영위해야 한다는 상징적인 의미를 담고 있는 것이 아닌가 한다.

향긋하기로 말한다면 S와 K가 백중일 터이나, 싱싱하고 해맑기로는 K와 H가 엇비슷할 것이다. 어느 쪽이 'Salad 청춘'으로 더 근접되어 있는지 잠간 판단하기 어렵다.

이것은 내 입장에서 본 그들의 비중이다.

*　　　　　　*

『새 세대의 진로』(양주동 외)라는 수상집을 읽으면서, 지금쯤은 합격 여부가 가려졌을 동생들의 일이 걱정되었다. 비록 초라한 학교이지만, 그곳에라도 진학해서 꿈을 키웠으면 한다.

1964년 2월 4일 화요일, 맑다

"젊었을 때 사람들은 사랑과 돈과 건강을 원한다. 그러나 그가 늙은 다음에는 건강과 돈과 사랑을 원한다." 누구의 말인지는 잊었으나, 퍽 재미있는 말로 들린다. 지금에 궁핍한 나는 "돈과 사랑과 건강"을 원하고 있으니 이도저도 아닌 셈인가?

진리의 탐구도 좋고 명성도 소중하지만, 우선은 생활에 위협을 받지 않았으면 한다. "고학을 하면 인내력과 겸손이 생기는 대신 소극적이고 졸하기 쉽다."는 말도 귀담아 들을 가치가 있다.

이년 남짓한 고학은 내게 많은 것을 알려 주었다.

어떤 이들은 "젊을 때 고생은 사서라도 한다."고 말하고 있지만, 그것은 괜한 소리이다. 현실을 외면할 수 없는 사람의 자기변명에 불과하다.

"지금 나는 내따는 질게 살아온 지난날을 그리면서 씩- 한번 웃어본다." 이것은 내가 쓴 수필 「길, 숨, 나」의 한 대목이지만, 지금 생각해도 감개무량한 말이다.

지금의 내가 K든 S든 또 H이든, 곁에 있어 주기를 바라는 것은 순수한 애정 때문일까? 아닐 것이다. 피로한 생활에서 오는 일종의 의타심에서 비롯한 것인지도 모른다. 당장의 '현실'과 내일의 '애정' 두 갈래 길에서 나는 지금 어정쩡하게서 있는 형국은 아닐까?

1964년 2월 6일 목요일, 눈

계절의 마지막 몸부림일까?

종일을 두고 진눈깨비가 내린다.

모두 아득히 접어 두었던 마음 안자락에, 수런수런 새로운 의미와 사연들이 항시 절박한 마음에 불을 지른다.

굴곡 없는 생활에 눈은 하나의 경고장인가.

어느 한 여성을 못 견디게 그리워 한 것도 아닌데, 그들 모두를 아쉬운 사연으로 성숙시켜 보라고 한다.

눈은 사랑의 얘기, 흘러간 세월의 목소리, 그 푸듯푸듯 내리는 망울마다 또 얼마나한 밀어가 배태되는가.

K나 S는 아마도 내 인생 철학보다 더 세련되어 있는지 모르겠다.

한번쯤 연모하였기로서니, 한번쯤 사랑의 정을 쏟아 부었기로서니 그것이 무어 허물이 될 것도 없다.

이런 일들은 결국 하나의 추상적인 과정이 아니겠는가.

1964년 2월 9일 일요일, 눈 후에 흐리다

요 며칠 읽어오던 『죄와 벌』을 통독했다. 너무 늦은 감이 있으나, 그래도 무언가 한 가닥을 들어 낸 것 같아서 마음이 흡족했다.

간혹 얼마간의 대중소설류를 읽어 왔으나, 이 작품만큼 감명을 주는 작품은 없었다. 읽어가는 동안 몇 번 눈물을 머금기도 했었다.

> 나는 그대 앞에서 고개를 숙인 것이 아니요. 전 인류의 고통 앞에 고개를 숙인 것이오.

이것은 라스코리니고프가 무서웠던 범죄를 쏘니아에게 자백하면서 한 말이다.

"아무래도 좋지 않으냐! 잘 가거라." 이 말은 라스코리니코프가 사직 당국에 자수하기 전에, 혹은 마지막 이별이 될지도 모른다면서, 그의 동생 도우니야의 "오빠, 왜 그런 말씀을 하세요? 영원히 헤어지기나 하는 것처럼……."이라고 한 말의 대답으로 주고받은 대화의 한 토막이다.

> 그들은 무언가 하고 싶은 말이 있었지만 말이 잘 나오지 않았다. 그래서 두 사람은 모든 말 대신 눈에 눈물을 띠어 올렸다. 그리고 말라빠진 창백한 얼굴과 얼굴이 서로 마주서서 있었다.

이 대목은 라스코리니고프의 徒刑場도형장인 시베리아에서 오래간만에 이성을 회복한 그가 정성스레 돌봐 주덕 쏘니아의 사랑을 느끼면서, 강변 작업 중 강 건너 유목민들의 천막을 바라보던 시간의 감회 깊은 상봉의 장면이다.

이 소설은 둘씩이나 살인을 하고도 겨우 8년의 유형을 받는 그당시 러시아 사회의 불안에 대하여 개혁을 종용한 것이라 한다.

취지야 무엇이든, 소설의 plot이야 어떻든, 쏘니아의 정성 하나만으로도 이미 이 소설은 수많은 독자를 가질 근거가 된다.

도우니아나 그녀의 남편 라즈미힝의 따스한 인정, 쏘니아의 어머니인 카레리이나 이와아노브나의 무섭도록 가난했던 생활, 가족에 대한 쏘오니아의 현식적 봉양, 예심 판사 포루휘이리이.페드로오빗치의 온정적인 판결 등, 모두가 따스하고 눈물겨운 정경을 엮음 아님이 없다.

이것이 '크레오파뜨라'보다 '쏘니아'를 택하고 싶은 심정을 유발하는 요인이다.

*　　　*

요즈음 와서 자꾸 S양의 모습이 어른거린다.

변덕 많은 심정에도 이 S만은 언제나 상기되곤 했었다. K와 H, K와 A가 서로간의 자리바꿈을 했어도 언제나 S만은 O:S, S:O의 line을 형성하곤 했었다.

상냥스러운 말씨, 어여쁜 얼굴, 퍽이나 영리하면서도 애교 넘치는 지성, 좀 쌀쌀한 듯 하다가도 너무나 따스한 그 '벗 성'이 S로 하여금 내 마음의 격변 속에 늘 자리하게 된 연유일 것이다.

1964년 2월 10일 월요일, 눈 후에 흐리다

피로한 몸에는 아무것도 흥겨운 것이 없다. 자신을 통제하고 진정시켜 나가는 일은 너무나 벅찬 과제이다. 이때에 필수적인 것은 이성적 판단과 결단성이라고 할 수 있다.

지금 나는 차디찬 이성의 자리로 돌아가야 한다. 그렇지 못할 경우, 가버린 그 어느 시절처럼 어두운 지점에서 허우적거려야 할지 모른다.

상냥하고 아름다운 S, 재치 있고 앳된 청춘의 K,지성과 정숙의 이미지를 풍기는 H, 누구의 주변으로 접근해야 할 것인가?

"다정(多情)도 병"일 경우도 있지만, "아는 것이 병"일 경우도 많은 것 같다.

결국 자신을 위한 삶의 노력이 요청되는 것이다.

1964년 2월 12일 수요일, 맑다

음력으로는 계묘년 섣달그믐, 올해의 마지막 날이다.

급박한 세월에, 가파른 世心세심에 인정마저 얼어서 한해가 가나 부다.

자신들의 봉급을 올리는 일에는 그토록 악착하던 국회의원들이 대학교 등록금 인상을 저지시키고는 제법 "나라를 경제의 파탄에서 구하기 위해 취한 과감한 시책"이라면서 사이비 애국론을 늘어놓았다.

참으로 아니꼬운 존재들이다.

해가 바뀌는데도 고기 한 근을 제대로 못사는 형국을 만들어 놓고는 그들은 한결같이 서로가 무슨 '의혹 사건'을 해명해야 한다면서 입씨름으로 소일을 하고 있다.

생활고 때문에 부모처자를 죽이고 스스로도 생의 종지부를 찍으려던 자살 미수의 살인범, 애인의 변심을 증오한 나머지 사직공원 싸늘한 눈 위에 머리를 으깨어 죽이고는 자신도 음독을 해서 가지런히 숨져간 청춘들도 있다고 한다.

내각 수반을 지냈다는 어떤 인간은 "한국민들은 이승만 박사의 환국을 진심으로 환영한다."는 잠꼬대 같은 소리를 이곳저곳에 내뱉고 다닌다고 한다.

이 복잡다단한 세태를 노정시킨 대통령이란 사람은 할 일이 없어 심심해서 일부러 술자리를, 그것도 대통령 집무실에서 벌인다는 얘기도 있다.

쌀값이 폭등한다고 하여 육만여 가마니를 사서 쌓아놓은 장사꾼이 있는가 하

면, 두루마기 바람으로 검소한 생활을 한다면서 수억 원씩이나 부정 축재한 정상
배도 있다고 한다.

도무지 무엇이 무엇인지를 가늠하기 어려운 세상이 되어 버렸다. 참으로 서글
프고 암담한 내 조국의 현실이 아닌가!

군부대 인근의 주민들을 짐승 사냥하듯 살상한 미국 놈도 있다고 하고, 원조
물자를 얻기 위해 애걸복걸 빌붙는 한국 정객들까지 생겼다고 한다.

내 조국 한국은 어떻게 살아왔고, 또 어떤 양상으로 살아가게 될 것인가? 격변
기마다 또 얼마나 많은 풍각쟁이들이 난무했던가?

내 개인적으로는 '계묘년' 이 한해가 밝고 행복했던 한해이기도 했다.

K는 멀어져 갔으나 S와 H를 얻었고, 세원은 잃었으나 약간의 명성과 영광을
얻기도 한 계묘년이다. 청춘의 한 모롱이를 상실했지만, 인생의 야무진 면을 키
워내기도 했다.

하지만 계묘년을 몇 번씩이나 잊고 싶은 상흔을 남기고 갔다. 몇날 밤을 찬서
리 내리는 창가에 기대어 잠 못 이루기도 했었다. 자그마치 800여원 어치의 귀한
책을 몽땅 잃어먹기도 했고, 버스비가 없어 아끼던 책 다섯 권을 헐값이 팔고는
밤늦은 전차 간에서 뼈아프게 후회도 했었다.

이러고 보면 대학 생활이란 낭만도 고뇌도 아닌, 그저 '배움의 세월'인지 모
른다.

1964년 2월 16일 일요일, 맑다

"진정코 당신만을 사랑하는 까닭에……" 대중가요 속의 이 한마디는 가냘프
고 애수적이지만, 따뜻하고 상냥한 S에게 내가 진정으로 하고 싶은 말이다.

> 사랑의 길은 많으나 그 지혜는 드뭅니다. 사랑의 지혜는 간혹 있을
> 수 있으나, 그 참다운 구원을 나는 아직 한번도 본 일이 없습니다.

김남조 시인의 말이 다시 생각난다.

나에게 사랑의 지혜가 있는지 잘 모르지만, 또 정녕 내게 그 구원이 주어질
것인지 모를 일이지만, 적어도 S만은 잊지 말아야 할 것 같다. 생명의 절정에서
절정으로 딛고 가야한다면서도 지금껏 나는 지지부진하게만 살아온 셈이다.

어느 먼 지점을 응시하며 S와 나의 숨결이 정답게 모아지는 날, 그때 우리는 두견이처럼 피눈물 나는 울음과 꾀꼬리마냥 맑은 목청으로 노래해도 좋을 것이다.

멀고 험할지도 모를 그 여정을 지켜 가련다.

K와 S, 그리고 H! 흘러가고 닥아 올 이름들을 차례로 써 보면서 조심스럽게 내 주변을 돌아보아야 할 차례가 된 것 같다. 세월은 가도 인생은 갈고 닦아야 할 명제이기 때문일 것이다.

1964년 2월 17일 화요일, 맑다

막내고모가 상경한다기에 자전거로 짐을 읍내까지 운반해서 차에 실어 주었다. 나는 그 작은고모에게 많은 신세를 졌다.

벌써 5년째 객지에서 어린 나이에 고생을 하고 있는 고모, 못 배운 것을 탓할 때는 나는 그저 미안스러웠다.

읍내 거리에는 여대생, 여고생, 여자 공무원이 많이 눈에 띄었는데, 고모와 자꾸만 비교가 되어 마음이 몹시 아팠다.

오후 늦게 岩川암천 재당숙님 댁을 방문하였다. 별로 멀지 않은 거리인데도 진컬 길, 험로 때문에 꼬박 시간 반이 걸렸다. 꼭 십 년 만에 다시 가본 그곳은 아직도 너무나 가난하고 헐벗은 듯 했다.

친지들이 자꾸만 '대학생', '특대생'이라고 해서 되려 미안스러웠다.

1964년 2월 21일, 금요일, 맑다

이화여대에서 600명을 대상으로 하여 배우자에 대한 앙케이트를 실시한 결과 ①의사 ②기사 ③대학 교수 ④법관 ⑤기업가의 순위를 보였다고 한다.

오래 전부터 제기되어 온 사회 문제이고, 또 후진국에서는 불가피한 현상이겠지만, 정말 문과계 젊은이들은 그 출구가 막연하다.

작년만 해도 대학 교수가 수위를 차지했었는데, 실속 위주로 의사가 첫 번째로 꼽히는 것을 보면 현대 여성들이 너무나 안일과 편의주의, 실리파로 흐르고 있는 모양이다.

이 기사의 해설자는 "미안한 일이지만 소설가, 화가, 음악가 등의 남성들은 퍽 섭섭하게 되었다." 고 덧붙이고 있었다.

재치 있고 상냥하고 영리한 K와 S도 한결같이 내 주변을 맴돌기만 하는 듯한 태도를 보여 온 것은 바로 이 이화여대생들과 비슷한 생각을 갖고 있는 때문인지 모른다.

"학문-사랑-인생" 이 line을 어떻게 지키고 가꾸어 갈지 참으로 안타깝다.

1964년 2월 23일 일요일, 맑다

개학이 가까워 올수록 막연한 불안이 자꾸만 늘어나는 것 같다. 마음의 평정을 얻을 길이 없는 것 같다.

먼지바람이 이따금 불 때마다 벌써 봄의 향훈이 짙은 것 같다.

'秋男春女추남춘녀'라는 말은 있다지만, 여성이 아니라도 봄은 방황하기 쉬운 계절이다.

*   *

A양을 비롯한 '5.16 장학생' 명단이 신문에 보도되었다. 다행스러운 일이다.

그 언제인가 퍽 호의를 보여주던 A양이다.

이런 미모의 才媛재원들이 내 주변에 있어 주는 한 내 인생은 외롭고 춥지 않을 것이다.

그러면서도 아쉬운 것은 나처럼 top이 되어 등록금을 면제받는 것도 영광이지만, 삼성재단에서 제공하는 '3.1 장학금'이나 군사정권이 제공하는 '5.16 장학금' 같은 것들은 그 액수가 엄청나서, 등록을 몇 번씩이나 할 수 있는 액수이므로, 그런 것에도 미련이 있는 것은 사실이다.

*   *

생활고를 비관해서 자살하는 사람, 부정부패가 만연된 정객들의 추태, 얼빠진 지도자들의 꼬리를 무는 추문……. 이런 얼룩진 기사가 빗발치는 신문을 들추노라면 다시 한번 이 사회의 낙후성이 확인되는 느낌이다.

1964년 2월 25일 화요일, 맑다

막연한 기대를 안고 상경의 길을 서둘렀다.

한달 용돈도 없는 처지가 몹시 화가 났다. 설상가상으로 기차 '할인권' 문제로 옥신각신하다가 결국 할인 혜택을 못 받고 일반 차비를 내게 되었다. 못된 시골 역 역무원은 도무지 막무가내였다.

아침부터 기분이 몹시 상했다.

*   *

서울에 돌아왔다.

몇 해째 거주하는 서울이지만, 두어달 동안에 많이 변한 느낌이다. 잘 정리된 거리, 밝은 가로등이 마음을 시원하게 해 준다. 모두들 웃는 얼굴, 활기찬 걸음걸이인 것 같다.

멋쟁이 아가씨들, 어여쁘고 앳된 소녀들의 군상이 마음을 기쁘게 한다. 모두 다 걱정 없이 지내는 것 같은데, 버스비 걱정을 해야 하는 나는 '이방인'인 것 같다. 나물죽으로 끼니를 떼우기도 하고, 조팝을 먹거나 그나마 끼니를 건너기도 하는 가난한 내 고향의 일들이 그저 야속스럽다. 안타깝다기 보다는 서러운 일이다.

마냥 웃고 티 없어야 할 대학 생활이 우울해서는 안 되겠는데, 왠지 마음 한 구석이 자꾸 그늘이 진다.

서울 거리는 아무래도 나와는 호흡이 잘 맞지 않는 것일까?

1964년 2월 26일 수요일, 맑다

새롭게 수줍음이 살아나는가?

붐비는 찻간에서 여대생들 틈에 비집고 앉기가 좀 어색한 것 같았다.

아직도 시골에서 자란 그 순진함과 서투름이 가시지 않은 모양인가?

그래도 오랜만에 타는 '신촌 행' 버스는 정이 깃들인 것 같았다.

<연세춘추>를 받아 든 손이 자꾸 떨리는 것 같았다. "혹시 우등생 명단에서 누락되어 있는 것은 아닐까?" 하는 조바심 때문이었다.

다행히 재무과에서 '면제' 사실을 알려 주었다. 그저 내 노력이 낳은 '당위(當

爲)’라고 생각하고 싶었다.

웬 일인지 ‘영광’도 ‘명성’도 그다지 기쁘지 않았다. 최종 학년이 되었다는 아쉬움 때문인지 모른다.

도서관에 들렸다.

역시 도서관은 마음의 안식처이다.

책을 들추는 학우들의 손길이 유난히 한가로운 것 같았다.

모두들 분주히 자기의 진로를 모색하고 있을 것이다. 나만 허송세월 한 것이 그저 후회스럽다.

1964년 2월 27일 목요일, 맑다

등록 첫날이라서 campus는 한산했다.

신입생들은 한껏 우쭐대는 듯, 그들이 대견스러워 보였다. 내게는 그런 미쁘고 벅찼던 시절이 없었던 것만 같다.

등록이 어려워 갖은 고생을 다 했던 일, 근 한 달 동안 작업복 차림으로 등교하던 일이 새삼스럽게 서글픈 감회를 되새겨 준다.

수석이라도 5분의 1에 해당되는 금액은 납부해야 하는데, 그 돈마저 없어서 참으로 난감했다. “차라리 2등이 되었으면 액수 많은 외부의 장학금을 받을 수 있었는데…….” 하고 생각하다가도, 돈에만 너무 집착하는 것 같아서 생각을 돌리기로 했다.

S가 나와 주었다.

어찌된 일인지 몹시 야윈 얼굴이어서 원망스럽기도 하고, 또 안쓰러웠다.

한때는 서로 무간하게 가까웠던 S. 그녀도 나도 세상도 다 변해가는 모양이다.

새로 마음을 정리한 뒤 다시 따스한 이야기를 나누어야 하겠다.

1964년 3월 1일 일요일, 맑다

아침 일찍 명륜동으로 연민 선생님 댁을 방문하였다.

벌써 70여일이 경과하도록 준공을 못본 서재가 얼핏 보아도 가난한 선비의 생활을 보여 주는 것 같았다.

선생님은 여전히 저술에 여념이 없으셨다.

"바빠서 답장도 못했구나."하고 다정스럽게 맞아 주시었다.

한국 최대의 대학 중에 하나인 명문 대학의 부교수, 더구나 많은 저술을 가지신 선생님의 생활이 이러한 것을 보면 학자로서 살아가는 것이 얼마나 어려운 일인가를 절감할 수 있었다. 또 일종의 그윽한 불안을 느끼게도 된다.

그러나 소처럼 말없이 배워야겠다.

*　　　　　　　*

봄의 향훈이 짙게 풍긴다.

명수대 오르막길로 오가는 길손들의 발길이 한가로워 보인다.

금년은 아무래도 봄마저 제대로 즐기지 못할 것 같다. 하기사 서울 와서 늘 계절의 추이를 느끼지 못하고 지내 왔었다.

계절에 무감각하도록 시달리고 밀린 생활은 마지막 해에도 가실 줄을 모른다.

1964년 3월 2일 월요일, 맑다

신입생 입학식이 있었다.

대강당이 메워지도록 꽉 들어찬 관중들 속에서 「연세의 발자취」라는 영화가 상연될 때는 가슴이 뭉클했다.

> 연세 연세 사랑의 배움집 연세
> 연세 연세 내 마음의 고향아
>
> ―「재상봉가」

연세의 품을 떠나지 않았으면 좋겠다.

모교라는 것은 사회인이 된 후에 더 절절한 모양이다.

많은 풋내기들이 우쭐대면서 합격의 설렘을 마음껏 누리는 모양이었다. 혹시 저들 속에 너처럼 고달픈 사람도 있을 것인가?

그렇다면 원망스러운 일이다.

*　　　　　*

우등생은 명암이 있다.

성적 2위나 3위에게 주어지는 외부의 대형 장학금들은 2만원~3만원씩 혜택이 주어지는데, 나의 경우는 겨우 6,200원이다.

그저 명예로 위로하는 수밖에 없다.

1964년 3월 3일 화요일, 맑다

대학원 시험 관계가 새롭게 큰 부담이 되고 있다. 특히 제2외국어(독어, 불어 중 택1)가 문제로 생각된다.

원래 서울대학교 대학원을 생각했었는데, '연세대-서울대' 같은 형태는 좋지 못하다는 권유가 있었다. 타교에 가게 되면 많은 핸디켑이 있다는 것이다.

이 문제는 좀더 두고 생각해 보기로 한다.

진학 문제 등 학구에만 매달리다 보면 청춘과 사랑은 뒷켠으로 밀려나야 한다. 이것도 큰 문제이다.

'음영교육센터(A.V.center)'에 '보건' 강의를 듣기 위해 계단을 오르다가 오래간만에 K양과 만나게 되었다.

짐짓 서로 표정의 변화를 보이지 않고 지나쳐 버렸다.

체념도 단념도 아니지만, 우리는 아픈 상처를 짐짓 잊어가며 그저 무심하게 지나칠 수 있었다.

이제는 그 K도 뉘우치면서 사과하는 듯한 표정을 짓기도 했다.

그러나 우리는 다시 가까이 설 기회가 없을지도 모른다.

인생의 밀어를 엮어가고 싶다.

닿을 길 없는 기다림과 욕망의 돌팔매질을 해 본다.

K! 그래도 내딴에는 맞히겠다고 안깐힘을 다해 생명의 돌팔매질을 해 보았던 그 K가 아니냐. 핑크색 코트 차림으로 그저 무심한 듯 스쳐가는 당신의 표정에서 지난 날 잃어버린 무수한 회오와 서러움을 가늠하여 보았다.

아직도 나는 "지금 다시 K에게 닥아 갈 수 있을까?"하고 명제를 안고 살아가고 있다.

도서관 돌층계를 내려오면서 저무는 신촌의 하루를 생각해 보았다. 이렇게 언제까지고 변함없이 학문을 하면서 살아가고 싶다.

1964년 3월 5일 목요일, 맑다

학구에 진척이 없어 안타깝다. 할 수없이 "울며 겨자 국 먹기"로 도서관에 오래 머물 수밖에 없나 부다
빵을 먹고 사는 인간이긴 하지만, 그것 때문에 세월을 멍 들인다는 것은 일종의 비극이 아닐까.

*   *

오랜만에 연세 숲에 가 보았다.
O와 K, 혹은 P에 대한 애꿎은 사연이 얽힌 숲이다. 시를 쓰고 수필을 읽고 문학을 말하면서, 내 젊음의 안자락이 아쉬운 대로 세상의 눈치를 배우던 그 숲이다.
오늘은 새삼스럽게 도서관학과의 H 생각이 떠올랐다. 경기여고를 나온 재원. 언제인가 다소곳 낯 붉히던 그 모습을 잊을 수가 없다. 문학도에 대한 허다한 handicap이 내 주변을 樹液수액처럼 끈덕지게 맴돌더라도 H만은 언제고 내 주변을 지켜 줄지 모른다.
그러나 이 H도 K나 O, S나 A처럼 언젠가는 그저 스쳐간 名詞명사 외에 더 될 것이 없는 존재일지 모른다.

1964년 3월 6일 금요일, 흐리다

교무처에 가서 등록 사무를 도와주었다.
고달픈 영광을 달게 받아야 하는 사람도 있다 부다.
나머지 등록금을 채워 내느라고 갖은 애를 다 썼던 터이다.
몇몇 정다운 얼굴들을 만날 수 있었다. O도 A도 나와 주었는데, K는 끝내 만날 수가 없었다.
어찌된 일일까?

‘A.V.center'에서 고학을 하는지 늘 바쁜 걸음으로 오가던 K였다.

혹시 내가 지나치게 심적인 부담을 준 것은 아니었을까?

고학은 몸은 고달파도 인생의 한 충고는 될 수 있다고 생각한다.

내가 새삼스럽게 K에게 안타까움이나 동정을 표한다고 그게 무슨 의미가 있는 것일까?

1964년 3월 11일 수요일, 맑다

‘秋男春女추남춘녀’라 했지만, 남자들에게도 봄은 설레는 계절인가. 요 며칠 따스한 볕을 안고 ‘학관’ 돌담에 기대어 섰을 때에 어쩐지 아쉽고 허전한 생각을 떨칠 수가 없었다.

겉으로 그저 지나간 K양의 아쉬운 옛정, 이제는 돌이킬 수 없는 그 시절의 상처를 치유해 보자는 생각에서였을까?

자꾸 호젓한 생각이 든다.

*　　　　　　*

“자네가 내게 편지를 했었지? 곱게 잘 썼더구먼.” 무애 선생님께서 다정스럽게 말씀해 주셨다. “「랏셀 네거리 푸른 밭으로……」라는 그 시가 무척 감격을 주었던 모양이지.” 강의 시간에 급우들에게 이런 말씀을 하셨는데, 그것은 내 편지의 한 대목이었다.

무애 선생님이 계신다는 사실 그 자체가 얼마나 자랑스러운 일이냐!

연구실 하나가 비어 있어서 내가 좀 이용할 생각으로 만우 선생님께 여쭈었더니 “그렇게 하게.”하셨다. 유창돌 교수께서 학과장이므로 상의를 해야 할 것 같아서 말씀드렸더니 한마디로 “그건 안돼!”하고 냉정하게 잘라 버리시었다.

나는 적잖이 실망하였다.

내가 아직도 신망을 얻지 못했구나, 하는 생각을 하니 그저 씁쓸했다. 도서관에 가서 생각해도 마음이 잡히지 않았다.

*　　　　　　*

집에서 2000원 권 송금수표가 왔다.

동욱이의 편지에는 "할 수 없어 뒤주를 다 긁어내어서 마련한 돈"이라고 적혀 있었다.

가슴이 메어지는 것 같았다. 내 학비를 내가 완전히 해결하지 못하는 무기력함을 다시 한번 한탄해 본다.

그야말로 가시방석에 앉아 살아가는 것만 같다.

1964년 3월 12일 목요일, 맑다

"정말 이번 학기에는 하나 있어야겠어." 문학 비평을 공부하겠다는 鄭顯琦정현기 군과 둘이서 나눈 이야기이다.

오래간만에 신촌에서 '동화백화점'까지 걸어서 갔다. 처음 pilot 만년필을 구입한 기쁨은 이루 말할 수 없었다. 어릴 적 '단오날' 새 옷을 입었을 때의 바로 그런 기분이었다.

명동으로 소공동으로 많이도 돌아다녔다.

모두들 다정스레 웃고 얘기하면서 오가고 있었다. 다들 걱정 없는 사람들로 보였다.

정말 누군가는 있어 주어야 할 모양이다.

*   *

아직도 나는 K양의 곁을 맴돌고 있는 셈이다. 마음으로는 늘 그녀의 주변을 응시하면서 사는 것이나 다름없다.

명동 다과점에서 종로를 향해 부지런히 걷고 있을 때 우연히 낯을 붉히며 서 있는 그 K와 마주쳐버렸다.

"데이트 때문일까? 아니 무슨 볼일이 있어 왔겠지." 나는 억지로 좋게만 해석해 보려고 애를 썼다.

잊을 사람은 잊어야 옳겠지만, 그 못 잊을 사람이라면 어떤 방법으로 다가 가야 할까? 편지를 돌려 달라고 떼라고 써볼까?

메아리 없는 그 편지에 미련을 묻고 언젠가 한번은 그녀에게 얘기해 보고 싶은 심정이다.

1964년 3월 13일 금요일, 흐리다

오늘도 계속해서 편지 돌려받을 궁리를 해 보았다. 사실은 바보스러운 일인데도 말이다.

정말 그런 말을 한다면 그녀는 얼마나 낭패한 표정을 짓겠는가?

차라리 '5분간'만이라도 얘기를 나누자고 하는 편이 낫겠다.

도서관에서 내려오는 K양의 모습이 보였다.

몹시 미안해하는 모양이더니 생긋이 웃는 것 같았다.

"공부만 하는 줄 알았더니만 명동 같은 곳도 다니더군!" 어제 명동에서 만난 나를 두고 그녀는 한번 그렇게 생각하고 수줍게 웃어 주었는지 모르겠다.

참으로 나에게는 용기가 없다.

왜 그녀를 향해서 돌진하지 못하고 마냥 망설이기만 하는 것일까?

*　　　　　　*

무애 선생님의 '고가연구' 강의에 깊은 감명을 받았다. "내 저서는 백년 뒤에도 남는다." 시던 학자의 자부심이 부럽기만 하다.

1964년 3월 14일 토요일, 맑다

'꽃 샘 추위'라는 것을 하는 모양인지 -2℃를 오르내린다고 했다. 코트 한 벌 없는 나로서는 헝클어진 얼굴이 더 핼쓱한 모습이었다.

한 시간 수업을 채 못 끝내고 '학관' 돌층계를 막 내려왔을 때 동상을 돌아서 오는 K양과 마주쳤다.

웬 일인지 만나는 시간이 잦아지면서부터 퍽이나 초조해 하는 모습을 알아낼 수 있었다. 지금 와서 나에게 미안해하고 후회하고 있는 것이 분명한 것 같았다.

그러나 사과를 하려고 찾아오기에는 그녀의 입장으로는 어려웠을 것이다. 그저 암시적으로, 안타까운 심정으로 바라보는 수밖에 없었을 것이다.

K에 대한 미련이 못견딜 만큼 벅찬 것은 아닌 것 같다. 세월의 힘, 가버리는 연륜의 덕택이라고나 할까.

이제는 사회의 문턱에 와 있는 K와 나.

우리는 서로 어떻게 성인(成人)이 되고, 어떤 모습으로 살아갈 것인지 알 수 없는 일이다.

＊　　　　　＊

아침 일찍부터 이화여대 정문 앞 '梨花橋이화교' 주변을 서성거리다가 정오가
되었다. 정현기 군이 "마음에 드는 여성을 찍어 놓았다."고 하여 꼭 만나야겠다는
일념으로 일대의 검열(?) 비슷한 것을 자행한 셈이다.

여성이, 애인이 그토록 중한 존재인가?

피로한 것도, 창피한 줄도 모르고 덩달아서 몇 천 명의 처녀들을 꼼꼼히 살펴
보았으나, 끝내 그 여학생을 발견하는 데는 실패하고 말았다.

인생은 나약해도 애인은 강한 것일까.

여인은 보잘 것 없더라도 아내는 소중한 것인가. 왜 우리는 浮動부동해야 하
며, 설레이는 마음을 진정시키지 못하고 방황해야 하는 것인가.

"그 아가씨 조금 있으면 나올꺼야."

자위도 체념도 아닌 기다림은 끝내 좋은 결과를 얻지 못한 것이 그저 아쉽다.

"하나를 찍거든 열화같이 덤벼야지!"

우리는 대포 집에서 홍건히 마시면서 이렇게 떠들어댔다.

그렇지만 나는 K양에게 그렇게 덤비지는 못했다. 그리고 지금은 되려 靜觀정
관하는 자세를 취하는 형국이 되고 말았다.

언제인가 꼭 적극적으로 다가서야겠다고 생각했던 H양으로부터도 지금은 그
저 뜨악한 상태이다.

미모와 인생, 여성과 애교.

어느 것이 얼마나 더 중요하고, 어떤 것보다 우위에 있는 것인지, 무엇이 인생
의 참된 가치인지 알 수가 없다.

1964년 3월 15일 일요일, 흐린 후 눈

계절의 이방인처럼 쌀쌀한 기류를 드리우면서 서울의 거리, 눈이 내린다. 오후
로 접어들면서부터 줄곧 몰아치는 눈보라 속에 한갓 흘러간 세월의 어두운 사연
이 떠올랐다.

'경칩'이 지난 지 열흘이 되는 날 내리는 눈은 효자동이나 필운동 거리를 거닐
고 싶은 그런 낭만의 소식이 없어 안타깝다.

인생의 이방인은 서글픈 일이다.

겨우 차비만을 남겨 놓고 책을 구입하였다.

육당이 쓴 『조선역사』를 사들고 동대문에서 종로 5가까지 눈발이 쌓이는 길을 걸을 때는 온갖 감회가 교차했다. 조금이라도 더 여유가 있다면 묵직한 책들을 사고 싶은 마음 간절하다.

귀중한 서책들을 놓쳐버리는 안타까움은 가슴을 에는 일이다.

흑석동 행 버스 간에서 내리는 눈발을 내다보면서 K에게 다시 다가가야겠다는 생각을 지울 수가 없었다.

1964년 3월 16일 월요일, 흐리다

새로운 세계를 얻은 기분으로 백설 위를 걸어 보았다. 왜곡된 생명의 향일성을 위해서이다.

도서관학과 H양을 만났다.

웬 일로 해쓱해진 그녀는 그저 담담한 표정이었다. 내심으로 밀려드는 정을 가까스로 감추고 있는 것 같았다.

H가 좀더 미모의 소유자였다면 그 예리한 지성미가 얼마나 더 빛날을까 생각하니 정말 아쉬운 것 같았다.

H처럼 너무 총명한 아내를 갖는 남편은 자랑일까, 불행일까?

나는 그 어스름한 계획을 더듬어 본다.

1964년 3월 17일 화요일, 맑다

이발할 돈이 없어 벌써 3주일 째 이러고 있다.

어딘가로 지향 없이 떠나고 싶다.

밀려가고 밀려오는 세월의 틈바구니에서 다시금 K의 의미를 되새겨 본다. 그리고 "당신만은 내 희망"이라고 불러 본다.

곤색 즈봉에 알맞게 양장을 한 K는 오늘따라 몹시 강렬한 인상을 주었다.

어느 시절 한때 '아내'라고 가만히 불러 보았던 K. 그녀는 내 아내가 아니어도 좋지만, 내 아내가 꼭 K라야 된다는 이유도 없는 것이지만, 인간은 그래도 스스로 남편도 되고 아내도 되는 것이 세상의 이치가 아닌가.

물론 A나 S, 또는 H도 마찬가지이지만…….

1964년 3월 18일 수요일, 맑다

순, 그녀는 의외로 내 마음 깊이 살고 있는 것 같다. 잊어보겠다고 그렇게 버티어 왔었는데, 그러나 理想이상의 힘은 정과 사랑을 감당하지 못하는 것일까.

기다려야 할 이유가 원래 없었습니다.
그리움에 목말라야 할 까닭도 없었습니다.
하지만 왜 이 글을 써야만 하는지 그것을 알 수 없습니다.

K에게 주겠다고 쓴 글의 일부이다.

인연이란 묘한 것이어서, 집착이라는 보이지 않는 끈이 사뭇 마음을 흔들어 놓는다.

만우 선생님께 K와의 일을 상의해 보려다가 그만 두기로 했다. 해결할 수 있는 데까지는 내 독력으로 하리라 생각했다.

          *   *

머리칼이 너무 걸어 쑥스럽다.

돈도 없고 인정도 없어서, 그냥 허풍선이로 살아가는 셈이다. 창피함도 남볼상도 외면해야 하는 그런 청춘도 있다.

1964년 3월 19일 목요일, 흐리다가 눈

아침부터 찌푸리더니 정오쯤부터 줄곧 진눈깨비가 내린다.

첫 시간이 휴강이어서 '학관' 층계를 내려오고 있을 때 푸른색 얇은 코트를 입고 무엇엔가 홍조를 띤 K양을 만났다.

종일 그 눈매를 잊을 수가 없었다.

수일내로 다시 무슨 결단을 내리겠다고 생각했다.

이런저런 얘기를 친구들에게 많이 해 왔지만, 아직 한번도 K와의 관계를 그 누구에게도 말하지 않았었다.

*   *

내리는 눈발이 속삭어린다.
옛날로 가자, 옛날로 가자

어디 돌아갈 '옛날'이라도 있는 것이냐. 삼월의 신촌, 서울의 한모롱이를 이렇게 눈이 내린다.

순, 이제는 아무렇게 불러도 좋다.

우리는 그저 낯선 사람들처럼 지나쳐도 좋을지 모른다.

오바 자락에 묻은 눈을 털면서 어느 외진 창가에라도 가서 기대어 보고 싶은 마음은 세월과 인생과 또 숱한 생명의 의미를 상실해버린데 대한 일종의 반항일까.

오랫동안 시도 문학도 잃고 살아왔구나!

무정한 사람처럼 그렇게 견디어 내었구나!

그러나 언젠가 한번은 목청을 가다듬고 못다 한 얘기들을 발음해 보고 싶다.

계절의 이방인인 '눈'. 젊음의 이방인인 '나'. 누가 이방인이고 누가 정착민인지 묻지 말기로 하자.

인생은 성숙해가야 한다는데, 나의 정열과 아우성은 자꾸 서투르게만 간다. 그 '정열'마저 식어서는 안 될 터인데 말이다.

*   *

'아리랑' 담배를 피워 물고 함참씩이나 캠퍼스를 거닐었다.

'철학'도 '시'도 멀어져 간 것 같아서 그저 안타깝기만 했다.

1964년 3월 20일 금요일, 맑다

'학관' 앞길에서 만났던 K.

우연히 도서관 2층 창에 기대어 따사로운 볕을 쪼이고 있을 때 '백양로'쪽으로 내려서는 그녀와 시선이 마주쳐서 눈을 돌려 버렸다. 하필이면 눈길이 마주쳤는지 이상스러운 일이었다.

비교적 먼 거리어서, 설사 시선이 일치되었다 해도 가려진 유리창 때문에 누군지를 몰라보았을 수도 있다.

그러나 왠지 K가 나를 알아보는 듯한 태도였다.

독일어 공부를 한다고 펼쳐 놓았으나 K의 얼굴이 자꾸 떠올라 활자가 보이지 않았다.

*   *

'굴다리'를 건너설 즈음해서 영문과의 L양과 마주쳤다. 성격이 서글서글하고 체구가 뚱뚱한 편이어서 '후르시쵸프'라는 별명을 듣는 그 L양이었다.

일본으로, 미국으로 많은 외국 생활을 해서 외국어에 능통하다는 L양. 우리는 인사말은 깎듯이 건너지 않았지만, 그래도 '호감' 그것이었다.

인사라도 건넬까 하다가 나를 알아보는 시선들이 많아서 그냥 지나쳤지만, 그래도 L양의 따스한 시선이 고맙기만 했다.

1964년 3월 24일 화요일, 맑다

데모, '한일회담 반대' 데모.
데모의 대열이 막 밀려나가는 통에 흥분이 넘쳐흘렀다.

- 한일 회담 반대
- 평화선 양보 반대
- 굴욕적인 국교 정상화 안을 철회하라
- 지성인들의 말을 참작하라.

함석헌. 장준하(사상계사 사장) 두 분의 시국강연을 듣던 2500여명의 연세대생들은 서울대, 고대 데모대들이 종로 쪽으로 오고 있다는 정보에 교문을 나섰다.

굴다리 앞에서, 이대 입구에서, 세종로에서 수백 명의 경찰들과 충돌하여 줄곧 밀려 다녔다. 노고산에서 뛰어서 시청 앞까지 내달았다. 나는 경찰의 곤봉에 몇 번이나 얻어맞았다. 4.19 당시의 광경이 떠올랐다.

몸은 지치고 느슨했으나 돌멩이를 던질 때는 일종의 쾌감까지 느꼈다. 명문대에 다니고 있다는 긍지가 다시 느껴졌다. 서울대와 연.고대만 참여했기 때문이다.

나는 돌아오는 차간에서 부지런히 호외 신문을 사서 읽는 시민들의 근심스러운 음성들을 들으면서 "한국의 정치적 불안이 왜 진리 탐구에 몰두해야 할 학생들을 거리로까지 나오게 만드는가?"하고 몇 번이나 가슴 아픈 생각을 했다.

젊음, 의기, 지성. 그래서 청년, 대학생이 소중한 것일까?

1964년 3월 25일 수요일, 맑다

연세대 데모대 3500여명이 국회의사당 앞까지 돌파. 평화적인 시위를 했기 때문에 오늘은 아무런 충돌이 없었다.

李孝祥이효상 국회의장의 다짐을 받고 해산키로 했다. 羅零均나영균 부회장도 같이 나와 있었다.

벌써 노경에 이른 그들이 일개 대학 학생들의 외침에 불리어 두 번씩이나 자진해서 출두한 것이다. "이 나라 정변이 어디로 가려는가?" 불안한 나라의 사정이 안타깝기만 했다.

시내 대다수의 대학생들이 속속 데모에 참가했으므로 근 30,000여명의 학우들이 서울 거리를 메우고 있었다.

학생들을 학원에서 뛰쳐나오게 하는 국정이 원망스럽다.

가정이나 국가나, 가난하면 불화도 많게 마련인 모양이다.

데모가 만연되다시피 해서 시민들의 흥미와 관심도 식어가는 것 같았다.

*　　　　　*

"K양의 주변에서 떠나버릴까? 돈도 기약도 없는, 다만 이상만으로는 너무 미안한 일이 아닌가?" 이런 생각이 종일을 두고 나를 괴롭혔다.

그러나 K마저 없는 세상이란 너무 쓸쓸할 것 같다.

순, 마음의 소녀, 영원한 생명의 안식처! 그 K를 제대로 이끌지 못하는 것은 나 자신의 무능의 소치일 것이다.

1964년 3월 26일 목요일, 흐리다

'꽃샘추위'라더니 바람이 모질게도 불어댔다. 나라의 사정도 꼭 일기와 비슷하다고 쓴웃음을 웃어 보았다. 심지어 철모르는 고교생들도 거리로 나와 데모를 하고, 소학교 아이들, 노인네들도 덩달아 거리를 메우고 있다.

대통령의 관저 앞에는 겹겹이 바리케이트가 쳐져 있고, 한강 쪽으로도 준 계엄령의 경비망이 쳐졌다고 한다.

대체 누구를 위한 정치를 하는 것일까?

박정희 자기 자신은 도대체 얼마만한 애국자란 말인가?

*   *

추워도 볼 쪼일 곳이 없구나.

요 며칠 K양이 보이지 않는 것은 웬일일까?

풍화된 세월의 싸느런 돌담에 기대어 서서 사위어 간 역정을 뉘우치며 곰곰 생각해야 하는 을씨년스러운 계절.

아마도 이 '절정의 계절'이 가면 그런 날이 오게 될 것이다.

생명은 결국 시들어 가는 한갓 초목일까.

그 초목이 시들기 전에 어서 열매를 맺게 해야 한다.

1964년 3월 27일 금요일, 맑다

무감각하게 살아가는 것이 마음 편한 일일까?

그러나 무관심은 일종의 체념인지 모른다.

오랜만에 K양을 만났다.

안타까운 눈짓을 하면서 어딘가로 곧장 가고 있었다.

우리는 어차피 서로 아픈 마음으로 살아가게 되는 모양이다.

피차 말은 없어도, 서로 얘기할 필요도 없이, 아무도 모르는 비밀 하나를 둘이서 나누워 가지고 살아간다. 비교적 하고 싶은 말이 많은 나도 그 누구에게도 K와의 지나간 옛 사연을 한마디도 들려주지 않았다.

"시간이 해결해 주겠지."

늘 이렇게 안이한 생각으로 버티어 왔던 것이다. 그러나 그 '시간' 의 역할도 한계에 부딪힌 것 같다.

한사람은 미안한 생각 때문에, 그리고 다른 한 사람은 안타까운 마음 때문에 서로 아끼면서도 서로 말을 삼간 채 살아가고 있는 셈이다.

1964년 3월 28일 토요일, 흐리다가 때때로 비

제비도 가고
장미도 스고
내 마음 안으로 喪章상장을 차다.

정지용의 이 시는 나와는 상관없는 노래였으면 좋겠다. 그러나 어느 날엔가는 불러야 할 悲歌비가일지 모른다.

미소의 주변을 바자니면서 그 미소를 얻지 못 한 채 살아가는 나 같은 사람은 축복받을 사람도, 축복해줄 존재도 못된다.

생명의 절정에서 절정으로 딛고 가는 계절. 이 계절이 지나고 나면 인생은 이미 이울기 시작한다.

*　　　　　　*

찬바람이 쉬임없이 불어왔다.
그래도 해가 지도록 독한 마음먹고 도서관에서 버티다가 왔다.

1964년 3월 29일 일요일, 맑다

오래간만에 쾌청한 날씨였지만, 내 마음은 그저 울적했다.
세월이 가면 인생도 가고, 내 젊음도 묻혀서 흘러가게 될 것이다.
흑석동에서 상도동으로 넘어가는 고갯길에는 수많은 賞春客상춘객으로 북적대고 있었다.
종일 시골집에서 보다 더 고된 일을 했다. 마음이 그저 타는 것 같았다.

죽을 먹을 정도의 형편인데, 고모는 몹시 신경질을 부렸다.

집에서 곡식류를 보낸 물표가 왔는데, 건성으로 빈 인사를 해서 마음이 퍽 언짢았다.

고모부가 운영하는 노변 이발소를 청소하면서, 그 머리카락 구덩이에라도 자야 하는 현실을 한탄하고 싶지는 않았다.

집에는 쌀 한가마니의 여유도 없을 텐데, 남의 집에 얹혀 지내는 나 때문에 아마 장래를 내어 보낸 성 싶다.

"데모에 부디 나가지 마라라. 4.19때 생각이 난다."고 어머니는 걱정스런 글을 보내 오셨다. 마음이 영 잡히지 않는다.

불안과 괄시, 이 틈바구니에서 그래도 공부 때문에 참아야 한다.

1964년 3월 30일 월요일, 맑은 후 비

오전 중에는 땀이 날 정도로 햇볕이 따갑더니, 오후에는 빗발이 날리면서 밤을 맞았다.

비에 옷을 그대로 적시면서 노량진 고갯길을, 배가 고파서 고구마를 껍질채 먹으면서 넘어왔다.

몸이 몹시 쇠약해진 것 같고, 마음도 자꾸 약해지는 듯, 자꾸 눈물이 난다.

*   *

마음이 울적할 때면 그래도 생각나는 것은 K뿐이다. 요 며칠 유달리도 보고 싶더니, K.

대학원 준비에 전념하다 보니 학과 공부는 뒷켠으로 밀려난 상태이다.

벌써 4월이 오는데, 나는 아직 '봄'을 맞을 아무런 준비도 갖추지 못하고 있다.

T.S.Eliot의 그 "4월은 잔인한 달"이 아닌 '생명의 봄'을 맞았으면 좋겠다.

1964년 4월 1일 수요일, 맑다

단념하기가 무척 힘에 겨웁다.

잊는 것이 이토록 힘 드는데 이루기는 얼마나 더 어려울까.

사랑이란 아예 할 게 못 되는가 부다.

양지 바른 '학관' 돌담 쪽으로 앉아서 무언가 열심히 이야기로 꽃을 피울 때 또 K가 곁으로 지나갔다.

이제는 자꾸 미안한 생각이 든다. 이것은 내가 그만큼 그녀를 마음껏 아끼고 있다는 증좌도 된다.

시들지 않는 청춘.

그러나 K에게도 '연륜'이라는 고달픈 짐이 지워지는 탓일까. 초조한 듯한 얼굴 어느 곳엔가는 벌써 웃음이 사위어 가는 듯, 차마 그 모습을 마주 대하기가 죄스러운 느낌이다.

> 청진동 13번지, 내가 姜敬愛강경애 여사와 '피날레'를 고하고 나설 때는 대낮인데도 앞이 도무지 보이지 않도록 연애를 했어. 무척이나 사랑했던 모양이지.

무애 스승님의 말씀이 생각난다.

내게는 그토록 짙은 열정은 없었지만, 그래도 아끼고 사랑하는 마음에 어지간히 젊음을 바친 셈이다.

1964년 4월 2일 목요일, 맑다

K←나←H.

이상한 방정식도 다 있구나 싶었다.

한 여성을 괴롭히는 것도 미안한 일인데 나는 두 여성을, 그것도 영민하고 순결한 지성의 소유자들을 안타깝게 하고 있는 셈이다.

H양은 오늘도 내 주변을 맴돌고 있었다.

다소 차가운 인상을 줄 정도로 총명한 때문에 어쩐지 가까이 가기가 싫어, 짐짓 무관심으로 대한 탓으로, 그녀는 원망 비슷한 감정을 가지고 있을 지도 모른다.

그런가 하면 K는 내 눈치만 보면서 생활하는 것 같다.

나는 K를 연모하고, H는 나를 연모하고…….

아무도 모르는, 다만 우리 세 사람만이 간직한 묘한 인정의 비밀이다.

지금 와서 K와 나는 어떻게 할 수가 없는 처지가 되고 말았다.

다만 서로를 아껴 주면서 살 수 있다는 것, 어여쁘고 상냥한 한 여성이 마음의 위안을 보내 주고 있다는 사실만으로도 나는 외롭지 않게, 남부럽지 않게 살아야 할 책무가 있다.

세상에는 만나고 헤어짐이 너무나 번다함을 본다.

유독 K만을 위해서 다른 여성들에게는 한 자국도 내닫지 말아야 하는 이유는 무엇일까?

"아무래도 우리가 이 campus를 떠나는 날까지는 나는 K를 위할 셈이야!" 이것은 지극히 순수하고 건전한 도덕인지 모른다.

1964년 4월 3일 금요일, 흐린 후에 비

> 못 잊어 생각이 나겠지요
> 그런대로 한세상 지내시구려.
> 사노라면 잊힐 날 있으오리다.

소월도 못내 안타까운 사랑을 간직해 보았을까? 이렇게 얄무진 체념을 갖도록 그도 알뜰한 여성을 어지간히 그리워하고 연모했던 것일까?

洪以燮홍이섭 교수의 '한국사상사' 강의. 홍 교수가 저명한 사학자이고, 또 그 강의가 명강으로 알려져 있어 한번 청강하는 심정으로 강의실 중간쯤 자리 잡고 있는데, 돌아다보니 바로 뒷자리에 K가 앉아서 무엇엔가 골똘하다가 수줍은 몸짓을 하고 있었다.

나는 일부러 태연하려고 했으나 잘되지 않았다. 침착할 수 있었다고 말한다면 그것은 위선이다.

"점잖다는 말은 바보를 높혀서 하는 말이다." 이것은 연암의 말이라고 언젠가 연민 선생님께서 소개해 주신 일이 있는데, 오늘과 같은 경우에 K양 앞에서 점잖은 양 태연히 지낼 수 있었다면 그것처럼 '바보짓'은 없었을 것이다.

세상에는 안타까운 일이 너무나 많다.

그러나, 사랑하는 사람을 바로 30cm가량 뒤에 두고도 "여보"하고 한마디도 부를 수 없는 일처럼 안타까운 일은 다시는 없을 듯싶다.

세상에는 서러운 일이 많다.

그러나 따스한 정을 외면한 채로, 그렇게도 연모하는 여성의 곁을 스스로 떠나야 하는 경우처럼 눈물겨운 일은 아마 드물 것이다.

가슴이 멍드는 일은 쉬운 일이다.

그러나 그 '상처'를 아물게 하는 일이 이토록 어려울 줄은 참으로 알지 못했던 것이다.

우리는 순결하게 만났으니, 설령 서로의 길을 가더라도 곱게 헤어져야 하겠다.

*　　　　　　*

"學要博而精학요박이정".

무애 선생님께서 『고가연구』에 써 주신 題字제자처럼 진정 큰 학자가 되어야겠다. 또 '문학박사'의 학위도 반드시 받아야겠다.

1964년 4월 4일 토요일, 맑다

너의 간지러운 훈향이 흉 없기로,
오래간만에 세월을 헤인다.

호젓하다거나 서러웁다거나
그런 얘기는 어린 날의 어리광.
뽀로통한 눈매가 새초롬한가부다.

산다는 것은 차라리 어림셈 하는 일.
높이 발 돋음 하여 팔을 벌리고
정작 호동그런 매서움에 목이 세는데,

파아란 마음 멍이 들고
나는 자꾸 부끄럽기만 하다.

자작시 「난초 옆에서」의 전편이다.

오랜만에 봄의 훈향이 짙다.

겨울 샤쓰를 입고 지내니 몹시 땀이 밴다.

그래도 도서관에서 오랜 시간 버티어 내었다.

도서관은 내 마음의 보금자리이다. 물론 도서관은 도식적으로 말한다면 '대학의 심장부'이고, '진리 탐구의 전당'이다.

여기에 더하여 K양은 '도서관학과'에 재학하고 있기 때문이다.

이제 나는 '현실'과 맞서서 버티어야만 한다. 그저 고개를 숙이고 묵묵히 걸어가야 한다.

1964년 4월 5일 일요일, 비

종일을 두고 쉬임없이 비가 내린다.

이런 날에 뿌리는 비는 차라리 고달픈 사연일까?

외로움에 지치듯, 내 스스로에게 피로하여 낮잠을 잤다.

바람이 불고 싸느란 기류가 흘러드는 시간, 이런 날에마저 수필 한편도 쓰지 못하고 그냥 지나간다.

내 영혼의 고향 언덕배기에 살고 있는 얼굴들. 아직도 그 마을에는 K양이 방싯 웃으면서 반겨주고 있다. 막 산마루를 넘으려는 S, 이제는 저만큼 먼 고갯길로 가버린 A. 모두들 분주히 산다.

멀어진 이야기, 가까워야 할 대화에 귀를 기울이고 비 내리는 들창가로 가고 싶다.

*   *

'식목일'이자 '청명'. '한식'이다.

가신님 무덤가에 다소곳 정성을 모우는 날이다.

지금쯤 내 고향에도 찬비가 내리고 있을까?

'보리 고개'라는 고개 아닌 고개가 오는 4월을 앞에 두고 가난한 마을 사람들은, 그러지 않아도 흙 더덕이 된 이마에 몇 개씩이나 주름살을 늘여가고 있을 것이다.

그래도 나는 쌀밥을 먹고 지낸다.

마음속에다 나무를 심어야 하는 그런 '식목일'은 언제쯤이나 찾아와 줄 것인지, 안타깝기만 하다.

장화가 없는 나는 비가 와서 질퍽거리는 것이 달갑지 않다. 비가 멎었으면 좋겠지만, 기도도 소용없는 세상이니 어쩔 수가 없다.

을씨년스러운 마음을 가라앉히기란 울기보다도 한결 괴로운 일이다.

1964년 4월 6일 월요일, 비

밤새도록 꼬박 내린 비는 또 한밤을 맞도록 멎을 줄을 모른다.

봄비는 낭만의 상징이지만, 영하를 오르내리는 한기와 몹쓸 태풍이 우산도 펴기 힘든 날의 봄비이기에 차라리 원망스럽다.

상도동에서 저물어 어둑어둑한 고개를 넘으면서 온통 비를 맞아 손이 얼어 울고만 싶었다. 장화가 없어 구두는 진흙탕이 되고 말았다.

그래도 이것은 자연의 세계이고, 인생의 길은 얼마나한 모진 풍상이 몰아칠 것인지 두렵기만 하다.

밖에는 진종일 거센 바람이 창살에 와 부딪는다.

모처럼 봄기운을 맞이한 보리들이 모진 바람에 마구 쓰러졌을 시골을 생각하고, 나물죽으로 끼니를 때우실 어머니를 그리면서 나는 목구멍까지 치미는 서름을 가까스로 삼켰다.

"울음은 究極구극의 언어"라고 했다.

그러면 아직도 내게는 못 다한 말이 남아있는 것인가?

*   *

낮에 옷을 질쿠고 도서관 문을 막 들어설 때 K가 거기 있었다. 그래도 오늘은 종일 마음이 언짢은 것은 웬일일까?

사랑을 하고, 그 사랑을 소중히 지니고……

순! 그러나 당신이 내 곁에 있어주는 한 나는 외롭지 않다.

1964년 4월 7일 화요일, 흐리다

정성스레 나를 아껴주는 소녀도 있다.

늘 내 주변을 살피면서 따뜻이 웃어주는 이성이 있다.

용기를 잃을 때, 마음이 자꾸 을씨년스러울 제면 나는 늘 K를 생각하고 이렇게 혼잣말을 한다.

유달리 눈이 맑고 살결이 뽀얀 K.

오늘도 채플 좌석 주변에서 대할 수 없었다.

요즈음 자꾸만 만나게 되는 것은 그녀의 의식적인 의도인지 우연인지는 모르나, 어쨌든 자주 만나게 된다.

사랑한다거나, 그럴 수 없다거나 아무 말 없이 지나가는 우리는, 남들은 모르는 단둘이서만의 소중한 비밀을 간직하고 살아가는 셈이다.

언젠가 나는 그 K의 이름을 써놓고 버럭 화를 낸 적이 있었다. 또 어떤 때는 내 스스로가 너무 미약하다는 이유에서 스스로 체념에 가까운 자신에 대한 분노를 가져보기도 했었다.

그러나 결국 살다가 보면 세상을 알게 될 것이다. 사랑만으로, 진리만 먹고 살아갈 수도 없는 것이 세상이지만, 그렇다고 꼭히 세상을 따져서 살아서도 못쓴다.

소월은 "사노라면 잊힐 날 있으오리다." 라고 노래했지만, 그처럼 얄무진 마음의 소유자가 못되는 나는 아무래도 K를 잊을 수 없을 것만 같다.

거센 바람이 신촌 막바지를 휘몰아 들었다.

그래도 나는 날 저무는 대리석 도서관 문을 비껴 서서 '내일'과 '꿈'에 마음이 더워 옴을 느꼈다.

순이는 요사이 한번 꼬집어 주고 싶도록 예뻐졌어!

언젠가 나는 실없이 이런 말을 했었다.

그 순이가 웬일인지 퍽 초조해 하는 표정이다. 늘 조심을 하고 내 곁을 수줍게 지나간다.

한 여성에게 그토록 무거운 정신의 짐을 주고 있는 것은 어쩌면 죄가 될지도 모른다. 그러나 나는 굳이 그 길을 피해서 가고 싶지는 않다.

*　　　　　　*

더글라스 맥아더 元帥원수가 84세를 일기로 서거하였다고 한다.

"노병은 죽지 않는다. 다만 사려져갈 뿐이다."라던 2차대전의 영웅. 태평양의 Caeser는 그만 가버리고 말았는가.

9.28. 수복 작전으로 6.25 동란 때 잃을 번한 나라를 되찾게 해 준 '한국전쟁'

의 영웅. 에치슨 국무장관과 투르만 대통령의 지시로 만주 침략을 단념하고 귀국
한 그. 그의 말대로 한국은 "위대한 통일의 기회를"를 잃고 말았다.

삼가 고인의 명복을 빈다.

1964년 4월 8일 수요일, 맑다

닮아진다는 것은 신기하기도 하고 우습기도 한 일이다.

작업복 차림에 운동화를 신고, 종이 책가방을 들고 다닌 나의 대학 초년 생활
은 지금 생각하면 너무 초라했었다. 비가 와도 늘 운동화만을 신어야 했었다.

궂은비 내리던 그 여름 내내 '신용산'(역앞) 버스 종점까지 걸어 다니던 일, 어
떻게 하면 여대생 옆에 앉을 수 있을까 하고 퍽도 신경을 쓰던 일, 어쩌다가 여
학생과 살갗이 닿아 비비적거릴 때면 시골에서 자란 탓으로 이상한 부끄러움을
느꼈던 일들이 머리를 스쳐 간다.

세월은 흐르고 나도 나이가 들었나 보다.

이제는 빽빽한 여학생들 사이에서도 스스럼없이 비집고 앉을 만큼 비위도 늘
었다.

가슴 두근거리고, 한번만이라도 훔쳐보고 싶던 그 시절이 그래도 좋았나 보다.
그때가 그래도 참다운 '청춘'이었던 모양이다.

*   *

"서울-대구-경주-부산-동래-해인사"코스의 4박 5일의 수학여행을 포기할 수밖에
없는 것이 한없이 안타까웁다.

학창 시절의 마지막 단체 여행일 것을 생각하면 서러운 일이다.

도대체 '돈'이란 것이 무엇일까.

'보리 고개'를 앞두고 주름살이 패이실 어머니와 고향의 가족들이 눈앞에 어른
거리어 차마 그 비용 2,000원을 쓸 수가 없었다.

할 수 없는 일은 그대로 잊어버려야겠다.

*   *

K는 어느 곳으로 여행을 갈까?

머언 항구 도시 부산의 어느 거리에서 혹시 K와 마주치는 인연이 있다면 우리는 일부러 피해 가지는 않을지도 모른다는 엉뚱한 공상을 해 보았다.

세월이 가면 가는대로, 세상이 변하면 변하는 대로, 거기에 순응해서 살아가면 그뿐, 달리 어떤 방법도 없다.

"당신은 그에게 굽힐지라도 그는 당신에게 아첨하지 않을 것이다." 에머슨의 강자의 철학이 생각난다.

그러나 나 같은 사람은 그런 철학을 갖지 못할 것 같다.

1964년 4월 9일 목요일, 맑다

봄의 향훈이 옷자락을 스친다.

도서관 앞 언덕배기에 진달래 한그루가 용케도 피었다.

모처럼만에 캠퍼스를 휘돌아 '논지당'쪽으로 발걸음이 옮겨졌다.

"가깝고도 먼 나라지요."

C군과 이런 말을 주고받았다.

"체념도 기대도 없이 주사위를 던져보는 것은 어쩌면 자기 학대의 소극행위인지 모르겠다." 이것은 <연세춘추>에 실었던 내 수필의 한 대목이다.

그 '체념'의 심정으로, 몇 번이고 울어버리고 싶은 그런 마음으로는 살아 갈 수 없을 '세월'의 의미를 생각해 본다.

*   *

이화여대 부속고등 여학생이 도서관에서 'infinitive의 용법'을 물어 왔다. 명사의 용법, 보어로서의 용법은 알았으나 부사로서의 용법은 미처 생각하지 못했다. 좀 어색하였다.

더욱 그 학생도 내 앞자리에서 나와 꼭 같은 『삼위일체』를 읽고 있었다.

다시금 나는 내가 그동안 너무 안이하게만 살아왔다고 느껴 보았다.

1964년 4월 10일 금요일, 맑다

"제2의 이완용"이라고 우리가 소리 높여 규탄을 했던 金鍾必김종필 공화당의장의 해명성 강연이 있었다.

젊은 사람이었지만, 역시 정치 지도자의 자질이 있는 것 같았다. 의욕과 지성이 어울린 사람이라고 생각되었다.

"정치를 해보니 지난 날 여러 지도자들의 고충을 이제야 알게 되었다."고 전재한 그는 "보다 영광된 내일을 위하여 오늘의 고충은 감수할 것"이라고 강조했다.

*　　　　　*

22시, 서울 역 제5홈.

대부분의 급우들이 수학여행을 간다고 부산 행 열차를 탔다.

돈 2000원이 없는 나는 그 가고 싶은 먼 나라를 그리면서 허전한 마음으로 배웅해 주었다.

全圭泰전규태 선생님은 "가지 않을 걸 왜 나왔나?"하시면서 몹시 안타까워 하셨다. "여자가 아니라도 네가 안가니 섭섭하구나!" '동아출판사'에 근무하면서 학교를 다니는 P군이 목 메인 음성으로 위로해 주었다.

서울 역에는 오고가는 많은 길손들이 흥청대고 있었다.

나는 복잡한 버스를 타고 돌아오면서 멍하니 거리만 내다보고 있었다.

1964년 4월 11일 토요일, 맑다

"밤새 안녕"이란 말이 있다더니, 그간 안녕 하신지요?

"4월은 잔인한 달"이라더니, 그 4월이 이러구러 중순으로 접어드나 분데, 어쭙잖게 여기 '연희고지'에는 따사로운 의미들이 발산되는구려.

메시꺼운 사연이사 뭐 있을라구요. 그래도 무언가 한마디 목청껏 발음해보고 싶은 것은 20대의 사변(思辨)이 아닐까요?

깃동 '문학'이니 '학문'이니는 잠간 접어 둡시다요.

선발대(?)들은 부산의 어느 목노 집에서 애꿎은 기염을 토하고 있을지도 모를 이 시간에, 샌님(좀 불명예스러운 별명이지만)들이라고 그냥 있을 수 있겠어요?

이러쿵 살아가는 재미지요.

'서설'이 많아 '본론'은 간단히 적으렵니다.

오늘 4월 15(수), 몇몇 소극파(?)들이 한자리에 즐겨 보자는 생각 말이예요.

시를 쓴다는 K형(김춘석), 평론을 하겠다는 C형(정현기), 그리고 밤낮없이 쾌쾌묵은 "퇴계 할범"만운위하는 R군(나) 이렇게 모여서 지금 정상회담(?)을 벌이고 있는 중입니다.

무애 스승님이나 박영준 선생님 모시고, 혹은 우리로서는 힘겨울지도 모를 인생의 충고를 들어가며, 한나절쯤 인천의 어느 해변에 발을 잠겨 보는 일은 어떨지요?

모두들 좋은 대로 살아간다지만…….

결론은 싱거웁게, 회비가 100원이라요.

수업은 17일까지 없구요. 다른 여학사님들께도 연락했습니다.

참가 예정 인원은 10명입니다.

위선 4월 14일(화) 12시, 동상 앞까지 나와 주셨으면 좋겠어요.

안 오시면 실망할 거예요.

그때 모든 것을 상의하고…….

4월 11일, 이 사투리 드림

*   *

S, P두 女友여우에게 내가 보낸 엽서의 내용이다. 한번 봄을 즐겨보자는 정성에서이다.

1964년 4월 12일 일요일, 맑다

따스한 기류가 흘렀다.

한나절 동안 피곤하게 일을 했다.

고달팠던 고향의 봄을 생각하고, 한번쯤은 심호흡을 해보리라 하였으나, 어쩐지 마음이 울적하기만 했다.

"S양은 어떤 표정을 짓고 있을까?"

어제 보낸 엽서를 생각하고, 재미있는 일이라고 느껴 보았으나 곧 무심한 상태로 되돌아갔다.

애교가 많은 S양, 그 S가 온다면 좋은 일이긴 하지만, 벌써 너무 세련된 여성이 아닐까? 그래도 뭐니뭐니 해도 K가 가깝다. 적어도 나로서는 잊을 수 없는 여성이다.

한평생을, 한 생애 동안을 늘 내 마음 어느 편에 자리하고 있을 그 다정한 아가씨.

내 수필 말마따나 "살아가노라면 곰살갑고 서러운 일도 있게 마련이어서, 생활과 집념의 소용돌이 속에 장막 하나를 드리우고 살아간다."

K가 수줍은 모습으로, 참으로 마음을 쏟으려는 듯한 눈매를 보일 때, 내 마음은 왠지 쓸쓸하기만 했었다.

이제는 두 번 다시 고백해 낼 것 같지 않았기 때문이다.

1964년 4월 13일 월요일, 맑다

"안 오시면 실망할 거예요."

엊그제 보낸 엽서 내용이 재미있었던지 S양은 퍽 밝은 표정을 짓고 웃으면서 서 있었다. 눈부신 차림의 그 S양은 흰 쉐터에 스커트를 입은 K양과는 좋은 대조를 이루고 있었다.

재미있게 사는 것과 행복하게 사는 것은 구별이 있다. 전자는 S에서, 후자는 K에게서 각각 느낄 수 있는 촉감이기도 하다.

"이군도 못 갔군.", "왜 안 갔지?" 박영준 선생님과 유창돈 선생님께서 하신 말씀이다.

그렇다고 돈이 없어서 그랬노라고 여쭐 수도 없는 일 아니냐.

*　　　　　*

아침 8시 반쯤, 학교로 오는 길에 이화여대 입구 부근 버쓰에서 일어났던 일이 아직도 마음을 우울하게 한다.

2000여원으로 장사 밑천을 삼았다는 (아마 생선장수인 듯) 50여세의 여인이 돈을 몽땅 도난당하고 울던 장면이다.

단돈 2000원으로 식솔들의 생활을 꾸려나가야 하는 한국의 경제, 이것은 고급 요정의 한잔 술값에 지나지 않는다.

"한 푼도 없으니, 아줌마, 난 어쩌면 좋겠소, 응?" 친구인 듯한 부인들을 붙잡고 울먹이던 모습이 가난한 내 고향 사람들을 연상시켜 주어, 나는 일부러 외면해 버렸다.

다랑이를 끼고 빈 주머니를 내 보이던 그 초라한 여인이 자꾸 눈에 밟힌다.

1964년 4월 15일 수요일, 비

종일을 두고 고즈넉한 봄비가 내린다.

출출한 기분에 대포 잔이라도 기울리고 싶어도 갈 것도 없고 오라는 사람도 없다.

"시를 읽을 시간도 없구나!"

어제 감명 깊게 읽었던 시집을 꺼내 들었으나 아무런 의욕도 없어 그냥 되넣어 버렸다.

마음의 여유가 없다는 것은 그만큼 심정이 거칠어진 탓일지 모른다.

정을 지니고 산다는 것은 그래도 피로하지 않아서 좋다.

도서관에는 M양이 늦은 시간까지 있어 주어서 고마웠다. M양은 사학과의 저명한 M교수의 따님이다.

"칼을 뽑았으면 호박이라도 찍어야 되잖아?"

언제인가 C군과 농담조로 주고받은 얘기가 생각난다.

나는 M양이 '호박' 정도라고 생각하지 않는다. 소탈하고 수수한 외모에 평화로운 얼굴을 하고 있는 그 모습. 세상 물정을 모르고 자란, 그저 순결한 소녀, 학문과 진리 속에서, 대학 교수의 그늘에서 큰 그런 처녀이다.

"여태 제대로 가져보지 못한 애인인데 좀 늦으면 어떠랴?" 돌아오는 버스 간에서 뿌여니 내리는 빗줄기를 보면서 나는 이런 실없는 생각을 해 보았다.

자꾸 M양의 모습이 떠오른다.

1964년 4월 18일 토요일, 비

오늘은 웬일로 M도 K도 만날 수가 없었다. 누군가 생긋 웃으면서 지나갈 때, 나는 짐짓 먼데 산을 보고 있었다.

　　벗은 설움에서 반갑고 님은 사랑에서 좋아라.
　　딸기 꽃 피어서 향기로운 때를, 고추의 붉은 열매 익어가는 밤을,

그대여 부르라, 나는 마시리.

김소월의 「님과 벗」이 새로운 느낌을 준다.

    제비도 가고,
    장미도 스고,
    마음은 안으로 상장을 차다.

세월은 밀려오고 인생은 밀려가는 것일까.

몸짓으로, 손짓으로만 살아갈 수 없다는데, 어느 날엔가는 해설피 뉘우치기도 한다는데, 아직 나는 그런 용기도 없이 지내간다.

*   *

을씨년스럽게 빗발이 뿌리는 연희의 어스름 길을 다정한 모습들이 우산을 받쳐 들고 지나간다. 웬 할아버지 하나가 귀염둥이 사내아이를 이끌고 조심스럽게 온다. 저들은 정답게 가고 이들은 조심스럽게 온다.

사랑과 윤리의 두 현상일까?

1964년 4월 19일 일요일, 비

    나는 세상 모르고 살았노라.
    고락에 겨운 입술로는 같은 말도 조금 더 영리하게 말하게도 되었지만,
    오히려 세상 모르고 살았으면!
—김소월:「나는 세상 모르고 살았노라」

*   *

시험을 일주일 앞두고도 공부가 되지 않는다. 모두가 실퉁해지고, 그저 그런대로 지내가는 것이다.

살다가 보면 깨소금을 먹듯이 재미나는 일만 있는 것은 아니겠지만, 그래도 너무 실퉁하게 살고 있는 것 같다.

그래도 누가 와서 도와준다면 마음을 여미고 살아갈 것 같다. 그것은 K여도

좋고 S나 P, 또 M 그 누구도 다 좋다.

　"얼마나 잘 사는가 하는데 애쓰지 않고 어떻게 사는가 하고 방법을 찾아야겠다."던 H양의 글이 생각난다. 그러나 이것은 약자의 철학이 아닐까? 잘 살수만 있다면 그렇게 살아가는 것이 인생이 아닐까?

＊　　　　　＊

　"4.19의 거룩한 정신을 이어받아 지금 제3공화국은……." 어쩌고저쩌고, 사이비 애국자의 목소리가 라디오에서 흘러나온다.

　2.19 네돐. '피의 화요일'이 흐르고 가 버린 지도 벌써 오래된 일이지만, '애국'을 파는 모리배 정객들이 이권다툼에 혈안이 되어있는 오늘의 '민주공화국' 한국. 기념사를 뻔뻔스럽게 읽어대는 그들의 가슴에 '양심'이라는 것이 있기나 한 것인가?

1964년 4월 20일 월요일, 흐리다

　위험수위를 넘어선 한강은 보기에도 진력이 난다. 잦은 비로 낙동강변 보리 농사의 50%가 감소될 것이라는 신문 기사를 읽으면서, 그래도 비가 멎은 것은 다행이라고 좋아했다.

＊　　　　　＊

　미소를 보내주는 얼굴들이 많아졌다. "봄은 여자의 계절"이라더니, 그래서일까?

　며칠만에 K를 마주볼 수 있었다. 내가 도서관에 들렸을 때 어쩔줄 모르고 당황해하던 K. 그런 K에게 조금이라도 괴로움을 주어서는 안되겠다고 다짐해 본다.

　"사랑하기 때문에 미워한다." 이 역설적인 말을 나는 몇 번이나 되새겨 보았다.

　"이제는 사랑도 좀 하셔야지요. 청춘이 아깝지 않아요?" 누가 이렇게 다정스런 권유를 해 온다면, 나는 방긋 웃으면서 천천히 고개를 좌우로 짓기만 할 것이다. 이윽고 이렇게 답하리라.

　　연세대에서 꼭 한사람 아가씨를 만났는데, 웬 일인지 꼭 헤어져야 할 것 같습니다.

핑크색 코트를 입고 무언가 나를 훔쳐보던 그 모습에서 K가 나에게 얼마나 정답고 소중한 우정을 보내주고 있는가를 내가 왜 모르겠는가.
나는 순이 외에는 아무도 사랑하지 않는다. 이 생각은 아마도 오랜 세월동안 떠나버리지 않을 것이다.

1964년 4월 21일 화요일, 비

캠퍼스의 벚꽃이 수다스러이 떨어졌다.
봄을 밀어젖히려는 여름의 전초전일까?
가난한 가슴마다에 근심덩이를 얽어 놓고, 벌써 두주일째 접어들어도 비가 여전하다.
"비가 오면 오는 대로 맞아야지." 나는 실없이 이런 말을 하면서 '백양로'를 나왔다.

*   *

"당신만 있어준다면 무슨 일이든지 해낼 수 있을 것 같다." 뽀얀 쉐터에 초록색 스커트를 입은 K를 향해 한 말이다.
'마음'이라는 것은 이상한 존재이다.
굳이 집념해야 한다는 이유는 대체 무엇일까?
"여보, 당신은 산다는 일을 어떻게 생각하오?" 라든지 "당신은 스스로 택한 길에 대해서 회의해 본 일은 없소?" 우리는 이런 다정한 얘기를 나눌 수 있어야 한다.
"어디 아팠소? 얼굴이 못해졌군." 급우 K군의 말이다.
생각해 보면 내 깐에는 공부를 합네 하고 3월 한 달 동안을 도서관에 줄곧 앉아 있었으니, 그것이 원인인지 모르겠다.
그러나 몸보다 마음이 아픈 것이 더 문제이다.
K의 따스한 입김이 스며드는 날, 그런 '마음의 병'은 근본적으로 치유가 가능할 것이다.

1964년 4월 22일 수요일, 맑다

정오 가까이 되어서야 햇살이 비춰었다.

도서관 입구에 나와서 쉬다가 "볕이 하도 좋아서 들어가고 싶지 않군요." 하고 이름 모르는 한 신과대학생(도서관에서 자주 만나서 얼굴은 서로 알고 지내는 사이)과 이런 말을 주고받았다.

사람 사는 세상에도 밝고 생기 있는 일들만 있었으면 그 얼마나 좋으랴.

늦은 시간까지 도서관에 버티고 있노라면 지치기도 한이 없다. 다만 K양이 생긋 웃으면서, 비록 좀 떨어진 거리에서라도 있어 준다는 사실만으로도 피로는 풀릴 수 있는 것이다.

언젠가 한번은 "당신을 지금도 사랑하고 있노라."고 말 해주고 싶었는데, 끝내 그 말을 전하지 못하고 말았다. 그것은 용기의 문제도, 체면의 문제도 아니라고 생각한다. K를 너무 아끼고 연모했기 때문에 그 심정을 조심스럽게 지니고 싶었게 때문이었을 것이다.

> 잊어버린다, 못 잊어 차라리 병이 되어도,
> 아아 얼마나 위로이랴,
> 그대 맑은 눈을 들어 나를 보나니…….

K에게 보낸 사랑의 편지에 인용했던 지훈의 시의 한 대목이다.

확실히 내게는 K 때문에 얻은 사랑의 병이 있다. 또 그 '소중한 병'은 무척 깊은 상태인 것도 사실이다.

그러나 나는 이 병 아닌 병을 치유하기 위해 K 이외의 어느 여성의 힘도 빌고싶지 않다. 그것은 세월의 힘을 빌리거나, 아니면 K 자신에게 묻거나 부탁하는 길밖에 없기 때문이다.

나는 체념도 기대도 아닌, 그저 그리움 속에서 사는 셈인가.

*   *

동화에게서 편지가 왔다.

> 삼촌께서는 싸리 묘목 때문에 상당히 손해를 보신 모양입니다. 유독
> 우리만 재수가 없나 봅니다. (중략) 학교엔 다니지만 도시 취미에 맞지

않습니다.

현실은 암담하지만 꿈이라도 제게 맞는 것을 갖고 싶습니다. 동호는 다른 생각은 다 버리고 교육자로서 평생을 헌신하려고 결심한 모양입니다.(중략)

비료 공급 상황이 나빠서 보리에 비료를 못 주었기에 보리농사에 상당한 지장이 있다고 합니다.

나는 엽서에다 답장을 이렇게 써 보냈다.

"내일 비록 세계의 종말이 온다고 할지라도 나는 오늘 사과나무를 심겠다." 이것은 괴테가 존경했다는 철학자 스피노자의 말이다.

"세상이란 살아보면 당신이 생각하는 것처럼 그렇게 좋은 곳도 나쁜 곳도 아니지요." 불란서의 소설가 모파상의 소설 『여자의 일생』 마지막 대목이다.

살아간다는 것은 안개 낀 계곡의 길을 혼자서 조심스럽게 더듬어 가는 일이라고 지금도 그렇게 생각한다

세월은 휴식이 없고 사람은 늘 이울어 가는 것이 桑田碧海상전벽해의 이치이기에, 우리는 인생의 정오 이전에 되도록 많이 걸어두려고 한다.

"소질도 없고 취미에 맞지 않는 과목이 너무 많습니다. 예상외로 학제도 엄하고……." 이것은 네가 준 글의 한 토막이다.

환경의 지배를 받는 것도 사람이지만, 그 모든 여건들을 땀과 피와 눈물로써 극복해 낼 수 있는 것도 사람이라고 나는 믿고 있다.

파스칼은 이런 말을 했었다. "현실의 세계를 버리고 피안의 세계만을 동경하는 것은 퇴폐의 징조다."라고…….

세상 일이 뜻대로 될 리 없다. 더군다나 우리 같은 가난한 살림에 말이다.

다만 '내일'이라는 배부르지 않는 추상명사를 먹으면서 살아가야 한다. 학과에 충실하여라. 그리고 교수님들과 학우들을 가까이 대하도록 해라. 대학이란 사회이다.

총총 이만, 형이 쓴다.

1964년 4월 27일 월요일, 맑다

시험이 시작되었다.

그래도 시험이기에 종일 도서관에 머물러 있었다. 아무래도 이제는 지난 어느 시절처럼 밤을 지새우거나, 그토록 몰입할 수는 없을 것 같다.

'한국사상사' 시험을 치르고 일찍 귀가하는 K양의 모습이 보였다. 오늘따라 아주머니 같다고 느껴질 정도로 좀 서투른 표정이었다.

그래도 그 '아주머니'가, 시들지 않은 '청춘'이, 따스한 '미소'가 모두 반갑고 좋은 것은 어쩔 수 없다.

*　　　　　　*

　　　세상을 투기로 살아가는 사람들은 이 우주를 흥행장으로만 생각한다.
　　　살기를 마냥 철학으로만 하는 사람들은 세상을 심리학 실험대로만 생각한다.

오늘 7교시 '시론'(조병화 교수 담당) 시간에 작성한 수필 「시와 인생」의 어느 대목이다. 내가 쓴 글이지만 제법 그럴듯하다고 자위해 보았다.

사실 나야 '흥행사'도 '연극인'도 아니어야 한다. 옳고 밝은 길을 찾아 살아야 할 뿐이다.

1964년 4월 28일 화요일, 맑다

코 밑이 헐고 목구멍이 부었다.

며칠 동안 무리를 했더니 그것이 건강을 해친 것 같다. "코 아픈 공사는 하지도 말라." 는 말도 있지만, 건강이 걱정이 된다.

어서 시험이 끝났으면 좋겠다.

*　　　　　　*

"아무래도 내가 감당해 내기에는 너무 벅찬가봐!" 멀리서 유쾌하게 걸어가는 K양을 보면서 이렇게 혼잣말을 했다.

오늘은 어느 여학교 신임 교사 타입의 K.

이제는 필대로 피어난 그녀의 청춘이 사랑홉다.

짙은 향내가 난다. 충만한 청춘이 풍기는 향수(香水)이기도 하다.

1964년 4월 30일 목요일, 맑다

우리는 서로 지금 길손이고, 또 어쩌면 먼 훗날까지도 어차피 남남으로 살아갈지 모른다. 가까이가 아닌, 먼 먼 곳에서 떠나 살아야 할지도 모른다. 잊어가면서 살아야 하는지 모른다.

당신과 나는 세월의 힘겨운 풍화작용 때문에 서로 잊어가며 굳이 외딴 길로만 돌아서야 할지도 모른다.

하지만 우리는 지금 만났고, 같이 걷고 있고, 똑같이 착잡한 심정으로 서로 오색하게 지내가곤 한다.

그것은 나의 뜻에 의한 것이지만, 그것은 당신에게는 타의에 의한 일이지만, 이런 이유도 세상에는 있나 부다.

말없이 천천히 떠나갈 것이다.

한마디 인사가 없었기에 단 한번의 작별 인사도 없이 묵묵히 헤어져 갈지도 모른다.

그런 시간이 닥아 오고 있는 것 같다.

이제 나로서는 당신에게 무슨 할말은 없다.

설사 말이 있어도 그 말을 해서는 안 된다. 그렇지만, 아끼고 믿어가는 내게 탓이 있을까.

인생을 논하든, 사랑을 이야기하든, 그저 봄날의 햇살처럼 따사로운 마음으로 당신의 주위를 거닐고 있는데, 그런 일도 죄가 되는 것일까.

좋을 대로, 편리한대로 살아가는 것이 인생이겠지만, 별날 것도, 쑥스러운 것도 없는 생활이지만……

가는 것이 뭐 원망스럽다고 느껴서야 되겠으랴만, 되겠으랴만…….

*   *

오늘은 웬일로 K양이 세 번씩이나 내 곁을 지나갔다.

봄볕 때문도, 세월 때문도 아닐 것을 믿는다. 철이 들고 理性이성이 맑아질 나이에 봄을 못 이길 리 없고, 세월이 구슬플 리도 없을 것이다.

K는 지금 내 곁으로 닥아 서고 있는 것일까. 수줍음이 유달리 많은 그 소녀가.

얼굴도 무척 예쁘지만, 마음씨가 더 예쁜 아가씨. 호화로울 것도, 별난 체도 하지 않는 그 아가씨. 이제 와서 K의 마음에 조금이라도 더 불안을 안겨주는 내가 못난 사람일까.

어떻게 잘나고 좀더 마음 편하도록 지내갈 수는 없을까.
방위선을 쳐놓은 내가 지금 와서 스스로 그녀에게 가서는 안 된다.

1964년 5월 1일 금요일, 비

비가 오는 날은 구두가 아까운 날이다. 질퍽거리는 흙탕물을 넘고 걸어야 하기 때문이다.
종일을 두고 비가 내린다.
내 마음에도 어딘지 한곳에 빗물이 고인다. 지금의 **나에게** 있어서 비는 낭만의 대명사도 서정의 상징도 아닌, 그저 성가신 자연 현상이다. 인생의 산책자로서 괴테가 생명의 조국을 영위해간 알뜰한 사연을 읽을 제면 눈시울이 뜨거워 옴을 느끼곤 하는 것은 아직도 내가 어물한 때문일까?
어물하고 순진한 그것도 좋다.
나는 洋曲양곡을 잘 모른다.
극장을 가본지 1년이나 되는 사람, 음악 감상실을 한번도 못가본 사람.
그러나 세상은 편리할 대로 살아가다 볼 일이다.

*   *

K양이 무엇인가를 열심히 쓰고 있었다.
차라리 만나지 않았으면 좋겠다는 생각이 들었다.
순, 지금의 그녀는 氏씨도 孃양도 아닌, 그저 한사람의 여성일 뿐이다.

1964년 5월 3일 토요일, 흐리다

밤이 깊도록 수필을 썼다.
'연세문학의 밤'의 준비 작업이다.

> 딸라 거래도 어려운 이 판국에 육 펜스 짜리 어리광이 팔릴 리 없다. (중턱) 일생을 투기로 살려는 사람들은 세상을 요지경으로 생각하기 쉽다.

혹시 나도 그 투기 연습을 하고 있는 것이나 아닐까.(중략)
고즈넉이 봄비가 내린다.
봄비는 찰지다는데, 페이브먼트의 서울 거리는 번거롭기만 하다.
이런 밤엔 내 생명의 깃폭도 함초롬히 젖어드는 것일까.

— 수필의 일부

자하문 밖을 다녀왔다.
딴은 팔자 좋은 사람들이 사는가 보다고 생각했다. 공기가 맑은 곳이란 느낌
이 새삼스러울 것도 없는데, 그래도 나에게는 시골풍이 잠재해 있는 모양이다.
춘원 이광수가 이곳 어디쯤해서 집필에 몰두했을 별난 별장들을 내려다보면서
북한산 중턱을 내려왔다.
서울은 좋지만 서울 거리는 왠지 마음에 안들 때가 있다.

1964년 5월 5일 화요일, 맑다

만우 선생님의 '작가론' Report를 작성하느라고 다시 춘원의 시를 차분히 읽어
보았다. 그의 작품 「舍監사감」의 2, 3편이다.

나는 사감의 등불을 들고
발소리 안 나게 모든 방을 돌아야 한다.
혹 방문이 열리지 아니하였나,
이불을 차던지지나 않았나.

귀여운 아들들아, 딸들아!
꿈이라도 평안하게 잘들 자거라.
과부와 같은 너희 朝鮮조선이
너희들밖에 무엇을 바라랴, 아이들아.

민족 지도자를 자처했던 춘원이다.
춘원은 누가 뭐래도 역시 한국문학사에 큰 별이다.

*　　　　　*

崔以順최이순 교수의 「어머니날에 딸의 입장으로서」라는 제목의 설교가 있었다. 비감한 내용이었다.

"당신들은 어머니의 눈을 팔고, 심장을 파는 일은 없읍니까?"하면서 '風樹之嘆풍수지탄'을 인용하였다.

저쪽 자리에서 K양이 몹시 심각한 표정을 짓고 있었다.

나는 두어 번 눈물이 났으므로 입술을 지긋이 깨물고 있었다. 아직도 내겐 어리고 숫된 마음이 남아있는 것이다.

"고학을 하던 어떤 학생(연세대 동문)이 건빵 한 봉으로 점심을 대신했는데, 가방에 넣어두면 다 먹을 것 같아서 반만 먹고 반은 나무에 매달아 두었더니 쥐들이 다 먹었다." 는 어느 고학생의 이야기를 전해주었을 때, 나는 참으로 견디기 어려운 심정이었다.

밤 열한시가 가깝도록 습기 낀 지하실 작업장에서 책 제본을 하고, 하도 배가 고파서 빵 두 개 혹은 한 개로 주린 배를 달래보던 일이 바로 어제의 일 같구나!

그 때문에, 가난하다는 이유로 K양은 내 곁을 떠나갔다고 나는 믿었다.

그러나 살다가 보면 호강스러운 것만이 인생이 아니라는 것을 깨달을 시간도 있는 것일까?

K양이 내 주변을 돌면서 웃음을 보일 때도 나는 괘씸하다는 생각을 한 적도 있었다. 멀리 떨어져 있으면 그립고, 내 곁을 지나갈 때면 어떤 때는 뺨이라도 갈겨주고 싶은 충동을 받기도 했었다.

그러나 가만히 생각해 보면 이 모든 것은 진정으로 K를 사랑하기 때문이리라.

한마디 미안하다는 말도 아끼고 있는 여성, 그녀의 사과가 없는 한 이제는 다시 닥아 갈 생각은 없다.

1964년 5월 6일 수요일, 맑다

내일부터는 스산해지겠다.

금요일부터 교생실습을 3주간 나간다고 한다. 앞에 절벽이 닥아오는 것만 같다.

camera를 들고 무엇인가를 응시하고 있던 어제의 K양이 생각난다. 담장이가 욱어진 '학관'을 촬영했었는지, 아니면 다른 다정한 사연이 있었는지 알 수 없는 일이다.

좀 만나지 않았으면 싶다.

K도 괴로운 심정인 것 같다.

*　　　　　*

대학원! 지금 가난하더라도 어떻든 진학을 해야 한다.

길도 자리도 보장이 없는 지금으로서는 그것 밖에는 달리 방법이 없을 것 같다.

주변에서는 모두 '학자 type'이라는 렛텔을 붙여 주었다. 싫지 않은 일이다.

그러나 학자란 고달픈 직업이다. 쉼 없이 걸어야 하는 멀고 먼 길의 고행자이다.

그나마 생활은 보장받을 수 있을 것이다.

1964년 5월 7일 목요일, 맑다

우연한 기회에 얻은 영문과 H양의 사진을 꺼내어 보았다. 한때는 그처럼 닥아섰던 귀여운 소녀이다.

사장의 令愛영애이며 재원이라는 점보다는 함박꽃처럼 탐스러운, 빼어난 미모와 재치 넘치는 표정 때문이었으리라.

그동안 내 인생관, 애정관도 오락가락 했던 모양이다.

어떤 확정적인 관점도 없이, 뚜렷한 신념도 없이 그저 미모 아니면 지위를 선호했던 것 같다. Y양이 그랬고 C양, 최근의 M양에 대한 호감도 다분히 그런 면이 있었다고 할 수 있다.

그러나 K와 H에 대한 태도는 좀 다르다.

두 여성이 다 미모와 재치를 겸비했다는 사실에 기인한 바가 크지만, 그것은 단순한 '미모'와 '재치'를 넘어서 또 다른 요인이 있었다고 생각된다.

K양의 사진도 한 장 구하고 싶은 생각이 불현 듯 떠오른다.

K는 너무 세련된 여성이어서 부담이 된다.

그녀가 미안한 심정으로 닥아 오더라도 냉철한 판단으로 임할 생각이다.

1964년 5월 9일 토요일, 흐리다

'제79주년 개교기념일'이다.

1939년도 졸업 동문들의 재상봉 회고담이 감명 깊었다.

김연준 한양대 총장, 주영하 수도여사대 학장, 김생려 예그린악단장, 박창해 교수 등 연희전문 문과의 쟁쟁한 동문들, 박동규 재무부장관, 무슨 사장, 감사 등 연전 상과의 쟁쟁한 member들이었다.

25년 후의 나! 아무래도 총장이나 장관은 자신이 없고, 교수라도 되어 있어야 할 터인데, 잘 모르겠다.

유유히 흐르는 한강처럼 장구한 세월 79년을 지내는 동안에 연세대는 훌륭한 역군(役軍)들을 많이도 배출해 내었다.

*   *

K양이 연방 후랏쉬를 눌렀다. '음영교육센터'에서 준비하는 '연세의 발자취' 촬영을 위한 것으로 생각되었다.

카메라를 맨 미모의 여대생, 그림을 잘 그리고 목소리가 유달리 낭랑한 맑은 눈의 소유자.

우리는 25년 후 각각 어떤 모습으로 되어있을지 모르지만, 그녀를 위해서도 내 자신 뚜렷한 학적인 업적을 내어야겠다.

1964년 5월 11일 월요일, 맑다

처음으로 잠바를 걸치고 나갔다.

왠지 어색하고 쑥스럽기만 했다.

뺏지를 달지 않아서 그런지 가방을 받아주지 않는 이대생들이 얄밉기도 했지만, 교복의 고마움을 다시금 느끼게 되었다.

*   *

그립고 보고 싶은 사람이 가까이 오는 일이 무슨 이유로 실툿해져 버렸을까.

종일 내 주변에서 무엇인지 열심히 쓰고 있는 K양의 모습이 보였다.

무척 성가시다고 생각되기도 했다.

이제는 떠난 사람이거니 하는 지레짐작 때문일까? 아니면, 남의 속을 아플 만큼 멍들여 놓고는 지금에 와서 닥아 오는 그 아가씨가 정작 미워진 것일까?

야릇한 심리 변화이다.

그래도 진정 K를 사랑하기에 미웁다거니 야속스럽다거니 하고 말을 많이 하는 게 아닐까.

1964년 5월 12일 화요일, 맑다

살다 보면 별의별 일을 다 겪게 되나 부다.

버스 요금을 인상해 달라고 갑자기 동맹 운휴를 했다. 신문에는 운휴를 하면 행정 처분할 용의까지 있다고 엄포를 놓더니, 결국 파업을 막지 못했다.

나라가 어지러운 판국에, 나름대로는 상당한 월급은 받고 있을 텐데, 무슨 심보들인가?

오래간만에 합승을 타면서 영 언짢았다.

합승이 서는 곳은 북아현동 산중턱쯤이다.

거기서 중앙여고를 거쳐서 연세대까지는 작히 반시간은 걸어야 한다. 길도 골목길, 오르막길의 연속이었다.

옛 시절, 전차도 서대문까지만 다닐 때, 아현동 고갯길은 연희전문 학생들과 이화여전 학생들의 데이트 코스였다는 얘기를 생각하면서, 십여 명의 이대생들 사이에 나 혼자 끼어 걷기가 어쩐지 어색하기만 했다.

지리를 잘 몰라서 그녀들의 뒤만 바싹 따르라니 더구나 그랬다.

*   *

체플 시간에 K양이 보이지 않아서 그래도 쓸쓸했다. 없으면 자꾸 보고 싶은 것은 그녀를 몹시 아끼고 있다는 증거일 것이다.

아마 차를 타지 못해서 오지 못한 것일 게다.

1964년 5월 14일 목요일, 맑다

건강이 영 신통하지 못하다. 견디어 낼 수 있을지 모르겠다.
항문이 파열되어 이틀째 출혈이 멎지 않아서 무척 불안하다.
돈도 없고, 따뜻한 손결도 없고, 그저 거칠어만 가는 마음이다.

*   *

피해서 사는 방법은 없을까.

아침 일찍, 첫 시간에 맞추어 오느라고 분주한 K와, 그저 무심히 '학관'을 들어갔다가 나오던 길에 맞닥뜨릴 것 같아서 한 20m 쯤 전방에서 피해 버렸다.

그녀의 마음을 자극하자는 것이 아니라, 내 자신이 조금이나마 마음의 안정을 찾기 위해서이다.

"도서관에서 제발 만나지 말았으면 좋겠다."고 말로는 그렇게 하면서도, K가 없는 도서관은 너무 쓸쓸해서 금방 지칠 것 같다. 야릇한 二律背反이율배반의 심리 상태이다.

K보다 더 앳되고, 더 발랄한 여성도 눈여겨보면 있을 것이다. 또 가까이 할 수도 있을 것이다. 일테면 H가 그 경우이다.

그러나 K를 잊고 살아가기는 어쩐지 힘든 일일 것 같다. 이승의 연이 못되는 것 같으면서도 또 그것이 연이 되었나보다.

1964년 5월 15일 금요일, 맑다

"괘씸한 인간!"

K를 두고 하는 말이다. 그러나 왜 괘씸한지 스스로도 설명이 되지 않는다.

내가 곧잘 산책하던 동상 앞 장미꽃 화단에 오후 늦도록 앉아서 책을 읽고 있는 K가 보였다.

아무래도 좀 이상한 일이라고 생각했는데, 늦게야 알고 보니 저녁에 'garden party'가 있다는 것이다. K가 누구와 어울려서 무슨 애기를 나눌 것인지 알아볼 수도 없고, 또 그럴 필요도 없는 것 같았다.

도서관에 가서 책을 꺼내 놓았으나 마음이 뒤숭숭해서 일찍 귀가해 버렸다.

대학원 진학→대학 교수.

　　K의 마음을 자극하는 일은 나로서는 이 길밖에는 없지만, 그러나 보장도 없고 기약도 없다. 다만 하나, 한없이 험난할 것이라는 사실만이 분명할 뿐이다.
　　"복수는 양심의 가책을 주는 것만으로 족하다."고 한 어느 영화의 대사 한 토막이 떠오른다.
　　그렇다! 나를 위해서, K를 두고도 꼭 진학을 해야 한다.

1964년 5월 16일 토요일, 맑다

　　오랜만에 '학관' 돌계단에 기대어 사색에 잠겨 보았다. 정말 오래간만인 것 같다.
　　어제 K가 앉아서 독서를 하던 그 장미 화단을 바라보면서 노란색 장미의 생리를 '戀情연정'으로 되새겨 보았다.

　　　　당신의 곁으로 가고파서
　　　　짐짓 돌 벽을 끼고 돌아가는 것입니다.
　　　　항시 못 견디게 소슬한 자리에서
　　　　이렇게 저쪽으로 서성대는 것입니다.

　　　　그리울수록
　　　　미워해야 한다는 부조리,
　　　　봄바람 같은 수다스런 사연은
　　　　한손 들어 막아 놓고,

　　　　마지막 언어인양
　　　　해설픈 침묵으로 살아야 합니다.

　　　　푸라타나스 그늘 드리우는 오후에는
　　　　혹시 내 세월도 시드나싶어,
　　　　비뚜루 비뚜루 걷다간
　　　　짐짓 휘파람을 불어댑니다.

　　　　나의 청춘은 얼룩진 도화지.
　　　　어느 찬란한 여명을 위하여

수런수런 두어 장씩 넘겨봅니다.

*　　　　　*

총명이 지나쳐 오히려 아슬아슬한 H양.

이 부호 댁 才媛재원은 그저 그림처럼 예쁘고, 장난감처럼 순결하다.

그 해맑은 지성이 따사롭다.

그런데 왜 K는 보이지 않을까.

세월은 참 좋은 은인이라지만, 세월에 기대어 사는 사람의 마음 속은 금이
간다.

1964년 5월 19일 화요일, 맑은 후 흐리다

순, 내 다정한 소녀.

우리는 왜 서로 반가우면서도 외면을 하면서 살아야 하는 것일까.

누군가 이런 말을 했다.

"대통령과 한국은행 총재는 한사람씩밖에 없는데, 한국의 여대생들을 모두들
그런 배우자를 찾고 있는 것 같다."고.

그러면 나는 어떻게 되는 것인가.

'사랑'만으로 한세상을 버틸 수 있을까.

　　　그 총명, 그 영리, 그 재주, 트인 이마, 까불음, 참새 같은 몸매……
　　모두 다 좋았었다. 그녀와 헤어 지던 날은 좀 흐리긴 했지만, 대낮인데
　　도 눈앞이 보이지 않았었다. 무던히도 사랑한 모양이다.

이것은 강경애 여사에 대한 무애 스승님의 희고 담이다.

혹시 나도 그 "눈앞이 보이지 않는 날"이 올지도 모른다.

침묵은 정한의 모국어. 내 가슴 깊은 곳에도 이 '모국어'가 있다.

1964년 5월 21일 목요일, 맑은 후 비

열렬히 사랑하고 싶은 사람이 있다는 것은 자랑스러운 일이지만, 그 '이데아'의 주변을 맴돌면서도 짐짓 외면한 채 살아가야 하는 경우라면 오히려 '수치'일는지 모른다.

나는 그 '羞恥수치'를 안고 서성거리고 있는 모양이다.

아껴야 할 여성을 아껴주지 못하는 그런 무기력한 수치이다.

누구를 애타게 연모한다거나 그렇지 못하다거나 그것보다도, 어떻게 마음을 가다듬어 가질 수 있는가에 힘이 겹다.

혹은 지쳐버린 '체념'인지 모른다.

*　　　　*

만나지 말아야 할 텐데 거푸 두 번씩이나 만나다니…….

서로 만나지 말고, 각기 삶의 방식대로 분주히 지내노라면 더러는 잊을 수도 있는 터이지만, 그것조차도 퍽 어려운 일이 되어버렸다.

나는 순이가 가엾다는 생각이 들었다.

나 때문에 그녀가 갖게 된 마음의 짐이 너무 무거워 보이기 때문이다. 그만큼 K를 아끼고 있다는 증좌이다.

실은 가여운 것은 '우리'가 아닌 '나'인지 모르겠다.

그 흔한 다방에도 한번 못가고 너무도 막혀진 생활에 지쳐 있는 수척한 사람, 바로 내가 가여운 존재임에 틀림없다는 생각이 든다.

요즈음의 순이는 왜 그토록 평범한 자세인 듯 하면서도 초췌해 보일까? 보기에 자꾸 송구스러워진다.

그만큼 K를 사랑하고 있다는 증좌이기도 하다.

사랑한다는 것과 아끼는 것에 무슨 차이가 있을까? 전자는 애착이고 후자는 집착에 가까운 것일까?

오후 늦게 도서관 장서계(지정도서실)쪽에서 참고 열람실로 들어오던 K와 만났다. 우리는 서로 무표정하게 지나쳤다.

그녀에게서 그 상냥하던 '웃음'이 보이지 않았다.

그토록 화사하던 웃음, 찬란한 표정, 영롱한 눈동자, 귀여운 목소리, 미모, 수줍음……. 모두 다 좋고 소중한 표정들이었지만, 지금은 짐짓 평범 하려고 애쓰는 것 같다.

나 때문에 무척 괴로워하고 있는지도 모른다. "첫사랑은 대개 이루어지기 어렵다."는 속설이 우리에게까지 적용되지 않아도 좋을 것을, 생각하면 그저 안타까운 일이다.

비가 밤새워 내리려나 보다.

요즈음 건강이 영 좋지 않다.

양서를 읽어도 마음이 진정되지 않는다.

1964년 5월 23일 토요일, 흐리다

종일 피로한 줄도 모르고 논문을 썼다. <연세 춘추 학술상>학술상 현상 모집에 응모하기 위해서이다.

몇 가지 여쭐 것이 있어서 金東旭김동욱 교수를 뵈었더니 "선생 질 하기 싫어?" 하시는 것이었다.

내가 교생 실습에 불참했기 때문이다. 새삼스럽게 교직 과목을 이수할 걸 그랬다고 생각해 보았다. 어느 방향으로 진로를 잡아야 할지 그저 막연할 뿐이다.

학문에 몸담는 것은 무척이나 어려운 일이라고 생각한다.

陶南도남 선생의 『국문학개설』을 읽으면서 다시금 그분의 노고와 업적에 경의를 표하고 싶은 심정이었다.

*　　　　　*

K의 안타까와 하던 모습이 자꾸 떠오른다. "찬란한 모습의 그대와 나"운운의 대중가요 노랫말을 들으면서 무언가 해야겠다는 생각이 들었다.

1964년 5월 24일 일요일, 맑다

내일 대대적인 '학생 데모'를 감행할 것이라고 벌써부터 '비상계엄령'운운하는 말이 도하 신문에 보도되고 있다.

되먹지 못한 사이비 애국자들.

나라를 이 모양으로 만들어 놓고 무슨 염치로 정권 유지의 최악의 수단을 쓰려고 하는지 모르겠다.

張勉장면 박사는 무기력했으나 그래도 양심적인 인물이었다. 지금의 군사정권은 도대체 무엇이란 말인가.

학우들이 나서면 나도 같이 나서야겠다.

군사정권의 주된 세력들은 지난 5.21에 있었던 서울문리대생들의 데모 주동자들을 구속하라고 무장 군인들이 대법원을 에워쌌다고 해서 말썽이 많다. 그자들은 박정희를 도와 소위 '군사혁명'을 일으켰던 공수부대원들이라고 한다.

"양의 탈을 쓴 이리들"이 이 나라를 대체 어디로 끌고 가려는 것인가.

현실은 암담하기 이를 데 없다.

*   *

종일 「주체성 확립의 방안」이라는 제목의 논문을 완성하는 일에 매달렸다.

"먹고 사는 일만 허락된다면 한평생 학문을 하며 살아갈 것입니다." K에게 준 편지의 한 대목을 되새겨 본다.

1964년 5월 25일 월요일, 맑다

"대학생들 궐기"

대문짝만한 활자가 신문을 메웠다.

서울시내 대학생들이 모두 일제히 성토대회를 벌인 것이다.

"학생이 제3 정당이 되어서는 안 된다."고 한 <한국일보>의 사설은 옳고 당연한 충고라고 생각한다. 학구에 전념해야 할 학생들을 길거리로 불러내는 것은 모두가현 집권 세력 때문이다. 그네들이 저주스럽다.

현재의 정국이 암담하기만 하다.

*   *

오랜만에 K를 만났다.

의식적이든 무의식적이든 우리는 그저 외면하듯이 지냈으면 싶다.

논문을 완성하느라고 지난밤에는 자정이 훨씬 지난 뒤에 취침을 한 탓인지 종일 피로에 시달리었다.

고달프거나 즐거웁거나 그대도 살면 그만이다.
거역을 하거나 희원을 하면서까지 허위적거릴 것은 없다.
그저 편리한대로, 좀 건실하게 살 수 있었으면 그뿐이다.

1964년 5월 26일 화요일, 맑다

오늘은 비를 맞으며,
흘러간 사랑을 생각한다.
지금은 하이칼라를 하고
양복차림에 구두를 신었지만,
이제는 '파스칼'도 읽고
시멋없는 생각에 잠기기도 하지만,
참 서러웠지, 가버린 낮과 밤이.

옷을 적시듯 세월에 젖어
어린애처럼 사랑을 하고,
오늘은 비를 맞으며
닥아 올 사랑을 생각한다.

*　　　　　*

"尹仁駒윤인구 총장 물러가라 ! "는 목소리가 캠퍼스에 퍼져 있다. 부정 입학을 공모하고, 부산 분교 목장 이익금 1억 3천 만 원을 횡령했다는 끔찍한 소문이다.
"양의 탈을 쓴 이리"라더니, 어떻게 그런 자가 명문대학의 총장이 되다니…….
진상이 밝혀졌는데도 물러나지 않는다면 동맹 휴학을 종용해야겠다. 공평무사해야 할 대학 입시에 그토록 심한 부정이 개입되었다니, 그저 저주스럽기만 하다.
"우리는 이 몰지각한 처사에 비통함을 느낀다."고 문과대학 교수회의 결의문은 지적하고 있다.

1964년 5월 27일 수요일, 맑다

총장의 해임을 재단이사회가 결정했다고 한다.

이사회를 믿는 우리들은 그들의 결정을 쌍수를 들어 환영한다. 참으로 잘된 일이다.

아무쪼록 이따위 인사가 학교에 얼씬거려서는 안 되겠다.

*   *

나그네 보내듯이 세월을 앞세우고
곡조도 없는 노래로 살아왔구나.
내 노래는 어디 갔는가?
어스름 돌담에 기대어 서면,
털썩 주저앉고 싶은 마음,
옛날의 내 빗나간 생각.

*   *

"빗나간 생각"은 K 때문에 엇갈린 생각이다. 그러나 지금은 생각을 정리할 때.

1964년 6월 1일 월요일, 맑은 후 비

M양이 아침 일찍부터 도서관에 나왔다. 무슨 이유에서인지 내 주변을 두어번이나 돌아보았다.

사실 우리는 서로의 소속 학과만 알 뿐, 구체적인 사항은 전혀 모르는 상태이다.

별로 예쁠 것도 총명할 것도 없어 보이는, 그저 덕성스럽고 순진하면서도 멋이 있어 보이는 M. 언제나 수수한 차림의 그녀는 대학 교수의 令愛영애에 걸맞는 그런 이미지의 소유자.

M이 H나 A의 처지라면 그래도 K만큼 사랑할 수 있을까?

나는 아직 너무나 용기가 부족하다.

늘 自激之心자격지심과 自卑자비 의식에서 벗어나지 못하고 있다. 확고한 장래성의 보장이 없다거나 고향집마저 유족하지 못하다는 점 때문에 가끔씩 애정의 불길이 鎭火진화되곤 하였다.

이상과 현실의 갈등이 이와 같았었다.

*   *

학우들이 교생 실습에서 돌아왔다.

"교생 실습이라도 갔더라면 교사로라도 갈텐데……." 나는 혼자말처럼 이렇게 말했다.

"장학생이 교사는 무슨 교사냐? 교수로 빠져!" 급우들은 다들 이렇게 말했다.

교수가 된다면 참 좋은 일이지만, 나에게 과연 그것이 가능한 일일까?

그러나 갈 수 있는 데까지는 가봐야 한다.

1964년 6월 2일 화요일, 비

"서울문리대생들, 열 끼 째를 굶고 단식 투쟁", 고려대생들, "배고파 못살겠다, 악덕 재벌 잡아먹자", "박 정권 물어가라", "내 조국 건져내자"등의 구호를 내걸고 데모. 신문과 라디오가 어수선한 소식들을 전하고 있다.

이 찬비가 내리는 밤에 그들은 무척 추울 텐데, 안타까운 일이다.

나라가 이 모양인데 공부가 손에 잡힐 리 없다.

서울미대 여학생들이 배고픔을 참아가면서 「자유의 노래」를 부르면서 흐느껴 울었다고 한다. 아무래도 나도 한번 가서 위로의 말이라도 해주고 싶다. 혹은 편지로라도 위로해 주고 싶다.

부패한 정치가들은 그래도 계속 강경 조치만을 내세우고 있다.

*   *

비 내리는 백양로는 원망스럽기까지 했다.

그래도 M양이 있어서 춥지는 않다.

결국 M양을 사랑해야 한다면, K를 잊겠다던 그 어느 밤처럼 잠못 이루고 뒤척이는 그런 날이 올지도 모른다.

1964년 6월 3일 수요일, 비

슬픈 나라의 슬픈 운명처럼 종일을 두고 부슬비가 내린다.

"무단정치 박 정권은 민족 위해 물러가라!" 연세대생들이 내건 구호가 '동아일보' 톱기사로 나와 있다.

비 내리는 거리에서 밤이 깊도록 데모를 감행하고 있는 학우들, 그 학우들에게 미안하게 생각하면서도 그 대열에 끼어 연행되어 가거나, 체루탄 공세에 맞설 용기는 없었다.

"금일 20시를 기해 서울 일원에 비상계엄령을 선포한다."

그자들은 학생들이 몹시도 무서웠던 모양이다. '4.19'가 연상되었던 모양이다.

그렇게 무서워 할 짓을 왜 그만두지 못하는가? 철벽같던 이승만 정권도 무너지지 않았던가?.

학우들이 많이 부상을 입었다는 소식을 듣고 비분강개한 마음을 억누를 수가 없었다.

*　　　　　　*

오늘도 K와 M의 모습을 볼 수가 없었다.

학업에 진척이 없어 안타깝기만 하다.

또 다시 애정 문제가 마음을 흔들고 있다.

나는 내 자신이 너무나 심약하다는 것을 잘 알고 있다. 그 때문에 누구를 사랑할라치면 철도 없이 그냥 내닫는다는 것을 잘 알고 있다.

생각하면 이런 일은 청춘의 한 숙명인지 모른다. 숙명이라면 그대로 감수해야 하지 않을까.

M은 마냥 수수하고 서민적인 모습이다. 꾸밈도 아유도 없는 한 현숙한 아내의 모습이다.

그러나 내가 K와 M의 비중을 재볼 수는 없다. 누가 더 착실하고, 누가 더 정성스럽게 아내로서의 역할을 해줄 수 있을지도, 혹은 모두 다 서로 뿔뿔이 가버릴지도 알 수 없는 일이다.

먼 훗날, K도 M도 아닌 어느 여인이 있어 "두 사람 중 누구를 더 사랑했었느냐?"고 물어 온다면, 나는 그때 씩- 한번 웃는 것으로 대답을 대신할 것이다.

피 끓는 애정을 부어넣지는 못했어도 눈물겨운 정성이었기에 하는 말이다.

애정과 용기는 언제나 필수적이고 함수 관계에 있다고 할 수 있다.

그런데 내게는 그런 '격정'이 좀처럼 나오지 않을 것 같다.

1964년 6월 4일 목요일, 맑다

트럭을 대기시켜 놓고 수십 명의 무장군인들이 캠퍼스를 가로막고 출입을 통제하고 있었다. "4.19 때도 이러지는 않았는데……." 어느 학우가 이런 말을 했다.

"도서관 문을 닫게 하다니, 언제는 학생들이 공부 안한다고 걱정하던 그들이 되려 공부 못하게 취한 조치 아닌가?"

나는 한참이나 흥분했으나, 그저 돌아오는 수밖에 없었다.

나라가 어떻게 되려고 학생들의 학업을 중단시키다니, 그 책임의 소재가 어디에 있건 가증스러운 현실이 아닌가!

정권을 유지하기 위해 강제로 휴교를 시키고, 군인들의 힘을 빌려 대학생들의 의기를 꺾어 놓았다.

그러나 생각해 보면 이 모든 화근은 나라가 가난한 탓에 벌어진 일이다. 어느 누구의 그릇된 행각으로만 돌릴 수도 없는 문제인지 모른다. 부패한 정치인들을 지금 와서 비난한들 무슨 소용이 있겠는가?

방학이 몇 달 동안 계속된다면 campus를 드나들 날도 얼마 남지 않았다.

할 일은 태산 같은데 일이 사뭇 어긋나고 있다.

*　　　　　　*

K에게 보낼 긴 사연의 초를 잡아본다.

학생들이 없는 쓸쓸한 캠퍼스를 생각하면 만감이 교차한다.

> 한 두엇 저질러 논
> 부끄러운 짓
> 파아란 하늘처럼 아슬플하다.

영랑의 싯귀처럼 "부끄러운 짓"을 생각하면서, 좀더 얄무지게 살아야겠다고 생각해 본다. 좀더 자신을 갖고 견디어내고 싶다.

1964년 6월 5일 금요일, 맑다

군인들이 캠퍼스에다 모래가마니를 쌓고 성을 만들고 있었다.
왜 이토록 학원을 철저히 경비하는지 모르겠다.
정문으로는 도저히 들어갈 수가 없어서 노천강당 쪽으로 기어 들어갔다.
학우들이 5명 연행되어 갔다고 한다.
무슨 통고가 없으니 집으로 내려갈 수도 없고, 또 서울에 있기도 따분하다.
학생들이 없는 서울 거리는 어쩐지 허전하기만 하다.

*　　　　　　*

K도 M도 만나보지 못할 것 같다.
이대로 지내다가, 혼자서만 애를 써보다가 말려나 보다.
요즈음은 자꾸 정이 그리워진다.
고독해서, 을씨년스러워서 견디기에 힘에 겨웁다.
방학이 되면 K에게 또 글을 쓸 기회가 올 것인지, 그것은 나 자신 알 수 없는
일이다. K의 곁을 떠나는 일이 그저 섭섭할 따름이다.

1964년 6월 6일 토요일, 맑다

"우리 학교를 왜 우리가 못 들어가나?"
기관총을 조준해 놓고 삼엄한 경비를 펼치고 있는 군인들이 몹시 미웠다.
다시 한번 캠퍼스를 돌아보고 싶었다.
다정한 사이는 아니었지만 그래도 허물없이 지내던 급우들, 격의 없이 반갑
게 대해 주시던 은사님들, 많은 학우들…… 다 보고 싶은 얼굴들이다.
굳이 데모를 해야만 한다는 필연성까지는 없다손 치더라도, 이 사태를 초래한
책임의 99%는 정부와 여당에게 있는 것이 아닌가.
돌아서 자꾸 보고, 그래도 떠나오기 싫은 정든 '연희의 숲'이었다.
9월 1일이 개학이라니 장장 85일의 방학이다.
나의 마지막 학기는 느닷없이 찾아오게 된 모양이다.

*　　　　　　*

수치마를 입고 곱게 단장한 K의 모습이 보였다. 신촌 버쓰 종점을 중앙에 두고 우리는 서로 엇갈린 방향의 길을 택했고, K가 나에게 시선을 주었는지는 의문이다.

"아마 지금쯤 고향에 가 있을 테지." 이런 지레짐작으로 K는 내게 전혀 관심이 없었는지도 모른다.

누구에게라도 K와의 사연을 상의해 보아야 할지 분간이 서지 않고, 그저 안타깝기만 하다.

바라보고 바라보아도 지치지 않을 그 찬란한 미소와 앳된 지성을 연상하면서, 나는 사뭇 우울과 환희의 갈래 길에서 머뭇거리고 있다.

K는 아무래도 나를 위해 태어난 여성은 아닌 것일까? 혹은 내 스스로도 K를 맞기 위해 갖은 고생을 다한 끝에 멀리 서울로까지 온 것은 아닌지도 모른다.

그러나 지금의 심정은 그것이 '필연'이기를 빈다. 빈다기보다는 차라리 믿어보고 싶다.

"인생의 맛은 40에서부터 안다누."

라디오에서 흘러나오는 연속방송극 대사의 한토막이다. 차라리 인생의 맛을 몰라도 40은 찾아오지 않았으면 좋겠다.

인생 40! 너무 을씨년스러운 지점이 아닐까.

되도록 인생의 정오 이전에 많이 걸어두고, 배우고 얻으면서, 또 무엇인가를 누려보고 싶은 심정이다.

＊　　　　　＊

차비가 부족해서 당장 고향으로 갈 수도 없다.

다 사용하지도 못할 버스표를 공연히 20일치나 샀더니, 공교롭게도 느닷없이 휴교가 되어버린 것이다.

'비상계엄령'은 내게도 큰 실의와 낙담과 우울을 더해 주었을 뿐이다. 한 푼의 웃음도 보람도 보태준 것이 없다.

1964년 6월 8일 월요일, 맑다가 흐리다

아무래도 이루어 지지 못할 인연이라면 저는 이승에 태어나지나 말
았으면 좋았을 것입니다. "당신이 스스로 만든 상처는 스스로 치유해야

하지 않느냐?” 구요?

사리는 그럴지 모릅니다.

그러나 야무지지 못한 제 성격으로는 어찌할 수 없는 정황을 안고 그저 바보처럼 울먹이는 것밖에 다른 길은 없는 것 같습니다.

“기회가 오면 서울대학교로 가버릴까?” 혼자서 이렇게 현실 회피의 출구도 생각해 보았습니다. 그러나 이런 방식은 너무 소견 좁은 처신인 것 같습니다.

몇 끼를 주리면서 고학을 해야 했던 연희의 동산, 가장 영광스러웠던 젊음의 많은 날들을 가꾸고 간직했던 그 무성한 담장이 넝쿨을 떠나 살아갈 수 있을 것 같지 않습니다.

그것은 하나의 죄악일 따름입니다.

*　　　　　*

K군이 자신의 파트너 사진을 보여 주면서 “너는 언제 연애를 할래?”하고 물었다.

“글쎄, 졸업식 때 그래도 누군가 꽃다발을 보내 줄 여성이 있어야겠는데, 아무래도 如意여의치 못할 것 같아.” 나는 이렇게 대답했다. K군의 애인은 교육초급대를 나온 소학교 교사라고 했다.

“K나 M이 옆에 있어 준다면 얼마나 좋을까.” 나는 아쉬운 마음을 금할 수가 없었다.

1964년 6월 9일 화요일, 맑다

3등 실에 승차해야 할 사람이 공연히 2등 실에 버티고 앉아 서투르게 살아가는 것이 아닌가 생각도 해 본다. 그렇다면 ‘인생의 여권’을 잘못 산 것인가?

그렇다고 해서 지금에 와서 세상살이의 분별을 찾겠다는 명목으로 지난 세월 동안 걸어온 길을 바꾼다는 것은 너무 지나친 일일 것이다.

좋을 대로, 편리할 대로 살아가는 것이 처세의 황금률이라 해도 꼭 거기에 맞출 필요는 없는지도 모른다.

*　　　　　*

연민 선생님 댁을 방문했다.

거기서 陶南도남 선생을 뵈올 수 있었다.

"无涯무애 선생은 너무 절조가 없다.", "학생들의 데모는 잘못이다." 등의 말씀을 하셨다.

1964년 6월 11일 목요일, 맑다가 흐리다

> 오늘은 이 앞을 지나가며
> 나는 소식조차 모르는 順伊순이를 생각한다.
> 서로 사랑을 하고
> 그러면서도 이루지 못하고 헤어져 버린
> 나와 순이와의 사랑을 생각한다.
> ―장만영:「관수동」의 일절

어쩌면 나도 먼 훗날, 서울의 어느 골목길을 지나면서 '순이'가 아닌 '○순'에 대한 서러운 시를 써야할지 모른다고 생각해 보았다.

아마 그렇게 될 것이 확실할 것 같다.

"서로 사랑을 하고, 그러면서도 이루지 못하고 헤어져 버린" 그런 사람들은 행복한 존재는 못된다. 어쩌면 이 말은 나에게 되돌아오는 말인지도 모른다.

오늘도 나는 K와 M을 생각하면서 고달픈 설계를 해 본다. 그러나 어디까지나 일방적인 설계이다.

*　　　　　*

하향을 며칠 앞두고 생각하니 역시 서울은 좋은 곳이다. 정을 키우고, 사랑을 나누고, 따스한 마음들이 오고가는 곳이다.

1964년 6월 13일 토요일, 맑다

왠지 마음이 자꾸 울적해 지는 것 같다. 내일 고향으로 떠나겠다고 예정해 놓았기 때문이다.

자꾸 가고 싶어서 학교에 가 보았으나 놈들이 철통같이 지키고 있어서 은밀히

드나들던 노천강당 쪽으로도 들어갈 수가 없었다.

교복을 입지 않아서 차 안에서 연대생이라는 것을 몰라주는 것 같아서 안타까
웠다. 학생이라는 신분이 그토록 좋은 것을 미처 몰랐었다. 젊음은 소중하고, 학
생이기에 더욱 고귀한 존재인지 모르겠다.

시인 장만영 씨가 고보 시절에 이화고녀의 주변을 다니면서 "저들 중 누군가
하나는 내 아내가 되어 주겠지." 하는 생각을 가졌었다고 한다. 나 역시 상상에
머무는 것이 아니라 구체적으로 K나 M, H. A. Y……. 그 중에 어느 한 여성이
아내가 되어 주리라고 믿어 왔다.

그러나 '기대'나 '가정'일 뿐, '확정'된 일이 아니기 때문에 그저 씁쓸한 뿐이
다.

고달프면 고달픈 대로 살아야 한다. 원래가 호화로웠던 세월은 아니었었다.

오늘은 몇 번씩이나 K가 밉다고 생각해 보았다. 그렇게 믿으면 또 그렇게 생
각할 수도 있는 것 같았다.

하지만 가만히 생각해 보면, 이것은 "너무 사랑한다는 사실에 대한 역설적인
감정의 표현"임을 금방 알게 된다.

*   *

막내고모가 시골 내려갈 차비를 주겠다는 것을 그냥 와 버렸다.

"사람들이 많아서 그냥 왔다."고 했더니 "자존심은 강해서……. 네가 무슨 돈
이 많기에……." 라며 흑석동 고모는 몹시 핀잔을 주었다.

나는 뼈에 스미는 서러운 생각을 가까스로 삼켜야 했다.

"눈치 밥으로 버는 돈, 더구나 요즈음 7만원씩이나 고모부가 빌려 와 무슨 일
을 시작하다가 사기를 당한 것 같은 낌새가 있는 판에 어린 나이에 고생하는 고
모가 애처로워서 사양한 것인데, 나를 자존심이 강한 인간으로 치부하다니……."
참으로 억울한 생각이 들었다.

사실은 내려갈 차비를 보내달라고 집으로 편지를 보냈는데 연락이 없고 보니
당장 차비조차 없는 터수이다.

참으로 난감하기 짝이 없는 노릇이다.

1964년 6월 14일 일요일, 때때로 비

부슬비 내리는 아침은 왠지 어수선했다.

대중가요의 제목처럼 그렇게 하향의 길에 올랐다.

데모를 했건 반정부 투쟁을 했건, 우리는 미래의 일꾼들이요, 저들은 현실의 이권 감회에 혈안이 된 무리들인데, 왜 강제로 방학을 시키는가? 학생들이 공부를 안 해서 걱정이라고 말한 자들이 바로 그들 아닌가?

*　　　　　　　　*

이런 때는 K라도 있어 주었으면 얼마나 좋으랴 싶었다.

이것은 억지스런 생각이다. 그 별난 서울 아가씨가 이런 메마른 시골에서 어떻게 견디어 낸다는 말이다.

나도 어떻든 시골을 벗어나야 하겠다고 계획해 보지만 당장은 무슨 방법이 없으니, 그저 푸념에 불과하다.

"이번 방학에는 K에게 가부란 무슨 결단을 내려야지!" 하고 나는 사뭇 비장한 결심으로 초가집을 들어섰다.

인생에는 방학이 없어야 한다.

1964년 6월 17일 수요일, 맑다

"차디찬 이성으로 돌아가려오."

K에게 주고 싶은 말이다. 좀더 냉철한 이성의 힘을 갖고 싶다. 현실을 직시하고, 현실을 굳게 딛고 서서 먼 곳을 바라보는 '생의 의지'를 배우고 싶다.

"대처럼 꺾어는 질망정 구리모양 휘어지지가 어려운 성격은 가끔 자신을 괴롭힌다."

노천명이 자신을 평한 이 말은 내게로 일맥 상통하는 표현이기도 하다.

정말이지, 구리모양, 수양버들처럼 휘어지고 유연했더라면 그 많은 주변의 여성 중 누군가는 퍽도 다정한 이웃으로 닥아 왔을 것이다.

이제 다시 K에 대해서 차분히 정리할 때가 닥아 온 것 같다.

1964년 6월 18일 목요일, 맑다

몹시도 후덥지근한 날씨이다. 작히 30℃는 넘어선 것 같다.
뙤약볕 아래서 보리는 베는 일은 참으로 고역이다. 그래도 참아야 했다.
여름밤은 없었으면 좋겠다는 엉뚱한 생각을 해 본다.
K를 생각하고 하는 말이다.
농촌 계몽 활동을 나가보았다는 K양이 무더운 여름 밤, 모기 많은 시골의 호롱불 밑에서 어떻게 지냈을까 생각하니 사뭇 안쓰러워진다.
요 며칠 유달리 K에 대한 생각으로 가득하다.
어느 날 밤엔가 K와 나란히 걷는 꿈을 꾼 이후로, 아무래도 기나긴 사연을 적어야 하겠다는 생각이 머리를 든다.
M도 좋고 H, Y 다 좋지만, 그래도 K와는 비교할 수 없다.
그녀와 전생의 연분이라도 있는 것일까?

1964년 6월 19일 금요일, 비

밤이 깊었는데도 여전히 비가 내린다.
비 내리는 밤은 어느 여류시인의 말처럼 '인생의 여권'도 촉촉이 젖어드는 것일까?
오늘은 유별나게 K가 보고 싶다.
순이와는 영영 멀어져야 하는 전생의 연이라도 있는 것일까.
사람이 사람을 그리워하는 일만큼 힘들고 불안한 일도 다시는 없을 것 같다.
'사랑'이란 이루지 못할 바엔 차라리 생각도 말아야 할 그런 고역인 것 같다.

> 그대는 보지 못했는가,
> 관중과 포숙의 가난할 때의 사귐을.
> 지금 사람들은 이 도를 버리기를
> 흙같이 하는구나.

두보 같은 사람이나 현세의 타기할 비리를 암송할 일이고, 좀더 잘 먹고 잘 살기를 주업으로 삼는 오늘에 와서 그런 도덕률이 통하기나 할까.

나 역시 두보의 이른바 '우정의 도'에 연연하여 K에 대한 섭섭한 마음으로 일관하는 것은 아닐까.

*　　　　　　*

무애, 연민 두 스승님을 내 나름대로 대비시켜 본다.

한분은 절조가 약하시고 한분은 너무나 도덕적이시다.

한분은 인생의 맛을 좀더 향기롭고 따스하게 누리시려 하고, 다른 한분은 근엄과 절제로 일관하시는 것 같다.

사실 이 두 분의 소양과 성품을 조화시킬 수 있다면 가장 이상적인 처세를 할 수 있을 것이 아니겠는가.

1964년 6월 22일 월요일, 맑다

어느 날에는 '누나'라고 불러주고 싶더니, 또 어떤 아침에는 '아내'라 부르고 싶더니, 지금 조용히 생각해 보면 당신은 꼭 '사모님'이구려. 어쩌면 '김 선생' 그 이름으로 좋은지도 모르겠소. 그러나 나이 스물셋일 당신에게 왜 한번도 '동생'이라고는 불러두지 못했는지 참 모르겠소.

아무래도 당신은 우스개를 해도 좋은 그런 여성은 아닌가 보오.

사랑을 하고, 그리고 어느 때인가는 헤어져 가고, 그러면서도 우리는 어차피 집시(gipsy)가 아닌, 정착민입니다.

순! 청춘과 축복과 생명의 대명사.

쉼 없이 앞으로 앞으로만 깃발을 꽂아가는 승리의 밀어. 당신에게는 우울이나 패배는 있을 수 없습니다.

순! 지금 나는 당신을 '그대'라고 불러둡니다, 이렇게 나 혼자서만 말입니다.

1964년 6월 23일 화요일, 맑다

한 두엇 저질러 논 부끄러운 짓
파아란 하늘처럼 아슨플하다.

당신에게 글을 쓰려고 멀리 이곳까지 온 것은 아닙니다. 언제고 방학이 되면 이렇게 와 보는 곳입니다.

하늘의 별을 헤듯이 흘러간 세월을 헤아려 보는 뜻은 보다 근거 있는 생활을 마련해 보자는 것입니다.

순! 내 마음의 영원한 아내여.

이것이 외람된 호칭이라면 그저 다정한 벗이라고 불러 두렵니다.

'아내'이건 '벗'이건 말 많은 세상에는 뜻 없는 일인지도 모릅니다. 벗을 불렀 자 대답 없을 세상 아닙니까.

＊　　　　　　＊

'당신'이라고 불러봅니다.

오늘 밤은 달이 유달리도 밝구려.

30℃를 오르내리는 이 무더운 날씨에도 마음 한구석이 싸늘한 것은 당신과 떨어져 있는 슬픈 연분 때문입니다.

마음의 문을 열고 마지막으로 당신을 향해 손짓해 보렵니다.

1964년 6월 24일 수요일, 맑은 후 흐리다

연이은 모내기로 견디어 내기가 몹시 힘들다. 노동이란 한없이 고통스러운 일이기도 하다.

책도 못보고, 글 한줄 쓰지 못하고 며칠씩이나 지나간다.

'현실'을 극복하거나 탈출하기란 쉬운 일이 아니다. 그저 버티어 보는 수밖에 없다.

＊　　　　　　＊

6.25 열네 돌을 맞게 된다.

"백마고지의 감회"가 라디오에서 흘러나온다.

세월은 말이 없고 광음은 빠르기만 하다.

아버님 가신 지도 벌써 먼 얘기가 되고 말았다. 해마다 한번씩 갖는 슬픈 회억이다.

1964년 6월 27일 토요일, 맑다

무더위처럼 한번 뜨겁게 살고 싶다. 입김을 훅훅 내뿜으면서 그렇게 정열에 살고 싶다. 생명과 인생의 영광을 위해 구슬땀이라도 펑펑 흘리고 싶다.

가냘프게 살아온 아쉬움 때문이다.

무궁화란 놈이 대견스럽다.

그 메마른 땅에서도 싱싱한 잎을 거느리고 버티는 자세, 그 부단의 남성미가 사고 싶다.

"저놈이 멀지 않아 수많은 아름다운 꽃을 피우겠지."하고 생각하면 그저 달떠서 살아온 지난날이 후회스럽다.

*　　　　　*

꼭 K여야만 될까?

늘쌍 똑같은 명제를 붙들고 끙끙거린다.

K라면 대체 어쩌란 것인가? 하필이면 그 귀엽고 아름다운 아가씨와 왜 어울렸을까?

평범하고 순하게 보이는 M이었다면 나는 이렇게 못 견디게 집념을 가지지 않아도 좋았을지 모른다.

그러나 이것은 하나의 운명인지도 모른다.

1964년 6월 30일 화요일, 맑다

> 이것이 인생이었느냐?
> 좋다, 그러면 또 한번.

니체의 절대긍정의 꺾을 수 없는 투지이다. 그토록 과감하게 살 수 없었던 니체 같은 사람은 확실히 축복받은 사람임에 틀림없다.

> 인생은 쓴 잔이다.
> 한 방울 한 방울 세면서 마셔야 한다.

키에르케고르의 이러한 염세적 태도는 수용하고 싶지 않다.

그러면서도 이 두 철학자의 중간 지대에서 방황을 거듭하며 살아가는 것이 인생이 아닌지 모르겠다. 절대 긍정도 절대 부정도 아닌 모호한 태도로, 임기응변식으로 그날그날을 지내가는 것이 아닌지 모르겠다.

1964년 7월 3일 금요일, 맑다

몸이 몹시 좋지 않다.

책 한 장 제대로 읽어낼 수 없을 정도로 우울한 일과를 보낸 지 벌써 오래 되었다. 눈칫밥을 먹을망정 차라리 서울이 좋았다.

마음 편한 것이 제일이라고 귀가하고 보니 신통한 수가 없다. 자극이 없으니 그저 태만한 생활이 지속된다.

*   *

웬 일로 문득 S 생각이 난다.

다소 체약한 몸이지만 재치와 애교가 넘치는 S. 예쁘고 상냥한 그 S이다.

"S는 교편을 잡고 나는 몇 년간 학구에만 전념하는 부부 생활"을 구상해 보았다. 가능성이 있는 설계도이기는 하지만 마음이 썩 내키지는 않는다. K의 경우라면 꼭 그렇게 해 보려고 생각했을 것이다.

지금은 차라리 M양의 경우가 마음 편할 것 같다.

사랑도 젊음도 가고, 또 인생도 흐르고 말면 그 을씨년스러운 세월을 어떻게 살아야 하나?

정작 추구해야 할 영광은 그저 잊어간다.

1964년 7월 5일 일요일, 맑다

걷잡을 수 없는 연모의 불길은 진화시키기 어렵다. 차디찬 이성으로만 억누르기에는 너무 고귀하고 뜨거운 인생의 條約조약이다. 한번은 체결해야 할 거창한 조약이다.

바스러지는 세월의 의미를 느끼면서 이제는 떠나버린 무수한 얼굴들을 되새겨 본다.

누구를 기억하고 누구를 잊어야 하는지 판가름하기도 어렵다. 모두가 애매한 애정의 역정이다. 그들 모두가 사랑의 '파편'들일까?

그 파편의 가장 중심에는 역시 K가 있다. K에게 금이 가면 파편들 모두가 금이 가고, 그리하여 청춘도 보람도 상채기를 입을 것 같다.

K라는 파편이 어디로 지향 없이 튀어 버리기 전에 무슨 결단을 내려야 할 것 같다.

*   *

많은 대학들이 '공고'라는 명목을 붙여서 이런저런 공지사항을 알려주고 있는데, 연세대의 경우는 아무런 발표가 없다. 이화여대도 무슨 공고가 없으니 일면 안심은 되나, 그래도 학교의 사정이 궁금하기 짝이 없다.

역시 어려운 세태이다.

1964년 7월 7일 화요일, 흐리고 비

오후로 접어들고 내리는 비는 밤을 지새울 것 같다. 오래간만에 흡족히 내릴 모양이다.

그러나 가뭄이 워낙 심한 터이라 농민들의 가슴만 되레 아프게 하는지 모른다. 애국자들이 넘쳐나는 대한민국이 왜 이 모양일까?

*   *

"아무래도 결론을 내려야겠어."

K를 두고 하는 말이다.

'얼마나' 보다는 '어떻게'가 더 중요한 일이다.

사실 애정의 문제란 설득도 강요도 아니어야 한다. 어디까지나 자발적이고 능동적이어야 할 문제이다.

그러나 지금의 나에게는 '능동적인 의사'를 기다릴 여유가 없다.

"진정으로 사랑하기 때문에 내색은 않고 지낸다." 차라리 그랬더라면 만나기라도 쉬웠을 것을.

1964년 7월 8일 수요일, 때때로 비

푸른 하늘 언저리에는 다만 한 사람의 얼굴이 비칠 뿐이다. K 한 여성이 웃으면서 내려다보는 환상에 빠져 있다.

이상한 일이다.

S니 A, H니, 또 M도 있는데, 그들도 모두가 그립고 보고 싶은 얼굴들인데, 환상의 거울에는 유독 K의 얼굴만이 나타날 뿐이다.

몇 번씩이나 잊고자 하는 것은 오히려 잊지말라는 다짐인지 모른다. K의 곁을 떠나 M에게로 가겠다는 것은 사실은 K에게서 한 걸음도 물러설 수 없다는 심사인지 모른다.

괴로워 할 바에는 실컷 괴로워하자. '연애'도 '실연'도 다 열렬히 해야 한다.

K에게만 꼭 하고 싶은 말도 있었고, K에게만은 절대로 해서는 안 될 이야기도 있었다.

오래간만에 백사장에 나가 보았다.

"저 하이얀 사장에서 소월도 읽고 영랑도 외우면서 문학의 꿈을 키우기도 했었거니……" 생각하며 바라본 저녁노을을 유달리 을씨년스럽게 강변을 비취는 것 같았다.

그리운 것은 인정이요, 아쉬운 것은 추억이다. 그저 평범한 사물이지만 그래도 고향이 아름답거니 생각했다.

1964년 7월 9일 목요일, 맑다

- 朴大善박대선 씨를 연세대 총장으로 문교부에 신청
- 연세대 石鎭哲석진철(21세) 피고 등 3명 첫 軍裁開廷군재개정

신문의 보도 내용이다.

감리교 신학대학 교수라는 박대선 씨를 한국의 대표적인 대학교의 총장으로 추천한 것은 납득이 되지 않는다. 전혀 미지의 인물이고, 더구나 종교적인 색채가 너무 짙게 풍기기 때문이다.

적어도 고려대의 兪鎭午유진오 박사와 그 지명도(name value)에 있어서 비슷한 인사가 추천되었어야 옳다고 생각한다.

또 '6.3 데모'로 구속된 학우들에 대한 재판도 도대체 되먹지 않은 일들이다. 꼴사나운 위정자들의 무슨 재판을 하겠다는 것인지, 한심스럽기 짝이 없다.

*　　　　　　*

오늘도 황혼 무렵에 모래톱을 밟아 보았다.

내 꿈을 익히던 곳, 중거리 연습을 하던 체력 단련장, 이런저런 꿈을 설계하던 일을 생각하니 감개가 무량하다. 순진하던 고교 시절 막연하게나마 사랑을 생각하던 곳이다. 그리고 오늘은 K에게 글을 쓸 준비를 한다.

몇 번이나 첫사랑의 여성을 생각해 본다. 그만큼 이곳은 추억의 공간이다.

*　　　　　　*

K에게 주어야 할 많은 사연이 있다.

길고긴 이야기지만 되도록 요약해야겠다.

"말이 많은 것은 거리가 멀다는 증거이지요." 김형석 교수의 말이다. 옳은 말인 것 같다.

1964년 7월 10일 금요일, 맑다

'인생의 여권'

그 여권이 지금쯤은 퍽이나 구겨졌을 것이다. 혹은 금이 가고 찢어진 곳이 있는지도 모른다. 많은 간이역, 큰 역을 지나쳐 왔다. 그리고는 종착역을 바라보며 가는 것이다.

지금으로서는 그 여권이 3등인지 1등인지 모른다. 그저 일등 여권이기를 바랄 뿐이다.

*　　　　　　*

K에 대한 향념은 짙어만 간다.

희석되어서는 안 될 청춘의 謳歌구가일까.

樹液수액처럼 끈끈한 것은 못되더라도, 묽은 음료수 같아서는 안된다.

진지하게 그 용액을 발산해야 한다.

황혼의 모래톱에서 K에게 글을 썼다.

"다시 돌이킬 수 없는 세월과 함께 영영 찢어져버린 추억의 깃폭을 깁고 있는 중"이라고 했다. "인사 말씀을 사뢰지 않는 것이 오히려 참된 예의인 얄궂은 세상의 모순"도 있노라고 했다.

모두 얄궂고 안타까운 일이다.

1964년 7월 11일 토요일, 맑은 후에 비

먹구름이 일더니 오후부터 비.

오랜만에 장대비가 역수로 퍼부어대면서 밤이 되었다. 천둥소리라도 시원스러우니 차라리 좋다.

그러나 이렇게 요란스러운 번갯불이 문을 스칠 때면 무언가 아쉬운 심정에 불이 붙는다.

기찬 연모의 정열인지 모른다.

K에게 글을 쓰려고 했으나 진척이 되지 않는다. 다듬고 보아도 별로 감동을 줄 것 같지가 않다.

진정 사랑하는데 가면의 탈을 쓰고 글은 왜 쓰고, 그저 꾸며 쓴 것같이 되어 버리는지 안타깝기만 했다.

사랑을 하고도 그러면서도 맞대놓고 서로 "당신을 사랑하노라."고 허심탄회하게 말하지 못하는 사람들. 우리 같은 사람들을 보통 '불행'이라고 이름 지어 주는지, 혹은 '비련의 주인공'이라고 부르는지 모를 일이다.

하지만 언제인가는 우리의 마음도 매듭을 짓고 언제 한번 무심한 사람으로 돌아갈 것 같지 않기에, 서글픈 존재들임에는 틀림이 없다.

사랑했거나 미워하거나, 이성이니 지성이니 하는 것을 아예 몰랐으면 그것은 그래도 잠이라도 제대로 자겠지만…….

1964년 7월 17일 금요일, 비

K에게 쓰던 글의 3분의 2를 정리해 보았다.

그 내용이 너무 지리멸렬한 것 같다.

K에게서 떠나겠다는 의사 표시이다.

그런데도 왜 말이 이렇게 길어지는지 모르겠다.

언제인가 만우 선생님께서 "일단 누구를 연모하게 되면 부정적인 요소는 절대로 보이지 않는 법" 이라 하시더니, K에게는 정말 긍정적인 면만 보이는 것 같다.

물론 그녀는 탁월한 才媛재원이라는 확증도 없고, 빼어난 미모의 소유자라고 할 수 없을지도 모른다. 그러나 K는 알뜰하고 현숙한 아내, 상냥하고 발랄한 여성, 바로 그런 여성인 것 또한 사실이라고 하겠다.

1964년 7월 19일 일요일, 맑다

오래간만에 보는 쾌청한 하늘이 신기롭기만 하다. 양지와 광명을 기리는 것은 인간의 常情상정인가보다.

종일을 두고 겨우 네 통의 편지를 썼다. 편지 쓰기도 주머니에서 물건 뒤져내듯이 그렇게 손쉬운 일은 아닌 것 같다.

무애 선생님, 연민 선생님, 유창돈 선생님께 드릴 문안의 편지를 각각 서너 장씩의 양면괘지를 가득 채웠다.

무애 선생님께는 되도록 니힐리즘에 가깝게, 교훈적인 것, 혹은 문학적인 것을 골고루 섞어서 내용을 구성했고, 연민 선생님은 서글서글하고 원만하셔서 그다지 조심하지 않아도 좋고, 깐깐하고 비판적인 유창돈 선생님께는 면밀히, 정성껏 사연을 적을 수밖에 없었다.

그토록 존경하는 은사님들께는 단번에 내리 적었는데, K에게 줄 글은 겨우 3

매를 썼을 뿐이다.

대체 K는 나에게 어떤 존재인가?

깊고 깊은 求愛구애의 내용도 아닌, 단념을 알리려는 편지가 아닌가.

아침 일찍 까치가 우짖기에 "오늘은 K에게서 편지가 오나보다."하고 괜히 근거 없는 조바심을 가져 보았다. 그리고 그녀의 알뜰한 사연을 환희에 젖어 읽을 것을 상상했었다.

역시 사탐에게는, 나처럼 호젓한 사람에게는 공상의 세계라도 있어 준 것이 여간 고마운 일이 아니다.

현실은 비록 급박하더라도 꿈은 늘 화려한 것이다.

여자는 무엇이고, 그러면 또 애인은 무엇일까? 아직도 나는 이것을 구분해서 생각하기 어렵다.

애초부터 K만 사귀란 법은 없었고, 또 K만이 현숙한 아내의 자질을 가진 것도 아닐 바에야 굳이 반응도 보이지 않는 그녀에게만 집착하고 있는 이유는 무어란 말인가.

"여인은 약하나 애인은 강하다."고 한다. 그러나 그것은 정말 '애인'을 두고 하는 말일 것이다.

웃음도 분노도 아닌, 그저 "소 닭 보듯" 그렇게 남남처럼 지내기 일쑤였던 우리들인데, 더구나 서로 한마디 인사마저 가져보지 못한 터인데, 왜 순이가 은사보다도 벗들보다도 더 소중한 사람이어야 하는지, 그것은 아무리 곰곰 생각해도 알아낼 재간이 없다.

어제 진종일, 또 밤을 지새우다시피, 오늘 역시 종일토록, 또 자정이 지나도록 3일간을 소비하고도 내일 한나절은 더 애써야 완성될까말까 한 것이 K에게 주려는 편지의 사연이다.

그것은 길다하면 길겠지만, 그래도 짧다면 또한 한없이 짧은 내용이다.

나는 그만큼 지극 정성으로 순이를 아끼고 사랑하고 있다.

인간은 묘한 존재이다.

그러나 더 묘한 것은 우리처럼 서로 짝사랑하는, 참으로 희귀한 사람들일 것이다.

1964년 7월 22일 수요일, 맑다

순이에게 등기로 편지를 부쳤다.

반신용 봉투를 동봉하긴 했으나 그 무게가 자그만치 33g인 것을 보면 참으로 기나긴 사연인 것 같다.

"승리보다 자랑스러운 패배도 있는 법이다." 지금에 와서는 이 한마디밖에 더 위로가 될 말은 없다. 감개무량한 말이다.

지금 당장은 슬픈 일인지 기쁜 일인지 알 수가 없다. 다만 몹시도 서글픈 마음을 금할 수 없을 뿐이다.

누구를 못 견디게 사랑했다거나, 다소곳이 정성을 부어넣었거나, 건망증 많은 세월은 그런 일을 곧장 잊게 해 줄 것인지도 모른다. 그러나 지금의 심정으로는 그 미모의 여성, 재치 있고 다정한 여대생을 한 편생 잊을 수는 없을 것만 같다. 또 잊어서는 안 될 일일 것이다.

어쨌든 K에게서 회신이 오기를 기다릴 뿐이다.

하도 아쉬운 마음에 펜. 팔이라도 해 볼까 하고 생각도 해 보았으나, 이것은 하나의 심심풀이일 뿐, 다른 별것이 될 수 없다고 생각한다.

1964년 7월 25일 토요일, 흐린 후 맑다

학계(學界) 중에 노 선배인 陶南도남이나 烈巖열암은 모두 존경할 만한 어른들임은 군이 잘 보신 것인데, 대체 도남의 고매와 열암의 순수는 병세제현(幷世諸賢)의 따를 자 실로 드물 것이니, 앞으로도 기회 있는 대로 濡染유염해 주길 바라네.

연민 선생님이 주신 회신의 일부이다.
잊지 않으시고 답서를 주시는 그분의 정성이 살만하다.

*　　　　　*

· 연세대의 새 총장 임명 분규
· 법으로 맞선 2명의 총장. 그 底流저류는?
· 발단은 신입생 초과 모집에.

· 재단: 부정입학이다. 윤 총장: 총장 권한이다.

이것은 <동아일보>3면에 대서특필된 기사의 소제목이다.

부정으로 쫓겨난 윤인구 전 총장이 재단이사회가 새 총장을 임명함에 따라 민사소송을 제기했다는 내용이다. 신문은 "우리나라의 3대 사학의 하나인(중략) 80여년 전통을 지닌 연세대의 시련은 우리나라 사학이 겪어야 하는 홍역인지 모른다."고 했다.

쓸개 빠진 교육자들이다. 학교의 이름을 이토록 더럽힐 수 없다.

무능했고 자기 이속에만 여념이 없었던 윤씨. 그래도 그는 '총장' 자리에 미련이 있는 모양이다. 학교는 발전은커녕 답보상태요, 이것은 서글프고 안타깝기 짝이 없다.

고명한 교수들은 다 나가버리고, 쓸만한 학자들은 무슨 구실을 붙여 못 오게 했다. '양의 탈을 쓴 이리'들이 득실거리는 학교라면 발전이 없다. 또 박대선이라는 무명의 인사가 새 총장이 된다는 것도 반가운 일이 아니다.

*　　　　　　*

오늘쯤은 K양이 편지를 받았을 것이다.

그녀는 의외의 충격을 받았을지 모른다.

인정이 메마른 세상이라지만 정성과 진실로 일관하는 애정을 묵묵히 외면하고 냉정할 수 있는 순이라면 그것은 너무 슬픈 일일 것이다.

우리는 슬픈 결론에 도달할지도 모르지만, 지금까지 나도 '서론'만을 화려하고 기운차게 시작했던 것이 아닌가 생각도 해본다.

1964년 7월 29일 수요일, 흐리다

> 오실 날 아니 오시는 사람
> 오시는 것같이도 맘 캥기는 날
> 어느덧 해도 지고 날이 저무네.

소월의 시 말마따나 정말 '캥긴 마음'이다.

내가 보낸 편지가 반송되지 않은 것을 보면 K가 수신한 모양이다.

아무러나 기다린다는 것은 하나의 고역이다. 고역 치고는 보수조차 없을지도 모르는 그런 고역이다.

개학이 되어 K를 피해서(?) 다녀야 할 일을 생각하니 서글프기 짝이 없다. 서글퍼도 생명을 가다듬는 일이니 할 수 없는 일이기도 하다.

*　　　　　　*

●29일 零時영시, 계엄령 해제.

주먹만한 활자로 신문은 보도하고 있다.

꼴사나운 녀석들이 이제는 한도가 찬 모양이다.

56일 간, 어지간히 지루하기도 했다.

새로 걱정거리가 하나 생겼다. 그동안 너무 놀아먹었다는 사실이다.

시험이 불과 3주일 앞으로 닥아 왔다. 마지막으로 꼭 '수석'을 지켜내야 한다. 누구를 위해서가 아니라 내 자신이 구원받을 수 있는 유일한 길이다.

지금부터라도 마음을 다잡아야겠다.

1964년 8월 2일 일요일, 맑다

기다리면서 산다는 것은 착실히 지루하고 짜증나는 일이다.

인정이란 것도 어떻게 보면 하나의 헛개비인지 모른다. 누구를 못 견디게 사랑했다거나 어쨌거나 간에 유구한 영겁으로 보면 그것은 한갓 作戲작희에 지내지 않는지도 모른다.

그래도 그 '작희'는 생명의 한 절규인지 모른다.

요새 와서는 '사랑'이라는 것에 대해서 자꾸 회의를 느낀다.

가령 ○순이를 그토록이나 사랑하고 아껴왔기로, 순이가 미모의 여성, 발랄한 신체의 소유자, 멋지고 재치 있는 음성 등 관능적인 요소를 제거해 버린다면 거기서 남는 것이 무엇일까 하는 것이다. 진정한 의미의, 정신적인 의미의 '사랑'이란 이성간에 존재할 수 있는 것인가?

그러나 '사랑'은 이와는 현격하게 다른 불가침의 영역이 있는 것 또한 사실일 것이다. 왜냐하면, 상대적으로 볼 때 순이보다 더 빼어난 미모의 여성 H, 더 현숙하고 지성적인 O양보다 내가 유독 순이만을 아끼고 믿고 싶어 하는 것은 바로 설명으로는 다할 수 없는 정신적인 영역이 있기 때문일 것이다.

*　　　　　　　*

읍내에 가서 상경할 준비로 수하물을 부치고 왔다.

왠지 엄두가 나지 않는 것 같다. 객지의 밥이 철 그르게 성가시고 두려운 일로 닥아 온다.

1964년 8월 4일 화요일, 맑다

서울!

유족한 사람들에게는 한없이 좋고, 빈한한 사람들에게는 한없이 불편한 다원색의 거리.

나에게는 약간의 경제적인 여유가 있으니 '한없이 좋은 곳'은 아니지만, 그렇다고 '불편하기만 한 곳'도 아니니, 그저 적응하면서 살려고 노력하고 있다.

써 보면 돈처럼 허망한 것도 없고, 겪어 보면 인정처럼 야박한 것도 없다. 인정이란 어떤 때는 너무나 吝嗇인색한 것이어서, 정을 쏟기란 때로는 생명을 깎는 일이기도 하다.

*　　　　　　　*

상경하는 열차 간에서 ○순이 모양의 멋쟁이 여성이 어느 청년과 정담을 나누고 있었다. 꼭 빼어 닮은 사람이어서 처음에는 K인줄 알았다가 딴 사람임을 알고 혼자 실없이 상긋 웃었다.

설사 K인들 어떠랴마는, 야릇한 심리 상태이다. 아침을 못 먹고 겨우 김밥 몇 조각으로 점심을 때우고 나니 허기증이 났다. 서울에 와서 허둥대고 냉면 한 그릇에 50원을 주고 끼니를 때웠다.

아무리 식사를 위해서라고 해도 돈이 아깝다.

1964년 8월 5일 수요일, 맑다

정말 오랜만에 돌아온 campus.

감개가 무량했다.

많은 젊은이들이 두툼한 책가방을 끼고 분주히 오고가는 교정은 역시 학문의 전당이다.

되먹지 못한 위정자들의 행위가 우리 젊은 지성인들에게 얼마나 큰 상처와 훼손을 입힌 것인가?

이제 다시는 이런 왜곡된 역사를 겪지 말아야 한다.

시험이 걱정이 되는데도 책 한 갈피 제대로 못 읽었다. 자꾸 K가 마음에 켕긴다.

그녀가 주는 실망감이 미모의 서울 여성 전체와 연결되는 것 같아서 안타깝다.

*　　　　　*

미국이 중공의 도발 행위에 대한 보복으로 공산 월맹 해협을 폭격 중이라고 한다.

전쟁이 일어나지 않기를 바란다.

1964년 8월 8일 토요일, 비 온 후에 개다

매정한 것도 미덕이 될 수 있을까. 그것이 미덕으로 치부된다면 아마 저주스러운 덕목이 될 것이다.

"사람이 참 그럴 수가 있을까?"

K를 두고 하는 말이다.

오후 두시 반쯤해서 문과대학에서 본관 쪽으로 가는 길에 우연히 K와 마주쳤다. 엷은 회색의 원피스 차림의 그녀는 퍽 단정한 모습이었다. 아마 방학 내내 집에 계속 머물러 있었던 모양이다.

돌려 달라는 편지는 돌려주지 않고 한마디 말도 없는 그 태도가 마음에 몹시 걸렸다.

*　　　　　*

도서관에서 영문과의 L양을 만났다. O양과 라이벌 관계에 있는 활달한 성격의 L양. 몸이 다소 뚱뚱해서 '후르시쵸프'라고 놀려댔더니, 오랜만에 만나게 되니 참으로 반가웠다.

1964년 8월 11일 화요일, 비

멎는다고 하던 비가 종일을 두고 내린다. 한강의 수위가 8m60cm를 넘어섰다고 한다.

날이 개었으면 좋겠다.

*　　　　　*

일찍이 도서관을 찾았으나 마음이 자꾸 어수선해서 제대로 책을 읽을 수가 없었다.

담장이 욱스러진 '학관'으로 가고 싶었으나, K 때문에 마음이 내키지 않았다. 체면은 무엇이고 도덕은 또 무엇인가.

누구를 멀리하고 누구를 곱다고 한들 지금에 와서 그것이 무슨 문제인가. 오는 대로 맞고 가는대로 보내면 그뿐 아니겠는가.

그저 편안한 마음으로 지내고 싶다.

1964년 8월 14일 금요일, 맑다

○ 순이에게서 편지가 왔다.

정말 기다리던 편지요 정성이다.

고향 집으로 보내 온 것을 동욱이가 서울로 다시 부쳐 주었다.

지난 겨울이었던가요? (중략) 당신의 정성어린 장문의 편지를 받고도 답장을 못해 드린 것을 아울러 사과드립니다.

제가 관심이 없는 탓이었는지 저는 아직도 동철 씨의 성함만을 듣고 알고 있을 뿐, 실제의 모습을 못 뵈었기 때문에 그렇게도 긴, 정성 드린 편지를 받고 곧 답장을 드리지 못했는지도 모릅니다. 한마디도 건네 보

지 못한 분에게 제가 무어라 말씀드릴 수가 없었어요.(중략) 앞으로도
대화를 나눌 수 있는 벗이 되었으면 좋겠군요.
　　1964.8.6 서울에서 ○순 올림

*　　　　　　　　*

감격스러운 일이다.
정말 그 정성으로 살아갔으면 좋겠다.
답장을 써야 할지 어쩔지 모르겠다.

1964년 8월 15일 토요일, 맑다

"헐뜯기보다는 힘을 모아 영광스러운 조국 건설에 전력을 기울려야 겠습니다.
친애하는 국민 여러분!" 박정희 대통령의 '광복절 기념사'이다.
　감격스러워서 눈물이 글썽거리게 되는 것은 순수한 의미의 '애국심'이라 해도
좋을 것이다.
　광복 19주년!
　조국은 그동안 너무나 호된 시련을 겪어 왔다. 이제는 모두 웃고, 통일을 이루
고, 잘 살 수 있어야 하겠다.

*　　　　　　　　*

아침 일찍 기차 편으로 인천에 갔다. 동 인천 바닷가에서 조개도 줍고, 굴도
캐었다.
　오래간만에 대해 보는 바다.
　이런 곳에 순이와 둘이서만 종일을 다정스레 보낼 수 있었으면 얼마나 좋을가
고 생각해 보았다.
　"앞으로도 대화를 나눌 수 있는 벗이 되었으면 좋겠군요." 그렇다. 소중한 대
화를 나누어야 한다. 정성과 생명으로 다소곳이 다듬어진 대화를 말이다.
　"조금 남은 기간이나마 충실하게" 생활을 영위해 가겠다는 순. 나도 그런 영광
스러운 설계를 가져야겠구나.

1964년 8월 17일 월요일, 맑다

더위가 마지막 숨을 몰아쉬는가, 34℃라니.
가을이 오는 것은 서글픈 일이지만, 여름은 갔으면 좋겠다.

*　　　　　　　　　*

분홍빛 의상의 순이가 보였다.
석양이 아직 빗겨지지 않은 시간, 무언가 책가방 비슷하게 끼고 백양로를 경쾌하게 나가고 있던 K.
나는 왜 먼 곳에 있었으면서도 짐짓 더 먼 거리로 피해 버렸는지, 참으로 묘한 심리 상태이다.

*　　　　　　　　　*

마음의 창을 열어주신 당신.
파아란 하늘, 드높은 창공이라도 내다보면서 당신의 말마따나 "똑바로 길을 가는 사람"이 가져야 할 의미와 노력을 지니기 위하여 앞으로 나아가야 겠오.
당신은 내 아내가 아니어도 좋다.
마음의 문이 닫히려 할 때, 다시는 열리지 않을 듯이 우울한 얘기들이 두 어깨 위로 엄습해 올 때, 그런 시간마다 한번 '방긋-' 웃어주는 것만으로도 나는 영원히 피로해지지 않을 것이다. 아무리 내달아도 지치지 않는 습성처럼, 그 우왁스런 습성처럼 내가 가야 하겠기에.

1964년 8월 19일 수요일, 맑다

"맑은 공기와 찬란한 태양과 따사로운 우정이 있으면 인생에 부러운 것이 없다." 괴테가 입술을 깨물면서 남긴 영광의 목소리입니다.
당신의 주변으로 가 봅니다.
이 시간쯤은 단잠에 잠겨 있을 당신.
혹은 잠 못 드는 잠자리에서 뒤척이면서 제가 드린 글이라도 읽어가는 것은 아닐까요.
그리고 저는 어린애처럼 당신의 모습을 그리고 있습니다.

*　　　　　　*

　얇은 무늬의 옷차림을 한 K가 와 주었다. 몇몇 급우들과 정답게 인사를 나누고 있을 때 K는 '학관'의 그 욱스러진 담장이 입구 쪽으로 총총히 지나가고 있었다.

　"나의 애인만한 여성이 있는가?"

　나는 괜히 싱거운 자랑을 늘어놓고 싶었다.

　이제는 K를 떠나 살아 갈 수는 없지 않느냐?

*　　　　　　*

　"진리를 찾는 길이 퍽도 피곤한 일이구나!" 명륜동 연민 선생님 댁을 찾으면서 혼잣말처럼 그렇게 한 말이다. 밤 아홉시가 넘도록 저녁도 못 먹고 책가방을 들고 걷자니 땀투성이가 되기 고작이다.

　맥주 두병을 사드리고 왔다.

　"또 학자가 나와야지."

　대학원 진학을 권유하시면서 하신 말씀이다. "가고 싶지만 어떨지 모르겠습니다." 나는 이렇게 말씀드렸다.

　사실은 보장이 없는 내일이지만, 순이가 있는 세상에 용기를 잃어야 할 아무런 이유도 내게는 없다.

1964년 8월 20일 목요일, 맑다

　"찬란한 태양, 맑은 공기, 따사로운 우정이 있으면 인생이 부러울 게 없다." 승리와 영광의 대명사처럼 축복과 미소로 한평생을 일관한 괴테 같은 분도 아쉬운 것이 있었나 봅니다.

　鄕愁향수는 사치?

　사치라면 잊고 살지요.

　그러나 마음의 사치는 보이지 않으니 그런 마음을 지니고 산다고 하더라도 누가 흉 허울이 된다 고 말하지는 않을 것입니다.

　"충실하게 그리고 후회하지 않을 생활로 엮어 보아야 겠다."고 하신 당신. 저도 그 말씀마따나 좀 더 '충실하게' 살아가야 할 것 같습니다.

지쳐 쓰러지면 누군가는 일으켜 세워 주겠지요. 은사님들도 좋고, 벗들도 좋고…… 당신이면 더 좋겠어요.

*　　　　　*

오후 여섯시가 지나도록 K는 내 곁에서 책을 읽고 있었다.

세월이 지루하다. 순이가 속으로 나무랄 것 같다.

그렇게 연모했었고 사랑했던 그 소중한 여성이 바로 내 곁으로 다가와 있는데도 나는 왜 주저하고 있는 것일까?

1964년 8월 21일 금요일, 맑다

"현실의 세계를 버리고 피안의 세계만을 동경하는 것은 퇴폐의 징조이다." 이것은 파스칼의 말입니다.

케인스의 경제론도 라스킨의 정치학도 모르는 제가 '퇴폐'가 아닌 '건설'의 세월 속에 쌓아가고 싶은 피안의 세계를 동경하는 꿈을 무엇으로, 어떻게 이루어 갈 수 있을지, 두려운 심정으로 몇 번이고 따져보는 중입니다.

*　　　　　*

도서관에서 학업에 열중하는 K의 모습이 보였다.

순이가 좀 더 시험을 잘 치루기를 바랐다.

늘쌍 카메라를 휴대하고 A.V.center(음영교육센터)에서 시청각 교육의 재료를 만들기에 분주한 K. 그래서 그녀는 "너무 바쁜 생활"이라고 푸념이라도 하고 있을까.

*　　　　　*

'국어음운론' (김석득 선생님 담당) 시험을 치뤘다. 노트 옆에다 힌트 될만한 것을 메모 했다가 활용하기도 했다. 할 수 없는 일이 아니냐.

기억에도 금이 간 것 같고, 왠지 마음이 산만해진 것 같다.

내년 학기가 한달 정도 앞당겨진다는 말이 나돌았다. 대학원 문제가 걱정스럽다.

1964년 8월 22일 토요일, 맑다

몹시 피로함을 느낀다.

'생명수'를 사서 먹을 정도로 지쳐버렸다. 어쨌든 몸이나 성해야 할 텐데 말이다.

"아직도 당신을 모른다." 고 한 K가 어째 자꾸만 내 주변을 맴도는 것 같다.

"내 아내가 될 수 있을까?"

벌써 필대로 피어난 청순하고 명랑한 이 아가씨를 상대하기에는 내 힘에 버거운 일이 아닐까?

"이성간의 교제는 결혼을 전제로 한다."고 모두들 그렇게 생각한다는데, 그 K가 내게, 내 곁에 영원히 있어 줄 것인지, 아무튼 알아 볼 일이다.

1964년 8월 23일 일요일, 맑다

진정으로 사랑하는 사람에게 懷疑회의를 가지는 것은 못난 일이다. 생명을 걸고 지니고 싶었던 그 '정'을 받아 놓고 지금 주저한다면 그것은 내 자신에 대한 배신이다.

그런데도 왜 나는 K에게 자꾸 회의를 가지는 것일까?

自激之心자격지심에서일까, 아니면 감당하기 어려운 희열에서 오는 반어적 심산에서일까?

어쨌든 이러한 생각을 가진다는 것은 잘못된 일이다.

K보다 더 소중한 Idea를 보았는가?

K보다 더 소중한 여성을 만난 적이 있는가?

설사 있다고 해도 그들은 "오다가다 길에서 만난 이"에 불과하다. 過客과객은 어디까지나 과객이고 벗도 지우(知友)도 아니다. 무심히 한번 지나치는 것으로 그만일 것이다.

*　　　　　*

종일 피로한 중에 일을 하느라고 몹시 지쳤다.

내일이 시험인데 이렇게 막연하게 지낼 일이 아니다. 기약 없는 내일이기에 초조하기만 하다.

생명처럼 소중한 학업에, 성공을 바라는 향념에 지쳐서는 안 된다.
K가 있으니 용기를 내어야 한다.

1964년 8월 24일 월요일, 때때로 비

"인생은 두고두고 꼭꼭 씹으면서 열심히 살아야 하는 것이다." 무심히 들려오
는 라디오 대사의 한 대목이다.
생각해 보면 감동을 주는 말이기도 하다.
유창돈 선생님 담당 '국어학연습' 시험을 치루었다. 쪽지를 조금 참조했는데,
혹시 보셨을까 봐 걱정스럽다.
"대학원을 가서 그 방향으로 나가거라." 고향을 물으시면서 片雲편운선생님께
서 부탁하신 말씀이다. "그런 실력을 가지고 걱정할 게 있나?" 무척 크게 생각하
시는 모양이었다.
그렇지, 앞길이 두렵기 한이 없지만, 힘을 내서 살기로 하자.

*   *

비를 맞으면서 돌층계를 오르는 K가 보였다.
"아무래도 열악한 내 조건 때문에……." 빈한한 우리 집 사정을 생각하고 독
백처럼 한 말이다.
그러나 이왕 사랑을 할 바에는 열렬히 해야지. 여건이야 어떻든, 그리고 내일
어두운 결론이 나더라도 꼭 K 앞으로 내닫고 말테다.
한사코 생명처럼 닥아 서고 싶다.

1964년 8월 25일 화요일, 맑다

종로 3가를 지나가던 중이었다.
밤 아홉시쯤 되었을까. 어두운 거리에서 유창돈 학과장님께서 거나하게 취하
셔서 정답게 손을 잡으시면서 "나 한잔 먹었지." 하셨다.
사제간의 체온이 와 닿는 것 같았다.

나는 교수님들은 어느 아득한 나라에 계시는 줄 알았었다.

성실만이 신임을 얻는다는 평범한 진리를 깨닫게 되었다.

*   *

김익중 군에게 ○순 씨에 대한 얘기를 처음으로 털어 놓았다.

혼자만 일평생 지니고 싶었던 소중한 비밀을 잃어버린 것 같아서 허전했다. 그래도 친구이니까 값진 상의였다고 생각해 보았다.

“너무 저자세로 나올 것 없어. 편지를 쓸 때는 가끔 유모어도 섞어서 써야지.” 하고 충고해 주었다.

김군은 “이동철은 연세대에 남는다.”고 급우들이 모두 그렇게 알고 있다고 했다.

내가 연세대에 남지 못하면 적잖이 불행한 일이 될 것이다. 그리고 순이도 가 버릴지 모른다.

내 인생 또한 절정기가 가 버릴지 모른다.

1964년 8월 26일 수요일, 맑다

기다리며 산다는 일만큼 피로한 것은 없다.

벌써부터 시험이 끝나기를 기다려 왔다. 그래야 K에게 편지를 쓸 수 있기 때문이다.

그녀를 너무 기다리게 해서 몹시 미안한 생각이 든다. “자기도 앙가품을 하나 봐!” 혹시 순이가 이런 생각이라도 하지 않았을까.

자기도 너무 긴 세월을 묵묵히 답장도 없이 지내왔으니까.

막상 K를 반겨 주어야겠다고 생각하니 엄두가 나지 않는다. 나의 옹졸? 소극성? 자격지심?

내일로 대부분의 시험이 끝날 터인데 4학년은 28일까지 미루어 놓았다. 오형석 박사의 ‘보건’ 때문이다.

사실 오 박사로부터 많은 것을 배웠다. 참으로 고마운 분이라고 생각한다.

그 ‘보건’도 이제는 다시 더 배울 수 없다고 생각하니 가슴이 메어지는 것 같다.

1964년 8월 27일 목요일, 맑다

오늘은 K가 보이지 않았다.

야속스럽다고 그만 나타나지 않을 생각에서일까?

순이가 '대화'를 기다렸다면 그 긴긴 날을 기다린 나의 심정도 조금은 이해할 수 있었을 것이다.

아무튼 보복(?)의 심정은 절대로 아니다.

편지를 빨리 쓰지 못한 것은 미안한 일이다. 한번 만나는 길에 들어서 놓고, 다시 서로 뿔뿔이 갈라서는 일은 상상하고 싶지 않다. 그때는 정말 견디어 내기가 몹시 힘에 겨울 것이다.

같은 길 위에 K가 영원히 있어 줄 것을 생각한다. 그것은 너무 자랑스러운 영광이다.

모쪼록 '영광'을 취하고 '어두움'은 버리련다. 이울어지는 세월이 아니라 가꾸어 가는 세월을 맞아야겠다.

순, 아내라고 불러도 좋을까?

혹은 "사랑하는 아내여!" 이렇게 말해도 좋을 날이 올 것인가?

그날이 꼭 와야 한다.

오지 않으면 오도록 내 길을 가야 한다.

1964년 8월 30일 일요일, 맑다

재채기가 났다.

속설에 따라 "순이가 내 말을 하나보다."고 생각했다.

정말 그럴까?

*   *

K에게 희생을 강요해야 할까?

K는 그 '희생'에 흔쾌히 응해 줄까?

먹고 살 수 있을 때까지 도와달라는 그 '희생'말이다.

아직도 불안스럽다.

"○순-동철" 이런 model이 성립될 수 있을까?

그래도 그 가능성을 믿어야 한다.

대학원 관계가 걱정스럽기는 하지만, 특별히 두려움을 느낄 필요는 없을 것 같다. K가 있기 때문이다.

사랑은 강하다. 애인은 참으로 강하다.

강하기 때문에 미더웁고, 또한 두렵다.

좀더 학업에 정진해야겠다.

1964년 8월 31일 월요일, 비

사랑은 기다리는 것
기다리다 지치고 또 기다리는 것

누구의 말인지는 모르지만 잘한 말이라고 생각한다.

순이의 서신이 오지 않았다.

"이 세 번째 이맛살이 왜 생긴 줄 아세요?" 어느 다방에 들러 밤이 깊어가는 시간, 나는 순이에게 푸념 비슷이 '기다림에 흘러간 젊음'을 말할 작정이다.

요 며칠 안으로 그 아가씨의 글이 와 주어야 하겠다.

누구는 "인생은 꼭꼭 씹어가면서 열심히 사는 것"이라 했습니다.
"후회하지 않을 생활로 엮어 보아야겠어요." 이것은 당신의 말입니다.
모쪼록 열심히 엮고 씹어가면서 살아야 할 것 같군요.

—편지의 일부

종일 비가 내린다.

작업복을 입고 털털이로 지냈다.

대학원은 꼭 넘어야 할 고개이다. 이 준령을 앞에 두고 나는 K에게 힘을 빌려야 하나?

1964년 9월 1일 화요일, 비 온 후에 흐리다

기다리면서 산다는 것이 참으로 지루하다.

K가 답장을 보내오지 않았더라면 차라리 잊고 살려고 애를 썼을 것이다. 그리고 그렇게 한세월 보냈을 것이다.

막상 내 가슴에 불을 질러 놓고, K는 지금 도무지 말이 없다.

"말이 많은 것은 거리가 멀다는 증거지요." 그 증거를 보이기 위해 말이 없는 것인가. 아니면 자기가 기다린데 대한 보복 아닌 보복일까?

아무렇거나 기다린다는 것도 하나의 즐거운 비명이다. 그 즐거움마저 없다면 인생은 너무 을씨년스러운 것이 아닐까.

종일 도서관에서 책을 읽었다.

그래도 K가 와 있으려니 하고 무척 살폈었다. 차라리 와 주지 않은 것이 다행일까?

뜻을 세우면 길이 열린다고 했다.

길은 보이지만 그 길은 무척이나 험하고 멀다. 험하기에 애착이 더 간다.

아무튼 버티어 볼만한 것이 인생이다.

1964년 9월 2일 수요일, 비

사흘째 비가 내린다.

시도 읽지 못하고 가슴에는 멍울이 진다.

차라리 순이에게서 글이 오지 않았더라면 더 좋았을 걸 그랬다.

동상 앞에서 급우들과 왁자지껄 떠들고 있을 때 어디인지 야윈 듯한 순이가 저만큼서 지나가고 있었다.

왜 가까운 거리로 지나가지 않는 것일까?

가슴에 무슨 번뇌라도 안고 있는 것은 아닐까? 결혼? 결혼에 대한 타산? 애정 고백에 대한 주저?

말없이 살고 말없이 만나야 한다면 우리는 너무 호젓한 청춘인지 모르겠다.

"저이는 왜 정열이 미지근해?" 혹시 이런 말을 하고 싶은 K는 아닐까?

1964년 9월 4일 금요일, 비

폭우가 내려 서울에서도 2,000여명의 이재민이 발생했다고 한다. 계절의 이방인이 그 심술이 고약한 셈이다.

장화가 없으니 그저 불편하다. 작은 우산으로 교복과 구두가 흥건히 젖어서 모양새가 고약하게 되었다. 행여 순이가 볼까 해서 조바심을 했다.

이런 때에는 못 만나는 것이 차라리 다행이거니 했다.

대체 이 여대생을 어떻게 이끌고 가야 하나?

'장학생'이란 명분 하나로, '정성을 다 바친 연인'이라는 이유 하나로 순이가 일생의 반려자가 되어 줄지는 알기 힘든 일이다.

늦어도 이달 중순까지는 어떤 해후라도 있어야겠다.

급우들이 가끔 격려해 주어서 한결 힘이 난다. 어떻든 고맙다는 생각이 든다.

1964년 9월 5일 토요일, 맑다

오랜만에 날씨가 쾌청하다.

'찬란한 태양', '맑은 공기'도 있는데 '따사로운 우정'이 없는 것이 아쉽다.

Heine의 싯귀처럼 "침묵은 사랑의 순결한 꽃" 인가. "우리는 얘기를 않았지만 가슴으로 들었다."는 그런 심정이기도 하다.

이제는 순이가 없는 내일을 상상하고 싶지 않다. 그런 날이 온다면 '저주스런 세월'일 것이다.

종일 도서관에서 책과 씨름을 했다.

대학원 진학이 이루어지면 어떻게 꾸려나가게 되겠지, 하고 생각해 보았다. 순이가 도와준다면 더없이 용기를 얻게 될 것이다.

김형석 교수의 저서 『운명도 허무도 아니라는 이야기』를 구입했다. 생활비도 없는 처지에 200원은 좀 비싼 편이다.

이 책을 읽음으로써 순이에게 무언가 알뜰한 사연 한 줄이라도 더 보탤 수 있다면 차라리 싼 값이 된다.

"여인은 약해도 애인은 강하다."는 말을 자꾸 되새겨 본다.

1964년 9월 6일 일요일, 맑다

오랜만에 집에서 쉬었지만 실은 기다림에 지치다시피한 피곤한 일과였다.

순이는 말하자면 내게 정을 주고도 나서지 않겠다는, 일종의 수동적인 자세일까? 아니면 내가 남을 판단하는 힘이 너무나 미약한 것인가?

또는 내가 뚜렷한 이미지를 심어주지 못한 때문일까?

뚜렷하려면 어떻게 해야 하고, 사내다우려면 또 무슨 방법을 취해야 하는가? 나름대로는 정성을 다하고 그 뒤에 정을 바라는 나 같은 사람을 세상에서는 왜 '소극적인 사람'으로 단정해 버리는 것일까?

이것은 하나의 비애이다.

어떻든 내일이나 아니면 늦어도 금주 안으로 무슨 결단을 내려야할 것 같다.

1964년 9월 7일 월요일, 맑다

완연히 가을 기분이다.

이제는 제법 두꺼운 즈봉도 낯설지 않다.

아침나절에 도서관에서 K를 만났다. 어쩐 셈인지 더 쾌활하고 더 예뻐졌다.

기성세대처럼 세련된 말씨, 더 이상 피어날 수 없는 탐스러운 지성의 꽃이었다.

"저이는 졸장부거든." 내가 여태 인사 한마디 건네지 않았으니 그런 말로 농을 걸어올 지도 모른다.

며칠 안으로 인사라도 건네야겠다.

저녁에 돌아오면서 K로부터 정성 드린 서한이 와 있기를 얼마나 고대하고 믿었는지 모른다.

그러나 오늘도 허탕, 영영 허탕일지도 모르겠다.

되도록 현실을 정확하게 파악하도록 하자. 좀더 내 자신에게 충실해야 하겠다.

"士爲知己者死 사위지기자사 女爲悅己者容 여위열기자용"

순이는 나를 위해 웃고 화장을 하면 되지만, 내가 순이를 위해서 몸과 마음을 다 바칠 수 있을까? 사랑이 인생의 전부는 아니라는데 말이다.

1964년 9월 9일 수요일, 흐린 후 개다.

○순 씨.
댁내가 두루 평안하시겠지요?
○순 씨도 그간 안녕?
(중   략)
잠간만이라도 뵐 수 있었으면 좋겠습니다.
※9월 12일(토) 오후 다섯시
다방 '바바라' (이대 입구)

         *   *

순이에게 장문의 편지를 써 보냈다.
3일 후에 만나자는 부탁의 편지이다.
이번에도 기필코 Top이 되어야 한다. 지금의 나에게는 다른 선택의 여지가 없다.

1964년 9월 10일 목요일, 맑다

장학생 명단이 아직 나오지 않아서 작은 고모에게 3,000원을 빌려 우선 가 등록을 했다.

순이도 가 등록을 하고 있었다.

'가난한 애인들'. 영화의 제목 같은 이름이다. 순이도 O나 M만큼 유족하지는 못한 모양이다. 그래서 그런지 순이가 호화스런 차림을 한 것을 한번도 본 적이 없다.

혹은 가정이 유족하다 하더라도 그녀의 천성이 奢華외화를 싫어했는지는 모르지만…….

어쨌든 순이는 꽤 알뜰한 여성이다.

'생활의 예지'라는 말이 있다. ○순 씨야 말로 정히 그런 귀여운 예지의 소유자인지 모른다.

지금의 내게는 이 아가씨 외에 그 누구도 있을 수 없고, 또 있을 필요도 없다.

내가 보낸 편지를 순이는 내일이면 받아 볼 수 있을 것이다.

어쨌든 부딪히는 데까지는 부딪혀 보기로 하자.

1964년 9월 11일 금요일, 맑다

"앞으로도 대화를 나눌 수 있는 벗이 되었으면 좋겠군요." 그 '대화'를 위해 밤 열한시가 되도록 다림질을 했다. 세탁을 한 것이 아니라 입던 옷에 주름을 세웠다.

순이도 밤이 늦게까지 다리미질을 하는 것일까? 혹은 어느 시인의 시집이나 누구의 화첩이라도 뒤적이며, 밤이 지나면 닥아올 해후의 시간을 생각하는 것일까? 망설이기라도 하는 것일까?

내 손목을 쥐어 본다.

의외로 많이 수척해져 버렸다.

○ 순이 까닭으로 거의 폐인이 될 뻔도 했었다. 바라보지도 말자고, 여인들과는 담을 쌓기도 했었다.

이제 그 아가씨는 방싯 웃으면서 닥아 왔지 않는가!

"사랑은 먹이는 것이다."

급우인 H군이 장난삼아 내린 사랑의 정의이다.

홍차도 좋고 곰탕국도 괜찮고, 양식이면 더 좋을 것이다. 가령 한 끼에 500원씩 말이다.

당장은 등록을 못한 입장이다.

그러나 순이 때문이라면 몇 천원인들 무슨 상관이랴.

*   *

이처럼 중대한 문제를 혼자 결정해야 하는 사람만큼 외로운 사람은 없다.

순이도 나도 외로운 것일까.

아니 K는 누구에겐가 의논도 해 보았을 것이다.

낮 설은 청년의 편지가 자꾸만 배달될 때마다 K는 그의 아버님께 혹시 민망스러웠던 것은 아닐까?

그래서 현주소를 쓰지 않고 "연세대 A.V.center"라고 적어준 게 아닐까?

*   *

아무튼 오늘밤은 무엇인가 소중한 밤이다.

인생과 청춘이 가져야 할 무거운 문제 하나가 밤사이 우리 두 사람의 마음속을 아물거릴 것이다.

긍정을 위한 기다림이라 해 두자.

설사 K쪽에서 부정을 해 온다 해도 이제는 나도 이성의 힘으로 참아 갈 것만 같다.

K를 위하여 내가 좀더 건강하고, 잘 생기고, 똑똑하고, 돈 많고, 노래 잘 부르고……. 이렇게 되었더라면 좋았을 것을, 끼니를 굶다시피 하고, 지하실 음습한 곳에서 밤새워 가면서까지 고학을 하던 내 지난날은 우울하기만 하다.

그러나 그런 일들 때문에 오늘의 내가 존재하는 것이 아닐까.

가정교사로 있을 때 그 개궂은 눈치를 보던 그 시절이, 퍽 재치 있던 그 여학생이 그래도 두고두고 잊지 못할 일들이 되었다.

1964년 9월 12일 토요일, 오후부터 비

비가 내린다.

내게 주는 눈물인가? K를 잃어버린 '피눈물'말이다.

왜 거절할 것ㅇ을 진작 "No-"하지 않고 이제 와서…….

이화여대 입구 쪽을 무척도 내다보았다.

결국 순이는 와 주지 않았다.

모든 것이 검은색으로 보인다.

하차해야 할 노량진을 지나 육신묘 앞에서 내리리만큼 순이의 생각이 왼 마음을 흔들었다. 얼마나 울었는지 모른다. 그리고 왜 울어야 하는지 생각해 보았다.

처음에는 시간이 가까워 올수록 가슴이 두근거렸다.

결국 K를 그만큼 사랑한다는 이유에서이다.

나중에는 K의 뺨이라도 갈겨주고 싶었다. 그것도 K를 너무 아껴온 탓이다.

모두가 좋았었는데, 이제는 모두가 싫어진다.

그러면 나는 '패잔병'인가

결국 키에르케고르의 말이 옳았던가, "인생은 쓴 잔이다. 한 방울 한 방울 세어가며 마실 수밖에 없다."는 그 말이?

*   *

김 선생님.

안녕하십니까?

다방 '바바라'입니다.

밤이 무척 깊었는데, 제가 숙소까지 돌아 갈 수 있을는지 모르겠습니다.

하여튼 도착하는 대로 이 글을 부칠 생각입니다.

제게 무슨 底意저의라도 있을까 싶어서 안 나오신 모양인데, 피차간의 내일을 위해서 현명한 처사 이었겠지요.

김 선생님은 표준말을 쓰시고 지혜로운 분이니, 사투리를 쓰는 너무나 미욱한 또래에 관여하실 바 아니지요.

말 많은 세상이야 무어라고 코웃음을 치든, 그래서 저는 이 봉건적, 전근대적 방언을 한평생 간직 할 것입니다.

우리는 그 점에서 벌써 어떤 한계선 같은 것을 느끼는 모양입니다.

되지 못하게 또 글을 씁니다.

이제부터는 안 쓰겠어요, 정말로.

저의 사전에서 꼭 빼어야 할 단어들이 있음을 오늘 알았지요. '대화'·'우정' 이런 것들이지요.

저의 字典자전에서는 '順,○,金'과 같은 글자는 지울 성질의 것입니다.

김 선생님도 혹시 『옥편』을 가지셨거든 '喆,李,東' 과 같은 글자는 새까맣게 지워 버리세요.

이렇게 궂은비가 뿌리는데 '찬란한 태양', '맑은 공기'가 다 뭡니까. '따사로운 우정'도 태고 쩍 말 같아서 실툿한 언어이지요.

인정이란 알고 보니 결국 더러운 것. 버리지 같은 하루만의 휴게실.

이 '하루'가 없는 카렌다를 지닌 사람은 쓰레기 같은 존재.

결국 37℃에 살아온 우리기에, 곧 그 세월로 회귀해야 마땅하지요.

9월 15일 화요일 오후 다섯 시쯤 연민 선생님 연구실까지 좀 오셨으면 합니다. 5분간이면 됩니다. 제가 무언가 들려드릴 것이 있지요.

'理性이성'은 '못되게 구는 습성'인지도 모르지요. 그렇다면 저도 자신이 있습니다.

저의 일기장에 황토 물을 끼얹은 분이 김 선생님이시라면, 당신(단지 you의 뜻)의 순결한 지성 위에 먼지바람을 일으킨 것은 저라고 생각합니다.

그러나 세월은 '망각'이라는 고마운 선물을 우리에게 보내줄 것입니다.
　　아무튼, 저 때문에 어떤 애로와 난관이 있었다면 저주해 주십시오.
저주는 기도는 아니지요.
　　인생의 개선을 위해 삼엄한 경계망을 드리우고 내달을 때입니다.
　　그럼 영원히, 그리고 안녕히!

＊　　　　　　　＊

내일부터는 어떻게 참아낼지 모르겠다. 이 중대한 시기에 말이다.
요 며칠 어수선해서 공부가 되지 않는다. 모두가 K 때문이다.
어떻게 해결되어 갈지 서글픈 심정이다.

1964년 9월 13일 일요일, 비 온 후에 흐리다

“다정도 병인 양하여 잠 못 이뤄 하노라.” 역시 정이란 더러운 것인 모양이다.
더구나 ‘애정’이란 것은.
　　엎드려서 실컷 울었다.
　　“이것이 마지막인가. 아무리 ‘승리보다 자랑스러운 패배도 있는 법’이라지만,
왜 이런 말을 K에게서 배워야만 했을까.
　　나는 역시 理性이성이 약하고 정에 약한 모양이다. 그 많은 ‘좌우명’도 ‘교훈’
도 다 쓸모가 없구나.
　　세상은 나 하나를 두고 공격해 오는 것만 같다.

＊　　　　　　　＊

종일 중노동을 했다. 손이 부르트고 몇 번이나 넘어졌다.
“남의 밥이 독하구나!”
세상의 어두운 면 하나하나씩을 알아간다. 마침내는 허연 백발이 될 때까지.

1964년 9월 14일 월요일, 비

목이 세고 가슴이 아팠다.

아침 일찍부터 다방 출입.

K에게 해후의 청원서를 써 두었다.

"실연을 해 본 사람이 아니면 실연의 의미를 모른다고 한다." 행정과 졸업반의 어떤 학생이 쓴 글이다. 그런 '의미'는 몰라도 좋은데 하필이면 내가 알다니…….

하나의 길이 있다.

하소연삼아 말 해 보고도 안 되면 단념이다.

"사랑은 열병"이라고 한다. 어느 때인가 체온이 식으면 시들해진다는 뜻일 것이다.

그러나 그 열이 식을 때쯤에는 인생의 정오는 가 버리는 것이다.

내일은 무슨 결론을 내리고 싶다.

*　　　　　*

　　한점 먹구름도 보여서는 안 될 ○순 씨의 영광스러운 '내일'이라는 하늘을 위하여 지금부터 제가 할 일, 가야할 길이 무엇이고 어느 것인지를 알고 있습니다.

　　그리고 이런 일은 우리 피차의 '웃음의 세월'을 위하여 임을 당신도 동감하시리라 믿고 싶습니다.

　　모질게 살아온 많은 어제가 알려준 교훈, 후진국이기에 더 애지중지해야 하는 오늘의 한국 사회가 일러주는 훈계일지도 모르지요.

　　저는 이 '교훈'과 '훈계'의 말에 복종해야 할 때이라고 믿어봅니다.

　　세상 사람들은 이런 일들을 가리켜 "세상살이의 분별을 찾는 일"이라고 하더군요. 우선은 저도 그렇게 표현하고 싶은 심정입니다.(중략)

　　안 오실 것 같지만 저는 만날 수 있으리라 믿으면서 이 이상의 긴 말은 삼가겠어요.

*　　　　　*

성적 임시 발표가 나왔다.

'보건' 성적이 걱정되었으나 10개 과목이 모두 A학점이라고 했다.

가슴 아픈 곳을 조금은 어루만질 수 있었다.

"또 장학생이 되었구나!"

감개가 무량한 일이지만, 도무지 무감각하다.

이제는 별난 기쁨은 없다. 별난 서름이 있을 뿐이다.

여자의 힘은 참으로 크다.

나는 K에게 밀리면서 산다.
또 어떻게 밀려야 하는 것인가?

1964년 9월 16일 수요일, 맑다

"내일 연민 선생님 연구실에서 만나야지!"
늦도록 기다렸으나 K가 나오지 않아서 얻은 결론이다.
확실히 사랑은 열병이다.
바로 어제까지도 어느 교수님이나 O양에게까지 상의해 보아야겠다고 하면서
못견디어 하던 심정이 아니냐!
어떻게 생각하면 그녀는 나의 '용기'를 시험하는 것이 아닐까 하는 생각도
든다.
오늘은 K가 흰 부라우스를 입고 있었다. 유난히 아름답다고 느껴 보았다. 속말
로 "사랑을 하면 예뻐진다." 더니, 그러면 K를 기쁘게 해 주는 그 누가 있단 말
인가?
그렇다면 왜 나에게 '우정'을 허락했을까?
사뭇 알 수 없는 일이기만 하다.
어떻든 내일은 결론을 얻어야겠다. 더 시간을 보내 버릴 필요가 없다.

*　　　　　　　*

감기에, 지친 몸에, 정신적 갈등에 몸이 몹시 피로하다. 객지에서 몸이나 성해
야 하겠는데……
어머니께 돈 좀 보내 달라고 글을 쓸 예정이었으나, 차마 편지를 쓸 수가 없
었다. 우리 집에 무슨 돈이 있단 말인가.

1964년 9월 17일 목요일, 흐린 후 밤부터 비

아! ○순 씨, 안녕하십니까?
그렇지 않아도 A.V.center까지 갔던 참인데, 마침 잘 되었습니다.
지금도 제 얼굴을 모르신다면 인사드리지요. 제가 이동철입니다.

오늘은 시간 꼭 좀 내어 주셔야겠어요.

만날 필요가 없는지도 모릅니다. 그러나 저는 그 필요보다도 어떤 의무감 같은 것을 느끼는 터입니다. 의무는 어디까지나 권리가 아니지요.

일테면, 만나지 않겠다는 권리는 ○순씨에게 속하는 문제이겠고, 꼭 만나야겠다는 의무는 제게 해당되는 것이지요. 그러나 누구를 위한 의무일지는 잘 모르겠어요.

저는 오후 네 시에 수업이 끝나니까 그 이후는 언제든지 좋지요. 물론 너무 늦어서는 안되겠구요.

약속해 주시겠습니까?

그럼 연민 선생님 연구실에 있겠으니 그리로 좀 들려 주셨으면 좋겠어요.

죄송합니다.

*　　　　　*

이 말을 전하려고 A-V center 앞에서 K를 기다리고 있었으나, 경련을 일으켜서 자신이 없었다.

아무래도 나는 너무나 심약한 존재이다.

종일 책 한 갈피 읽지 못하고 지내 버렸다.

몇 번이나 K를 찾아가려고 했으나 끝내 용기가 나지 않았다.

1964년 9월 18일 금요일, 비

종일을 두고 비가 내린다.

연민 선생님 연구실에서 K에게 줄 편지만 썼다. 아무것도 할 수가 없었다. 넘어질 것만 같다. 여자는 남자보다 너무 강하다.

몇 번이나 만나려고 마음을 먹고서도 시간을 내기가 싫었다.

또 무엇이라고 표현할 수가 없었다.

1964년 9월 19일 토요일, 흐리다

"여보세요, A-V center이지요? 김○순 씨 오시거든 이가원 선생님 연구실로 좀 와 주셨으면 좋겠다고 전해 주셨으면 합니다.”

학과장님 방에서 전화를 걸었다.

차라리 K가 전화를 직접 받았다면 일은 달라졌을지 모른다.

시간이 얼마간 지난 뒤에 K가 왔다. 노크를 하더니 “이가원 선생님 안계세요?”하고 묻기에 나는 얼결에 “녜”하고 대답했다.

우리가 나눈 대화는 이것이 고작이었다.

K는 곁에 같은 학과의 C양을 데리고 왔었다. C양만 없었더라도 “○순 씨 들어오세요.”하고는 긴 편지를 그녀 앞에 내밀었을 것이다.

K는 이런 일을 어렴풋이 짐작했던지 C양과 같이 왔었다.

“역시 내겐 너무 세련된 여성이구나!” 내가 K를 보내고 독백처럼 내뱉은 말이다. K양은 몹시 깔끔한 차림을 하고 있었다.

“그렇다! 잊을 것은 잊어야지, 웃으면서 말이야!” 오래간만에 씩- 웃어 보았다.

말이 ‘웃음’이지 실은 ‘슬픔의 오발탄’이리라. 차라리 ‘어색한 울음’이라 해 두자.

토요일 오후의 교정.

그 중에도 나 홀로 댕그렁히 앉아 있는 연구실.

외로움과 서름의 極극이었는지 모른다.

뛰어넘을 길 없는 현실의 벽이 저주스럽기까지 하다.

*   *

　　“이 광활한 하늘 아래서 굳이 외면을 하고 오가야 할 이유가 무엇이겠느냐?”고 물어 본 대도 말없이 가버리고 말 당신인 것을 잘 압니다.

　　“자꾸 만나다 보면 어렵게 되겠지만, 만나지 않으면 곧 잊게 되겠지.” 그래서 저는 되도록 뒷길로 돌아서 상학, 하학을 해 왔지요. (중략) 성실과 의지의 힘을 믿으면서 조심조심 제게 주어진 길을 걸어 볼 생각입니다.(중략) “원망도 시세움도 아니라면 사랑과 행복은 무엇이겠느냐?”고 물어보실 테지요.

　　그러나 이것은 ○순 씨 스스로의 문제가 될 것입니다.

—편지의 일부

1964년 9월 20일 일요일, 맑다

정적이 감도는 캠퍼스를 맴돌다가 왔다. 다른 아무 곳도 가기가 싫었다.

오래간만에 욱어진 담장이 넝쿨을 만지면서 돌담에 기대어 보았다.

웬 여학생이 동상 앞 옆길로 오르다가 되돌아갔다.

K양일까? 그러나 K양일 리는 만무하다.

사랑으로 뜻을 세우는가 싶더니 그 사랑으로 상처만 입은 청춘이다.

종일 K양에게 줄 분풀이 낙서를 써 보았다. 그러나 공박이기는커녕 도리어 순수한 애정의 향수이다.

역시 K를 생명처럼 사랑했기 때문이다.

K양에게서 받은 상처를 A양에게서 메꾸어야 하겠다고 생각해 본다.

*　　　　　　　*

　　"앞으로도 대화를 나눌 수 있는 벗이 되었으면 좋겠군요." 부도 수표처럼,잔인한 인정처럼, 내게만은 너무 사치스러운 이 말을 돌려보내 드립니다.

1964년 9월 21일 월요일, 맑다

연민 선생님 연구실에서 종일을 보냈다.

아무것도 하지 못하고 허송세월만 했다. 그러나 마음을 다소 돌이킬 수 있는 것이 다행이다.

울고불고 하던 그 '정'. 정이란 것도 잊겠다고 생각하고 나니 섭섭하지만, 그래도 견딜 수 있을 것 같다.

아무래도 몹쓸 소리는 못하겠다.

긴 편지를 쓰고 싶었으나 그저 접어버렸다.

오늘 중으로 어느 교수님께나 상의하고 싶던 마음도 그냥 식어버렸다. "피투성이가 되더라도 내 일은 내가 해결해야 한다." 체육 시간에 강필승 교수께서 하신 말씀이 가슴에 와 닿는다.

그런지도 모른다.

남에게 상의한들 무슨 신통한 수가 있단 말인가. 역시 우리 일은 우리끼리 해결하는 것이 좋은지 모른다.

한때 퍽 호의를 보여주던 도서관학과 H양이 <연세춘추>」에다 「어디를 걸어도」라는 제목으로 애모의 시를 게재했다. 흡사 나를 두고, 나에게 주려는 말과 같아서 다소 동정이 간다.

나와 H, K와 나. 서로 연모하고, 서로 밀쳐버리고…….

사랑은 하기는 쉬워도 떼기가 이토록 어려운 것인가.

1964년 9월 22일 화요일, 맑다

朴大善박대선 박사가 총장에 취임하였다.

취임식에 500여명의 학생들만 참석한 것을 보면 별로 인기가 없는 보인 것 같다.

이런 때는 다시 백낙준 박사가 와야 한다고 모두들 아쉬워하고 있었다.

인재가 부족한 한국에 총장감이 흔할 리 없다.

이런 큰 행사에 연신 카메라 셔터를 눌러대어야 할 K양이 오늘은 자꾸 나무 뒤로 몸을 숨기고 그저 한두 번 촬영을 하면서도 사뭇 우울한 표정이었다.

"내가 온 것을 걸 알고 저러는구나."

관중석에 앉아서 나는 가슴이 몹시 아팠다.

우리는 무슨 인연으로 사랑을 하면서도 만나지 말아야 할까. 그리워하면서도 대화를 나누지 못하는 것일까.

사회적인 여건, 우리의 연령 때문이리라.

K가 없는 내일, 그것은 있을 수도 있으나 쓸쓸한 세월이 될 것이다.

모두가 가버리더라도, 온갖 서러운 일, 뼈아픈 상념들을 잊혀지더라도, 그 귀엽고 상냥한 여대생의 추억을 잊어버릴 수 있을까.

'당신!' 이렇게 불러 본다. '아내여!' 욕심껏 이렇게 혼잣말을 해 본다.

그러나 대화를 나누기엔 우리는 너무 멀리서 살아간다.

1964년 9월 23일 수요일, 맑다

「모녀 기타」라는 영화를 관람.

너무 어색한 비극적 멜로물이긴 하지만, 그래도 인정이 무엇이고, 사랑이 어떠해야 한다는 것을 일깨워 주는 영화이다.

영화 관람, 참 오랜만의 일이다. 세상사와 그만큼 동떨어져서 살아온 것이다.

사실은 K 때문에 이런저런 길을 많이 피해왔는지도 모른다.

며칠 동안이나 책 한줄 제대로 읽지 못하였다.

사람의 일인데도 사람이 좌우하지 못하고 있다. 안타까운 일이다.

아무래도 대학원 진학을 한 학기 늦출 수밖에 없을 것 같다.

K 때문에 내 인생도 멍이 들었다.

그래도 진정으로 K를 사랑하기 때문에 잊지 않으려고 생각한다.

속된 말이지만 "사랑이 무슨 죄이냐?" 좀더 용기 있게 버티고 싶다. 끈덕지게 현실에 매달리고 볼 일이다.

1964년 9월 24일 목요일, 맑다

순이가 보내 준 편지 중 "앞으로도 대화를 나눌 수 있는 벗이 되었으면 좋겠군요."라고 쓴 부분을 오려서 백지 한가운데에 붙이고, 끝에는 도장을 찍었다.

이제는 잊겠다는 단호한 결의의 표시였다.

아무 사연도 적지 않고, 다만 '김 선생님께'라고만 썼다. 그리고 '追記추기'에 몇 마디의 말을 적었다.

> 이 글마저 용납 안 될, 심한 것인 줄 알면서도 좀더 남성이고 싶어서 첨서를 적어 봅니다.
> 내일부터는 억지로라도 웃으면서(웃으면 복이 온다니깐) 주어진 길로만 조심조심 걸어갈 생각입니다.

*　　　　　*

며칠째 K가 보이지 않는다.

우리는 너무 심한 열병을 앓고 있는 것 같다.

앨범 촬영을 위해 광화문에 있는 사진관으로 갔다. 신사복이 없어서 K군의 것을 빌려 입었다. 사회인 복장으로 바꿔 입어야겠는데 돈이 없다.

종일토록 책 한 장을 제대로 읽지 못했다.

어떻게 해야 하나, K 때문인 것을?

1964년 9월 25일 금요일, 맑다

유창돈 교수님의 저서 색인 작업을 도와드리노라고 종일을 보냈다. 아직도 며칠 더 해야 할 작업이 밀려 있다.

스승이 소중하고 학문의 길은 어려운 것 같다.

성적이 나온 모양이다.

"이군, All A야!"

동무들이 큰 소리로 떠들어댔으나, 기쁜지 어떤지 모르겠다.

"A? 선생들 시키는 대로 하면 되지 뭐……." A를 3과목밖에 못 받은 C군의 투덜대는 소리가 들렸다. "자식! A학점이 그렇게 누워서 떡먹긴 줄 아나?" 시험 때문에 내가 얼마나 고생을 했는지를 모르고 야유 비슷하게 말하는 그 녀석이 몹시 미웠다.

몇 번이나 애를 먹고, Report 하나를 쓰기 위해 그 몇날 밤을 지새웠는가를 그들은 모르고 있다.

오후 여섯시 조금 못되어 K가 나가는 것을 보았다.

요즈음 서로 보이지 않게 되어 도서관 단골손님(K는 2층, 나는 1층을 주로 이용했었다.) 두 사람이 줄어진 셈이다.

우리는 왜 서로 사랑하면서도 서러워야 하는가. 그러나 이것이 세상이라니…….

사랑! 차라리 고행이구나.

1964년 9월 26일 토요일, 밤부터 비

순이에게 글을 보냈다.

"앞으로도 대화를 나눌 수 있는 벗이 되었으면 좋겠군요." 라는 순이가 보냈던 그 사연을 오려서 노란색 종이 중앙에 붙이고는 아무 말도 쓰지 않았다.

말하자면 '애정 백서'이다.

그동안 무던히도 정성을 바쳤었다.

"다음 학기면 되려니……." 하고 2년여의 세월을 꾸준히 닦아 간 것이다. 그러나 이제는 더 이상의 '다음 학기'는 없는 것이다.

K를 나무랄 수는 없다.

오히려 K의 현실 중심의 판단은 현명하다. 다만, 말 한마디 없이 지내는 일이 섭섭했을 뿐이다.

슬픈 일인지 어떤 일인지 잘 모르겠다. 그저 어디엔가 기대어 서로 싶도록 허전한 마음이다.

*　　　　　　　*

유 교수님의 저서 '색인'을 만들기에 벌써 2일을 소비했으나 작업은 겨우 반쯤 끝났다.

"스승 섬기기도 어렵구나!" 나는 실없이 이런 소리를 내뱉었다.

1964년 9월 27일 일요일, 때때로 비

종일 유 교수님 연구실에서 '색인' 만들기에 시간을 보냈다. 고구마 10원어치(4개)로 저녁 식사를 대신하고 열시 반까지 견디어 내었다.

스승이 무섭기는 하다.

당장 내일이 시험이라고 하더라도 피곤하면 쉬고 볼 일인데, 꼬박 10시간을 쓰는 일로 보냈다.

저서 하기가 이토록 힘이 드는 모양이다.

*　　　　　　　*

오늘 밤은 ○순이가 잠을 이루지 못할지도 모른다. 설사 지금쯤 단잠에 들었다 해도, 오랫동안 잠 안 오는 침대에서 얼마나 괴로워했을까. (내 편지를 받았을 테니까.)

내가 잘못이다.

진정 순이를 사랑한다면 조금이라도 괴로움을 덜어 주어야 옳지 않았을까.

당장 졸업을 앞둔 우리로서, K가 단란한 가정의 주부가 되겠다는 극히 현실적이고 건전한 결정을 한 것뿐인 것을……

다만 한마디 "안녕……."도 없음이 섭섭하지만.
대학원 준비가 해이해지고 있다.
사랑은 청춘과 정성 말고도 많은 것을 **빼앗아** 갔다.

1964년 9월 28일 월요일, 맑다

며칠 전부터 A양 생각이 났다.
무척 내성적인 ○원. 이화여고를 나온 재원인 ○원.
K가 떠나버린 마음 안자락에는 그 누구의 웃음이라도 채워져야 하는 때문
일까.
더구나 ○원이는 생판 초면인 셈인데…….
A도 또 'no…….' 하면?
한번 얘기라도 해보고 싶은 것이다.

*   *

K가 보이지 않았다.
　　제비도 가고 장미도 스고
　　마음은 안으로 상장을 차다.
오래지 않을 세월 동안 억지로라도 웃으면서(웃으면 복이 온댔지요.)

토요일에 K에게 쓴 편지의 전부이다.
그래서 그런지 오늘은 밖으로 드나들면서 웃을 수도 있었다. 물론 쓰디쓴 웃
음일 것이다.
차라리 잘못 우는 것인지도 모른다.
닥아 올 내일이 두렵다. 가버린 인생의 의미가 애처롭다.
정성과 **빵**은 같은 것이 아니다.
K는 **빵**을 찾아 간 것이다.

1964년 9월 29일 화요일, 맑다

밤늦게 돌아오는 길에 고구마가 먹고 싶었다.
"실연도 참는데 그까짓 먹을 것을 못 참누?" 도무지 먹는 것까지 실연은 말썽
이다.
　○순이에게 '애정백서'를 보낸 뒤라서인지 어쩐지 마음이 가벼워진 것 같다.
체념이 안겨다주는 고달픈 '상쾌'인지도 모른다.
어쨌든, 무엇인가 헤어나야만 할 문제를 그런대로 해결해 버린 것이 다행이다.
그래도 허전해서 넘어질 것만 같다.
"대학원은 다음 학기로 미루자."
정에 멍이든 탓에 세상 일이 두려워진다.
그래도 누군가는 있어 주어야 할 것 같다.
오랜만에 도서관에 자리를 정했으나, 반갑지도 않은 여성들이 왁자지껄해서
성가시어 나와 버렸다.

1964년 9월 30일 수요일, 맑다

'9월 졸업식'이 있었다.
HLKA 방송 하나도 오지 않은 초라한 행사이다.
"처가 고우면 처갓집 주춧돌도 곱다."는 말을 역으로 말한다면 "K가 떠나버리
니 마음에는 연세의 그 어느 것도 고운 것이 없다."는 생각이다. 모두가 회색으로
보인다.
예년 같으면 졸업식전에서 K가 카메라를 들고 몇 번씩 이 광경을 촬영했을
것이다. 그러나 K가 나오지 않았다.
확실히 그녀는 고민하고, 근신하고 있는 것이라고 믿는다.
식이 끝나고 '학관' 돌계단을 오를 때 하이얀 쉐터를 입고 책으로 낯을 가리고
K가 지나가고 있었다.
어쩐지 얄미운 생각이 들었다.
가장 사랑하는 사람을 마치 원수를 대하듯이…… 이 무슨 모순투성이의 세상
일인가.
앞길이 어두운 것만 같다.

처량한 마음에서 오랜 시간 동안 돌층계에서 급우들과 담소를 나누었다.

*   *

학문이란 정말 어려운 것이구나.

1964년 10월 1일 목요일, 맑다

올림픽 출전 예선 농구대회 이틀째 경기인 멕시코와의 대전이 있었다.

강호 멕시코를 처음부터 리드 하더니, 경기 3분을 남겨놓고도 10 point를 우리가 이기고 있었다.

수업에 들어가면서도 우리가 이겼으려니 하고 생각했었다. 멕시코는 5승의 강호이고, 우리는 3승 3패의 전적을 가지고 있다.

그런데 의외에도 75:76으로 우리 팀이 패했다고 한다. 종료 시간 8초를 남겨놓고 문현장 동문이 두 번이나 후리드로 투샷을 얻었으나 한점도 넣지 못했다고 한다. 그래서 선수들이 코트에서 한참이나 울었다고 한다.

김영기 선수만 고려대 출신이고, 나머지 선수들은 모두 연세 가족들이었다. 김영일, 김인건, 신동파, 하의건, 방열 등이었다.

나도 눈물이 핑 돌았다.

우리 한국 팀의 비운인지 모른다.

현지에서 응원하던 교포들이 얼마나 울먹였을까.

가난한 이 나라에게는 영광도 가난한가?

*   *

'교양 영어' 시험을 치루었다.

좀 엉기기는 했어도 그런대로 무난하게 넘겼다. 몸이 허전하여 견디기가 어렵다.

1964년 10월 2일 금요일, 흐리다

무애 스승님의 강의가 오늘은 새로운 의미를 주셨다.

"지주의 아들인 나는 밥 먹기가 쉬운 줄 알았었지. 그러나 참 밥 먹기가, 밥 먹기가 거 어렵더군!" 당신은 평소에 삼난(三難)이 있노라고 하셨다.

"梁子曰양자왈 人生三難인생삼난 一曰일왈喫飯難끽반난 二曰이왈 著署難저서난 三曰삼왈 保名難보명난"

정말 밥 먹기가 그토록 어려울까?
몇 시간 동안 연민 선생님 연구실에서 「사투리」라는 제목으로 수필을 썼다.

고향의 말 하나를 제대로 지니지 못하는 내가 학문과 인생을 논하겠 노라고 허세를 부린다. 미움과 시세움의 문제조차 변변히 생각해 본 적 이 없는 주제가 행복과 기도의 내용이 무언가를 알겠다고 버둥댄다.
정성은 빵이 아니라는데, 이상을 보증수표가 아니라는데…….

1964년 10월 3일 토요일, 맑다

오후 5:30~7:00, 일본 '요꾸하마 문화체육관'에서 열리고 있는 농구 경기 중계 방송을 들었다.
결과는 한국팀이 자유종국에 93:71로 승리. 한국팀의 실력은 A class에 든다고 한다.
우리 팀이 예선을 통과하기를 빈다.

*   *

수필 「사투리」 원고 작성으로 몇 시간을 보냈다. 이 글은 차라리 내가 ○순 양에게 하고 싶은 발언의 일부이다. 어디든지 지면을 통해서 발표할 예정이다.

탱자를 씹어본 사람이 아니면 '쓰다'는 말의 의미를 잘 모른다고 한다.
평소에는 도무지 외지고 투박스럽기만 한 사투리들에게도 나지막히 종이 우는 밤이 오면, 오카리나의 그것처럼 피울음으로 지새우는 일도 있는 것이니, 경상도 사람들의 생리는 아는 사람 외에는 모를 것이다.

1964년 10월 5일 월요일, 맑다

'학관' 돌층계에 기대어 잠시 동안 명상에 잠기다가 지는 해를 보내고 연민 선생님 연구실로 돌아오는 길이었다.

하얀 쉐터를 입은 K양이 입구 쪽으로 나오고 있었다. 그러더니 피해 버리듯 뒤로 뛰어가 버렸다.

우리는 서로 무엇인가는 전투 식으로 되어 있다.

가장 사랑하는 사람을 미워할 이유가 무엇인가?

가장 아껴야 할 우리끼리 서로 숨어서 살아야만 해?

역시 세월은 고마운 존재이다.

K를 잊을 수 있을 것 같은 대견스러움 때문이다.

오늘은 조금 마음을 잡고 공부를 할 수 있었다.

1964년 10월 6일 화요일, 맑다

채플 시간이 요즘 와서는 자꾸 기다려진다. 상당히 침착해지고 사색 속에 잠길 수 있어서이다.

"K가 있으려니……."

좌석이 D-220인 K는 A-154인 내 좌석이 보이는 곳이다.

K는 어지간히 피해 다니는 모양이다.

이 며칠간 한번도 만난 적이 없다. 숨바꼭질 치고는 술래도 무엇도 없다. 서로 술래가 되고, 서로 숨어가는 것이 차라리 서러웁다.

*   *

음악과 학생들이 주를 이루는 '영어 강독' 시간에 수업을 들어간다.

대부분이 여학생들이기 때문일까. 모두 아늑한 분위기이다.

아무래도 정에 멍이 든 가슴은 정으로 치료해야만 한다.

그렇건만 아직 누가 그 간호원이 되어줄지 모르겠다.

1964년 10월 7일 수요일, 흐리다

"Really wonderful!"

사랑 때문에 등을 진 ○순 양과 다시 앞에 나타난 A양의 의상이 공교롭게도 같은 회색이기에 한 말이다. " 그럴 수가 있을까" 하고 몇 번이나 이상하게 생각했다.

'당신'도 '그대'도 아닌 그저 '孃양'의 위치에서 지금은 멀어져만 가는 사람과, 닥아 올지 모르는 사람의 거리를 재어보는 중이다.

논문을 쓰려고 도서관에 잠간 들렸었다.

그때 K가 불티같이 피해서 나가 버렸다.

"넌 왜 겁날 짓을 했나 말야!"

물론 자기로서는 현실의 문제를 중시한 때문이었겠지만, 그래도 괘씸한 생각이 들었다. 좀더 유명한, 좀더 훌륭한 대학 교수가 되어서 한번 후회하도록 해주고 싶다.

하지만 무어란 말인가.

한평생 가슴의 멍울로 남을 연인을 왜 미워해야 한다는 것이냐 말이다.

"미움이란 놈은 사랑과 가장 가까운 거리에 있다." 옳은 말인 것 같다. 미움의 기슭 한 모롱이를 돌면 거기에는 사랑이 있었다.

1964년 10월 8일 목요일, 맑다

1. 돈 : 월당 2만원 수입
2. Handsome
3. 사회적인 지위
4. 이해성

여성이 남성을 택하는 조건이라고 한다.

○순이도 바로 이것 때문이었는지 모른다.

아무래도 좋다. 희생의 미덕을 말하기에는 K는 이미 너무 자기중심적이 되어 버렸는지도 모른다. 아니, 희생의 미덕을 설명하기에는 내 앞길에 대한 아무런 보장이 없다.

더 생각하지 말기로 하자.

*　　　　　*

A양을 택해야 하나?

가정교사로, 휴학으로, 하기 봉사대로, SCA 부회장으로, 수석 입학으로……. ○ 원양은 명암의 착잡한 길을 걸어 온 셈이다.

빼어난 미모는 아니지만, 또 K처럼 명랑하지는 못하지만, 내성적이고 알뜰한 여성이다.

지금의 심정으로는 A양의 주변으로 가고 싶은 뿐이다.

1964년 10월 9일 금요일, 맑다

정적만이 감도는 Campus.

감정은 있어도 따뜻한 인정은 없다. 여성들은 많았어도 따뜻한 손결은 없었다.

학문도 문학도 아닌, 이성과 감정의 갈림길에 서서 고단한 인생의 旅程여정을 짜 본다. 거미줄이 얽히고 습기가 낀 이정표.

K가 그걸 정다웁게 닦아주고 단장해 주리라고 믿었더니, 이제는 여운만 남은 이야기가 되어 버렸다.

A가 그 뒷자리로 와 줄 것인지 모르겠다.

*　　　　　*

"대학원 진학은 내년 9월로 미룬다."

내 설계도의 집행유예이다.

내가 내 일을 미루고 당겨야 하는 외로운 세상이 되어 버렸다. 그렇다고 어린 애처럼 울 수도 없지 않는가!

눈물이 고였지만 남볼상 때문에 입술을 깨물었다. K가 밉다고 생각하기 전에 나의 '빵을 얻는 길'을 찾아 나서야 하는 검츠스레한 응시가 있을 뿐이다.

그저 아스라한 길이 두어 개 어른거리고 있다.

1964년 10월 10일 토요일, 맑다

학교 전체가 소풍을 가는 날이다.

5.000여명 넘는 연세 식구들이 Campus에는 아무도 보이지 않았다.

아침 일찍부터 '학관' 연구실에 들어박혀 종일 한번도 문 밖으로 나오기가 싫었다. "이 좋은 날이면 아기라도 배어야겠다."고 한 어느 시인의 싯귀가 떠올랐다.

K는 아마 어느 산곡에서 화사한 웃음을 날리고 있을 것이다. 그러면 A는 어디로 갔을까? 누구에겐가는 얘기해야 할 이야기. 그러나 누구에게도 말하고 싶지 않은 사연.

*   *

영어 공부를 좀 해 보았다. 다소 진척이 있어서 한결 마음이 가볍다.

K가 좀더 가까이 와 주었더라면 지금쯤은 하루 너댓 시간만 자고 견디면서 학업에 매진할 수 있었을 텐데, 생각하면 그저 안타까운 일이다. 그러나 세월의 흐름에 몸을 맡기고 살아 보기로 하자.

1964년 10월 13일 화요일, 흐리다

게시판에 '등기 물 안내'가 있었다. 어머니께서 등기로 수표를 보내주신 모양이다.

돈이 없을 터인데, 어머님 속이 얼마나 타셨을까!

우등생 명단이 이제야 나왔다.

<연세춘추 >다음호에는 그 명단이 게재될 것이다. 그때 K의 심정은 어떠할까? 일말의 측은한 감정이라도 있을까?

잘 모르겠다. 또 알 필요가 없는지도 모른다. 논문 한편을 써 놓고 보니 시간이 많이도 걸렸다. 그런데 논리성이 너무 부족한 것 같다.

학문의 길은 아직도 까마아득한 것인가.

그래도 대학 4년간의 총결산인 셈이다. 스승님들께, 또 급우들에게 보고하는 '백서'의 성격을 띠게 된다.

「연세춘추」에 게재해 볼 생각이다. 아마 두 번에 나누어서 싣게 될 것 같다.

1964년 10월 14일 수요일, 맑다

'음악관'을 나오다가 대학원 쪽에서 오는 K가 보이기에 먼 길로 돌아가 버렸다.

벌써 하학 시간이 지났는데, 교직원처럼 어디서 오는 것일까.

만나기가 싫어졌다. 만날 필요가 없기 때문이다. 아니 만나지 말아야 할 우리이다.

앞길을 생각하니 초조하다. 마음의 기둥이 없기 때문이다. 생명을 밝혀 줄 '마음의 등불'이 없는 悲愴感비창감 때문이다.

그래도 버티고 우뚝 서야 할 시간이다.

1964년 10월 15일 목요일, 맑다

녹번리에 있는 농협 서대문지소를 찾는데 두어 시간이나 걸렸다. '독립문'을 직접 본 것도 처음이었다.

서울에 대해서 너무 모르고 지내 왔다. 불광동이 광화문 쪽인 줄 알고 있을 정도이다.

시간과 사정이 안 좋아서 시내를 두루 다니고 싶어도 그렇게 할 수가 없었다. 그저 안타까운 마음뿐이다.

종일 책 한 갈피 제대로 읽지 못했다.

캠퍼스에서 A양을 만났다.

파란 하늘을 보면서 서글픈 생각이 들었다. 코스모스 한번 제대로 보지 못하고 보내는 가을, 등산 한번 못가고 보내는 시월인가.

산으로 들로 다니고 싶다. 삶은 가꾸는 곳에 그 참뜻이 있을 것이다.

1964년 10월 16일 금요일, 흐리다

무애 선생님의 기억력에 새삼스럽게 감복했다. 'Amerson'을 강의하시는 중에 "so it be(if result)"의 예가 몇 page에 나오는가를 일일이 기억하고 계셨다.

「전통과 주체성」이라는 제목으로 쓴 논문의 추천을 무애 선생님께 말씀 드렸더니 일일이 읽어 보시고, 정정도 해 주셨다. 그리고 쾌히 추천의 서명 날인을 해 주셨다.

"별 것도 아닌 나 같은 존재가 무엇이기에 이처럼 배려해 주시다니……." 감개가 무량하여 한참동안 마음이 설레기도 했다.

이 논문의 내용은 주로 '전통 부정론'에 대한 반론에다 초점을 맞추고 있다.

*　　　　　*

내일 소풍을 간다는데 학회비 보조가 없다고 급우들이 야단이었다.

점심도 못 먹고 오후 네 시가 되도록 동분서주하다가 겨우 500원을 확보했다. "안 주셔도 할 수 없지요."하고 말하는 내 눈에 이슬이 맺혀 있는 것을 학과장을 맡으신 만우 선생님께서 눈치를 채셨는지, 퍽 누그러진 말씀으로 "학회지를 내려니 자연 돈이 들 것 같아서……." 하시면서 말끝을 흐리셨다.

밤들고 비가 내린다.

시를 쓰고 싶은데 개궂어서 안 쓰기로 했다.

정이 메말라간다는 일처럼 서러운 것도 없다.

1964년 10월 19일 월요일, 흐리다

우등생 명단이 발표되었다. 내일 12:00에 시상식이 있다고 한다. 내일은 문과대, 신과대, 법정대가 채플을 갖는 날이다.

오래 전부터 K양 앞에서 받고 싶던 상이다.

사랑하는 사람을 미워해야 하는 것처럼 저주스러운 일은 없을 것이다.

나는 K가 밉다고 생각한다. 그러나 당당히 수상식에 임할 생각이다.

영문과의 H양을 몇 번씩이나 만났다.

부산 태생의 재원, 빼어난 미모의 여성인 H와 무슨 인연이라도 있는 것일까?

영문과의 우등생은 O양과 별명이 후르시초프인 L양이 동점인 관계로 두 사람이었다. 다른 과에는 매학기 수상자가 바뀌곤 하는데, 나만 혼자서 연거푸 3학기를 Top을 하게 된다.

생각해 보면 어려운 길을 걸어온 셈이다.

1964년 10월 20일 화요일, 비

우등상 시상식이 있었다.

K 때문에 앞으로 나서기가 무엇해서 영문과의 O양과 L양 사이에 끼어서 섰다. 상장도 O양이 대신 받아 주었다.

K는 박수를 칠 기회가 없었을 것이다.

우연한 일이었지만 오히려 잘된 일인지 모른다. K는 자기 때문에 내가 고의적으로 수상을 피한 것으로 알고 있을지 모른다.

1964년 10월 21일 수요일, 맑다

여학생 셋을 참가시켜서 종일토록 야구, 농구를 했다. 30원씩 각출해서 석양녘에 술들이 얼큰했다.

밤에는 술집으로 9명이 몰려갔다. 한 사람이 100원씩 내어서 밤늦게까지 마셔댔다. 어느덧 열한시 반이 되어 버스가 끊겨 버렸다. 돈이 없어 합승도 할 수 없어서 떨면서 추운 연구실에서 밤을 새웠다.

외로움의 의미가 서러웠다.

잠 안 오는 차디찬 연구실에서는 술기운도 별 효과가 없었다.

1964년 10월 23일 금요일, 맑다

오랜만에 K를 만났다. 서로 뒷모습을 보면서 지나쳤다.

"왈가닥 하나 있어. 응, 저기 가는 저 애야." S군이 ○순이를 '왈가닥'이라고 해서 듣기에 매우 서운했다.

우리는 서로 떠나 있지만, 아끼고 두둔해 주려는 심정이야 어찌 변하겠는가? 더구나 어떻게 미움과 저주로야 바뀔 수 있겠는가?

"K는 영영 돌아오지 않을 것이다."

"K는 언젠가는 한번 후회할 때가 있을 것이다."

나는 내 멋대로 터무니없는 두 개의 命題명제를 이렇게 설정해 보았다.

1964년 10월 25일 일요일, 흐리다

기온이 영하를 가리켰다고 한다.

어느 결에 '霜降상강'이 지나간 것이다. 절후도, 철가는 것도 모르고 살아가는 셈이다.

종일 연구실에 있었다.

내일을 어떻게 지냈으면 좋으랴, 하고 곰곰이 생각해 보았으나, 한 학기 동안 山寺산사에 가서 지내기로 결론을 내렸다.

그동안 필요한 책이나 모아서 사두기로 하자.

좀더 모질게, 사내답게 지내야 할까 보다. 인생을 말할 때가 아니라 현실을 직시할 때이다.

1964년 10월 28일 수요일, 맑다

「송강가사」에 관한 Report를 쓴다고 종일을 매달렸으나 겨우 200×20 정도밖에 더 쓰지 못했다. 도무지 필력이 나가지 않는다.

P양에게 내일의 일을 상의해보고 싶다. P양이면 힘닿는 데까지는 도와줄 것 같다. 평범한 중에도 퍽이나 순진한 P양이었으니까.

그러나 서글픈 일이다.

자신의 일을 남에게 부탁하다니.

사랑이 미움으로 변할 수도 있다.

S양이 웬 일로 얄밉다고 생각되었다. 그동안 거리가 멀어져 간 때문일 것이다.

*   *

병역 문제가 새삼 큰 중압감을 준다.

"장교 시험을 치러야겠어." 급우들에게 이렇게 선언해 두기도 했다.

1964년 10월 29일 목요일, 맑다

오랜만에 K양 생각이 났다.

시험 기간인데도 나 때문에 도서관 2층 '참고열람실'(Reference easel)에 오지 못하는 K. 그러나 내가 바쁘니 그곳을 나와 버릴 수도 없고, 아무튼 미안함 일이다.

혹시 기회가 있어 K양에게 편지를 보낼 경우를 생각해서 글을 좀 써 두었다.

그러나 그런 기회는 두 번 다시없을 것 같다. 그저 정신적 승리를 구가하고 싶을 뿐이다.

> 군에 입대해서 복무 기간 3년, 대학원에 진학해서 석사과정 2년에 박사과정 4년. 그러면 아직도 아득하게 십여 년의 세월이 기다리고 있습니다. 생각하면 현기증이 나는 세월이지요.
> 십년이면 강산도 변한다고 했으니, 그때쯤은 저도 조금은 분별을 아는 인간이 되어 있을지도 모르지요.
> 아무래도 좋은 말입니다.
> 미움과 시새움의 문제마저 생각해 보지 못한 저는 행복과 기도의 내용을 생각하지 않을 것입니다.
> 저로서는 외람된 희원이겠지만, 마음으로나마 고맙게 도와주신다면 저도 어느 날엔가는 고개를 들고 사는 날이 올 것입니다.

오늘따라 캠퍼스가 유난히 맑고 아름다워 보였다. 떠나야 할 날이 오래지 않았기 때문일까.

1964년 10월 30일 금요일, 맑다

종일 영어 공부에 매달렸다. 고교 시절에 보았던 『삼위일체』부터 꺼내 들었다. 그야말로 "play again"이다.

또다시 초조해지고, K가 원망스러웠다.

K만 아니었다면 이번에 곧 바로 대학원 진학 시험에 응할 수 있었을 텐데.

한편 생각하면 K에게 미안한 일이다. K양의 급우들이 'Reference'에서 무언가를 열심히 찾고 있는 것을 보면 Report라도 작성해야 하는 모양인데, 그녀는 나 때문에 도서관에 오지도 못하고 있는 것은 아닐까?

어느 것이 잘된 일이고 어떤 것이 잘못된 것일까?

1964년 11월 3일 화요일, 흐리다

겨우 한 시간 강의를 들었다.
졸업 기분에 흔들리고 있다.
별로 친근하지 않았던 벗들이지만 도무지 만나기조차 못하는 것이 안타까운
일이다.
‘군 입대’ 관계로 한참씩이나 급우들과 의견을 나누었다.
“내년(1965년) 9월 대학원 입학, 10월 입대” 나는 이런 결정을 굳히기도 했다.

*　　　　　　　*

채플 시간이 되니 새롭게 엄숙해지는 것 같다. ○순이도 참석했으려니 생각하
면 강당에 들어가기가 다소 언짢아 지는 것도 사실이다.
‘광주학생운동 기념일’을 당해서 채택된 결의문에 “현실이 암담하더라도 사과
나무를 심는 심정으로……” 운운의 문구가 있었다.
감개무량한 말이다.
○순 양에게 보낸 그 기나긴 사연의 편지에는 “내일 비록 세계의 종말이 온다
고 할지라도 나는 오늘 사과나무를 심겠다.”고 한 스피노자의 명구가 인용되어
있기 때문이다.

1964년 11월 5일 목요일, 비온 후에 개다

“공과대학을 보내야 하는데 저애가 안 갈려고 하니 어쩌지요?”
“상과도 안전하지 못하지요.”

차 속에서 어떤 부인들이 이런 대화를 나누고 있었다.
상과도 안전하지 못한 세상이라면 문과는 어떻게 되는가?
요새처럼 ‘文’字가 미워 보인 적이 없었다.

"남보다 약하니 그만큼 더 노력하는 거야!" 누가 물으면 나는 그렇게 대답하곤 하였다.

그러나 노력의 목적은 무엇인가? 취직 시험도 취직자리도 아닌데 무슨 '노력'?

'사과나무'를 심는 심정으로 살기에는 당장 배가 고프지 않는가.

요새처럼 자신을 위축시켜 본 적이 없었다.

"상과도 안정성이 없다."는데 '문과생'인 나에게는 '사랑'도 '그리움'도 다 사치일까?

그래도 버릴 수 없는 '사치'이다.

어떻게든지 돌진하다가 볼 일이다.

칼·힐티의 『잠 못 이루는 밤을 위하여』를 읽었으나 별로 감동을 받지 못하였다.

1964년 11월 6일 금요일, 맑다

○순 양이 두 번이나 보였다.

"만나지 않으면 곧 잊히게 돼."

그래서 굳이 외면을 하면서 지내왔는데, 야속하다 K! 왜 자꾸 내 주변을 감도는 것일까.

제일 난처한 것은 도서관에서이다. 바로 의자 하나를 사이에 두고 서로 책을 읽는다.

지금은 K가 사랑스러운지, 미운지 모르겠다. 다만 정이 그리울 뿐이다.

동무들이 보이지 않아서 호젓하다. 그나마도 졸업을 하고 나면 얼마나 을씨년스러우랴!

가버린다는 것은 서러운 일이다.

오늘은 웬 일로 sentimental한 기분이다. K 때문일 것이다.

어떻든 내가 갈 길은 '학문의 길' 그것밖에는 없다.

1964년 11월 10일 화요일, 맑다

오래간만에 다소 상쾌한 기분으로 돌아왔다.

강의를 한 시간도 못 들었다. 들뜬 기분으로 급우들이 모두 휴강을 시켜버린 때문이었다.

조금이라도 더 배우고 싶은 심정이다.

대학 생활의 맛을 알만하니까 떠나야 하나 부다. "졸업을 하면 그나마도 못 만나겠지."

K를 두고 하는 말이다.

'사랑'이라는 것은 차라리 모르고 살 것이렷다. 그 상처의 치유가 너무나 힘겹기 때문이다.

때로는 웃어 보지만, 마음 깊숙한 어느 한곳에는 서름이 숨어 산다. 그 '서름'은 청춘을 멍들이었다.

1964년 11월 11일 수요일, 비

이 비가 멎으면 찬 서리가 내릴 것이다.

뽀얀 입김을 날리며 어디로 가야 하는가?

앙상한 낙엽의 鋪道ㅍ도를 밟기가 쑥스럽다. 취업난이 심각하다고 한다. 어딘가는 151:1의 비율을 보였다고 한다.

38,000여명의 졸업생들은 어떻게 되는가?

Where are you going now?

What are you doing in future?

*   *

"동철이 내게 와."

"이거 받아. 색인 만드느라고 수고 했어."

유창돈 교수님께서 당신의 저서인 『이조국어사연구』를 주시면서 하신 말씀이다.

고마운 생각이 들었다.

용기를 내어 공부를 해야겠다. 나에게까지 책을 주시다니, 참으로 고마운 일이다.

1964년 11월 13일 금요일, 흐리다

첫 눈발이 조금 흩뿌렸다. -3℃의 기온이 끝내 겨울 냄새를 풍긴 것일까.

검은 코트를 입은 K양이 아침 일찍 도서관으로 들어가고 있었다. 원고지를 끼고 동무들과 이야기를 나누고 있는 내 곁으로 얌전하게 지나가는 것 같았다.

졸업 때까지 못 만날 것 같더니, 웬 일로 나왔을까?

아무래도 좋은 일이다.

1964년 11월 14일 토요일, 흐리다

날씨가 차다.

세상의 인정은 더욱 차갑다.

정도, 눈물도, 웃음도 없으면 그저 무표정으로 살아가야 한다는 것이냐.

"안개 낀 계곡의 길을 혼자서 조심스럽게 더듬어 가는 것이 인생이다." Hesse는 잘 알고 말했다.

'외로움'이니 '서름' 같은 것은 능히 견딜 수 있으리라고 생각했었다. 그따위 '실망'이 무어냐고 짐짓 으스대기도 했었다.

이제야 조금씩 철이 드나 부다.

1964년 11월 16일 월요일, 맑다

"대화가 아쉬운 날이 올게다."

金一宇 김일우 군과 나눈 얘기이다. 아쉬운 게 아니라 거의 두절될지도 모른다.

갖가지 생각이 마음을 산란케 한다.

종일 써 놓은 Report를 옮겨 적는데도 200x40 정도밖에 더 나아가지 못했다. 벌써 문장력이 쇠퇴해서는 안 될 일이다.

도서관 실습을 마치고 4학년 학생들이 학교로 복귀했다.

金炯南 김형남 군이 느닷없이 "도서관학과 여학생들이 국문과 4학년 남학생 얘기를 하던데……. 아, 저기 있는 저 애들이야." 하고 나에게 알려 주었다.

나는 도서관 쪽을 돌아보기가 싫었다. 저기에는 ○순이가 있을 것 같았기 때문이다.

이제는 잊어갈 수 있을 것 같기에 말이다.

1964년 11월 17일 화요일, 맑다

白鐵백철 교수님의 '비평론'시험 시간. 자동적으로 종강이 되는 셈이다.

"사회에 나가면 책 읽을 시간이 없습니다. 사회에 나가면 다 후회가 많지요. 이젠 교실에 더 돌아올 일도 없고……." 이런 말씀 끝에 나는 얼결에 "그렇습니다."하고 응답을 했다.

"이것이 마지막 수업이구나!" 생각하니 감개가 무량했다.

약해지지 말아야겠다고 생각은 하면서도 차가운 이성으로 돌아오기가 쉽지 않다.

사노라면 울어야 할 일, 창피스러운 일이 퍽 많겠지만, 그래도 앞을 보고 살아야 한다.

다른 무슨 방법이 있겠는가.

1964년 11월 25일 수요일, 맑다

"요즈음 잘하고 있나?"

박창해 교수님의 말씀이다. "진학 공부를 제대로 하고 있느냐?"라는 의미의 말씀이셨을 것이다.

여러 은사님들께서 이렇게 아껴 주시고 지켜 주신다는 것은 무거운 책임을 주는 일이다. 다음 학기에 시험을 치루지 못할 것을 생각하면 벌써부터 부끄럽다.

이 모든 것이 K양 때문이라고 생각한다.

K양만 그때 다방에 나와 주었더라면 나는 좀더 용기를 내었을 것이다. 밤을 새우면서까지 학업에 몰두할 수 있었을 것이다.

요새는 객적게 웃음이 자주 나온다.

체념에서 오는 웃음일까? 그것은 생략된 울음인지도 모른다.

1964년 11월 26일 목요일, 맑다

오래간만에 술을 마셨다.

술만 흥건하면 감상에 젖는다. 아무래도 문인의 기질인가 부다. 어깨동무를 하고 얼큰히 휘대는 문인 클럽처럼 그대로…….

○순이 생각이 난다.

그때는 괘씸하다고 생각했었으나, 지금은 오히려 당연한 일이었다고 생각한다.

얼마간이라도, 지극히 짧은 시간이었지만 그 곱고 재치 있는 여성의 사랑을 받은 것만으로도 감사해야 할 일이다.

사랑하는 사람을 미워해야 하는 것만큼 슬픈 일은 없다. 내가 당신을 미워해야 할 이유가 없다.

우리는 세상을, 아니 당신은 나를 원망하면 그만이다. 그러면 또 나는 나의 '철부지'와 '무능'을 책하면 좋을 것이 아닌가.

1964년 11월 27일 금요일, 맑다

연민 선생님 담당 '국문학특강'과 '중국문학사' 채점하신 것을 별지에다 받아 썼다. 두 과목 모두 95점을 받은 것은 나뿐이었다.

'송강가사'에 관한 Report는 잘 썼다고 칭찬해 주셨다. 용기를 얻는 것 같다.

선생님께서 담당하신 '국문학사'(국문과 2학년 과목) 성적도 받아썼는데, 채점 결과가 나를 당황하게 했다. 국문과 2년, 도서관학과 4년, 교육과 4년, 철학과 4년 등의 학생들이 수강을 했던 모양인데, ○순 양만이 95점, 나머지 학생들은 90점 이상은 한 사람도 없었다.

K양은 원래 Report를 내지 않아서 대신 써 줄까 했더니, 공교롭게도 높은 점수를 받다니…….

내 뜻대로 된 일이지만, 연민 선생님은 또 어째서 K양에게 그렇게 후한 점수를 주셨는지, 속으로 웃음이 터져 나왔다.

1964년 11월 28일 토요일, 맑다

"가장 사랑하는 사람을 미워해야 할 게 무엇인가?"
K양을 두고 하는 이야기이다.
핑크색 코트를 입은 순이는 요즈음 퍽 초조한 것 같이 보였다. 나 때문에 웃음을 잃었다면 미안한 일이다.
"인연이면 다시 돌아오겠지."
나는 괜히 객쩍게 혼자 말했다.
베토벤은 "인내는 슬픈 인생의 안내자"라고 말했다 한다. 이제는 정말로 경솔하게 정을 기울려서는 안 될 일이다.
사실 K양보다 더한 '현모양처' type을 나는 연세 캠퍼스에서는 찾아보지 못했다.
진정 사랑했기에 팔이 안으로 굽는 것은 아닐 것이다.

1964년 12월 2일 수요일, 맑다

-8℃, 외투도 없이 지내야 하는 나에게는 정말 추운 날씨이다.
K를 못 본지도 퍽 오래 된 것 같다. 만나지 않으니 차츰 잊혀지는 것 같다.
'사은회' 때문에 교수님들께 일주일을 버티어야 하는 나에게는 큰 돈이지만, 조금도 아깝지 않다. 이제는 마지막이기 때문이다.
사랑 같은 것은 세월에 떠맡기기로 한다. 맡기고 사는 것이 속이 시원할 것 같다.
막연한 신념이다. 신념은 그래도 끈덕져야 한다. 모두 다 잊혀져 가는 것 같구나!

1964년 12월 4일 금요일, 맑다

적십자병원 건너편 '한성관'에서 오후 5:00~9:00까지 사은회를 가졌다.
무애 선생님, 연민 선생님, 만우 선생님, 나손 선생님, 편운 선생님, 박창해 선생님, 문효근 선생님, 김석득 선생님, 김철수 선생님 등 여러분을 모셨다.
여학생들은 고운 한복 차림으로 선생님들께 큰 절을 올렸다.

참으로 감회 깊은 날이다.

"동철 군은 실력파야. 졸업하기 전에 꼭 물어볼 게 있어." 무애 선생님은 내 손을 잡으시며 이렇게 말씀하셨다.

"동철이 제 말이야, 특출한 애야." 만우 선생님과 편운 선생님이 이런 얘기를 나누는 것을 들었다.

"Top한 것이 무언가 되어야지 않아?" 여러 선생님들께서 다 바라보실 정도로 정현기 군이 큰소리로 말했다.

앞길이 멀고 험하다.

아무튼 힘껏 나가다가 볼 일이다.

1964년 12월 7일 월요일, 흐리다

정오쯤 눈이 조금 내렸다.

고독의 함정을 메우겠다고 하이덱거나 싸르트르의 책들을 읽는다.

철학! 역시 어려운 학문이다.

눈이 내린다.

눈은 흘러간 얘기, 찢어버린 자화상.

호주머니가 텅텅 빈 나에겐 탐이 나는 것은 눈밖에 없다.

○순 양이 다시 보고 싶었다.

"당신만은 한평생 잊지 않겠노라."고 했다.

아마 잊혀지지 않을 것이다.

1964년 12월 8일 화요일, 맑다

마지막 '채플'을 가졌다.

감회가 새로웠다. 왠지 눈물이 글썽대기도 했다. <연세춘추> 380호에 내 수필 「사투리」가 실려 있었다.

잠시 마음이 흐뭇했으나 곧 바로 가슴에 뜨거운 회의 같은 것을 느꼈다.

도서관 1층 입구 쪽 좌석에서 ○순 양이 무엇인가 열심히 쓰고 있었다. 참 도서관에 나가지 않은 것도 일주일째다.

그 수필은 물론 ○순이를 두고 쓴 것이다.

"순이가 이걸 읽었을까?"

채플 시간에 눈을 감고 그 귀여운 소녀를 그려 보았다.

며칠째 환상을 일깨워도 도무지 연상되지 않더니, 오늘은 웬 일로 눈만 감으면 핑크색 코트를 입고 미소 짓는 순이의 영상이 수없이 아른거렸다.

1964년 12월 9일 수요일, 맑다

도서관 2층 '참고열람실'에서 종일을 보냈다.

어쩌면 마지막일지 모른다고 생각했다.

공부가 제대로 되지 않았다. 갖가지 사념들이 가슴으로 스며들었다.

다정은 분명 병치고는 큰 병이다.

책상 두어 개쯤 건너 ○순이가 있었다. 의식적으로 나와 외면을 하는 듯, 무엇인가 열심히 쓰고 있었다.

나도 짐짓 외면을 했다.

"○순이가 내 수필을 읽었을까?"

남들이 다 읽어주지 않아도 그녀만은 읽어 줄 것으로 믿는다.

동무들이 내 수필을 두고 "정말 글을 잘 썼다."느니, "기성 작가들을 능가한다."느니 해서 칭찬이 자자했다.

딴은 공들여 쓴 글이었다. 자세히 읽어 보니 몇 군데 어색한 곳이 있지만, 그래도 상당한 수준이라고 자평해 보았다.

1964년 12월 10일 목요일, 맑다

"4275년 평양 출생"

○순 양의 신상 조서에는 이렇게 적혀 있었다.

"南男北女 남남북녀라고 우리는 서로 미남·미녀거든!" 나는 실없이 이런 말을 했다.

아무래도 믿기지 않는 일이다. 그녀가 북한에서 태어났다니…….

그녀의 '학생카드'에 부착된 여고 시절의 그 모습은 지금에도 별로 변함이 없다.

"호수처럼 안겨보고 싶은 넓은 품의 남성은 理性이성이 부족하고, 감수성이 풍부하고 다정한 남성은 적극성이 적고……." 라디오에서 이런 말이 흘러 나왔다.

나는 무엇인가?

아마도 Hamlet형에 가까울 것 같다.

K양에게 끈덕지게(?) 접근하지 못한 것도 그런 성격 때문인 것 같다.

1964년 12월 12일 토요일, 맑다

모처럼만에 집에서 쉬었다.

수필 「사투리」를 다시 꺼내 읽어보니 나름대로는 잘 쓰여 진 것도 같다.

이 글이 학교 신문에 실렸던 그 이튿날 K양은 유난히 수줍어하는 것 같았다. 그녀에게 보낸 편지에 인용되었던 것들이 이 글에도 많이 인용되었기 때문인지 모른다.

1964년 12월 13일 일요일, 흐리고 눈

간간히 눈이 내렸다.

오버코트나 있으면 눌러 입고 마냥 신촌의 산길을 걷고 싶은 충동을 받는다.

그러나 감상벽은 이제 버려야 한다. 싸느란 이성으로 돌아가서 현실과 맞서야 한다.

'애인!'

○순이를 애인이라고 할 수 있을까? 차라리 '연인'이라고 부르는 게 어떨까?

나는 ○순이를 "사랑한다."고는 했으나 '그대'라고 부른 적은 한번도 없었다. 세월이 가면 그런 추억은 희미한 자국으로 남을 뿐, 시들부들 잊혀져 갈지 모른다.

그러나 한편, 부슬비 뿌리는 9월의 어느 토요일이 돌아올 때마다 ○순이에 대한 정은 다시금 감개무량한 심정을 불러올지도 모른다.

일곱 번 편지를 보내고 한번의 답장을 받았다. "열번 찍어 안 넘어가는 나무가 없다." 했으나 우리의 경우는 꼭 그렇지는 못했다.

라디오에서 무슨 연속방송극의 대사인지 이런 말이 흘러 나왔다.

> 당신의 서한, 편지, 사진……. 그 모든 것은 여기 깨끗이 살아버리고
> 새로운 지점에 선다.

○ 순이에게 관계되는 모든 편지, 사진, 메모 등을 살아버리고 싶은 마음이 울컥 내달았다.

그러나 그것은 부질없는 충동에 지나지 않는다.

대학 생활의 가장 소중한 부분을 어떻게 백지로 돌려버릴 수 있단 말인가?

먼 훗날 어느 마음 스산한 저녁, 또 다시 K가 그리워질 때, 한 줄의 글이라도 뒤척일 수 없다면 그때 나는 너무나 상심이 되어버릴 것이 아닌가.

1964년 12월 14일 월요일, 맑다

학기말 시험 첫날이어서 학생들이 몹시 북적대고 있었다. 이제 나는 그 대열에서 벗어난 것이 도리어 아쉽고 서운한 생각이 들었다.

앞으로는 나 자신과의 경쟁만이 남아 있기 때문이다.

지금 와서 K를 탓할 수는 없다.

굳게 박차고 일어나지 못하는 나의 우유부단한 성격을 탓해야 옳다.

좀 일찍 귀가를 했다.

참으로 우연한 행운도 다 있는 모양이다.

저녁 6시 35분쯤 해서 내 수필 「사투리」가 KBS의 전파를 타고 어느 여자 아나운서의 낭랑한 목소리로 낭독되고 있었다.

처음에는 "혹시나……." 했으나 자세히 들어 보니 내 수필이 틀림없었다.

그 아나운서가 한문으로 된 부분을 많이 틀리게 읽고 있어서 다소 아쉬운 생각이 들었다.

1964년 12월 15일 화요일, 맑다

K에게 준 편지, 그녀가 준 편지들을 다시 읽어 보았다.

"책을 내어야겠는데……"

K에게 준 글들을 다시 돌려 달라고 할 수는 없지만, 초고가 남아 있어서 나름대로는 내용의 대부분이 남아 있는 셈이다.

먼 훗날 어느 때인가는 한권의 책으로 꾸밀 예정이다. 그때에 가면 '사랑'이니 '연애'니 하는 것은 이미 그리 큰 문제는 아닐 테니깐.

소중한 대학 생활을 정리해 둔다는 의미에서도 이 일은 꼭 추진되어야 할 것이다.

1964년 12월 18일 금요일, 흐리고 눈

이따금씩 눈이 내렸다.

눈 내리는 창가에서 옛날을 돌이키는 것은 연약한 감상이기도 하지만, 무언가 후련한 마음도 있다.

"마지막 등교였구나!"

저무는 '학관' 돌계단을 내려설 때 감회도 깊을 것이련만, 별로 서글픈 마음은 내키지 않았다.

"이 길로 오를 때마다 퍽도 포부가 컸더니만……" 밀물처럼 밀려 왔다가 후조처럼 날아간 꿈. 꿈은 현실이어야 한다.

A양과 한동안 곁에 있었다.

한때는 사랑을 했던 A양! "대학원에 가서 다시 만나야겠어." 정말 그렇게 되어야겠다고 생각해 본다.

그때 ○원이만은 정다운 말을 건네주겠지.

1964년 12월 19일 토요일, 맑다

아마도 학교에 마지막으로 나가는성싶다.

선생님들은 한분도 뵙지 못하였다.

익중이에게 답안을 보여 주다가 들켜서 학점이 취소되었던 '영어강독'을 유지식 선생님께 재수강했었다. 유 선생님을 뵈었더니 무척이나 반겨 주셨다. 그래도 학점에 미련이 있어 기왕이면 A학점을 기대하고 싶었다.

*　　　　　*

서울대학교 앞으로 가 보았다.

세상 일이 두렵기만 하다. 내 용기는 다 어디로 갔는가?

확실히 ○순이 때문에 그렇게 되었으려니, 생각했다. 그것은 사실을 것이다.

*　　　　　*

대학 생활을 끝맺는다.

K의 편지를 받은 것은 8월 13일, 비 내리던 그 토요일 오후는 9월 12일!

내 대학 생활을 통틀어 진정으로 행복했던 시간은 겨우 1개월.

그 짧은 시간에 그래도 웃음다운 웃음을 지니고 살았었지. 대학 생활을 통산한다면 48:1의 몫에 해당되는 시간이었다.

내 생애를 70년으로 잡는다면 나는 앞으로 겨우 1년 6개월여의 '웃음의 세월'이 있게 된단 말인가.

그러나 나는 일어나 가야만 한다.

1964년 12월 20일 일요일, 맑다

연이어 3일 동안 책을 꺼내 놓았어도 겨우 10page 정도밖에 더 읽지 못했다.

마음이 사뭇 흔들리고 있다.

고향으로 내려 갈 준비를 했다.

책과 노트, 편지를 정리하다 보니 감회가 깊었다. ○순이의 이름이 쓰인, 보내지 못한 봉투들이 너무나 많았다. "우송하지 못한 사연들" 이런 제목으로 수필집이라도 한권 꾸며야겠다.

돌아오는 버스 안에서 일군의 만취한 대학생들이 떠들어대고 있었다.

"일류 대학의 학생인 내가 이런 절벽에 부딪혔는데, 저들의 심정은 어떠할까?"

나는 실없이 이런 생각을 해 보았다.

‘일류대학’, ‘Top’, ‘일급 재사(才士)’ 모두 다 큰 효험이 없는 세상인 것 같다.

1964년 12월 21일 월요일, 맑다

8℃의 포근한 날씨이다.

내일이면 서울을 떠난다.

언제 돌아올지도 모르는 거리, 이 거리가 새삼 다정한 것 같다.

일기장을 사 들었다.

표지가 마음에 들지 않았으나 그냥 갖기도 했다.

지난 세월 동안 일기장에 무엇을 담았든 생각하지 말기로 하자. 새로운 일기장에다 좀더 야무지고 힘찬 내용을 담으면 그만이다.

1964년 12월 22일 화요일, 맑다

하향의 길에 올랐다.

그래도 붐비는 역의 인파를 헤치고 나가기가 흥겨웠다.

마지막 방학이다. 이제는 개학이 없다.

중앙선 차창에 기대어 오늘은 웬 일인지 거의 무감각할 정도였다. 참으로 이상한 일이다.

‘淸算청산!’. 청산 못한 것이 한둘이 아니지만, 가장 큰 부채는 K와의 관계이다.

오늘이 ‘동지’라서 나이를 먹으면서 간다고 했다.

고려대에 다닌다는 어느 학생의 연애 담을 들으면서 나는 실없이 이런 말을 했다. “서른에 가정을 가질 수 있어도 다행이지.”

가장 중요한 것은 ‘학문’이다.

1964년 12월 23일 수요일, 맑다

모처럼 만에 고향의 맑은 공기를 호흡한다.
"동철 씨는 평화롭고 조용한 고향에 가서서 내일을 위한 보람있는 나날을 보내고 계시겠지요?" ○순 양이 준 편지의 일부분이다.
"내 고향의 풍경이 맘에 드시오?"
K양이 버스 옆자리에 있기나 한 듯이 나는 괜스레 혼잣말을 했다.
K는 매정한 여성이었지만, 사랑을 가르쳐 준 여성이기도 했다.
"무척 착실하고 다정다감한 사람이었는데……." 먼 훗날 K는 아마 나를 두고 이렇게 말해 줄지도 모른다.

1964년 12월 29일 화요일, 흐리다

○순 양에게 다시 편지를 쓸까?
막상 쓰려고 해도 보낼 필요가 없을 것 같았다. 일단 '절교(絶交)'를 선언했으면 그만이지, 이제 와서 다시 못마땅한 사연이라도 쓰는 것은 옹졸한 생각을 드러내는 것밖에 더 될 것이 없으니 말이다.
아무튼 그냥 두기로 하자. "인연이면 다시 오게 될테지……."
나는 어느 결에 철저한 숙명론자가 되고 말았다.

*   *

이러다가는 내년 9월이 아니라 영영 진학을 못하게 되는 것은 아닐까?
누군가 힘을 주고 자극을 주었으면 좋겠는데, 그저 외롭기만 하다.

1964년 12월 31일 목요일, 맑다

한 해가 저물어 간다. 또 내 학창 생활도 막을 내리려 하고 있다.
아니, 청춘의 한 자락이 사위어 간다.
그동안 나는 무엇을 하면서 어떻게 살았던가. 안타까운 일은 무엇이었고, 참으로 행복했던 내용은 어느 것이란 말인가.

정성을 모아 사랑을 했고, 힘을 쏟아서 연애를 했었다.

내일을 설계하고 오늘을 힘차게 얽어 보겠노라고 노력도 해 보았다.

하지만 지금에 남은 것은 무엇이고, 이루어진 내용은 무엇일까?

"대처럼 꺾어는 질망정 구리모양 휘어지기가 몹시 어려운 성격"은 회의만을 거듭해 온 것은 아닐까?

그야말로 쓸개도 씹어 보았다.

내 수필 그대로 "거찬 계절풍 속을 외투도 없이 걸어야 했던 처지로는 포스타의 의미도, 비분강개의 미덕도 아울러 체득하지 못하고 말았다."

늘쌍 All A를 받았었다. 그러나 내 인생의, 청춘의 성적표는 그저 All C라도 되는 것일까?

K, S, A, O, M, P, H······.

참으로 많은 여성들이 내 곁으로 왔다가 차례차례 스치고 가 버렸다. 혹은 가까이서, 아주 가까이서, 더러는 저만큼서 오고 갔다.

지금은 나 혼자만 댕그렁히 남아 있다.

이제 대학 생활을 청산하고 대학원을 향해 돌진하는 길만이 남아 있다. 그래야만 박사의 꿈, 대학 교수의 꿈을 이룰 수 있다.

내년에는 다시 새로운 길을 가기로 하자.

《1965년》

1965년 1월 1일 금요일, 맑다

한해를 다시 맞는다.

나이 한 살이 더해진다는 의미만이라면 좋겠다.

앞을 판가름하기 어려운 해.

‘乙巳年을사년 — 뱀의 해’ 그 이름처럼 잽싸고 살차게 살아 갈 수 있을 것인 지…….

금년에는 무엇을, 얼마만큼 이룰 수 있을까?

매듭지어야 할 크낙한 과제들이 미해결인 채로 또 1965년으로 넘어 왔다. ‘대학원’·‘아내 감’·‘취직’ 등이다.

무겁다기보다는 무서운 명제들이라고나 할까. 모두 엇비슷한 비중을 차지하면서도, 한 치의 예상도 할 수 없는, 그저 수수께끼인양 떠밀려 왔다.

항시 ‘내일내일’하면서 그 우유부단한 성격으로 이제 와서 외국어 공부에 골머리를 앓고 있는 셈이 된다.

1965년 1월 3일 일요일, 맑다

대학원! 몇 번이나 반복해서 써 보았다.

제대로 계획을 세워 응시해야 한다.

결혼! 참으로 벅찬 문제이다.

무애 선생님을 주례로 모시고, 은사님들을 다 모신 성대한 축하연을 생각해 본다.

K가 때때옷을 입고 얌전한 신부로 은사님들을 대접해 드리고, 얼큰히 취하신 스승님들과 담소를 나누는 장면이다.

공상은 자유이다. 한 치의 영양가도 없는 이런 공상은 마음만 상하게 할지 모르지만, 그래도 그런 것이 있어서 즐겁다.

어느 날엔가는 학관 돌층계에서 K와 만나는 날이 있을지 모른다.

"당신은 그런 사람을 아십니까? 북해의 빙산처럼 그 밑에 따스한 정과 때로는 눈물조차 담뿍 고일 수 있으면서, 싸늘한 침묵을 지키고 유유히 흘러가는 그런 청년을 생각해 보셨습니까?"

K는 무슨 대답을 할까?

1965년 1월 4일 월요일, 맑다

오랜만에 읍내를 갔다.

채 3시간도 머물러 있을 곳이 없었다. 나는 내 주위가 너무나 공허함을 느꼈다.

'쓸쓸하다'는 말은 좋은 말은 못된다.

"우물쭈물하는 것은 바보 아니면 간사한 놈이다.", "냉정한 것도 맛이거든, 아이스크림처럼 말이야." 투르게네프의 소설 『父子부자』에 나오는 구절이다.

내가 '간사한 존재'가 아니라면, 확실히 나는 K에 대해 '바보'였을까? 잘 모를 일이다.

1965년 1월 5일 화요일, 맑다

요며칠 날씨가 급변했다.

-12℃, '小寒소한' 값을 하려는가 보다. 좀 따스해 주었으면 좋겠다.

모처럼만에 등산을 했다.

벌써 그 어딘가에 봄이 소곤거리며 찾아오는 느낌이었다. 눈보라 한번 제대로 맞아 보지 못한 올 겨울은 너무 멋없고 굴곡 없는 계절이었다.

'전국 중요대학 입시요항'이 신문에 보도되었다. 연세대에 지질학과가 신설되었다고 한다.

연세대는 8개 단과대학에 32개 학과, 이화여대는 37개 학과로 되어 있었다. 우리 학교의 정원이 좀 더 늘어났으면 좋겠다.

K양에 대한 생각이 요즘 새롭게 고개를 들고 있다.

1965년 1월 6일 수요일, 흐리다

눈이 내리겠다던 일기 예보와는 달리 그저 찌푸린 날씨였다.

『부자』를 다 읽었다.

"날치(飛魚비어)는 잠간은 공간에 떠 있을 수 있지만 결국은 水中수중으로 돌아와야 하거든." 주인공 바자로프가 그의 연인 오진죠-바에게 준 말이다.

나의 지난날도 이 이치를 망각하고 산 것은 아니었을까? 결국 '현실'을 모르고 이상에만 집착했던 게 아니었을까.

투르게네프는 "사랑이란 갖다 붙인 감정"이라고 했다. 사실 그것은 '肉慾육욕'에다 갖다 붙인 감정인지도 모른다.

그러나 아무리 생각해도 '사랑'은 그 이상이라고 생각한다. K보다 더 빼어난 미모의 여성, 그녀보다 더 포동포동한 육체의 여성들을 두고 유독 순이만을 가까이 한 것은, 사랑은 관능적인 면만이 있는 것은 아니라는 증좌일 것이다.

아무튼 좀더 정신의 안정을 찾고 싶다.

1965년 1월 9일 토요일, 맑다

"기다리면서 산다."

너무 아득한 얘기 같아서 실감이 나지 않는다. 언제까지 기다려야 한다는 것이냐.

서울대학교 대학원 입시 요항이 발표되었다.

이제 나는 어떻게 해야 한단 말인가?

침통한 표정으로 지나간 일들을 돌이켜 본다.

"밥벌이도 못하는 주제에 대학원이, 학문이 가당한가?" 솔직히 말해서 '대학원'은 그저 편리한 현실 도피의 방책이 아닐까?

아무래도 흉금을 터놓고 누구외인가는 얘기해보고 싶다. 어느 한 사람에게만은 꼭 들려주고 싶었던 그 이야기를, 그 내력을, 그 부탁을 이렇게 혼자서 안고 안절부절못하고 있는 셈이다.

이승의 연은 이렇듯 헤아리기 어려운 것인가?

1965년 1월 10일 일요일, 맑다

밤이 들고 잔설이 조금 내렸다. 밤공기가 몹시 찬 것 같다.

눈이 내리는 밤은 옛날로 돌아가는 밤이다.

눈처럼 차가운 인정을 생각한다. 눈처럼 희디흰 세월을 생각한다. 눈처럼 야윈 내일의 꿈을 생각한다.

눈은 흘러간 노래, 보이지 않는 여인.

정작 잊자고 하면 도리어 가까이 느끼는 것이 인정인가? 요 며칠 순이가 그처럼 닥아 오는 것은 웬 일일까?

'이상'과 '향념'에만 살 시간이 아니다.

'당신'도 '너'도 아닌 순이.

정말 '당신'은 어쩌자고 내 주변을 떠나지 않는 것인가. 어쩌자고 당신은 내 주변을 돌아서 가지 못하는 것인가.

바람이 차다.

바람처럼 차고 대중 못할 世情세정을 생각한다.

싸늘하게 식어간 어제를 생각한다.

이 넓은 세상에 아무도 없다는 것은 괴로운 일이다.

1965년 1월 13일 수요일, 맑다

K양에게 보낼 목적으로 기나긴 글을 썼다.

어느 대목에는 이런 말이 들어 있다.

인연은 숙명이라고 했습니다. 어느 생물학자의 말에 의하면 16온스의 밀(蜜)을 만들기 위하여 벌은 2만 송이의 꽃을 찾아 다녀야 한다는 것입니다.

저는 인연에 대해 대견스러운 정의를 내릴 줄은 모릅니다만, 어쩌면 1온스도 못된 우정(당신의 편지를 그렇게 생각합니다.), 그 숙명이라는 인연을 희구하여 흘려보낸 세월도 헤어보니 2만여 시간.

이제는 그 1온스마저 청산해 버리겠노라고 지금 제 딴은 야무진 심정으로 이 글을 적어 갑니다.

공연히 신경 쓸 일을 만들어서 이 고생이라니―.

길이 멀고 험한 것 같다. 먹고 사는 일도 그토록 어렵다는데, 학문의 길이사 더 말할 게 있겠는가.

다시금 무애 스승님의 말씀이 생각난다. "밥 먹는 일이 나는 쉬운 줄 알았더니 거참 어렵두만!"

1965년 1월 14일 목요일, 맑다

종작없는 생활을 정말 자살을 의미하는 것일까? 그렇다면 나도 몇 번이나 자살 아닌 자살을 한 셈이 된다.

잊어야 할 것을 버리지 못하는 성미는 생활을 해이하게 만들었다.

어쨌든 3개의 관어를 꼭 가지고 싶다. '대학 교수'·'문학박사'·'수필가'. 그리고 이 모두는 가능할 것으로 본다.

생명의 절정에서 절정으로 딛고 가야 할 계절에 '얼마나', '어떻게' 절정으로 향해야 하나?

사랑은 얼마나 했고 배신은 어떻게 당했던가?

H에 대한 사랑이 그저 표피적이었다면 A에 대한 그것은 동정과 온정이었다. 순수한 희원으로서의 사랑은 순이 외에는 더 생각할 수가 없었다. 그러나 그 '순수'도 '동심'도 이제는 떠나고 말았다.

1965년 1월 16일 토요일, 맑다

지금쯤 연세 숲에는 우렁찬 3월의 노래가 한창일 게다. 나도 뛰어나가 기쁨의 노래를 불러야겠다.

4년 전, 우리가 연세대학교에 첫발을 내디디게 되었을 때 O양이 피력했던 소감이다. 그 '감격'과 그 '웃음'을 그때나 지금이나 나는 맛보지 못했다.

현실에 밀리며, 절박한 주위의 압박감에 가까스로 체념을 하며 '실틋한 청춘'을 겨우겨우 지켜 낸 셈이다.

지금 생각하면, 그래도 그 시절이 좋았던가.

지금 나는 어디로 가야 할 것인가?

문학도 없고, 불러 볼 벗도 없는 지금은 무슨 노래를 불러 위안의 자리를 가질 수 있을 것인가?

어느 곳에서인지 아지랑이가 피어오른다.

2월이 되면 봄이 상륙한다고 관상대는 말한다. 봄이 오는데, 그 '환희의 세월'이 오는데 말이다.

정말 내 노래는 어디에 있을까.

속된 말로 '아리랑' 한번도 불러보지 못했던 날들이 지금은 가슴을 아리게 하고 있다.

K, O, A, H, M, S, 또 다른 H……. 별처럼, 흘러간 별처럼, 이젠 흘러간 여성들이 맴돌고 있다.

1965년 1월 18일 월요일, 눈

고향 와서 처음 눈답게 내리는 눈. 노천명은 "눈 오는 날은 내가 세례를 받는 날"이라 했지만, 사실 나에게도 '세례'가 주어지는 날이다.

눈은 어쩌면 흘러간 얘기. 어차피 팽개쳐야 할 체념의 사연을 뿌려 놓는다.

소복하게 그 하얀 길목이 이어져 있을 서울의 밤을 생각한다. 가로등이 가물거리는 그 지점으로 많은 '전설'들이 오고갈는지도 모르는 밤이다.

창경궁 같은 고궁마저 한번 못가보고, 그렇게 가고 싶었던 눈 내리는 효자동 입구도 거닐어 보지 못했었다.

낭만도 서정도 배고픔 앞에서는 거의 무의미했었다.

종일 대학원 관계를 여러모로 생각해 보았다. 학비는 고사하고 어디에 기숙(寄宿)을 할 것인가.

당장에 어떤 변통의 길도 없을 것 같다. 궁여지책으로 "젊은 여배우에게라도 부탁해 볼까?" 하는 생각도 해 보았다. 그러나 돈 몇 푼 때문에 마음에도 없는 '정'을 나눌 수 있는 것인지…….

아무래도 출구가 없을 것 같다.

1965년 1월 19일 화요일, 흐리다

윈스턴 처칠 경이 위독하다고 한다. 90세의 고령이니까 더욱 그러할 것이다.

20ct의 위인들 중 간디와 처칠을 으뜸으로 꼽는 사람들이 있다. "다시 한번 인생을 되풀이한다고 해도 더 좋은 일생을 가질 것 같지 않다."고 한 그의 말대로, '제2차 대전'을 영국의 승리로 이끈 이 위대한 정치가의 생애는 정말 보람 있는 역정이었던 것 같다. 그는 진정으로 "아낌을 받은 사람"이었던 것이다.

신경을 쓸 일이 자꾸 생기는 것 같다.

결혼 문제가 자꾸 대두되고 있다.

현실과 타협해 버리는 것이 좋을까. 교사나 공무원인 아내라면 상당한 도움도 받을 수 있을 것이다.

그러나 '이화여대생'을 하한선으로 그어놓은 선을 허물기가 싫다. 또 대학원을 진학한다면 설마 무슨 방법이 나오겠지…….하는 생각도 해 보았다.

1965년 1월 20일 수요일, 맑다

대결 의식에서 산다.

현실과 냉철히 대결해야겠다. 이제 내 주위에는 아무도 없다. 그저 고독뿐이다.

K에게 보낼 목적으로 쓴 편지를 서랍에 넣어 버렸다. 그렇게 할 필요가 없을 것 같다.

버리고 간 정, 버리고 온 사연.

지금 그런 것을 뒤져서 무엇하랴만, 인정이란 도대체 더러운 것이어서, 그래도 잊을 수가 없다. 요 며칠은 그냥 무료하게 지내 버렸다.

어떻게 좀 더 분발해야 되겠는데, 그 계기를 마련할 수가 없다.

1965년 1월 24일 일요일, 맑다

K에게 보낼 글을 써 두었다.

　　후조들에게 계절이 필요하듯, 제 마음의 계절에는 날려 버려야 할 생명의 후조들이 웅크리고 있습니다. 지금은 '김○순'이라는 가깝고도 멀었던, 마침내는 무심한 듯이 헤어져야 할 마음의 후조를 날려 보낼 차례인 것 같습니다.
　　또 다른 봄이, 9월이, 10월이 온다고 해도, 우리는 누구 하나도 이미 그곳을 떠나버린 지 오래였을 그런 계절에……
　　○순 씨에게 행운의 따스한 햇살이 밀려오기를 빌면서 이만 난필을 놓겠습니다.
　　그러면 영원히, 그리고 안녕히-.

종일 책 한 갈피 읽어내지 못하였다.

종작없는 일과이고 태만한 생활이다.

무엇을 어떻게 개조해 나가야 할지 모르겠다. 분명한 것은 무엇인가는 변혁해 버려야 한다는 그것뿐이다.

K마저 가버린 비인 마음을 어떻게 채워 갈 수 있을지 걱정스럽다.

1965년 1월 25일 월요일, 맑다

　　이제 제게는 서울이나 연세 Campus를 다시 찾는 일은 없어질 것만 같습니다. 바다에 산다는 신령 스러운 동물 맥(貊)은 꿈만 먹고도 살 수 있다지만, 빵을 먹어야 하는 존재들은 어느 한가지엔가는 동분서주해야 하겠기에 말입니다.

○순 양에게 주려는 편지의 한 부분이다.

어찌 생각하면 괘씸한 것 같아도, 돌려 생각하면 또 그럴만한 이유가 있는 것도 같다.

신문에 「여자의 마음」란에 「취직과 졸업과 빽과」라는 제목의 수필이 실려 있다.

대학의 영문과를 나온 여대생이 자기 힘으로 개척하기 어려운 '취직'을 말하였다.

전적으로 동감이다.

"월급을 줄여 여덟 번이나 등록금을 대어주신 부모님들이 유달리 늙으신 것 같다. 이제는 딸의 도리로서 사드리고 싶은 것, 해드리고 싶은 것을 사들고 퇴근 길에 서고프다."고 한 대목은 눈물겹기까지 하다.

1965년 1월 26일 화요일, 맑다

순이에게 주려고 쓴 글은 몇 군데 통쾌한 대목이 있다.

"더럽게 남의 눈치를 보며 꼬박이 고학을 해온……."이나 "하긴 저도 쌀쌀하게 지내왔는지도 모르지요.", "무엇인가 하다 남은 얘기를…….", "가깝고도 멀었던 당신"에게 이것저것 어리광처럼 늘어놓기도 했다.

참 정말 무척도 사랑했었다. 그리고 지금도 그 누구보다도 사랑하고 있다.

그러나 우리는 결국 "마침내는 무심한 듯이 헤어져야……."하는 것일까.

1965년 1월 27일 수요일, 눈 후에 개다

V자를 그리면서 깨끗이 이기고 깨끗이 졌던, 두 번의 세계대전을 승리로 이끌었던 위대한 정치가 윈스턴. 처칠 경이 24일 오후 다섯 시에 서거했다고 한다.

나는 평소 그에 대하여 쓴 글을 별로 읽어보지 못했기 때문에 그다지 존경하지는 않았으나, 세계가 그토록 떠들썩하는 것을 보면 분명히 20세기의 유수한 위인인 모양이다.

영국 국민들에게 "땀과 피와 눈물밖에 줄 것이 없다."던 이 위대한 지도자는 90세를 일기로 유성처럼 떨어졌다.

세계가 점점 허전해져 가는 것만 같다.

K양에게 마지막 편지를 보냈다.

역시 그만큼 사랑하기에, 그만큼 잊어야겠다는 고충도 큰 모양이다.

가장 가까운 여성에게 고통스러운 내용의 글을 보내야만 되다니, 야릇하고 괴로운 일이다.

1965년 1월 28일 목요일, 맑다

정말 사랑하면서도 왜 미워해야 하는 것인지…….

순이에게 보낸 글이 사뭇 마음 캥기기만 한다.

사랑은 하고 그러면서도 우리는 서로 "당신을 사랑하노라."는 얘기는 입 밖에도 내지 않고 지내왔다.

어떤 때는 생명처럼 아껴보기도 했던 여성. 그날 밤 그렁그렁 울어댄 걸 보면, 아마 무던히도, 그리고 야무지게도 사랑했던 모양이다.

해가 저물어 가는 것이 처량하다. 다섯 밤만 자면 '구정'이 되고, 또 한 살 나이를 더 먹게 된다.

정오 이전에 얼마나 더 걸어둘 수 있을지, 세상이 새삼스럽게 두렵기만 하다.

1965년 1월 29일 금요일, 눈

오래간만에 눈과 이야기를 나눌 수 있었다. 뽀얗게 눈이 쌓이는 계곡을 걸으면서, 생활에 얽매여 여태 펴보지도 못했던 서정의 페이지를 하나, 둘 젖혀 보았다.

그런데 내 노래는 어디로 갔는가?

김소월도 정지용도 이제는 동요 정도를 읊는 흥취일 뿐 차라리 무료한 시인 것만 같다. 윈스턴. 처칠의 말마따나 "옷자락이 낡듯, 마음도 낡아지는 것"일까?

'낭만'과 '이상'의 온실은 이미 헐어져 버렸다.

눈 위에, 소복하게 발자국 위에 덮이는 백설위에 아쉽고 떼어버릴 수 없는 많은 '의미'들이 덮여버리면서 가슴을 눌렀다.

○순이는 이 밤을 어떻게 지내고 있을까?

지금도 또 내가 보낸 편지를 조심조심 읽고 있는 것은 아닐까?

빨간 샤쓰를 입고 그 위에 초록색 머플러를 둘렀을 것이라고 상상해 본다. 혹은 그녀는 『女苑여원』이나 『思想界사상계』를 뒤적이고 있을까?

날아가 버린 '마음의 후조'는 이 하이얀 밤을 혹시 잠 못 이루고 안절부절 못하는 것은 아닐까 모르겠다.

1965년 1월 30일 토요일, 흐리다

○순이 때문에 종일 마음이 가라앉지 못하였다.

그냥 잊고 만다면 다시 편지를 낼 필요가 없지 않았을까. 그런데도 글을 또 쓴 것은 공연한 웃음거리가 된 것은 아닐까.

그러나 K가 그토록 냉정한 여성이라고 상상할 수는 없다.

덜컥 겁이 났다.

너무나 공부에 진척이 없기 때문이다. 좀더 껑충껑충 걸어 나갈 수 있었으면 좋겠는데 말이다.

읍내를 다녀왔다. 아무데도 들리고 싶지 않았다.

고독은 스스로 함정을 파는 것이라고 하지만, 대화가 없는 생활은 쓰디쓴 커피처럼 서먹서먹하기까지 하다.

어느 한 집도 찾아갈 곳이 없다는 고독감이 가슴을 할퀸다. 회의와 체념이 교차되는 것 같다.

잠바를 입고 허름한 즈봉에 고무신을 신은 나를 그 어느 사람이 일류대학의 장학생으로 알아 줄 것인가?

중학교 때 동창을 만나 "집에 그냥 놀고 있다."고 했더니 곧이듣고 가 버렸다.

1965년 1월 31일 일요일, 눈 후에 흐리다

웬일로 새벽 네 시쯤 해서 잠이 깨고 말았다. 이상한 꿈에서 깨어났기 때문이다. 참 야릇한 일도 있나 부다 하고 종일 그 생각이 머리를 떠나지 않았다.

　　월남 원조 물자를 가득 실은 수레를 떼밀고 '오백이 고개'를 넘는 꿈이었다.

　　수레 앞에는 이화여대 총장이 끌고 뒤에는 세 사람-내가 가운데 서고 양편에 이대생 두 사람이 서서 밀어 올리는 참이었다.

　　이제 두어 발자국만 더 가면 고개를 다 넘게 될 찰나에 의외로 50° 가량의 가파른 길이 있었다. 우리가 아무리 힘을 다해 보았어도 도저히 넘을 수가 없었다.

　　만약 힘이 지쳐서 뒤로 밀리는 경우에는 내가 정면으로 화를 당하기가 십중팔구였다. 바로 힘이 다할 찰나, 앗! 잠이 깨고 말았다.

상징적이고 재미있는 꿈이었다.

어제 마을 사람들과 요즈음 한창 화제가 되고 있는 "2,000명 월남 파병 문제"를 소재로 이야기를 나눈 바 있다.

'이대생'의 경우는 K와 만나기 전이나 K와 절연 상태인 지금이나 아내로 삼고 싶다는 소망을 지녀 왔었다. 꿈은 잠재의식의 재현이라고 프로이드는 말한 바 있거니와, 참 야릇한 일도 있다.

수레에 실은 '무거운 짐'은 K에 대한 '애정의 짐'이 아니었을까? 마침내 연애의 일보 전에서 우리는 후퇴를 하고 만 셈이니, 그 가파른 길도 혹시 그 '장벽'에 해당되는 것이 아닐까?

정말 그 꿈이 내 애정 역정의 비유인 것만 같다. 셋이 밀어도 힘겨운 그 '사랑의 짐'을 나 혼자서 마구 내달으려 한 것은 아니었을까. 그 수레가 뒤로 밀렸다면 나는 분명히 크게 다치고 말았을 텐데, 꿈은 결론을 내리지 않고 막을 내린 셈이 된다.

1965년 2월 1일 월요일, 맑다

'除夜제야'가 간다.

이렇게 고요한 시간이, 굴곡 많았던 甲辰年갑진년이 떠나려 하고 있다.

그동안 나는 무엇을 하고 어떻게 지내왔던 것일까. 아니 내일부터는 또 어떤 방향을 잡아서 나아가야 할까.

주위에는 아무도 없다. 이렇게 고독한 시간이다. 정말로 울고 싶지만, 그런 감수성마저 없는 것 같다.

생명을 향해 거찬 손수건을 흔들기도 해 보았다. 사랑을 위해 잠 못 이루는 밤도 겪어 보았다. 장학생이 되던 날, 종일 흥얼거리면서 나다니기도 했었다.

그러나 사회의 문턱에 서 있는 지금은 정말 호된 시험을 치루고 있다.

피나는 생활 경쟁에서 또 여기서는 Top이 될 수는 없을까? 스스로 문제를 만들고 해답을 내놓아야 하는 것이 세상이기에, 도시 채점이라는 것은 없는 것일까?

나의 꿈, 기약도 없는 나의 포부는 이 쌀쌀한 밤에 어느 지점에서 오들오들 떨고 있을까.

'○순이―' 이렇게 가만히 불러 본다.

낮은 목소리로 전해 듣기에는 우리는 이미 너무 먼 곳에 있다.

"열번 찍어 안 넘어가는 나무는 없다." 는 속담이 있다.

헤어보니 ○순이에게 편지를 쓴 것도 이러구러 일곱 번이다. 그만큼 했으면 그 깐깐하고 아름다운 외고집도 웬만하면 꺾일 법도 하건만, 그녀는 아무래도 막무가내인 모양이다.

아니, ○순이는 깊은 사랑을, 진정 티 없는 연모의 정을 내게 부어 주고 있었다. 무엇인가 호소하는 듯한 그 시선은 바로 그런 내용을 나타내고 있었다.

조금 남은 세월 동안, 그녀 자신의 말마따나 "조금 남은 기간 동안" 우리는 어떤 결론에 도달할 것인지…….

앞만 보고 걷던 일이 어제 같은데, 어느 결에 많은 연륜이 흐르고 말았다.

가정도 가져야 하고, 아내도 맞아야 하고, 학문의 길도 걸어야 한다.

정말 어떻게 되어 줄 것인지, 앞을 내다볼 수 없는 '내일'이 그저 한없이 두렵기만 하다.

1965년 2월 2일 화요일, 맑다

'설날'이다.

어릴 적 같으면 퍽은 흥겨울 날이다.

오늘은 느닷없이 체면이니 도덕이니 하는 것을 생각해 보았다.

아이들에게 십 원짜리 3개와 일원짜리 3개를 나누어 주었다.

아직 나는 월급쟁이가 아니다.

어느 때는 5원짜리 빵으로 끼니를 때우면서 밤새워 고학을 했던 나였다.

그래도 오늘 나누어 준 33원은 그리 아까운 것 같지 않다. 분명 나이가 주는 서름 섞인 자위인지 모르겠다.

정말은 고독하다.

어울려 웃고 지내고 싶어도 도무지 잘 어울릴 수가 없다. 마음 터놓고 얘기할 처지가 아니다.

지식의 단층에서 오는 고독은 일종의 비애이다. 그들에게 인생을 논하고, 가난의 미덕을 내세울 수도 없지 않느냐.

1965년 2월 3일 수요일, 맑다

"거센 계절풍 속을 외투도 없이 걸어야 했던 처지로는 '포스터'의 의미도 '(悲憤慷慨비분강개'의 미덕도 아울러 체득하지 못하고 말았다." 이것은 수필 「사투리」의 한 대목이다.

오늘 밤에는 지나온 길을 돌이켜 보면서 한참 동안 흐느껴 울었다. 정말 비탈진 길을 걸어 온 셈이다.

유창돈 선생님께서 엽서를 보내 주셨다.

> 편지 반갑게 받았습니다.
> 졸업을 앞두고 여러 가지 생각하는 바가 많으리라 추측됩니다. 그러나 동철 군에게 내린 지상 명령(至上命令)은 그저 한 가지 뿐일 것입니다. 곧 이유 여하를 막론하고 "대학원에 진학하라."는 그것일 것입니다.
> 이제 졸업식도 이십여 일, 내내 안녕히 있다가 상경하기를 빌며
>
> 1월 31일.

유 선생님은 왜 고학을 한 나에게 진학을 권고하신 것일까? 혹시 도와주시려는 것일까?

근거 없는 희망을 갖는다. 그러나 사제지간의 의리에서 오는 권면 정도일 수도 있을 것이다.

1965년 2월 4일 목요일, 맑다

고독의 함정 속으로 무척 깊게 빠져 들어간 것만 같다. 체념 의식이란 입에 쓴 커피 냄새가 나는 停頓정돈 상태인가.

파스칼의 말처럼 정말 "나를 구원할 수 있는 것은 나 자신일 뿐"인데도 말이다.

동욱이가 경북고등학교에 응시하려고 동화와 같이 대구로 갔다. 아침 일찍 일어나기 싫어하는 애들에게 언짢은 기분을 좀 보인 것이 후회스럽다.

진정 아버지가 안 계신 서름이 이런 때에 있다. 아버지가 계신다면 그 어린 것들 둘이서 시험 때문에 가겠는가?

든든한 마음으로 부모를 따라 손을 좁고 시험장으로 가는 애들이 대부분일 것

이다. 영양 보충을 시키느라 고기국도 사 먹일 것이다.

그런데 내 동생들은, 어린 것들이 남의 집 찬방에서 제 손으로 밥을 지어 먹고 있을 것이다.

모두 다 돈이 없는 탓이다.

배고픈 것보다 더 서러운 것은 없다고 한다. 그런데도 나는 왜 밥벌이의 길인 '대학원' 진학에 자꾸 회의를 갖고 지지부진한 태도만을 계속하고 있는 것일까?

1965년 2월 5일 금요일, 맑다

'입춘'이 하루 지났는데 벌써 신문에 '봄'에 대한 기사가 여기저기서 나오고 있다. 대체 성급한 것은 사람들이어서, 이 절후에 벌써 뱀이 고개를 든다는 말이 있기는 하지만, 그처럼 서둘 필요는 없지 않을까?

미신이란 무엇일까? 보이지 않는 것을 믿는다고 해서 생긴 이름이라면 그 역시 일리가 있을 것도 같다.

방패막이로 '경구(?禁區금구)라는 것을 만들어서 흡사 생남이라도 한 것처럼 해 두었다. 동욱이가 시험을 치른다기에 심적으로 할 수 있는 것은 다 해 두자는 의도에서였다.

물론 이런 일은 常情상정인지 모르겠다.

1965년 2월 6일 토요일, 맑다

감기에 걸려서 종일 열이 내리지를 않는다. 뭐니 뭐니 해도 역시 '건강'이 제일이다.

○순 양의 답장이 올지 어떨지를 생각해 보았다. 최소한 두 주일의 여유를 생각한다면 13일 쯤에는 꼭 편지가 닿아야 한다. 사실 또 그 이상의 시간을 요하는 것도 아니다.

확률은 어느 때나 2분의 1이다. 그러나 K양에 관한 한 그것은 차라리 10분의 1로 계산해 두는 것이 좋을 것만 같다.

대학원 문제가 걱정이 된다.

막상 졸업을 해도 취직이 안 되면 고향에 와 있어야 한다. 8월에 꼭 진학하게 되리라는 보장도 없다. 이러다가는 정말 어떻게 될 것인지, 불안스럽기만 하다.

말로만 "굳세게 산다."고 해 놓고, 실은 한 번도 그 말을 실천에 옮겨보지 못했다. 굳세게, 정말 굳세게 살아야겠다.

○순 양에게 준 글을 다시 한번 읽어 보았다. 그것은 편지라기보다는 일종의 수필, 수필 서너 편을 한데 묶어 놓은 글에 지나지 않는 것 같다.

몸이 빨리 회복되었으면 좋겠다.

계획의 5분의 1도 실천하지 못하는 형편이니, 학업이 그저 걱정스럽다.

1965년 2월 7일 일요일, 맑다

읍내에 가서 영화 「광야의 호랑이」를 관람하였다. 만주를 무대로 한 일제 탄압기의 독립군의 활약상을 내용으로 한 영화였다.

일본군만이 쓰러지는 등 좀 어색한 장면들도 있었으나, 주인공인 '광야의 호랑이'(신영균 역)의 굳센 기상이 배울만 했다.

끝까지 굽히지 않는 그 투지, 조금도 두려움을 모르는 그 의기와 부단한 애국에의 노력(더구나 광복의 기약이 없는 조국인데도)이 가상했다.

그도 남성이기에 한 여성 병사(김혜정 역)가 죽어갈 때 한없는 아쉬움과 서름을 느끼고 있었다.

순이로부터 답장이 와 있으려니 하고 허기진 몸으로도 고달픈 줄 모르고 집으로 왔다. 그러나 아무런 소식도 없다.

어쩔 수 없는 일이다.

인연이란 아무래도 숙명에 속하는 문제일까?

그 숙명은 인간으로는, 유한한 존재인 인간으로는 정말 어쩔 수 없는 것일까?

참으로 모를 일이다.

1965년 2월 17일 수요일, 맑은 후 흐리다

연민 선생님께서 수적을 보내 주셨다.

"입시 등 속무에 얽혀서 여태까지 답서 못 보냈으니 군의 유다른 향학의 심경에 얼마나 섭섭했을꼬?” 하셨고, “군은 필시 대학원에 진학하고는 말 테니, 자유롭게 만나서 이야기 할 기회가 있을 것으로 기대한다.”고도 하셨다.

“가까이로선 우리 一門일문의 文衡문형을 장래에 맡아 주어야 하겠고, 멀리서는 민족의 영명(英名)을 얻어서 이 피폐한 학계를 위하여 참된 일꾼이 되어다오.” 하셨다.

생각하면 송구스럽기만 일이다.

여태 나는 무엇을 해 놓았단 말인가. 그러나 굽히지 않고 전진해 볼 생각이다.

경북 군위가 고향인 洪桂賢홍계현 군에게서 편지가 왔다. 2 학점짜리 한 과목만 B이고 나머지는 다 A라고 알려 주었다.

2 학점짜리라면 백철 선생의 ‘비평론’인 모양인데, 그분은 무엇을 기준으로 채점을 했기에 그렇게 되었을까? 나의 문장력이나 이론이 절대로 친구들에게 뒤질 까닭이 없는데 말이다. 차라리 ‘국어사’(문효근 선생님 담당)를 수강했더라면 거의 전교 수석을 할 수 있었을 텐데……

사뭇 억울한 생각이 든다.

돈을 좀 변통하려 했으나 잘 되지 않는다.

차비가 없어서 졸업식에 못 간다면 말이나 되겠는가?

농촌은 너무 피폐하다.

삼촌은 말이 삼촌이지, 오히려 사사건건 해만 끼치고 조금도 도와준 것이 없다. 그리고도 남들에게는 ‘도와주었다.’고 말하고 다닌다고 한다.

거짓으로 인정을 쓰면 사람의 도리가 아니다.

말하기도, 상의하기도 싫어진다.

1965년 2월 20일 토요일, 비

내일 상경의 길에 오른다. 졸업식에 참석하기 위해서이다.

돈 5,000여원을 구하지 못하여 곡식을 헐값에 팔았다. 모두들 웬만큼 쪼들리는 세상인 모양이다.

나는 또 어느 길을 어떻게 걸어야 하나?

정말 나의 앞길은 막혀버린 것일까? 모두들 나를 ‘미남’이라고 그러는데 말이다. 모두들 ‘장학생’이라고 부러워하는데 말이다.

적어도 연세대생 어느 누구에게도 뒤지고 싶지 않다. 아니, 글을 쓰고 산다는 그 누구에게도 자리를 양보하고 싶은 생각은 없다.

읍내에는 많은 여성들이 있었다. 여고생, 여대생, 여교사, 여공무원……. 그 많은 여성 누구도 K에 비할 수가 없었다.

우리는 어쩌면 서로 아득히 머언 거리에서 살아간다. 그러면서도 그 K를 못 잊는 것은 무슨 이유에서일까?

서울을 간다.

또 곧장 고향으로 되돌아 와야만 하는 것인가? 동리가 왈칵 뒤집힐 듯이 반기던 입학의 영광도 결국은 시골로 되돌아 와야만 하는 형편인가?

그래서는 안 되겠다.

어떻게든지 서울에 남아야 한다.

1965년 2월 21일 일요일, 맑다

대학생으로서의 마지막 날이다. 실로 감회 깊은 날이다.

이른 아침 다섯 시쯤 상경의 길에 올랐다.

내일이면 졸업이다. 지내놓고 보니 4년간의 세월도 퍽은 빠른 것 같다.

추풍령 이북은 여전히 눈발이 쌓여 있었다. 벌써 풍토가 남쪽과는 다르다.

서울의 거리! 역시 좋은 곳이다.

밝고 힘차고 깨끗한 거리, 궁상맞은 것이 없고, 쾌쾌한 것도 없는 곳이다. 사랑도 많고, 정담도 많고, 웃음도 흔한 곳이다.

그런 서울, 여기에 남고 싶지만 현실은 나를 어디로 밀고 가 버리려는지…….

연민 선생님 댁을 찾았으나 계시지 않았다. 47세라는 사모님은 어머니에 비하면 십년은 젊어 보였다.

오늘 어머니와 숙모님의 손등을 보고 생활이 얼마나 가혹했던가를 느낄 수 있었다. 소스라칠 지경이었다. 앙상한 손마디 외에 핏기라곤 없어 보였다.

내 손등도 유난히 파리해 보였다. 힘겨운 현실과 맞닥들여 이리 밀리고 저리 쫓기느라 나도 어지간히 시달리면서 살아온 셈이지.

또 얼마나, 어떻게 시달릴 것인가?

측량할 수 없는 내일이 안타깝기만 하다.

1965년 2월 22일 월요일, 맑다

아침 일찍 Campus를 밟았다. 졸업식이 있기 때문이었다.

식은 오후 두시에 시작되는데, 까운을 다림질 하느라고 1시 45분에 도착했을 때에는 입장 행렬이 길게 뻗쳐 있었다.

쑥스럽게 늦게야 좌석을 찾아 앉았다.

우등생들은 따로 좌석을 정해 주었는데, 바로 옆자리에 O양이 있었다.

평소에는 말 한마디 건네지 않았던 그 미모의 재원(才媛)은 곧잘 얘기를 시작했었다.

　　　　"대학원에 가세요?"

　　　　"저요? 제 같은 것이 대학원에 가서 뭘 합니까? 그런데 O양은 渡美
　　　도미하세요?"

　　　　"아니요."

　　　　"연대에 남으시려구요?"

　　　　"네."

O양은 내게 많은 기대를 걸었던 모양이었다.

막 떠나는 시간까지도 그녀는 내게 무엇인가를 얘기하면서 웃고 있었다.

"한 5명쯤 남겨 놓고 나가세요. 그래야 시간이 덜 먹히죠." 과대표로 졸업장을 받을 때 그녀는 이렇게 일러 주었다.

처음 당해 보는 일이라서 그만 실수를 하고 말았다. 총장님과 악수를 교환한 다음, 내 졸업장만 가지고 하단하려고 할 때에 총장님은 "학생!" 이렇게 부르시더니 classmate들의 졸업장을 묶어 주셨다.

식이 시작될 때부터 끝날 때까지 나는 입술을 꼭 물고 있었다. '애국가'를 부른 것 외에는 아무 노래도 부를 수가 없었다.

그것은 이름 모를 서름이, 그리움이, 아쉬움이 와락 밀려왔기 때문이었다. 특히 백낙준 박사께서, '勸辭권사'를 하실 때와 졸업생 '답사'때에 내 눈에 이슬이 수없이 맺히고 있었다.

「교사」를 부를 때, 한마디만 불러도 금방 울음이 터질 것 같았다. 시종 묵묵했었다.

O양은 '교가' 마지막 부분을 부를 때, 처음 칼칼한 음성이더니, 옆을 보고는 그만 목청이 나직히 떨리고 있었다.

한복을 입은 O양, 언젠가 사랑을 하려했던 O양! 우리는 지금 '애인'도 '동무'도 아니지만, 무엇인가는 뜨거운 이해를 가지고 있는지도 모른다.

삼십 명쯤의 수석 졸업자들 중 너덧 번이나 거푸 Top을 차지했던 학생은 아마 O양과 나 두 사람 뿐일 것이다. O양은 여섯 번이나 Top을 했었다. 확실히 재원 중의 재원이었다.(그녀는 수석 졸업생이기도 했다.)

O양의 말마따나 나도 연세대에 남아야 한다. 언제인가는 이 Campus로 다시 돌아와야 하는 것이다. 우리는 몇 번이나 계속해서 정상에 올랐다는 흐뭇한 우의를 갖고 있는 셈이다.

신문. 잡지에는 O양의 이름이 많이 오르내리고 있다. 나도 name value를 위해서 노력해야 하겠다.

O순 양은 어떻게 되었을까?

아마 식에 참석했을 것이다. 학과의 순서로 봐서 도서관학과는 뒤쪽 순서이다. 그렇다면 시종 나를 지켜보고 있었을 것이다.

과대표로 나가기를 오래 사양했을 때, 졸업장을 받으면서 입술을 꼭 깨물었을 때, 총장님과 악수를 나누었을 때, 거의 고개를 숙이고 사념에 잠겨 있을 때, 급우들과 정다운 악수를 나눌 때, 수석 졸업의 영예에도 어느 누구도 사진 한 장 제대로 찍어주는 이가 없는 것을 보았을 때……. O순이는 어떤 생각을 했었을까? 아니 어떤 감회에 젖었을까?

아마 기쁘다거나 만족한 정감에 잠기지는 않았을 것이다.

동정과 약간의 후회와, 혹은 입술을 깨물고 눈물마저 삼키지는 않았는지 모르겠다. "내 애인, 정말 야무지고 깐깐한 수재인 그이가……."하고 말이다.

20,000여명의 관중들이 북새통을 이루는 중에 나는 너무나 고적해서 앞길이 막히는 것을 느꼈다. 안톤.슈낙은 군중들이 자기를 쓸쓸하게 만든다고 했다지만.

저녁에는 축하나 위로해 주는 벗 하나 만나지 못했다.

고달픈 영광의 날이다.

1965년 2월 23일 화요일, 때때로 눈

Campus는 그저 조용한 분위기에 젖어드는 듯 했다. 어제의 그 격랑이 지나간 자리에는 발길이 뜨악했다.

만나는 벗들마다 "대학원은 어떻게 되었느냐?"고 물어 왔다. "나는 당분간 시골 모교에 강사로 나가기로 했다.”고 둘러대었다.

이 넓은 세상에 다시 몸 둘 곳이 없는 현실 앞에 나는 소스라쳐 놀랐다.

돈이 없어 album을 제때에 못 사고 뒤늦게 구입하려니 그것도 힘이 든다.

은사님들께 차마 취직 부탁을 할 수가 없었다.

시골로 돌아가서 우선 공부나 계속해야 하겠다.

대학원, 어떻게든지 가야 할 곳이다.

1965년 2월 28일 일요일, 맑다

하향의 길에 올랐다.

서울을 떠나면서, 이 길로 다시 돌아와야겠다고 몇 번이나 다짐해 두었다.

흘러간 세월을 뒤돌아보았다.

졸업장 하나를 위해서 바쳐진 땀과 피와 눈물은 그 얼마였던가! 얻은 것은 무엇이며, 잃은 것은 또 무엇인가?

사랑을 얻었다가 그 사랑을 잃고 말았다. 우정 또한 변변하게 얻은 것이 없다.

정도 마음도 결국은 옷자락과 같은 것인가?

가방 모서리에 부대끼어 옷자락이 구기고 낡아 가듯이 마음도 어느 하나에 골똘하노라면 지치고 식어버리는 것은 아닌지 모르겠다.

지금은 침묵할 때이다.

적어도 여성에 관한 한, K양에 관한 한, 연세대에 관한 한 그저 묵묵히 지내갈 때이다.

요 며칠 동안 책 한 갈피도 제대로 읽지 못했다.

이제 다시 전투 준비를 해야 한다. 더없이 소중한 내일을 위해서 그저 참고 견디는 수밖에 없다.

1965년 3월 1일 월요일, 맑다

아지랑이가 피어오르는 들녘에 아직은 바람이 차다. 봄은 어느 거리에서 느릿느릿 기어오는 것일까. 아니, 아장아장 찾아드는 것일까.

봄이 오는 길목에 서서 한번 버티어야겠다.

album을 뒤적여 본다.

깔끔한 모습의 ○순이가 파르라니 웃음을 삼키고 있다. "딴은 나도 잘 생겼는데……." 실없이 혼잣말을 해 본다.

그러면 잘난 사람끼리 왜 어울리지 못했는가?

이제 우리는 멀리 가버린 사이다.

어느 날엔가는 다시 학원으로 돌아갈 것을 생각해 본다. 순이가 도서관 직원이라도 되어, 혹시 도서 대출을 담당하고 있을지도 모른다.

그때 K양은 얼마나 미안해할까. 또는 안타까워할까. "저이는 기어이 대학 교수가 되려나보다." 생각하면서.

1965년 3월 2일 화요일, 맑다

지금은 침묵할 때. 말없이 그저 조심조심 어느 곳을 향하여 전진할 때.

생명은 사뭇 고귀하다고 한다. 일생의 역정 또한 소중한 것이다.

맨발로 뛰라는 말이 있다. 그것도 멀고 험난한 여정을 숨 가쁘게 내달아야 할지 모른다.

날씨가 포근하다.

이제는 멀고 험준한 계곡의 눈설기들이랑, 들려줄 사람 없는 엄살은 수런수런 꺼내어 버려야 할 시간이 왔다.

봄의 이야기를 시작하자.

어둡고 지루했던, 마냥 울적했던 三冬삼동의 사연은 접어두고, 밝고 따스한 삼월의 노래를 불러야 한다.

진정 우렁찬 봄의 찬가를 불러야 한다.

1965년 3월 3일 수요일, 맑은 후 비

고즈넉이 봄비가 내린다.

봄비 내리는 길은 찰지다는데, 정말 이 고향의 거리는 얼마나한 정들이 있는 것일까.

思索사색은 인간들의 피치 못할 운명이라고 했다. 생각한다는 것, 그것은 분명

Homosapiens의 특권인가?

그렇다고 해도 고달픈 권능일 뿐이다.

생활의 여백을 들추어 본다. 이제는 철학 서적마저 마음에 와 닿지 않을 정도로 마음이 지친 상태이다. 마음이 지쳤으니 육신이야 얼마나 더 흐느척거리겠는가.

오늘도 album을 꺼내어 K의 어여쁘고도 쌀쌀한 얼굴에 키쓰를 해 본다.

무던히도 사랑했었지.

누구의 말마따나 "사랑을 하고 사람을 잃었어도 사랑을 아니 한 것보다는 낫다."고, 정말 그럴까?

1965년 3월 5일 금요일, 맑다

날씨가 차다. 영하를 오르내린다고 한다.

감기에 걸려서 며칠째 일손을 놓고 있다.

<연세춘추>가 왔다.

전체 졸업생의 10% 정도가 취직을 했다고 한다. 90%의 지성인들은 지금 어디서 무엇을 하고들 있는지, 그저 씁쓸하기만 하다.

올해의 신입생들은 지방 출신들이 많은 Top을 냈다고 한다.

서울의 명문고교에서 지원율이 낮았다는 뜻일까? 특히 경기고, 경기여고, 이화여고의 진출이 적은 것은 섭섭한 일이다.

아무쪼록 모교의 발전을 기원할 뿐이다.

대학원에 125명이 지원했다고 한다.

예년과 비슷하게 Top class가 많이 모였을 터인데, 나는 빠지고 말았다.

1965년 3월 6일 토요일, 맑다

졸업 사진첩을 또 꺼내 보았다.

벌써 과거의 일인가. 감회가 새로운 것 같다. 역시 순이는 어느 여대생보다도 미모의 여성임에 틀림없다. 그런 여성에게 편지를 받을 수 있었다는 사실만으로 내 인생의 부분적인 '승리'로 치부해 두자.

그러나 상처뿐인 영광이다.

요즈음 와서 병역 문제가 머리를 점하고 있다. 대학원 진학 이전에 영장이 발부된다면 대학원 진학에 큰 차질을 빚을 수도 있기 때문이다. 이제 졸업을 했으니 입영 연기는 할 수가 없다.

어떻든 빠른 시일 내에 진학을 마무리지어야하겠다.

1965년 3월 10일 수요일, 맑다

글을 써본 것도 꽤 오래된 일이다. 벌써 감정이 고갈되어서는 곤란한 일이다.
<주간한국>(23호)에 실린 林芝鉉임지현 씨의 글이 인상적이다.

"모 대학 경제과를 나온 학생이 쌀장수를 하겠다."는 얘기를 들었다는 것이다. 씨는 이런 얘기를 적고 있다.

> 아무리 생각해도 십여 년의 교육 투자로서 쌀장수는 기대했던 것이 아닌 것만은 확실하다. (중략) 그것은 오히려 인생 설계의 최저 강령이요 또 그래야만 한다.

나 역시 쌀장수라도 해야 하는 것일까.
참으로 현실이 암담하다.

1965년 3월 12일 금요일, 맑다

金亨敏김형민 선배('63년 졸)에게 편지를 보냈다. 지난 2월에 치러진 대학원 시험에서 국문과의 유일한 합격자이다.

영어. 독일어의 출제된 내용을 좀 알려 달라는 부탁이었다. 또 "어느 때인가는 다시 학원으로 돌아갈 것을 기대한다."는 약속도 적었다. 또 "무애 선생님이나 유창돈 선생님 뵈옵거든 기대에 부응하지 못해서 한없이 송구스럽게 생각하고 있다."는 말은 좀 전해 달라고 했다. 틀림없이 물어주실 것이기 때문이다.

생각하면 괴로운 일이다.

○순이는 내게서 6개월, 혹은 몇 년의 세월을 빼앗아 놓고 어디로인가로 총총

히 가 버렸다. 이제는 들릴 길 없는 이야기이지만, 그래도 이 하늘 아래 어느 곳에서 분주히 살아가고 있을 그녀에게 혼잣말로 말해 보는 것이다.

시를 쓰겠노라 던 김춘석, 문학평론을 하겠다던 정현기, 무척 수줍음이 많았던 P양, 깐깐하면서도 상냥스러웠던 S양, 구수하고 선이 굵었던 김익중, 사람 좋기로는 그만이었던 손현수, 무엇인가 얘기해 보고 싶어 하던 영문과의 O양, 두고두고 믿어주고 싶었던 사학과의 A양, 그리고 또 H양, M양……. 지금은 모두 무엇을 할까?

만나고 싶구나!

1965년 3월 14일 월요일, 맑다

    16년 교육 투자의 최고 강령이 허잘 것 없는 생활에서 평범한 예지
    를 찾는 것이라고 생각할 수는 없습니다. (중략) 에누리 없이 밀려드는
    계절에 후조는 옛 길을 찾는다 했습니다.
    제 마음의 계절에도 그 따사로운 삼월이 오면, 언젠가는 다시 책가방
    을 들고 학원으로 돌아가겠 습니다.

유창돈 선생님께 드린 글월의 한 대목이다.

오늘은 유난히도 따스해서 강가로 나가고 싶은 충동을 일으킬 정도였다.

무엇인가 목소리를 가다듬고 거센 소리로나마 한번 목청을 뽑아보고 싶은 심정이다.

목소리가 유난히 낭랑했던 카메라 맨 K양, 사람 좋기로는 그저 그만이던 J군, K형이 보들레르를 얘기할 때 C군은 알렉산더 포프를 얘기했고, 나는 덩달아 춘원을 말했던 그 '학관' 돌계단이 문득 그리워지는구나.

1965년 3월 17일 수요일, 맑다

유창돈 교수님께서 '제14회 서울시 문화상 인문과학부문상'을 수상하셨다고 보도되었다. 얼마 전 색인 작성을 도와드렸던 바로 그 『이조국어사연구』를 저술하신 공로라고 한다. 각고의 노력이 거둔 빛나는 업적이라고 생각한다.

<연세춘추>(385호)에는 이런 사설이 실려 있다.

> 명색이 대장부가 여자 편에서 '노—'하면 그만 둘 일이지, 그럼에도
> 불구하고 지꿎게 좇아 다녀서, 결국 그 여성으로 하여금 학교를 포기하
> 게 한다는 것은 참으로 부끄러운 일이다.

이 이야기는 K와 나에게도 연관되는 것이 아닐까?
그만하면 나도 ○순 양에게 집요하게(?) 접근한 셈이 아닐까?
그러나 물러설 때는 물러설 줄 알았던 내가 그 X씨보다는 다소 현명했을까?
말은 그러하지만, 역시 사랑은 논리성으로 따질 일이 아니다. 진정 사랑하노라
면 그렇게 우격다짐으로 돌진할 수도 있지 않을까?

1965년 3월 19일 금요일, 맑다

바람이 몹시 거센 중에 보리갈이를 하느라고 지칠 대로 지쳐 버렸다.
노동은 신성한 것이라고들 하지만, 그 고통은 이루 헤아릴 수 없는 것이기도
하다.
대학원에 진학한 김형민 선배의 답장이 왔다.

> 군대 문제가 해결된 다음에 진학을 하겠다고 하지만 내 생각에는 입
> 대 전에 입학을 해 두어야 그 동안의 공백기가 채워질 수 있는 자세라
> 도 갖게 되지 않을까 하고 생각하오.

고마운 충고라고 생각한다.
사실 입대 전에 어떻게든지 합격을 해 두어야만 하다.
출제된 문제는 상당히 어려웠다.
앞으로 남은 불과 5개월 남짓한 기간에 이만한 실력을 쌓을 수 있을지 적잖이
걱정이 된다. 그래도 최선을 다하는 수밖에 없다.
이런저런 일로 시간만 뺏기지 않는다면 어떻게든지 해 보겠는데, 안타까운 일
이다.

1965년 3월 22일 월요일, 맑다

할미꽃 몇 떨기를 캐어서 집으로 들고 왔다. 고 맹랑한 생명이 벌써 제철을 아는구나 싶어 적잖이 흥분도 해 보았다.

되레 계절에 무감각한 내 자신의 생활이 밉기까지 하다.

미련스러운 것이 인간이다.

세월의 흐름도 모르고, 시도 잊고, 이제는 또 무엇을 느끼고 생각하면서 살아야 하나?

윈스턴 · 처칠 경의 말마따나 "옷자락이 낡아 버리듯, 사람의 마음도 어느 한 가지에 골똘하다 보면 그곳이 낡아버리고 마는 법"인가.

그러고 보면 K가 준 심적인 타격이 내게는 너무나 컸던 모양이다. 의욕이라든가 정성을 내어보기가 무척도 힘이 든다.

아는 것이 힘이라지만 아는 것이 병인 때도 있다. 다정도 병인 것이다.

차라리 이공학도가 되었으면 'X+xy=z' 운운하고 계산에 재미들 붙이고 지내기가 좋았을 텐데, 문학이라는 것이 도무지 서성거리고 늘어지는 일만 생기는 것 같다.

1965년 3월 24일 수요일, 맑다

키에르케고르에 의하면 "體係家체계가는 공상의 큰 집을 지은 뒤에 자기 자신은 그 옆의 머슴간이나 개 우리에 사는 사람과 같다."는 것이다. 파스칼은 "인생이란 위대한 도박"이라고 했다.

나에게 '공상의 큰집'은 많이도 있었다. 그 '집'의 변두리에서 '도박'도 꽤는 벌려 왔었다.

이제 나는 서투른 도박을 끝내어야 할 시간이 도래했음을 느낀다.

지금은 규모가 작을망정 단단하고 오붓한 집을 지을 차례이다. 그 집 언덕에 향미로운 시설을 추가해도 좋겠지.

현실을 긍정하기로 한다.

어쩔 수 없는 바람은 피하지 말고, 그대로 온 몸으로 부딪히고 볼 일이다.

마침내는 어떻게든지 영위되는 것이 '인생'이 아닐까.

<後후　記기>

대학의 문을 나선지 어언 40년!

어느덧 내 나이도 耳順이순을 훌쩍 넘어, 이제는 대학 교정을 영영 떠나야 할 시간이 임박한 것 같다. "세월은 사람을 기다려 주지 않는다." (歲月不待人세월부대인)고 한 옛 시인의 말이 새삼스럽게 나를 쓸쓸하게 한다.

싸리 꽃이 탐스럽게 핀 양지바른 언덕에 누워 콧노래 한 곡조 제대로 불러보지 못한 채, 평탄치 못한 학구의 길을 걸어오느라고 조용히 주위를 살펴 볼 겨를이 한 번도 없었던 것 같다.

미움과 시새움의 日月일월을 살아온 것은 아니었지만, 아울러 행운과 희원의 순간을 누린 적도 없었다. "떠나버린 열차는 참 아름답다." (Baudelaire)는데. 내가 지나온 발자욱은 왠지 별로 좋아보이지를 않는구나.

지금에 와서 돌이켜 보면 "모든 일은 분수가 이미 정해져 있는데, 세상 사람들이 부질없이 스스로 바빠한다."(萬事分已定만사분이정 浮生空自忙부생공자망)고 한 옛 성현의 말은 바로 나 같은 사람을 두고 한 말이 아니었을까 한다. 일찍이 未堂미당이 「水帶洞詩수대동시」에서 노래한 그런 심정이라고나 할까.

등잔불 벌써 키여지는데
오랫동안 나는 잘못 살았구나.

잠 안 오는 밤 홀로 일어나 앉아 젖은 눈을 손끝으로 씻고 지난 날들을 곰곰이 뒤돌아 볼 때, 그나마 한 가닥 위안을 받을 수 있는 것은 '學府학부 生活생활' 4년간, 이른바 '靑春청춘 時節시절'이 아니었던가한다.

"靑春청춘! 이는 듣기만 하여도 가슴이 설레이는 말이다."로 시작되는 閔泰瑗민태원의 저 유명한 수필 「靑春禮讚청춘예찬」을 말하지 않더라도 우리들 생애를 통틀어 이 시절만큼 소중하고 고귀한 시기가 다신들 있겠는가?

그래서 詩聖시성 Goethe는 "청춘은 인생의 조국"이라고 노래했고, 격정의 시인 Byron 역시 "청춘은 영광"이라고 賞讚상찬했을 것이다.

나에게 있어서 'Campus Life'는 청춘의 한 Symbol이었다고 할 수 있다.

"대학은 낭만과 철학의 殿堂전당"이라고 說破설파한 사람은 Shiller였다. 하지만

世稱세칭 '4.19 세대', '5.16 세대'로 일컬어지는 우리네 동년배들의 대학 시절, 즉 1960년대 전반기는 Shiller의 표현처럼 그렇게 낭만적이지도 못했고, 安穩안온하게 사색에 잠길 階梯계제도 아니었다.

내 모교의 경우, 세 분의 총장과 두 분의 총장 서리가 자리를 바꾸어 들 정도로 소란스럽고도 불안정한 격동의 세월을 겪어야만 했었다.

비록 국가와 사회적 분위기는 암울하다 못해 참담하기까지 했었지만, 그래도 우리들은 부단한 토론과 慷慨강개로써 기세를 올리기도 했었다.

어느 나라, 어느 시대를 막론하고 대학의 변함없는 속성은 '진리'와 '자유'임은 두말 할 필요가 없을 것이다.

*　　　　　　　*

本書본서는 저자의 '대학 생활의 白書백서'라고 할 수 있겠다. 특히 日記일기 부분이 그러할 것 같다.

책의 내용을 간략하게 소개해 보면 다음과 같다.

Ⅰ. 젊은 날의 愛誦애송 詩시 : 주로 대학 시절에 애송했던 국내외의 애정 시들을 중심으로 모아 보았다.

Ⅱ. 習作습작 詩篇시편 : 문학 청년 시절에 산발적으로 쓰여 진 작품들을 정리해 보았다.

그 시절에 품었던 시인의 꿈은 접고 말았지만, 그래도 버릴 수 없는 유산의 한 부분이다.

Ⅲ. 師弟사제의 情誼정의: 은사님들로부터 받은 귀중한 手迹수적들이다.

무위 스승님께서 자상하게 수정해 주신 논문 원고와 유창돈 선생님께서 永眠영면하시기 바로 전에 보내주신 長文장문의 서한을 분실해 버린 것은 참으로 애석한 일이다.

또 내가 은사님들께 올린 상당량의 서신들 중 겨우 한 편의 초고만이 남아 있다는 사실 또한 아쉽기 짝이 없다.

Ⅳ. 純粹순수와 哀戀애련 : K양과 내가 주고 받은 戀書연서들이다.

일기에 따르면 1963년 1월에서 1965 1월에 이르는 기간 동안 7, 8회에 걸쳐 편지를 보낸 것으로 되어 있는데, 草稿초고만이라고 온전히 남아 있는 것은 1964년 7월에 부친 1통 뿐, 모두 부분적인 내용만 남아 있을 뿐이다.

1970년대 언제쯤인지 상당량의 초고 뭉치들을 烏有오유로 돌린 적이 있었는데.

아마 그때 대부분 사라져 버린 것 같다.

참으로 애석하고 허탈한 일이다.

비록 장미꽃 같이 찬란하거나 라일락처럼 향기롭지는 못할지라도, 베꼬니아 꽃과 같이 가냘프고 애틋한, 또한 순수하고 간절한 애정의 表白표백이었기 때문이다.

Ⅴ. 떠난 사람 보낸 歲月세월 : 'Campus Life'의 기록들이다. 내용은 현행 국문법 체계에서 벗어났거나, 문장상의 오류가 없는 한 대부분 원문 그대로를 유지하였다.

이 일기는 물론 나의 私的사적인 기록에 지나지 않지만. 부분적으로는 '5.16'에서 '6.3 사태'에 이르는 격동기의 시대적 증언의 성격도 지니고 있다고 할 수 있겠다.

＊　　　　　　　　＊

대학 시절에 지녔던 소박한 꿈은 ① 문학박사 ② 대학 교수 ③ 문인 ④ K양과의 사랑의 결실 등이었다.

지금에 와서 생각해 보면, 40여 년 전에 스스로 다짐했던 나 자신과의 약속의 일부분이나마 성취하게 된 것은 참으로 다행스러운 일이라 할 것이다.그러나 청춘 시절에 품었던 원대한 抱負포부— 无涯무애 스승님처럼 到底도저한 학식을 지닌 大대 學者학자, 한 시대를 風靡풍미하는 大대 詩人시인의 꿈은 그 첫머리도 나아가 보지 못한 채, 盧天命노천명이 노래했던 바 "어찌할 수 없는 향수에 슬픈 모가지를 하고 먼 데 산을 바라……"보는 '사슴'의 형국이 되고 말았다.

학창 시절에 그토록이나 존경하고 따랐던 스승님들께서는 한 분씩 두 분씩 모두 他界타계하셨다. 인생이란 어차피 '無常무상한 存在존재'라 했지만, 그래도 그립고 슬프기는 마찬가지이다.

한때는 나의 分身분신처럼 소중한 존재였던 K양의 근황은 바람결에 어렴풋이 듣고 있다.

지금도 나는 가끔 덕수궁 돌담길을 혼자 걷다가 Green Color 계통의 코트를 입고 카메라를 비스듬히 맨 妙齡묘령의 멋쟁이 여성이 종종걸음으로 지나가는 모습을 보게 되면, 문득 그 시절의 K양을 떠올리게 된다.

상냥하고, 아름답고, 英敏영민했던 K女史여사이니, 지금쯤은 더없는 행운과 축복 속에서 살아가고 있으리라고 굳게 믿는다.

연희의 숲에서 만났던 또 한 사람의 다정했던 동무 O양.

누구보다도 착하고, 상냥하고, 겸손했던, 빼어난 미모의 才媛재원이었던 O양.
항상 성모 마리아 상 앞에서 경건히 기도하면서 자신의 삶에 더없이 충실하더니
—.

나는 O양이 모교에 남아 희곡작가로서, 영문학자로서 대성해 주기를 진심으로
바랐었다.

그런데 그 O女史여사가 왜 그토록 病弱병약한 몸에 筆舌필설로는 다하기 어려
운 薄幸박행한 삶을 영위해야만 했는지, 성모 마리아 상 앞에 가서 峻截준절히
물어보고 싶은 심정이다.

·   *   *

"사랑을 하고 사람을 잃는 것은 사랑을 아니 한 것보다 낫다."고 말한 것은
Tennyson이었다.

지금은 돌아오지 않는 시간의 저편 이야기가 되고 말았지만, 내 인생 前半전
반에 있어서 가장 아름답고 귀한 추억들을 회상해 보는 것은 한없이 즐거운 일
이 아닐 수 없다.

"찬란했던 과거를 뒤돌아 볼 때처럼 쓸쓸한 일은 없다."고 Shakespeare는 말했다
지만, "아름다운 것은 영원한 기쁨"이라고 한 John Keats 의 말은 역시 千古천고의
名言명언이라고 생각한다.

스승도 미니온도 다 떠나버린 공터에 호올로 서서 지난 날 못다 한 이야기,
'迷妄미망의 저편'에 남아 있는 사연들을 한 두엇 들춘다기로니, 그게 무슨 큰 흉
허물이야 되겠는가.

끝으로, 이 풍요롭다는 시대에 혹시라도 坎坷감가에 우는 靑春청춘의 朋輩붕배
들이 있다면, 困苦곤고한 시대를 살아온 한 사람의 인생의 선배로서 나는 Goethe
가 남긴 말을 想起상기해 주고 싶다.

눈물과 함께 빵을 먹어본 적이 없는 사람, 고뇌의 밤들을 잠자리에
앉아 울며 지샌 적이 없는 사람, 그런 사람은 하늘의 힘을 모른다.

乙酉年을유년 歲暮세모

著저 者자

《著 者 略歷》

慶北 出生
延世大學校 國文學科 卒業
高麗大學校 大學院 國文學科에서 文學碩士·文學博士 學位를 받음
高麗大學校, 서울 市立大學校 講師 歷任
現在 關東大學校 敎授

《著書 및 論文》

<韓國 詩歌의 硏究>(1990)
<李奎報 詩의 主題 硏究>(1990)
<洗草>(隨筆集)(1991)
<古典文學의 理解>(共著, 1993)
<李奎報·林椿 詩의 硏究>(1994)
<白雲 李奎報 詩의 硏究>(1994)
<강원 어촌지역 전설·민속지>(共編著, 1995)
<時調文學 散稿>(1997)
<太白市誌>(共編著, 1998)
<東海市史>(共編著, 2000)
<江原 民謠의 世界>(2001)
<故鄕의 봄>(隨筆集, 2002)
<韓國 近代 書畵와 東海 書壇>(共著, 2003)
<无涯 梁柱東 文學의 硏究>(近刊)

「李奎報의 軍事詩 小攷」外 論文 多數

迷妄의 저편

인쇄일 초판 1쇄 2006년 02월 23일
        2쇄 2015년 09월 04일
발행일 초판 1쇄 2006년 02월 24일
        2쇄 2015년 09월 18일

지은이 이 동 철
발행인 정 진 이
발행처 새미
등록일 2005.03.151, 제17-423호

서울시 강동구 암사동 463-25 2층
Tel : 442-4623~4 Fax : 442-4625
www. kookhak.co.kr
E- mail : kookhak2001@hanmail.net
ISBN 978-89-5628-400-2 *03800
가 격 16,000원